PENNY JORDAN

Ein Hauch von Seide

GOLDMANN
Lesen erleben

Buch

London in den späten fünfziger Jahren. Die vier jungen Erbinnen einer berühmten Seidendynastie müssen sich der Realität stellen und ihren Platz im Leben finden: die verwöhnte, von Eitelkeit und Standesdünkel getriebene Emerald, die exotische Schönheit Rose, die es als Waise eines englischen Adligen und einer chinesischen Prostituierten nicht leicht hat, die rebellische Janey, die von einer Karriere als Modeschöpferin träumt, und die ambitionierte Moderedakteurin Ella, deren Berufung eigentlich ganz woanders liegt.
Sie alle arbeiten, leben und vergnügen sich in der Glamourwelt der Mode und glauben, dass ihnen die Welt offensteht. Doch auch in einem Luxusleben ist nicht alles planbar, und Geheimnisse aus der Vergangenheit können fatale Auswirkungen auf die Zukunft haben.
Über zwei Jahrzehnte, zwischen Aufbruch und Nostalgie, zwischen Intrigen, Verrat und großen Gefühlen teilen vier höchst unterschiedliche Frauen eine gemeinsame Sehnsucht: nach Momenten des Glücks und der großen Liebe.

Autorin

Penny Jordan ist eine der bekanntesten und erfolgreichsten Autorinnen von Frauenromanen in Großbritannien und hat weltweit bisher über 80 Millionen Bücher verkauft. »Ein Hauch von Seide« ist nach »Der Glanz der Seide« der zweite Teil einer Serie um eine große Seidendynastie aus Cheshire, wo die Autorin selbst lebt.

Von Penny Jordan außerdem bei Goldmann lieferbar:

Der Glanz der Seide. Roman (47169)

Penny Jordan

Ein Hauch von Seide

Roman

Aus dem Englischen
von Elvira Willems

GOLDMANN

Die Originalausgabe erschien 2009
unter dem Titel »Sins« bei Avon,
a division of HarperCollins Publishers, London.

Verlagsgruppe Random House FSC-DEU-0100
Das FSC®-zertifizierte Papier *München Super* für dieses Buch
liefert Arctic Paper Mochenwangen GmbH.

1. Auflage
Deutsche Erstveröffentlichung September 2011
Copyright © der Originalausgabe 2009 by Penny Jordan
Copyright © der deutschsprachigen Ausgabe 2011
by Wilhelm Goldmann Verlag, München,
in der Verlagsgruppe Random House GmbH
Umschlaggestaltung: UNO Werbeagentur, München
Umschlagfoto: © plainpicture/Arcangel;
mauritius images/Loop Images
Redaktion: Barbara Müller
LT · Herstellung: Str.
Satz: omnisatz GmbH, Berlin
Druck und Bindung: GGP Media GmbH, Pößneck
Printed in Germany
ISBN: 978-3-442-47170-6

www.goldmann-verlag.de

Folgenden Menschen möchte ich für ihre unschätzbare Hilfe danken:

Meiner Agentin Teresa Chris.

Maxine Hitchcock und ihren Mitarbeitern bei Avon für ihre Geduld und ihr Verständnis.

Yvonne Holland, die das Manuskript wie immer einem wunderbaren Lektorat unterzogen und mich vor inhaltlichen Fehlern bewahrt hat.

Meinem Geschäftspartner Tony Bossom für seine Hilfe beim Schreiben von *Ein Hauch von Seide*.

Ich möchte dieses Buch meinen Leserinnen und Lesern widmen, besonders den netten Menschen, die mir geschrieben haben, um mir zu sagen, wie sehr ihnen *Der Glanz der Seide* gefallen hat, und mich zu fragen, wann die Fortsetzung erscheint.

Erster Teil

1

London, Januar 1957

Rose Pickford öffnete die Tür, betrat den Laden ihrer Tante Amber in der Walton Street, mit seiner Wärme und seinem vertrauten Duft nach Vanille und Rosen – ein Duft, der eigens für ihre Tante kreiert worden war –, und stieß erleichtert einen kleinen Seufzer aus.

Eines Tages – so Ambers Worte – würde Rose nicht nur diesen exklusiven Laden in Chelsea leiten, wo die Möbelstoffe aus der Seidenfabrik ihrer Tante in Macclesfield verkauft wurden, sie würde auch Kunden bei der modernen und eleganten Neuausstattung ihrer Wohnungen beraten.

Eines Tages.

Doch im Augenblick war sie nur eine unerfahrene Kunststudentin frisch vom College, die bei Ivor Hammond, einem von Londons renommiertesten Innenausstattern, als Mädchen für alles angestellt war.

»Hallo, Rose, wir wollen gerade eine Tasse Tee trinken. Möchtest du auch eine?«

Rose lächelte dankbar. »Ja, bitte, Anna.«

Anna Polaski, die den Laden im Augenblick führte, war zu Beginn des Zweiten Weltkriegs mit ihrem Ehemann Paul, der Musiker war, als Flüchtling aus Polen nach England gekommen. Anna war immer sehr freundlich, und Rose vermutete, dass sie ihr leidtat – weil Anna erkannte, dass auch Rose in gewisser Weise eine Außenseiterin war.

»Ich hasse den Januar. Ein schrecklicher Monat, so kalt und so trist«, sagte Rose zu Anna, während sie die wunderschönen weichen italienischen Lederhandschuhe auszog, die ihre Tante ihr zu Weihnachten geschenkt hatte.

»Ha! Das nennst du kalt? Du müsstest mal einen Winter in Polen erleben, mit meterhohem Schnee«, entgegnete Anna. »Wir essen bald zu Mittag«, fügte sie hinzu. »Ich habe selbstgemachte Gemüsesuppe mitgebracht, und du kannst mitessen, wenn du willst.«

»Würde ich sehr gern«, antwortete Rose, »aber ich kann nicht. Ich muss um halb zwei zurück sein, damit Piers wegkann, um für einen neuen Auftrag auszumessen.«

Piers Jeffries war Ivors Assistent, ein gut aussehender junger Mann, der vorgab, Rose zu mögen und ihr helfen zu wollen, der es aber gleichzeitig raushatte, die Dinge so zu drehen, dass man, sobald etwas schiefging, Rose die Schuld dafür gab. Nach außen mochte Piers Mitgefühl mit ihr zeigen und sich zuweilen sogar gegen ihren ungeduldigen und hitzigen Chef auf ihre Seite stellen, doch Rose hegte den Verdacht, dass er es insgeheim genoss, wenn sie in Ungnade fiel.

»Ich muss den Ursprung eines Entwurfes meines Großonkels überprüfen«, erklärte Rose. »Ivor hat einen Kunden, der ihn benutzen möchte, und er hat sich danach erkundigt, wo er herkommt. Das Problem ist, dass er nicht weiß, wie der Entwurf heißt, er kann ihn nur beschreiben.«

Anna schnaubte spöttisch. »Und er glaubt, du könntest es in einer halben Stunde herausfinden! Hast du ihn nicht daran erinnert, dass wir hier über zweihundert verschiedene Entwürfe haben, die auf die Zeichnungen deines Großonkels zurückgehen?«

»Die sind alle in hellem Aufruhr. Der Kunde ist ungeduldig, und Ivor hat ihm die Information für heute Nachmittag versprochen. Er erweckt immer gern den Eindruck, die Dinge liefen wie am Schnürchen. Ich glaube, es ist einer der Entwürfe mit einem griechischen Fries, also fange ich mit dem Buch an.«

»Dann geh schon mal hoch. Ich schicke Belinda mit einer Tasse Tee für dich rauf.«

Das Erdgeschoss des Hauses in der Walton Street wurde als Ausstellungsraum genutzt, oben im Atelier, das auch als Büro diente, wurden die Musterbücher aufbewahrt.

Da ihre Tante akribische Aufzeichnungen und Musterbücher führte, brauchte Rose nicht lange, um den gesuchten Entwurf zu finden. Den Stoff gab es in vier verschiedenen Farben: in einem warmen Rot, in Königsblau, in Dunkelgrün und in einem satten Goldgelb. Das Muster am Rand stammte von einem antiken Fries, den ihr Onkel abgezeichnet hatte. Das Stück Fries, das sich jetzt in einem Londoner Museum befand, hatte der Earl of Carsworth, wie es in den Notizen ihres Onkels hieß, in den 1780er Jahren von einer Bildungsreise auf den Kontinent mitgebracht.

Rose notierte diese Informationen, trank ihren Tee, der inzwischen kalt geworden war, und eilte wieder die Treppe hinunter.

Draußen blies der Ostwind ihr schneidend entgegen, und es kam ihr noch kälter vor als vorher, trotz der Wärme ihres dicken marineblauen Kaschmirmantels – ein Geschenk von ihrer Tante, als sie angefangen hatte zu arbeiten –, ein Mantel, in dem sie »den richtigen Eindruck erweckte«, hatte Amber gesagt.

Den richtigen Eindruck. Traurigkeit überschattete Roses Gedanken, als sie ein Taxi herbeiwinkte. Die Fahrt musste sie natürlich selbst bezahlen, aber das war besser, als womöglich noch zu spät zurück zu sein. Was ihre Tante nicht gesagt hatte, was sie aber beide wussten, war, dass es aufgrund ihrer Ähnlichkeit mit ihrer leiblichen Mutter für die Leute nur allzu leicht wäre, sie nicht als die Nichte einer der reichsten Frauen von Cheshire zu betrachten – deren erster Gatte der Herzog von Lenchester gewesen war und deren zweiter Gatte der örtlichen Gentry angehörte –, sondern als die Tochter einer armen chinesischen Einwanderin.

Dabei war ihre Mutter nicht einmal annähernd etwas so Respektables gewesen.

»Deine Mutter war eine Hure, eine Prostituierte, die ihren Körper an Männer verkauft hat«, hatte ihre Cousine Emerald Rose einmal verhöhnt.

Rose wusste, dass Emerald gehofft hatte, sie zu schockieren und zu verletzen, doch wie konnte sie, wo Rose oft genug gehört hatte, wie ihr Vater unter dem Einfluss von Alkohol und Drogen genau so über ihre Mutter hergezogen war?

Ihr Vater hatte ihr allzu oft erklärt, dass er sich allein ihretwegen dem Alkohol zugewandt hatte, um die Verzweiflung und das Elend des Lebens zu ertränken, zu dem ihre Existenz ihn zwang. Sie, die Tochter, die er verabscheute und hasste und die genauso aussah wie die chinesische Hure, die ihre leibliche Mutter gewesen war.

Nach seinem Tod hatte Rose schreckliche Angst gehabt, man würde sie wegschicken – zurück nach China. Ihre Urgroßmutter hätte das, wie Emerald ihr erklärt hatte, getan, ohne mit der Wimper zu zucken, doch ihre Tante Amber hatte dafür gesorgt, dass Rose ein Zuhause bekam, das weit über ihre kühnsten Träume hinausging.

Ihre Tante Amber und deren Mann Jay waren wunderbar freundlich und großzügig zu Rose gewesen, und so war sie in Denham Place aufgewachsen, zusammen mit ihrer Cousine Emerald, Ambers Tochter aus erster Ehe, mit Ella und Janey, Jays beiden Töchtern aus seiner ersten Ehe, und mit Ambers und Jays Zwillingen, den beiden Mädchen Cathy und Polly. Sie war auf dasselbe exklusive Internat geschickt worden wie Ella und Janey und hatte wie sie St. Martins besucht, das berühmte College für Kunst und Design in London. Man hatte ihr das Gefühl gegeben, Teil der Familie zu sein – was nach ihrer unglücklichen frühen Kindheit, als jeder falsche

Schritt einen Zornausbruch ihres Vaters provozierte, paradiesisch gewesen war. Alle hatten ihr dieses Gefühl gegeben, bis auf Emerald. Aus irgendeinem Grund verabscheute sie Rose, und selbst jetzt noch machte sie oft spitze Bemerkungen, die so giftig waren wie je.

Rose lebte zusammen mit Ella und Janey in einem vierstöckigen Haus in Chelsea, wo auch Amber wohnte, wenn sie alle zwei Monate nach London kam, um sich um ihre Firma für Innenausstattung zu kümmern.

Rose hielt große Stücke auf ihre Tante, es gab nichts, was sie nicht für sie tun würde. Amber hatte sie beschützt und unterstützt und darüber hinaus auch geliebt. Als Rose also gemerkt hatte, wie sehr es ihre Tante freute, wenn sie über Innenausstattung sprach, hatte sie beschlossen, so viel wie möglich über dieses Metier zu lernen. Das hatte wiederum dazu geführt, dass ihre Tante sie ermutigte, eine Ausbildung als Innenausstatterin zu machen, damit sie eines Tages die Leitung von Ambers Firma übernehmen konnte. Der Gedanke daran, dass ihre Tante großes Vertrauen in sie setzte und an sie glaubte, erfüllte Rose mit frischer Entschlossenheit, niemandem zu zeigen, wie schrecklich sie es fand, für Ivor Hammond zu arbeiten.

Ihre Tante war hocherfreut gewesen, als ihr alter Freund Cecil Beaton verkündet hatte, er habe Ivor Hammond empfohlen, Rose als Lehrmädchen zu sich zu nehmen.

»Bei ihm wirst du viel mehr lernen, als ich dir je beibringen könnte, Schatz. Und eines Tages wirst du die gefragteste Innenausstatterin in ganz London sein.«

Das Taxi hielt vor dem Laden ihres Chefs in der Bond Street. Das Schaufenster war mit zwei beeindruckenden Regency-Stühlen und einem Schreibpult aus Mahagoni dekoriert, auf dem ein schwerer georgianischer silberner Kerzenleuchter stand.

Ivor war auf die typischen Möbel und das elegante Dekor der Oberschicht spezialisiert, für die sich inzwischen auch immer mehr soziale Aufsteiger interessierten. Roses eigener Geschmack neigte eher zu einem moderneren, nicht so überladenen Look, doch das würde sie niemals sagen. Wenn ihre Tante glaubte, Ivor sei der Richtige, um ihr alles über Innenausstattung beizubringen, dann würde sie ihre rebellischen Ideen, die sie sich nach etwas Aufregenderem und Innovativerem sehnen ließen, fallen lassen.

»Oh, da bist du, Chinky.«

Obwohl sie bei Piers' Worten innerlich zusammenzuckte, wehrte sie sich nicht, sie war schließlich schon Schlimmeres genannt worden. Ihre Urgroßmutter hatte keinen Hehl daraus gemacht, wie sehr sie es verabscheute, »ein hässliches gelbes Gör« zur Urenkelin zu haben.

»Hast du die Informationen, die der Chef wollte? Ich möchte nicht in deiner Haut stecken, wenn du sie nicht hast, denn er hat eine Stinklaune. Die Jackpot-Gewinnerin war da, während du weg warst, und hat ihren Auftrag storniert.«

»Ich dachte, er wollte sie sowieso nicht als Kundin«, erwiderte Rose.

Ihr Chef hatte sich, wie Rose fand, unnötig abschätzig über die Wasserstoffblondine geäußert, die in einem Leopardenfellmantel und einer dicken Parfümwolke in den Laden gestöckelt war, um zu verkünden, sie und ihr Männe hätten beim Toto gewonnen und würden sich eine »schicke Wohnung« kaufen, die sie neu ausgestattet haben wollten.

»Sie wollte er vielleicht nicht, ihr Geld schon.« Piers schniefte abschätzig. »Ich sollte wirklich allmählich über die anderen Angebote nachdenken, die ich hatte. Wie der liebe Oliver Messel neulich zu mir sagte, ich muss wirklich meinen Ruf und meine Zukunft im Auge behalten, wenn ich mit der Art von neureichen Kunden in Verbindung gebracht werde, die Ivor heutzutage anzieht. So was spricht sich schließlich rum. Und die Tatsache, dass er dich genommen hat, hilft auch nicht gerade. Na, wie denn auch? Ich bin überrascht, dass wir nicht mit Anfragen für Kostenvoranschläge für die Neugestaltung der chinesischen Restaurants in Soho überschwemmt werden.«

Roses Gesicht brannte, während er über seinen eigenen Witz kicherte. Sie wünschte sich das Ende des Tages herbei, wenn sie der giftigen Atmosphäre des Ladens entfliehen konnte.

Vollkommen wohl und sicher und akzeptiert fühlte sie sich nur, wenn sie mit ihrer Tante Amber zusammen war, und hätte sie ihrer Tante nicht einen Gefallen tun wollen, hätte Rose sie angefleht, ihr zu helfen, eine andere Arbeitsstelle zu finden.

Mit Jays Töchtern kam sie gut zurecht, sie hatten viel Spaß zusammen. Trotzdem war Rose sich deutlich bewusst, dass sie anders war, eine Außenseiterin, deren Aussehen Menschen – besonders Männer – dazu verleitete, sich ihr gegenüber verletzend und grob zu verhalten. Sie sahen Rose an, als wüssten sie alles über ihre Mutter, als wollten sie, sie wäre wie ihre Mutter. Doch so würde sie niemals sein, niemals …

»Um Himmels willen, Ella, sei vorsichtig. Du bist wirklich schrecklich ungeschickt.«

Ungeschickt und reizlos, dachte Ella Fulshawe elend, als sie sich bückte, um die Wäscheklammern aufzuheben, die vom Tisch gefallen waren, wo eine Nachwuchskraft aus der Moderedaktion sie hingelegt hatte. Mit ihnen wurden die Kleider hinten zusammengehalten, sodass es, wenn die überschlanken Mannequins von vorn fotografiert wurden, so aussah, als würden die Kleider passen.

Ella war nicht begeistert, für *Vogue* zu arbeiten, sie wäre lieber eine richtige Reporterin bei einer richtigen Zeitung gewesen. Ihre Schwester Janey mochte sie beneiden, doch Janey lebte und atmete Mode, während Ella sich überhaupt nicht dafür interessierte. Sie wollte über wichtige Dinge schreiben, nicht über dämliche Kleider. Doch als man ihr die Stelle angeboten hatte, war ihr Vater so erfreut und stolz auf sie gewesen, dass sie sie einfach nicht ausschlagen konnte.

»Dein Vater hofft sicher, dass du dich von einem hässlichen Entlein in einen Schwan verwandelst, wenn du für *Vogue* arbeitest«, hatte Emerald nur spöttisch kommentiert.

Hatte ihr Vater wirklich gedacht, wenn sie für *Vogue* arbeitete, würde sie sich in etwas Hübsches und Selbstbewusstes verwandeln? Wenn ja, waren seine Hoffnungen bitter enttäuscht worden. Im Gegenteil, neben den hübschen, glamourösen Mannequins, mit denen sie nun jeden Tag zu tun hatte, fühlte sie sich umso reizloser. Neben diesen Frauen mit ihren kleinen Brüsten und schlanken Beinen kam sie sich unförmig und dick vor. Ihre üppigen Brüste und ihren kurvenreichen Körper mochte sie dann überhaupt nicht mehr.

»Wirklich schade, dass du zwar die Gesichtszüge deiner armen Mutter geerbt hast, aber nicht ihre Figur. Ehrlich, Ella, so viel fleischiges Übermaß hat etwas entschieden Bukolisches und nahezu Gewöhnliches. Deine arme Mutter wäre entsetzt, wenn sie dich sehen könnte. Wo sie selbst doch so schlank war.«

Die unfreundliche Kritik, mit der ihre Tante Cassandra Ella bedacht hatte, als sie in die Pubertät gekommen war, hatte ihre Spuren hinterlassen und sie viel mehr verletzt, als es die gehässigen Bemerkungen ihrer Stiefschwester Emerald je vermochten. Sie waren tief in Ellas Herz gebrannt.

Die Mannequins waren so schlank und so hübsch, und Ella sah die Bewunderung in den Augen der Fotografen, die mit ihnen arbeiteten und die sie, Ella, nur mit einem kurzen Blick abtaten. Zumindest die meisten. Einer hatte es für nötig befunden, seine Verachtung für sie sehr deutlich zu machen. Oliver Charters.

Charters war ein aufstrebender junger Fotograf, der sich gerade seine ersten Sporen verdiente. Der Moderedaktion von *Vogue* zufolge war er außerordentlich talentiert und würde es weit bringen. Ein einziger Blick aus seinen strahlend grünen Augen genügte, und Mannequins und Redakteurinnen schmolzen gleichermaßen dahin.

Doch als dieser grünäugige Blick in Ellas Richtung gefallen war, war das unbekümmerte Interesse, mit dem er die anderen jungen Frauen bedachte, verschwunden und von schierem Unglauben abgelöst worden. Als wäre das nicht schlimm genug, hatte er diesen Blick auch noch mit einem entsetzten Ausruf begleitet, was die Assistentin des Artdirectors zu einem boshaften Kichern inspirierte und dazu, den Vorfall später vor dem ganzen Redaktionsteam zum Besten zu geben.

Oliver Charters war jetzt hier in dem kleinen, beengten Büro, wo Ellas Chefin, die Feature-Redakteurin, und die leitende Moderedakteurin das hübsche Mannequin musterten, das ein viel zu großes cremefarbenes Kleid trug.

Ella tat ihr Bestes, um ihre unmoderne Figur zu verbergen; sie hüllte sich in weite, ausgebeulte Pullover über Faltenröcken und weißen Blusen – fast so, als trüge sie noch ihre Schuluniform, wie Janey einmal missbilligend bemerkt hatte.

Zu Hause in Denham war sie die Älteste, und dort war sie selbstbewusst genug, um ihre Verantwortung gegenüber den Jüngeren zu übernehmen, besonders gegenüber Janey, die ständig Dummheiten machte und sich in Schwierigkeiten brachte, manchmal in richtig ernste. Vor allem, wenn es darum ging, sich Versagern sämtlicher Couleur anzunehmen – sowohl tierischen als auch menschlichen. Doch hier bei *Vogue*, ohne den Schutz durch die Liebe ihres Vaters und ihrer Stiefmutter, fühlte Ella sich linkisch, verletzlich und dumm. Jetzt hatte ihre Unbeholfenheit dazu geführt, dass ihr Gesicht brannte und ihre Kehle sich über den drohenden Tränen schloss.

»Darüber kann ich unmöglich schreiben. Es sieht schrecklich aus«, beklagte Ellas Chefin sich. »Ich soll über aufregende neue junge Mode berichten; das sieht eher aus wie etwas, was eine Bauersfrau oder ein Mädchen wie Ella tragen würde. Wo ist das Kleid von Mary Quant? Geh und such es, wärst du so nett, Ella?«, verlangte sie.

Oliver, der sich in der offenen Tür abstützte, während er sich mit dem Mannequin unterhielt, versperrte ihr den Weg. Die Lederjacke, die er zu Jeans und schwarzem T-Shirt trug, verlieh ihm etwas Liederliches, was zu seinem überlangen dunklen Haar und der Zigarette passte, die ihm aus dem Mundwinkel hing. Janey hätte ihn toll gefunden, Ella fand ihn eher lästig.

»Verzeihung.«

Er war so von dem Mannequin gefesselt, dass er weder ihre Entschuldigung gehört noch mitbekommen hatte, dass sie nicht durch die Tür kam.

Ella räusperte sich und versuchte es noch einmal.

»Verzeihung, bitte.«

Das Mannequin zupfte am Ärmel seiner Lederjacke. »Ella möchte vorbei, Oliver.«

»Dann zwäng dich halt vorbei, Liebchen. Ich hätt nichts dagegen, wenn du dich an meinem Hintern reibst.«

Mit diesen absichtlich vulgären Worten hoffte er wohl, Ella in Verlegenheit zu bringen. Ella schoss einen eisigen Blick auf seinen Rücken ab. Das Mannequin kicherte, als Oliver den Rücken so weit durchbog, dass sie selbst sich vielleicht hätte durchzwängen können. Doch für Ella war es bei weitem zu eng.

»Ella kommt da nicht durch. Ollie, rück mal beiseite«, erklärte das Mannequin ihm.

Jetzt musterte er Ella von oben bis unten und dann wieder bis oben, und seine Inspektion fand erst ein Ende, als sein Blick auf ihrem inzwischen puterroten Gesicht ruhte.

»Gehst du Tee kochen, Liebchen?«, fragte er und schenkte ihr ein gemeines Grinsen. »Für mich zwei Stück Würfelzucker«, fügte er hinzu, bevor er den Blick genüsslich auf ihren Brüsten ruhen ließ.

Beim Hinausgehen hörte Ella noch, wie das Mannequin

gehässig sagte: »Die arme Ella. Ich würde ja im Boden versinken, wenn ich so fett wäre wie ein Elefant. Ich bin überrascht, dass sie nicht versucht, wenigstens ein bisschen abzunehmen.«

Oliver Charters lachte und meinte: »Es hätte gar keinen Zweck, wenn sie es versuchte. Sie würde es eh nicht schaffen.«

Mit brennendem Gesicht blieb Ella wie angewurzelt stehen, gezwungen, mit anzuhören, wie sie sich über sie auslie-ßen, bis sie sich schließlich aus ihrer Starre löste und weiterging. Sie hasste die beiden, aber ihn, Oliver Charters, hasste sie am meisten, wie sie bitter feststellen musste. Widerlicher Kerl! Das hämische Lachen der beiden folgte ihr den Flur hinunter.

Oliver Charters dachte also, sie besäße nicht die Willenskraft, um abzunehmen? Na, dem würde sie es zeigen. Sie würde es allen zeigen.

Die Herzogin.

Dougie Smith stierte auf den verblassten Namen am Bug des Schiffes, das am Trockendock festgemacht war.

»Wurd' stillgelegt, weil sie nich' mehr gebraucht wird. Von was Neuem von ihrem Platz verdrängt«, erklärte ein alter Matrose ihm, der am Kai stand und sich eine Capstan Full Strength anzündete, und krönte seine Worte mit einem Hustenanfall.

Dougie überlegte, ob das stille, fast ominöse Schiff ihm in seiner erzwungenen Ruhepause wohl eine Botschaft übermitteln sollte. Er nickte zu der Bemerkung des Matrosen und wandte sich ab, ging den hektischen Aktivitäten auf dem Kai mit ihrem Gestank nach abgestandenem Wasser, Fracht und der vertrauten Mischung aus Teer, Öl, Tauen und Myriaden anderer Aromen mit Bedacht aus dem Weg.

Er duckte sich unter Trossen und Tauen weg und schmiegte sich tiefer in die Matrosenjacke, die er sich auf Anraten anderer Matrosen schon in der milden Wärme von Jamaica gekauft hatte, wo er das Schiff gewechselt hatte.

Das Frachtschiff, auf dem er dort angeheuert hatte, um sich seine Passage nach London zu verdienen, ragte aus dem kalten Januarnebel wie ein grauer Geist. Dougie schauderte. Die Matrosen hatten ihn vor dem kalten, nebligen Wetter in London gewarnt. Die meisten waren zähe alte Teerjacken gewesen, die ihn zuerst misstrauisch beäugt hatten – den jungen Australier, der eine billige Passage ins »Heimatland« wollte. Doch sobald er bewiesen hatte, dass er sich ordentlich ins Zeug legen konnte, hatten sie ihn unter ihre Fittiche genommen.

Er hatte Gewissensbisse, weil er ihnen Lügen aufgetischt hatte, doch er bezweifelte, dass sie ihm geglaubt hätten, wenn er mit der Wahrheit herausgerückt wäre. Was hätte er sagen sollen? »Ach, übrigens, Jungs, ich dachte, es wäre vielleicht besser, wenn ich euch sage, dass so ein Anwalt in London glaubt, ich wäre ein Herzog.« Dougie konnte sich lebhaft vorstellen, wie sie darauf reagiert hätten. Schließlich erinnerte er sich noch gut an seine eigene Reaktion, als er die Nachricht bekommen hatte.

Er hob seinen Seesack auf, kehrte dem grauen Rumpf des Schiffes, das in den letzten Monaten sein Zuhause gewesen war, den Rücken und schlug, wie er hoffte, die richtige Richtung zur Seemannsmission ein, wo er, wie man ihm versichert hatte, ein sauberes Bett für die Nacht kriegen würde.

Wenigstens fuhren sie hier auf derselben Straßenseite, nahm er erleichtert zur Kenntnis, als aus dem Nebel ein Lastwagen auf ihn zukam, dessen Fahrer hupte, damit er ihm aus dem Weg ging.

Auf den Kais herrschte reges Treiben, und niemand achtete besonders auf Dougie. Seeleute stellten einander keine Fragen, sie hatten – ganz ähnlich wie die Viehtreiber im Outback – einen Ehrenkodex, der besagte, dass jeder das Recht hatte, seine Vergangenheit für sich zu behalten.

Dafür war Dougie dankbar gewesen auf seiner langen Reise nach England. Er wusste immer noch nicht recht, was er davon halten sollte, dass er womöglich ein Herzog war. Sein Onkel, der die britische Oberschicht aus Gründen, die er nie richtig erklärt hatte, verachtete, hätte ihm in deutlichen Worten zu verstehen gegeben, er solle den Brief des Anwalts ignorieren.

Doch was war mit seinen Eltern – was hätten sie gedacht? Dougie wusste es nicht. Sie waren kurz nach seiner Geburt bei einer Überschwemmung ums Leben gekommen, und wenn sein Onkel nicht gewesen wäre, wäre er in einem Waisenhaus gelandet. Er hatte Dougie nie viel über seine Eltern erzählt. Dougie wusste bloß, dass sein Onkel der Bruder seiner Mutter war und dass es ihm nicht recht gewesen war, dass sie Dougies Vater geheiratet hatte.

»Ein Weichling mit englischem Akzent und seltsamem Gebaren, der ein Schaf nicht mal hätte scheren können, wenn es um sein Leben gegangen wäre.« Viel hatte er nicht für seinen Schwager übriggehabt.

Es war hart gewesen, im australischen Outback aufzuwachsen, auf einer großen Schaffarm, etliche Meilen von der nächsten Stadt entfernt. Aber auch nicht härter als das Leben vieler anderer junger Burschen. Wie sie hatte er seine Hausaufgaben in der Küche der Farm gemacht, unterrichtet von Lehrern, die über den Äther Kontakt zu ihren Schülern hielten. Wie sie hatte er seinen Teil auf der Farm tun müssen.

Nachdem die Schule und die Prüfungen überstanden waren, hatte sein Onkel ihn auf eine benachbarte Schaffarm geschickt – als »Jackaroo«, wie man die jungen Männer der jüngeren Generation nannte, die eines Tages die Farmen ihrer Familien übernehmen würden.

Nach dem Krieg waren die Zeiten hart gewesen, und das war seither so geblieben. Als sein Onkel krank geworden war, hatte der fliegende Arzt ihm gesagt, er habe ein schwaches Herz und solle aufhören zu arbeiten. Doch sein Onkel hatte sich rundheraus geweigert und war, genau wie er es sich gewünscht hatte, eines Abends bei Sonnenuntergang auf der Veranda seines baufälligen Bungalows gestorben, während der Regen auf das Blechdach prasselte wie Gewehrkugeln.

Dougie hatte, als einziger Verwandter, die Farm geerbt, samt der Schulden und der Verantwortung für die Leute, die auf der Farm arbeiteten: Mrs Mac, die Haushälterin, und die Treiber Tom, Hugh, Bert und Ralph samt ihren Frauen und Familien.

Dougie hatte bald herausgefunden, dass ihm nichts anderes übrig blieb, als das Angebot eines wohlhabenden Nachbarn anzunehmen, der sich zur Hälfte in die Schaffarm einkaufte.

Das war vor fünf Jahren gewesen. Seither war die Farm gediehen, und Dougie hatte sich eine Auszeit genommen, um seine Ausbildung in Sydney abzuschließen. Dort hatte ihn der erste Brief des Anwalts erreicht, und er hatte ihn schlichtweg ignoriert.

Ein halbes Dutzend Briefe später – und mit wachsendem Bewusstsein dafür, wie wenig er eigentlich über seinen Vater und dessen Familie wusste – war er zu dem Schluss gekommen, er sollte vielleicht herausfinden, wer er war und wer nicht.

Der Anwalt hatte ihm angeboten, ihm die Passage vorzuschießen. Nicht dass Dougie einen solchen Vorschuss gebraucht hätte – er besaß jetzt dank des Erfolgs der Farm eigenes Geld –, doch er hatte sich nicht auf eine Situation einlassen wollen, die ihm nicht ganz geheuer war, ohne mehr darüber zu wissen.

Für seine Überfahrt nach England zu arbeiten mochte nicht der schnellste Weg gewesen sein, um hinzukommen, doch es war todsicher der aufschlussreichste, wie Dougie zugeben musste, als er durch das Dock-Tor ging und in die nebelverhangene Straße einbog.

Er war Dougie Smith – Smith war der Nachname seines verstorbenen Onkels gewesen und der Name, den er immer getragen hatte –, doch laut seiner Geburtsurkunde war er Drogo Montpelier. Vielleicht war er auch der Herzog von

Lenchester, doch im Augenblick war er ein Matrose, der eine anständige Mahlzeit brauchte, ein Bad und ein Bett, exakt in dieser Reihenfolge. Der Anwalt hatte ihm in seinen Briefen die Familienkonstellation hier in England dargelegt und ihm erklärt, der Tod des letzten Herzogs und seines Sohns und Erben bedeute, dass er, der Enkel des Großonkels des verstorbenen Herzogs – wenn er das denn tatsächlich war –, jetzt der Nächste in der Erbfolge war.

Doch was war mit der Witwe des letzten Herzogs, die inzwischen wieder geheiratet hatte? Was war mit seiner Tochter, Lady Emerald? Dougie konnte sich nicht vorstellen, dass sie ihn willkommen heißen würden, wenn er in ein Territorium drängte, das sie gewiss als das ihre betrachteten.

Er mochte nicht viel über die britische Oberschicht wissen, doch eines war ihm klar: Wie jede andere eng verbundene Gemeinschaft würde sie einen Außenseiter auf den ersten Blick erkennen und die Reihen schließen. Das war der Lauf der Welt, und obendrein war es nur natürlich.

Eine junge Frau mit müden Augen und blässlicher Haut, in schäbigen Kleidern, die Haare strohgelb gefärbt, drückte sich von der Mauer ab, an der sie gelehnt hatte, und rief: »Willkommen zu Hause, Seemann. Wie wär's, willst du 'nem hübschen Mädchen was zu trinken spendieren und dich von ihr ein bisschen verwöhnen lassen?«

Dougie schüttelte den Kopf und ging an ihr vorbei. Willkommen zu Hause. Würde er willkommen sein? Wollte er hier willkommen sein?

Dougie hievte seinen schweren Seesack höher auf die Schulter und drückte den Rücken durch. Es gab nur einen Weg, es herauszufinden.

2

Janey war glücklich. Eigentlich müsste sie Schuldgefühle haben, weil sie in St. Martins sein und sich eine Vorlesung über die Geschichte des Knopfes anhören sollte. Doch wenigstens befasste sie sich im Augenblick mit Knöpfen. Ganz behutsam knöpfte sie Dans Hemd auf.

Ein aufgeregtes Kichern stieg in ihr auf. Was sie hier machte, war natürlich ganz schlimm. Nicht nur, dass sie die Vorlesung schwänzte, sie war auch noch mit Dan in seine Souterrainwohnung gegangen, und jetzt lagen sie in Dans schmalem Bett mit der klumpigen Matratze und kuschelten sich gegen die eisige Januarfeuchtigkeit aneinander. Dans Hemd war auf dem Boden gelandet. Janey trug zwar noch ihren Pullover, doch der BH darunter war geöffnet und aus dem Weg geschoben worden, sodass Dan ihre Brüste drücken und kneten konnte, was ein köstliches Zittern in ihr auslöste.

Ja, sie war sehr schlimm. Ihre Schwester Ella würde das bestimmt so sehen. Ella hätte nie eine Vorlesung versäumt, geschweige denn einen Jungen an ihren nackten Brüsten fummeln lassen. Doch sie, Janey, war nicht Ella, Gott sei Dank, und Dan, dessen Schwester ebenfalls in St. Martins war, war ein toller Kerl. Janey hatte sich vom ersten Augenblick an in den jungen Schauspieler verliebt. Und Dan war unglaublich glücklich, dass sie hier bei ihm war. Janey fand es toll, wenn sie Menschen glücklich machen konnte. Sie erinnerte sich noch gut, wie sie das erste Mal gemerkt hatte, dass sie nicht länger verängstigt und unglücklich war, wenn sie tat, was andere wollten. Das war, als Tante Cassandra zu Besuch gekommen war, als ihre Mutter in einer ihrer beängstigenden, unberechenbaren Stimmungen gewesen war.

»Ich bin froh, dass du hier bist, Tante Cass«, hatte Janey zu ihrer Tante gesagt, »denn du machst Mummy froh.«

Zu Janeys Erleichterung war die Atmosphäre augenblicklich wie verwandelt gewesen. Ihre Mutter hatte angefangen zu lachen und sie sogar umarmt, während ihre Tante sich so über ihre Bemerkung gefreut hatte, dass sie ihr einen Penny schenkte. Janey war noch klein gewesen, als ihre Mutter gestorben war, aber sie konnte sich noch sehr gut daran erinnern, wie verängstigt und traurig die Wutanfälle ihrer Mutter sie gemacht hatten. Von da an hatte sie sich besondere Mühe gegeben, Dinge zu sagen und zu tun, die andere Menschen glücklich machten …

Die ganze Schulzeit hindurch war sie »zuvorkommend« gewesen, wie ihre Lehrer ihr Verhalten anerkennend beschrieben. Janey hatte ihre Süßigkeiten und ihr Taschengeld immer bereitwillig mit ihren Schulfreundinnen geteilt, besonders wenn sie wusste, dass die anderen dann wegen irgendwas nicht mehr sauer waren. Bevor sie selbst glücklich sein konnte, war es ihr wichtig, dass die Menschen um sie herum glücklich waren. Wenn eine Freundin unglücklich war, überschlug Janey sich, um ihr ein Lächeln zu entlocken. Nichts war ihr mehr verhasst als Streit und wütend erhobene Stimmen. Das erinnerte sie zu sehr an ihre frühe Kindheit.

Sie war unglaublich froh, dass sie nicht so war wie Ella – die arme Ella, die immer alles schrecklich ernst nahm, die schnippisch und unfreundlich sein konnte, besonders gegenüber jungen Männern, und die Spaß zu haben als Sünde betrachtete.

Janey wand sich vor Verzückung. Sie hätte Dan am liebsten noch glücklicher gemacht und wäre gern noch waghalsiger gewesen, aber sie wagte es nicht. Im letzten Semester hatten zwei Mädchen St. Martins verlassen müssen, weil sie in Schwierigkeiten geraten waren. Janey wollte auf keinen Fall schwanger werden und abgehen müssen, ohne ihr Studium zu beenden. Dan hatte Verständnis gezeigt, und das machte das Ganze um so wunderbarer. Manche Männer konnten ganz schön schwierig und unfreundlich werden, wenn ein Mädchen nein sagte.

Janey liebte London und St. Martins, sie fand es toll, zur

King's-Road-Szene dazuzugehören, die am Wochenende die Cafés und Kneipen unsicher machte und laute Partys in dunklen, verrauchten Kellern besuchte, wo Beatmusik gespielt wurde. Sie fand, es gebe keinen besseren Ort auf der Welt als die King's Road in Chelsea. Es war schrecklich aufregend dazuzugehören, Teil der ausgewählten Clique junger Leute zu sein, die die Gegend zu ihrem persönlichen Spielplatz erkoren hatte und ihr ihren Stempel aufdrückte. Hier musste man sein, um zu sehen und gesehen zu werden. Wer in war, wusste das. Selbst die großen Modezeitschriften nahmen es allmählich zur Kenntnis.

Sobald sie St. Martins abgeschlossen hatte, wollte Janey sich der Reihe junger Designer anschließen, die sich in Läden in der King's Road niederließen und, dem Beispiel von Mary Quant folgend, ihre Entwürfe in ihren eigenen Boutiquen verkauften. Sie konnte es kaum erwarten.

»Was liest du da, Ella?«

»Nichts«, flunkerte Ella und versuchte den Artikel aus *Woman* zu verstecken, den sie gerade las. Er handelte davon, dass Ryvita-Kekse ausgezeichnet beim Abnehmen halfen.

Den Beschluss abzunehmen hatte sie mit großer Entschlossenheit gefasst, doch je mehr sie sich anstrengte, nichts zu essen, desto mehr verlangte es sie danach – mit dem Ergebnis, dass sie, als sie sich am Morgen auf der Waage in der Eingangshalle der U-Bahn-Station gewogen hatte, feststellen musste, dass sie sogar drei Pfund zugenommen hatte.

»Schwindlerin«, erwiderte Libby, die Assistentin des Artdirectors, vergnügt. »Zeig mal her.« Libby entriss Ella die Zeitschrift und hob fragend die Augenbrauen. »Willst du abnehmen?«

Ella verließ der Mut. Gleich würde die elegante, schlanke Libby es allen erzählen, und dann würde das ganze Büro über sie lachen.

»Da brauchst du deine Zeit aber nicht mit Ryvita-Keksen zu vergeuden«, erklärte Libby ihr, ohne eine Antwort abzuwarten. »Du brauchst nur zu meinem Arzt zu gehen und dir ein paar von seinen Spezialpillen verschreiben lassen. Davon habe ich in einem Monat sechs Kilo abgenommen. Die sind phantastisch.«

»Diätpillen?«, fragte Ella unsicher. Sie hatte nicht gewusst, dass es so etwas gab. Sie hatte Anzeigen für so etwas Ähnliches wie Toffees gesehen, die man dreimal am Tag einnehmen sollte, aber keine für Diätpillen.

»Ja, das ist richtig. Die nehmen alle, sämtliche Mannequins, auch wenn niemand es zugibt. Also, ich könnte Dr. Williamson gleich anrufen und einen Termin für dich vereinbaren. Aber du musst mir versprechen, niemandem zu sagen, dass du es von mir hast.«

»Ich …«

Bevor sie etwas sagen konnte, griff Libby schon zum Telefonhörer und nannte der Telefonistin eine Nummer aus ihrem hübschen ledergebundenen Terminkalender.

»So, alles klar«, verkündete sie einige Minuten später mit einem triumphierenden Lächeln. »Dr. Williamson hat in der Mittagspause Zeit für dich. Er ist gleich um die Ecke in der Harley Street.«

Der Mann beobachtete sie immer noch. Nicht dass Emerald überrascht war. Natürlich beobachtete er sie. Sie war schließlich sehr schön. Das sagten alle. Der Besuch im Louvre, der zu den kulturellen Aktivitäten des französischen Mädchenpensionats gehörte, das sie besuchte, hatte so langweilig zu werden gedroht, dass sie versucht gewesen war, sich mit einer Ausrede davor zu drücken. Doch jetzt, da sie einen Verehrer hatte, den sie hinter dem Rücken der greisen Kunsthistorikerin, die sie durch die Schätze des Museums führte, hänseln und quälen konnte, versprach der Nachmittag alles andere als langweilig

27

zu werden. Sehr gemächlich, fast provokant, strich sie mit der Hand über ihren gut sitzenden rehbraunen Kaschmirpullover. Sie hätte lieber eine etwas auffälligere Farbe getragen, doch ihre Mutter hatte darauf bestanden, der neutrale Farbton sei sehr viel eleganter. In Wirklichkeit hatte sie natürlich »sehr viel schicklicher« gemeint. Er würde die bewundernde männliche Aufmerksamkeit vielleicht nicht auf Emeralds Figur lenken. Wie dumm von meiner Mutter, sich einzubilden, sie könnte so dafür sorgen, dass Männer mich nicht bewundern, dachte Emerald geringschätzig. Das war unmöglich. Nicht dass ihre Mutter das je auch nur im Entferntesten zugeben würde. Es brachte Emerald zur Weißglut, dass ihre Familie – ihre Stief- und Halbschwestern, aber besonders ihre Mutter – sich weigerte, ihrer unbestreitbaren Überlegenheit – der Geburt, der Erziehung sowie des Aussehens – zu huldigen. Ihre Mutter tat, als wäre sie genau wie die anderen: Jays Töchter Ella und Janey, ihre Halbschwestern Cathy und Polly, die noch zur Schule gingen, aber vor allem ihre Cousine, die Halbchinesin Rose. Allein der Gedanke an Rose brachte Emerald in Rage. Eine Halbchinesin, ein Bastard, den ihre Mutter aus irgendwelchen unvorstellbaren Gründen tatsächlich behandelte wie ihr eigenes Kind. Ihre Mutter hatte immer schon viel Aufhebens um Rose gemacht und ihr mehr Aufmerksamkeit geschenkt, als sie Emerald je hatte zuteilwerden lassen, dabei war die ihre eigene Tochter. Das würde Emerald ihrer Mutter nie verzeihen. Niemals. Ihre Nanny und ihre Urgroßmutter hatten immer gesagt, Rose sei ein Niemand, ein Kind, das man dem Tod hätte überlassen sollen. Emerald war dagegen die Tochter eines Herzogs, der einer der reichsten Männer Englands gewesen war. Eines ehrenwerten, heroischen Mannes, den jeder bewundert hatte. Im Gegensatz zu Roses Vater, der ein Taugenichts und ein Säufer gewesen war. Ihre Urgroßmutter hatte immer gesagt, Onkel Greg würde nur so viel trinken, weil er sich wegen Rose so schämte. Von Rechts wegen hätte Emeralds Mutter dasselbe empfinden müssen, statt Rose zu behandeln, als wäre sie etwas Besonderes – als wäre sie mehr wert als Emerald. Das war natürlich unmöglich. Emerald glaubte, dass ihre Mutter nur so viel Aufhebens um Rose machte, weil sie neidisch war auf Emerald. Neidisch darauf, dass Emerald als Tochter eines Herzogs geboren worden war, der seine Tochter so sehr geliebt hatte, dass er ihr praktisch sein ganzes Geld vermacht hatte. Ein Vermögen …

Wenn sie gekonnt hätte, hätte Emerald als Kind schon verlangt, in einem der Häuser ihres Vaters leben zu dürfen, wie es sich für ihren Stand schickte, und nicht in Denham mit ihrer Mutter, Jay und den anderen.

Sie hatte sich rundheraus geweigert, dieselbe Schule zu besuchen wie die anderen. Ihren Debütantinnenball und ihre Vorstellung bei Hofe hatten die anderen als altmodische Rituale betrachtet, die man der Form halber hinter sich brachte, doch Emerald hatte sich absichtlich so lange damit zurückgehalten, bis sie hinterher ihren eigenen Ball haben konnte, ohne ihre Stief- und Halbschwestern. Und sie bestand darauf, die Saison so zu begehen wie in den Erzählungen ihrer Urgroßmutter, als die noch klein gewesen war. In Blanche Pickfords Adern mochte kein blaues Blut geflossen sein, doch sie hatte gewusst, wie wichtig es war, und dieses Wissen hatte sie an Emerald weitergegeben.

Rose besaß weder einen Adelstitel noch ein eigenes Vermögen, und Rose würde auch nicht Debütantin der Saison sein und einen Mann heiraten, der sie noch bedeutender machen würde. Dann konnte Emeralds Mutter sie nicht mehr übersehen zugunsten eines Görs aus den Gossen von Hongkong. Dann konnte sie auch nicht mehr darauf bestehen, Emerald und Rose wären einander ebenbürtig. Emerald war fest entschlossen, im Wettstreit mit ihrer Geschlechtsgenossin immer die Nase vorn zu haben.

Immer.

Der Mann, der sie beobachtet hatte, stand auf und machte Anstalten, zu ihr herüberzukommen. Emerald maß ihn mit berechnendem Blick. Ihr Bewunderer war nicht sehr groß, sein Haar war ein wenig schütter. Geringschätzig wandte Emerald ihm den Rücken zu. Nur das Beste vom Besten war gut genug für sie: der größte, am besten aussehende, reichste Mann mit dem höchsten Adelstitel. Ihre Stiefschwestern, die unbedingt arbeiten gehen wollten wie gewöhnliche kleine Ladenmädchen, hatten gar keine andere Wahl, als einen langweiligen, gewöhnlichen Mann zu heiraten, während Rose natürlich Glück hätte, wenn sie überhaupt einen anständigen Mann fände, der bereit wäre, sie zu heiraten. Ganz anders Emerald. Sie konnte und musste den begehrtesten Gemahl bekommen, den es gab.

Sie hatte sich ihren Zukünftigen sogar schon ausgesucht. Für sie gab es nur einen: den älteren Sohn von Prinzessin Marina, den Herzog von Kent, der nicht nur ein einfacher Herzog war wie ihr Vater, sondern sogar von königlichem Geblüt. Emerald sah sich schon vor sich, umgeben vom eifersüchtigen Geschnatter der Brautjungfern, die alle grün waren vor Neid, weil sie den begehrtesten Junggesellen der Saison abbekam.

Sie würden sehr gefragt sein und überall eingeladen werden, die Männer würden sie ansehen und ihren Gemahl beneiden, die Frauen würden sie ansehen und vor Neid auf ihre Schönheit schier platzen. Emerald hatte vor, sich ganz von ihrer Familie loszusagen. Sie wollte auf keinen Fall noch irgendetwas mit Rose zu tun haben. Von einem Herzog von königlichem Geblüt konnte man nicht erwarten, dass er gesellschaftlichen Umgang mit jemandem wie Rose pflegte, und da ihre Mutter so große Stücke auf Rose hielt, würde es ihr sicher nichts ausmachen, von Emeralds Gästeliste ausgeschlossen zu werden, damit sie Rose Gesellschaft leisten konnte. Der Gedanke zauberte Emerald ein Lächeln auf die Lippen.

Der junge Herzog von Kent, der im Jahr zuvor seinen einundzwanzigsten Geburtstag gefeiert hatte, stand in dem Ruf, sehr schwer festzunageln zu sein, wenn es darum ging, Einladungen anzunehmen, aber Emerald war gewiss, dass sie keine Probleme haben würde, seine Aufmerksamkeit zu erregen. Er würde gar nicht anders können, als sich in sie zu verlieben. Kein Mann konnte ihr widerstehen.

Nur schade, dass der Herzog von Kent kein anständiges imposantes Heim besaß, etwa wie Blenheim oder Osterby. Sie würde ein Wort mit ihrem Treuhänder Mr Melrose wechseln müssen, der auch der Anwalt ihres verstorbenen Vaters gewesen war. Als Gemahlin eines Herzogs von königlichem Geblüt würde es doch sicher nur recht und billig sein, dass sie Haus und Anwesen ihres verstorbenen Vaters nutzte, als da wären Lenchester House in London, wo sie ihren Debütantinnenball halten würde, und der Familiensitz. Ihre Mutter war dagegen, dass sie ihren Debütantinnenball in Lenchester hielt, sie hatte gesagt, rein formell habe sie nicht das Recht, das Haus zu nutzen, denn es sei zusammen mit allem anderen, was zu dem Herzogstitel gehörte, durch das Erstgeborenenrecht an den neuen Erben gefallen, den Enkel des Großonkels ihres verstorbenen Vaters, des schwarzen Schafs der Familie, der als junger Mann ein Schiff nach Australien bestiegen hatte. Ursprünglich war man davon ausgegangen, das schwarze Schaf wäre gestorben, ohne zu heiraten, doch dann hatte sich herausgestellt, dass er verheiratet gewesen war und einen Sohn hatte, der wiederum ebenfalls einen Sohn hatte. Den versuchte Mr Melrose jetzt zu finden. Wie auch immer, Mr Melrose war mit Emerald einer Meinung gewesen, es gebe wirklich keinen Grund, warum die Tochter des verstorbenen Herzogs ihren Ball nicht in Lenchester House halten sollte. Ihr Vater hätte es so gewollt, davon war Emerald überzeugt. Wie sie auch davon überzeugt war, dass ihr Vater es lieber gesehen hätte, wenn sie in Osterby und Lenchester House lebte statt irgendein Erbe, von dessen Existenz er nicht einmal etwas gewusst hatte. Und der jetzt Osterby und alles andere erben würde, und das nur, weil er ein Mann war.

Lenchester House war einfach phantastisch. Es war bis vor kurzem an einen griechischen Millionär vermietet gewesen, und Emerald sah keinen Grund, warum sie und der Herzog von Kent nicht darin leben sollten, sobald sie verheiratet waren.

Mademoiselle Jeanne war immer noch mit der Mona Lisa zugange. Emerald bedachte das Porträt mit einem abschätzigen Blick. Sie war viel hübscher. Und überhaupt fand sie das Porträt langweilig. Sie bevorzugte die kühnen Pinselstriche und die strahlenden Farben moderner Künstler, auch wenn ihre Mutter solche Gemälde nicht im Traum in Denham an die Wand hängen würde. Emerald fand, sie könnte eine Gönnerin moderner Kunst werden, sobald sie verheiratet war. Sie hörte schon förmlich das Lob, mit dem die Presse sie wegen ihres exzellenten Auges und ihres hervorragenden Geschmacks bedachte, und die Kommentare in den Klatschspalten würden ihren Status bestätigen: »Ihre Königliche Hoheit, die Herzogin von Kent, ist Londons bedeutendste Gastgeberin und darüber hinaus eine bekannte Gönnerin moderner Kunst.«

Ihre Königliche Hoheit, die Herzogin von Kent. Emerald brüstete sich und dachte, wie gut ihr der Titel doch stand.

Ella zitterte, als sie das Gebäude verließ, in dem Dr. Williamsons Praxis lag, und auf die Harley Street trat, nicht so sehr wegen des rauen, beißenden Winds wie in schockiertem Unglauben und Aufregung darüber, dass sie es tatsächlich gewagt hatte.

Eine adrett gekleidete Arzthelferin hatte sie gewogen und gemessen, und dann hatte Ella ein langes Formular ausgefüllt. Der ernst dreinblickende Dr. Williamson hatte ihr anschließend gesagt, zum Wohle ihrer Gesundheit müsse sie unbedingt die von ihm verordneten Medikamente nehmen, um abzunehmen.

Sie sollte zwei Pillen am Tag nehmen, eine nach dem Früh-stück und eine am späten Nachmittag, und in einem Monat sollte sie wiederkommen, um erneut gewogen und gemessen zu werden und ein neues Rezept zu erhalten.

Es war nicht geschummelt, redete Ella sich zu. Die Diätpil-len halfen ihr nur, ihren Appetit zu zügeln. Und wenn sie ihn gezügelt hatte und ein wenig Gewicht verloren hatte, dann würde niemand mehr hinter ihrem Rücken über sie lachen – besonders nicht Oliver Charters.

3

»Janey, ich weiß immer noch nicht, ob wir wirklich zu der Party gehen sollten«, protestierte Ella, die verärgert und ge-reizt war, als sie sah, dass Janey sich, statt ihr zuzuhören, darauf konzentrierte, einen dicken schwarzen Strich um ihre Augen zu malen – und zwar so sehr konzentriert, dass sie dabei die Zungenspitze zwischen die Lippen schob.

»Wir können nicht nicht gehen«, verkündete Janey, die an-scheinend doch zugehört hatte. »Ich hab's versprochen.«

Das hieß, dass sie Dan versprochen hatte zu kommen, und sie wollte ihn nicht enttäuschen. Nicht wo die Dinge gerade so aufregend waren.

Ella antwortete nicht. Sie wusste, dass es zwecklos war. Doch sie wünschte sich, ihre Schwester würde sich ein we-nig konventioneller zurechtmachen. Janey betrachtete sich als Bohemien, zumindest hatte sie das getan, bevor sie zum ers-ten Mal Mary Quants Laden *Bazaar* in der King's Road auf-gesucht und sich in ihren unverkennbaren Stil verliebt hatte. Es war Janeys größtes Ziel, dass Mary ihre eigenen Entwürfe bewunderte – Entwürfe, die Ella insgeheim viel zu gewagt fand. Man musste sich nur das gestreifte Minikleid ansehen, dass Janey sich genäht hatte und das sie an diesem Nachmittag unbedingt hatte tragen wollen. Sie hatte Ella und Rose so lange gepiesackt und beschwatzt, bis sie mit ihr in ihr Lieblingscafé, das *Fantasy*, gegangen waren.

Das *Fantasy*, das einzige »anständige« Café außerhalb von Soho, war im Besitz von Archie McNair, der ein Freund und Förderer von Mary Quant war, und Janey hatte Ella und Rose aufgeregt erzählt, sie hoffe, ihr Idol würde reinschauen und sie in ihrer neuesten Kreation entdecken. Das war zwar nicht passiert, aber Janey hatte trotzdem ziemlich viel Aufmerksamkeit erregt. Kein Wunder, dass die Leute, genauer gesagt die Männer, Janey dermaßen angestiert hatten. Sosehr sie ihre jüngere Schwester liebte, gab es doch Zeiten, da wünschte Ella sich, Janey würde sich schicklicher benehmen und vernünftige, richtige Erwachsenensachen tragen und nicht Kleider, bei denen die Leute gar nicht anders konnten, als sie anzustieren.

Aufmerksamkeit zu erregen war Ella äußerst unangenehm. Als Kinder waren Janey und sie nur dann in den Fokus der Aufmerksamkeit ihrer Mutter geraten, wenn sie etwas falsch gemacht hatten – etwas, das den Zorn ihrer Mutter erregt hatte und für das Ella, als Ältere, immer die Schuld bekam.

Ihre Stiefmutter war ganz anders als ihre verstorbene Mutter. Als Ellas Vater Amber geheiratet hatte, hatte sich ihr Leben grundlegend verändert. Amber war eine richtige Mutter; sie wusste, was wichtig war, dass man zum Beispiel keine nassen Socken tragen oder im Dunkeln nicht ohne Licht die Treppe hinaufgehen sollte.

Wenigstens ist mein Gewicht etwas, wofür ich bald keine Aufmerksamkeit mehr auf mich ziehen werde, dachte Ella mit leisem Vergnügen. Dr. Williamsons Diätpillen hatten gehalten, was der Arzt und Libby ihr versprochen hatten, und sie hatte schon etwas abgenommen. Nicht dass sie jemandem davon erzählt hatte oder davon, wie sehr die grausamen Worte und das Gelächter sie kränkten. Ohne ihre kleinen gelben Pillen, die auf magische Weise ihren Hunger zügelten, wäre sie verloren.

»Du kannst ja hierbleiben, wenn du willst«, erklärte Janey ihrer Schwester. »Du musst nicht mitkommen.«

Das Letzte, wonach Ella an einem kalten Winterabend der Sinn stand, war, zu einer Party in einem schmuddeligen, verrauchten Keller zu gehen, wo lauter Leute waren, die sie nicht kannte und mit denen sie sich bei dem ganzen Lärm unmöglich unterhalten konnte, doch Janeys Worte hatten sie misstrauisch gemacht.

»Selbstverständlich komme ich mit«, beharrte Ella. »Ich muss schließlich dafür sorgen, dass du keinen Unsinn machst.«

»Red keinen Blödsinn. Natürlich mache ich keinen Unsinn«, verteidigte Janey sich entrüstet.

Ella war nicht überzeugt. »Das ist bei weitem nicht ›natürlich‹«, erklärte sie Janey. »Denk nur an die Männer, die du neulich aus diesem Jazzclub mitgebracht hast und die ich unten schlafend angetroffen habe.«

»Es war eine eiskalte Nacht, Ella, und sie wussten nicht, wohin.«

»Wir hätten in unseren eigenen Betten ermordet werden können oder Schlimmeres«, konterte Ella mit wachsender Empörung, doch Janey kicherte nur.

»Sei nicht dumm, sie waren viel zu betrunken.«

»Das ist nicht lustig, Janey«, wandte Ella ein. »Die Eltern hätten das ganz und gar nicht gutgeheißen.«

»Du machst viel zu viel Wirbel darum, Ella.«

Janey wünschte sich schon, Ella würde zu Hause bleiben, so sauertöpfisch, wie sie war. Janey hatte sich mit Dan auf der Party verabredet, und sie wollte nicht, dass Ella ihr den Abend verdarb.

Dan. Allein bei dem Gedanken an ihn machte sich in ihrem Bauch ein köstliches Kribbeln breit.

»Wenn das so eine Rowdy-Party ist in einem schrecklich verrauchten Loch voller schmuddeliger Musiker, dann …«, setzte Ella an, doch Janey, die mit ihrem Augen-Make-up fertig war und jetzt weißen Lippenstift auftrug, unterbrach sie.

»Willst du wirklich so gehen?«, fragte sie ihre Schwester und warf einen missbilligenden Blick auf Ellas karierten Faltenrock und marineblauen Pullover. »Wir gehen auf eine Party, nicht in die Schule …«

»In einen kalten, feuchten Keller«, versetzte Ella. »Und außerdem ist überhaupt nichts auszusetzen an dem, was ich trage.«

»Ich wette, bei *Vogue* sehen sie das anders.« Janey schnitt eine Grimasse. »Ich kann etwas für dich entwerfen, wenn du magst.«

Ella schauderte. »Nein, danke.«

»Also, du könntest wenigstens ein Kleid anziehen. Sieh nur, wie hübsch Rose in ihrem aussieht.«

Die Schwestern blickten zu Rose hinüber, die in einem dunkelgrünen Mohairkleid hereinkam.

»Red keinen Blödsinn«, widersprach Ella. »So etwas könnte ich nie im Leben tragen. Ich bin zu dick, und die Farbe würde mir sowieso nicht so gut stehen wie Rose.«

Während Ella und Janey groß und blond waren, graue Augen und gute englische Haut hatten, war Rose eine exotische Mischung aus Ost und West, zarte Knochen und nur ein Meter fünfundfünfzig groß. Ihre Haut war olivfarben, ihr herzförmiges Gesicht hatte hohe Wangenknochen und volle, weiche Lippen, während ihre dunkelbraunen Augen europäisch geschnitten waren. Ihr langes Haar, das sie immer in einem Chignon trug, war seidig glatt und tintenschwarz.

Janey sah Ella ungeduldig an. Wenn sie gekonnt hätte, hätte sie sich viel lieber ein schäbiges möbliertes Zimmer mit einer ihrer Künstler-Freundinnen geteilt, als in Luxus in dem eleganten Backsteinhaus ihrer Eltern am Cheyne Walk zu leben. Wenigstens lag es in Chelsea, was es einigermaßen akzeptabel machte. Janey liebte ihre Familie von Herzen, doch sie war immer schon ein Rebell gewesen, sie liebte das Unkonventionelle und begeisterte sich leidenschaftlich für Mode und Musik, die Kunst und das Leben.

Es war schade, dass Ella darauf bestanden hatte, sie zurück zum Cheyne Walk zu schleifen, denn wenn sie in dem Café geblieben wären, hätte immer noch die Chance bestanden, dass Mary Quant hereingekommen wäre und sie entdeckt hätte. Nur ihre Schwester konnte so altmodisch sein zu denken, das Ritual des Nachmittagstees habe noch irgendeine Bedeutung. Sie kapierte einfach nicht, dass in den Kreisen, in denen Janey verkehrte, allein die Erwähnung des Nachmittagstees einen als furchtbar altmodisch brandmarkte. Man käme nie darauf, dass Ella ihren Abschluss in St. Martins gemacht hatte, aber Ella hatte sich ja schließlich auch glücklich auf ihren Job bei *Vogue* gestürzt, während für Janey nichts anderes zählte als ihre eigenen Modeentwürfe. Solange sie denken konnte, wollte sie Modedesignerin werden. Schon als kleines Mädchen hatte sie Amber Reste von Seidenstoffen abgeschwatzt, um daraus Kleider für ihre Puppen zu nähen.

»Also, ich hoffe nur, dass das eine anständige Party ist«, warnte Ella, »denn Mama hat im Augenblick genug Sorgen mit Emerald, ohne dass sie sich auch noch wegen dir grämen muss.«

Ella wünschte sich, Janey wäre mehr wie Amber. Sie machte sich schreckliche Sorgen, wie lässig ihre jüngere Schwester mit dem Leben und seinen Gefahren umging. Wo Ella ängstlich die Stirn runzelte, lachte Janey. Wo Ella sich misstrauisch zurückzog, trat Janey keck einen Schritt vor und packte zu. Wo Ella Gefahr sah, sah Janey nur Aufregendes. Doch Janey teilte auch nicht Ellas Erinnerungen und wusste nicht, was Ella wusste. Ihre leibliche Mutter hatte die Aufregung geliebt, ja, sich schier danach verzehrt. Ella hatte gehört, wie sie das gesagt hatte. Sie hatte mit angesehen, wie sie wild im Raum auf und ab lief wie ein Vogel, der mit den Flügeln immer wieder an die Gitterstäbe seines Käfigs schlägt. Ihre Mutter hatte hysterisch gelacht und war dann zusammen mit ihrer Tante Cassandra die Treppe rauf in ihrem Schlafzimmer verschwunden.

Janey war der Liebling ihrer Mutter gewesen, sie hatte ihr irgendwie immer ein Lächeln entlocken können, während Ella nur harsche Worte zu hören bekam.

Janey begriff nicht, wie sehr Ella sich davor fürchtete, eine von ihnen könnte diese Wesenszüge von ihrer Mutter geerbt haben. Janey hatte Glück, sie erinnerte sich nicht so gut an ihre Mutter wie Ella. Selbst jetzt wachte Ella manchmal noch nachts auf und überlegte, wie ihr Leben verlaufen wäre, wenn ihre leibliche Mutter nicht gestorben wäre. Sie erinnerte sich lebhaft an ihre Stimmungsschwankungen, die Wutanfälle, die wie aus dem Nichts kamen, gefolgt von reichlich Tränen und Gebrüll.

Ihre Mutter war eben ein bisschen verrückt gewesen – mehr als ein bisschen. Blanche, Ambers Großmutter, war einmal entschlüpft, dass ihre Verrücktheit durch die Geburt von Ella und Janey ausgelöst worden war. Ella fand es schrecklich, an die Krankheit ihrer Mutter zu denken. Sie fand jeden Gedanken an ihre Mutter schrecklich. Wie sehr sie Emerald doch darum beneidete, dass Amber ihre Mutter war.

Sobald Ella merkte, dass sie sich über etwas aufregte oder wütend wurde, rief sie sich ganz bewusst ihre Mutter in Erinnerung und verschloss ihre Gefühle. Sie würde niemals heiraten – oder Kinder bekommen –, denn sie wollte nicht enden wie ihre Mutter.

Aber was war mit Janey? Janey wusste nicht, warum sie sich davor fürchten sollte, was sie womöglich von ihrer Mutter geerbt hatten, und Ella brachte es nicht über sich, es ihr zu erzählen, denn sosehr sie sich auch um ihre jüngere Schwester mit ihrem Leichtsinn und ihrer Unbesonnenheit sorgte, so liebte Ella sie doch von Herzen. Sie wollte Janey nicht ihre Freude nehmen und sie in Angst und Schrecken versetzen.

4

Paris

»Na, dein Vater mag ja ein Herzog gewesen sein, Emerald, aber das macht dich noch lange nicht zur Herzogin.«

Emerald musste sich sehr zusammenreißen, Gwendolyn nicht mit Blicken zu töten.

Emerald, die Ehrenwerte Lydia Munroe – Tochter von Emeralds Patentante Beth – und Lady Gwendolyn – Nichte ebenjener Patentante und Cousine von Lydia – würden zusammen debütieren.

Gwendolyn mochte so reizlos sein wie ihre fade aussehende und langweilige Mutter, deren scharfer Blick Emerald bereits gewarnt hatte, dass sie nicht viel von ihr hielt, doch Emerald wusste, wie sehr ihre Patentante sie schätzte. Gwendolyns Vater war Lady Beths Bruder, der Earl von Levington, auf den Lady Beth ebenfalls große Stücke hielt. Wenn Emerald ihrem Impuls nachgegeben und »Griesgram Gwen«, wie sie sie insgeheim betitelte, in die Schranken verwiesen hätte, wäre sie das Risiko eingegangen, dass Gwendolyn ihrer Mutter und ihrer Tante irgendwelche Märchen erzählte, und das hätte bedeuten können, dass Emerald eine nützliche Verbündete verlor. Nein, Gwendolyns wohlverdiente Strafe würde leider auf eine günstigere Gelegenheit warten müssen. Emerald schenkte ihr ein falsches Lächeln.

Gwendolyn dachte wohl, sie hätte diesen Schlagabtausch gewonnen, und fuhr, um ihren Triumph noch ein wenig auszukosten, mutig fort: »Schließlich ist es ja auch nicht so, als stammte deine Mutter aus einer nennenswerten Familie. Niemand weiß, wie sie es zustande gebracht hat, deinen Vater vor den Altar zu schleifen.«

Da es kein Geheimnis war, dass das erste Kind ihrer Eltern acht Monate nach der überstürzt arrangierten Hochzeit zur

Welt gekommen war, wusste Emerald ziemlich genau, wie. Doch ihre Mutter war wenigstens so klug gewesen, überhaupt zu heiraten. Sosehr sie sich auch über ihre Mutter ärgerte, Emerald war dankbar, dass sie sich um einen ehelichen Status bemüht hatte und nicht seine Geliebte geblieben war. Es wäre ihr verhasst gewesen, ein uneheliches Kind zu sein, über das die Leute hochmütig hinter seinem Rücken lachten.

Emerald, Lydia und Gwendolyn saßen auf ihren Betten des gemeinsamen Schlafzimmers in dem Mädchenpensionat in einer Villa am Bois de Boulogne, die im Besitz der Comtesse de la Calle war. Das Pensionat der Comtesse stand in dem Ruf, die eleganteste Einrichtung dieser Art zu sein. In Paris den letzten Schliff zu bekommen galt als weitaus feiner als in einer der beiden »akzeptablen« Londoner Einrichtungen, also hatte Emerald natürlich auf Paris bestanden.

Beseelt von ihrem Triumph, fuhr Gwendolyn fröhlich fort: »Mummy und Tante Beth glauben, deine Mutter hatte schreckliches Glück, sich so gut zu verheiraten. Sie glauben nicht, dass dir dasselbe gelingt.«

Emerald wurde innerlich ganz starr. Gwendolyns Worte waren wie ein Streichholz am trockenen Zunder ihres Stolzes. Sie warf die Zeitschrift, in der sie geblättert hatte, zur Seite, sprang vom Bett auf und stellte sich, die Hände in die Hüften gestemmt – wobei der bauschige Rock ihres Seidenkleids ihre schlanke Taille vorteilhaft betonte –, vor das jüngere Mädchen.

»Na, du wirst dich noch wundern.«

»Was? Willst du etwa behaupten, du würdest wie deine Mutter einen Herzog heiraten?«, mischte Lydia sich aufgeregt in das Gespräch. Lydia war zwei Jahre jünger als Emerald und hing einer kindischen Schwärmerei für sie nach, was Emerald noch förderte.

Gwendolyn dagegen wirkte alles andere als beeindruckt.

»Einen Herzog, ja, aber wie meine Mutter, nein. Ich habe Größeres vor«, quittierte Emerald wütend.

Gwendolyn schnappte mit einem leisen scharfen Zischen nach Luft, als hätte sie in eine Zitrone gebissen, und Lydia stieß ein aufgeregtes Keuchen aus.

»Oh, Emerald, du meinst den Herzog von Kent, nicht wahr?«

»Er braucht schließlich eine Gemahlin, und da er sich unter den Debütantinnen aussuchen kann, wen er will, wird er natürlich die Hübscheste wollen …«

Sie beendete ihren Satz nicht, doch das war auch nicht nötig. Was sie sagen wollte, war den beiden Mädchen, die auf ihren Betten saßen und sie anstarrten, vollkommen klar. Emerald war eine Schönheit, sie würde zweifellos *die* Schönheit der Saison sein. Während Lydia einen gewissen frischen, gesunden Unschuld-vom-Lande-Charme besaß, war Gwendolyn mehr als reizlos.

Damit hatte sie Gwendolyn ordentlich das Maul gestopft, stellte Emerald voller Genugtuung fest. Sie konnte sich in keinster Weise für ihr eigenes Geschlecht begeistern. In der Schule hatte sie natürlich Freundinnen gehabt − man musste Freundinnen haben, wenn man das beliebteste Mädchen der Schule sein wollte −, aber diese Freundinnen waren naive Mädchen wie Lydia gewesen, die ebenso leicht zu beeindrucken wie zu manipulieren waren. Ausgeschlossen, dass ein reizloses, übergewichtiges Mädchen wie Gwendolyn in diesen Kreis aufgenommen wurde − sie gehörte zu denen, die von Emerald verschmäht und mit Geringschätzung behandelt wurden. Von Rechts wegen hätte Gwendolyn sich um Emeralds Anerkennung bemühen müssen, doch stattdessen ließ sie, sehr zu Emeralds Verdruss, mit ihrer tonlosen Stimme immer wieder unerwünschte, ja sogar kritische Kommentare fallen. Was für ein Witz, dass Griesgram Gwen es wagte, sie zu kritisieren und sie mit ihren kleinen, scharfen Augen anzusehen, wenn sie ihre gleichermaßen scharfen Fragen stellte. Sobald Emerald mit dem Herzog von Kent verheiratet war, würde sie sich genüsslich an ihr rächen.

41

Emerald ging ungeduldig im Zimmer auf und ab. Sie langweilte sich in Paris. Sie hatte erwartet, dass es hier viel aufregender sein würde. Dem Himmel sei Dank, dass sie bald hier fertig war und der Spaß endlich richtig losgehen konnte.

Ihr Blick fiel auf die Zeitschrift, die sie vorhin weggeworfen hatte. Obwohl die Saison offiziell noch nicht eröffnet war, brachte *Queen* schon Studioporträts einiger Debütantinnen. Ihres war von Cecil Beaton aufgenommen worden, und sie war sehr zufrieden gewesen damit, doch jetzt, da sie das Foto einer anderen Debütantin von Lewis Coulter gesehen hatte – einem Eton-Absolventen ohne Titel, aber mit ausgezeichneten Verbindungen, der kürzlich zum angesagtesten Society-Fotografen aufgestiegen war –, hatte Emerald beschlossen, dass sie ein neues Foto brauchte. Zielstrebig, wie sie war, wenn sie etwas wollte, hatte sie ihm schon geschrieben und ihm mitgeteilt, wann sie wieder in London war und dass sie ihn dann aufsuchen würde. In der Zeitschrift mochte es ja heißen, er sei so gefragt, dass er sogar Aufträge ablehne, aber er war schließlich ein Fotograf, der Leute für Geld fotografierte. Und Geld war etwas, das Emeralds Mutter in großem Überfluss besaß. Genau wie Emerald. Jedenfalls theoretisch – denn bis zu ihrem fünfundzwanzigsten Geburtstag musste sie immer noch Mr Melrose beschwatzen, aus ihrem Treuhandfonds für ihre Wünsche aufzukommen.

Ihrer Mutter war es natürlich zuwider, dass Emerald so schrecklich reich sein würde ...

Und was Rose anging ... Emerald kniff die Lippen zusammen. Wie konnte ihre Mutter so einen Wirbel um sie veranstalten? Machte ihre Mutter sich nicht bewusst, was für ein schlechtes Licht es auf Emerald werfen konnte, eine Cousine wie Rose zu haben? Emeralds Urgroßmutter hatte recht gehabt: Man hätte Rose zurück in die Slums von Hongkong schicken sollen, wo Onkel Greg ihre Mutter aufgegabelt hatte.

Nur gut, dass Emerald so viel Weitsicht besessen und ihre

Patin überredet hatte, sie bei Hofe vorzustellen und bei sich in London wohnen zu lassen, »damit Mummy ihre Arbeit machen kann, Tante Beth«, wie sie es ihrer Schirmherrin gegenüber formuliert hatte. Unter der Ägide ihrer Patin hatte sie viel mehr Spielraum, die Dinge nach ihrem Gutdünken zu arrangieren, als bei ihrer Mutter.

Emerald wusste sehr wohl, dass ihre Patin große Hoffnungen auf eine Verbindung zwischen Emerald und ihrem zweiten Sohn setzte. Schließlich besaß Rupert kein nennenswertes Vermögen, und Emerald würde eines Tages sehr reich sein. Doch Emerald hatte gewiss nicht die Absicht, sich und ihr Vermögen an so einen Niemand zu vergeuden. Sie wusste auch durchaus, was mit dem feuchten, energischen Händedruck gemeint war, mit dem Gwendolyns Vater sie bedacht hatte, als er in dem Mädchenpensionat vorgesprochen hatte, »um zu sehen, wie es meinem kleinen Mädchen geht«. Natürlich fand er sie attraktiv, sie war es schließlich.

Das Vergnügen, Gwendolyn unter die Nase zu reiben, wie widerlich ihr Vater war – sich an Mädchen im Alter seiner Tochter heranzumachen, wo er doch ein verheirateter Mann war –, hob Emerald sich für den richtigen Zeitpunkt auf. Vorerst hatte sie Wichtigeres im Sinn, wie zum Beispiel, was sie tragen wollte, wenn der Herzog von Kent sie das erste Mal sehen würde …

5

London, Februar 1957

Dougie sah sich in dem leeren Keller unter dem Fotostudio in der Pimlico Road um, in dem sich bald die Jungen und Schönen drängen würden, um die Nacht durchzufeiern.

Er schätzte, er hatte Glück gehabt, Lewis Coulter zu begegnen. Lew – für die, die ihn gut kannten – beschäftigte Dougie angeblich als Assistent, nicht als Mädchen für alles, doch wenn man Australier war und eben erst ins Land gekommen war, wenn man nicht mehr wusste, wo der eigene Platz im Leben war, und seine Gründe hatte, in London zu sein, machte man dem Arbeitgeber, der einen nur deswegen eingestellt hatte, weil man ihm sympathisch war, keine Vorhaltungen.

Abgesehen davon mochte Dougie seinen Chef und seine Arbeit. Er hatte viel gelernt, indem er Lew einfach nur zugeschaut hatte – und nicht nur hinter der Kamera. Bei all seinem äußerlich trägen Charme konnte Lew sich mit Lichtgeschwindigkeit bewegen, wenn er eine junge Frau sah, die er wollte – so schnell, dass das arme Ding so geblendet von ihm war wie ein Karnickel, das schreckensstarr vor den Scheinwerfern seines Jaguars hockte.

Dass Lew der Oberschicht angehörte, machte die Situation noch besser, denn durch ihn bekam Dougie Zutritt zu einer Welt, die ihm ansonsten versperrt geblieben wäre. Er konnte diese exklusive Welt aus erster Hand studieren – und das musste er unbedingt tun, denn wenn dieser Anwalt recht hatte, war er selbst Mitglied der Aristokratie. Und auch noch gleich ein Herzog. Alle Wetter, das hatte er immer noch nicht so recht begriffen. Schließlich war er sich gar nicht so sicher, ob er überhaupt ein Herzog sein wollte. Er war ziemlich gut klargekommen, ohne einer zu sein, und er verheimlichte seinen neuen Freunden in London sowohl seinen vermeintlichen Titel als auch den wahren Grund, warum er in der Stadt war. Er wollte nicht aufgespürt und als Herzog bloßgestellt werden, also sprach er auch nicht viel über seinen Hintergrund in Australien. Auf keinen Fall wollte er, dass jemand zwei und zwei zusammenzählte.

Er hatte einen Blick auf das Haus am Eaton Square geworfen, das angeblich ihm gehörte, doch das Anwesen auf dem Land hatte er noch nicht besichtigt. Dem zufolge, was Lew über die britischen Aristokraten erzählte, waren sie alle so tief verschuldet, dass sie es nicht abwarten konnten, ihre alten Kästen dem National Trust zu überschreiben, und Dougie hatte gewiss nicht die Absicht, sich von einem Teil seines Erbes zu trennen, um eine alte Ruine zu unterhalten.

Lew war auch nicht der typische Oberschicht-Snob. Er war ein anständiger Kerl, der jeden unter den Tisch trank, sogar Dougie. Nicht dass Dougie in letzter Zeit besonders viel getrunken hätte. Seine Arbeit für Lew hielt ihn ganz schön auf Trab.

Sie waren sich in einem Pub in Soho begegnet, und aus irgendeinem Grund, an den er sich nicht mehr erinnern konnte, hatte Dougie Lew zu einem Wettsaufen herausgefordert. Dougie hatte bei einigen Landsleuten Anschluss gefunden und war, von ihnen angestachelt, überzeugt gewesen, er würde gewinnen. Immerhin war er ein Meter achtundachtzig groß, muskulös und ein ehemaliger Schafscherer. Sein Gegenüber dagegen war kaum ein Meter achtundsiebzig, hatte manikürte Fingernägel, sprach entnervend schleppend und war gekleidet wie eine Schneiderpuppe. Kein ernst zu nehmender Gegner, hatte Dougie sich gegenüber seinen neuen Freunden gebrüstet. Er war noch von seinem Sieg überzeugt gewesen, kurz bevor er auf dem Boden der Kneipe zusammengebrochen war.

Als Dougie schließlich wieder zu sich gekommen war, hatte er in einem fremden Bett in einem fremden Zimmer gelegen, dem, wie er später herausfand, Gästezimmer seines neuen Arbeitgebers.

Auf seine Frage, was er dort mache, hatte Lew nur die Achseln gezuckt und geantwortet: »Konnte dich doch nicht auf dem Boden der Kneipe liegen lassen, alter Bursche. Es schickt sich nicht, so eine Sauerei zurückzulassen, weißt du, und da deine Freunde gegangen waren, hatte ich keine andere Wahl, als dich mit her zu nehmen, so wenig verlockend die Aussicht auch war.«

Immer noch halb betrunken, war Dougie ganz gefühlsselig

geworden und hatte sich überschwänglich bedankt. »Weißt du was, du bist ein echter Kumpel.«

»Sei versichert«, hatte Lew geantwortet, »dass ich alles andere bin als das. Ich musste dich aus dem Pub schleifen, weil der Wirt mir gedroht hat, ich müsse ein Zimmer für dich bezahlen. Das Letzte, was ich in meinem Gästezimmer wollte, war ein schwitzender, betrunkener Australier, der nach Bier und Schafen stinkt.«

Dougie war bald dahintergekommen, dass Lew ein Frauenheld war, der die Frauen schneller im Bett hatte, als Dougie mitzählen konnte, und sie noch schneller wieder fallen ließ. Oft hatte er drei oder vier gleichzeitig an der Hand. Dougie hatte nie Probleme gehabt, Frauen für sich zu interessieren, doch Lew, räumte er freimütig ein, spielte in einer ganz anderen Liga.

Lew erklärte Dougie, dass er der einzige Sohn eines jüngeren Sohnes war, »was bedeutet, dass in meinen Adern zwar blaues Blut fließt, dass mein Bankkonto aber leider mit gar nichts gefüllt ist. Verstehst du, alter Junge, der älteste Sohn bekommt den Titel und die Ländereien, der zweite Sohn geht in die Armee und der jüngste Sohn in die Kirche, es sei denn, er findet eine reiche Erbin zum Heiraten. Es ist eine langweilige Plackerei, sich sein Brot verdienen zu müssen, aber ich fürchte, was sein muss, muss sein.«

Dougie kam Lews Leben alles andere als langweilig vor. Wenn er nicht fotografierte, war er entweder irgendwo auf einer Party unterwegs oder gab, wie an diesem Abend, selbst eine. Heute Abend war eine »Bottleparty« – jeder brachte etwas zu trinken mit, um den Geburtstag eines Freundes zu feiern.

Es würden Mannequins da sein und wagemutigere junge Frauen aus der Oberschicht mit ihren Begleitern, die einen Blick auf Lews halbseidenes Boheme-Leben werfen wollten, Schauspieler aus dem nahe gelegenen *Royal Court Theatre*, Künstler, Schriftsteller und Musiker.

Die Ersten würden bald kommen. Das Grammofon spielte ein ruhiges Ella-Fitzgerald-Stück. Dougie war bei solchen Gelegenheiten immer nervös. Er war stolz auf das, was er war – ein Australier aus dem Outback –, doch er wusste, dass die blasierten jungen Londoner sich gern über seinesgleichen lustig machten und über ihre linkische Art und ihre Patzer lachten. Dougie machte dauernd etwas falsch, trat mit seinen großen Füßen in ein Fettnäpfchen nach dem anderen und stand am Ende oft genug da wie ein rechter Idiot. Da, wo Dougie aufgewachsen war, hatte kein Bedarf bestanden an den feinen Manieren und Sitten, die Lews Clique als selbstverständlich betrachtete. Sein Onkel hatte alle Hände voll zu tun gehabt mit der Arbeit auf der Schaffarm und keine Zeit gehabt, seinem verwaisten Neffen die Feinheiten der Etikette beizubringen, selbst wenn er sich – was Dougie bezweifelte – damit ausgekannt hätte.

Mrs Mac, die Haushälterin seines Onkels, hatte ihm Manieren beigebracht und dafür gesorgt, dass er lernte, anständig mit Messer und Gabel zu essen.

Als Junge hatte Dougie mit den Wanderarbeitern, Viehtreibern und Schafscherern gearbeitet und gelernt, wie es unter Männern zuging, nämlich dass man keine Fragen über die Vergangenheit des anderen stellte und dass ein Mensch Respekt verdiente für das, was er war und was er hier und jetzt tat, und nicht, weil er irgendeinen hochtrabenden Titel besaß. Ein hartes Leben, aber fair.

Jetzt musste er lernen, nach ganz anderen Regeln und Sitten zu leben. Manches begriff er sehr schnell – er musste, wenn er nicht wollte, dass seine Ohren dauerhaft vor Demütigung brannten.

Dougie schaute auf seine Uhr. Er trug eine schwarze Hose und einen schwarzen Rollkragenpullover, die Ärmel waren hochgeschoben und entblößten muskulöse Arme und die Reste seiner australischen Bräune. Sein dichtes, gewelltes braunes Haar war an den Spitzen noch von der Sonne leicht gebleicht. Dougie hatte schnell die »Arbeitskleidung« seines Chefs und Mentors übernommen.

Er überlegte, ob die hübsche kleine Schauspielerin, auf die er kürzlich ein Auge geworfen hatte, zur Party kommen würde. Doch selbst wenn sie anbiss, konnte er sie unmöglich in das abgewohnte möblierte Zimmer in den »Klein-Australien« genannten Teil der Stadt einladen, das er sich mit einer ganzen Kolonie Wanzen und zwei behaarten, biersaufenden, unflätigen ehemaligen Schafscherern teilte, die er im Verdacht hatte, bei einem Schaf besser das eine Ende vom anderen unterscheiden zu können als bei einer Frau. Früher oder später musste er sich etwas Eigenes suchen.

»Schnell, da ist ein Taxi.« Sie mussten durch den Regen laufen, und als die drei in das Taxi stiegen und sich auf der Rückbank aneinanderdrängten, zog Janey lachend die Plastikregenhaube von ihrer neuen toupierten Hochfrisur.

»Pimlico Road Nummer zwanzig, bitte«, sagte Janey dem Fahrer, bevor sie sich an Ella wandte. »Du musst aus Mamas Kasse zahlen, denn ich habe keinen roten Heller.«

Wie jede Mutter wollte Amber ihre Kinder in Sicherheit wissen, doch Jay und sie waren klugerweise auch übereingekommen, sie nicht zu verwöhnen, also hatten sie die Regel aufgestellt, dass sie, wenn sie zusammen ausgingen und ein Taxi brauchten, dieses aus einer gemeinsamen Kasse bezahlen konnten, für die Ella die Verantwortung trug.

»Wir hätten gut zu Fuß gehen können«, meinte Ella.

»Was, bei dem Regen? Bis wir dort wären, hätten wir ausgesehen wie ertrunkene Ratten.«

Ella wusste, dass ihre Schwester recht hatte. Aber auch wenn die Fulshawes reich waren – sehr reich, um genau zu sein –, hieß das nicht, dass sie es vulgär zur Schau stellten oder das Geld zum Fenster hinauswarfen. Ella wusste, dass die Arbeiter in Denby Mill, der Seidenfabrik ihrer Stiefmutter, mehr Lohn erhielten als in anderen Fabriken in Macclesfield. Doch ein Fabrikarbeiter konnte es sich nicht leisten, im Taxi zu einer Party zu fahren, und Ellas soziales Gewissen setzte ihr zu.

Andererseits, wie wollte der Taxifahrer sich ohne Fahrgäste seinen Lebensunterhalt verdienen? Ihr Gewissen schwieg vorübergehend, und sie richtete den Blick auf ihre Knöchel und hoffte, dass ihre Socken nicht bespritzt waren, wenn sie ausstiegen.

Auf halbem Weg zu ihrem Ziel hielten sie an einer roten Ampel, als plötzlich die Tür aufgerissen wurde.

»Hey, sehen Sie nicht, dass ich schon Fahrgäste habe?«, rief der Taxifahrer.

Doch der junge Mann, der in das Taxi stieg und den Notsitz herunterklappte, achtete gar nicht auf ihn, schüttelte den Regen aus seinem schwarzen Haar, grinste die drei jungen Frauen an und meinte nur: »Ihr habt doch nichts dagegen, oder, Mädels?« Sein Akzent wies ihn als waschechten Londoner aus. »Zum Trafalgar Square, Kumpel, sobald du die drei Hübschen hier abgesetzt hast.«

In dem Augenblick, da ihr Blick auf den Eindringling fiel, verkrümelte Ella sich in der Ecke. Oliver Charters. Sie hatte ihn sofort erkannt. Ihr Gesicht brannte. So ein Pech aber auch.

Vom ersten Augenblick an hatte Ella Oliver Charters nicht leiden können, und seit er sich so über sie lustig machte, ihren Akzent nachäffte und sie dauernd neckte, konnte sie ihn noch weniger ausstehen.

Ihrer Chefin war es schon aufgefallen, und sie hatte Ella gefragt, was sie gegen ihn hätte.

»Ich mag ihn einfach nicht« war alles, was sie herausgebracht hatte. »Ich mag die Art nicht, wie er redet, wie er einen ansieht und … wie er riecht.«

Zu Ellas Verdruss hatte ihre Chefin laut gelacht.

»Das, meine Liebe, ist der berauschende, aphrodisierende Geruch roher männlicher Sexualität, daran gewöhnen Sie sich wohl besser.«

Sie erinnerte sich gut daran, wie er sich in der Redaktion ihr gegenüber verhalten hatte, und wurde ganz starr vor Groll.

Janey hatte natürlich nichts gegen den Eindringling. Begierig zu gefallen, schenkte sie ihm ein warmes Lächeln und sagte: »Sie spielen das neue Trau-dich-Spiel, auf das alle gerade ganz wild sind, nicht wahr? Das, wo man zu jemandem ins Taxi hüpfen und den Fahrer dazu bringen muss, einen irgendwohin zu fahren, ohne dass die Fahrgäste sich beschweren?«

Oliver bedachte sie mit einem Grinsen, das das Grübchen an seinem Kinn gut zur Geltung brachte, schob sich sein dickes, weiches, tintenschwarzes Haar aus dem Gesicht und blickte sie mit seinen strahlenden malachitgrünen Augen an, die süße kleine Puppen wie die hier im Nu in seinen Bann schlugen.

»Spielen? Nein, ich doch nicht. So was macht ihr feinen Pinkel. Ich hab was Besseres zu tun mit meiner Zeit.«

Janey war so hingerissen, dass Ella nicht umhinkonnte, ein leises empörtes Schnauben auszustoßen. Er übertrieb seinen Cockney-Akzent, und jetzt, da Janey, die auf der Kante der Rückbank saß, vor Aufregung große Augen machte, trug er noch dicker auf.

Bei dem Schnauben drehte Ollie den Kopf in Ellas Richtung. Ella, die ihren Fehler erkannte, sank noch tiefer ins Halbdunkel und senkte den Kopf, damit er ihr Gesicht nicht sah.

Oliver zuckte abschätzig die Schultern – das Mädchen in der Ecke hatte wahrscheinlich Pickel und Babyspeck – und wandte sich wieder Janey zu, die augenscheinlich weder das eine noch das andere hatte, genauso wenig wie die kleine eurasische Schönheit.

»Wir gehen auf eine Party. Warum begleiten Sie uns nicht?«, fragte Janey.

50

»Nein, er kann nicht.«

Jetzt sah nicht nur Oliver in Ellas Richtung, sondern auch Janey und Rose, und just in diesem Augenblick bog das Taxi scharf um die Ecke und warf Ella nach vorn, sodass sie sich am Sitz festhalten musste, und das Licht von der Straße fiel auf ihr Gesicht.

Das piekfeine, hochnäsige Ding von *Vogue*, das ihn immer so von oben herab behandelte und von Kopf bis Fuß »frigide Jungfrau« ausstrahlte. Ja, genau das war sie: eine etepetete Jungfrau, außen mit rosa Zuckerguss überzogen, darunter in Großbuchstaben »JUNGFRAU, NUR ZUM HEIRATEN«.

Er sah die kalte Abneigung in ihren Augen, und einen Augenblick lang war er versucht, es ihr heimzuzahlen, sie zu necken, ihr Angst einzujagen und dafür zu sorgen, dass sie sich an ihr Höschen klammerte. Doch er hatte Wichtigeres zu tun, er war auf dem Weg zu einem jüngeren Cousin, um dem Idioten auszureden, sich auf eine der berüchtigten Gangs im East End einzulassen.

Oliver hatte als Boxer trainiert, doch seiner verwitweten Mutter hatte der Gedanke nicht behagt, ihr einziges Kind könnte mit zermatschtem Gehirn enden, wie es so vielen Boxern widerfuhr. Sie hatte ein Wort mit dem Kerl gesprochen, bei dem sie putzte, und der hatte bei einem ortsansässigen Fotografen ein gutes Wort für Ollie eingelegt, sodass er bei ihm in die Lehre gehen konnte. Irgendwie hatte seine Mutter es hingekriegt, das Geld für seine Ausbildung zusammenzukratzen. Niemand, am allerwenigsten Oliver selbst, hatte erwartet, dass er nicht nur ein Talent für die Fotografie entwickeln würde, sondern auch eine solche Leidenschaft, dass er das Boxen aufgegeben hatte, um für so gut wie kein Honorar zu arbeiten, bei jedem Wetter rauszugehen und Fotos zu machen, mit denen er dann bei den zähen, weltverdrossenen Bildredakteuren der Tageszeitungen hausieren ging. Sein Durchbruch war ein Foto von zwei East-End-Rowdys bei einem Boxkampf gewesen. Die Kray-Zwillinge waren im Vordergrund der Aufnahme, während im Hintergrund zwei Damen der feinen Gesellschaft mit ihren Partnern zu sehen waren, die Frauen unglaublich aufgedonnert mit Nerz und Diamanten.

Inzwischen hatte er sich den Ruf aufgebaut, die feine Gesellschaft dort zu fotografieren, wo sie auf Londons Unterwelt traf. Daneben machte er Modeaufnahmen für Hochglanzmagazine wie *Vogue*.

»Was, ich soll mit euch feinen Tussen zu einer Party?«, neckte er Janey, die vor Vergnügen zappelte. »Eher nicht. Da würd man mich nur rausschmeißen.«

»Komm jetzt, Janey«, befahl Ella.

Sie hatten ihr Ziel erreicht, und Ella war schon aus dem Taxi gestiegen, hatte dem Fahrer das Geld gegeben und stand ungeduldig auf dem Gehweg.

Beim Aussteigen war sich Janey durchaus der Tatsache bewusst, dass Oliver ihr hinterherschaute, genauer gesagt, ihren Brüsten. Sie trug einen kegelförmigen Büstenhalter, der bei mutigen jungen Frauen gerade groß in Mode war, weil er ihnen unter dem Pullover die Figur eines kurvenreichen Filmstars gab, und selbst unter ihrem übergroßen Pullover war die Wirkung derart, dass Janey sehr zufrieden mit sich war. Ella war ganz und gar nicht begeistert von ihrem neuen Büstenhalter. Sie hatte die Lippen geschürzt und gesagt, sie fände ihn vulgär. Sexy war das Wort, das ihre ältere Schwester eigentlich gemeint hatte, doch es würde ihr nie über die Lippen kommen, schließlich war sie Ella. Janey erwiderte Olivers Winken mit einem Lächeln, er schloss die Tür, und das Taxi schoss in Richtung Trafalgar Square davon.

»Janey, du wirst ja patschnass«, schimpfte Ella. »Warum hast du keinen Mantel an?«

Weil der Mantel ihre Brüste verbarg, wäre die ehrliche Antwort gewesen, doch das konnte Janey natürlich nicht laut sagen.

»Lasst uns schnell reingehen«, sagte sie stattdessen, schoss

über das nasse Pflaster und überließ es den beiden, ihr zu folgen, hin- und hergerissen zwischen Schuldgefühlen und Sie-
gesfreude und innerlich ganz quirlig vor Aufregung. Vielleicht
war heute Abend der Abend, an dem sie mit Dan bis zum
Letzten gehen würde.

Janey hatte den anderen nicht gesagt, dass sie Dan kennengelernt hatte, und ihnen erst recht verschwiegen, dass sie
hoffte, er würde auf der Party sein, doch Ella ließ sich nichts
vormachen. Janey führte etwas im Schilde, und Ella wusste instinktiv, dass es sie in ernste Schwierigkeiten bringen konnte.

Ella ging Schwierigkeiten jeglicher Art am liebsten aus dem
Weg. Allein bei dem Gedanken stieg in ihrem Bauch ein ebenso gefürchtetes wie vertrautes unangenehmes Gefühl auf. Sie
erinnerte sich noch gut an dieses Gefühl als ganz kleines Mädchen, als sie sich bei einem demütigenden Vorfall im Kinderzimmer in die Hose gemacht hatte. Ihre Mutter war in einer
ihrer Stimmungen gewesen, und Ella hatte zu viel Angst gehabt, ihre Mutter zu unterbrechen, um ihr zu sagen, dass sie
auf die Toilette musste. Ihre Mutter war unglaublich wütend
geworden, und zur Strafe musste Ella den Rest des Tages in
ihrer nassen Unterhose herumlaufen.

Tief verborgen, da, wo sie all diese schmachvollen Dinge
verwahrte, an die sie sich eigentlich gar nicht mehr erinnern
wollte, waren auch Bilder der schwarzen Spitzenunterwäsche,
in der sie ihre Mutter einmal gesehen hatte. Es war ein heißer
Nachmittag gewesen, und Ella hätte eigentlich ihren Mittags-
schlaf halten sollen. Sie war aufgewacht, weil sie Durst hatte,
und war aufgestanden und nach unten in die Küche gegangen, um die Köchin um etwas zu trinken zu bitten. Auf dem
Rückweg hatte sie aus dem Schlafzimmer ihrer Eltern Lachen
gehört und war davor stehen geblieben und hatte die Schlafzimmertür geöffnet.

Ihre Mutter hatte in ihrer schwarzen Spitzenunterwäsche
auf dem Bett gelegen, während Tante Cassandra, die einen

Bademantel trug, ihr mit einem schwarzen Federfächer Luft zufächelte.

In dem Augenblick, da sie sie bemerkt hatten, waren die beiden Frauen verstummt, und dann hatte ihre Mutter wütend gekreischt: »Wie kannst du es wagen, hier reinzukommen, du böses Mädchen? Raus hier! Raus!«

Ella war rückwärts aus dem Zimmer gestolpert und war die Treppe hinauf ins Kinderzimmer gelaufen.

Sie hätte Janey gern gewarnt, sie dürfe es auf keinen Fall ihrer Mutter nachtun und so werden wie sie, doch sie fand einfach nicht die Worte, um zu erklären, was genau an der Wildheit ihrer verstorbenen Mutter sie eigentlich so beunruhigte und aus der Fassung brachte.

Dougie ließ die Mädchen ein, bedachte sie mit einem anerkennenden Grinsen, stellte sich vor und fragte nach ihren Namen.

»Ella und Janey Fulshawe«, antwortete Janey.

»Rose Pickford«, fügte Rose hinzu.

Fulshawe? Pickford? Diese Namen waren Dougie bekannt, hatte er sie doch oft genug in der Korrespondenz des Anwalts des verstorbenen Herzogs gelesen. In einem langen Brief, der Dougie noch in Australien erreicht hatte, hatte der Anwalt ihm die komplizierten Familienverbindungen der verwitweten Herzogin in sämtlichen Einzelheiten erklärt und ihm dazu einen Stammbaum beigelegt. Zuerst hatte Dougie sich kaum damit befasst, doch nach seiner Ankunft in London hatte er sich den Familienstammbaum genauer angesehen. Er hatte jedoch nicht erwartet, dass er unter solchen Umständen zum ersten Mal mit den jungen Frauen zusammentreffen würde, die darin verzeichnet waren. Falls sie es waren und er nicht voreilig falsche Schlüsse zog. Sie müssen es sein, dachte er und bedachte Rose mit einem schnellen, abschätzenden Blick. Er erinnerte sich jetzt auch daran, dass etwas in dem Familienstammbaum darauf hingewiesen hatte, dass der Bruder der Herzogin eine halbchinesische Tochter hatte, und Rose war eine schöne Eurasierin. Jetzt verfluchte Dougie sich dafür, den Einzelheiten der Genealogie nicht mehr Aufmerksamkeit geschenkt zu haben, etwa den Namen der Mitglieder dieser ausgedehnten Familie. Der einzige, an den er sich erinnern konnte, war der Name der Tochter der Herzogin, Emerald. Sie waren es doch bestimmt, oder?

»Sie sind Australier«, holte Janey ihn aus seinen Gedanken.

»Mein Akzent verrät mich wohl«, räumte Dougie kläglich ein. Er wollte unbedingt mehr herausfinden, wollte unbedingt wissen, ob sie es wirklich waren.

»Ein bisschen«, meinte Janey und lächelte.

Rose erstarrte. Sie wusste genau, warum der junge Australier, der sie eingelassen hatte, sie so gemustert hatte, als sie ihm ihren Namen genannt hatte. Wegen ihres Aussehens war er sicher davon ausgegangen, dass sie einer anderen Gesellschaftsschicht angehörte, und ihr Oberschichtakzent hatte ihn überrascht. Er dachte vermutlich – wie Menschen in Unkenntnis ihrer Familiengeschichte oft dachten –, sie habe sich absichtlich einen vornehmen Akzent zugelegt, um als etwas durchzugehen, was sie nicht war.

In dem Jahr, da sie unter Ambers Schirmherrschaft debütiert hatten, war Rose schockiert und verletzt gewesen über die Zahl junger Männer, die sich bei ihr wie selbstverständlich Freiheiten herausgenommen hatten, die sie sich bei Ella und Janey im Traum nicht erlaubt hätten.

In dem weiß getünchten Kellerraum drängten sich unzählige Menschen, und der Lärmpegel war so hoch, dass man den Swing, der im Hintergrund lief, kaum hören konnte.

Janey sah sich um, enttäuscht, dass sie Dan nicht sofort erspähte.

Dougie ließ die jungen Frauen nicht aus den Augen, denn er wollte unbedingt ein bisschen mehr über sie in Erfahrung bringen. Er wusste, dass er der Nächste in der Erbfolge für den Herzogstitel war, weil der Gemahl der Herzogin und ihr Sohn bei einem Unfall ums Leben gekommen waren. Der Anwalt hatte in seinen Briefen angedeutet, die Herzogin sei darauf bedacht, ihm in England ein herzliches Willkommen zu bereiten, doch Dougie hatte den Verdacht, dass diese Worte allein der Höflichkeit geschuldet waren und dass sie ihn in Wirklichkeit nur ablehnen konnte.

Dougie hatte nie eine richtige Familie gehabt, mit Tanten, Onkeln, Cousinen und Cousins in seinem Alter, und die deutliche Nähe und Anhänglichkeit zwischen Ella, Janey und Rose faszinierte ihn. Okay, sie waren eigentlich nicht seine Cousinen, aber sie waren »Familie«. Oder nicht?

Es wäre leicht, es herauszufinden – aber nicht, indem er sich zu erkennen gab. So weit war er noch nicht.

Er hielt immer noch die Mäntel in Händen, die die jungen Frauen ihm gegeben hatten, und sie wandten sich von ihm ab, um sich umzusehen. Das hier war womöglich seine einzige Gelegenheit, sich Gewissheit zu verschaffen.

Er räusperte sich und fragte so beiläufig wie möglich: »Und wo haben Sie Emerald gelassen?«

Die Wirkung auf die drei war elektrisierend. Sie drehten sich fast wie auf Kommando um und sahen ihn an. Also kannten sie sie auf jeden Fall. Dougie hatte halb gefürchtet, sie würden ihn ausdruckslos ansehen, und er wäre gezwungen, sich eine dumme Ausrede einfallen zu lassen.

»Sie ist noch in Paris«, informierte Ella ihn.

»Dann kennen Sie Emerald?«, fragte Janey.

»Ähm, nein«, gestand Dougie, »aber ich habe von ihr gehört. Das heißt, ich habe ihren Namen gehört.«

Sie kannten Emerald also, doch aus irgendeinem Grund hatte sich bei der Erwähnung ihres Namens die Atmosphäre schlagartig verändert, von entspannter Wärme zu ausgesprochener Eiseskälte.

56

»Emerald ist nicht wie wir«, erklärte Janey, die Mitleid mit dem jungen Australier hatte. »Sehen Sie, Emerald ist nicht einfach Emerald, sie ist *Lady* Emerald.« Mit diesen Worten wandte Janey ihm wieder den Rücken zu. Der Australier mochte ja ganz nett sein, aber er war nicht Dan, zudem hatte sie ihre Freundinnen von St. Martins entdeckt. »Entschuldigen Sie uns.« Mit einem letzten Lächeln für Dougie stürzte sie sich ins Gewühl und überließ es Ella, zu protestieren und Rose an der Hand zu fassen, um ihr zu folgen.

Innerhalb weniger Minuten wurden die Mädchen getrennt. Janey wollte unbedingt Ellas wachsamem Auge entkommen, um Dan zu suchen, und Ella endete in der Küche, wo sie so oft nach einem sauberen Glas gefragt wurde, dass sie sich daranmachte, leere Gläser einzusammeln und zu spülen. So hatte sie wenigstens etwas zu tun und fühlte sich nicht so befangen. Fast alle anderen jungen Frauen trugen ähnliche Kleider wie Janey. Keine war gekleidet wie sie. Allerdings war auch keine so groß und unförmig und reizlos wie sie. Ein Mädchen mit dermaßen rotem Haar, dass es nur gefärbt sein konnte, trug ihren großen Busen stolz unter einem dünnen schwarzen Pullover zur Schau, doch ihr machte es eben nichts aus, wenn alle sie angafften. Ella schauderte über der Spüle bei dem Gedanken, wie das Mädchen gelacht hatte, als ein junger Mann ihre Brust berührt hatte. Ella wurde heiß und kalt vor Entsetzen bei der Vorstellung, jemand könnte das bei ihr machen.

»'tschuldigung … oh, tut mir leid«, murmelte ein großer, dunkelhaariger junger Mann, als er versuchte, an Rose vorbeizukommen, und sie dabei fast mit seinem Getränk bekleckerte. »Meine Freunde sind schuld.« Er zeigte auf eine Gruppe junger Männer, die sich um den Tisch mit den Getränken versammelt hatten. »Wenn ich nicht bald bei ihnen bin, haben sie das ganze Bier ausgetrunken, das wir mitgebracht haben.«

»Hey, Judenlümmel, hör auf, die Chinesenbraut anzumachen, und komm rüber.«

Bevor er es mit einem leichten Achselzucken und einem entspannten Lächeln überspielte, sah Rose für einen kurzen Augenblick den Zorn, der seine Lippen verhärtete.

»Das tut mir leid«, entschuldigte er sich noch einmal. »Er hat ein großes Mundwerk, und wie es so schön heißt: Die am wenigsten zu sagen haben, reißen die Klappe am weitesten auf.«

Rose neigte den Kopf und wandte den Blick ab. Sie hätte sich am liebsten ganz abgewandt, doch das war bei dem Gedränge schier unmöglich.

»Über hundert Jahre lebt meine Familie schon in London, aber ich werde immer noch als Außenseiter gebrandmarkt.« Er lächelte – offensichtlich mehr, weil er sich damit abgefunden hatte, als aus Groll darüber –, und entblößte dabei starke weiße Zähne und ein Grübchen mitten im Kinn.

Rose war so überrascht, dass er sich weiter mit ihr unterhielt, dass sie den Blick wieder auf ihn richtete, bevor sie sich besann.

»Was ist mit Ihnen? Lebt Ihre Familie schon lange hier?«

»Das kommt darauf an, welche Seite meiner Familie Sie meinen. Meine Mutter hat es aus den Slums von Hongkong nie hierher geschafft, während die Familie meines Vaters seit vielen Generationen hier lebt.«

»Das ist sicher ganz schön hart.«

»Was? Auszusehen wie meine Mutter und im Land meines Vaters zu leben?«

»Hier zu leben und das Gefühl zu haben, nicht akzeptiert zu werden«, verbesserte er sie freundlich.

Rose erstarrte, doch entweder bekam er nicht mit, wie wenig ihr die Richtung, die das Gespräch nahm, behagte, oder es war ihm egal, denn er fuhr fort: »Das Problem ist, wenn man so ist wie wir, ist man Außenseiter, egal wohin man geht. Ich habe in einem Kibbuz gearbeitet, nachdem ich meinen Wehrdienst abgeleistet hatte. Da waren junge Juden von überall in der Welt, man hieß uns willkommen, aber zu Hause waren wir nicht. Die Sache mit Menschen wie Ihnen und mir ist die, dass wir nicht die Vergangenheit sind, weil wir nicht reinpassen, aber unsere Kinder sind die Zukunft. Eines Tages werden wir und sie Vergangenheit sein, genau wie die Römer und die Wikinger und all die anderen, die als Außenseiter herkamen. Wie heißen Sie? Ich heiße übrigens Josh. Joshua.«

»Rose ... Rose Pickford.«

Er nickte und wollte dann wissen: »Und was machen Sie, Rose Pickford, wenn Sie nicht auf Partys gehen?«

»Ich mache eine Ausbildung zur Innenausstatterin.«

Zu ihrer Überraschung stieß er ein freudiges Juchzen aus. »Wissen Sie was? Ich glaube, das Schicksal hat gewollt, dass wir uns begegnen, denn was ich im Augenblick dringender brauche als alles andere, ist eine Innenausstatterin.«

Rose blieb misstrauisch. »Ich muss wirklich schauen, wo meine Freundinnen sind«, sagte sie kalt, doch als sie sich an ihm vorbeischieben wollte, bekam sie einen Schubs ab und wäre mit dem Rücken gegen die Wand gekracht, wenn Josh sie nicht schnell an sich gezogen hätte. Er stieß mit dem Unterarm gegen die Wand.

Sie spürte seinen Atem an ihrer Stirn.

»Alles in Ordnung?«

Aus dieser Nähe konnte sie den leicht zitronigen Duft seiner Haut riechen, und ihr Magen krampfte sich zusammen. Ihr Blick war fast auf derselben Höhe wie sein Adamsapfel, und ihr Herz machte einen Satz. Rose kämpfte gegen einen Strom unbekannter Gefühle an.

»Ja, danke, mir geht's gut«, antwortete sie unsicher. Inzwischen war es so voll, dass gar nicht daran zu denken war, sich aus seinem Arm zu lösen. Er ragte mit seinen breiten Schultern über ihr auf, seine prominente Nase warf einen Schatten auf die olivfarbene Haut seines Gesichts, sein Haar war dick und dunkel wie ihres, obwohl es mit seinen natürlichen Wellen über der Stirn und den Löckchen über dem Hemdkragen eine ganz andere Struktur hatte. Er sah unleugbar gut aus und war wahrscheinlich sehr sexy, doch vor allem besaß er eine Freundlichkeit, die sie ebenso entwaffnend und anziehend fand wie seinen natürlichen Überschwang.

Er beugte den Kopf zu ihrem Ohr. »Möchten Sie wissen, was ich mache?«

Rose wollte den Kopf schütteln, doch er sagte, ohne ihre Antwort abzuwarten: »Ich bin Friseur.«

Das überraschte sie.

»Deswegen brauche ich eine Innenausstatterin«, fuhr Josh fort. »Ich mache mich selbstständig, und ich habe einen Salon gefunden, aber er müsste ein bisschen aufgeputzt werden, und ich schätze, Sie sind dafür genau die Richtige.« Er grinste sie an.

Josh wusste, dass von Amerika über den Atlantik eine neue Stimmung herüberkam, die die britische Jugend mitriss und für die neue Kultur begeisterte. Rock 'n' Roll war angekommen, eine ganz neue Art von Musik, die nur der Jugend gehörte. Sie brachte es mit sich, dass die Jugend ihr Aussehen veränderte und verrückt spielte, um sich von der Generation ihrer Eltern zu unterscheiden. Neue Frisuren waren Teil dieser Kultur, und Josh hatte vor, auf dem Kamm der neuen Welle zu reiten, indem er seinen eigenen Salon eröffnete. Er würde sich einen Namen machen und ein Vermögen verdienen.

»Ich kann Ihnen nichts zahlen«, fuhr er fort, »aber ich schneide Ihnen umsonst die Haare, und es wird die beste Frisur, die Sie je hatten.«

Von seinem Selbstvertrauen, seiner Lebendigkeit und seiner Energie überrumpelt, konnte Rose nicht anders als lächeln. Er betrachtete ihr Haar, und Rose hob automatisch schützend die Hand an ihren Chignon.

»Ich will meine Haare nicht geschnitten haben.«

Sie war einmalig, kein Zweifel, fand Josh, amüsiert über ihre Abwehrhaltung. Normalerweise rissen sich die Mädchen um seine Aufmerksamkeit, selbst wenn einige ihr Interesse hinter Hochnäsigkeit tarnten. Doch sie war anders, mit ihren ernsten dunklen Augen und ihrem vorsichtigen Betragen, als hätte sie Angst, das Falsche zu tun oder zu sagen. Josh hatte ein großes und sehr warmes Herz. Er war im East End aufgewachsen, in einer Gemeinschaft, wo man sich umeinander kümmerte und sich gegenseitig beschützte. Und Rose weckte seinen Beschützerinstinkt. Sie sah aus, als würde sie sich am liebsten in Luft auflösen, doch er wollte sie nicht gehen lassen.

»Gut, dann schneide ich sie nicht, aber ich möchte trotzdem, dass Sie sich für mich um den Salon kümmern.«

»Aber wie können Sie das sagen? Sie wissen doch gar nichts über mich.«

»Das haben wir gleich. Kommen Sie, ich fange an und erzähle Ihnen meine Lebensgeschichte, und dann können Sie mir Ihre erzählen.«

Er war einfach nicht zu bremsen.

»Mein Vater wollte, dass ich wie er Schneider werde, und selbst jetzt findet er noch, dass Haareschneiden kein Beruf für einen Mann ist, obwohl ich ihm gesagt habe, dass er für meine Berufswahl verantwortlich ist. Er hat mir einen Samstagsjob bei einem Friseur in der Nähe seiner Arbeit besorgt, da musste ich die Haare zusammenkehren. Und mein Vater hat mir beigebracht, wie man mit einer Schere umgeht, selbst wenn es um Stoff ging und nicht um Haare. Als ich ihm erzählt habe, dass ich in die Lehre gehen wollte, um ein richtiger Friseur zu werden, hat er sogar eine Weile nicht mit mir geredet. Lieber wollte er mich enterben. Aber am Ende hat meine Mutter ihn überredet, und sobald er Charlie, den Besitzer des Salons, wo ich lernen wollte, kennengelernt und gemerkt hatte, dass er nicht schwul war, hat er sich ein bisschen beruhigt.«

Josh würde Rose nicht erzählen, dass Charlie zügellos war wie ein Widder, der über alles drüberstieg, was weiblich war und sich bewegte, einschließlich der meisten weiblichen Angestellten sowie seiner jüngeren, hübscheren Kundinnen. Doch die Tatsache, dass er ein schickes Auto fuhr und in einem eleganten Anzug durch den Salon stolzierte, um für eine Verabredung am Samstagabend die süßen Vögelchen in Augenschein zu nehmen, hatte nicht unwesentlich dazu beigetragen, dass Josh zu dem Schluss gekommen war, dieser Beruf könnte ihm auch gefallen.

Rose war eine Klasse besser als die Mädchen, die er kannte, das sah Josh auf den ersten Blick. Nicht weil sie vornehm redete – das konnte Josh nicht beeindrucken –, sondern weil sie … er suchte nach den richtigen Worten, um sie zu beschreiben, und nickte dann, als er schließlich auf »sensibel« und »kultiviert« kam. Das war es: Rose war sensibel und musste entsprechend sensibel behandelt werden.

»Ich hab Charlie in einem schicken Anzug in den Salon spazieren sehen und dachte, Haareschneiden müsste eine gute Möglichkeit sein, ein bisschen Geld zu machen. Und da ich Jude bin, bin ich natürlich scharf darauf, ordentlich Geld zu scheffeln.« Er grinste über seinen Witz. »Er lässt seine Lehrlinge schuften wie kein anderer und zahlt kaum was, aber ich habe sehr viel bei ihm gelernt.«

Das hatte er auf jeden Fall. So hatte er rasch gelernt, den hübscheren Mädchen anzubieten, ihnen an seinem freien Tag zu Hause die Haare umsonst zu machen, wofür er als Gegenleistung ein bisschen mit ihnen knutschen durfte.

»Natürlich hatte ich Höheres im Sinn, schon damals. Ich war fest entschlossen, mir gleich nach Abschluss meiner Ausbildung einen Job als Friseur in einem piekfeinen Salon im West End zu suchen und auf meinen eigenen Laden zu sparen. Mit einem eigenen Salon ist wirklich Geld zu machen. Zuerst musste ich natürlich meinen Wehrdienst ableisten, und dann hat mich ein anderer Friseur, auch ein Jude, überredet, mit ihm nach Israel zu gehen.«

»Um im Kibbuz zu arbeiten?«, fragte Rose, die sich erinnerte, was er vorher erzählt hatte. Sie fand seine Geschichte interessanter, als sie erwartet hatte.

Josh schüttelte den Kopf. »Nicht ganz. Zumindest hatten wir es ursprünglich nicht vor, aber am Ende sind wir doch für eine Zeit lang in einem gelandet.«

Rose machte große Augen. »Sie sind hingegangen, um zu kämpfen?«, mutmaßte sie.

»Es war nicht meine Idee«, erklärte Josh ihr, »sondern Vidals. Und als mir klar wurde, wofür er uns als Freiwillige gemeldet hatte – dass es keineswegs um ein paar Wochen in der Sonne beim Apfelsinenpflücken ging –, war es zu spät. Vidal hoffte wohl, mir damit das Ende zu bereiten, schließlich wollten wir beide einen eigenen Salon aufmachen, und ich war einfach der Bessere von uns beiden.«

Er lachte, um zu zeigen, dass er nur einen Witz machte, und Rose lächelte ebenfalls.

»Vidal und ich haben beide für Raymond gearbeitet, Mr Teasy Weasy«, erklärte er Rose. »Haben Sie schon von ihm gehört?«

Rose nickte. Raymond war einer von Londons bekanntesten Society-Friseuren.

»Erzählen Sie mir von ihm …«, sagte sie.

Ella wünschte sich, der Abend wäre vorbei. Nicht wegen der rauchgeschwängerten Luft, die ihr in den Augen brannte, oder weil sie müde war, sondern weil Janey seit fünf Minuten mit einem ausgesprochen halbseidenen Typ in einer dunklen Ecke des Zimmers saß und auf Teufel komm raus knutschte. Gerade hatte er ihr eine Hand auf die mohairbedeckte Brust gelegt.

Ella war erfüllt von Angst und Qual. Sie wäre am liebsten hinübergegangen und hätte der Sache ein Ende bereitet, aber sie wollte auf keinen Fall etwas tun, das Aufmerksamkeit auf das frivole Benehmen ihrer Schwester lenkte.

Inzwischen war Janey bitter enttäuscht. Sie hatte endlos auf

Dan gewartet, doch er hatte sich nicht blicken lassen, und von einem der Mädchen von der Schauspielschule am Markham Square hatte sie gehört, dass Dan mit ein paar anderen aus seiner Clique nach Soho in einen neuen Jazzclub gegangen war. Und dann hatte sich Larry auf sie gestürzt, und jetzt saß sie mit ihm in der Falle, weil sie nicht das Herz besaß, nein zu sagen. Larry hatte sich so gefreut, sie zu sehen. Und sie hatte sich auf die Party gefreut. Aber sein Atem roch nach Bier, und von ihm geküsst zu werden war kein bisschen so, wie von Dan geküsst zu werden. Hätte sie ihn doch bloß nicht rangelassen.

Dougie wusste nicht, was er machen sollte. Er wusste natürlich, was er wollte. Die hübsche kleine Schauspielerin war nicht aufgetaucht – nicht dass Dougie allzu enttäuscht gewesen wäre, hier waren schließlich genügend hübsche Mädchen –, und außerdem waren sie hier: die drei jungen Frauen, die ihm vieles über die herzogliche Familie erzählen konnten, was er noch nicht wusste. Vor allem, wie die Herzogin dazu stand, dass ein Fremder bekommen sollte, was doch eigentlich ihrem Sohn zugestanden hätte.

Obwohl Dougie einsah, dass das Erstgeburtsrecht unumstößlich war, fühlte er sich noch immer unbehaglich dabei, den Platz eines anderen einzunehmen, zumal er überzeugt war, diesen Platz gar nicht ausfüllen zu können. Es war ein großer Unterschied zwischen den staubigen Stiefeln der Viehzüchter im Outback und den polierten Oxfords der britischen Aristokratie.

Die drei jungen Frauen konnten ihm wie sonst niemand einen Einblick in diese Welt gewähren. Eine einmalige Gelegenheit – er wäre ein Narr, sie ungenutzt verstreichen zu lassen.

Er sah sich suchend nach Janey um. Sie war die freundlichste von den dreien gewesen, doch das einzige Mitglied des Trios, das er entdeckte, war Ella. Sie stand allein. Er zögerte, doch bevor er es sich anders überlegen konnte, schob er sich durch die Menschenmenge auf sie zu.

»Zigarette?«, fragte er und wischte sich rasch die feuchten Hände an seiner Tasche ab, bevor er ihr das Päckchen anbot, und entschuldigte sich verlegen mit hochrotem Gesicht, als es ihm fast aus der Hand rutschte.

Seine linkische Art entwaffnete Ella vollkommen und weckte ihre Sympathie. Kein Wunder, dass er so unbeholfen war, bei seiner Körpergröße. Obwohl sie die angebotene Zigarette normalerweise abgelehnt hätte, nahm sie sie an und schenkte ihm ein Lächeln, das Dougie, auch wenn sie das nicht wusste, mit großer Erleichterung erfüllte, hatte er doch halb erwartet, sie würde ihm die kalte Schulter zeigen.

»Ich habe das immer noch nicht richtig raus«, gab er kleinlaut zu, als es ihm endlich gelungen war, eine Zigarette für sie aus dem Päckchen zu klopfen. Seine Unbeholfenheit machte es Ella leichter, ihre Reserviertheit aufzugeben.

»Haben Sie nicht geraucht, bevor Sie nach England gekommen sind?«, fragte sie.

»Oh, doch, aber nicht die hier. Auf der Schaffarm haben wir Selbstgedrehte geraucht, das ist billiger.«

Ellas Sympathie für ihn wuchs. Er mochte gut aussehen, doch er war auf der Party genauso fehl am Platze wie sie. Sein Unbehagen weckte in ihr den Beschützerinstinkt der großen Schwester. Vermutlich hatte er in London ein wenig den Boden unter den Füßen verloren.

»Sie vermissen Australien sicher sehr«, meinte sie.

Dougie spürte, wie ein Teil seiner Anspannung sich löste. Sie war einfühlender, als er erwartet hatte. »Es ist alles anders hier, und das führt manchmal dazu, dass ich mich ein wenig außen vor fühle«, gab er wahrheitsgemäß zu. In zwei Minuten hatte sie ihre Zigarette geraucht, und er hatte die Gelegenheit ungenutzt verstreichen lassen. Wagte er es endlich, sie zu fragen, was er wissen wollte? Und wenn ja, würde sie sich voller Abscheu abwenden? Es gab nur eine Möglichkeit, es herauszufinden. Er atmete tief durch.

»Sie haben ein wenig verstimmt gewirkt, als ich vorhin Em… Lady Emerald erwähnt habe, aber sie ist doch Ihre Schwester, richtig? Ich gerate leicht ein bisschen durcheinander mit den englischen Titeln.«

»Stiefschwester«, korrigierte Ella ihn. »Emeralds Mutter ist mit meinem und Janeys Vater verheiratet. Sie waren beide vorher schon mal verheiratet, unser Vater mit unserer Mutter und Emeralds Mutter mit dem Herzog, von dem Emerald ihren Titel hat.«

»Dann ist Emeralds Mutter eine Herzogin, und das bedeutet, dass Ihre Stiefschwester irgendwann auch Herzogin wird?« Natürlich wusste Dougie, dass das nicht der Fall sein würde, doch er musste unbedingt etwas herausfinden.

Normalerweise stellten Leute nicht aus heiterem Himmel solche Fragen, doch Ella konnte nicht anders, sie hatte Mitleid mit dem jungen Mann aus Australien. Er hatte etwas Einnehmendes, etwas Freundliches und, nun, vermittelte eine gewisse Sicherheit. Auf seltsame Art und Weise erinnerte er Ella an einen großen, wohlmeinenden, aber tapsigen Hund. Es war nicht seine Schuld, dass er es nicht besser wusste. Er stammte schließlich aus Übersee, da musste man nachsichtig sein.

Sie atmete tief durch und sagte: »Nein, Emerald kann nicht Herzogin werden, es sei denn, sie heiratet einen Herzog. Der Titel wird über die männliche Linie vererbt.«

»Verstehe«, antwortete Dougie und widerstand der abergläubischen Versuchung, die Daumen zu drücken, als er so beiläufig wie möglich die alles entscheidende Frage stellte. »Und wer ist dann der nächste Herzog?«

»Das wissen wir nicht. Wissen Sie, Emeralds Vater und ihr Bruder sind bei einem Unfall ums Leben gekommen, und Lord Robert, Emeralds Vater, war ein Einzelkind. Der Familienanwalt glaubt, jemanden aufgespürt zu haben, der womöglich der Erbe ist, aber er wartet immer noch auf eine Antwort von ihm … also, falls er der Richtige ist und noch lebt.«

Umsichtig wie immer, wollte Ella Dougie nicht zu viel verraten, obwohl sie natürlich wusste, dass der Anwalt der Familie verzweifelt bemüht war, Kontakt zu dem potenziellen Erben herzustellen.

»Ich wette, Ihre Stiefmutter ist nicht allzu begeistert, dass irgendeinem Fremden zufallen soll, was eigentlich ihrem Sohn gebührt hätte«, meinte Dougie und versuchte, sich wegen seiner Täuschung nicht zu große Gewissensbisse zu machen.

»Nein, ganz und gar nicht«, verteidigte Ella ihre Stiefmutter vehement. »So ist Mama einfach nicht. Im Gegenteil, sie wünscht sich verzweifelt, dass ein Erbe gefunden wird, denn sonst stirbt der Titel aus und das Gut wird aufgeteilt, und sie sagt, das habe Lord Robert gewiss nicht gewollt. Es war schrecklich, dass Lord Robert und Luc bei einem Autounfall umgekommen sind.«

»Sie haben sie gekannt?«

»Ja. Sie sind öfter zu Mamas Großmutter zu Besuch gekommen. Mein Vater war deren Gutsverwalter. Ich war natürlich noch klein, aber ich erinnere mich gut an sie. Mama hat das Gefühl, erst wenn der Herzogstitel an den neuen Erben übergegangen ist, könne Lord Robert endlich Frieden finden.«

»Sie glauben also, dass dieser Erbe, wer auch immer er ist, der Herzogin willkommen sein wird?«

»Da bin ich mir ganz sicher«, bestätigte Ella und fügte hinzu: »Ich bin mir allerdings nicht so sicher, ob Emerald ihn willkommen heißen wird. Sie möchte ihren Debütantinnenball in dem Haus am Eaton Square halten, das eigentlich dem Herzog gehört. Mama will das nicht, aber Emerald setzt immer ihren Kopf durch.«

»Das Gut ist doch sicher ziemlich heruntergekommen, wo es keinen Erben gibt?«, wagte Dougie sich weiter vor.

»O nein«, entgegnete Ella energisch. »Mama ist Treuhänderin, zusammen mit Mr Melrose, dem Anwalt der Familie. Obwohl Osterby – das ist das Herrenhaus auf dem Land –

nicht genutzt wird, ist doch Personal da, um alles in Ordnung zu halten, und um das Gut kümmert sich ein Gutsverwalter.«

»Himmel, das kostet sicher das eine oder andere Pfund«, bemerkte Dougie.

»Also, das Geld kommt aus dem Gut selbst. Der Herzog war sehr reich, und Mama sagt, es müsse alles in Ordnung gehalten werden, solange auch nur die geringste Hoffnung besteht, den Erben zu finden.«

»Emerald wird ganz schön brüskiert sein, wenn der Erbe auftaucht, und sie bekommt nichts?«

»Das Gut hätte Emerald sowieso nicht bekommen – es ist ein Erbgut –, und abgesehen davon hat ihr Vater für sie einen sehr großzügigen Treuhandfonds eingerichtet.«

»Dann ist sie also eine reiche Erbin?«

»Das wird sie, nehme ich an, eines Tages sein.«

»Und das macht Ihnen nichts aus?«

»Nein. Nicht das Geringste.«

Ella mochte Verständnis dafür haben, dass Australier es nicht besser wussten und Fragen stellten, die eigentlich tabu waren, doch sie würde Dougie nicht darüber informieren, dass ihre Stiefmutter eigenes Vermögen besaß und sie es nicht nötig hatten, neidisch auf Emerald zu sein.

Ella wusste, dass sie gar nicht so viel hätte preisgeben sollen, doch über Emerald zu reden half ihr, sich von ihrer Angst um Janey abzulenken, die immer noch in der Ecke am Knutschen war. Als Ella jetzt rüberschaute, konnte sie sehen, dass die Hand des ungepflegten Kerls unter Janeys Pullover verschwunden war. Schockiert öffnete sie den Mund, und der leise Aufschrei, der ihr entfuhr, ließ Dougie in dieselbe Richtung schauen.

»Sieht aus, als würde jemand die Party in vollen Zügen genießen«, meinte er kichernd und bot Ella noch eine Zigarette an.

»Es tut mir leid. Bitte entschuldigen Sie mich.«

Ella war ziemlich nervös. Ihre entschlossene Miene und ihr blasses Gesicht verrieten, wie alarmiert sie über das Betragen ihrer Schwester war, und Dougie war nicht besonders überrascht, dass sie den Wunsch hatte, einzuschreiten.

Wie schrecklich von ihr, so grob zu sein, doch sie musste der Sache Einhalt gebieten, tröstete Ella sich, als sie zu ihrer Schwester eilte. Entschlossen blieb sie vor Janey stehen.

»Wir müssen gehen, Janey.«

Janey, die alle Mühe gehabt hatte, Larrys Hand daran zu hindern, noch intimere Regionen ihres Körpers zu erkunden, begrüßte die Störung ihrer Schwester mit Erleichterung – nicht dass sie das Ella je sagen würde – und machte sich aus seiner Umarmung frei.

»Wo ist Rose?«, fragte sie.

Das wusste Ella nicht, doch das konnte sie kaum sagen, wenn sie nicht wollte, dass Janey ihr vorwarf, sie tue nur so, als wollte sie gehen. Das Letzte, was sie wollte, war ein Streit mit Janey, der nur darin enden würde, dass ihre impulsive Schwester sich wieder dem Mann zuwandte, aus dessen Armen Ella sie gerade gezerrt hatte.

Zu ihrer Erleichterung rief Janey: »Oh, da ist sie, da drüben.«

»Also, es war mir ernst mit dem, was ich gesagt habe. Ich möchte wirklich, dass Sie sich meinen Salon ansehen«, sagte Josh zu Rose.

Inzwischen war um sie herum mehr Platz, sodass Rose einen Schritt zurücktreten konnte. Sie wollte den Kopf schütteln, doch er kam ihr zuvor, indem er mit theatralischer Geste eine Visitenkarte aus der Tasche zog.

»Hier ist meine Karte. Überlegen Sie es sich.«

Rose sah, dass Ella und Janey ihr aufgeregt zuwinkten, also nahm sie die Karte und steckte sie in ihre Handtasche.

»Ich muss«, stammelte sie und ging zu den anderen.

»Schau, lass gut sein, ja, Ollie? Ich weiß, was ich tue.«

Die sture Miene, mit der Willie seinen Arm aus Olivers festem Griff befreite, verriet Oliver alles, was er über die Gemütslage seines Cousins wissen musste.

Sie standen mit ihrem Bier an der Bar ihres East-End-Pubs, des *Royal Crown*.

»Ich hab auch mal so gedacht wie du, Willie. Ich war ganz wild darauf, mir eine Karriere als Boxer aufzubauen, aber dann bin ich ins Nachdenken gekommen …«

»Du meinst, deine Ma hat für dich nachgedacht«, unterbrach Willie ihn. »Ich lass mir von dir nicht vorschreiben, was ich zu tun und zu lassen habe, Ollie. Harry Malcolm meint, ich habe eine gute Zukunft vor mir und dass schon gemunkelt wird, die Richardsons oder die Krays hätten Interesse an mir.«

Bei der Erwähnung der beiden berüchtigten Banden im East End runzelte Oliver die Stirn.

»Wenn du diesen Weg einschlägst, erwartet man von dir, dass du dich auf manipulierte Kämpfe einlässt, Willie«, warnte er.

Sein Cousin zuckte abschätzig die Schultern. »Nur wer nicht gut genug ist, bekommt gesagt, er soll verlieren, mir passiert so was nicht. Reggie kam neulich abends runter, um mir beim Sparring zuzusehen. Das würd er nicht machen, wenn er mich nicht an Bord haben wollt.«

Willie mochte der Meinung sein, er hätte das Zeug, den Durchbruch zu schaffen, doch Oliver hatte sich auf der Straße umgehört und erfahren, dass er eher als Boxringfutter gehandelt wurde denn als zukünftiger Champion. Er würde bloß als Sparringspartner für begabtere Boxer enden und für einen Hungerlohn in einem Boxclub arbeiten, statt bei Preiskämpfen gutes Geld zu verdienen.

Das Problem mit Willie war, dass er sich leicht verleiten und genauso leicht übers Ohr hauen ließ.

»Du bist ein Idiot, Willie.« Oliver verlor allmählich die Geduld. »Tu dich mit denen zusammen, und ich wette, dass dein Hirn am Ende Matsch ist oder du für die als Schläger arbeitest.«

»Du bist nur neidisch«, konterte Willie mit hochroten Wangen. »Weißt du, was dein Problem ist? Deine Mutter. Mein Dad meint ...« Er unterbrach sich und scharrte plötzlich befangen mit den Schuhen über den Boden.

Oliver erstarrte. Das war nicht das erste Mal, dass er vage Andeutungen über seine Mutter zu hören bekam. »Nur zu, Willie. Dein Vater meint was?«, wollte er mit harter Stimme wissen.

»Ach, lass gut sein, ja, Ollie? Aber deine Ma führt sich immer auf, als wär für sie nichts gut genug. Meine Ma findet es köstlich, dass sie so daherkommt, wo sie doch nicht mehr ist als 'ne verdammte Putzfrau, aber mein Dad ...«

Er unterbrach sich wieder, und sein Gesicht lief rot an, während Oliver die Lippen zu einem zornigen roten Strich zusammenkniff.

Er müsste eigentlich daran gewöhnt sein. Schließlich hatte er schon als Kind gelernt, das Geflüster und die verstohlenen Blicke der Leute, wenn sie über seine Mutter sprachen, mit einem Achselzucken abzutun. Der Klatsch, der reiche Witwer, bei dem sie putzte, wäre verantwortlich für ihre gute Figur und ihre elegante Erscheinung.

Oliver blickte finster drein. Der Gedanke, seine Mutter könnte sich für ihren reichen Chef zurechtmachen, behagte ihm nicht, umso mehr, als Herbert Sawyer ihn im Laufe der Jahre immer wieder unterstützt hatte.

Er ballte die Hände zu Fäusten und löste sie bewusst langsam wieder. Er war nicht hergekommen, um sich mit seinem jüngeren Cousin – oder jemand anderem – zu prügeln. Das hatte er vor langer Zeit hinter sich gelassen.

»Ach, mach doch, was du willst«, sagte er zu seinem Cousin und setzte sein Bierglas ab, »aber komm hinterher nicht

71

heulend zu mir gerannt, wenn du auf der Anklagebank sitzt und eingebuchtet wirst, weil du auf Befehl von Reggie Kray deine Fäuste gegen jemanden gerichtet hast, der dir nichts getan hat.«

»Hör auf, Ollie. Komm, trinken wir noch ein Glas«, versuchte Willie ihn zu beschwichtigen.

Oliver sah sich in dem Pub um. Er war eigentlich nicht in der Stimmung für ein Saufgelage, wie es Willie zweifellos vorschwebte. Bevor er antworten konnte, ging die Tür zur Straße auf, und eine Gruppe Männer kam herein, Reggie Kray in ihrer Mitte. Er war wie immer elegant gekleidet, und zwischen seinen Lippen baumelte eine Zigarette.

Willie trat automatisch zurück – niemand stand den Krays im Weg – und senkte den Kopf, fast wie eine Huldigung.

Reggie blieb stehen, und die Schläger hinter ihm stolperten über die dicken Crêpesohlen ihrer Creeper, um bloß nicht in den »Boss« zu rennen. Doch nicht vor Willie blieb Reggie stehen, sondern vor Oliver.

»Hab das Foto gesehen, das du von Ronnie und mir gemacht hast«, erklärte er, zog tief an seiner Zigarette und stieß den Rauch aus, bevor er hinzufügte: »Hübsche Arbeit. Ich und Ronnie mögen es. Aber sorg das nächste Mal dafür, dass du ein paar fesche Oberschichtpuppen draufkriegst und nicht so alte Schachteln.«

Ohne den Blick von Oliver zu wenden, rief er dem Barkeeper zu: »Alf, gib meinem Freund hier was zu trinken.« Dann fuhr er fort: »Denk dran, hier drin fotografierst du besser nicht, verstanden?«

Das brauchte er Oliver nicht zu sagen. Der Pub war eine miese Bude, in der die Krays sich trafen, um über Geschäfte zu reden, und nicht, um sich öffentlich zur Schau zu stellen. Wie Ratten, die aus den Kloaken hochkamen, zogen die, die mit den Krays Geschäfte machten, es vor, dies im Schutz der Dunkelheit zu tun.

6

Paris

Emerald bog den Fuß durch, um ihre eleganten neuen italienischen Lederschuhe und ihre schlanken Beine in den Seidenstrümpfen von Dior besser bewundern zu können. Nächste Woche um diese Zeit war sie endlich wieder in London. Das Dior-Kleid, das ihre Mutter ihr vermutlich nicht erlaubt hätte, weil es viel zu erwachsen war, war sicher verpackt, um mit ihr die Heimreise anzutreten. Bis ihre Mutter die Rechnung bekam, war es zu spät, etwas dagegen zu unternehmen. Zurückschicken konnte sie es jedenfalls nicht, denn das Haute-Couture-Kleid war maßgeschneidert.

Emerald hatte bei der herbstlichen Modeschau nur einen Blick darauf geworfen und sofort gewusst, dass sie es haben musste. Sie würde es für die offiziellen Fotos anlässlich der Bekanntgabe ihrer Verlobung mit dem Herzog von Kent tragen. Seine Mutter, Prinzessin Marina, war bekannt für ihren Stil und ihre Eleganz, doch Emerald würde von Anfang an deutlich machen, dass sie, als neue Herzogin von Kent, in Zukunft das stilvollste und eleganteste Mitglied der ausgedehnten königlichen Familie sein würde. Emerald hatte die Absicht, eine sehr populäre Herzogin zu sein.

Da die Zukunft, bis ins Detail geplant, auf sie wartete, war Emerald ungeduldig, ihre Pläne in die Tat umzusetzen. Sie würde den Herzog von dem Augenblick an, da sie einander vorgestellt wurden, ermutigen, sich in sie zu verlieben. Das Mädchenpensionat mochte sich offiziell auf die Fahnen geschrieben haben, dafür zu sorgen, dass den jungen Frauen gute gesellschaftliche Umgangsformen in Fleisch und Blut übergingen, doch Emerald hatte ihre Zeit in Paris genutzt, um Fähigkeiten zu verfeinern, die ihr in ihren Augen weitaus nützlicher sein würden als französische Konversation.

Diese Fähigkeiten würde sie heute noch weiter verfeinern, denn es war ihr gelungen, dem Adlerauge von Madame la Comtesse zu entfliehen. Emerald lächelte triumphierend in sich hinein, doch dann runzelte sie die Stirn.

Es sah der neugierigen Gwendolyn ähnlich, dass sie darauf bestanden hatte, sie zu begleiten und auch noch Lydia mitzuschleifen. Geschah ihnen recht, dass sie so unbehaglich dreinschauten. Emerald amüsierte sich und sonnte sich in der Bewunderung der vier jungen Männer, die im Künstlerviertel Montmartre mit ihnen an einem Tisch saßen. Doch sie interessierte sich viel mehr für den älteren Mann, der in der Nähe allein am Tisch saß und Zeitung las, und für ihn hatte sie gerade ihre seidenbestrumpften Beine bewundert. Mit schmalem Gesicht, das dunkle Haar mit erstem Grau durchsetzt, hatte er etwas an sich, was ihr einen Schauder der Erwartung über den Rücken jagte. Instinktiv wusste Emerald, dass er zu den Männern gehörte, die sehr viel über das weibliche Geschlecht wussten. Er war einer, den jede Frau stolz zu ihren Eroberungen zählen würde. Einen solchen Mann zu einem hingebungsvollen Bewunderer zu machen war eine Herausforderung, im Gegensatz zu den vier Jungen, denen ins Gesicht geschrieben stand, dass sie sie nur allzu bereitwillig bewunderten. Emerald mochte ältere Männer, zumindest eine gewisse Sorte älterer Männer – nicht solche wie Gwendolyns widerlichen Vater. Es erregte sie, wenn sie mit ihr flirteten und köstliche Andeutungen auf unschickliche Vergnügungen machten.

Emerald hatte noch keinen Liebhaber – sie konnte keinen Skandal riskieren. Und sie würde niemals in die Versuchung kommen, einem jungen Mann Freiheiten zu erlauben oder zu weit zu gehen. Dazu war sie sich ihres Wertes als »unverdorbene« Jungfrau viel zu sehr bewusst. Doch wenn sie sich einen Liebhaber nahm, müsste es einer sein, der wusste, was er tat, kein dummer Junge. Das ging natürlich erst, nachdem sie den Herzog geheiratet hatte. Manche Mädchen fanden es altmodisch, sich ihre Jungfräulichkeit zu bewahren, doch die würden sich wahrscheinlich auch mit irgendeinem Ehemann zufriedengeben, während für Emerald nur das Beste gut genug war.

Die jungen Männer an ihrem Tisch waren Studenten an der Sorbonne, so hatten sie jedenfalls behauptet, als Emerald Anfang der Woche im Bois de Boulogne ihre Handtasche fallen gelassen und einer von ihnen sie für sie aufgehoben hatte.

Emerald hatte sich gleich bereit erklärt, sich mit ihnen zu treffen. Schließlich hatte sie nicht die Absicht, etwas zu tun, was ihre Chancen, die Gemahlin des Herzog von Kent zu werden, beeinträchtigen könnte. Doch es amüsierte Emerald, dass Gwennie ganz glotzäugig und trotzig dreinschaute, als würden sie sich gleich in einem Bordell niederlassen. Dabei tranken sie doch nur in einem Café eine Tasse Kaffee. Emerald gefiel es, wenn Gwennie sich unbehaglich fühlte. Wie dumm sie war. Glaubte sie wirklich, irgendein Mann würde sie beachten, solange Emerald in der Nähe war?

»Ich finde wirklich, du hättest uns nicht herbringen sollen«, murmelte Gwendolyn.

»Ich habe euch nicht hergebracht, ihr wolltet mich unbedingt begleiten«, konterte Emerald, öffnete ihr goldenes Zigarettenetui mit den eingelegten Halbedelsteinen, die von derselben Farbe waren wie ihre Augen − eine Neuanschaffung von einem Juwelier in der Rue du Faubourg-Saint-Honoré −, und holte eine der hübschen bunten Sobranie-Zigaretten heraus.

Augenblicklich wurden vier Feuerzeuge gezückt. Ehrlich, das ist fast wie in einer dieser Anzeigen in *Vogue*, dachte Emerald. Wie dumm und unreif Lydia und Gwendolyn wirkten, reizlos und klobig. Emerald strich den Saum ihres schwarzen Wollrocks glatt und ließ ihre Fingerspitzen dabei absichtlich auf ihren in hauchfeine Strümpfe gekleideten Beinen liegen. Sie fände es grässlich, so reizlos zu sein wie Gwennie. Da wäre sie lieber tot.

Sie erlaubte einem der vier jungen Männer, ihre Zigarette anzuzünden, und lachte, als er ihre freie Hand nahm und an seine Lippen drückte. Französische Jungen waren so possierlich und charmant. Charmant, aber natürlich keine Herzöge.

Emerald zog ihre Hand an sich und sagte mit falschem Bedauern: »Wir müssen wirklich gehen.«

»Ich muss der Comtesse sagen, was du gemacht hast«, verkündete Gwendolyn selbstgerecht auf dem Rückweg.

»Ich habe doch gar nichts gemacht«, leugnete Emerald.

»O doch. Du hast die Bekanntschaft dieser Jungen gemacht und dich von einem küssen lassen. Dir ist aber schon bewusst, dass so etwas deinen Ruf ruinieren und Schande über deine ganze Familie bringen kann, oder?«

Emerald blieb mitten auf dem Trottoir stehen, und die beiden anderen Mädchen mussten ebenfalls anhalten.

»Wenn ich du wäre, Gwendolyn, dann würde ich nicht so eifrig übers Petzen reden und darüber, der Ruf der Leute wäre ruiniert, und sie würden Schande über ihre Familie bringen. Nicht an deiner Stelle.«

Bei diesen mit ruhiger, fast tödlicher Überzeugung vorgebrachten Worten blickte Lydia ängstlich auf, während Gwendolyn spröde erklärte: »Was meinst du damit, an meiner Stelle? Ich habe nichts falsch gemacht.«

»Du vielleicht nicht.« Emerald unterbrach sich. »Aber dein Vater, der ist nämlich ganz wild auf hübsche junge Mädchen, nicht wahr, Gwendolyn?«

Gwendolyns Gesicht entflammte in einem kläglichen Scharlachrot.

»Habe ich dir nicht erzählt, dass ich ihn neulich mit einem hübschen jungen Ding am Arm aus einem Laden in der Rue du Farnbourg-Saint-Honoré kommen sah? Aber ich bin ja auch keine hässliche kleine Petze. Ich wüsste nur zu gern, was aus deinem Ruf werden würde, wenn die Leute wüssten, dass dein Vater eine gewöhnliche kleine Revuetänzerin zur Geliebten hat.«

»Das ist nicht wahr«, fuhr Gwendolyn voller Panik auf. Sie war den Tränen nah. Lydia warf Emerald einen ängstlich flehenden Blick zu, doch aufzuhören, aber Emerald achtete gar nicht auf sie. Wenn Gwendolyn mit ihrer Selbstgerechtigkeit sie in Schwierigkeiten bringen wollte, dann hatte sie es verdient, in die Schranken verwiesen zu werden.

»O doch. Dein Vater ist nichts als ein schäbiger Ehebrecher, Gwendolyn. Deine arme Mutter.«

»Nein.« Gwendolyns Lippen zitterten. Jetzt zieht sie eine Fratze wie ein Schwein, dachte Emerald gehässig, als Gwendolyn schluckte und schniefte. »Du lügst. Ich erlaube nicht, dass du so etwas herumerzählst.«

Emerald lächelte spöttisch. »Aha? Dann ist es wohl auch gelogen, dass dein Vater versucht hat, seine Hand unter meinen Rock zu schieben und mich zu küssen, was?«

»Oh«, meldete sich Lydia zu Wort, »das hat Onkel Henry bestimmt nicht so gemeint, Emerald. Als ich ihn das letzte Mal gesehen habe, hat er mich auch geküsst.«

In Gwendolyns scharlachrotem Gesicht bildeten sich weiße Flecken.

»Na, siehst du, Gwendolyn«, sagte Emerald gespielt freundlich. »Also, willst du jetzt, dass ich der Comtesse von deinem Vater erzähle, oder ...«

»Schon gut, ich sage ihr nichts von den jungen Männern«, gab Gwendolyn klein bei.

Emerald neigte den Kopf in majestätischer Anerkennung von Gwendolyns Unterwerfung. Wirklich clever von ihr, diese Geschichte zu erfinden, sie hätte Gwendolyns Vater mit einer Revuetänzerin gesehen. Was für eine Idiotin Gwendolyn doch war. Jeder wusste, dass ihre Familie kein Geld besaß, was glaubte sie denn, wie um alles in der Welt ihr Vater sich eine Geliebte leisten könnte?

7

London

Mit gesenktem Kopf, den Schirm gegen den waagerechten Februarregen aufgespannt, eilte Rose auf dem Heimweg von der Arbeit durch die King's Road. Der Wind war eisig, und sie konnte es kaum erwarten, ins Warme zu kommen. In ihrer Eile sah Rose die beiden Männer nicht, die vor ihr auf dem Gehweg standen, bis sie praktisch mit ihnen zusammenstieß. In dem Versuch, um sie herumzugehen, verlor sie beinahe den Halt, und eine starke Hand packte zu, damit sie nicht stürzte. Als sie aufschaute, um sich zu bedanken, erkannte Rose den Friseur von der Party, Josh Simons.

»Na so was, die Innenausstatterin«, witzelte er.

»In der Ausbildung zur Innenausstatterin«, korrigierte Rose ihn.

»Was habe ich falsch gemacht, Vidal?«, fragte er seinen Begleiter traurig. »Ich habe ihr einen kostenlosen Haarschnitt angeboten, wenn sie mir im Gegenzug ein paar Tipps für die Innenausstattung meines neuen Salons gibt, aber sie hat mein Angebot ausgeschlagen.«

»Kluges Mädchen«, antwortete der Angesprochene mit einem Grinsen. »Sehen Sie, junge Frau, wenn Sie wirklich einen anständigen Haarschnitt wollen, dann kommen Sie zu mir, Vidal Sassoon.«

»Er hat mir Arbeit gegeben, als wir von Raymond weggingen, und dann hat er mir geholfen, meinen eigenen Salon zu gründen«, warf Josh ein.

»Er meint, dass ich ihm Geld geben musste, damit er ging.«

Sie lachten beide, offensichtlich waren sie gute Freunde, und Rose entspannte sich.

Josh schenkte ihr ein warmes Lächeln und schüttelte warnend den Kopf, als er Vidal erklärte: »Ich weiß, was du im

Schilde führst, Vidal, aber ich lasse nicht zu, dass du diese Haare unter deine Schere bekommst. Ich habe sie zuerst gesehen. Also«, sagte er zu Rose, deren Arm er immer noch hielt, »da Sie schon hier sind, warum kommen Sie nicht rein und werfen einen Blick in meinen Salon?«

»Sie können ruhig mit ihm gehen«, sagte Vidal. »Seien Sie versichert, dass es keinen Zweck hat, ihm zu widersprechen – wenn er sich einmal etwas in den Kopf gesetzt hat, gibt er nicht so schnell auf. Abgesehen davon würden Sie dem Rest der Welt und mir einen Gefallen tun, wenn Sie ihm ein bisschen zur Hand gingen. Nach dem zu urteilen, was ich bislang von seinem Salon gesehen habe, will keine junge Frau, die den Namen verdient, sich da drin die Haare schneiden lassen. Und da ich ihm das Geld dafür geliehen habe, würde ich es gern sehen, wenn er damit auch etwas verdient, damit er es mir zurückzahlen kann.«

Wie konnte sie da nein sagen? Sich nach so einem Appell immer noch zu weigern wäre wirklich herzlos.

»Na gut«, stimmte Rose zu, »aber ich bin noch in der Ausbildung, und ich weiß nicht das Geringste über die Ausstattung von Friseursalons.«

»Das brauchen Sie auch nicht«, erklärte Josh ihr prompt. »Kommen Sie, es ist gleich hier oben.«

Er hielt immer noch ihren Arm und dirigierte sie auf eine Tür zu. Nur Joshs Lebewohl zu Vidal machte Rose darauf aufmerksam, dass sie jetzt nur noch zu zweit waren. Doch da war es zu spät, Josh öffnete bereits die schäbige Tür.

Die Tür führte in ein langes, schmales Treppenhaus, dessen Wände in einem schlammigen Dunkelbraun gestrichen waren, das stellenweise schon abblätterte und darunter einen noch abstoßenderen Grünton freilegte.

»Hier brauchen Sie auf jeden Fall etwas Helles und Freundliches«, verkündete Rose, augenblicklich inspiriert, »mit einer Oberfläche, die man abwischen kann, denn die Leute werden beim Hochgehen die Hand an die Wand legen, weil die Treppe so eng ist.« Nachdenklich betrachtete sie die Wand. »Ein gebrochenes Weiß wäre das Beste, und dann können Sie die Wand mit einigen Schwarzweißfotos in schlichten schwarzen Rahmen auflockern – vielleicht Brustbilder von Frauen mit verschiedenen Frisuren.«

Rose dachte laut, ihre Phantasie hob ab und setzte sich über ihr Zögern hinweg. Die schäbige Umgebung und die Herausforderung, sie in etwas Glamouröses zu verwandeln, waren wie eine juckende Stelle, an der sie einfach kratzen musste.

»Eine tolle Idee. Ich habe einen Kumpel, der Fotograf ist und dauernd hübsche Mädchen fotografiert. Mit dem kann ich bestimmt einen Deal machen.«

Rose, die schon halb die Treppe hinauf war, drehte sich um, um ihn anzusehen. Er stand zwei Stufen unter ihr, sodass sie auf gleicher Augenhöhe waren. Er hatte für einen Mann ungewöhnlich lange Wimpern, und seine tief liegenden dunkelbraunen Augen waren aus der Nähe noch faszinierender. Doch er war eindeutig nicht ihr Typ. Sie mochte ruhige, ernsthafte junge Männer wie den jungen chinesischen Medizinstudenten, den sie kürzlich kennengelernt hatte. Seine Familie besaß ein chinesisches Restaurant, in dem Janeys und ihre Künstlerclique Stammgäste waren. Wenn er nicht studierte, arbeitete Lee im Restaurant mit, und eines Abends, als sie die letzten Gäste gewesen waren, hatte er sich auf Janeys Insistieren hin zu ihnen gesetzt und ihnen von seinen Träumen und Plänen erzählt.

Nicht dass Rose ein besonderes Interesse an Lee hatte oder ein solches entwickeln würde. Ihr Herz gehörte John, Lord Fitton Legh. Johns Vater hatte nach dem Tod von Johns Mutter noch einmal geheiratet, und Johns Stiefmutter war Ellas und Janeys Tante Cassandra. Die Mädchen kannten John schon ihr ganzes Leben lang. Er war ruhig und freundlich, und dafür liebte Rose ihn genauso wie dafür, dass er sie so behandelte wie die anderen auch … Mit zwölf hatte sie sich in ihn verliebt. Da hatte er sie gerettet, als Emerald sie mit einer List dazu gebracht hatte, sich auf ein viel zu feuriges Pferd zu setzen, obwohl Emerald doch wusste, dass Rose eine nervöse Reiterin war. John war in den Hof gekommen, als Rose sich voller Angst an die Zügel des sich aufbäumenden Pferds geklammert hatte. Innerhalb von Sekunden hatte er das Pferd beruhigt und Rose heruntergeholt. Seit diesem Augenblick war er für sie der wunderbarste Mensch auf der Welt. Nicht dass sie je zulassen würde, dass John oder sonst jemand erfuhr, was sie empfand. Emerald würde sich einen Mordsspaß daraus machen, sie damit aufzuziehen, wenn sie es ahnte, denn es war natürlich ausgeschlossen, dass John Roses Gefühle erwiderte. Rose hatte mit angehört, wie ihre Tante und ihr Onkel über Johns Zukunft sprachen und sich einig waren, dass er wahrscheinlich ein Mädchen aus einer der ortsansässigen aristokratischen Familien heiraten würde – eine junge Frau, die seine tiefe Bindung zu dem Land und seinem Erbe teilte. Da hatte Rose, auch wenn sie noch sehr jung gewesen war, gewusst, dass jemand in seiner Position niemals ein Mädchen wie sie heiraten würde. Die Fittons waren schließlich eine sehr alteingesessene und stolze Familie.

Doch das hinderte sie nicht daran, Tagträumen nachzuhängen.

Später, in der Collegezeit, hatte das Wissen um ihre Liebe zu John ihr ein Gefühl der Sicherheit gegeben, wenn sie die Blicke der Männer spürte. Denn wenn sie John liebte, musste sie sich keine Sorgen darüber machen, sie könnte sich in einen anderen verlieben – jemanden, der so tat, als liebte er sie, der sie aber eigentlich nur so behandeln wollte wie ihr Vater einst ihre Mutter.

Solange sie John liebte, konnte kein anderer Mann sie verletzen oder kränken. Und sie würde John immer lieben. Immer. Obwohl sie wusste, dass daraus nichts werden konnte.

Stattdessen verbarg sie ihre Liebe zu ihm in ihrem Herzen und konzentrierte sich auf ihre Arbeit und darauf, ihrer Tante Amber das in sie gesetzte Vertrauen zu vergelten.

»Als ich sagte, Brustbilder von Mädchen, habe ich Porträtaufnahmen gemeint«, erklärte sie Josh jetzt ernst, sich fest auf die Gegenwart konzentrierend, »und keine Posen, die besser zu einem bestimmten Typ von Zeitschrift passen würden.«

Josh brach in Gelächter aus. »Ollie wäre gekränkt, wenn er das gehört hätte. Er fotografiert Mannequins für *Vogue*, nicht für *Men Only*.«

Rose merkte, dass ihr Gesicht brannte. Rasch wandte sie sich um und eilte die Treppe hinauf, wo auf die erste Tür ein windschiefes »WC« gemalt war.

»Sie müssen unbedingt für anständige Toiletten sorgen«, erklärte sie. »Zumindest, wenn Sie junge Frauen anziehen wollen.«

Sie hatte nicht gemerkt, dass in ihren Worten eine Zweideutigkeit lag, bis Josh noch einmal laut auflachte.

»Daran ist es also bisher immer gescheitert, wenn ich Mädchen zu mir nach Hause mitgenommen habe«, witzelte er. »Und ich habe mir sogar eine andere Zahncreme zugelegt, weil ich dachte, ich hätte womöglich Mundgeruch. Sie meinen also, ich sollte mir so einen schicken gehäkelten Überzug für die Toilettenpapierrolle besorgen?«

Rose musste unwillkürlich lachen. Sie ließ sich keine Minute auf den Arm nehmen. Sie bezweifelte, dass den jungen Frauen, die bereit waren, mit diesem Mann nach Hause zu gehen, etwas daran lag, wie sein Bad aussah. Doch sie wollte seinem Ego nicht noch nachhelfen, indem sie ihm das erzählte, war sie sich doch ziemlich sicher, dass er das selbst wusste.

Stattdessen sagte sie überheblich: »Ich weiß natürlich nicht, was für eine Art von Kundschaft Sie anziehen möchten.«

»Stinkfeine junge Frauen wie Sie würden sich ihre Haare also nicht in dem Salon eines jüdischen Friseurs aus der Arbeiterklasse machen lassen, wenn es in diesem Salon nicht einmal eine anständige Toilette gäbe, habe ich das richtig verstanden?«

Er klang jetzt eher schroff als amüsiert. Seine offensichtliche Verachtung ließ Rose zusammenfahren, doch sie behauptete ihren Standpunkt.

»So war das nicht gemeint. Es hat nicht das Geringste mit ›stinkfein‹ zu tun. Einige der prächtigsten Herrenhäuser auf dem Land haben die altmodischsten Badezimmer, die man sich nur vorstellen kann. Es geht darum, dass Sie Ihrer weiblichen Kundschaft das Gefühl geben müssen, Sie schätzen und würdigen sie. Sie müssen dafür sorgen, dass die Frauen sich wohl fühlen, und ihnen gleichzeitig das Gefühl geben, etwas Besonderes verdient zu haben. Schließlich wollen Sie doch, dass sie deswegen zu Ihnen kommen, nicht wahr?«, fühlte sie ihm auf den Zahn. »Nicht nur, weil Sie ihnen die Haare machen können, sondern weil Sie überzeugt sind, ihnen die Haare besser machen zu können als alle anderen, oder?«

Josh war überrascht und beeindruckt von ihrem Scharfsinn. Er sah sie an, als hätte er sie vorher gar nicht richtig angesehen, und in gewissem Sinne hatte er das, wie ihm jetzt aufging, auch nicht. Vorher hatte er sie nur als eine umwerfende junge Frau betrachtet, deren eurasische Schönheit sie zu dem perfekten Modell für die Avantgarde-Haarschnitte machte, über die er und Vidal sich in den frühen Morgenstunden so leidenschaftlich unterhalten hatten. Sie waren auf ihre je eigene Art fest entschlossen, die altmodische Vorstellung von streng angeordneten und mit Festiger »fixierten« Frisuren abzuschaffen und sie durch präzise Schnitte zu ersetzen, die den natürlichen Bewegungen von weiblichem Haar gerecht wurden.

Während er und Vidal verstanden, was den jeweils anderen antrieb, hatte Rose Josh damit überrascht, dass sie in Windeseile erkannte, wo seine Ambitionen lagen. Sie hatte, wie er sich kleinlaut eingestehen musste, den Nagel auf den Kopf getroffen, denn das war genau das, was ihm vorschwebte.

83

In diesem Augenblick fasste Josh den Entschluss, dass Rose und niemand sonst für die Ausstattung seines Salons verantwortlich zeichnen sollte, egal wie viel Überredungskunst es ihn kosten würde – und irgendwie wusste er, dass sie überredet werden musste. Er war jedoch kein Narr. Es hatte keinen Sinn, mit der Tür ins Haus zu fallen und sie zu erschrecken. Stattdessen trat er an ihr vorbei und öffnete die Tür zu dem lange verwahrlosten Raum, in dem er seinen Salon einrichten wollte.

»Kommen Sie, und werfen Sie einen Blick hinein …«

8

Während Lew mit seiner neuesten Eroberung zum Mittagessen war, saß Dougie vor der kleinen tragbaren Schreibmaschine und tippte eine Liste potenzieller Kunden, die Lew ihm dagelassen hatte. Ein Klopfen an der Tür unterbrach ihn. Für den Nachmittag waren keine Sitzungen gebucht, und Dougie befürchtete, dass Lew, wenn er zurückkam, die junge Frau mitbringen würde, hinter der er schon eine Weile her war. Dann würde er Dougie sagen, er solle für heute Feierabend machen. Das Klopfen setzte sich fort, und als er sich deswegen zweimal vertippte, schob Dougie leise fluchend seinen Stuhl nach hinten und stand auf.

Emerald wartete ungeduldig vor der Tür. Sie hatte sich nicht dadurch entmutigen lassen, dass der von *Tatler* und *Queen* gerühmte Top-Society-Fotograf nicht auf ihren Brief aus Paris geantwortet hatte. Nach wie vor war sie fest davon überzeugt, dass er unbedingt ein neues offizielles Debütantinnenporträt von ihr aufnehmen musste.

Bei ihrer Rückkehr nach London hatte sie bald herausgefunden, dass sie bei weitem nicht die einzige Bewerberin für die Position der Königlichen Hoheit, der Herzogin von

Kent, war und dass diejenigen, denen es gelang, sich seine Anwesenheit bei einem Empfang zu sichern, sorgfältig darüber wachten, welche Debütantinnen dabei die Gelegenheit bekamen, dem Herzog vorgestellt zu werden. Zum Beispiel würde natürlich keine Mutter einer Debütantin Emerald freudig zu einer Party einladen, bei welcher der Herzog anwesend war. Das begriff Emerald schnell, und sie begriff auch, dass sie sich äußerst subtiler, wenn nicht gar hinterlistiger Methoden bedienen musste, wenn sie die Aufmerksamkeit des Herzogs erregen wollte. Von Lewis Coulter fotografiert zu werden und dann von der Presse als die hübscheste Debütantin der Saison gefeiert zu werden wäre ein kluger Schachzug. Seine Mutter las mit Sicherheit sämtliche gängigen Zeitschriften, und Emerald konnte sich leicht vorstellen, wie sie ihrem Sohn Emeralds Foto zeigte und ihn auf ihre makellose Abstammung hinwies. Zumindest auf der Seite ihres Vaters. Eine Schande, dass ihre Mutter nicht einer besseren Familie entstammte. Emerald kniff die Lippen zusammen. Dann müsste sie sich keine Strategien überlegen, um die Aufmerksamkeit des Herzogs auf sich zu lenken, denn dann würde Prinzessin Marina selbstverständlich zum gesellschaftlichen Kreis ihrer Mutter gehören.

Statt sich in London zu etablieren und sich in Gesellschaft zu begeben, verbrachte der junge Herzog seine Zeit ärgerlicherweise vornehmlich auf dem Land. Emerald verzog ein wenig das Gesicht vor Abscheu. Sobald sie verheiratet waren, würde sich das ändern. Sie konnte dem Landleben überhaupt nichts abgewinnen. Sicher, sobald sie ihr erstes Kind zur Welt gebracht hatte – natürlich einen Sohn –, war es ihrem Gemahl durchaus erlaubt, sich auf dem Land aufzuhalten, wenn er dies wünschte, während sie die Zeit mit ihren Freundinnen in London verbrachte, doch als frisch verheiratetes Paar würden sie überall zusammen erscheinen, er – wie es sich gehörte – bis über beide Ohren in sie verliebt.

Sie klopfte noch einmal. Hatte Emerald sich einmal zu etwas entschlossen, duldete sie keinen Aufschub, es in die Tat umzusetzen, und sie war ungeduldig, die ersten Schritte zu unternehmen, damit der Herzog um sie warb.

Das kalte, nasse Februarwetter hatte dafür gesorgt, dass bis auf Emerald der ganze Haushalt mit einer schweren Erkältung daniederlag, und so war es ihr möglich gewesen, ohne die Begleitung ihrer Patin zu entfliehen, um den Fotografen aufzusuchen.

Emerald lebte gern in Lenchester House. Schließlich war es von Rechts wegen mehr ihr Haus als das von jemand anderem. Es war ja schön und gut, dass ihre Mutter sie immer wieder darauf hinwies, Mr Melrose halte hartnäckig an dem Glauben fest, es gebe einen Erben. Mr Melrose war schließlich ein alter Mann. Aber wenn es einen solchen Erben gab, warum hatte er sich dann noch nicht vorgestellt und seinen Anspruch auf den Herzogstitel angemeldet?

Emerald hob die Hand, um noch einmal an die Tür zu klopfen, doch da wurde sie von einem großen, breitschultrigen jungen Mann mit dickem, ungekämmtem dunkelbraunem Haar mit helleren Spitzen geöffnet. Er schaute ziemlich mürrisch drein.

Emerald, die in Gesellschaftsspalten Fotos von Lewis Coulter gesehen hatte, warf Dougie nur von oben herab einen Blick zu und erklärte: »Ich bin hier, um Lew zu sehen.« Dann fegte sie an ihm vorbei, und ihm blieb nichts anderes übrig, als die Tür hinter ihr zu schließen.

»Er empfängt niemanden ohne Termin«, bemerkte Dougie, doch Emerald zuckte nur die Achseln.

»Ich habe ihm geschrieben, um ihm mitzuteilen, dass ich zu ihm komme, und er wird mich empfangen. Meine Mutter wünscht ausdrücklich, dass er mein Debütantinnenfoto aufnimmt.« Die Lüge kam ihr ohne ein Wimpernzucken über die Lippen.

»Lew ist im Augenblick nicht hier und kommt nicht vor …

also, das kann noch dauern, aber Sie können mir gern Ihre Adresse dalassen, dann sage ich ihm, dass Sie da waren. Wie heißen Sie?«

»Lady Emerald Devenish«, erklärte Emerald Dougie hochmütig, denn aufgrund seines australischen Akzents fühlte sie sich berufen, ihm mit unverhohlener Verachtung zu begegnen.

Lady Emerald Devenish. Das war der Familienname der Lenchesters. Dies war also … Dougie ließ den Türknauf los, den er immer noch festhielt, und eilte hinter Emerald her. Dabei stieß er gegen seinen Schreibtisch.

Emerald warf ihm einen vernichtenden Blick zu. Sie würde ihren Charme gewiss nicht an einen Langweiler aus den Kolonien mit einem grässlichen australischen Akzent vergeuden. Wie seltsam, dass ein Fotograf von Lews Ruf, der es doch gewiss besser wusste, so einen ungeschlachten Australier beschäftigte.

Dougie beobachtete Emerald argwöhnisch. Sie entsprach exakt seiner Vorstellung von einer Angehörigen der Oberschicht. Obendrein war sie seine nächste Verwandte – eine echte Blutsverwandte, wenn dieser Melrose recht hatte. Vielleicht sollte er den Anwalt doch aufsuchen. In diesem Augenblick hätte es ihm großes Vergnügen bereitet, ihr unter die Nase zu reiben, wer er war. Wenn das, was er vom Leben der feineren Gesellschaft mitbekommen hatte, stimmte, dann war es noch gar nicht lange her, dass die ganze adlige Familie Haltung annahm, wenn ihr Oberhaupt das Wort ergriff. Zugegeben, der Gedanke, dass diese arrogante kleine Schönheit gezwungen sein würde, vor ihm einen Kotau zu machen, hatte durchaus seinen Reiz. Andererseits, trug das Oberhaupt so einer Familie nicht auch große Verantwortung? Zum einen musste der Familienname unbedingt makellos bleiben – zumindest hatte er das aus einigen von Lews Erzählungen geschlossen. Sollte Lew allerdings dieses kleine Biest hier in die Hände kriegen, war es mit der Makellosigkeit des Namens der Familie Lenchester bald nicht mehr weit her.

Dieser plötzliche Anfall von Beschützerinstinkt und Verantwortungsgefühl war ebenso unvertraut wie unangenehm, und Dougie schüttelte ihn entschlossen ab. Schließlich war nicht einmal bewiesen, dass er dieser verdammte Herzog war, und solange er nicht zu Mr Melrose ging, würde es auch nicht bewiesen werden. Was wollte er mit einem Titel und der Verantwortung für eine junge Frau wie die hier, die ihm jetzt schon auf den Wecker ging?

»Warum machen Sie nicht einen Termin und kommen wieder, wenn Lew hier ist?«, meinte er, denn er fand, es wäre für den Augenblick das Beste, sie wieder loszuwerden – wenn auch nur um seinetwillen. Wenn es lief wie üblich, dann kehrte Lew wahrscheinlich jeden Augenblick mit seiner neuesten Eroberung zurück.

Glaubt dieser ... dieser australische Niemand wirklich, ich würde darauf reinfallen?, überlegte Emerald. Sie sah sich in dem kleinen Wohnzimmer um, ging zu einem Sofa und setzte sich behutsam so darauf, dass ihre Beine vorteilhaft zur Geltung kamen.

»Ich warte«, verkündete sie, nahm sich eine Zeitschrift vom Tisch und schlug sie auf.

Was für eine Kratzbürste, dachte Dougie. Man hätte sie vor Jahren schon übers Knie legen und ihr so lange den Hintern versohlen sollen, bis sie ein paar Manieren gelernt hatte. Jetzt war es natürlich zu spät. Sie war auf jeden Fall ganz anders als die drei jungen Frauen, die er auf der Party kennengelernt hatte. Sie waren anständig gewesen, nicht so arrogante kleine Snobs wie die hier. Na, wenn Lew kam, würde sie ihr blaues Wunder erleben. Lews Lieblingsmantra war, dass kein Tag es wert war, gelebt zu werden, wenn er nicht sowohl Sex als auch Arbeit enthielt, und wenn er wiederkam, dann hatte er mit Sicherheit Sex im Sinn. Wenn ihm der Sinn danach stand, konnte Lew bissig grausame herabsetzende Bemerkungen fallen lassen. Dougie hatte schon miterlebt, dass er Mädchen mit seiner Unfreundlichkeit zu Tränen trieb, wenn sie ihn reizten oder langweilten.

Aber was machte es schon, wenn er die Gefühle dieser kleinen Zicke hier verletzte? Warum scherte er sich darum? Er wandte sich wieder der Schreibmaschine zu und atmete schwer über der ungeliebten Aufgabe, unnötig erschwert durch die winzig kleinen Tasten und seine großen Hände.

Ehrlich, dieser Mann war widerlich und ungehobelt, fand Emerald geringschätzig. So viel Geschnaufe und Gefluche. Er sah aus, als wäre er eher auf einem Bauernhof zu Hause als hier, obwohl er auch dort sicher nur niedere Arbeiten verrichtete. Er war nicht einmal anständig gekleidet. Statt eines Straßenanzugs trug er so eine alberne enge schwarze Hose, wie sie gewisse junge Bohemiens trugen, zusammen mit einem schwarzen Rollkragenpullover mit hochgeschobenen Ärmeln, die muskulöse, gebräunte Unterarme entblößten. Eine Locke seines dichten braunen Haars hing ihm fast über die Augen, was nur zu seiner ungepflegten Erscheinung beitrug. Emerald war bei Männern den traditionellen kurzen Haarschnitt am Hinterkopf und an den Seiten gewohnt, wie Establishment und Militär ihn bevorzugten.

Als plötzlich die Wohnungstür aufging, wandten beide den Kopf, und Emeralds rasch aufgesetztes Lächeln geriet einen Augenblick ins Stocken, als der Society-Fotograf hereinkam. Sie hatte nicht erwartet, dass er unter seiner Lederjacke dieselbe Boheme-Kluft tragen würde wie sein Faktotum. Und um den Hals trug er dazu noch ein rot-weiß gepunktetes Taschentuch.

Lew war zurück, und zwar allein. Dougie merkte sofort, dass sein Chef in schlechter Stimmung war. Er strahlte eine unterdrückte Spannung und Gereiztheit aus, die Dougie inzwischen gut kannte und die sich, wie vorauszusehen war, augenblicklich auflöste, als sein Blick auf Emerald fiel. Er schenkte ihr einen schmeichelnden Blick und ein warmes Lächeln.

Jetzt haben wir den Salat, dachte Dougie. Um das nachmittägliche Schäferstündchen mit seiner Freundin gebracht, saß Lew auf glühenden Kohlen, bis er seine sexuelle Spannung abgebaut hatte, und hier hockte diese vornehmtuerische kleine Madame und sah ihn mit selbstbewusster Erwartung an. Geschah ihr nur recht, wenn Dougie sie ihrem Schicksal überließ und sie eine der vielen wurde, die von Lew aufgegabelt, verführt und dann in aller Öffentlichkeit fallen gelassen wurden – womit ihr Ruf dann endgültig ruiniert war.

Lew spielte seinen ganzen Charme aus, als er zu Emerald hinüberging, um ihr die Hand zu reichen und sie um Verzeihung zu bitten.

»Es tut mir leid. Ich hoffe, Sie mussten nicht allzu lange warten.«

»Sie hat keinen Termin«, fühlte Dougie sich verpflichtet klarzustellen, doch die beiden achteten gar nicht auf ihn. Sie blickten einander vielmehr tief in die Augen.

»Ich habe Ihnen geschrieben, weil ich möchte, dass Sie meine Debütantinnenfotos machen«, sagte Emerald und betonte ihren geschliffenen Akzent plötzlich noch mehr, was an Dougies strapazierten Nerven kratzte. »Sobald ich Ihr Foto von Amelia Longhurst gesehen hatte, habe ich Mummy gesagt, ich könne mich unmöglich von jemand anders fotografieren lassen.« Sie strich beim Reden mit der Hand den Rock glatt. Sie hatte sich für dieses Treffen sehr sorgfältig gekleidet: ein blassblaues Kaschmir-Twinset, dessen Schlichtheit mit einer Reihe schimmernder Perlen kontrastierte, und ein weitgeschnittener Mohairrock in einem tiefen Rosenrot, der ihre schlanke Taille ebenso betonte wie der breite schwarze Lackgürtel darüber. An den Füßen trug sie hochhackige Schuhe, und ihre Handtasche war von Hermès. Ihr Haar, an diesem Morgen frisch zu einer Hochfrisur toupiert, sah aus wie zart gesponnenes Glas, und ihre Lippen waren mit einem zartrosa Lippenstift geschminkt. Sie sah – zu diesem Schluss war sie gekommen, bevor sie ihr Schlafzimmer verließ – absolut köstlich aus, und sie hatte schon das Foto und die entsprechende Bildunterschrift vor Augen, die im *Tatler* erscheinen würden.

»Lady Emerald Devenish ist zweifellos die Debütantin der Saison. Ihr Ball wird im Haus ihres verstorbenen Vaters am Eaton Square stattfinden, und Seine Königliche Hoheit, der Herzog von Kent, wird zusammen mit seiner Mutter, Prinzessin Marina, daran teilnehmen.«

Die Einladung war schon rausgegangen, und Emerald wusste genau, zu welchen Spekulationen die Formulierung der Bildunterschrift Anlass geben würde. In der Sprache der Klatschkolumnisten waren sie damit so gut wie verlobt, doch wenn jemand ihr vorwerfen würde, sie bausche die Situation auf, würde sie schlicht so tun, als wüsste sie nicht, wovon er redete.

Der Fotograf war enttäuschend klein für einen Mann, der in den Klatschkolumnen als Lebemann und Frauenschwarm gehandelt wurde, doch als Mann interessierte er Emerald nicht mehr als der ungeschlachte Australier. Er war nur ein Mittel zum Zweck.

»Tatsächlich.«

Lew war wütend geworden, als seine Verabredung – eine hübsche junge Frau, deren Gemahl die Stadt hasste und es vorzog, sich auf ihrem Gut auf dem Land aufzuhalten – sich geweigert hatte mitzumachen und so getan hatte, als wäre ihr nicht klar gewesen, warum er vorgeschlagen hatte, zusammen zu Mittag zu essen, und was ihm für den Rest des Nachmittags vorgeschwebt hatte. Doch jetzt hatten die düsteren Wolken, die seine Laune verfinstert hatten, sich gelichtet. Diese junge Frau war, wenn überhaupt, noch hübscher als Louise und, wenn er sich nicht ganz täuschte, um einiges sinnlicher. Das sah man sofort. Sie hatte das gewisse Etwas, das nichts mit Erfahrung zu tun hatte. Sie strahlte es aus – ein besonderes Leuchten der Haut oder ein eindeutiger Duft in der Luft um sie herum. Diese junge Frau, äußerlich eine typische jungfräuliche Debütantin, war innerlich ein Vulkan der Leidenschaft. Sie zu lehren, ihre Sexualität zu genießen, wäre wie heiße Schokoladensoße auf kalter Eiscreme.

»Sie kommen besser mit rauf in mein Studio«, erklärte er Emerald. Ohne den Blick von ihrem Gesicht zu wenden, fügte er, an Dougie gewandt, hinzu: »Bitte sorg dafür, dass ich den restlichen Nachmittag nicht gestört werde.«

Dougie verließ der Mut.

Aber warum sollte er ihn aufhalten? Wenn sie sich zum Narren machen und ihren guten Namen für einen Mann aufs Spiel setzen wollte, dem sein Ruf weit vorauseilte, warum sollte er sich darum scheren?

Weil sie, wenn er tatsächlich dieser Herzog war, zu seiner Familie gehörte, deswegen, und dann war es seine Pflicht, alles in seiner Macht Stehende zu tun, um seine Familie und ihren Namen zu schützen. Für die zukünftigen Ehemänner dieser jungen Mädchen war die Jungfräulichkeit ihrer Bräute fast genauso wichtig wie ihre Herkunft und ihr Vermögen. All das wegen des unglaublich wichtigen erstgeborenen Sohns – und ein Sohn musste es sein. Sobald die Erbfolge gesichert war, schien es ihnen egal zu sein, mit wem ihre Frauen ins Bett hüpften, so kam es Dougie jedenfalls vor. Er sagte nicht, dass er so eine Praxis guthieß; wenn er ehrlich war, hatte er auch etwas gegen ererbte Titel, aber das änderte nichts daran, dass es sie nun mal gab. Er war der lebende Beweis dafür. An einem Tag ein ganz gewöhnlicher Schaffarmer in Australien, am nächsten Tag ein Herzog!

Doch bevor er sich hier als Retter des Familiennamens und der Familienehre aufspielte, sollte er vielleicht zuerst einmal diesen Mr Melrose aufsuchen.

Lew liebte seine Arbeit, und er liebte Sex. Es bedeutete für ihn also keine Härte, Emerald zu fotografieren, bevor er sie verführte. Eine junge Frau zu fotografieren war vielmehr der beste Teil seiner Verführungstechnik. Es erregte und stimulierte ihn, wenn er zusah, wie der Gedanke, dass die Linse seiner Kamera ihre Schönheit einfing und auf ewig einfror, sie betörte. Und dann natürlich all die kleinen Berührungen, wenn er ihnen zeigte, wie sie für ihn posieren sollten, wenn er sie lenkte, ihre Gliedmaßen neu arrangierte, sie mit theatralischen Komplimenten und neckenden kleinen Küssen bedachte. Kein Wunder, dass sie so wild auf ihn waren, wenn er sie danach mit ins Bett nahm.

Während Emerald sich gelangweilt im Studio umsah, legte er eine Platte mit Schmusemusik von Frank Sinatra auf, um sie in Stimmung zu bringen. Ihr war inzwischen durchaus bewusst, wie der Nachmittag Lews Meinung nach enden sollte, doch da musste sie ihn enttäuschen. Sie würde ihm gewiss nicht ihre Jungfräulichkeit opfern, doch da sie wollte, dass er sie fotografierte, würde sie ihn hinhalten. Wenn sie ihm sagte, dass sie ihre Regel hatte, konnte sie sich ihn für heute vom Hals halten, und wenn sie vorbeikam, um sich die Abzüge anzusehen, würde sie Lydia mitbringen. Ein Anruf beim *Tatler*, bei dem sie sich als ihre Mutter ausgab, sollte dafür sorgen, dass die Zeitschrift sich wegen der Fotos mit Lew in Verbindung setzte, und sie würde zusehen, dass sie die gewünschte Bildunterschrift hinzufügten.

Ein rascher Blick durch seine Kameralinse überzeugte Lew davon, dass Emerald so fotogen war, wie er vermutet hatte.

Er zog seine Lederjacke aus und warf sie über einen Stuhl, dann schob er die Ärmel seines schwarzen Pullovers hoch und sagte: »Das Twinset muss verschwinden. Da ist ein Paravent, hinter dem Sie sich ausziehen können. Da müsste auch ein Morgenrock sein.«

Da das Foto, aufgrund dessen sie hierhergekommen war, die nackten Schultern der Debütantin gezeigt hatte, erschrak Emerald nicht allzu sehr über diesen Vorschlag. Doch als sie hinter dem Paravent war und ihr Twinset auszog und er lässig meinte: »Oh, und den BH ziehen Sie besser auch gleich aus«, fuhr sie dann doch etwas zusammen. Der Morgenrock, von dem er gesprochen hatte, war ein hauchdünnes Seidenfähnchen, durch das er leicht ihre nackten Brüste sehen konnte, doch Emerald fürchtete, wenn sie Einwände erhob, würde er sich erst gar nicht an die Arbeit machen. Es war nicht so, als würde es ihr etwas ausmachen, wenn er ihre Brüste sah – unter anderen Umständen hätte es ihr womöglich sogar Spaß gemacht, ihn zu reizen –, doch sie musste an ihren Ruf denken und ihre geplante Zukunft als Ihre Königliche Hoheit, die Herzogin von Kent. Es schickte sich nicht, einem Mann, geschweige denn einem Fotografen, zu erlauben, sie bis zur Taille nackt zu sehen.

»Was ist los? Brauchen Sie Hilfe?«

Als Lew plötzlich mit einem Glas und einer Flasche Whisky in den Händen hinter dem Paravent auftauchte, als sie gerade ihren BH aufhaken wollte, legte sich Emerald rasch den Morgenmantel um und sagte kokett: »Nicht gucken!«

Als Antwort lachte er nur und sagte: »Ich schätze, Sie sind viel zu jung und zu unschuldig, als dass ich Ihnen ein Glas Whisky anbieten könnte?«

Emerald zog einen Flunsch. »Ich hätte einen Martini vorgezogen.«

Sie hatte eine phantastische Figur, fand Lew, feste Brüste und eine winzige Taille, eine aufreizende Kombination. Er warf einen Blick auf die Perlen, die sie zu dem Twinset getragen hatte. Verglichen mit den bescheidenen ein- oder zweireihigen Perlenketten der meisten Debütantinnen waren diese sinnlich und glühten vor Farben.

»Hübsche Perlen«, bemerkte er.

»Sie haben meiner Urgroßmutter gehört.«

Plötzlich kam ihm eine Idee. Er nahm die Perlen und erklärte Emerald: »Ich möchte, dass Sie den Morgenmantel ablegen, die hier wieder anlegen und dann so posieren ...« Er setzte sein Glas ab, ging in die Ecke des Studios und nahm einen dunkelgrünen Streifen Seide aus seiner Sammlung von Requisiten, warf ihn auf den Boden und legte sich bäuchlings darauf. Dann hob er den Oberkörper und stützte das Kinn in die Hände.

Emerald runzelte die Stirn. Die Pose war verführerisch und sehr verlockend für eine junge Frau, die sich einen Namen machen und aus der Masse hervorstechen wollte, und sie kam ihrem Ego entgegen. Normalerweise hätte sie die Gelegenheit beim Schopf ergriffen, ihre Vorzüge vorteilhaft zur Geltung zu bringen, doch sie war auch sehr aufreizend – viel zu aufreizend für die zukünftige Gemahlin des Herzogs von Kent.

»Ich glaube, Sie sollten mich besser im Sitzen fotografieren, vom Hals aufwärts«, erklärte sie Lew resolut, als er aufstand.

Er sah sie erstaunt an. »Mein liebes Mädchen, ich bin hier der Fotograf.«

»Und ich bin die Kundin, und meine Mutter wird Ihre Rechnung bezahlen«, zwitscherte Emerald süß.

Eine Etage tiefer schob Dougie seinen Stuhl zurück und stand auf. Er hatte sich lange genug gequält. Es nützte nichts. Er musste etwas unternehmen.

Oben wurde aus Lews Amüsement rasch ungehaltene Verärgerung.

»Entweder fotografiere ich Sie, wie ich will, oder gar nicht.«

Emerald starrte ihn wütend an. Sie war es gewohnt, dass die Leute ihr ihren Willen ließen, und nicht, dass sie ihr ein Ultimatum stellten. Sie hatte unbedingt von ihm fotografiert werden wollen, doch nicht in einer Pose, die deutlich verriet, dass sie beim Fotografieren halb nackt gewesen war.

Ohne ihm eine Antwort zu geben, verschwand Emerald wieder hinter dem Paravent und machte sich daran, sich wieder anzuziehen, doch erst, als sie ihren BH wieder anhatte, ging ihr auf, dass ihr Twinset auf der anderen Seite des Paravents zu Boden gefallen war.

Dougie klopfte laut an die Tür und öffnete sie dann, ohne auf eine Antwort zu warten. Im Bett waren sie bestimmt noch nicht. Lew schuf bei einer Fotosession immer erst die richtige Stimmung fürs Bett.

In dem Augenblick, als Dougie eintrat, tauchte Emerald in dem durchscheinenden Morgenmantel hinter dem Paravent auf, um ihre Kleider zu holen, und stieß beinahe mit ihm zusammen. Sie hielten beide abrupt inne und starrten einander an.

Lew blickte finster drein, als er Dougie sah. »Was willst du?«

»Ich sollte dich daran erinnern, dass du später mit Lady Pamela zu Abend isst, um die Arrangements für die Fotos bei der Taufe zu besprechen.«

»Um mir das zu sagen, bist du extra hochgekommen? Es ist doch erst drei Uhr.«

Emerald schnappte sich ihre Sachen, zog sich hinter den Paravent zurück und kleidete sich eilig an. Verdammt, verdammt, verdammt. Warum musste der blöde Australier reinkommen und sie so sehen?

»Also, wenn du schon da bist, dann kannst du Lady Emerald auch gleich zur Tür bringen, denn sie hat es sich anders überlegt. Dumm von dir, so in Panik zu geraten, Schätzchen«, sagte er spitz zu Emerald. »Du warst hier vollkommen sicher. Ich bumse keine Mädchen, die rosa Twinsets tragen, und selbst wenn, jungfräuliche Debütantinnen zu bumsen ist einfach nicht mein Stil, viel zu unergiebig. Oh, und einen kleinen Rat noch: Trag niemals Rosa, es steht dir nicht. Macht dich blass.« Der beißende Tonfall, in dem diese Bemerkungen fielen, beseitigte bei Emerald die letzten Zweifel, was Lew von ihr hielt. Und natürlich hatte der Australier alles mit angehört und ergötzte sich an ihrer Demütigung. Emeralds verletzter Stolz ließ ihre Wangen leuchtend rosa glühen.

Also ging Lady Emerald aus eigenem Antrieb, und Dougie hätte gar nicht hochkommen und das Risiko eingehen müssen, das Missfallen seines Chefs zu erregen? Er fluchte leise in sich hinein.

»Es scheint, dass Lady Emerald sich den falschen Fotografen ausgesucht hat«, erklärte Lew mit Geringschätzung. »Versuch's das nächste Mal bei Cecil Beaton, Schätzchen. Er hat einen hübschen weichgezeichneten Perlen-und-Twinset-Look drauf, genau das Richtige für prüde kleine Jungfrauen«, fügte er unfreundlich hinzu.

Emerald warf Dougie einen zornigen Blick zu und schoss an ihm vorbei. Sie wusste, dass sie sich zum Narren gemacht hatte, und sie konnte sich gut vorstellen, wie die beiden Männer über sie lachten, sobald sie draußen war.

»Ich bringe Sie zur Tür«, sagte Dougie und holte sie im Flur ein.

»Machen Sie sich keine Mühe«, fuhr Emerald auf. Der schreckliche Australier mochte ein unbewegtes Gesicht machen, doch sie wusste, dass er innerlich über sie lachte. Sie hasste die beiden, doch den grässlichen Australier hasste sie am meisten.

Und was das Foto anging … Sie musste sich eben mit Cecil Beatons Foto behelfen, und das war schon im *Tatler* erschienen. Nun, ihr würde schon ein anderer Weg einfallen, ihren Namen in der Öffentlichkeit mit dem des Herzogs in Verbindung zu bringen. Vielleicht konnte sie die Dinge so drehen, dass sie bei einem der Debütantinnenbällen zusammen fotografiert wurden? Wenn ihr Vater noch lebte, hätte sie ihn überreden können, den Herzog zu einem Besuch in Osterby einzuladen. Ihn nach Denham einzuladen hatte keinen Sinn. Er war schließlich ein Herzog von königlichem Geblüt und würde wohl kaum eine Einladung in das Haus einer Seidenfabrikantin annehmen.

9

April 1957

Rose schob sich auf dem Weg zum Salon durch die Menschenmenge, die sich an diesem Samstag in der King's Road drängte, und hoffte, dass sie nicht zu spät kam. Sie hatte Schuldgefühle, weil sie Janey vertröstet hatte und nicht, wie ursprünglich verabredet, einen Kaffee mit ihr trinken ging. Doch Janey hatte zum Glück Verständnis gezeigt, als Rose ihr erklärt hatte, Josh habe in letzter Minute angerufen, ob sie in den Salon kommen könne. Er hatte ein Treffen mit seinem Freund, dem Fotografen, arrangiert, der einige seiner Fotos für *Vogue* mitbringen wollte, damit Rose sie durchsehen und welche für das Treppenhaus aussuchen konnte.

Die Zeit ging rasend schnell vorbei, die Tage wurden länger und die Luft wärmer, die Frühlingsblumen standen in Blüte. Selbst auf der Arbeit fühlte sie sich nicht mehr so elend, obwohl sie wusste, dass sie bei Ivor Hammond auf Dauer niemals glücklich sein würde, nicht so, wie man sie dort behandelte.

Die Osterfeiertage rückten heran, da bekam sie wenigstens bald mal eine kleine Pause von der Arbeit.

Ostern. Ostern bedeutete, nach Hause nach Denham zu fahren und, wenn sie sehr viel Glück hatte und Fortuna ihr hold war, John zu sehen.

Sie lächelte noch, eingesponnen in ihre heimlichen Tagträume, als sie mit dem Schlüssel, den Josh ihr gegeben hatte, die Tür zum Salon aufschloss und rasch die Treppe hinauflief.

Joshs Freunde waren typische Vertreter der Arbeiterklasse mit East-End-Akzent. Doch trotz ihres schneidigen Auftretens und ihres verruchten, neckenden Lächelns begegneten sie Rose mit Respekt und verzichteten, wenn sie in Hörweite war, darauf, ihre Gespräche mit Flüchen zu spicken. Rose hatte versucht, die alte Farbe zu entfernen, doch dabei war auch der halb morsche Putz heruntergekommen, und zwei von ihnen hatten die Wände des Treppenhauses neu verputzt, und sie hatten tolle Arbeit geleistet. Genau wie der Maler, auf dem Josh bestanden hatte. Als Rose ihm erklärt hatte, sie wolle die hohen Wände selbst anstreichen, hatte er sie nur entsetzt angesehen.

»Nur über meine Leiche«, hatte er gesagt. »Ich erlaube nicht, dass meine Innenausstatterin sich den Hals bricht, weil sie von der Leiter fällt, nicht solange sie mir noch kein Ausstattungskonzept für meinen Salon gemacht hat.«

»Ich habe Ihnen doch gesagt, dass ich finde, wir sollten uns an das Schwarz-Weiß-Thema halten und es hier und da mit einem Touch grellem Pink aufpeppen.«

»Grelles Pink …«, stöhnte Josh. »Sehen Sie mich an, und sagen Sie mir, ob ich aussehe wie ein Mann, der es mit tuntigem grellem Pink hat?«

Rose musste kichern, obwohl sie sich alle Mühe gab, professionell zu bleiben.

»Grelles Pink ist nicht tuntig«, erklärte sie entschieden. »Abgesehen davon stehen Frauen darauf. Ihre Friseure könnten schwarze und pinkfarbene Turbane und Stirnbänder tragen und Dienstkleidung in Schwarz mit applizierten pinkfarbenen Scheren und Fönen. Wie wollen Sie den Salon nennen?«

»Das weiß ich noch nicht. Warum?«

»Nun, wir könnten auch den Namen auf die Arbeitskleidung applizieren.«

»Schön, aber was ist, wenn die vielen Auszubildenden und Friseure, die ich Ihrer Meinung nach einstelle, nicht alles Frauen sind? Was ist, wenn einige davon Männer sind?«

»Die können schwarze Hosen und schwarze Hemden mit Applikationen tragen und dazu vielleicht pinkfarbene Krawatten.«

Sie merkte, dass Josh beeindruckt war, es jedoch nicht zugeben wollte, also fuhr sie leichthin fort: »Sie müssen sich bald einen Namen überlegen. Es gefällt mir, dass Vidal seinen Salon einfach ›Vidal Sassoon‹ genannt hat.«

»Ich könnte meinen ja einfach ›Josh Simons‹ nennen«, schlug Josh vor.

Den Männerstimmen nach zu schließen, die jetzt von oben aus dem Salon drangen, waren Josh und sein Freund, der Fotograf, schon da. Der Salon, dessen Wände ebenfalls frisch verputzt waren, war immer noch nicht mehr als ein leerer Raum, bis auf einen faltbaren Spieltisch und zwei Wiener Stühle, die so ramponiert waren, dass Rose geneigt war, Josh zu glauben, er habe sie vom Sperrmüll gerettet.

Rose gestand sich ein, dass sie viel glücklicher war, wenn sie hier arbeitete, als in den teuren Räumen ihres Chefs in der Bond Street. Sie liebte die Herausforderung, mit einem knappen Budget zu arbeiten und, was noch wichtiger war, etwas Nützliches zu kreieren und nicht nur etwas rein Dekoratives. Der Unterschied zwischen der Arbeit hier und der in dem Laden in der Bond Street führte ihr immer deutlicher vor Augen, wo ihre eigentlichen Ambitionen lagen und wie unglücklich sie war. Hätte sie die Wahl gehabt, argwöhnte Rose, dann hätte sie die Ausbildung zur Innenausstatterin für den Privatbereich bereitwillig gegen eine Ausbildung zur Innenausstatterin für Ladenlokale eingetauscht, doch es gab mindestens zwei gute Gründe, warum das unmöglich war. Der erste und wichtigste Grund war der, dass ihre Tante darauf zählte, dass sie ihr Geschäft übernahm, und der zweite Grund der, dass es, soweit Rose wusste, keine anerkannte Ausbildungsmöglichkeit für jemanden gab, der sich auf Geschäftsräume spezialisieren wollte. Einige Innenausstatter übernahmen zwar solche Aufträge – zum Beispiel Oliver Messel –, doch sie arbeiteten nicht exklusiv in diesem Bereich.

Die Arbeit an Joshs Salon war so eine Offenbarung, dass Rose jetzt unbedingt mehr darüber lernen wollte. Bei der Innenausstattung von Geschäftsräumen und Ladenlokalen ging es nicht nur um Tapeten, Stoffe und die Anordnung von Mobiliar und Kunstwerken; man musste praktische Erwägungen in seine Überlegungen einbeziehen, wie etwa die Versorgung mit Strom und Wasser und die Tatsache, dass solche Räumlichkeiten oft nur gemietet waren und man für Veränderungen die Erlaubnis des Vermieters einholen und unter Umständen auch eine Nutzungsänderung beantragen musste und so weiter.

Jemand musste verantwortlich zeichnen für die verschiedenen Handwerker, die an dem Salon arbeiteten, und das hatte Rose auf die Idee gebracht, es wäre eine tolle Sache, einen umfassenden Service anzubieten, der sich um alles kümmerte, vom ersten Entwurf bis hin zur endgültigen Fertigstellung. Bei dem Gedanken an so eine Herausforderung wurde ihr ganz schwindlig vor Aufregung, doch sie fühlte sich ihrer Tante verpflichtet, die so viel für sie getan hatte und an der sie mit großer Zuneigung hing.

Anfang der Woche hatten Josh und Vidal eine hitzige Diskussion über die Vorteile von Waschbecken geführt, bei denen die Kundinnen den Kopf nach hinten legen konnten, statt sich vornüberzubeugen.

»Viel leichter für die Auszubildenden, wenn sie schamponieren, und um einiges angenehmer für die Kundinnen, denen man nicht das Make-up verschmiert«, hatte Vidal insistiert, und Rose war geneigt gewesen, ihm zuzustimmen. »Und denk auf jeden Fall an eine anständige Musikanlage, um tolle Musik abspielen zu können«, hatte Vidal hinzugefügt.

Josh hatte schon einen Freund gefunden, der sich auf die Suche nach diesen Waschbecken gemacht hatte – zum richtigen Preis, verstand sich.

»Hier ist sie, Ollie«, sagte Josh, als Rose den Salon betrat. »Darf ich dir meine Innenausstatterin vorstellen. Rose, das ist Ollie.«

Der Fotograf hielt schützend eine Rolleiflex in seiner großen Hand und hatte eine Tasche über der Schulter hängen, in der er zweifellos ein Stativ und andere Ausrüstung hatte. Wenn man den ungekämmten Böser-Bube-Typ mochte, war er recht attraktiv, überlegte Rose, als er ihr die Hand schüttelte. Er kam ihr seltsam bekannt vor.

»Sind wir uns nicht schon mal begegnet?«, fragte er.

»Ja«, meinte sie, »aber ich kann mich nicht erinnern, wo.«

»Ich weiß es.« Er schnippte mit den Fingern. »Ich bin von Ihnen im Taxi mitgenommen worden. Sie waren in Begleitung von zwei jungen Frauen.«

»O ja, natürlich.« Rose lächelte. »Ella und Janey. Da waren wir auf dem Weg zu der Party, wo ich Sie kennengelernt habe, Josh.«

»Die Welt ist wirklich klein, besonders in London«, meinte Josh. »Kommen Sie, und werfen Sie einen Blick auf die Fotos, die Ollie mitgebracht hat.«

Eine halbe Stunde später hockte Rose inmitten der exzellenten Fotos, die Oliver ihnen zur Begutachtung mitgebracht hatte, und sah zu, wie Josh verzweifelt die Hände in die Luft warf.

»Nein. Das geht so nicht. Nichts für ungut, Ollie, die Fotos sind toll, aber die Haare ...«

Sie betrachteten die Ansammlung steifer, perfekt frisierter Frisuren – toupierte Hochfrisuren und solche mit Außenrolle, mit viel Festiger gebändigt.

»Ich will mich hier in meinem Salon an Vidals Beispiel orientieren und auf ganz neue Art mit Haar umgehen, dem Haar erlauben, sich zu bewegen und zu atmen und natürlich auszusehen.«

Als Rose und Ollie ihn ratlos ansahen, erklärte er: »Also, ich zeige euch, was ich meine.« Er nahm Roses Hand und zog sie hoch. »Es wird Zeit, dass ich Ihnen die Haare schneide, Rose. Ich werde noch verrückt vor Versuchung, daran zu arbeiten.«

»Nein, ich will es nicht geschnitten haben«, protestierte Rose und fuhr mit der freien Hand beschützend zu ihrem ordentlich zu einer Banane hochgesteckten Haar.

»Warum nicht? Was für einen Sinn hat es, langes Haar zu haben, wenn Sie es immer hochstecken? Ich werde es abschneiden, und damit basta. Kommen Sie her, und setzen Sie sich.«

Er meinte es ernst. Er hatte schon an dem Tag, da sie sich kennengelernt hatten, gedroht, ihr die Haare zu schneiden.

Während Josh sie hinsetzte und ihr rasch die Nadeln aus dem Haar zog, sodass es ihr in einem seidig schwarzen Teppich über den Rücken floss, war sich Rose vage bewusst, dass Ollie seine Kamera aufstellte, doch sie sorgte sich mehr um ihr Haar. Sie hatte es noch nie offen getragen, nicht seit Ambers Urgroßmutter es mit Emeralds üppigen schwarzen Locken verglichen und gesagt hatte, wie hässlich es sei. Jetzt verkrampfte sie sich automatisch, als erwartete sie einen verbalen Schlag, und hätte es am liebsten versteckt, doch das war unmöglich, denn Josh bürstete es und erklärte ihr und Ollie währenddessen, was er damit vorhatte.

»Seht euch das nur an, das ist, als wäre man auf Gold gestoßen«, schwärmte er.

»Und warum willst du es dann abschneiden?«, fragte Ollie, während er mit klickender Kamera um Rose herumging.

»Weil Gold im Rohzustand gar nichts ist. Es braucht das Auge und die Hand eines Experten, um es in etwas Schönes zu verwandeln. Durch die Länge ist es so schwer, dass es seiner natürlichen Bewegung und seines Rhythmus beraubt ist. Es ist, als versuchte man mit einem Sinfonieorchester Jazz zu spielen: Zu viel Gewicht und Tradition drücken die Magie der Musik nieder.«

Rose sah das Licht vom Fenster auf der Schere aufblitzen, die Josh stets bei sich trug.

»Nein«, protestierte sie, doch es war zu spät. Lange schwarze Haarsträhnen fielen zu Boden, während sie auf Joshs Anweisung hin mit gesenktem Kopf dasaß und ihre Panik unter dem fast rhythmischen Schnippen der Schere und dem Klicken der Kamera auf seltsame Weise verebbte, durchsetzt von den Fragen und Erklärungen, die die beiden Männer austauschten.

»Sieh dir das an«, sagte Josh jetzt. »Sieh dir an, wie ich das Haar befreie, damit es sich bewegen und schwingen kann. Sieh dir an, wie es lebendig wird.«

»Bist du dir sicher, dass es nicht zu kurz wird?«, meinte Ollie, als er das Stativ hinter Rose stellte.

Rose wünschte, sie wäre in einem traditionellen Salon und hätte einen Spiegel vor sich, damit sie sehen könnte, was los war, statt in Angst und Schrecken vor dem Ergebnis von Joshs Bemühungen in diesem leeren Raum zu sitzen.

»*Vogue* schickt meine Chefin nach Venedig, um über das dortige High-Society-Nachtleben zu berichten, und sie hat gesagt, sie würde mich mitnehmen.«

Ella versuchte nicht, den Stolz in ihrer Stimme zu verbergen, als sie ihrer Stiefmutter, die unerwartet in dem Haus in Chelsea aufgetaucht war, die Neuigkeit erzählte. In der ausgedehnten Familie bekam Ella selten die Gelegenheit, Amber ganz für sich zu haben, und als ältestes Kind empfand sie es immer als ihre Pflicht, zurückzutreten, wenn die jüngeren um Ambers Aufmerksamkeit buhlten.

Doch jetzt, da Rose und Janey nicht da waren, konnte sie ihre Freude, Ambers ungeteilte Aufmerksamkeit für sich zu haben, nicht verbergen.

»Dann bist du glücklich bei *Vogue*?«, fragte Amber sie stolz.

»Schon, aber ich wünschte mir jetzt doch, ich hätte einen Kurs in richtigem Journalismus besucht. Ich würde lieber lernen, wie man Artikel über wichtige Dinge schreibt und nicht nur über neue Lippenstiftfarben«, erklärte sie Amber mit einem wehmütigen Blick. »Im Augenblick passiert so viel, und andauernd verändern sich Dinge. Frauen sind nicht mehr nur Töchter oder Ehefrauen oder Mütter, sie sind richtige Menschen, die richtige Dinge tun.«

Sie sah so ernst aus und sprach so ernst, dass Amber fest entschlossen war, nicht zu lächeln. Sie konnte sich jedoch leicht vorstellen, was ihre Großmutter, die ohne fremde Hilfe ihre eigene Firma geführt und über Jahre ihr eigenes Vermögen verwaltet hatte, zu Ellas naiver Bemerkung zu sagen hätte.

Doch Ella hatte nicht ganz unrecht: Moderne junge Frauen nahmen viel größere persönliche Freiheiten für sich in Anspruch als ihre Generation. Die meisten Beobachter führten das auf den Krieg zurück und auf die Tatsache, dass Frauen in diesen schrecklichen Jahren infolge der Kriegsanstrengungen zum Wohle des Landes sehr viel unabhängiger geworden waren.

»Na, du wirkst ziemlich zufrieden«, sagte Amber. »Mir war gar nicht bewusst, dass du so ein Plappermäulchen bist. Die Arbeit bei *Vogue* bekommt dir gut, Ella. Sie hilft dir, mehr aus dir herauszugehen.«

Ella lächelte, doch in Wirklichkeit waren es ihre Diätpillen, die sie munterer machten und ihren Appetit zügelten. Ihr war aufgefallen, dass sie kurz nach der Einnahme mehr Lust hatte loszuplappern. Als sie das Libby gesagt hatte, hatte die gemeint, das sei noch ein Vorteil von Dr. Williamsons wunderbaren kleinen Pillen, dass sie einem viel mehr Energie gaben. Bis jetzt war niemandem aufgefallen, dass Ella abgenommen hatte, aber das wollte sie auch gar nicht. Sie wollte abnehmen, um sich selbst zu beweisen, dass sie es konnte. Das Letzte, was sie wollte, war, dass Oliver Charters es bemerkte und das Falsche dachte, nämlich, sie würde es tun, um ihn zu beeindrucken. Dem war gewiss nicht so.

Amber war hauptsächlich nach London gekommen, um mit ihrer Freundin Beth die letzten Vorkehrungen für Emeralds Ball zu besprechen und sich am Montag mit Mr Melrose zu treffen. Der Anwalt hatte sie am Freitagabend ganz aufgeregt angerufen, um ihr mitzuteilen, dass ihn ein junger Mann angerufen habe, der behauptete, der gesuchte Erbe des Herzogstitels zu sein. Dieser junge Mann würde am Montag zu

Mr Melrose kommen, und der hatte Amber gefragt, ob sie so freundlich sei und dazukomme.

»Aber ich weiß nichts über Roberts australische Familie«, hatte sie eingewandt.

Doch der Anwalt hatte sie inständig darum gebeten. Er wollte wissen, was sie von dem jungen Mann hielt, und hatte hinzugefügt, er habe das Gefühl, wenn er der Herzog war, dann würde es ihm den Eintritt in die Gesellschaft erheblich erleichtern, wenn sie als Roberts Witwe ihn ein wenig dabei unterstützen würde.

Da Jay nicht zu Hause war, weil er sich mit seinem Gutsverwalter zusammen einen Mähdrescher ansah, den der gern anschaffen wollte, hatte Amber beschlossen, sie könnte das Wochenende auch gut in London verbringen und sich mit ihrer Familie treffen und dafür sorgen, dass Emerald die etwas lässige Beaufsichtigung durch ihre Freundin Beth nicht zu sehr ausnutzte. Beth war Emerald eine wunderbar freundliche Patentante, doch Amber war überzeugt, sie würde ihr sogar einen Mord durchgehen lassen.

Als Erstes war sie in das Haus am Eaton Square gegangen, um ihren Koffer abzustellen. Die Haushälterin hatte ihr erklärt, Beth und die Mädchen seien nicht da, also hatte Amber ein Taxi nach Chelsea genommen, um festzustellen, dass nur ihre älteste Stieftochter zu Hause war.

»Und Janey und Rose sind wohlauf und glücklich?«, fragte Amber voller Sorge.

»Ja, ich glaube schon«, antwortete Ella wahrheitsgemäß. »Janey ist immer noch überzeugt, dass Mary Quant sie in dem Augenblick, da sie in St. Martins fertig ist, anflehen wird, für sie Kleider zu entwerfen, und Rose hat schon ihren ersten eigenen Auftrag als Innenausstatterin.«

Sie erklärte Amber, was Rose gerade machte, und Amber war froh zu hören, dass ihre Nichte so gut zurechtkam. Um Rose machte sie sich immer mehr Sorgen als um die anderen. Sie wünschte sich nichts mehr für die Kinder, als dass sie geliebt wurden und lieben durften und das Glück erfuhren, das ihr mit Jay zuteilwurde. Doch junge Menschen mussten lernen, auf eigenen Füßen zu stehen, das Leben kennenlernen und ihren Träumen folgen. Das wusste Amber nur zu gut.

»Und wann reist ihr nach Venedig?«, fragte sie Ella.

»Anfang nächster Woche. Wir reisen zusammen mit einigen Mannequins und der leitenden Moderedakteurin, die einen Bericht über Reisen und Mode und über Mode und Venedig schreibt, deswegen reisen wir mit dem Orientexpress. Ich bin schrecklich aufgeregt.«

Amber lachte. »Aber damit bist du doch schon mal gefahren, als Daddy und ich euch alle vor einigen Jahren mal mit nach Venedig genommen haben.«

»Ja, ich weiß, aber das war etwas anderes. Damals war mir gar nicht bewusst, was für ein Glück ich hatte. Venedig war nur ein Ort mit vielen Kanälen, wo es komisch roch und du und Daddy mit anderen Leuten über Seide geredet habt.«

Sie war aufgeregt wegen der bevorstehenden Reise, gestand Ella sich ein, nachdem ihre Stiefmutter sich verabschiedet hatte, um noch ein paar Einkäufe zu erledigen. Obwohl sie offiziell in ihrer Funktion als Assistentin der Feature-Redakteurin nach Venedig reiste, war es ihr gelungen, die Leiterin der Reiseredaktion zu überreden, sie einen Probeartikel über die Stadt aus Sicht einer potenziellen Besucherin schreiben zu lassen. Fest entschlossen, gute Arbeit zu leisten und zu beweisen, dass sie einen interessanten Artikel schreiben konnte, hatte Ella sich mit Lektüre über die Geschichte der Stadt eingedeckt. Sie wusste, dass die Reiseredakteurin erwartete, dass sie einen Artikel über die glamouröse Seite Venedigs schrieb, über elegante Hotels und private Palazzi, in denen elegante, exklusive Partys gefeiert wurden, und sich mit Dingen befasste, die *Vogue*-Leserinnen und -Leser zu fesseln vermochten. Insgeheim hätte Ella lieber etwas Interessanteres geschrieben als einen lahmen Artikel über wohlhabende Menschen und teure Kleider. Die Stadt hatte eine faszinierende Geschichte, und sie hoffte, während ihres Aufenthaltes auf etwas zu stoßen, was ihrem Artikel wahre Tiefe gab. Ellas Lieblingszeitung war der *Manchester Guardian*, und insgeheim sehnte sie sich danach, mutige, rückhaltlose Artikel zu schreiben, wie sie sie darin las, Artikel, die von Not und Unterdrückung berichteten statt von teuren Kleidern und der richtigen Lippenstiftfarbe. Ella stellte sich vor, die weiblichen Reporter, die für diese Zeitung schrieben, sähen aus und sprächen wie die Schauspielerin Katherine Hepburn, und in ihren Tagträumen sah sie sich in einer hektischen Nachrichtenredaktion, wo sie Artikel von großer sozialer Bedeutung einreichte.

Sie wusste, dass man sie bei *Vogue* nur auslachen würde, wenn bekannt würde, wo ihre wahren Ambitionen lagen, doch sie wollte ihre Träume nicht aufgeben. Eines Tages würde sie tiefschürfende, bedeutungsvolle Artikel schreiben, die soziale Missstände aufdeckten und das Leben von Menschen veränderten. Eines Tages.

10

Roses Nacken fühlte sich kalt und nackt an, und ihr Kopf kam ihr seltsam leicht vor. Sie konnte der Versuchung nicht widerstehen, den Kopf zu wenden und im Vorbeigehen in den Schaufensterscheiben rasch einen Blick auf ihr Spiegelbild zu werfen. Der Wind fing sich in ihrem Haar und zerzauste es ungefähr so, wie Josh es nach dem Schneiden zerzaust hatte.

Er hatte ihr erklärt, am Montag wolle er es waschen und sich noch einmal vornehmen.

»Ich würde auch gern noch eine Tönung auftragen, etwas, was seinen Glanz betont. Dunkle Pflaume würde phantastisch aussehen.«

Bei der Erinnerung daran zuckte Rose jetzt ein wenig zusammen, und doch umspielte ein Lächeln ihre Lippen. Sie fühlte sich so frei und so … so anders, warf ihr Haar in zögerlichem Stolz herum, statt den Kopf einzuziehen, wenn sie sah, dass Leute sich nach ihr umwandten.

»Hey, Puppe, tolle Haare«, rief ein junger Teddyboy-Rocker, als er mit ein paar Kumpels an ihr vorbeikam.

Sie fand ihr Haar auch toll, musste Rose zugeben, obwohl es zuerst ein echter Schock gewesen war, als sie gesehen hatte, was Josh gemacht hatte.

Er hatte ihr die Haare hinten so kurz geschnitten, dass ihr schlanker Hals in ganzer Länge zu sehen war. Zudem hatte er es so gestylt, dass es eine ungewohnte Fülle und Bewegung besaß, und es war an den Seiten länger als hinten, sodass es ihr Kinn in zärtlichen kleinen Strähnen umspielte. Er hatte ihr auch einen Pony geschnitten, und doch hatte ihre neue Frisur unerwartet hohe Wangenknochen hervorgebracht, die jetzt vor Glück von zartem Rot überhaucht waren.

Sie hatte Josh und Ollie alleingelassen und war auf dem Heimweg. Ollie war so begierig darauf gewesen, in sein Atelier zu gehen und die Fotos von Josh beim Schneiden zu entwickeln, dass er beinahe einen Auftrag in den Wind geschossen hätte, den er für den Nachmittag angenommen hatte. Doch Josh hatte ihn daran erinnert, dass er ihm zehn Pfund schuldete.

Janey würde ihre neue Frisur bestimmt toll finden, doch Rose war sich nicht so sicher, was Ella davon halten würde.

Als der Ladengehilfe, der an ihr vorbeiradelte, ihr anerkennend hinterherpfiff, musste Rose über seine Frechheit lachen. Sie genoss die unerwartete Unbeschwertheit, die ihr neues Äußeres ihr verlieh.

So, er hatte es getan. Dougie konnte sich einfach nicht auf seine Arbeit konzentrieren, nämlich Lews Terminkalender für die kommende Woche durchzusehen. Er hatte diesen Anwalt angerufen, und am Montag hatte er einen Termin bei ihm, damit Mr Melrose die Sache mit ihm durchgehen und seine Angaben überprüfen konnte.

Er hatte dem Anwalt nicht gesagt, dass er Emerald schon kennengelernt hatte, nicht einmal als Mr Melrose vorgeschlagen hatte, die Witwe des verstorbenen Herzogs zu ihrem Treffen einzuladen. Er hatte gemeint, er habe das Gefühl, Dougie würde eine Gönnerin brauchen, die ihm half, sich an die Gesellschaft und an seine neue Rolle zu gewöhnen – sofern sich herausstellte, dass er in der Tat der gesuchte Erbe war. Er hatte es getan.

»Es tut mir schrecklich leid«, keuchte Emerald und täuschte eine verlegene Befangenheit vor, die keineswegs echt war, als ihr sorgfältig geplantes »zufälliges« Zusammenstoßen mit dem Herzog von Kent dazu führte, dass er sich ihr zuwandte. Das erlaubte ihr, mit ihrem Plan fortzufahren, indem sie ein demütiges »Oh, Eure Königliche Hoheit« stammelte.

»Schon gut. Machen Sie sich keine Sorgen.« Das Lächeln des Herzogs war eher höflich als warm, und er wandte sich schon wieder von ihr ab, doch so leicht ließ Emerald sich nicht abwimmeln. Seit sie ihm und seiner Mutter, Prinzessin Marina, zu Beginn des Abends sehr kurz formell vorgestellt worden war, hatte sie ihn beobachtet und auf ihre Gelegenheit gewartet, seine Aufmerksamkeit richtig auf sich zu lenken. Auf einen als Debütantinnenparty getarnten Kammermusikabend hatte sie eigentlich keine große Lust gehabt, doch das war, bevor sie erfahren hatte, dass der Herzog unter den geladenen Gästen war.

Für ihren nächsten Schachzug musste Emerald geduldig darauf harren, dass die Musik endete und der Herzog sich in dem großen formellen Empfangssaal in eine ruhigere Ecke vor einem Balkon begab. Sie würde ihre Beute nicht entkommen lassen.

Sie machte rasch ein paar Schritte, bis sie vor ihm stand und so tun konnte, als atmete sie die frische Nachtluft ein, die durch die offenen Balkontüren drang. »Ich stelle mich bei solchen Gelegenheiten oft schrecklich ungeschickt an«, sagte sie. »Das liegt vermutlich daran, dass ich lieber auf dem Land wäre.« Sie seufzte theatralisch. »Mögen Sie das Land, Sir?«

»Ja.« Die Stimme des Herzogs war jetzt ein wenig wärmer, und er bedachte sie mit einem aufmerksamen Blick. Wildes Triumphgefühl durchströmte Emerald. Er konnte unmöglich nicht von ihr hingerissen sein. Sie hatte sehr viel Sorgfalt auf ihre äußere Erscheinung verwandt. Das Haar hatte sie sich in einem halb königlichen Stil hochgesteckt (perfekt für ein Diadem aus dem Familienschmuck, hatte sie sich glücklich gesagt). Ihr Kleid aus blasslila Seide betonte ihre schlanke Taille, während ein passender Bolero für gerade den richtigen Hauch Sittsamkeit sorgte. Der hochgeschlagene Kragen brachte ihren schlanken, langen Hals vorteilhaft zur Geltung und lenkte den Blick auf die diskret verborgenen Rundungen ihrer Brüste. Ihre Fingernägel waren passend zu ihrem Lippenstift blassrosa lackiert. Emerald wusste, dass sie sämtliche jungen Frauen im Saal in den Schatten stellte.

»Es ist sehr großzügig von den Menschen, mich zu so vielen netten Partys einzuladen«, fuhr Emerald mit gespielter Bescheidenheit fort. »Aber ich habe in jungen Jahren schon meinen Vater verloren, und ich werde ganz traurig, wenn ich die anderen Mädchen mit ihren Vätern sehe.«

»Ja, das kann ich verstehen«, pflichtete der Herzog ihr bei. Jetzt wusste Emerald, dass sie einen sensiblen Nerv getroffen hatte, denn auch er hatte als Kind seinen Vater verloren.

»Ich fürchte mich fast ein wenig vor meinem eigenen Ball«, gestand Emerald. »Er wird natürlich in Lenchester House am Eaton Square abgehalten, wie mein Vater es gewünscht hätte, aber ohne ihn werde ich den Abend nicht richtig genießen können.«

So, jetzt hatte sie ihm erzählt, wo er sie finden konnte. Jetzt musste sie nur noch eines tun.

»Ich bin eine große Bewunderin Ihrer Königlichen Hoheit, Prinzessin Marina. Sie ist so elegant und kultiviert. Das hat mein Vater immer schon gesagt. Ich würde sie zu gern richtig kennenlernen.«

Emerald gab ihrer Stimme einen wehmütigen, fast kindlichen Klang. Wie konnte der Herzog ihr dies ausschlagen? Unmöglich.

»Dann erlauben Sie mir doch bitte, Sie ihr vorzustellen.«

Schon beugte er den Arm und wartete höflich, dass sie die Hand darauflegte.

»Oh, das würden Sie tun?« Emerald war die Verkörperung unschuldigen Entzückens. Aus dem Augenwinkel bemerkte sie den Groll in Gwendolyns Miene sowie das Staunen und den Neid in den Gesichtern der anderen Debütantinnen, als der Herzog sie durch den Saal zu seiner Mutter führte, die sich mit einigen Anstandsdamen unterhielt. Doch Emeralds Aufmerksamkeit galt natürlich nicht ihren Rivalinnen, sondern ganz dem Herzog. Ihr Blick war sorgfältig dazu bestimmt, ihm zu zeigen, wie sehr seine Gegenwart sie entzückte, während ihr Betragen sie als liebliche, ein wenig hilflose Unschuld ausweisen sollte, zugleich jedoch aus extrem guter Familie – Dinge, von denen Emerald überzeugt war, dass er sie an einer zukünftigen Gemahlin attraktiv fand. Indem sie ihm ein Gespräch unter vier Augen aufgedrängt hatte, hatte sie etwas erreicht, was selbst den entschlossensten Müttern von Debütantinnen nicht gelungen war, und sie hatte wahrlich jeden Grund, mit sich zufrieden zu sein, fand Emerald, als sie vor die Herzoginmutter und ihre kleine Entourage traten.

Prinzessin Marina war elegant, musste Emerald einräumen, elegant und königlich und Emerald gegenüber sehr distanziert, als diese ihr vorgestellt wurde. Ohne dass ein einziges Wort darüber verloren oder ein bedeutungsvoller Blick gewechselt wurde, wusste Emerald, dass der Mutter des Herzogs sehr wohl bewusst war, dass Emerald den Herzog manipuliert hatte, damit er sie ihr vorstellte, und dass ihr Betragen nicht gut aufgenommen wurde. Sobald ich die neue Herzogin bin, wird Prinzessin Marina gezwungen sein, mir gegenüber einen anderen Ton anzuschlagen, dachte Emerald selbstgefällig.

Als sie sich danach wieder zu Gwendolyn, Lydia und ihrer Patentante gesellt hatte, amüsierte sich Emerald damit, dass sie ihren Ehenamen im Kopf übte: Ihre Königliche Hoheit, Herzogin von Kent.

Edward und Emerald. Was für ein glücklicher Zufall, dass sie dasselbe Inital hatten, fast als habe es von Anfang an so sein sollen. Sie seufzte selig, während Gwendolyn endlos über Tennis schwafelte.

Der Herzog war Mitglied der Royal Scots Greys, und Emerald wollte unbedingt diskret herausfinden, welche der anderen Debütantinnen männliche Verwandte bei diesem Regiment hatte, damit sie sich mit ihr anfreunden und ihr vorschlagen konnte, doch einige junge Offiziere zu ihren Teegesellschaften einzuladen. Schließlich war es nicht unüblich, dass junge Offiziere der Haustruppen an den gesellschaftlichen Ereignissen der Saison teilnahmen.

Ja, fand Emerald, alles in allem war es ein sehr erfolgreicher Abend gewesen.

Ollie richtete sich in seiner überfüllten kleinen Dunkelkammer auf und streckte den Rücken durch, während er sich die Abzüge ansah, die er eben mit wachsender Begeisterung entwickelt hatte. Es war noch hell gewesen, als er von der Geburtstagsfeier zurückgekommen war, zu der ihn ein treuer Anhänger der Kray-Zwillinge eingeladen hatte, um sie mit seiner Kamera festzuhalten. Der hier war weniger als Schläger aufgetreten denn als Mittelsmann, obwohl er wusste, wie er sich zu benehmen hatte. Er war in dem Boxstudio, wo Ollie trainiert hatte, sein Sparringspartner gewesen. Mit schwerem Körperbau und der typischen gebrochenen Nase des Exboxers hatte er die »Bitte« der Zwillinge einigermaßen freundlich vorgebracht, doch Ollie hatte sich gehütet, ihm zu sagen, er habe an dem Nachmittag eigentlich schon etwas vor.

Letzten Endes war die Party für ihn eine Gelegenheit gewesen, sich unter einst vertraute Gesichter zu mischen, darunter auch sein junger Cousin Willie, der seinen Rat in den Wind geschlagen hatte und herumstolziert war, als gehörte er zur Einsatztruppe der Zwillinge.

Doch weder die Kray-Brüder noch die Fotos, die er auf der Geburtstagsfeier zum Siebzigsten eines entfernten Cousins von ihnen geschossen hatte, waren dafür verantwortlich, dass er bis in die frühen Morgenstunden in seiner Dunkelkammer gearbeitet hatte.

Er betrachtete den Abzug noch einmal, und ein breites, entzücktes Grinsen breitete sich auf seinem Gesicht aus. Es gab nicht den geringsten Zweifel, er war gut, und eines – nahen – Tages würde er der Beste sein. Die Fotos, die er gemacht hatte, während Josh Rose die Haare geschnitten hatte – hektisch draufhaltend, um jede Bewegung zu erhaschen –, waren verdammte Kunstwerke, wenngleich das vorerst nur seine eigene Meinung war. Wenn er nur einen Hauch Verstand besäße, würde er Josh ein Vermögen dafür in Rechnung stellen, da gab's gar nichts, denn sie würden die Mädels in Scharen in den Salon locken, weil sie die Haare geschnitten haben wollten wie Rose. Doch es war sinnlos, darüber nachzudenken, was er Josh in Rechnung stellen könnte. Sein Freund war genauso pleite wie er selbst, lebte praktisch von der Hand in den Mund, immer in der Hoffnung, in der unsicheren Welt der Selbstständigkeit, in der sie beide gerade ihre ersten schwankenden Schritte taten, zu bestehen.

Wenn er jedoch das Interesse von *Vogue* wecken könnte … Auch wenn es sehr unwahrscheinlich war, dass die piekfeinen verantwortlichen Redakteurinnen der Zeitschrift begeistert wären, dass er auf eigene Faust arbeitete. Sie hatten ihre eigenen Vorstellungen davon, was für Fotos sie wollten, und wenn seine Ideen dem nicht ganz entsprachen, wurden sie schnell abgewiesen. Trotzdem, einen Versuch war es wert. Schließlich würde er mit der leitenden Feature-Redakteurin, der leitenden Moderedakteurin und einigen Mannequins nach Venedig reisen, um Fotos zu einem Artikel über »Die legendäre Reise im Orientexpress nach Venedig« zu machen sowie in Venedig selbst zu fotografieren.

Es war der größte Auftrag, den er bisher von *Vogue* erhalten hatte, und allein wegen des Honorars lohnte es sich zu spuren. Das Problem war, dass er, sobald er die Kamera vor dem Auge hatte, fast jedes Mal vergaß, dass er Geld verdienen musste, und sich stattdessen ganz in seinen eigenen Vorstellungen verlor.

Lieber Himmel, aber die Fotos von Rose und Josh waren phantastisch. Manchmal konnte er kaum glauben, was für ein Genie er war.

Er konnte es kaum erwarten, Josh die Aufnahmen zu zeigen. Er schaute auf die Uhr, runzelte ungläubig die Stirn und schüttelte das Handgelenk, als er sah, dass es vier Uhr war, denn er glaubte, die Uhr müsste am Nachmittag stehengeblieben sein. Dann ging ihm auf, dass dem nicht so war und dass es tatsächlich vier Uhr am Morgen war.

Er war müde und hatte Hunger – großen Hunger. Ein Gähnen unterdrückend, tappte er barfuß durch die Dunkelkammer und öffnete die Tür.

Die gemietete Bude, die aus einem Zimmer und einem engen Bad bestand, war die erste Wohnung, die er ganz für sich hatte. Er hatte sie genommen, weil der große Wohnraum Zugang zum Dachboden hatte und er den Vermieter hatte überreden können, sich einen Teil davon zur Dunkelkammer ausbauen zu dürfen.

Sobald er es sich leisten konnte, wollte er irgendwo hinziehen, wo er ein richtiges Studio haben konnte, doch das war im Augenblick noch ein ferner Wunschtraum.

In dem Wohnraum öffnete er den Schrank mit der Fliegengittertür, in dem er seine Lebensmittel aufbewahrte, und holte mehrere Scheiben Frühstücksspeck heraus, warf sie in die schwarze Bratpfanne und stellte diese auf den einflammigen Gaskocher. Er fügte einen Klacks Schweineschmalz hinzu und drehte die Flamme hoch. Während der Speck brutzelte und geräuschvoll Fetttröpfchen auf die Doppelreihe Fliesen spuckte, die aufs Geratewohl an der in einem leuchtenden Gelb gestrichenen Wand hinter dem Gaskocher klebten, nahm Ollie ein angeschnittenes Brot aus dem Brotkasten auf dem Blechschrank, in dem sich seine magere Sammlung von Porzellan und Küchengeräten befand. Die Anrichte war ein Geschenk seiner Mutter, die beim Anblick dessen, wofür ihr Sohn sein Zimmer in ihrem hübschen, makellosen Reihenhaus aufgegeben hatte, beinahe in Tränen ausgebrochen war und gemeint hatte, die Wohnung sei ein »Loch«.

Ollie schnitt sich zwei dicke Scheiben Brot ab, bestrich sie großzügig mit Butter, holte die Speckscheiben aus der Bratpfanne und drückte sie zwischen den dicken Brotscheiben flach.

Das Wasser lief ihm im Mund zusammen, und er biss hinein. Es ging doch nichts über ein Speckbrot. Allenfalls der süße Geschmack des Erfolgs. Und den hoffte er ab jetzt regelmäßig zu genießen.

11

Sie würden einen Zug mit Schiffsanschluss nach Paris nehmen und dort in den Orientexpress umsteigen, und Ella war natürlich früh auf und überprüfte in nervöser Vorfreude immer wieder ihren kleinen Koffer. Diese Reise bedeutete ihr unglaublich viel – es war *die* Gelegenheit, bemerkt zu werden, um vielleicht einmal eine feste Stelle zu bekommen. Sie drückte die Daumen, dass es klappte.

Sie musste erst um zehn in der *Vogue*-Redaktion sein, doch sie war viel zu aufgeregt, um zu schlafen, und saß im Morgenrock und mit Pantoffeln an den Füßen in der Küche und trank eine Tasse Tee. Bei dem Gedanken, etwas zu essen, wurde ihr nur noch mehr übel.

Sie hörte Janey und Rose die Treppe herunterkommen. Bald musste sie los. Als sie aufstand und ihre leere Teetasse in die Spüle stellte, platzte Janey in die Küche und jammerte über den kalten Fußboden.

Seit dem Augenblick, da Janey am Samstag Roses neue Frisur gesehen hatte, hatte sie Rose in den Ohren gelegen, Josh zu sagen, sie wolle ihr Haar auch so geschnitten haben. Sie fing auch jetzt wieder damit an und unterbrach sich nur, um voller Neid zu Ella zu sagen: »Du Glückliche! Venedig, da scheint die Sonne und es ist warm.«

»Ich arbeite und habe keine Zeit zum Sonnenbaden«, erklärte Ella und schaute auf ihre Uhr. Ja, es war eindeutig Zeit, sich auf den Weg zu machen, aber zuerst musste sie noch einmal in ihrer Handtasche nachsehen, ob sie auch wirklich nichts vergessen hatte.

Von der anderen Seite des schweren, altmodischen Mahagoni-Doppelschreibtisches in Mr Melroses Büro aus versuchte Dougie, Emeralds Mutter nicht allzu offen anzustarren.

Äußerlich bot sie ihm keine Überraschungen. Er hatte nicht mehrere Monate für Lew gearbeitet, ohne etwas zu lernen, und so hatte es ihn nicht viel Mühe gekostet, einige einigermaßen aktuelle Zeitungsfotos von ihr aufzutreiben. Wenn man ihn gebeten hätte, sie mit einem Wort zu beschreiben, dann wäre dieses eine Wort »exquisit« gewesen. Von ihrem elegant geschlungenen Chignon bis zu den Spitzen ihrer marineblauen Lederschuhe glühte Amber förmlich in einer besonderen Patina guten Aussehens, guter Manieren und einer Warmherzigkeit und Freundlichkeit, die Dougie auch in ihren Augen zu sehen glaubte.

Diese Sanftheit und Freundlichkeit hatten ihn überrascht. Die Zeitungsfotos, die er gesehen hatte, hatten sie nicht einfangen können, sie hatten ihn förmlich überrumpelt. Umso mehr im Lichte dessen, dass Emerald ihre Tochter war. Wie konnten zwei Frauen, die so eng miteinander verwandt waren, so grundverschieden sein?

Amber betrachtete den jungen Australier, der ihr gegenübersaß, voller Mitgefühl. Sie hatte sich augenblicklich für ihn erwärmt, und er tat ihr leid, als er von den Ereignissen erzählte, die dazu geführt hatten, dass er Waise war. Es war interessant, etwas über sein Leben in Australien zu erfahren. Er war ein wohlhabender junger Mann aus eigenem Recht, und aus ein oder zwei Bemerkungen, die er fallen gelassen hatte, ließ sich deutlich schließen, dass er dazu erzogen worden war, der britischen Oberschicht mit ihren archaischen Gewohnheiten und Ritualen mit Ablehnung zu begegnen.

»Zugegeben, als ich Ihren ersten Brief erhielt, behagte mir der Gedanke, ich könnte dieser Herzog sein, überhaupt nicht«, hatte er ihnen erklärt.

Was hat wohl dazu geführt, dass er seine Meinung geändert hat?, überlegte Amber. Der junge Australier hatte ihnen erzählt, er arbeite für einen Society-Fotografen, und hatte zugegeben, dass er sich in den vornehmen Kreisen oft unbehaglich fühlte. Bei diesem Eingeständnis war Ambers Zuneigung zu ihm noch gewachsen, denn sie erinnerte sich noch gut daran, wie fehl am Platze sie sich als junges Mädchen oft gefühlt hatte – zwar in Wohlstand aufzuwachsen, aber nicht der Aristokratie anzugehören. Obwohl er ein wenig ungeschliffen war, besaß Dougie einen natürlichen Stolz auf sich selbst, der Amber gefiel, auch wenn sie natürlich wusste, dass er, sollte er tatsächlich der Herzog sein, sehr viel Hilfe brauchen würde, um sich an seine neue Rolle zu gewöhnen.

Sie hatte das Gefühl, er würde eine Frische mitbringen, wie ein sauberer Windstoß, der in ein staubiges Zimmer fährt, das viel zu lange abgeschlossen war. Robert hätte ihn gemocht, dachte sie. Jay würde ihn ebenfalls mögen. Sie könnten miteinander über Familienangelegenheiten reden. Während ihr diese Gedanken durch den Kopf gingen, wusste Amber, dass sie ihn bereits als Teil ihrer ausgedehnten Familie akzeptiert hatte und dass sie zudem ihm gegenüber bereits mütterliche Beschützergefühle empfand.

Er war es offensichtlich gewohnt, für sich einzustehen und sein eigenes Leben zu leben, doch in seiner neuen Rolle würde er verletzbar sein, und die Haie, die in seiner Nähe schwimmen würden, würden nicht immer auf den ersten Blick zu erkennen sein. Er würde Unterstützung brauchen, und wer konnte ihm die besser bieten, fand Amber, als seine Familie?

»Nun, es gibt noch einiges, was bestätigt werden muss, bevor es formell bekanntgegeben werden kann«, sagte Mr Melrose, »aber …«

Er sah Amber an, die ihn anlächelte, bevor sie sich an Dougie wandte, um voller Wärme zu sagen: »Ich weiß nicht, ob ich Ihnen gratulieren oder Ihnen mein Beileid aussprechen soll, Dougie. Oder soll ich sagen, Euer Gnaden?«, fügte sie leicht neckend hinzu.

Dougie schüttelte den Kopf, halb amüsiert, halb verlegen.

»Ich gehe davon aus, dass Sie das Haus am Eaton Square sehen wollen und natürlich Osterby«, fuhr Amber fort. »Was das Haus in London angeht, muss ich Ihnen etwas gestehen. Ich fürchte, ich habe meiner Tochter erlaubt, für die Dauer ihrer Saison dort einzuziehen und ihren Debütantinnenball dort abzuhalten.«

»Ja, ich weiß«, setzte Dougie an, unterbrach sich jedoch, als Mr Melrose und Amber ihn neugierig ansahen. »Das heißt, ich erinnere mich, es irgendwo gelesen zu haben«, berichtigte er sich, »und ich bin natürlich hocherfreut. Das heißt, ich habe nichts … also, von meiner Seite steht dem nichts im Wege.«

»Das ist sehr großzügig von Ihnen«, sagte Amber. »Ich weiß, dass Sie hier in London schon Freunde gefunden haben, aber ich würde Sie gern bald dem Rest der Familie vorstellen, wenn Sie so weit sind. Meine Stieftöchter und meine Nichte leben hier in London, in Chelsea, und ich weiß, dass sie Sie gern kennenlernen würden. Mein Mann Jay ist die meiste Zeit auf Denham, unserem Gut in Macclesfield, und unsere beiden Töchter, die Zwillinge, gehen noch zur Schule. Sie kommen in ein paar Tagen über Ostern nach Hause, und wenn Sie sonst noch nichts vorhaben, wäre es schön, wenn Sie uns dann in Denham besuchen würden.«

Amber hatte Dougie überrumpelt. Er hatte noch keine Pläne für Ostern gemacht, und in vielerlei Hinsicht wäre er sehr glücklich gewesen, ihre Einladung anzunehmen. Ihm dämmerte allmählich, dass der Herzogstitel sehr viel mehr bedeutete, als Euer Gnaden genannt zu werden. Doch während Amber bereit zu sein schien, ihn in der Familie willkommen zu heißen, zweifelte Dougie daran, dass Emerald ihn genauso herzlich aufnehmen würde. Sie würde alles andere als erfreut sein, wenn sie erfuhr, dass sie miteinander verwandt waren.

Bevor er etwas sagen konnte, verkündete Mr Melrose mit sichtlicher Erleichterung: »Amber, meine Liebe, das ist ein ausgezeichneter Vorschlag und ausgesprochen großzügig von Ihnen.«

Das war es, wie Dougie zugeben musste. Schließlich schuldete sie ihm im Grunde gar nichts.

»Sie müssen mir Ihre Adresse und Ihre Telefonnummer geben«, sagte Amber, »und ich gebe Ihnen unsere, dann können wir die Einzelheiten Ihres Besuchs verabreden.«

Es war jedoch zu spät, um noch einen Rückzieher zu machen, das wäre grob und unhöflich.

Draußen in der fahlen Aprilsonne stieg er auf sein Motorrad und ließ es mit dem Kickstarter an. Dem Beispiel seines Chefs folgend, hatte er sich einen robusten, aber schnittigen heißen Ofen gekauft und bald gelernt, sich damit mit hoher Geschwindigkeit durch den hektischen Londoner Verkehr zu bewegen.

»Mist!«, fluchte Ollie, als er schlaftrunken und ungläubig auf den Wecker starrte, bevor er sich wieder in die Kissen sinken ließ. Wie zum Teufel hatte er nur so verschlafen können?

Es war fast Mittag. Um zwölf wurde er in der *Vogue*-Redaktion zu einer letzten Besprechung erwartet, bevor er mit einem Haufen Mannequins, der Moderedakteurin, der Visagistin, diversen Redaktionsmitgliedern und ohne Zweifel zahlreichen Koffern voller Kleider nach Venedig aufbrechen sollte. Er strich über sein stoppeliges Kinn. Seine Augen fühlten sich an, als hätte ihm jemand eine Handvoll Sand hineingestreut, und sein Mund wie der Boden eines Vogelkäfigs.

Sein Hirn weigerte sich noch, wach zu werden, kam nur knarrend in Gang, wie ein asthmatisches altes Auto, das auf jede Anforderung an seinen schrottreifen Motor mit keuchendem Protest reagierte. Ausgeschlossen, dass er es bis halb eins in die *Vogue*-Redaktion schaffte, geschweige denn bis zwölf. Er setzte sich auf, ließ den Kopf in die Hände sinken und kniff gegen die pochenden Kopfschmerzen die Augen fest zusammen.

Er hätte in der Nacht nach dem Schinkensandwich nicht noch diese verdächtige Flasche Wein trinken sollen. Doch er hatte Durst gehabt und war in Feierstimmung gewesen, und der Wein war da gewesen. Als sich ein dünner Sonnenstrahl zögernd durch die verschossenen Vorhänge stahl, fuhr er zusammen, denn er stach ihm in den schmerzenden Augen, bevor er seinen nackten Leib honiggolden sprenkelte. Seine olivfarbene Haut wurde schnell braun, und sobald das Wetter wärmer wurde, würde er nach Brighton fahren, um ein bisschen

die Sonne zu genießen und sich die Mädchen in ihren Bade-
anzügen anzusehen.

Viertel vor eins durch. Zum Teufel. Die Moderedakteurin
von *Vogue* würde Hackfleisch aus ihm machen – vorrangig
aus seinen Eiern. Er würde es auf keinen Fall mehr zu seinem
Termin schaffen. Doch den Zug konnte er noch erwischen,
wenn er direkt zum Bahnhof fuhr.

Seine Kopfschmerzen waren vergessen, und er wurde
schlagartig aktiv, stieg aus dem Bett, schnappte sich die Jeans,
die er zu Boden geworfen hatte, und zog einen Pullover über,
bevor er zur Tür hinaus zu einem öffentlichen Fernsprecher
im Flur vor den Wohnungen hastete. Er würde in der Redaktion anrufen und Bescheid sagen, dass er sich aufgrund un-
vorhergesehener Umstände erst am Bahnsteig mit ihnen treffen würde.

Er grinste in sich hinein, bevor er leise anfing zu pfeifen.
Alles würde gut werden. Für Oliver Charters wurde immer
alles gut.

12

Ella schnitt Grimassen unter dem Gewicht der Taschen, die
ihre Chefin ihr zum Tragen gegeben hatte. Sie war zusammen
mit drei Mannequins und der Visagistin in einem Taxi von der
Redaktion zum Bahnhof gefahren, und am Ende schleppte sie
nicht nur ihre eigenen Sachen, sondern half auch noch, die
Koffer und Taschen ihrer Chefin und der Visagistin zu tragen.

Auf dem Bahnsteig herrschte ein chaotisches Durcheinander aus Reisenden und jenen, die gekommen waren, um sie
zu verabschieden. Köpfe drehten sich herum, um die Mannequins in ihren Reise-Outfits anzustarren. Sie sollten beim
Besteigen des Zuges fotografiert werden, vorausgesetzt, der
Fotograf tauchte tatsächlich noch auf.

Die Moderedakteurin hatte ihren Gefühlen bezüglich seiner Abwesenheit mit einer Reihe von Flüchen Luft gemacht, die es in sich hatten, und ihre Assistentinnen waren ausgeschickt worden, um zu sehen, ob so kurzfristig noch Ersatz gefunden werden konnte.

Jetzt, da sie auf dem Bahnsteig waren, sah sich Ella ängstlich nach ihrer Chefin um und atmete erleichtert auf, als sie sie sah. Sie sollte Material für einen Artikel über den Umbruch der gesellschaftlichen Szene in Venedig sammeln. Die alte Garde eleganter Besucher, wie Coco Chanel und ihresgleichen, wurde abgelöst von solchen wie der Fürstin Gracia Patricia von Monaco, millionenschweren griechischen Reedern und der britischen Oberschicht, Aristokraten und hübschen Society-Schönheiten.

Ella reiste in vernünftiger Kleidung. Über ihrem schlichten Pullover und Rock trug sie einen Tweedmantel, doch in Reverenz vor der besonderen Gelegenheit hatte sie einen kleinen Hut mit einem hübschen Schleier auf ihre windzerzausten Locken gesetzt. Mit einem Gefühl tiefer Befriedigung hatte sie diese Woche zum ersten Mal gespürt, dass sie, wenn sie sich ins Bett legte, tatsächlich ihre Rippen ertasten konnte. Abzunehmen war jetzt, da sie wusste, wie es ging, zur aufregenden Herausforderung geworden. Sie hatte über sechs Kilo verloren, und sie konnte noch viel mehr abnehmen, wenn sie wollte.

Zu Ellas Erleichterung kam in dem Augenblick, da sie die Feature-Redakteurin erspähte, endlich ein Gepäckträger herbei, um ihr die vielen Koffer abzunehmen. So war sie frei, an die Seite ihrer Chefin zu eilen, ihre Handtasche in der einen Hand und in der anderen eine tragbare Schreibmaschine, die sie, wie man ihr gesagt hatte, keinen Augenblick aus den Augen lassen durfte.

Ollie überblickte das Gewimmel auf dem Bahnsteig und verzog das Gesicht. Er hasste Aufnahmen für *Vogue*, doch sie hatten gewisse Vorteile, etwa das Geld und die Gelegenheit, mit den Mannequins zu flirten und, wenn er Glück hatte und sie willig waren, auch noch ein bisschen mehr.

Er hatte keine Zeit gehabt, sich zu rasieren, sondern war nach dem Anruf in der Redaktion nur rasch unter die Dusche gesprungen, sodass seine zu langen Haare immer noch ein wenig feucht waren, wie das weiße T-Shirt, das er übergestreift hatte, ohne sich vorher richtig abzutrocknen, bevor er seine Jeans wieder angezogen hatte.

Seine abgewetzte Lederjacke würde ihm den Frühlingswind vom Leib halten, und er hatte sogar noch saubere Unterwäsche, Socken und ein T-Shirt gefunden und alles in seine Kameratasche gestopft, bevor er seine Ausrüstung zusammengesucht hatte und zum Bahnhof gerannt war.

Die leitende Moderedakteurin begrüßte ihn mit einem hasserfüllten Blick und der Drohung, ihn nie wieder zu engagieren, doch er tat ihre Verärgerung mit einem Achselzucken und einem spöttischen Lächeln ab, überzeugt, sie würde sein Zuspätkommen vergessen, sobald sie seine Fotos sah.

Er musterte die Mannequins mit erfahrenem, kritischem Blick – weniger als Mannequins denn als potenzielle Bettgespielinnen. Die Rothaarige gefiel ihm am besten. Sie hatte etwas an sich, was ihn vermuten ließ, dass sie wusste, worauf es ankam. Als er sich abwandte, fiel sein Blick auf Ella, die auf ihre Chefin zuging, und sein Lächeln wurde breiter.

Sie hatten einige Zusammenstöße gehabt seit dem Abend, als er sie im Taxi gesehen hatte, und inzwischen hatte er wahre Freude daran, sie auf den Arm zu nehmen, umso mehr, als es ihr nie ganz gelang, ihre Abneigung gegen ihn zu verbergen.

Er warf sich seine Tasche über die Schulter, ging zielbewusst auf sie zu und versperrte ihr, indem er sich vor ihr aufbaute, den Weg zu ihrer Chefin.

»Schönen Tag, Prinzessin.«

O nein, Oliver Charters! Ella verließ der Mut. Sie verabscheute den anmaßenden Kerl. Er war arrogant und unglaublich von sich eingenommen, wozu er keinen Grund hatte, und tat, als wäre er Gott weiß was Besonderes. Er setzte sich über die Regeln hinweg, die andere Menschen – Menschen wie sie – automatisch befolgten, hinterließ Chaos, wann immer er in der Redaktion auftauchte, flirtete unablässig mit den Mannequins und tat im Allgemeinen so, als drehte sich die Welt allein um ihn.

Und was diesen lächerlichen Spitznamen anging, den er ihr gegeben hatte … Ihr Gesicht brannte vor Zorn.

»Ich habe Sie schon mal gebeten, mich nicht so zu nennen«, erinnerte sie ihn mit zusammengebissenen Zähnen.

»Es passt aber zu Ihnen«, erklärte Ollie forsch.

Das Gedränge um sie herum löste sich ein wenig auf, und Ella ergriff die Gelegenheit und trat rasch um ihn herum, doch sein spöttisches Lachen folgte ihr noch, als sie endlich vor ihrer Chefin stand.

Wenn ich gewusst hätte, dass er der Fotograf ist, der uns begleitet, hätte ich mich geweigert mitzufahren, dachte Ella, als sie ihrer Chefin in den Zug folgte.

Die Moderedaktion hatte einen ganzen Eisenbahnwagen für sich, um die Mannequins, die Visagistin und die Koffer mit Kleidern sowie Ollie und die Moderedakteurin unterzubringen, während Ella und die anderen jüngeren Redaktionsmitglieder sich mit anderen Reisenden einen Wagen teilten. Am Ende hockte Ella eingezwängt auf ihrem Platz neben einem stark übergewichtigen Geschäftsmann. Na, wenigstens war der abscheuliche Fotograf weit weg.

Ella versuchte, den Blick auf die vorüberhuschende englische Landschaft zu genießen, doch ihre Gedanken wanderten immer wieder zu Oliver Charters. Der miese Typ machte sie einfach nervös. Sie hatte Kopfschmerzen, und wegen der zornigen Gedanken, die unablässig durch ihren Kopf kreisten, konnte sie kaum stillsitzen, obwohl sie nur wenig geschlafen hatte.

Emerald runzelte gereizt die Stirn. Der einzige Grund, warum sie an diesem öden Mittagessen teilnahm, war der, dass sie gehört hatte, der Herzog käme, und jetzt kam er anscheinend doch nicht.

»Also, es sieht so aus, als hättest du eine Eroberung gemacht«, murmelte ein Mädchen Emerald ins Ohr und zeigte auf den fraglichen jungen Mann. Lavinia Halstead war schon so gut wie verlobt mit einem Cousin zweiten Grades, eine Verbindung, die ihre Eltern quasi vom Augenblick ihrer Geburt an unterstützt hatten. Deswegen war sie von der Aura einer jungen Frau umgeben, die über die ängstliche Suche nach einem passenden jungen Verehrer vor Ablauf der Saison erhaben war.

Der junge Mann starrte Emerald in der Tat voller Bewunderung an. Er sah, wie sie bemerkte, extrem gut aus mit seinen dichten schwarzen Locken und den intensiven dunklen Augen. Sie hatte ihn noch nie gesehen. An so ein Gesicht würde sie sich bestimmt erinnern. Er trug einen gut geschnittenen Straßenanzug, und das Licht der Kronleuchter schimmerte auf dem schweren Goldring an seiner rechten Hand. Missbilligend zog sie einen kleinen Flunsch. Es schickte sich gar nicht, dass Männer Schmuck trugen, es sei denn, natürlich, der Schmuck war ein Statussymbol – etwa ein herzoglicher Ring mit dem Familienwappen. Trotzdem, er sah schrecklich gut aus. Und er unternahm nicht den Versuch, sein Interesse an ihr zu verbergen, sondern beobachtete sie mit fast fieberhafter Intensität.

»Weißt du, wer das ist?«, fragte sie Lavinia beiläufig.

»O ja, er war bei meinem Bruder auf der Schule.«

Die Halsteads waren eine streng katholische Familie, deren Söhne alle ein von Jesuiten geführtes Internat in Cumbria besuchten.

»Er sieht nicht aus wie ein Engländer«, meinte Emerald und unterzog ihn einer neuerlichen Begutachtung. Die olivfarbene Haut und die dunklen Locken konnten unmöglich einem Engländer gehören, genauso wenig wie der fordernde, leidenschaftliche Blick, mit dem er sie bedachte. Es war köstlich, dass ein so gut aussehender junger Mann sie mit so offensichtlichem, außer Kontrolle geratenem Verlangen anblickte, fast, als badete man in der Hitze der mediterranen Sonne.

»Nein, Alessandro ist Laurantoner.«

»Laurantoner? Was um alles in der Welt ist das denn?«, wollte Emerald misstrauisch wissen, denn sie hatte halb den Verdacht, Lavinia nehme sie auf den Arm.

»Es bedeutet, dass Alessandro aus Lauranto stammt«, erklärte Lavinia ihr in tadelndem, fast lehrerinnenhaftem Tonfall. »Lauranto ist ein kleines Fürstentum, wie Monaco oder Liechtenstein, an der Mittelmeerküste zwischen Italien und Frankreich, der Côte d'Azur. Und Alessandro stammt nicht nur aus Lauranto, seine Familie regiert es sogar – Alessandro ist der Kronprinz.«

Emerald warf noch einmal einen Blick auf ihren Bewunderer. Ein Kronprinz!

Inzwischen hatte Gwendolyn sich auf ihre typisch verstohlene Art aus der Gruppe junger Frauen gelöst, bei der sie gestanden hatte, und war herübergekommen, um ihr Gespräch zu belauschen.

»Ausländische Prinzen sind keine richtigen Prinzen«, verkündete sie abschätzig. »Nicht wie unsere königliche Familie.«

»Selbstverständlich sind sie richtige Prinzen«, erklärte Emerald scharf. »Wieso denn nicht? Ein Prinz ist und bleibt ein Prinz.«

»Jetzt, da er sieht, dass ich mich mit dir unterhalte, wird er erwarten, dass ich dich ihm vorstelle«, sagte Lavinia zu Emerald. »Aber ich muss dich warnen, dass er schrecklich … na ja, fremdländisch ist, wenn du verstehst, was ich meine, und sehr leidenschaftlich. Er ist erst im letzten Jahr in Michaels Klasse gekommen. Davor wurde er zu Hause von Privatlehrern unterrichtet. Seine Mutter lebt in Angst und Schrecken, es könnte ihm etwas zustoßen, er ist nämlich ihr einziges Kind. Sein Vater kam kurz nach seiner Geburt bei einem Jagdunfall ums Leben, und wenn man dem Glauben schenken kann, was Alessandro Michael erzählt hat, dann ist seine Mutter überzeugt, der Tod ihres Gemahls sei womöglich gar kein Unfall gewesen, sondern Teil einer Verschwörung von Mussolini, um Lauranto zu besetzen. Seine Mutter kann es kaum abwarten, dass er heiratet und sich daranmacht, möglichst viele Erben zu produzieren, um den königlichen Kindertrakt zu füllen.«

Lydia Munroe war ebenfalls zu ihnen gestoßen, und nachdem Lavinia sich entschuldigt hatte, um wieder zu ihrer Mutter zu gehen, die ihr gewunken hatte, wandte Lydia sich an Emerald und sagte aufgeregt: »Stell dir mal vor, einen Prinzen zu heiraten und sein eigenes Land zu besitzen, so wie Grace Kelly und Fürst Rainier.«

»Ich würde im Leben keinen Ausländer heiraten«, erklärte Gwendolyn verächtlich.

»Das glaube ich dir unbesehen«, pflichtete Emerald ihr unfreundlich bei. »Schließlich müsstest du dazu erst einmal einen finden, der dich heiraten wollte.«

Gwendolyns Gesicht wurde rot wie eine Rote Beete, während Lydia sich nervös umsah.

Gwendolyn ist doch selbst schuld, dachte Emerald zufrieden. Sie ließ keine Gelegenheit aus zu sticheln, weil Emerald damit geprahlt hatte, sie würde die gesellschaftliche Leiter hochheiraten, und wartete nur darauf, dass Emerald auf die Nase fiel, damit sie über sie triumphieren konnte. Doch Emerald würde nicht auf die Nase fallen, redete sie sich gut zu und schoss einen neckenden Blick in die Richtung des Prinzen, bevor sie ihm den Rücken zuwandte. In einem hatte Gwendolyn allerdings recht: Die Heirat mit einem ausländischen Prinzen war nicht so prestigeträchtig wie die mit einem Mitglied der eigenen königlichen Familie. Doch es konnte ja nichts schaden, sich ihren neuen Bewunderer in Reserve zu halten, um den Herzog von Kent mit ihm eifersüchtig zu machen.

»Der Herzog von Kent ist also nicht hier?«

Bei dem hämischen Unterton in Gwendolyns Stimme fragte Emerald sich wütend, ob sie etwa ihre Gedanken gelesen hatte.

»Wirst du ihn wirklich heiraten, Emerald?«, fragte Lydia voller Ehrfurcht.

»Ich habe nie behauptet, ich würde den Herzog von Kent heiraten. *Du* fängst doch dauernd von ihm an«, antwortete Emerald scharf.

»Sie sagt das nur, weil sie jetzt Angst hat, dass er sie doch nicht nimmt«, erklärte Gwendolyn Lydia mit einem affektierten Grinsen.

»Habe ich nicht«, fuhr Emerald mit blitzenden Augen zornig auf.

»Aber du hast ihn nicht gesehen, seit wir auf dieser Party waren, oder?«

»Niemand hat ihn gesehen. Er war nicht in London«, versetzte Emerald spitz.

Sie war tatsächlich davon ausgegangen, dass sie den Herzog inzwischen wiedergesehen hätte, obwohl sie lieber sterben würde, als dies vor Gwendolyn und Lydia zuzugeben. Er wusste schließlich, wo er sie finden konnte, und er wusste, dass sie in dieser Saison debütierte. Doch er war schließlich ein Herzog von königlichem Geblüt, dessen offizielles Erscheinen bei verschiedenen Ereignissen erforderlich war, weshalb er sich offensichtlich außerhalb von London aufhielt. Sobald er zurückkehrte, würde sie zweifelsohne herausfinden, dass er verzweifelt Kontakt mit ihr aufzunehmen wünschte, und wahrscheinlich würde er sie mit Einladungen und Liebeserklärungen überschütten.

Ein Kellner kam mit Kaffee vorbei, doch sie schüttelte den Kopf. Es war noch nicht lange her, dass man in Großbritannien noch von Lebensmittelrationierungen gelebt hatte, und trotz ihrer schlanken Taille und ihrer zierlichen Körpergröße liebte Emerald es zu essen. Sehnsuchtsvoll dachte sie an die seltenen Gelegenheiten, da sie im *Ritz* und im *Savoy* gespeist hatte, und an die köstlichen Torten, die sie in Paris genossen hatte. Es bereitete ihr großes Vergnügen, dass Gwendolyn so rundlich war und kräftige Knöchel hatte. Im Mädchenpensionat war sie in einem demütigend erfolglosen Versuch, ihr Gewicht zu reduzieren, zeitweise sogar gezwungen gewesen, dünne Suppe ohne Brot zu essen.

Auf Gwendolyns Kosten zu lachen hob Emeralds Stimmung immer ungemein.

Der Herzog von Kent und seine Mutter mussten die Einladung zu ihrem Ball annehmen. Schließlich hatte Emeralds verstorbener Vater bei ihnen in hohem Ansehen gestanden, und er und Emeralds Mutter hatten eine gesellschaftlich herausragende Stellung innegehabt, waren überall eingeladen worden und hatten, wenn man Tante Beth glauben wollte, jeden gekannt, den man kennen musste. Und sobald sie da waren, würde der Herzog sie um einen Tanz bitten, und dann …

Die Ersten gingen schon, Mütter und Anstandsdamen bugsierten die Debütantinnen dem Ausgang zu, während sie im Kopf rasche und komplizierte mathematische Berechnungen darüber anstellten, wie wahrscheinlich es wohl war, die an diesem Tag anstehenden Gesellschaften alle zu schaffen. Mittagessen wurden von Teegesellschaften abgelöst, gefolgt von Cocktailstunden und formellen Abendessen, abendlichen Partys, Shows und, wenn eine junge Frau das Glück hatte, einen männlichen Begleiter zu haben, vielleicht sogar einem Ausflug in einen Nachtclub.

Tante Beth war von dem Tisch mit den anderen Anstandsdamen aufgestanden und rief sie jetzt zusammen.

Emerald trank ihren zu süßen Rosé aus und stand auf, um zu gehen.

»Nein, bitte, Sie können unmöglich gehen, bevor ich Gelegenheit hatte, mich Ihnen vorzustellen und Ihnen zu sagen, wie sehr ich Sie bewundere. Und wie schön Sie sind. Das schönste Mädchen der Welt. Eine liebliche Traumgestalt … ein Engel.«

Emerald wollte schon ein gleichgültiges, womöglich sogar hochnäsiges Gesicht aufsetzen, doch der Schock und die Missbilligung in Gwendolyns Miene ließen sie ihren Bewunderer liebenswürdig anlächeln, wohl wissend, dass Gwendolyn sich darüber noch mehr empören würde.

»Ein Mann kann sich nicht selbst einer jungen Frau vorstellen, die nicht in Begleitung ist. Das ist laut Protokoll nicht korrekt«, neckte sie ihn, doch mit einem warnenden Unterton in der Stimme, der ihm verriet, dass sie zu den jungen Frauen gehörte, die von seinem Geschlecht – selbst von einem Kronprinzen – erwarteten, ihnen mit Respekt zu begegnen.

Doch der Kronprinz schüttelte den Kopf und bedachte sie mit einem Blick brennender Intensität, als er sagte: »Bitte, weisen Sie mich nicht ab. Ich wäre untröstlich. Ich lege Ihnen mein Herz und mein Leben zu Füßen. Zwischen uns ist kein Protokoll vonnöten. Wir sind, glaube ich, verwandte Seelen, es war uns bestimmt, einander zu begegnen. Ich fühle es hier, tief in mir.« Alessandro schlug sich mit der Faust auf die Brust und flehte sie mit seinem Blick an, ihn anzuhören.

Emerald war belustigt. Sicher, sein Betragen war schrecklich theatralisch und fremdländisch, doch er sah wirklich außerordentlich gut aus und war obendrein ein Kronprinz. Wer von königlichem Geblüt war, der durfte sich anders betragen.

Er sah auf jeden Fall viel besser aus als der Herzog von Kent: groß und breitschultrig und mit einem glühenden Blick, bei dem sie am liebsten gelacht hätte und bei dem ihr doch gleichzeitig ein köstliches kleines erregtes Prickeln den Rücken hinunterlief. Irgendwie war es bei Alessandro auch viel leichter, sich vorzustellen, dass er sie wie ein Filmheld an seine

Brust drückte und ihr Gesicht mit leidenschaftlichen Küssen bedeckte, als bei dem Herzog von Kent. Alessandros Leidenschaftlichkeit war lächerlich und gleichzeitig köstlich schmeichelnd und umso angenehmer, als Gwendolyn sie so augenscheinlich missbilligte – dabei war sie natürlich bloß neidisch. Schließlich würde kein gut aussehender Kronprinz ihr je zu Füßen sinken und ihr seine unsterbliche Leidenschaft gestehen, oder?

»Wir sind Fremde. Sie kennen nicht einmal meinen Namen.«

»Ich kenne Ihr Herz. Es ist rein und gut und hat mein Herz erobert. Sie sind so schön«, hauchte er inbrünstig.

»Kommt, ihr zwei.«

Tante Beth wartete auf sie, und Gwendolyns geschürzte Lippen verrieten ihre wachsende Verärgerung.

Emerald wollte sich eben abwenden, doch dann sah sie eine neue Möglichkeit, Gwendolyn zu ärgern.

Sie legte ihrer Patin die Hand auf den Arm und erklärte ihr mit vorgetäuschter Unschuld und Naivität: »Tante Beth, Seine Hoheit, Kronprinz Alessandro, ist verzweifelt, weil niemand hier ist, der uns einander vorstellen kann. Ich bin mir sicher, du hast irgendwann einmal seine Mutter kennengelernt, denn sie ist mit einer der Hofdamen der Königin verwandt.«

Emerald wusste, dass die magischen Worte »Seine Hoheit« und »Königin« reichen würden, damit ihre Patentante Alessandro mit einem anerkennenden Blick bedachte.

»Das stimmt«, pflichtete er ihr bei, womit er sich als noch ausgebuffter erwies, als Emerald erwartet hatte. »Ich bin verzweifelt, dass meine Frau Mama nicht hier ist, um das Vorstellen zu übernehmen, doch leider geht es einer Cousine von ihr nicht gut, und Mama wollte sie nicht alleinlassen, also musste ich ohne sie hierherkommen.«

»Alessandro ist der Kronprinz des Fürstentums Lauranto an der Côte d'Azur«, erklärte Emerald weiter. »Ich möchte behaupten, dass du gewiss einmal dort zu Besuch warst, Tante Beth.«

»Ja, ganz sicher.«

»Auch ich bin mir dessen sicher«, pflichtete Alessandro ihr bei. Er entpuppte sich als rechter Handlanger, wie Emerald anerkennend feststellte.

»Sehen Sie«, erklärte er Emerald und wandte sich wieder an ihre Patin, »dann kennen wir einander doch schon so gut wie. Bitte erlauben Sie mir, Sie zu besuchen.«

»Nur wenn meine Patentante ihre Erlaubnis gibt«, bremste Emerald ihn gesetzt.

Diese lächelte zustimmend, und im Handumdrehen hatte Alessandro die Erlaubnis erhalten, am Eaton Square vorzusprechen. Er seinerseits nannte Tante Beth seine vorübergehende Adresse im Savoy Hotel, wo er mit seiner Mutter logierte.

Sie waren, wie Alessandro ihnen erzählte, nicht nur nach London gekommen, um die Cousine seiner Mutter zu besuchen, sondern auch, damit er den Debütantinnenball der Schwester eines Schulfreunds besuchen konnte.

Vermutlich meinte er damit Lavinia. Emerald machte sich im Geiste eine Notiz, auf jeden Fall zu Lavinias Ball zu gehen. Es würde einem gewissen Herzog von Kent nicht schaden, zu sehen, dass der fesche Alessandro sie bewunderte.

»Wie konntest du diesen … diesen Ausländer dermaßen ermutigen?«, zischte Gwendolyn, kaum dass sie draußen waren. »Meine Mutter hat recht, was dich angeht: Du magst ja einen Titel haben, aber eine anständige Kinderstube hattest du nicht.«

Emerald blieb abrupt mitten auf der Straße stehen und wirbelte mit zorniger Miene herum, um ihre Gefährtin zur Rede zu stellen.

»Wage es nicht, das jemals zu wiederholen! Ich bin die

Tochter eines Herzogs«, fuhr sie auf und fügte unbarmherzig hinzu:»Wenn es hier jemandem an Kinderstube mangelt, dann ja wohl dir. Du bist die Tochter eines Niemands, eines Mannes, der mit seiner Frau nicht mal einen Erben zeugen kann. Und, wie ich dir schon in Paris gesagt habe, eines Mannes, der weder die Hände bei sich behalten kann noch seinen Schwanz in der Hose – und wenn du mir nicht glaubst, dann frag deine Mutter. Jeder weiß, dass dein Vater mehr Nutten gefickt hat, als du zählen kannst.«

Gwendolyn hatte vor Schock angefangen zu wimmern und hielt sich die Ohren zu, um sich vor Emeralds groben Worten ebenso zu schützen wie vor der Wahrheit, die sie nicht hören wollte.

»Eine junge Frau meines Ranges und meines Wohlstands kann weder vulgär noch gewöhnlich sein, sie kann nur entzückend exzentrisch sein und vielleicht ein wenig maßlos. Im Vergleich zu mir bist du nichts. Wenn ich verheiratet bin, wirst du immer noch nichts sein. Du wirst dein ganzes Leben lang nichts sein, du arme, dicke, langweilige Gwennie, und das weißt du, und deswegen bist du so neidisch auf mich. Ich werde mich gut verheiraten und das Leben leben, von dem du nur träumen kannst, während du zu Hause endest, wo du Strümpfe stopfst und alle auf dir herumtrampeln. Du bist neidisch, weil Männer mich bewundern und begehren, und du bist neidisch, weil Alessandro sich in mich verliebt hat. Geschieht dir recht, mich zu beneiden, denn in dich wird sich nie ein Mann verlieben.«

Beth, die plötzlich gemerkt hatte, dass ihre Nichte und ihre Patentochter zurückgefallen waren, drehte sich nach ihnen um.

Während Gwendolyn noch Mühe hatte, ihren Schock und ihren Kummer zu verbergen, schob sich Emerald an ihr vorbei, um ihre Patin einzuholen. Ein triumphierendes Lächeln spielte um ihre Lippen.

13

Der Kanal war rau gewesen, und die Assistentin der leitenden Moderedakteurin, mit der Ella sich eine enge Kabine geteilt hatte, hatte wegen Seekrankheit die ganze Nacht kein Auge zugetan und war, als sie in Calais in den Zug stiegen, immer noch grün im Gesicht.

Die Mannequins zogen sich die Kleider an, in denen sie vor dem Orientexpress auf dem Bahnsteig fotografiert werden würden, bevor dieser Paris verließ. Es gab nur einen kurzen Halt, und weil der Assistentin der Moderedakteurin schlecht gewesen war, hatte Ella einspringen müssen und wurde von der Moderedakteurin mit Botengängen herumgescheucht.

Normalerweise hätte das Ella nichts ausgemacht, doch es verletzte ihren Stolz, zwischen der Moderedakteurin und ihrem persönlichen Bête noire Nachrichten hin und her befördern zu müssen, insbesondere da Oliver Charters seine Nachrichten mit deftigen Kraftausdrücken spickte – mit Absicht, wie Ella vermutete. Sie wollte ihm auf keinen Fall die Befriedigung gewähren, in seiner Gegenwart ein schockiertes Gesicht zu machen.

In dem Eisenbahnwaggon war es so heiß, dass sie am Ende die Jacke ihres Kostüms und ihren Hut ausziehen musste.

Die Hüte, die die Moderedakteurin ausgewählt hatte, waren unmöglich zu fotografieren, verkündete Ollie abschätzig, nachdem er sie durch die Linse seiner kostbaren Rolleiflex studiert hatte.

Fast sechs Monate hatte er gespart, um die Kamera aus zweiter Hand von einem Pfandleiher zu kaufen, immer in Angst, der Besitzer könnte plötzlich das Geld haben, um sie auszulösen, bevor er, Ollie, genug zusammengekratzt hatte. Er hatte manchen Samstagnachmittag mit dem Pfandleiher debattiert und gefeilscht, um den Preis noch etwas zu drücken.

»Die Hutkrempen werfen zu große Schatten über die Gesichter der Mannequins. Sie müssen sie aus dem Gesicht tragen«, erklärte er der Moderedakteurin jetzt.

Als er näher trat, um ihr zu demonstrieren, was er meinte, trat die Moderedakteurin schützend vor die Mannequins und warnte ihn: »Wagen Sie es nicht, diese Hüte anzufassen. Die kosten zwanzig Guineen das Stück und sind nur geborgt.«

Frustriert, dass er nicht zeigen konnte, was er meinte, wirbelte Ollie herum und trat, da er Ella erblickte, auf sie zu.

»Sehen Sie, das meine ich«, sagte er, schnappte sich Ellas kostbaren besten Hut, den sie behutsam auf einem Tisch abgelegt hatte, schlug brutal die Krempe zurück und rammte den Hut dann fest auf Ellas Locken. Er trat zurück, sah, dass sie die Hände hob, um den Schaden zu begutachten, und befahl ihr in scharfem Ton: »Nein, nicht anfassen!«, bevor er näher trat und den Hut zu einer Seite schob.

Während er ihren Hut ruinierte, stand er in dem engen Eisenbahnwagen so dicht vor Ella, dass sie das Spiel der Muskeln an seinen hochgereckten Armen und an seinem Bauch unter dem dünnen T-Shirt sehen und seinen frischen männlichen Körpergeruch riechen konnte.

Das war zu viel. Sie war so viel Nähe zu einem solchen Mann nicht gewohnt. Sie war erhitzt und zornig und irgendwie auch gefährlich leichtsinnig. Sie erstarrte.

Ollies Konzentration galt augenblicklich nicht mehr dem Hut, seine Professionalität wurde abgelöst von männlichem Jagdinstinkt, der verletzliche Beute witterte. Sein Blick fuhr von dem Hut zu Ellas zitternden Lippen, wanderte weiter zu ihrem Hals, wo eine Ader unter der blassen Haut hektisch pochte, und dann noch weiter zu ihren Brüsten, auch wenn sie unter formlosen Kleidern verborgen waren. Ollie, Experte in solchen Dingen, schätzte, dass sie gerade groß genug waren, um in seine Hände zu passen. Also, das wäre doch was, Miss Selbstherrlich auf den Boden herunterzuholen – wenn er nicht Wichtigeres zu tun hätte. Und er wollte auf keinen Fall etwas mit einer verdammten hochnäsigen Jungfrau anfangen.

Er hob den Blick wieder zu ihrem Hut und rückte ihn stirnrunzelnd ein zweites Mal zurecht, bevor er der Moderedakteurin sagte: »So sollten sie die Dinger tragen, damit Licht auf ihre Gesichter fällt.«

»Celine«, sprach die Moderedakteurin das älteste der drei Mannequins an, »setzen Sie Ellas Hut auf, und lassen Sie mich einen Blick darauf werfen. Ich erlaube Ihnen nicht, diese Hüte anzufassen, bevor ich nicht überzeugt bin, dass Sie recht haben.«

Celine, das elegante, gepflegte Mannequin, bedachte Ella mit einem mitfühlenden Blick, als Oliver ihr den inzwischen ruinierten Hut vom Kopf nahm, um ihn dem Mannequin auf sein sorgfältig frisiertes Haar zu setzen.

Das wird, dachte Ella, noch eine lange Reise bis Venedig.

Nie im Leben wollte sie hauptberuflich in der Modebranche arbeiten, beschloss Ella zornig, als sich der Zug kurz darauf dem Gare de Lyon in Paris näherte. Sie war erschöpft und abgekämpft, ihr Kopf schwirrte vor Anweisungen und gegenteiligen Anweisungen, die die Moderedakteurin und Oliver Charters ihr um die Ohren gehauen hatten.

Sie war froh, als man ihr erlaubte, mit pochendem Kopf und rasendem Herzen in ihr Abteil zurückzukehren. Ein gutherziger Zugbegleiter brachte ihr eine sehnlichst herbeigewünschte Kanne Tee und ein Croissant. Ella ließ das Croissant liegen, nahm eine ihrer Diätpillen und schluckte sie mit dem Tee herunter. Sie war eindeutig dünner geworden, obwohl es – bis jetzt – niemandem aufgefallen war, da sie immer noch dieselben Sachen trug. Ella wollte nicht unbedingt, dass es jemandem auffiel, besonders nicht Oliver Charters. Sie wollte nicht, dass er – oder jemand anders – dachte, sie hätte abgenommen, weil er sich über sie lustig gemacht hatte. Es genügte ihr, dass sie sich selbst bewiesen hatte, dass sie abnehmen konnte. Aber nur wegen ihrer kleinen magischen Pillen. Doch das schob Ella beiseite. Sie wollte nicht an die Pillen denken. Schließlich musste niemand davon wissen, und sobald sie genug abgenommen hatte, würde sie einfach damit aufhören.

Während sie ihren Tee getrunken hatte, waren sie in den Bahnhof eingefahren, und die Mannequins waren ausgestiegen, damit Oliver sie fotografieren konnte.

Ella, die sie durch das Abteilfenster beobachtete, fand, sie sahen wunderschön aus. Von vorn würde niemand wissen, dass eines der Kostüme viel zu groß für das schlanke Mannequin gewesen war und hinten mit Wäscheklammern enger gemacht werden musste. Ella staunte über die Geduld und die Gutmütigkeit der Mannequins. Sie würde diesen Beruf hassen. Nicht dass sie ihren eigenen besonders liebte, doch das würde nicht immer so sein. Eines Tages würde sie eine richtige Enthüllungsjournalistin sein, und dann müsste sie sich nicht mehr mit Leuten wie Oliver Charters herumschlagen, der sie verhöhnte und sich über sie lustig machte.

Ellas Hände zitterten leicht, als sie sich eine zweite Tasse Tee einschenkte. Wie viel würde sie wohl weiter abgenommen haben, wenn sie in zwei Tagen Venedig erreichten? Sie wollte erst aufhören mit ihrer Diät, wenn es zwölf Kilo waren. Dann würde sie exakt dreiundfünfzig Kilo wiegen und hätte Kleidergröße 36. Genau dieselbe Größe und dasselbe Gewicht wie das Mannequin, das über sie gelacht und zu Oliver Charters gesagt hatte, Ella sei fett wie ein Elefant. Vor den Diätpillen hätte sie allein bei der Erinnerung an diesen demütigenden Augenblick zu ihren Lieblingsvollkornkeksen mit dunkler Schokolade gegriffen, doch jetzt hatte sie überhaupt kein Verlangen danach.

»Also, was meinst du?« Rose und Josh waren inzwischen so vertraut, dass sie zum Du übergegangen waren.

Rose schaute vom Gehweg vor dem Salon gehorsam zu dem Schild hinauf, das gerade an Ort und Stelle angebracht worden war und auf dem »Josh Simons – Coiffeur« stand.

»Gefällt mir«, antwortete sie wahrheitsgemäß.

Die Tür zum Salon stand ebenso offen wie die Fenster, und der Lärm und der Geruch nach Farbe trugen hinaus auf die Straße, denn die Maler waren bei der Arbeit.

Da sie wusste, dass das Schild aufgehängt werden sollte, hatte Rose in ihrer Mittagspause rasch in der King's Road vorbeigeschaut.

»Ich gehe besser zurück. Ich muss auf dem Rückweg noch ein wenig Besatz besorgen.«

»Bei deinem Talent solltest du dein eigenes Geschäft führen und nicht für jemand anders arbeiten«, erklärte Josh ihr zum x-ten Mal.

»Das will ich nicht, und abgesehen davon bin ich noch nicht so weit. Ich muss noch sehr viel lernen. Du hättest Vidals Salon auch nicht verlassen, bevor er dir sagte, du wärst jetzt so weit, es allein zu schaffen, oder? Abgesehen davon möchte meine Tante, dass ich irgendwann in ihrem Laden in der Walton Street arbeite.«

»Und was willst du?«

Joshs Frage hatte sie unvermittelt erwischt, und sie zögerte, bevor sie entschlossen antwortete: »Ich will dasselbe wie meine Tante.«

»Wenn ich getan hätte, was mein Vater wollte«, erinnerte Josh sie, »dann würde ich jetzt irgendwo in einer Seitenstraße der Savile Row für jemand anderen Anzüge zuschneiden.«

»Das ist etwas anderes«, konterte Rose sofort.

Der Gedanke an ihre Tante erinnerte sie daran, dass bald Ostern war und dass sie nach Hause nach Denham fahren würde.

Denham. Sie dachte mit gemischten Gefühlen an ihre Kindheit. Sie konnte sich natürlich nicht mehr daran erinnern, wie ihr Vater sie dort hingebracht hatte – dazu war sie zu jung gewesen, fast noch ein Baby –, doch sie hatte Erinnerungen daran, liebevoll in den Armen gehalten und geliebt worden zu sein, an eine leise Stimme, die sie beschwor, den Kampf nicht aufzugeben. Dann später, als sie sich von der Unterernährung und dem Fieber erholt hatte, an dem sie beinahe gestorben wäre, hatte sie ihre Tante wiedererkannt und lieben gelernt. Diese Liebe war ihre einzige Zuflucht gewesen in einer Welt, in der alles andere feindselig gewesen war: ihre Urgroßmutter, Emerald, ihr Kindermädchen und vor allem ihr Vater. Rose schauderte, wenn sie daran dachte, wie herzlos ihr Vater sich ihr gegenüber verhalten hatte.

»Hey, wo bist du gerade?«, wollte Josh wissen.

»Nirgends.«

»Lügnerin.«

»Na gut, ich dachte gerade an Janey«, log sie. »Sie fleht mich unablässig an, dich zu bitten, dir ihre Entwürfe für die Dienstkleidung der Friseure von ihr zeigen zu lassen.«

»Ehrlich? Also, dann sollte ich das wohl mal tun.« Josh grinste. »Sag ihr, sie soll morgen Abend damit vorbeikommen. Oh, warte eine Minute, das hatte ich vergessen. Übermorgen. Morgen habe ich eine Verabredung.«

Josh schien jede Woche mit einem anderen Mädchen auszugehen, er hatte es anscheinend nicht eilig, sich festzulegen.

Rose war froh, dass ihr Herz John gehörte und sie keine von Joshs vielen Eroberungen war. Sie konnte sich gut vorstellen, wie unglücklich und unsicher es sie machen würde, wenn sie mit ihm ausginge und sich womöglich in ihn verliebte, wo sie doch wüsste, dass er es mit keiner wirklich ernst meinte. Rose ging nur ungern das Risiko ein, sich potenziellen emotionalen Schmerzen auszusetzen. Josh sah gut aus und war ein netter Umgang, doch sie war erleichtert, dass sie nur Freunde waren und dass sie nicht Gefahr lief, sich in ihn zu verlieben. Dank John.

»Ich dachte, das sei Manchester, wo es nie aufhört zu regnen, nicht Venedig.«

Ella sah zu, wie Oliver auf dem Marmorfußboden des eleganten Eingangsbereichs des Hotel Danieli auf und ab lief und wütend auf die Tür starrte, durch die sie den Regen sehen konnte, der seit ihrer Ankunft vor fast zwei Tagen ununterbrochen vom Himmel fiel und das Wasser des Rio del Vin kräuselte.

»So geht das nicht«, erklärte Oliver der Moderedakteurin. »Ich muss mit den Mannequins raus, um an verschiedenen Orten ein paar Probeaufnahmen zu machen, Regen hin oder her.«

Ella blickte verstohlen auf ihre Uhr. Sie war nervös, denn sie hoffte, sich ein wenig davonstehlen zu können, um die italienische Seidenfabrik zu besuchen, mit der ihre Stiefmutter Geschäfte machte. Amber hatte ihnen erzählt, dass Ella Venedig besuchte, und sie hatten ihr ausrichten lassen, sie sei herzlich eingeladen, vorbeizuschauen und die Fabrik zu besichtigen. Es wäre unhöflich, der Einladung nicht zu folgen, doch Ella wollte auch nicht um einen Gefallen bitten.

»Sie können die Mannequins bei diesem Wetter unmöglich nach draußen schleifen«, sagte die Moderedakteurin. »Das Letzte, was ich möchte, ist, dass sich eine von ihnen erkältet.«

»Also, ich könnte auch rausgehen und ein paar Brücken und Kanäle als potenzielle Örtlichkeiten für Außenaufnahmen fotografieren, ohne Mannequin.« Gereizt fuhr Oliver sich mit der Hand durch sein überlanges Haar.

Die Moderedakteurin tippte mit einem makellosen Fingernagel auf die auf Hochglanz polierten Intarsien einer Tischplatte und schürzte die Lippen, während sie den Blick durch den Raum schweifen ließ, als suchte sie nach einer Eingebung. Ihr Blick blieb auf Ella hängen.

»Ich hab's«, verkündete sie. »Sie können Ella mitnehmen, sie kann als Double für die Mannequins einspringen.«

»Ella! Was zum Teufel …?«

»Oh, nein, bitte, das kann ich nicht.«

Sie waren beide gleichermaßen gegen den Vorschlag der Moderedakteurin, wenngleich zweifellos aus unterschiedlichen Gründen.

»Sie können Ella entbehren, nicht wahr, Daphne?«, fragte die Moderedakteurin Ellas Chefin, ohne auf den Protest zu achten.

»Ja, sicher. Und vergessen Sie nicht, Oliver, ich will einige Fotos für den Artikel über die Sommer-Ferienorte der High Society.«

Er mochte zustimmend nicken, doch sein Blick war auf sie gerichtet, Ella, er schätzte sie ab, und es war augenscheinlich, dass er dem, was er da vor sich hatte, nicht viel abgewinnen konnte. Nun, das war in Ordnung, denn ihr lag auch nichts an ihm.

»Ich hoffe, Sie haben einen Regenmantel mit«, sagte er mürrisch. Dann schob er die Ärmel der schäbigen Lederjacke hoch, die er immer trug, sah auf seine Uhr und fügte hinzu: »Mit Glück haben wir noch drei Stunden Licht, Sie halten sich also besser ran. Ich gebe Ihnen fünf Minuten, um zu holen, was Sie brauchen. Wir treffen uns am Haupteingang.«

Ella hatte natürlich keinen Regenmantel dabei; nie im Leben hätte sie gedacht, dass sie den in Venedig brauchen würde. Und sie würde auf keinen Fall riskieren, dass ihr guter Mantel patschnass wurde. Ich muss mich mit einem Schirm begnügen, den ich mir an der Rezeption ausleihe, dachte sie, als sie hoch in ihr Zimmer eilte, um ihre Tasche zu holen.

Zum Umziehen war keine Zeit, also beließ sie es bei dem weißen Strick-Faltenrock mit der marineblauen Borte kurz über dem Saum und der passenden Strickjacke, die sie über einer roten Seidenbluse trug. Dieses Ensemble hätte sie sich nie selbst ausgesucht, es war ein Überraschungsgeschenk ihrer Stiefmutter gewesen, speziell für ihre Reise. Persönlich hatte Ella das Gefühl, die helle Farbe sei viel zu auffällig für sie, doch sie hatte sich trotzdem verpflichtet gefühlt, die Sachen mitzunehmen, selbst wenn sie ziemlich weit saßen, weil sie so viel abgenommen hatte – weitere zwei Kilo auf der Reise nach Venedig, sodass es nur noch vier Kilo waren, bis sie ihr Ziel erreicht hatte.

Die dazugehörige rote Baskenmütze mochte helfen, ihre Haare trocken zu halten. Sie hoffte nur, dass ihre marineblauen Pumps im Regen keinen allzu großen Schaden nahmen.

Als sie mit dem vom Portier geborgten großen Regenschirm in der Hand am Haupteingang zu Oliver trat, war sie außer Atem, und ihr Herz raste, was in letzter Zeit irritierenderweise öfter vorkam.

»Kommen Sie«, meinte Oliver nur und schlug den Kragen seiner Jacke hoch. Sie traten zusammen in den Regen hinaus, und er schritt vor ihr aus.

»Wenn wir da lang gehen, kommen wir zum Markusplatz«, meinte Ella, als sie ihn eingeholt hatte.

»Und?«, wollte er wissen und linste unter den Regenschirm, um sie wütend anzublicken.

»Sie haben gesagt, Sie wollten Brücken und Kanäle auf den Fotos«, meinte Ella.

Er zuckte abschätzig die Achseln. »Dann suchen wir eben Brücken und Kanäle.«

»Wenn wir uns da lang hielten, ginge es schneller«, erklärte Ella und wies auf die schmalen Seitenstraßen, die vom Platz wegführten.

»Und Sie wissen das, was? Ich nehme an, Sie haben von dem Augenblick, da wir hier angekommen sind, die Nase in den Reiseführer gesteckt. Typisch.«

Sein verächtlicher Tonfall tat weh, doch Ella weigerte sich, klein beizugeben.

»Nein, ich war schon mal in Venedig. Meine Stiefmutter hat geschäftliche Kontakte in der Stadt.« Sie wusste, dass sie spröde und spießig und sogar fast ein wenig arrogant klang – nie im Leben hätte sie so mit jemand anderem gesprochen –, doch irgendwie lockte Oliver Charters stets nur das Schlechteste aus ihr hervor.

»Und das verweist mich an meinen Platz, nicht wahr? Mich, der ich aus dem East End stamme?«

»Ich wollte uns nur Zeit sparen«, erklärte Ella wahrheitsgemäß.

Sie standen jetzt auf dem Markusplatz, auf dessen weiter Fläche sich ausnahmsweise weder Touristen tummelten noch Tauben, für die der Platz so berühmt war. Selbst die Cafés, die den Platz säumten, hatten ihre Tische und Stühle weggeräumt, und der ganze Platz wirkte grau und traurig und schien ganz und gar nicht der rechte Ort zu sein, um Fotos von Mannequins in hochsommerlichen Kleidern zu schießen.

»Okay, wo ist die berühmte seufzende Brücke, von der alle schwärmen?«, wollte Oliver wissen.

»Sie heißt Ponte dei Sospiri«, antwortete Ella. »Die Leute bezeichnen sie als Seufzerbrücke, weil es die Brücke ist, über die die Häftlinge gehen mussten. Ich glaube, es geht hier entlang.« Ella lotste ihn an dem Schild vorbei, auf dem »Piazza San Marco« stand, und hoffte, dass Oliver sie nicht in sarkastischem Tonfall fragen würde, ob sie etwa Italienisch könne. Weiter ging es am Wasser entlang, den Weg zurück, den sie gekommen waren, zum Rio del Palazzo. Als sie auf der Brücke standen, zeigte sie den schmalen Kanal hinunter auf die überbaute Brücke weiter unten.

»Sie meinen, das ist sie?«, wollte Oliver wissen. »Wie zum Teufel soll ich denn Mannequins fotografieren, die darauf stehen?«

»Das geht nicht«, erklärte Ella, doch er hörte ihr gar nicht zu.

Denn er warf einen Blick durch die Linse seiner Kamera und sagte schließlich in gebieterischem Tonfall: »Gut, ich will, dass Sie hier stehen.«

»Hier« war mitten auf der Brücke.

Froh, dass sie weit und breit allein waren, tat Ella, wie ihr geheißen, und ihre Befangenheit wuchs, als er die Kamera erneut ans Auge hob und durch den Sucher schaute.

»Nein, nicht so. Sie stehen ja da wie ein Holzklotz. Entspannen Sie sich, blicken Sie zu dieser Seufzerbrücke, oder was auch immer es sein soll, rüber und denken Sie an etwas Trauriges. Und tun Sie den Schirm und die Baskenmütze weg.«

»Dann werde ich aber nass«, protestierte Ella.

»Na und?«

Als er ihr den Schirm wegnahm, kam sie zu dem Schluss, dass sie ihn hasste. Eilig zog sie sich die Baskenmütze vom Kopf und steckte sie in ihre Tasche. Sie hasste ihn, hasste ihn aus tiefstem Herzen. Fröstelnd blickte sie zur Seufzerbrücke und versuchte sich vorzustellen, wie es gewesen sein musste zuzusehen, wenn ein geliebter Mensch über diese Brücke in eine Zelle geführt wurde, verurteilt, den Rest seines Lebens dort zu verbringen.

»Kommen Sie schon, das ist jetzt nicht der richtige Zeitpunkt zum Träumen. Wir haben zu arbeiten.«

Ella keuchte empört auf, doch bevor sie einwenden konnte, er habe doch gesagt, sie solle traurig dreinblicken, fuhr Oliver fort: »Jetzt brauchen wir eine Kirche, aber nicht irgendeine Kirche. Sie muss richtig aussehen.«

Er wollte eine Kirche. Venedig hatte x-beliebig viele Kirchen. Ella biss die Zähne zusammen.

»Wünschen Sie irgendeine spezielle Art von Kirche?«

»Ja, eine fotogene.«

Am Ende machten sie eine Kirche ausfindig, die seine Zustimmung fand, dazu fünf Brücken und, was Ella am demütigendsten fand, einen herumstreunenden Gondoliere, der sich von Oliver überreden ließ, Ella in seine Gondel zu helfen, wo sie sich an ein Kissen lehnen musste, während Oliver fleißig knipste.

Endlich war es vorbei, das Licht schwand, und Ella war nass bis auf die Haut und fror. Das Strickkostüm klebte ihr unangenehm am Körper, es war bestimmt ruiniert. Und Ella hatte auch genau mitbekommen, mit was für einem Blick der Gondoliere ihre Brüste taxiert hatte, als er ihr in sein Boot half.

Mit gesenktem Kopf eilte sie durch eine der engen Gassen der Stadt hinter Oliver her, als er sich plötzlich umdrehte, sie packte und mit dem Rücken gegen die Hauswand drückte, gerade noch rechtzeitig, um zu verhindern, dass sie von dem Radfahrer, der ihnen mit hoher Geschwindigkeit entgegenkam, zu Boden gerissen wurde.

Der Zorn, der in ihr aufgestiegen war, als er sie gepackt hatte, löste sich augenblicklich in Luft auf. Als ihr aufging, wie leicht ihr etwas hätte passieren können, war sie erleichtert, und dann setzte ein benommenes Zittern ein.

»Geht es Ihnen gut?«

Ella nickte. Den Schirm hatte sie erst gar nicht mehr aufgemacht, und Regentropfen flogen aus ihrem nassen Haar, das sich wild um ihr Gesicht kringelte.

Sie war wirklich eine gut aussehende junge Frau, fand Oliver. Er hielt sie noch fest, doch seine Hände fuhren zu ihrer Taille, die so schlank war, dass er das Gefühl hatte, er könnte sie mit seinen Händen umfassen. Sie hatte einen herrlich kurvigen Körper, bei dem ein Mann einfach gar nicht anders konnte. Ein scharfer Stich des Verlangens durchfuhr ihn. Er trat näher an sie heran, packte sie fester und fixierte ihren Mund. Ihre Lippen waren weich und einladend.

Was machte Oliver da? Ella schaute mit großen Augen zu ihm auf, während ihr Herz ungläubig Purzelbäume schlug. Oliver Charters wollte sie küssen. Nein, unmöglich, das bildete sie sich gewiss nur ein. Sie wollte sich aus seinem Griff freimachen, doch es war zu spät. Seine Lippen legten sich warm und fest auf die ihren. Mit der freien Hand umfasste er ihr Gesicht, mit der anderen drückte er sie an sich.

Ella öffnete den Mund, um zu protestieren, doch heraus kam nur ein Seufzer, der zum Schweigen gebracht wurde und sich dann unter seinem Kuss irgendwie in hilflose Verzückung verwandelte.

Sie spürte, dass sein Körper sie wärmte. Sie hatte das Gefühl, sie könnte an Ort und Stelle mit ihm verschmelzen, sie empfand … Abrupt ging Ella auf, was da gerade geschah.

Sie schloss energisch die Lippen und schob Oliver von sich. Ihr Gesicht brannte, als sie um ihn herumtrat und mit raschen Schritten in Richtung Hotel marschierte.

»Es ist nicht nötig, deswegen so ein Theater zu machen«, meinte Oliver, als er sie eingeholt hatte. »Es war nur ein Kuss.«

Ella achtete nicht auf ihn. Sie wagte es nicht zu sprechen. Wie konnte sie sich nur so von ihm küssen lassen? Schließlich wusste sie doch, was er für einer war: Er bändelte doch mit jeder an – und im Augenblick lachte er wahrscheinlich über sie und verglich sie mit den hübschen, kultivierten Mannequins, die auf dieser Reise dabei waren. Nicht dass ihr das etwas ausgemacht hätte. Nicht das Geringste.

14

»Oh, John, ich habe dich gar nicht gesehen.« Rose hoffte, dass sie nicht so atemlos und befangen klang, wie sie sich fühlte. Sie war mit dem Fahrrad gekommen und hatte gerade die prächtige Eingangshalle von Fitton Hall betreten. Blinzelnd stand sie in den hellen Streifen Sonnenlicht, die durch die hohen, schmalen, spätmittelalterlichen Fenster fielen und die Schatten der dicken Steinmauern durchdrangen.

»Ich bin gerade auf dem Weg in die Ställe. Ich muss zu einem Pächter, und ich habe Lust hinzureiten, statt mit dem Landrover zu fahren. Warum begleitest du mich nicht?«

Er hatte nichts zu ihrer neuen Frisur gesagt, aber vielleicht war sie ihm auch noch gar nicht aufgefallen. Die prächtige Halle lag schließlich in tiefem Schatten.

»Ich würde ja gern, aber du weißt ja, wie das ist mit mir und Pferden«, antwortete sie bedauernd. Wenn er doch nur sagen würde, dann würde er eben den Landrover nehmen, damit sie ihn begleiten könnte, doch zu ihrer Enttäuschung pflichtete er ihr nur bei.

»Nein, du konntest dich nie richtig fürs Reiten erwärmen, nicht wahr? Wenn ich mich recht erinnere, war Janey von euch vier diejenige, die am besten reiten konnte.«

John blickte zur Tür, zweifellos begierig darauf, sich auf den Weg zu machen, anders als Rose, die sich an jede einzelne Sekunde, die sie zusammen sein konnten, klammerte.

»Ich bin hergekommen«, erklärte sie ihm schnell, »weil meine Tante fragen lässt, ob du und Lady Fitton Legh vielleicht Lust habt, heute Abend zum Abendessen herüberzukommen. Sie hätte angerufen, aber es ist so ein schöner Tag, dass ich gesagt habe, ich würde mit dem Fahrrad fahren. Du hast sicher gehört, dass der neue Herzog heute Abend bei uns in Denham ist?«

»Ein Australier, nicht wahr?«, fragte John. »Mir ist zu Ohren gekommen, dass er eine eigene Schaffarm besitzt, und ich hätte nichts dagegen, ihn nach den Nachzuchtprogrammen zu fragen, die sie da drüben haben. Ich habe Schafe auf den Fitton-Ländereien in Wales, aber mit der Qualität der australischen Schaffelle können wir einfach nicht mithalten. Bitte sag deiner Tante, dass ich die Einladung gern annehme. Ich kann jedoch nicht für meine Stiefmutter sprechen. Du findest sie wahrscheinlich im gelben Salon. Ich mache mich besser auf den Weg …«

Ein Lächeln und ein kurzes Nicken, und schon war er zur Tür hinaus.

Rose wartete, bis die Tür hinter ihm ins Schloss gefallen war, bevor sie zu dem Fenster eilte, das die Auffahrt überblickte, und sich auf die breite Fensterbank kniete – der verblichene Seidenbezug des Polsters war von dem russischen Vater ihrer Tante entworfen und in Denby Mill speziell für die Familie Fitton gewebt worden –, um John so lange wie möglich hinterherzublicken.

Er hatte ihren neuen Haarschnitt nicht bemerkt, gestand sie sich traurig ein, während sie ihm mit sehnsüchtiger Hingabe hinterherschaute.

»Rose, was für eine Überraschung. Also, warum hat dich denn niemand angekündigt?«

Beim scharfen, kalten Klang von Lady Fitton Leghs Stimme kletterte Rose vom Fenstersitz herunter, um ihr gegenüberzutreten, und dabei fühlte sie sich eher wie ein ängstliches Kind denn wie eine junge Frau. Cassandra Fitton Legh hatte etwas an sich, bei dem Rose fröstelte, als würde ihre Gegenwart die Atemluft um einige Grad abkühlen. Wo Jay gut aussehend und freundlich war, war Cassandra mit ihrem einst roten, inzwischen mit Grau durchsetzten Haar reizlos und barsch. In ihrer Gegenwart fühlte Rose sich augenblicklich schuldig und unbehaglich.

»Meine Tante bat mich herüberzukommen, um Ihnen ihre Einladung zum Abendessen heute Abend zu überbringen.«

Wie lange hatte Johns Stiefmutter da gestanden? Hatte sie gesehen, dass sie sehnsüchtig durchs Fenster gespäht hatte? Bei der Vorstellung wuchs Roses Unbehagen noch. Sie wusste, dass Cassandra sie nicht mochte und verachtete, obwohl sie das nie laut ausgesprochen hatte. Doch ihr Blick verriet Rose alles.

Jetzt zog sie eine schmale Augenbraue hoch und sagte kühl: »Hat sie das? Amber kann sich glücklich schätzen, in Denham so viel Personal zu haben. Wenn ich eine junge Verwandte zu Besuch hätte, die alle Zeit der Welt hat, könnte ich sicher zahllose Beschäftigungen für sie finden, ohne sie auf einen Botengang schicken zu müssen, dessen Inhalt viel leichter und in kürzerer Zeit mittels eines Telefonanrufes hätte übermittelt werden können. Du hattest Glück, dass du John noch erwischt hast – aber ich bin mir sicher, du hättest ihn schon irgendwie aufgestöbert, um ihm deine Nachricht persönlich zu überbringen.«

Rose spürte, dass ihr Gesicht brannte. »John hat gesagt, er hat Zeit und kann die Einladung meiner Tante annehmen.«

»Dann muss ich das natürlich auch tun.«

Weder bekam sie eine Tasse Tee angeboten, noch wurde ihr vorgeschlagen, sich zu setzen und Lady Fitton Legh ein wenig davon zu erzählen, wie es ihr und Lady Fitton Leghs beiden Nichten in London erging. Ihr schlug nichts anderes entgegen als Eiseskälte, und so war Rose erleichtert, als sie sich verabschieden konnte.

»Emerald, wie unhöflich von dir, Dougie so den Rücken zuzukehren.«

Amber und Emerald waren in Emeralds Schlafzimmer in Denham. Die Fenster waren offen, um die späte Aprilsonne hereinzulassen. Emerald starrte ihre Mutter wütend an.

»Ich wünschte wirklich, du wärst netter zu Dougie. Er tut sein Bestes, der arme Junge. Er ist am Freitag mit dem denkbar größten Geschenkkorb von *Fortnum's* hier angekommen, aber er fühlt sich sichtlich unbehaglich und ist unsicher, und das ist nur natürlich. Es ist an uns, alles in unserer Macht Stehende zu tun, um ihm zu helfen, diese schwere Zeit zu überstehen. Du behandelst ihn nicht nur grob, sondern auch gemein und boshaft. Er gibt sich große Mühe, um sich anzupassen, plaudert mit Jay über die Gutsverwaltung und …«

»Klar, in deinen Augen ist er damit perfekt, Mummy. Aber hast du mal überlegt, wie mein Vater sich fühlen würde, wenn er wüsste, dass ein ungebildeter Australier seinen Platz einnimmt?«

»Ich weiß, dass dein Vater Dougie mit sehr viel mehr

Freundlichkeit begegnet wäre als du, Emerald. Ich bin wirklich schockiert über dein Benehmen, umso mehr angesichts der Großzügigkeit, mit der er dir erlaubt, in Lenchester House wohnen zu bleiben und deinen Ball dort abzuhalten. Er hätte jedes Recht, dich zu bitten, das Haus zu verlassen und den Ball abzusagen. Das Mindeste, was du tun kannst, ist, ihm zu helfen, gesellschaftlich Fuß zu fassen. Ich habe ihn zu deinem Debütantinnenball eingeladen, und angesichts der Tatsache, dass er jetzt das Familienoberhaupt ist, wird er natürlich an diesem Abend dein Partner sein.«

»Nein! Das kannst du nicht machen. Da spiele ich nicht mit. Ausgeschlossen!«

Emerald hatte darauf gesetzt, dass bei ihrem Ball keine männlichen Verwandten zugegen sein würden, und das hatte sie als Druckmittel benutzen wollen, um den Herzog von Kent dahingehend zu beeinflussen, an diesem Abend ihr Partner zu sein. Und jetzt hatte ihre Mutter, ohne sich mit ihr zu beraten, verabredet, dass der verhasste Schaffarmer, der behauptete, der Erbe ihres Vaters zu sein, an diesem Abend ihr Partner sein sollte.

Begriff ihre Mutter denn nicht, wie demütigend es für sie war zuzugeben, dass so ein linkischer Tölpel der neue Herzog war, ohne dass sie sie auch noch zwang, ihn zu ihrem Ball einzuladen und ihre ganzen Pläne über den Haufen zu werfen? Wie typisch von ihrer Mutter, Emeralds Gefühle völlig zu missachten, um die eines anderen zu schonen. Amber hatte Emerald nie an erste Stelle gesetzt, ihr nie die ausschließliche Liebe zuteilwerden lassen, die ihr, wie sie fand, zugestanden hätte. Stattdessen hatte sie andere vorgezogen, Menschen, die so weit unter Emerald standen, dass es eine zusätzliche Beleidigung für Emerald war, dass ihre Mutter so viel Getue um sie machte. Menschen wie Rose und jetzt dieser abscheuliche Australier.

»Er kann unmöglich zu meinem Ball kommen. Er weiß

sich doch gar nicht zu benehmen. Er macht sich nur zum Gespött der Leute.« Und mich mit, wenn ich nicht aufpasse, dachte Emerald.

»Dougie mag in der Art und Weise, wie die Dinge in der Gesellschaft gemacht werden, nicht besonders versiert sein, doch das ist nicht seine Schuld. Es ist an uns allen, besonders aber an dir, Emerald, ihm in dieser Hinsicht zu helfen. Dein Vater hätte es so gewollt und von dir erwartet. Wenn Robert etwas verhasst war, dann Standesdünkel.«

»Stell dir vor, Mama hat Tante Cassandra und John für heute Abend zum Abendessen eingeladen. Tante Cassandra wird an uns rumkritteln, und John wird uns mit Geschichten über die Landwirtschaft langweilen«, beklagte Janey sich bei Rose, als sie im Salon an ihrem Gin Tonic nippten, den Janeys Vater für alle gemacht hatte. »Er hat tatsächlich heute Nachmittag angerufen und mich gefragt, ob ich morgen früh als Erstes mit ihm ausreiten will.«

Rose verschüttete fast ihren Aperitif, als zuerst Schock und dann Eifersucht sie durchfuhren.

»Ich habe natürlich abgelehnt. Ich stehe doch nicht im Morgengrauen auf, um mir dann anzuhören, wie John über Schafzucht doziert.«

»Es ist nur natürlich, dass er sich darum bemüht, den bestmöglichen Profit aus dem Land herauszuholen«, verteidigte Rose ihren Helden steif.

Janey lachte und flehte dann: »Rose, sei nicht sauer. Ich wollte John nicht kritisieren. Ich weiß, dass du eine Schwäche für ihn hast.«

»Habe ich nicht«, leugnete Rose augenblicklich. »Ich finde nur, du solltest ihn nicht herabsetzen, wo er doch nur das Gut am Laufen hält.«

»Was hältst du davon, dass Dougie der neue Herzog ist?«, wechselte Janey rasch das Thema, denn sie wollte Rose weder aufregen noch ihr widersprechen. »Das war doch eine ganz schöne Überraschung.«

»Was war eine Überraschung?«, fragte Ella, die sich zu ihnen gesellte. Sie hatte einen schreckhaften Augenblick erlebt, als Janey fast bei ihr hereingeplatzt wäre, als sie gerade ihre Diätpille nehmen wollte. Natürlich spielte es eigentlich keine Rolle, ob ihre Schwester Bescheid wusste. Schließlich tat sie nichts Unrechtes. Aber sie wollte nicht, dass sie es überall herumerzählte, was sie sicher tun würde, ohne sich viel dabei zu denken.

Ella zupfte heimlich am Bund ihres marineblauen Leinenrocks. Sie war sich sicher, dass er nicht mehr ganz so eng saß wie früher. Hier in Denham gab es keine Waage, und bei den Mahlzeiten war es schrecklich schwierig, darauf zu bestehen, dass sie keinen Hunger hatte. Am Ende hatte sie so tun müssen, als hätte sie eine Magenverstimmung.

»Herauszufinden, dass Dougie der neue Herzog ist«, antwortete Janey auf die Frage ihrer Schwester.

Ella warf dem jungen Australier, der sich mit ihrem Vater und ihrer Stiefmutter unterhielt, einen raschen Blick zu. Kein Wunder, dass er sie auf der Party so eifrig ausgefragt hatte.

»Emerald ist ganz schön vor den Kopf gestoßen«, fuhr Janey ohne das geringste Mitgefühl fort. »Sie hat sich geweigert, zum Mittagessen runterzukommen. Ich habe gehört, wie Mama zu Daddy gesagt hat, Emerald habe starke Kopfschmerzen vorgeschützt. Einen Anfall von ›grün vor Neid‹ halte ich für wahrscheinlicher.«

Emerald blickte finster in ihre Zeitschrift. Wie konnte ihre Mutter es wagen, so ein Theater um den dämlichen Australier zu machen? Emerald war fest entschlossen, ihn niemals als »den neuen Herzog« zu bezeichnen, nicht einmal in Gedanken. Also, sie würde sich gewiss nicht an dem Theater beteiligen. Wie konnte so ein Esel überhaupt der Erbe ihres Vaters sein? Emerald schauderte bei dem Gedanken, wie demütigend es sein würde, wenn er zu ihrem Ball kam. Die Leute würden lachen und hinter seinem Rücken über ihn reden, und das würde auf sie zurückfallen. Warum war er ausgerechnet jetzt aufgetaucht, wo sie unbedingt den richtigen Eindruck auf den Herzog von Kent machen musste? Jede andere Mutter würde alles tun, um ihrer Tochter zu helfen, den Herzog von königlichem Geblüt zu beeindrucken, statt sie zu demütigen, indem sie Dougie zu ihrem Ball einlud. Sie hasste ihn, und sie hasste ihre Mutter.

Beim Abendessen schaute Rose immer wieder verstohlen zu John, der weiter oben am Tisch saß. Wie es die Etikette verlangte, saßen die ranghöchsten Gäste in der Nähe der Gastgeberin und des Gastgebers, was natürlich hieß, dass Dougie rechts neben ihrer Tante saß, am einen Ende des Tisches, und John an ihrer linken Seite, während Jay am anderen Ende saß.

Wäre Emerald anwesend gewesen, wäre sie neben den Herzog platziert worden, doch da dem nicht so war, war diese Ehre Lady Fitton Legh zuteilgeworden.

Der liebe John, er war so ein guter, freundlicher Mensch, auch wenn er immer noch nichts zu ihrer neuen Frisur gesagt hatte.

Als Rose später allein in der Bibliothek saß, wo sie in einem der Nachschlagewerke ihrer Tante die Herkunft zweier Couchtische nachschlagen wollte, von denen ihr Chef behauptete, sie seien Regency-Originale, die sie jedoch für Kopien hielt, sinnierte sie immer noch über Johns Tugenden.

Die Tür ging auf, und Johns Stiefmutter kam herein. Rose verließ der Mut, doch sie schenkte ihr ein höfliches Lächeln, das von Lady Fitton Legh nicht erwidert wurde. Aus keinem logischen Grund war Rose plötzlich sehr beklommen zumute.

»Ich bin hier, um mit dir ein Wort über meinen Stiefsohn zu sprechen.«

»John?«, stammelte Rose, und ihre Beklemmung wuchs.

Lady Fitton Legh neigte den Kopf. »Ich hoffe, es ist nicht nötig, dich darauf hinzuweisen, dass es sehr unklug von dir wäre, dich in romantischen Spinnereien um meinen Stiefsohn zu verlieren, Rose.«

Roses Herz setzte einen Schlag aus. Am liebsten wäre sie vor der drohenden Demütigung davongelaufen, aber natürlich war es unmöglich, etwas anderes zu tun, als dort zu bleiben, wo sie war.

»John war immer nett zu mir«, sagte sie zitternd. »Ich betrachte ihn als guten Freund, nicht als … als jemanden, den ich heiraten könnte.«

»Heiraten? Eine wie dich? Wahrlich nicht. Wenn du darauf gehofft hast, dann bist du wirklich eine Närrin. Ich habe ja gewusst, dass du eine Schwäche für ihn hast, aber es wäre mir nie in den Sinn gekommen, dass du die Realität deiner Situation und die Umstände deiner Geburt tatsächlich so aus den Augen verloren hast, dass du es wagst, an Heirat zu denken.« Ihre zornige Geringschätzung war offensichtlich.

Rose wollte sich verteidigen, doch die Situation war so schrecklich, dass sie ihre Gedanken nicht zusammenbekam.

»Lass mich offen mit dir sein, Rose«, fuhr Lady Fitton Legh kalt fort. »Mein Stiefsohn ist ein junger Mann und hat wie alle Männer, sagen wir, bestimmte Bedürfnisse. Angesichts deines Hintergrundes und deiner Herkunft bin ich in Sorge, du könntest unklugerweise versucht sein, diese Bedürfnisse zu befriedigen. Quasi in die Fußstapfen deiner Mutter zu treten, wie deinesgleichen, wie man so hört, es gern tut. Das wäre keine gute Idee.«

»Sie haben nicht das Recht, so mit mir zu reden«, protestierte Rose und kämpfte gegen die Übelkeit und den Schock, die sich in ihrem Magen breitgemacht hatten. »Ich habe nichts Unrechtes getan.«

»Noch nicht, aber du würdest etwas sehr Unrechtes tun,

wenn du John ermutigen würdest, eine körperliche Beziehung zu dir aufzunehmen. Weißt du, es geht ja nicht nur darum, dass du eine von der schlimmsten Sorte zur Mutter hast, es besteht sehr wohl auch die Chance, dass du und John denselben Vater habt.«

Wenn Rose unter Schock gestanden hatte, dann war dies nichts im Vergleich zu dem, was sie jetzt empfand.

»Nein. Das ist ausgeschlossen.«

»Ich fürchte, es ist traurigerweise so. Im Pickford-Blut scheint etwas zu sein, das die, in deren Adern es rinnt, dazu treibt, sich unmoralisch zu verhalten. Vor ihrem Tod hat Johns Mutter mir gestanden, dass Greg Pickford Johns Vater sein könnte.«

»Das sagen Sie nur. Es ist nicht wahr … Es kann nicht wahr sein. Wenn es wahr wäre, hätte längst mal jemand etwas gesagt.« Rose war fassungslos, sie konnte unmöglich akzeptieren, was Lady Fitton Legh sagte, dabei spürte sie deutlich, dass ihr Gegenüber jedes Wort ernst meinte. Aber wie konnten sie und John denselben Vater haben und es nicht wissen?

»Meinst du? Deine Tante weiß es auf jeden Fall, und mein Bruder ebenfalls«, erklärte Lady Fitton Legh kühl. »Warum fragst du sie nicht, wenn du mir nicht glaubst? Ich muss dich allerdings warnen, dass du damit Johns Zukunft aufs Spiel setzt. Sobald öffentlich bekannt würde, dass er womöglich nicht der Sohn meines verstorbenen Gemahls ist, würde John es als eine Sache der Ehre betrachten, den Titel und das Gut zurückzugeben.«

Was Lady Fitton Legh sagte, stimmte. Jetzt war Rose einer Ohnmacht nahe.

»Du fragst dich sicher, warum ich es die ganzen Jahre für mich behalten habe. Wenn ich ehrlich bin, ist es mir ganz recht so, denn John ist ein sehr guter Stiefsohn. Würde er das Gut verlieren, würde ich auch meine Position einbüßen. Ganz und gar nicht würde mir jedoch passen, dass du etwas mit ihm anfängst. Das Haus Fitton Legh lässt sich keine Pickford-Bastarde mehr unterschieben. Dir ist doch bewusst, was es bedeuten würde, wenn John dein Halbbruder wäre, nicht wahr, Rose? Du weißt, was Inzest ist und was für eine abscheuliche und ekelhafte Sünde es ist, Geschlechtsverkehr mit einem Menschen zu haben, mit dem man so nah verwandt ist? Allein der Wunsch danach ist eine schreckliche Sünde, eine Abweichung von allem, was anständig und normal ist. Obwohl man bei deinem Erbe und deiner Abstammung natürlich nicht wissen kann, ob solche Worte wie Normalität und Anstand dir überhaupt etwas bedeuten. Kein Wunder, dass die arme Amber sich verpflichtet fühlte, dich in ihrer Nähe zu behalten und ein Auge auf dich zu haben. Wenigstens hatte John eine angesehene und akzeptable Frau zur Mutter, wogegen deine Mutter kaum mehr war als eine Hure. Hast du ihre Veranlagung geerbt, Rose? Bist du unter diesem scheinbar so unschuldigen Gesicht, das du der Welt zeigst, insgeheim genauso verdorben und abscheulich wie die Frau, die dich zur Welt gebracht hat?

Die arme Amber, ich weiß noch, wie entsetzt sie war, als ihr Bruder mit dir nach Hause kam. Kein Wunder, dass sie dich hier in Denham gelassen hat, statt dich zu sich nach Hause zu holen. Ich möchte behaupten, insgeheim hat sie wie ihre Großmutter gehofft, du würdest nicht überleben. Es wäre für alle Beteiligten eine Erleichterung gewesen, besonders für John. Der liebe John, so ein konservativer, respektabler junger Mann. Er wäre entsetzt, wenn er den Verdacht hätte, ihr beide hättet denselben Vater. Er ist nett zu dir, weil es in seinem Wesen liegt, aber stell dir nur vor, was er empfinden würde, wenn er denken müsste, ihr könntet Halbbruder und -schwester sein. Er würde dich hassen für die Schande, die das über ihn brächte.«

»Hören Sie auf«, flehte Rose mit bleichem Gesicht. »Bitte, hören Sie auf.«

Lady Fitton Leghs Lächeln war grausam und voller Verachtung.

»Arme Rose, allein deine Existenz ist eine Quelle der Schande und Angst für die, die dir am nächsten stehen, die Wahrheit ein Geheimnis, das sie gezwungen sind zu hüten, während sie so tun, als läge ihnen etwas an dir. Die liebe Amber war immer gut darin, so zu tun, als besäße sie ein großes Herz. Sehr klug von ihr, sich um dich zu kümmern und sich damit allgemeines Wohlwollen zu verdienen.«

Was Cassandra Fitton Legh sagte, war nicht wahr. Amber liebte sie, liebte sie wirklich, wollte Rose einwenden, doch irgendwie blieben ihr die Worte im Hals stecken, während der Stachel, den Johns Stiefmutter in ihr Herz getrieben hatte, schmerzhaft daran riss.

»Was ich dir gesagt habe, ist nur zu deinem Besten, Rose, und natürlich zu Johns. Wenn du ihn wirklich liebst, muss es unser Geheimnis bleiben.«

Ihr gemeinsames Geheimnis und eine Last, die Rose, wie ihr jetzt klar wurde, für den Rest ihres Lebens tragen musste. Aber viel schlimmer als der Schmerz zu wissen, dass sie John nur als Bruder lieben konnte, war der Schmerz zu wissen, dass das Band, die Liebe, dass alles, von dem sie gedacht hatte, es würde sie und ihre Tante Amber verbinden, Einbildung war, Torheit, Falschheit – eine Täuschung, um die Wahrheit zu verhehlen.

Lady Fitton Legh hat recht, es wäre besser gewesen, wenn ich nicht überlebt hätte, dachte Rose bitter.

»John weiß natürlich nichts von alldem oder von dem schändlichen Betragen seiner Mutter«, fuhr Lady Fitton Legh fort, »und du darfst niemals mit jemandem darüber reden, verstehst du das? Denn damit würdest du Johns Zukunft zerstören. Schließlich kann seine Mutter, die arme Närrin, sich ja auch geirrt haben, und John ist doch der Sohn ihres Gemahls. Um Johns willen müssen wir glauben, dass es so ist, nicht wahr?«

Rose nickte wie betäubt. Ihr war übel vor Schock und Kummer. Ihr bisheriges Leben lag in Trümmern zu ihren Füßen.

15

Ungläubig starrte Emerald auf die Karte, die vor ihr lag.

»Ihre Königliche Hoheit, Prinzessin Marina, und Seine Königliche Hoheit, der Herzog von Kent, bedauern, dass sie sich außerstande sehen …«

Nein! Sie hatte doch alles so sorgfältig geplant. Sie hatte sogar geübt, wie sie sich absichtlich an den Herzog lehnen würde, wenn er mit ihr tanzte, damit er gar nicht anders konnte, als sich ihres Körpers bewusst zu sein. Sie warf noch einmal einen Blick auf die Karte. Das war sicher ein Irrtum, ein Fehler irgendeines dummen Privatsekretärs. Sicher bestand der Herzog jetzt im Augenblick gerade seiner Mutter gegenüber darauf, dass sie an Emeralds Ball teilnehmen mussten. Ausgeschlossen, dass er nicht kam. Unmöglich, undenkbar, unerträglich …

Ihr Debütantinnenball hätte der beste, aufregendste, triumphalste Abend in Emeralds Leben werden sollen. Schon vor Monaten in Paris hatte sie es so geplant und sich vorgestellt, wie man sie feiern und bewundern würde, nicht nur als schönste Debütantin der Saison, sondern auch als zukünftige Gemahlin des Herzog von Kent.

Doch der Karte zufolge, die sie gerade gelesen hatte, konnte Seine Königliche Hoheit »wegen anderweitiger Verpflichtungen« nicht zu ihrem Ball kommen.

Emerald schlug die *Times* auf, die auf dem Tisch neben dem Schreibtisch lag, blätterte rasch zu den Hofnachrichten und überflog diese. Ihre Kehle schnürte sich in zorniger Anspannung zu, als sie nichts fand, was auf irgendwelche offiziellen Verpflichtungen des Herzogs oder seiner Mutter hindeutete. Das war Prinzessin Marinas Werk, dachte Emerald bitter. Es konnte nicht anders sein. Der Herzog hätte die Einladung gewiss angenommen.

»Emerald.«

Als sie Lydia ihren Namen rufen hörte, schlug sie rasch die Zeitung zu und versteckte die Karte unter der Schreibtischauflage.

Sie sollten, begleitet von dem widerlichen Dougie, den ihre Mutter ihr aufgezwungen hatte, an einem Mittagessen im *Savoy* teilnehmen. Und Emeralds Patentante schien, sehr zu Emeralds Empörung, auch noch entzückt, dass er sie zu ihren gesellschaftlichen Verpflichtungen begleitete.

»Dougie ist lustig, nicht wahr?«, meinte Lydia kichernd, als sie den Raum betrat. »Er hat mir erklärt, wie sie in Australien Schafe scheren. Sie müssen furchtbar schnell sein, weißt du.«

Da Dougie hinter Lydia in den Salon geschlendert kam, warf Emerald ihm einen finsteren Blick zu und sagte spitz: »Wie faszinierend. Mir war nicht klar, dass Sie so ein geistsprühender Unterhalter sind, Dougie. Ich bin mir sicher, alle sind beeindruckt.«

»Nun, ich höre lieber Dougie zu als einigen dieser langweiligen Debütantinnenträume«, verteidigte Lydia ihn beherzt.

»Sagen Sie, Dougie, was wollen Sie eigentlich antworten, wenn man Sie fragt, auf welcher Schule Sie waren? Eton können Sie ja offenkundig nicht sagen.«

»Dass ich die Schule des Lebens besucht habe«, erklärte Dougie ihr und übertrieb absichtlich seinen australischen Akzent, denn er wusste, wie wütend sie das machte. Und dann schüttete er noch Öl ins Feuer, indem er fragte: »Und worum geht es bei diesem Dinner, zu dem wir eingeladen sind?«

»Das ist eine ›Lunchparty‹, Dougie, kein ›Dinner‹«, erklärte Lydia ihm geduldig.

»Das weiß er, Lyddy«, fuhr Emerald sie grimmig an, stand abrupt auf, fasste dabei mit der Hand an die Schreibtischauflage und zog die Karte heraus, die sie darunter versteckt hatte. Sie segelte zu Boden.

Emerald bückte sich, um sie aufzuheben, doch Dougie war schneller. Sie war mit der Rückseite nach oben gelandet.

Emeralds Herz pochte heftig, als Dougie sie aufhob und umdrehen wollte. Herrisch streckte sie die Hand danach aus und
sagte scharf: »Es gehört sich nicht, die Korrespondenz anderer
Menschen zu lesen.«

Er sah sie an, dann richtete er den Blick auf die Karte, als
überlegte er, ob er sie lesen sollte oder nicht. Rasch schnappte
sie sie ihm aus den Händen.

»Was ist das, Emerald?«, fragte Lydia neugierig.

»Nichts«, antwortete sie. »Gar nichts.«

Rose starrte in die Luft. Sie war allein in dem Haus in Chelsea. Janeys und Ellas Einladung, mit ihnen auszugehen, hatte
sie abgelehnt. Es war über eine Woche her, seit Lady Fitton
Legh ihr erzählt hatte, John könnte ihr Halbbruder sein, und
sie hatte den Schock immer noch nicht richtig überwunden.

Was sie jetzt mehr als alles andere quälte, war die Tatsache,
dass Amber ihr nichts davon gesagt hatte. Warum hatte sie ihr
nichts gesagt, sie wenigstens bezüglich John gewarnt, auch
wenn sie sich nicht in der Lage gesehen hatte, offen darüber
zu sprechen? Während Roses Kindheit und Jugend war ihre
Tante der einzige Mensch gewesen, an den sie sich immer
wenden konnte, der einzige Mensch, von dem sie sich wirklich geliebt fühlte, der Mensch, dem sie am nächsten stand,
und die Vorstellung, dass Amber ihr etwas so Wichtiges vorenthalten hatte, tat weh.

Rose verstand natürlich, dass Amber nichts sagen konnte,
solange sie, Rose, noch ein Kind war, doch nachdem sie erwachsen geworden war, hätte Amber mit ihr reden können.
Aber ihre Tante hatte ganz offensichtlich das Gefühl gehabt,
sie könnte Rose nicht vertrauen. Der Schmerz und der Verrat
waren kaum zu ertragen.

Rose hatte große Angst gehabt vor ihrem Vater. Sie hatte
sich verzweifelt nach seiner Liebe gesehnt, doch er hatte sie
stets abgelehnt. Hatte er Johns Mutter geliebt? Hatte er Rose

deshalb abgelehnt, weil er sich insgeheim nach dem Sohn gesehnt hatte, den er öffentlich nie den seinen nennen konnte? So viele Fragen schwirrten Rose im Kopf herum, doch um Johns willen durfte sie sie niemals laut stellen.

Seltsamerweise kam der Schmerz, den sie empfand, nicht in erster Linie von dem Wissen, dass sie ihre Liebe zu John aufgeben musste – immerhin konnte sie ihn noch lieben, wenn auch als Schwester –, sondern aus dem Gefühl, dass der Mensch, dem sie am meisten vertraut hatte, sie verraten hatte. Die Nähe, die sie immer mit Amber verbunden hatte, hatte gelitten, und statt des Gefühls, jemanden zu haben, an den sie sich immer wenden konnte, fühlte Rose sich jetzt schrecklich allein.

Es wäre wunderbar gewesen, mit John als Bruder aufzuwachsen, denn er war alles, was ein großer Bruder sein sollte. War es zu versponnen zu denken, dass ein Teil von ihr instinktiv den Bruder in ihm erkannt hatte und dass er sie deshalb beschützt hatte, weil auch er gespürt hatte, dass zwischen ihnen eine ganz besondere, tiefe Bindung bestand?

Doch John würde sie nicht als Halbschwester wollen. Er glaubte, ein Fitton Legh zu sein. Er war stolz auf die Geschichte seiner Familie und auf seinen Namen. Rose wusste, welche Wahl er treffen würde, wenn er wählen könnte, ob er der Sohn von Lord Fitton Legh oder von ihrem Vater sein wollte, und wer wollte es ihm verübeln? Lady Fitton Legh hatte recht: Um Johns willen durfte kein Zweifel laut werden, wer sein Vater war. Wieder war sie verraten, wieder abgewiesen worden, obwohl John nichts davon ahnte.

Das Wissen, dass John ihr Halbbruder sein konnte, hatte ihre Gefühle zu ihm vollkommen verändert. Ihre kindische Schwärmerei, diese vermeintliche Sehnsucht nach ihm, war dahin, und der Gedanke, dass sie solche Gefühle für jemanden haben konnte, mit dem sie so nah verwandt war, weckte nur noch Abscheu in ihr. Statt zurückzublicken und sich zu wünschen, John hätte sie wenigstens einmal in den Armen gehalten und geküsst, war sie jetzt froh, dass er es nicht getan hatte. Allein der Gedanke, zwischen ihnen könnte etwas Derartiges sein, ließ sie zittern vor Entsetzen. Sie waren vor etwas Schrecklichem bewahrt worden, und darüber war Rose froh.

Sie fühlte sich wie jemand, der einem schrecklichen Schicksal entronnen war: erschüttert, schwach, entsetzt, aber erleichtert und fest entschlossen, in Zukunft niemals wieder ein solches Risiko einzugehen.

16

»Du kommst nie im Leben drauf, was ich gestern Abend bei Lucy Carstairs Party gehört habe, Emerald. Der Herzog von Kent verbringt praktisch jedes Wochenende in Yorkshire und besucht Katharine Worsley, obwohl im Augenblick alles ganz geheim gehalten wird, weil offiziell niemand wissen darf, dass er sich mit ihr trifft. Du Arme! Und du dachtest, er würde sich in dich verlieben. Kein Wunder, dass er heute Abend nicht zu deinem Ball kommt; er hat in Yorkshire alle Hände voll zu tun.« Mit gehässiger Befriedigung ließ Gwendolyn kichernd die Bombe fallen.

Innerlich mochte Emerald kochen, doch sie würde Gwendolyn nicht den Gefallen tun, sich etwas anmerken zu lassen. Stattdessen zwang sie sich zu einem Lächeln und erklärte leichthin: »Oh, ja, ich weiß alles über Miss Worsley. Der Herzog hat von ihr gesprochen.«

»Aber, Emerald, du wolltest ihn heiraten«, protestierte Lydia. »Wie kann er sich da mit einer anderen treffen?«

»Vielleicht wusste Seine Königliche Hoheit ja nichts von Emeralds Plänen für seine Zukunft«, meinte Gwendolyn. »Wie schade, Emerald. Jetzt wirst du doch keine Prinzessin.«

»Wie kommst du denn darauf? Der Herzog von Kent ist

schließlich nicht der einzige Prinz auf der Welt, weißt du«, fuhr Emerald scharf auf, während ein entsetzliches Gefühl der Unruhe ihr den Magen zuschnürte. Wenn das, was Gwendolyn sagte, stimmte – und Emerald war überzeugt, dass dem so war –, dann hatte sie sich komplett zur Närrin gemacht, und dank Gwendolyns flinker Zunge würde es bald die ganze Welt wissen. Wenn es eines gab, was Emerald unerträglich war, dann, als Idiotin dazustehen. Sie konnte nur hoffen, dass Gwendolyn durch irgendein Wunder nicht herumerzählen würde, dass Emerald damit geprahlt hatte, sie würde den Herzog von Kent heiraten. Doch sie würde sie niemals darum bitten. Diese Genugtuung würde sie Gwendolyn nicht gewähren.

Die drei jungen Frauen standen in ihren Ballkleidern zusammen, von denen natürlich Emeralds das auffälligste war. Die Ballkleider der Debütantinnen waren dem Brauch entsprechend entweder weiß oder pastellfarben, doch während Lydia und Gwendolyn beide Weiß trugen, bestand Emeralds Kleid aus silberner Gaze über einem fliederfarbenen seidenen Unterkleid. In die silberne Gaze waren Pailletten eingenäht, die das Licht der Lüster im Ballsaal einfingen.

»Mummy sagt, es wird auf jeden Fall der Ball der Saison«, vertraute Lydia Emerald aufgeregt an. »Oh, schau, da ist Dougie.«

Bevor Emerald sie daran hindern konnte, hatte sie ihn herbeigewunken, umarmte ihn zur Begrüßung und sagte: »Oh, Dougie, Sie sehen sehr elegant aus in Abendgarderobe, nicht wahr, Emerald?«

Emerald öffnete den Mund, um kundzutun, dass dem keinesfalls so sei, doch sie musste leicht schockiert erkennen, dass Lydia tatsächlich recht hatte: Dougie sah tatsächlich unerwartet elegant aus.

»Jeder Narr kann sich einen anständigen Anzug kaufen«, erwiderte sie, »das macht ihn noch lange nicht zum Gentleman.«

»Ach, Emerald, das ist nicht fair«, widersprach Lydia, doch Dougie lachte nur und schüttelte den Kopf.

»Schon in Ordnung, Lyddy«, sagte er zu dem jüngeren Mädchen. »Ich möchte gar kein Gentleman sein.«

»Das ist auch gut so, denn Sie werden nie einer sein«, fuhr Emerald ihn an. Warum ging er nicht weg? Sie fand es grässlich, dass er dastand und hoch über ihr aufragte.

Emerald hatte sich für den Abend jedenfalls passend herausgeputzt, musste Dougie sich eingestehen. Und es bestand kein Zweifel daran, wessen Ball es war, obwohl der Anlass offiziell allen drei jungen Frauen galt. Dougie empfand Mitleid mit Gwendolyn, die ihm bereits gestanden hatte, dass Emerald meistens nicht besonders nett zu ihr war.

»Emerald ist ganz schön wütend«, erklärte Gwendolyn ihm mit einem verschlagenen Blick auf Emerald. »Sie hat den Herzog von Kent heute Abend hier erwartet. Sie will ihn heiraten, denn dann wird sie Herzogin, aber er hat eine andere.«

Emerald hatte noch nie jemanden so gehasst wie Gwendolyn in diesem Augenblick, nicht einmal Rose.

»Klingt, als hätte er eine kluge Entscheidung getroffen, nicht herzukommen«, meinte Dougie lässig über Emeralds lautes Aufkeuchen hinweg.

»Hast du das gehört, Emerald?«, feixte Gwendolyn. »Dougie findet, der Herzog tut gut daran, dich nicht zu heiraten.«

Dougie stöhnte innerlich. Jetzt war er wahrlich ins Fettnäpfchen getreten. Emeralds Augen funkelten vor Zorn, als sie den Blick von ihm zu Gwendolyn wandern ließ.

Lydia, wie stets unempfänglich für die Untertöne, rief mitfühlend: »Wie schade, dass er nicht gekommen ist, Emerald, wo du ihn doch unbedingt haben wolltest. Aber Dougie ist hier und kann stattdessen mit dir tanzen. Oh!« Sie sah Emerald aufgeregt an. »Ich dachte gerade, wäre es nicht unglaublich romantisch, wenn ihr beide euch ineinander verliebt und heiraten würdet? Dann würdest du Herzogin, Emerald, und ...«

»Ihn heiraten, einen australischen Bauern?« Emeralds Stimme war frostig vor Geringschätzung. »Niemals.«

Dougie reichte es. Er hatte schließlich seinen Stolz. »Allerdings!«, pflichtete er ihr bei und trug seinen australischen Akzent besonders dick auf. »Nicht dass auch nur im Entferntesten die Chance bestünde, dass ich Sie je bitten würde, meine Frau zu werden. Kein Wunder, dass der Herzog von Kent nicht hier ist. Ich kann es ihm nicht verdenken. Ein Mann, der um Sie wirbt, Emerald, muss schon sehr verzweifelt sein.«

Emerald drehte sich auf dem Absatz um und stolzierte von dannen. Lydia blieb verlegen und nervös zurück, während Gwendolyn hämisch kicherte.

»Auf ein Wort, Emerald.«

Ihre Mutter wartete am Fuß der Treppe auf sie. Emerald kam von oben, wo sie eine Zigarette geraucht und ihren Lippenstift aufgefrischt hatte, und bedachte sie mit einem finsteren Blick. Der ungewohnt strenge Tonfall ihrer Mutter ließ Emerald ahnen, was sie erwartete, als Amber sie an eine Seite des Ballsaals zog, wo sie unter vier Augen reden konnten, außerhalb der Hörweite ihrer Gäste.

»Was soll der Unsinn, der mir zu Ohren gekommen ist, du hättest damit geprahlt, du würdest den Herzog von Kent heiraten?«

Emerald wusste genau, wer dafür verantwortlich war. »Das war wohl Gwendolyn, oder?« Sie zuckte wegwerfend die Achseln. »Es war nur ein Spaß, Gwendolyn hätte es niemals ernst nehmen dürfen. Sie ist so dumm.«

»Vielleicht, aber ich fürchte, dein Spaß könnte leicht nach hinten losgegangen sein, Emerald. Also, wo ich dich schon hierhabe, möchte ich dich daran erinnern, was ich dir über deine Haltung zu Dougie gesagt habe. Deine Unfreundlichkeit ihm gegenüber wirft ein schlechtes Licht auf dich und nicht auf ihn, und wenn du so weitermachst wie bisher, wäre ich nicht überrascht, wenn du dich bis zum Ende der Saison sehr unbeliebt gemacht hättest. Ich bin wirklich enttäuscht von dir, Emerald. Ich habe immer versucht, dir zu vermitteln, wie wichtig es ist, freundlich zu denen zu sein, die weniger haben als man selbst.«

»Du meinst, indem du Rose die ganze Zeit mir vorgezogen hast und ein Theater um sie gemacht hast, als wäre sie deine Tochter und nicht ich? Warum sollte ich zu so einer freundlich sein? Sie ist nur Onkel Gregs Bastard von seiner chinesischen Geliebten. Ich bin die Tochter eines Herzogs.«

Ihre Mutter tat es schon wieder – gab ihr das Gefühl, klein und unbedeutend zu sein, um sie zu demütigen. Nun, Emerald würde ihr zeigen, dass sie besser war als sie, sie würde es allen zeigen.

Ohne ihrer Mutter die Gelegenheit zu geben, etwas einzuwenden, hob Emerald den langen Rock ihres Ballkleids hoch und stürmte davon, den Kopf so voller zorniger Gedanken, dass sie Alessandro erst sah, als sie beinahe mit ihm zusammenstieß.

»Sie sind aufgebracht. Was ist? Was ist passiert?«

Fast wäre Emerald an ihm vorbeigestürmt, doch sie blieb stehen und sah ihn an. Alessandro war ein Jahr jünger als sie und trotz seines guten Aussehens und seines königlichen Status in vielerlei Hinsicht unreif. Das war, wie Emerald vermutete, der überbehütenden Fürsorge seiner Mutter zu verdanken. Normalerweise hätte sie ihn ohne einen weiteren Gedanken abgetan, doch jetzt war ihr eine Idee gekommen, wie sie sich an all denen rächen konnte, die dachten, sie könnten sie demütigen.

»Nichts ist passiert«, antwortete sie leise und warf ihm einen betont sinnlichen Blick zu. »Nicht jetzt, da Sie hier sind.«

Sie sah, welche Wirkung das auf ihn hatte. Sein Gesicht war gerötet, und er bewegte sich auf sie zu, streckte die Hand nach der ihren aus und hielt diese fest, als sie sie ihm reichte.

Die Musiker stimmten die Instrumente für den ersten Tanz – den Tanz, den sie mit dem Herzog von Kent hatte tanzen wollen und den sie, wenn es nach ihrer Mutter ging, eigentlich mit Dougie tanzen müsste. Also, das würde sie auf keinen Fall.

»Möchten Sie mit mir tanzen?«, fragte sie Alessandro, trat näher an ihn heran, schenkte ihm ein aufreizendes Lächeln und fuhr ihm dabei mit einem Finger über den Arm. Es amüsierte sie, dass er sichtlich zitterte.

»Sie möchten, dass ich den ersten Tanz mit Ihnen tanze?« Seine Stimme war belegt vor Nervosität.

»Ja, ich möchte, dass Sie mein Partner sind«, stimmte Emerald ihm mit Betonung auf dem Wort »Partner« zu, bevor, wie aufs Stichwort, das Tanzorchester zu spielen anhub und sie in seine Arme glitt.

Sie war die Tochter eines Herzogs, sie war das schönste Mädchen im ganzen Saal, sie hatte es verdient, gefeiert zu werden, gerühmt und bewundert. Und so sollte es sein. Ihre Mutter hatte gesagt, sie müsse den Tanz mit Dougie eröffnen, denn er war der neue Herzog … Also, das werde ich auf keinen Fall tun, dachte Emerald triumphierend, als sie in Alessandros Armen an Dougie und ihrer Mutter vorbeitanzte. Die Tanzfläche füllte sich, was Emerald erlaubte, sich enger an Alessandro zu schmiegen. Es versetzte sie in triumphierende Erregung zu spüren, wie er am ganzen Leib zitterte. Sie mochte noch Jungfrau sein, doch sie hätte einem Mann niemals gezeigt, dass sie für seine Reize empfänglich war, sosehr sie ihn auch begehrte. Doch der arme Alessandro hatte sich nicht unter Kontrolle und konnte nicht verbergen, was er für sie empfand. Sie spürte seinen heißen Atem an der Stirn und war froh, dass er Handschuhe trug, denn seine Hände waren vor Aufregung bestimmt ganz klebrig. Sein offensichtliches Verlangen nach ihr gab ihr ihr Selbstbewusstsein zurück. Sie schmiegte sich an ihn, lehnte den Oberkörper gegen seine Brust und hob die Hand, um seinen Nacken zu liebkosen.

Sein hingehauchtes »Adorata« hätte sie bei anderer Gelegenheit laut auflachen lassen – er war so lächerlich fremdländisch. Doch er war auch ein Prinz, ein richtiger Prinz mit einem eigenen Land, das er regierte, ein Prinz, der sie zur Prinzessin machen konnte.

»So etwas dürfen Sie nicht sagen.« Sie tat, als tadelte sie ihn, machte ihre Stimme dabei weich, fast nervös.

»Ich kann nicht anders«, erklärte Alessandro und hielt sie fest in seinen Armen. »Sie sind meine Angebetete. Ich habe Sie vom ersten Augenblick an, da ich Sie gesehen habe, geliebt, aber erst heute Abend wage ich zu träumen, dass ich Sie so halten könnte.«

Wie bescheiden seine Träume doch sind, dachte Emerald zynisch, während sie ihm unter gesenkten Augenlidern einen berechnenden Blick zuwarf. Ihre Pläne waren weitaus ehrgeiziger.

Dougie sah Emerald vom Rand der Tanzfläche aus zu. Was führte sie denn jetzt im Schilde? Er wusste, dass die Herzogin verärgert war über Emeralds Betragen und die Tatsache, dass sie den Ball mit einem anderen eröffnet hatte, doch ihm machte das nichts aus. Er war vielmehr erleichtert, dass er nicht mit ihr tanzen musste. Bestimmt hätte sie nur an seinen Tanzkünsten herumgekrittelt.

Während sie, fest in Alessandros Armen, an ihm vorbeitanzte, betrachtete Dougie den offensichtlich völlig vernarrten jungen Mann und murmelte leise: »Viel Glück, Kumpel. Du wirst es brauchen.«

17

»Was ist los? Und sag jetzt nicht, nichts, denn dass irgendetwas los ist, sieht ein Blinder mit Krückstock.«

Rose schenkte Josh ein mattes Lächeln. Sie saßen im *Café Kardomah* neben dem Warenhaus *Peter Jones* in einer der kleinen, dunklen Sitznischen aus poliertem Holz, die sie immer an Kirchenbänke erinnerten. Der Duft frisch gerösteter Kaffeebohnen erfüllte den Raum und mischte sich mit dem Zigarettenqualm.

»Ich kann es dir nicht sagen«, antwortete Rose. »Jemand anders ist betroffen, und …«

»Du hast doch keinen Braten in der Röhre?«, unterbrach Josh sie, und als sie ihm einen verständnislosen Blick zuwarf, erklärte er: »Du bist nicht schwanger?«

»Nein«, antwortete sie wahrheitsgemäß, doch die Ironie seiner Frage berührte einen Nerv, und bevor sie es verhindern konnte, waren ihr Tränen in die Augen gestiegen.

Josh wirkte augenblicklich sowohl besorgt als auch unbehaglich. Zu jedem anderen Zeitpunkt hätte seine Verlegenheit sie zu einem Lächeln gereizt.

»Hier …«

Das Taschentuch, das er ihr unter dem Tisch reichte, war schneeweiß und makellos gebügelt. Josh lebte zwar in seiner eigenen Wohnung, doch seine Wäsche brachte er immer noch nach Hause zu seiner Mutter.

»Tut mir leid«, entschuldigte Rose sich, als sie sich die Augen abgetupft hatte. »Es ist nur … Also, wenn man etwas Wichtiges herausfindet, das man nicht gewusst hat, und dann erfährt, dass jemand, von dem man geglaubt hat, man bedeute ihm wirklich etwas, und dem man vertraut hat, es gewusst hat und einem nichts gesagt hat … dann tut das weh.«

»Das Leben tut weh, Rosie, du musst stark sein.«

»Ich finde es schrecklich, dass ich so aussehe, dass ich anders bin. Wenn ich mehr aussehen würde wie mein Vater und nicht wie meine Mutter …« Frische Tränen stiegen ihr in die Augen.

»Hey, komm, das reicht jetzt«, schalt Josh sie freundlich. »Du bist eine gut aussehende junge Frau, Rosie, eine wahre Schönheit.«

»Ich bin anders, ich bin …«

»… besonders«, erklärte Josh bestimmt. »Das bedeutet es, anders zu sein. Es bedeutet, besonders zu sein. Du und ich, wir sind beide besonders, und das ist wichtig. Es ist wichtiger als alles andere, denn wenn man besonders ist, hat man etwas, was andere Menschen nicht haben. Man ist glücklicher dran als sie. So sehe ich es zumindest. So muss man es sehen.« Und dann fügte er wütend hinzu: »Friss, Vogel, oder stirb, Rosie. Man kann sich von Hinz und Kunz herabsetzen und in den Hintern treten lassen, oder man kann aufstehen und lächeln und sich schwören, dass man eines Tages derjenige sein wird, der ihnen einen Tritt versetzt. Es gibt kein Gesetz, das besagt, dass die Leute, die sich für etwas Besseres halten, mit uns machen können, was sie wollen.«

Rose versuchte zu lächeln. Josh wollte sie nur aufmuntern, aber er war anders als sie. Er mochte Jude sein – und manche waren, wie sie wusste, gegen Juden –, aber Josh war wenigstens Teil einer Gemeinschaft. London hatte einen großen jüdischen Bevölkerungsanteil, und er hatte eine Familie, eine richtige Familie. Sie war einmalig, sie passte nirgendwo rein, weder in die Familie ihres Vaters noch in die chinesische Gemeinde in London, denn sie war weder das eine noch das andere.

Cassandras grausame Enthüllungen quälten sie. Sie hatte versucht, ihnen keinen Glauben zu schenken, doch Cassandra war so selbstbewusst, so sicher, so bestimmt aufgetreten, als hätte sie die ganze Zeit von dem Geheimnis gewusst, von dem Rose ausgeschlossen gewesen war.

»Ich finde, Amber hätte dir die Wahrheit sagen sollen«, hatte Cassandra noch zu ihr gesagt. »Das habe ich ihr immer gesagt. Schließlich hast du ein Recht auf die Wahrheit, und ich bin davon ausgegangen, man könnte dir das Geheimnis anvertrauen, doch Amber war offensichtlich anderer Meinung. Aber Greg war schließlich ihr Bruder, und sie musste an ihre eigenen Kinder denken … und an sich.«

Hatte Cassandra recht? Rose wusste es nicht. Sie wusste nur, dass sie hoffnungslos einsam und durcheinander war und dass sie Ambers Gegenwart im Augenblick nicht ertrug, weshalb sie ihr aus dem Weg ging – um sich selbst zu schützen, um sie beide zu schützen und natürlich John. Sie wäre so stolz gewesen, John öffentlich als ihren Bruder reklamieren zu können. Seltsamerweise fühlte es sich jetzt richtig an und sehr viel angenehmer, ihn als Bruder zu lieben und nicht, wie vorher, wie ein Schulmädchen für ihn zu schwärmen. Doch wie seine Stiefmutter gesagt hatte, John wäre nicht stolz, sie als seine Halbschwester zu bezeichnen. Es würde ihm nicht gefallen, wenn sie ihn zwingen würde, die Möglichkeit einer Blutsverwandtschaft zwischen ihnen anzuerkennen. Er wäre entsetzt und beschämt, weil sie war, was sie war.

»Ich ertrage den Gedanken nicht, dass wir uns trennen müssen. Wenn ich in mein Heimatland zurückkehre, werde ich mir jeden Tag wünschen, ich könnte hier bei dir sein. Ich würde alles tun, um bei dir zu sein.« Alessandro war den Tränen nahe.

Emerald dagegen hatte ihre Gefühle fest unter Kontrolle und war auf etwas weitaus Wichtigeres konzentriert als Alessandros Trübsal.

Es war Emeralds Vorschlag gewesen, sich im Hyde Park zu treffen, einem der wenigen Orte, wo sie ein gewisses Maß an Privatheit genießen konnten.

Seit Emeralds Debütantinnenball war kaum ein Tag vergangen, an dem sie sich nicht gesehen hatten und es ihnen, hauptsächlich dank Emerald, gelungen war, einen Ort zu finden, wo sie ein paar Minuten allein sein konnten. Das hatte, genau nach Emeralds Plan, Alessandros Leidenschaft noch weiter angeheizt.

Doch am Tag zuvor hatte er ihr erklärt, seine Mutter wolle jemanden aus Lauranto kommen lassen, der Alessandro zurück in das Fürstentum begleiten sollte, denn sie hatte das Gefühl, er sei lange genug weg gewesen. Ihre eigene Rückkehr war ungewiss, denn sie wollte ihre kranke Cousine nicht allein lassen.

Emerald war von Anfang an klar gewesen, dass Alessandro seine Mutter anbetete und dass sie ihn unter ihrer Fuchtel hatte. Alessandro selbst hatte Emerald naiverweise erzählt, seine Mutter sei nicht begeistert über die persönliche Freiheit, die er im Augenblick genoss.

»Die arme Mama macht sich schreckliche Sorgen um mich«, hatte er Emerald erklärt. »Es wäre ihr lieber, sie könnte mich begleiten, aber sie kann ihre Cousine keine Stunde alleinlassen.«

»Sie muss eine wahre Heilige sein«, hatte Emerald gespielt freundlich erwidert. »Ich würde sie unglaublich gern kennenlernen.«

Alessandros Reaktion auf ihren Vorschlag hatte ihr alles über seine Beziehung zu seiner Mutter verraten, was sie wissen musste. Er hatte sich förmlich gewunden vor Unbehagen und hatte sogar einen Blick über die Schulter geworfen, als fürchtete er, seine Mutter könnte tatsächlich auftauchen.

»Sie ist, wie du sagst, eine Heilige«, hatte er ihr zugestimmt, »aber sie ist den Lebensstil der Londoner Gesellschaft nicht gewohnt.«

»Oh, was meinst du damit?«, hatte Emerald gefragt.

Alessandro hatte sich sichtlich unwohl gefühlt. »Nun, sie würde es nicht gutheißen ... In Lauranto genießen die jungen Frauen nämlich nicht dieselben Freiheiten wie Frauen hier in London. Wir sind natürlich ein katholisches Land.«

»Oje«, hatte Emerald mit falscher Besorgnis geantwortet, »ich hoffe, deine Mutter hat nichts gegen mich, Alessandro. Ich möchte unbedingt, dass sie mich mag.«

»Selbstverständlich wird sie dich mögen«, hatte Alessandro ihr eilig versichert.

Der Gedanke an Alessandros Mutter erinnerte Emerald daran, dass sie noch etwas in Erfahrung bringen musste.

»Liebster«, fragte sie ihn süß und nahm seine Hand, »es ist doch nicht wegen mir, dass deine Mutter dich nach Hause schickt, oder? Ich weiß ja, dass du gesagt hast, sie würde mich womöglich nicht gutheißen, und …«

»O nein, das hat mit dir nichts zu tun. Sie weiß nicht einmal, dass ich mich mit dir treffe«, antwortete Alessandro.

Emerald drückte seine Hand und verbarg ihre wahren Gefühle. Sie wusste ganz genau, dass Alessandros Mutter sie nicht gutheißen würde. Die Prinzessin kontrollierte das Leben ihres Sohnes in so vielen Bereichen, dass sie mit Sicherheit auch bei der Wahl seiner Freunde ein Wörtchen mitzureden hatte.

»Es ist nicht so, dass ich ihr nicht von dir erzählen wollte«, sagte Alessandro.

»Glaubst du, sie würde mich mögen, Alessandro?«

»Natürlich«, sagte er. »Sie wird dich genauso lieben wie ich.«

Emerald rückte näher an ihn heran. Die Maisonne war so warm, dass sie ein durchgeknöpftes Baumwollkleid trug, dessen Stoff mit großen Kornblumen bedruckt war. Die obersten Knöpfe hatte Emerald geöffnet, sodass ihr Dekolleté gut zur Geltung kam. Sie lächelte zufrieden, als sie sah, dass Alessandros glühender Blick immer wieder zu den geöffneten Knöpfen zurückkehrte.

»Du darfst mich nicht so ansehen, Liebster, sonst gerate ich noch in Versuchung, etwas Ungehöriges zu tun«, sagte sie leise.

»Ich liebe dich so sehr. Ich ertrage den Gedanken nicht, dass wir uns trennen müssen«, erwiderte Alessandro erregt.

»Oh, Alessandro …« Sie waren in einem abgelegenen Teil des Parks angekommen, wo Sträucher sie vor fremden Blicken schützten. Emerald blieb stehen, wandte sich zu ihm um und schlang ihm die Arme um den Hals.

»Bitte, küss mich, liebster Alessandro«, bat sie ihn und hob einladend das Gesicht, und sobald er sie küsste, schmiegte sie sich mit dem ganzen Körper an ihn.

»Ich liebe dich. Du bist mein Leben, meine Seele. Ich würde alles für dich tun. Du bist mein Alles.« Alessandros leidenschaftliche Erklärungen wurden nur unterbrochen von ebenso leidenschaftlichen Küssen.

Emerald schluckte ihre Ungeduld herunter. Da seine Mutter ihn nach Hause schicken wollte, blieb Emerald nicht viel Zeit, das zu tun, wozu sie entschlossen war.

Der verhasste Australier war inzwischen überall als Erbe ihres Vaters akzeptiert worden − akzeptiert und umworben von Müttern von Töchtern im heiratsfähigen Alter. Sie würde nicht nur nicht Ihre Königliche Hoheit, die Herzogin von Kent, werden, sie würde obendrein auch noch von der jungen Frau, die der Australier schließlich heiraten würde, gesellschaftlich überholt werden. Und heiraten würde er auf jeden Fall − wenn auch nur, um ihr eins auszuwischen. Sie, als die unverheiratete Tochter des vorigen Herzogs, würde in den Hintergrund gedrängt werden, während seine Gemahlin, die neue Herzogin, mit ihrem Titel und ihrer Position prahlen konnte. Allein bei dem Gedanken kochten neuer Zorn und Groll in Emerald hoch. Sie musste jemanden heiraten, mit dem sie ihre Prahlerei gegenüber Gwendolyn wahr machen und sich gesellschaftlich über ihre Mutter und die zukünftige Herzogin von Lenchester erheben konnte.

Und dieser Jemand sollte Alessandro sein. Sicher, er war Ausländer, und Ausländer galten allgemein nicht als gute Partie, doch er war ein Prinz, ein Kronprinz, und man musste sich nur ansehen, welches Theater um Grace Kelly gemacht worden war, als sie Fürst Rainier geheiratet hatte!

Als Kronprinz wurde von ihm erwartet, dass er heiratete und Erben in die Welt setzte, warum sollte er sie also nicht heiraten? Schließlich liebte er sie, das sagte er doch dauernd.

Er hatte aufgehört, sie zu küssen, und Emerald zog sich ein wenig zurück, zufrieden mit dem, was sie erreicht hatte. Jetzt musste sie ihn nur noch dazu bringen, dass er ihr einen Antrag

machte. Aus diesem Grund hatte sie diesen intimen Spaziergang im Park vorgeschlagen.

Sie war jetzt froh, dass sie darauf bestanden hatte, dass er sich
ihr gegenüber so besonnen verhielt. Die wenigen – sehr wenigen – rationierten Küsse, die sie ihm erlaubt hatte, verstärkten
nur, was sie schon wusste: dass er sie anbetete.

Doch Emerald war keine Närrin. Leidenschaftliche Küsse
und die Erklärung unsterblicher Liebe waren nicht dasselbe
wie ein Heiratsantrag. Instinktiv wusste sie, dass Alessandros
Mutter sie nicht als zukünftige Gemahlin ihres Sohnes haben
wollte, und das bedeutete, dass Emerald dafür sorgen musste,
dass Alessandro ihr – öffentlich – die Ehe versprach, bevor er
es der Prinzessin sagte.

Normalerweise hätte Emerald sich nicht mit solchen komplizierten Ränken abgegeben. Sie war es gewohnt, dass die
Leute sich Mühe gaben, ihre Anerkennung zu erringen, nicht
umgekehrt, doch wenn sie ehrlich war, dann war sie allmählich verzweifelt. Sie hatte geglaubt, ihr Debütantinnenball
würde ein Abend des Triumphes sein, dem die Bekanntgabe
ihrer Verlobung mit dem Herzog von Kent folgen würde. Jetzt
war sie gezwungen zuzugeben, dass sie sich gewaltig verkal-
kuliert hatte.

Sie musste sich die Partie der Saison sichern, und das bedeutete, Alessandro zu heiraten. Ausgeschlossen, dass sie zulassen würde, dass Gwendolyn und der Australier dasaßen und
über sie lachten. Stundenlang hatte Emerald im Geiste mit
ihrer Situation gerungen. Alessandro dazu zu bringen, ihr einen Antrag zu machen, dürfte nicht allzu schwer sein, doch
dann würde sie sich noch mit seiner Mutter befassen müssen.
Schließlich war Emerald auf eine geniale Idee gekommen: In
einer Zeitschrift hatte sie von einer Erbin aus der feinen Gesellschaft gelesen, die nach Gretna Green durchgebrannt war,
und da hatte sie gewusst, dass das die perfekte Lösung für all
ihre Probleme war – und zwar je eher, desto besser.

»Ich ertrage es nicht, dich zu verlassen«, erklärte Alessandro ihr, »aber zu Hause warten Pflichten auf mich.«

Emerald wusste, dass sie sich keinen weiteren Aufschub erlauben konnte.

»Pflichten, die mit einer Frau an deiner Seite sehr viel leichter zu tragen wären«, meinte sie resolut und rückte näher an ihn heran.

Alessandro seufzte. »Das hat Mama auch schon gesagt. Wegen dem, was meinem Vater widerfahren ist, ist sie darauf bedacht, dass ich meine Pflicht gegenüber dem Fürstentum erfülle und einen Erben in die Welt setze.«

In Windeseile ergriff Emerald seine Hand und sagte atemlos: »Und als die Frau, die dich liebt und die du liebst, gibt es nichts, was ich lieber tun würde, als diese Pflicht mit dir als deine Gemahlin zu teilen.«

Alessandro drückte ihre Hand. »Wenn das doch nur möglich wäre«, sagte er gefühlvoll, »wäre ich der glücklichste Mensch in der Welt.«

»Natürlich ist es möglich«, konstatierte Emerald. »Es muss möglich sein, wo wir einander doch so sehr lieben.«

»Meine Mutter …«

Emerald ahnte, was jetzt kam, und beeilte sich, Alessandro in eine andere Richtung zu lenken. »Deine Mutter liebt dich – das hast du mir immer wieder versichert –, und sie wird sich mehr als alles andere wünschen, dass du glücklich bist. Ich weiß, dass dem so ist, weil ich weiß, dass ich, wenn ich Kinder habe – Söhne –, ihnen gegenüber dasselbe empfinden werde. Und abgesehen davon, warum sollten wir nicht heiraten?«

Sie merkte, dass Alessandro unschlüssig war. Emerald konzentrierte sich darauf, sich den Anschein der Verletzlichkeit zu geben, eine Kunst, die sie schon als Kind perfektioniert hatte. Ihre Unterlippe zitterte, und Tränen traten ihr in die Augen.

Mit gehauchter Stimme bat sie ihn: »Du liebst mich doch so, wie du es gesagt hast, oder? Denn ich würde es nicht ertragen, wenn du mich nicht lieben würdest, wo ich dich doch so sehr liebe.«

»Natürlich liebe ich dich.«

Emerald atmete erleichtert aus. Noch ein Schubs, und es war geschafft.

»Und du willst mich heiraten?«

Sie spürte seine Unsicherheit.

»Nun …«

Jetzt war nicht die Zeit zum Zaudern. Emerald warf sich ihm an die Brust, drückte ihm einen tränenreichen Kuss auf die Wange und schluchzte: »Du willst es, ich weiß, dass du es willst. Oh, wie wunderbar. Du hast all meine Träume wahr gemacht, Alessandro.«

Nun, zumindest fast.

»Ich verspreche dir, dass ich die beste Frau bin, die du dir wünschen kannst, ich schenke dir viele schöne Söhne, und deine Mutter wird so froh sein, dich glücklich zu sehen, dass sie mich genauso lieben wird wie ich sie. Oh, ich kann es kaum erwarten, dass wir heiraten. Ich kann es kaum erwarten …«, wiederholte sie mit weicher, sexy Stimme, und mit schlängelnden Körperbewegungen machte sie deutlich, was sie damit meinte, während sie ihm ihre Lippen zum Kuss darbot.

Wie konnte er da widerstehen? Alessandro hatte die Wahrheit gesagt, wenn er ihr seine Liebe erklärt hatte. Er war verrückt nach ihr, völlig verblendet. Von einer überfürsorglichen und dominanten Mutter vom Leben abgeschirmt, wusste er nicht das Geringste über junge Frauen wie Emerald. Wie konnte er, wo die Prinzessin doch alles getan hatte, damit er nie einer begegnete?

Jetzt, da er Emerald in den Armen hielt, die sich an ihn schmiegte, schwoll Alessandros Herz vor Liebe und Gefühlen, während sein Körper vor Verlangen hart wurde.

»Ich will so sehr dein sein«, flüsterte Emerald. »Aber das geht erst, wenn wir verheiratet sind. Du musst stark sein für uns beide, Schatz, liebster Alessandro, denn ich glaube nicht, dass ich stark bin.«

Sollte sie ihn weiter bezirzen und ihn dann noch mehr unter Druck setzen, oder stimmte es, dass junge Männer, wenn man es ihnen einmal erlaubte, dachten, man wäre leicht zu haben, und einen nicht mehr so sehr begehrten? Das Risiko war Emerald zu hoch.

So rasch, wie sie sich ihm an die Brust geworfen hatte, machte sie sich wieder aus Alessandros Umarmung frei und verlangte: »Du musst natürlich meine Mutter aufsuchen und um meine Hand anhalten.«

Alessandro ließ den Kopf hängen.

»Was ist? Was ist los?«, wollte Emerald wissen, obwohl sie ganz genau wusste, was los war.

»Ich will dich heiraten. Mein Herz gehört auf alle Zeit dir. Aber ich fürchte, es wird nicht erlaubt sein.«

»Nicht erlaubt? Wo wir einander so lieben? Wer könnte so grausam sein? Alessandro, wir dürfen nicht zulassen, dass man uns trennt. Ich sterbe ohne deine Liebe. Du bist jetzt mein Leben.«

»Und du meines.« Er kämpfte wieder mit den Tränen.

»Wir müssen zusammen sein. Wir müssen heiraten, ohne dass jemand es erfährt. Sobald wir verheiratet sind, müssen alle es akzeptieren.«

»Das ist unmöglich.«

»Nein, es ist möglich«, erklärte Emerald ihm unverzüglich. »In Schottland gibt es einen Ort namens Gretna Green, dahin brennen die Leute durch, um heimlich zu heiraten.«

Alessandro machte ein besorgtes Gesicht. »Wir können unmöglich …«

»Doch, wir können«, versicherte Emerald ihm. »Ich leite alles in die Wege. Du musst deiner Mutter nur sagen, du würdest einen Freund besuchen. Dagegen kann sie nichts haben, wo sie alle Hände voll mit der Pflege ihrer Cousine zu tun hat.«

»Sie wird es mir nicht erlauben.«

Er meinte es ernst, erkannte Emerald und verfluchte ihre zukünftige Schwiegermutter innerlich.

»Du bist ein Mann, Alessandro, kein Kind, du bist Kronprinz, wie willst du ein Land regieren, wenn du zulässt, dass deine Mutter so über dich bestimmt?«, fragte Emerald, absichtlich seinen männlichen Stolz verletzend.

»Sie sorgt sich um meine Sicherheit; sie kann nicht anders. Sie macht sich ständig Sorgen um mich.«

»Wir wollen natürlich nicht, dass sie sich aufregt«, pflichtete Emerald ihm bei. Auf keinen Fall sollte seine Mutter sich einmischen und Alessandro daran hindern, sie zu heiraten. Schließlich hatte sie in erster Linie vorgeschlagen durchzubrennen, weil Emerald vermutete, dass die Prinzessin genau das versuchen würde.

Alessandro wirkte erleichtert. »Ich werde ihr sagen, dass ich dich heiraten will. Sobald sie dich einmal kennengelernt hat, wird sie dich genauso lieben wie ich.«

»Aber was ist, wenn ihre Cousine stirbt? Wird deine Mutter dann nicht Trauer tragen wollen? Dann müssen wir ewig warten, bis wir heiraten können, und das ertrage ich nicht. Ich will, dass wir jetzt zusammen sind, Alessandro. Jetzt und für immer. Wenn wir durchbrennen, können wir sofort heiraten. Denk doch nur, wie wunderbar das wird. Ich weiß, dass deine Mutter enttäuscht sein wird und vielleicht sogar ein bisschen verärgert – genau wie meine Mutter –, aber sobald sie sehen, wie glücklich wir miteinander sind und dass wir füreinander bestimmt sind, werden sie sich für uns freuen. Ich weiß, dass manch junge Frau auf eine große Hochzeit bestehen würde, aber ich will bloß deine Frau werden, und zwar so schnell wie möglich.« Das war nur zu wahr, und wenn sie erst einmal verheiratet waren, konnte sie immer noch ein großes Fest feiern.

»Statt es deiner Mutter zu sagen, kannst du ihr einen Brief schreiben, wenn wir London verlassen, und ihr mitteilen, dass du einen Schulfreund besuchst, damit sie sich keine Sorgen um deinen Verbleib macht.«

Er wirkte unsicher, also fuhr Emerald fort: »Du hast neulich gesagt, dass du sie kaum gesehen hast, seit ihr nach London gekommen seid, weil sie so viel Zeit mit ihrer kranken Cousine verbringt.«

»Ja, das stimmt.«

»Siehst du, es ist ganz einfach. Du musst ihr nur sagen, du hättest eine Einladung von einem Schulfreund bekommen, ihn auf dem Gut der Familie zu besuchen. Ich helfe dir, den Brief zu schreiben. Oh, mein Schatz, liebster Alessandro, es wird wunderbar«, sagte Emerald, indem sie ihre Taktik änderte. »Stell dir nur vor, wir beide unter demselben Dach, wenn wir darauf warten zu heiraten. Und dann kehren wir nach London zurück, um es allen zu sagen. Wie aufregend. Wir werden ein großes Fest feiern, und ich werde noch einmal bei Hofe vorgestellt, denn das ist so, wenn man heiratet. Prinzessin Emerald. Oh, ich kann es kaum erwarten.«

Sie hatte nicht die Absicht, zu warten oder Alessandro die Gelegenheit zu geben, es sich anders zu überlegen. Je eher sie sich auf den Weg nach Gretna Green machten, desto besser.

Alessandro war hilflos. Es hatte keinen Sinn, sie auf mögliche Schwachstellen des Plans hinzuweisen oder logisch zu argumentieren. Emerald hatte es sich in den Kopf gesetzt, und er liebte sie viel zu sehr, um ihr irgendetwas abzuschlagen. Abgesehen davon brach Emerald, sobald er etwas sagte, was nur im Entferntesten andeutete, er könnte sie nicht anbeten und lieben, in Tränen aus, und das ertrug er einfach nicht.

Er durfte sie nicht enttäuschen, erklärte Emerald ihm, denn wenn er das tat, würde sie seine Suite im *Savoy* belagern und ihn mit gebrochenem Herzen für den Rest ihres Lebens verfolgen.

Er würde sie nicht enttäuschen, versprach Alessandro leidenschaftlich. Er liebte sie und würde sie immer lieben.

18

Ella fühlte sich heiß und verdrießlich. Für wie lange würde Oliver Charters hier sein? Wenn sie wusste, dass er in die Redaktion kam, tat sie stets alles, was in ihrer Macht stand, um ihm aus dem Weg zu gehen. Wenn er sie sah, würde er sie auf seine typische Art ansehen, und dann würden … Befangenheit und Zorn in ihr aufsteigen und sie aufwühlen, was ihr sehr missfiel.

»Ella, ich muss Sie um einen Botengang bitten.«

Erst als sie draußen auf der Straße stand, ging Ella auf, dass sie in ihrer Erleichterung über den Auftrag ihrer Chefin und darüber, dass sie dem Büro entfliehen konnte, wo sie aller Wahrscheinlichkeit nach auf Oliver Charters gestoßen wäre, ihre Diätpillen in der Schreibtischschublade vergessen hatte. Panik ergriff sie. Sie brauchte diese Pillen, sie hatte sie immer gern in Reichweite. Sie hatte panische Angst, wenn sie sie nicht bei sich hatte, könnte sie wieder anfangen wollen zu essen, und dann würde sie wieder fett werden. Ihr Kopf pochte. Ihr war übel, sie war nervös, ihre Nerven lagen blank. Aber sie verlor immer noch an Gewicht.

Als sie Anfang der Woche zu Dr. Williamson gegangen war, hatte er sie dafür gelobt, dass sie über zwölf Kilo abgenommen hatte, und ihr ein neues Rezept ausgestellt.

Ella hoffte, dass Laura Harbold, das Mannequin, das mit Oliver zusammen über sie gelacht hatte, zu einem Fotoshooting kommen würde, damit Ella sehen konnte, ob sie ihr Ziel erreicht hatte und jetzt weniger wog als sie. Vorher würde sie mit ihrer Diät nicht aufhören.

Frühes Morgenlicht strömte durch die hohen Fenster und warf eine goldene Pfütze direkt vor den Altar. Emerald spürte seine Wärme auf ihrem Gesicht. Alessandro hatte die ganze

Zeit, da sie in Gretna waren, gejammert, wie kalt es sei und dass es unaufhörlich regne, und als am Morgen die Sonne durchgebrochen war, hatte Emerald ihm erklärt, dies sei ein gutes Omen für ihre Ehe. In der kleinen Steinkirche waren weder Kirchgänger noch Hochzeitsgäste, und der Pfarrer war nicht neugierig auf die Geschichte des jungen Paars, das er jetzt im Sakrament der Ehe vereinen würde.

Während Emerald zuhörte, wie der Pfarrer die Trauungs-zeremonie abhielt, warf sie Alessandro einen abschätzigen Blick zu. Gut, dass sie alles organisiert hatte. Wenn sie es Alessandro überlassen hätte, wäre nichts erledigt worden.

Den ganzen Weg nach Norden im Zug hatte er Panik gehabt, seine Mutter könnte dahinterkommen, dass er sie angelogen hatte, und sie aufhalten. Die drei Wochen in einer grässlichen kleinen Pension – selbstverständlich in getrennten Zimmern, denn Emerald wollte nicht riskieren, dass Alessandro es sich an-ders überlegte, sobald er bekommen hatte, was er wollte –, in denen sie nichts anderes zu tun hatten, als Bücher zu lesen und lange Spaziergänge zu unternehmen, waren die langweiligsten Wochen in Emeralds Leben gewesen, aber jetzt waren sie end-lich vorbei. Von Rechts wegen müsste *sie* in Selbstmitleid er-trinken und nicht Alessandro. Sie trug nicht einmal ein richtiges Hochzeitskleid, ganz zu schweigen von dem Familiendiadem mit dazugehörigem Schleier, selbst wenn die Ortsansässigen, die gesehen hatten, wie sie die Kirche betraten, ob der Eleganz ihres langen cremefarbenen Abendkleids mit seinem Spitzen-mieder hörbar nach Luft geschnappt hatten.

Der Besitzer der Pension hatte Emerald zum Altar geführt, nachdem sie ihm zwanzig Pfund zugesteckt hatte, damit er diese Rolle übernahm und ihnen zwei Trauzeugen besorgte.

Alessandro hatte gezittert, als er ihr den Ring an den Finger gesteckt hatte. Es war der Ehering von Emeralds Urgroßmut-ter, den sie Emerald zusammen mit ihrem restlichen Schmuck vermacht hatte.

»Sie dürfen die Braut jetzt küssen.«

Alessandro zitterte am ganzen Leib, und in seinen Augen standen Tränen. Emerald betrachtete ihn mit Ungeduld. Manchmal war er wirklich ein Baby. Nun, das würde sich alles ändern müssen, jetzt, da sie verheiratet waren. Sie wollte einen richtigen Mann zum Gemahl, keinen Waschlappen, der Angst vor seiner Mutter hatte.

Doch sie war jetzt Prinzessin Emerald di Lauranto. Emerald lächelte in sich hinein, und ihre Gereiztheit schwand augenblicklich.

»Schatz, liebster Alessandro«, flüsterte sie. »Mein Gemahl.«

Es stand außer Frage, dass sie jetzt, da sie verheiratet waren, nicht länger in Gretna bleiben würden. Emerald hatte bereits ein elegantes Hotelzimmer in Edinburgh reserviert.

»Wir sollten zurück nach London«, sagte Alessandro, der seine Koffer selbst packen musste, da er auf Emeralds Anweisung hin seinen Kammerdiener in London gelassen hatte. »Meine Mutter macht sich gewiss schon Sorgen. Ich war noch nie so lange von ihr getrennt.«

»Red keinen Unsinn, du bist jetzt ein verheirateter Mann. Und abgesehen davon glaubt deine Mutter, du besuchst einen Freund. Du willst mich doch sicher ganz für dich haben? Und richtige Flitterwochen?«, flüsterte Emerald verführerisch.

Natürlich bekam sie ihren Willen.

Es war später Nachmittag, als sie den Bahnhof Waverley in einem Taxi verließen, das sie zum Hotel bringen würde. Edinburgh war zwar nicht London, doch es sah wenigstens so aus, als gäbe es hier einige Läden, wie Emerald anerkennend feststellte, als sie die Princes Street hinunterfuhren.

»Ich hoffe, dein Schloss in Lauranto sieht nicht so grimmig aus wie das da«, sagte sie zu Alessandro und zeigte zu dem Schloss hinauf, das auf einem Hügel über ihnen dräute.

Jetzt, da sie tatsächlich verheiratet waren, waren die wachsende Gereiztheit und die Ungeduld, die Emerald Alessandro gegenüber die ganze Zeit empfunden hatte, von einer sehr viel glücklicheren Stimmung abgelöst worden.

Das Personal des großen edwardianischen Hotels behandelte sie mit Achtung, was ihre Stimmung noch weiter hob, und so war Emerald, als sie schließlich in ihrer Luxussuite allein waren, allerbester Laune.

Sie hatte keine Angst vor der körperlichen Seite der Ehe. Die leidenschaftlichen Küsse, die sie während ihrer »Verlobungszeit« ausgetauscht hatten, hatten ihre Neugier auf Sex geweckt und sie in der Meinung bestärkt, dass es etwas war, was sie sehr genießen würde.

Jetzt, da die Anspannung und die Langeweile der Wochen in Gretna Green hinter ihnen lagen, und in dem sicheren Wissen, rechtmäßig Alessandros Frau zu sein, war Emerald nicht nur bereit, die Intimitäten zu erkunden und zu genießen, welche die Ehe erlaubte, sondern sie war sogar ganz wild darauf.

Doch Alessandro hatte anderes im Sinn.

»Ich muss meine Mutter anrufen und sie über unsere Heirat informieren.«

Emerald starrte ihn an, sie konnte ihre Empörung kaum verhehlen. Er war ein so gut aussehender Bursche, viel stattlicher als der Herzog von Kent oder die anderen jungen Männer in ihren gesellschaftlichen Kreisen. Lydia konnte kichern, so viel sie wollte, sie fände den schrecklichen Australier groß und stark und soooo gut aussehend, doch Emerald würde eine derart ungeschlachte Person niemals attraktiv finden können. Sie hatte sich ihren Prinzen geangelt, doch jetzt musste sie sich ihn noch sichern. Emerald bedachte Alessandro mit einem berechnenden Blick. Er betete sie an, und wenn es nach ihr ging, sollte das auch so bleiben. Sie wusste auch genau, wie sie das erreichen konnte.

Sie legte Hut und Mantel ab, streifte sich die Schuhe von

den Füßen und legte sich aufs Bett. Dann streckte sie die Arme aus und befahl sanft: »Komm her.«

Zuerst sah Alessandro sie nur verständnislos an, doch als sie ihm unter gesenkten Augenlidern einen bedeutungsvollen Blick zuwarf, stieg ihm das Blut ins Gesicht.

»Wir sind seit Stunden verheiratet«, sagte Emerald schmollend, »und du hast mich noch nicht richtig geküsst.«

Ohne einen weiteren Gedanken an seine Mutter eilte Alessandro zum Bett, und Emerald lachte triumphierend darüber, wie er vor lauter Ungeduld an seinen Schuhriemen herumfummelte.

Seine Mutter würde erst dann einen Anruf erhalten, wenn sie fand, es sei an der Zeit, ergötzte Emerald sich. Sie setzte sich an der Bettkante auf, um ihren Gemahl zu küssen und sich in dem Gefühl zu sonnen, dass er in ihren Armen vor Begehren zitterte.

»Es tut mir leid. Es tut mir leid …« Fünfzehn Minuten später weinte Alessandro praktisch vor Demütigung und versuchte zwischendurch, wieder zu Atem zu kommen.

Der Grund für seine Verzweiflung – und für Emeralds Verdruss – war der feuchte Fleck, der den Stoff seiner Hose färbte, Beweis seiner Unfähigkeit, seine Erregung lange genug zu zügeln, um ihre Ehe zu vollziehen.

Sie sollte wohl geschmeichelt sein, dass er so empfänglich war für ihre Reize. Schließlich hatte sie ihn nur geküsst und dann die Hand in seine Hose geschoben, um das steife Ding zu erkunden, das gegen den Stoff drängte. Alessandro hatte mit ihren Brüsten gespielt und in seinem Eifer an ihrer Bluse einen Knopf abgerissen. Als Emerald ihm ins Ohr geflüstert hatte: »Du kannst sie küssen, wenn du willst«, hatte ihn das so erregt, dass er das Gesicht verzog und aufschrie und das harte Fleisch, das sie hielt, die klebrige Sauerei ausspuckte, die jetzt seine Hose befleckte.

Wirklich, Alessandro machte ein schreckliches Theater, fand Emerald. Wenn einer hier das Recht hatte, aus der Fassung zu sein, dann doch wohl sie. Schließlich war sie diejenige, die enttäuscht worden war und jetzt tief in ihrem Körper einen ganz ausgeprägten Schmerz verspürte.

»Ach, macht doch nichts«, schmeichelte sie frustriert, »wir fangen einfach noch einmal von vorn an, nicht wahr?«

Alessandros Tränen versiegten augenblicklich, und er streckte die Hände nach ihr aus, drückte sie an seine Brust und erklärte ihr gefühlvoll: »Wie glücklich ich bin, die Liebe einer so perfekten Frau gewonnen zu haben. Ich bete dich an, ich verehre dich, du bist mein Leben. Ich mache es wieder gut, das schwöre ich dir. Deine Schönheit und meine Liebe zu dir haben mich überwältigt und blamiert. Sag mir, dass du mir verzeihst.«

»Natürlich verzeihe ich dir«, versicherte Emerald ihm, doch in ihren Augen lag ein entschlossenes Glitzern. »Schließlich«, fügte sie spitz hinzu, »haben wir jede Menge Zeit, bevor wir uns zum Abendessen umziehen müssen.«

Emerald betrachtete in dem reichverzierten Spiegel über der großen, freistehenden Badewanne, der sie gerade entstiegen war, ihren nackten Körper und bewunderte ihre weiche, blasse Haut und ihre kurvenreiche Figur. Ihre Brustwarzen waren noch steif und ein wenig empfindlich. Sie berührte sie mit Zeigefinger und Daumen, zog versuchsweise daran, erfreut über die plötzliche Welle der Erregung, die in ihr aufstieg.

Sie hatte Alessandro im Bett zurückgelassen, wo er eingeschlafen war, nachdem er sie endlich entjungfert hatte. Beim Anblick der Blutstropfen, die bezeugten, dass er in sie eingedrungen war und sie jetzt eine richtige Frau war, hatte er geweint, doch Emerald war abschätzig über seine Gefühlswallungen hinweggegangen. Es hatte kaum wehgetan, doch das würde sie ihm sicher nicht sagen, wo er so ein Theater darum machte und sie seine innig Geliebte und seinen Engel nannte und ihr ewige Hingabe schwor.

Der Spiegel warf das Bild ihrer vollkommen tropfenförmig geformten Brüste zurück, die Brustwarzen groß und aufgerichtet.

Ein unbefriedigter Schmerz pulsierte tief in ihr, der sie reizbar machte und gleichzeitig auch lüstern. Sie streckte die Hand aus, fuhr mit einem Finger forschend über ihr weiches, dunkles Schamhaar und teilte die noch geschwollenen Lippen ihres Geschlechts. Der Schmerz wurde schärfer und stärker. Plötzlich wurde sie von einer köstlichen Erregung gepackt.

In der Privatsphäre des Bads zog sie ihren Bademantel aus, legte sich auf den Boden, umfasste mit einer Hand ihre Brüste, während der Zeigefinger der anderen Hand forschend und streichelnd den Puls ihrer Erregung rasch beschleunigte. Sie atmete schnell und flach, bog den Rücken durch und öffnete die Beine.

Ja, das war es, das war die Stelle ... Ihre Fingerspitze bewegte sich schneller. Emerald schloss die Augen, um tiefer in die Hitze der scharlachroten Dunkelheit einzutauchen und dann rasch daraus hervorzusteigen, so rasch, dass die Geschwindigkeit ihr den Atem raubte und ihr gerade genug Luft ließ, um einen leisen, wimmernden Schrei auszustoßen, als das Feuerwerk in ihr explodierte.

Emerald stand auf und streifte leicht zitternd ihren Bademantel über.

Alessandro schlief noch. Sie war ziemlich müde. Müde, doch in Hochstimmung und äußerst stolz auf die Tatsache, dass sie sich selbst Befriedigung verschafft hatte und, was noch wichtiger war, die Kontrolle darüber übernommen hatte.

Sie stieg ins Bett und legte sich neben Alessandro.

Die Ehe würde lustig werden, besonders wenn sie Alessandro erst beigebracht hatte, wie er sie sehr, sehr glücklich machen konnte.

»Wir sollen unseren Müttern ein Telegramm schicken? Warum können wir sie nicht anrufen?«, protestierte Alessandro fast flehend.

Sie warteten in ihrer Hotelsuite darauf, dass der Portier kam und ihr Gepäck holte, das für die Zugreise nach Süden bereitstand. Während Emerald vor Tatkraft und Triumph glühte, wirkte Alessandro müde und abgespannt. Emerald hatte ihn mitten in der Nacht geweckt und verlangt, dass er sie liebte. Der arme Alessandro, sie trieb ihn zur Erschöpfung, aber schließlich besaßen Männer nicht so viel Ausdauer wie Frauen. Doch sie hatte Alessandro immerhin beigebracht, wie sie es am liebsten hatte, obwohl er zuerst schockiert gewesen war über ihre direkten Anweisungen.

Es hatte keinen Sinn, ihm die Wahrheit zu sagen, die da lautete, dass sie mit einem Telegramm mit der Ankündigung, dass sie geheiratet hatten, insbesondere Alessandros Mutter keine Gelegenheit für einen dramatischen Ausbruch geben würden – anders als bei einem Telefonat.

»Telegramme sind leichter«, antwortete sie. »Und abgesehen davon ist deine Mutter womöglich nicht zu Hause, wenn wir anrufen, und dann versäumen wir noch den Zug. Warum schaust du so?« Emerald ging zu ihm und rieb ihren Körper an ihm, während sie seine Hand nahm und ihn gefühlvoll ansah.

»Meine Mutter wird außer sich sein. Ich bin ihr einziges Kind, und …«

»Und jetzt bist du ein verheirateter Mann, und wenn deine Mutter sieht, wie sehr du mich liebst, wird sie es verstehen. Meine Mutter wird es verstehen.«

In Wahrheit war es ihr egal, was ihre Mutter dachte, auch wenn sie insgeheim frohlockte bei der Aussicht, ihre Mutter mit ihrer Heirat und ihrem neuen Titel zu konfrontieren – eine weit bessere Partie und ein weit besserer Titel als der ihrer Mutter.

»Mmm.« Emerald küsste ihn flüchtig. »Mach ein fröhliches Gesicht, Schatz. Ich will nicht den ganzen Tag mit einem griesgrämigen Gemahl in einem Zugabteil eingesperrt sein. Wenn wir nach Lenchester House kommen …«

»Lenchester House? Aber ich habe eine Suite im *Savoy*.«

Eine Suite, zu der seine Mutter jederzeit Zugang hatte – schön und gut, solange Alessandro Junggeselle gewesen war, doch jetzt musste er Rücksicht auf seine Gemahlin nehmen. Was Emerald anging: Je eher Alessandros Mutter begriff, wie die Dinge jetzt liefen, desto besser.

»Eine Suite?«, schmollte Emerald. »Aber Schatz, Lenchester House ist mein Zuhause. Dort sind all meine liebsten Erinnerungen an meinen lieben Vater. Und abgesehen davon«, fügte sie praktisch hinzu, »sind all meine Sachen dort.«

»Aber Lenchester House gehört doch sicher Dougie?«

Emerald zügelte ihre Ungeduld und schenkte Alessandro ein reizendes trauriges Lächeln. »Jetzt schon, aber es birgt so viele glückliche und besondere Erinnerungen, Alessandro. Bitte sei so nett und verstehe, dass ich möchte, dass meine glücklichsten Erinnerungen überhaupt, die, deine Braut zu sein, auch mit diesem Haus verknüpft sind. Es ist dumm von mir, so sentimental zu sein, ich weiß …«

Emerald wusste, dass Alessandro früh gelernt hatte, wie wichtig Sentimentalität für die weibliche Psyche war, und seine Reaktion auf ihren Appell hätte nicht zufriedenstellender ausfallen können. Ein Ausdruck von Gehorsam verlieh seinem Gesicht eine recht hündchenhafte Melancholie.

»Nein, es ist überhaupt nicht dumm«, versicherte er ihr zärtlich. »Meine Mutter ist auch oft bekümmert, weil sie ein wenig sentimental wird.«

»Ich weiß einfach, dass ich mich wunderbar mit ihr verstehen werde«, sagte Emerald. »Natürlich müssen wir uns in London nach einem eigenen Haus umsehen«, fuhr sie fort, zufrieden, dass sie das erste Geplänkel gewonnen hatte. Nicht dass Alessandro ein besonders schwieriger Gegner gewesen wäre.

»Ein Haus in London? Aber ich muss in mein Land zurückkehren.«

»Ja, natürlich, aber wir werden doch nicht die ganze Zeit
dort leben.« Es war viel leichter, die Dinge so zu drehen, wie
man sie haben wollte, wenn man das Gewünschte als unstrit-
tige Tatsache hinstellte. »Also suchen wir uns sinnvollerwei-
se zuerst ein Haus in London, und dann kannst du mir dein
kleines Land zeigen.«

Es klopfte an der Tür, und dann trat der Portier ein, was ihrem
Gespräch ein Ende bereitete. Emerald war es gerade recht. Sie
war fest entschlossen, Alessandros Mutter nicht zu erlauben, die
Dinge – und damit letztendlich sie – in die Hand zu nehmen.
Sie mochten sich noch nicht begegnet sein, doch Emerald war
klar, dass sie und ihre Schwiegermutter im Kampf um Alessandros Loyalität auf gegnerischen Seiten standen.

19

»Du bist mit Alessandro verheiratet?«

Emerald sah gleichgültig zu, wie ihre Patentante mit ihrem
Schock kämpfte.

»Ich weiß, es war sehr ungezogen von uns, nach Gretna
durchzubrennen, aber du darfst Alessandro nicht die Schuld
geben, Tante Beth.« Emerald warf ihrem frisch angetrauten
Gemahl einen bewundernden Blick zu und nahm seine Hand.
»Da die Cousine seiner Mutter praktisch auf dem Sterbebett
liegt, fürchtete er einfach, er müsste ein ganzes Jahr Trauer tragen, bevor wir uns in aller Öffentlichkeit verloben könnten,
und da meine Mutter auf Geschäftsreise war …«

Emerald sah, dass ihre Patin noch überlegte, was schlimmer
war – durchzubrennen und heimlich zu heiraten oder gar
nicht zu heiraten.

»Alessandro wollte mich unbedingt zu seiner Prinzessin

machen.« Emerald lächelte süß. »Es wird lustig, jetzt, da ich verheiratet bin. Ich werde wunderbare Partys geben, hier in London und an der Côte d'Azur. Ich könnte mir sogar vorstellen, dass wir in Lauranto einen besonderen Ball für Lydia und Gwendolyn geben, um sie unzähligen geeigneten jungen Männern vorzustellen.«

Ein schlauer Schachzug, der die gewünschte Wirkung zeigte. Emerald sah förmlich, wie ihre Patentante die Vorteile abwog, die es für ihre Tochter und ihre Nichte haben konnte, eine frisch verheiratete Prinzessin zur Freundin zu haben.

»Also, es ist sehr unorthodox und ziemlich schockierend.«

»Aber unglaublich romantisch, Tante Beth, obwohl ich schrecklich traurig war, dass Mummy nicht dabei sein konnte. Wir müssen natürlich eine Anzeige über die Eheschließung an die *Times* schicken.« Emerald schlug einen praktischeren Tonfall an. »Und wir müssen hier in Lenchester House einen richtigen Empfang veranstalten. Doch ich muss mich darauf verlassen, dass du das organisieren kannst, liebe Patentante. Mummy ist zwar sehr geschickt in geschäftlichen Dingen, aber sie hat nicht deine besondere Note. Findest du ein Hochzeitsfrühstück angemessener oder …«

»Nein. Es sollte ein richtiger Empfang sein. Ein Glück, dass Alessandro Ausländer ist; Ausländer sind in solchen Angelegenheiten immer viel impulsiver«, reagierte ihre Patin auf Emeralds sorgfältiges Manöver. »Wo werdet ihr wohnen?«

»Hier natürlich. Ich habe dem lieben Alessandro gesagt, wenn wir alt sind, möchte ich an diese glückliche Zeit unserer jungen Ehe in diesem Haus zurückdenken können. Hier, in diesen Räumen, sehe ich immer noch Daddy vor mir, Tante Beth, ich höre immer noch seine Stimme. Ich glaube fast, er hat es so eingefädelt, dass Alessandro und ich so geheiratet haben, weil er wusste, dass er mich nicht zum Altar führen könnte und dass ich es nicht ertragen würde, wenn jemand anders aus der Familie es täte.«

»Oh, mein liebes Mädchen, du hast ja so recht. Sich vorzustellen, dein Vater kümmert sich vom Himmel aus um dich. Er war ein wunderbarer Mann. Ich kannte ihn vor deiner Mutter, weißt du. Meine Mutter war seine Patin.«

»Ich habe gewusst, dass du mich verstehst. Wir können uns natürlich unmöglich meine Räumlichkeiten teilen, also dachte ich, es wäre das Beste, wenn Alessandro und ich in den Zimmertrakt ziehen, den früher Mummy und Daddy bewohnt haben.«

Beth stiegen augenblicklich sentimentale Tränen in die Augen, doch sie wandte unsicher ein: »Die Suite, Emerald? Findest du wirklich? Ich meine, jetzt, da Dougie ... er ist schließlich der Herzog ...« Ihre Stimme versiegte unter Emeralds tadelndem Blick.

»Daddy hätte es so gewollt. Und Dougie macht es nichts aus. Schließlich wird er nie ein richtiger Herzog sein, oder? Ich meine, er ist Australier.«

Die liebe Emerald, so ein willensstarkes Mädchen, dachte Beth schwach, als sie zuließ, dass Emerald all ihre Zweifel beiseitefegte.

»Wir sollten meine Mutter besuchen, Emerald. Und heute Nacht können wir bei ihr im Hotel bleiben, während wir abwarten, ob wir die Erlaubnis haben, hier zu wohnen.«

Emerald sah ihren Gemahl an. Ausgeschlossen, dass sie ihrer Schwiegermutter gegenübertrat, solange sie nicht bereit war. Doch ein Gemahl war etwas, womit man, wie Emerald rasch herausgefunden hatte, leicht zurechtkam.

Sie hob eine Hand an die Stirn und protestierte schwach: »Oh, Alessandro, Schatz, ich bin so ein dummes kleines Ding, ich weiß, aber ich bekomme ganz schreckliche Kopfschmerzen, und ich kann unmöglich zu deiner Mutter, bevor ich nicht die Gelegenheit hatte, etwas auszuruhen. Sie hat, wie ich weiß, hohe Maßstäbe, und wenn ich ihr gegenübertrete, will ich frisch sein wie der junge Morgen. Ich glaube, ich sollte

mich eine Weile hinlegen. Alessandro, du musst mich begleiten, sonst fürchte ich noch, du wärst böse mit mir. Abgesehen
davon fühle ich mich so matt, dass ich sicher nicht allein die
Treppe hinaufkomme.«

Sobald sie sich davon überzeugt hatte, dass Alessandro tat,
was sie wollte, wandte Emerald ihre Aufmerksamkeit wieder
ihrer Patentante zu und verkündete: »Du kümmerst dich doch
darum, dass eine Anzeige an die *Times* geschickt wird, nicht
wahr, Tante Beth? Und mach dir nicht die Mühe, Mrs Wrea-
kin Bescheid zu sagen, dass wir in die Suite ziehen. Das mache ich selbst.«

»Wie geht es dir jetzt, meine Geliebte? Ich glaube wirklich,
wir sollten bald zu Mama gehen.«

Es waren drei Stunden vergangen, seit sie nach oben gegangen waren, und inzwischen waren sie aus Emeralds alten
Räumlichkeiten in die Suite gezogen, wo Emerald sich von
einem ängstlichen Alessandro hatte überreden lassen, ein wenig von der leichten Mahlzeit zu sich zu nehmen, die die Köchin für sie zubereitet hatte.

»Ja, natürlich müssen wir das«, pflichtete Emerald ihm sofort bei und fügte hinzu: »Oh, Alessandro, ich freue mich so,
deine Mutter kennenzulernen, die dich seit der Minute deiner Geburt kennt und liebt. Wie überglücklich muss sie sein,
so einen wunderbaren Sohn zu haben. Ich hoffe, Schatz, dass
ich eines Tages auch so glücklich sein werde. Du willst doch
einen Sohn und Erben, oder, Alessandro?«

Während sie sprach, setzte Emerald sich elegant in dem großen Bett mit seinen Bettvorhängen aus Denby-Seide auf und
ließ den seidenen Morgenrock über ihre Schultern gleiten,
sodass ihr Oberkörper nackt war.

Ein triumphierendes Lächeln spielte um Emeralds Lippen,
als sie sah, mit welcher Begierde Alessandros Blick zu ihren
nackten Brüsten wanderte.

»Mama ...«, begehrte Alessandro noch einmal auf.

Doch Emerald lächelte nur und seufzte: »Ja, natürlich. Oh, Alessandro, ich kann es kaum abwarten, dass unser Sohn mich so nennt.«

Zu einem richtigen Streit kam es natürlich nicht. Es würde noch ein Tag vergehen, bevor sie Alessandros Mutter besuchen würden – am Nachmittag des nächsten Tages. Vielleicht zum Nachmittagstee, sinnierte Emerald, als sie auf dem Rücken lag und zur Decke schaute, während Alessandro ihre Brüste streichelte und drückte. Sie konnten sie zum Nachmittagstee einladen – zivilisiert und damenhaft –, und bis dahin hatte ihre Schwiegermutter gewiss schon von ihrer Heirat gehört. Es entwickelte sich alles vorzüglich.

Emerald ließ vor Vergnügen ein leises Schnurren hören, als sie spürte, wie Alessandros Körper zitterte, als er ihre Brüste mit leidenschaftlichen Küssen bedeckte. So langsam lernte er sein Handwerk.

Als Dougie einige Stunden später nach Lenchester House zurückkehrte, war Emeralds Inbesitznahme der Suite ein Fait accompli. Beths händeringende Verlegenheit, mit der sie ihn darüber informierte, erzählte ihre eigene Geschichte.

»Sie hat Alessandro geheiratet? Ich dachte, sie wäre bei Freunden an der Côte d'Azur?«

»Nun, ja. Es war sehr ungezogen von ihr, uns alle so anzuschwindeln, aber Alessandro ist Ausländer, und man weiß ja, wie impulsiv Ausländer sind.«

Alessandro mochte impulsiv sein, aber Emerald auf keinen Fall. Berechnend, manipulativ, selbstsüchtig – all das war sie –, und wunderbar, gefährlich und mitreißend fähig, in ihm ein Gefühl zu wecken, wie keine andere junge Frau es vermochte. Was für ein Unsinn! Eine Frau wie Emerald wäre harte Arbeit. Sie wäre anspruchsvoll und kapriziös, und man könnte ihr unmöglich vertrauen – genau das Gegenteil der ungefährlichen, behaglichen, verlässlichen Frau, die er sich zur Gemahlin wünschte. Alessandro kann sie gern haben, sagte Dougie sich entschlossen und schob die Gefühle für Emerald, die ihn seit einiger Zeit weit mehr plagten, als ihm lieb und recht war, beiseite.

»Sie hat es vermutlich ihren Eltern erzählt?«, fragte er.

Dougie hielt große Stücke auf Amber und Jay, und der Gedanke, Emerald könnte sie schockiert und gekränkt haben, gefiel ihm nicht. Abgesehen davon war es sicherer, an sie zu denken statt an Emerald.

»Sie hat gesagt, sie würde ihnen ein Telegramm schicken. Sie sind immer noch in Amerika«, verteidigte Beth ihre Patentochter.

Dougie sah, dass Lady Beth Emerald eindeutig nicht gewachsen war, aber wer war das schon?

Überflüssig zu sagen, dass der ganze Haushalt in heller Aufregung war, und beim Abendessen war es natürlich das einzige Gesprächsthema.

»Natürlich war es sehr ungehörig von ihnen, so durchzubrennen.«

»Es ist skandalös und typisch für Emerald. Ich glaube, sie liebt es, Menschen zu schockieren und aus der Fassung zu bringen«, war Gwendolyns missbilligender Beitrag zum Gespräch am Tisch, während Lydia, deren Augen vor Heldinnenverehrung und Aufregung strahlten, unbesonnen flüsterte: »Also, ich finde es unglaublich romantisch. Gwendolyn, glaubst du wirklich, Emerald lädt uns nach Lauranto ein?«

»Also, falls sie es tut, werden meine Eltern es mir sicher nicht erlauben«, erwiderte Gwendolyn tugendhaft. »Und ich würde es auch nicht wollen. Du überraschst mich, Lydia. Wir müssen schließlich an unseren Ruf denken.«

Als Beth ihrer Nichte zuhörte, verließ sie ein wenig der Mut. Die liebe Gwendolyn hatte natürlich recht, aber unter bestimmten Umständen musste man zuweilen … nun, wenn man ehrlich war, dann war die liebe Gwendolyn eine ziemlich reizlose junge Frau, und ihre Mutter hatte noch drei andere Töchter, für die sie passende Ehemänner finden musste.

»Ich wünschte, Emerald wäre zum Abendessen heruntergekommen. Sie muss schreckliche Kopfschmerzen haben, dass sie die ganze Zeit in ihrem Zimmer bleibt«, meinte Lydia naiv. »Meinst du, ich sollte nach oben gehen und nach ihr sehen, Mummy, ihr vielleicht eine Tasse Tee bringen …?«

»Ähm, nein, mein Liebes, ich glaube, das wäre keine gute Idee.« Lady Beths weiche, volle Wangen zitterten im Takt mit der Aufregung in ihrer Stimme.

»Sie hat keine Kopfschmerzen«, fuhr Gwendolyn in missbilligendem, scharfem Tonfall auf. »Emerald hat nie Kopfschmerzen. Wenn du mich fragst, will sie nur Aufmerksamkeit.«

Und ich weiß auch genau, was für eine Art von Aufmerksamkeit sie will und bekommt, dachte Dougie eifersüchtig, selbst wenn Lydia zu naiv war, um an so etwas zu denken. Was war nur los mit der britischen Oberschicht, dass sie es für notwendig erachtete, ihre Töchter bezüglich der Tatsachen des Lebens in solcher Unwissenheit zu halten?

Doch so, wie ich meine Geschlechtsgenossen kenne, dachte Dougie, bleiben Emerald und Alessandro nicht wegen Kopfschmerzen in der Isolation ihres Schlafzimmers – meines Schlafzimmers, wenn ich kleinlich bin. Dougie blickte finster drein. Nicht dass es ihn das Geringste scherte, wen Emerald heiratete oder was sie mit ihm machte. Er wäre ein Narr, irgendetwas anderes als froh zu sein, dass sie ihm nicht länger auf die Nerven ging und ihn nicht unablässig verhöhnte und verspottete und ihn auch nicht dauernd daran erinnerte, dass er weder als Mann noch als Herzog je an ihren Vater heranreichen würde.

Aber auch wenn er sich mit Händen und Füßen dagegen wehrte, so war das Problem doch, dass Emerald eine Art hatte, einem Mann unter die Haut zu gehen. Es spielte keine Rolle, wen sie geheiratet hätte, er würde sich auf jeden Fall so fühlen, musste Dougie sich eingestehen, als … als ob … Wenn er ehrlich war, wollte Dougie gar nicht weiter darüber nachdenken, wie er sich bei dem Gedanken fühlte, dass Emerald jetzt mit einem anderen verheiratet war.

»Mmm, das war schön, Schatz. Und jetzt halt mich fest und verlass mich nicht, ja? Ja, ich weiß, ich habe gesagt, wir würden deine Mutter anrufen, aber dazu ist es jetzt viel zu spät. Sie schläft wahrscheinlich schon, und ich möchte sie ungern wecken.«

Ich hasse die Ausstattung dieser Räume, dachte Emerald, während sie darauf wartete, dass Alessandros tiefe Atemzüge ihr verrieten, dass er eingeschlafen war, bevor sie von ihm abrückte. Die ganze schäbige, altmodische bestickte Seide zeugte viel zu sehr vom Geschmack ihrer Mutter.

Wenn sie und Alessandro ihr eigenes Haus hatten, würde sie es in einem ganz modernen Stil ausstatten lassen. Vielleicht würde sie ja David Hicks damit beauftragen.

Amber und Jay wollten gerade zum Dinner nach unten gehen, als Emeralds Telegramm eintraf. Sie hatten glücklich darüber geplaudert, wie sehr sie sich darauf freuten, eine Woche mit den Zwillingen zu verbringen, die beide den Sommer über in einem Sommercamp in den Vereinigten Staaten arbeiteten, doch Ambers entspanntes Glücksgefühl löste sich rasch in Wohlgefallen auf, als sie Emeralds Telegramm las. Sie las es ein zweites Mal mit einem flauen Gefühl in der Magengrube.

»O nein!«, sagte sie mit angespannter Stimme und reichte Jay das Telegramm, damit auch er es lesen konnte. »Warum tut sie so etwas? Warum hat sie uns nicht einfach erzählt, dass sie und Alessandro heiraten wollen, statt nach Gretna Green durchzubrennen? Sie weiß doch sicher, dass alles, was wir uns für sie wünschen, Glück ist? Ich mache mir schreckliche Sorgen um sie und … wir haben gar keine richtige Beziehung, wie Mutter und Tochter sie haben sollten. Was natürlich meine Schuld ist«, fügte sie niedergeschlagen hinzu.

»Was es natürlich nicht ist«, versicherte Jay ihr.

»O doch«, beharrte Amber. »Als ich erfuhr, dass ich mit ihr schwanger war, wollte ich sie schließlich zuerst nicht. Und irgendwie bin ich überzeugt, dass sie das weiß, obwohl ich sie danach – und lange, bevor sie auf die Welt kam – unbedingt haben wollte.«

Jay griff nach ihren Händen und hielt sie fest. »Du warst und bist eine wunderbare Mutter, Amber.«

»Das sieht Emerald aber anders. Sie hat mich nie für eine gute Mutter gehalten. Es muss schrecklich gewesen sein für sie, dass ich für sie als Neugeborene nicht da war.«

»Du warst nicht für sie da, weil du sehr krank warst und um dein Leben gekämpft hast. Bitte hör auf, dich mit dummen Gedanken zu quälen, meine Liebe. Emerald ist eine sehr selbstsüchtige und willensstarke junge Frau.«

»Sie ist so jung, Jay, und ich kann nicht umhin zu denken, dass sie Alessandro geheiratet hat, weil … weil sie jemanden gewollt hat, der sie liebt, weil sie sich verletzlich fühlt.«

Jay schüttelte den Kopf. »Emerald, verletzlich? Es ist nur natürlich, dass du dir Sorgen um sie machst, aber ich lasse nicht zu, dass du dir die Schuld dafür gibst, dass Emerald so halsstarrig ist und tut, was sie will, ohne Rücksicht auf die Gefühle anderer.«

»Ich kann nicht anders, Jay. Ich wünschte nur, sie hätte etwas gesagt, hätte zuerst mit uns darüber geredet, sich mir anvertraut. Ich weiß wirklich nicht, ob ich meine Enttäuschung verbergen kann.«

20

Als Rose an einem Samstag im Frühsommer kurz vor der Mittagszeit hereinschneite, herrschte im Salon hektisches Treiben, Kunden und Friseure wuselten zur Musik herum, während Auszubildende herumhasteten und Haare wuschen, Kaffee herbeizauberten und aufkehrten.

»Sieht aus, als liefe das Geschäft«, sagte sie zu Josh und reichte ihm das Sandwich, das sie ihm mitgebracht hatte. »Keine Sorge, es ist koscher«, schimpfte sie, als er es aufschlug und hineinschaute.

»Ich sorge mich nicht darum, ob es koscher ist, ich will nur wissen, ob ich für mein Geld auch was Anständiges kriege«, neckte er sie mit dick aufgetragenem jiddischem Akzent. »Ich habe gelesen, dass deine Cousine geheiratet hat.«

Rose antwortete mit einem gezwungenen Lächeln. Sie redete nicht gern über Emerald, war sie sich deren Geringschätzung und Feindseligkeit doch stets bewusst. »Also, es ist auf jeden Fall eine Überraschung. So wie ich Emerald kenne, wäre ich jede Wette eingegangen, dass sie eine riesige Hochzeit feiern würde.«

»Wenn sie zwischen dem gesellschaftsfähigen Gemahl und der gesellschaftsfähigen Hochzeit wählen musste, hat sie vielleicht gedacht, es wäre besser, sich den Mann zu schnappen«, meinte Josh, womit er mehr Bewusstsein für die Situation an den Tag legte, als Rose ihm zugestanden hätte.

»Emerald wollte auf jeden Fall eine gute Partie machen«, fühlte sie sich verpflichtet, ihm zuzustimmen.

»Na, mit dem Prinz ist ihr das ja gelungen.« Josh grinste. »Bedeutet das, dass du jetzt vor ihr knicksen musst?«

»Niemals!« Roses Antwort kam so schnell und bitter herausgeschossen, dass beide überrascht waren. Josh runzelte die Stirn, und Rose wurde rot und wandte den Blick ab.

»Es tut mir leid«, entschuldigte sie sich mit angespannter Stimme. »Aber Emerald und ich sind nie besonders gut miteinander zurechtgekommen. Schon als Kinder hat sie jedem erzählt, ihr Vater wäre ein Herzog, während meiner ...«

»Während deiner?«, hakte Josh nach, als sie verstummte.

»Während meiner ein Alkoholiker und Dieb war – die Worte meiner Urgroßmutter, nicht meine. Aber wenn es dir nichts ausmacht, würde ich lieber nicht darüber reden.«

Josh zuckte leicht die Achseln. »Nein, das macht mir nichts. Ich möchte nicht neugierig sein.«

Hatte sie ihn gekränkt? Rose warf ihm einen raschen Blick zu. Manchmal war Josh so offen, dass ihm seine Gedanken förmlich ins Gesicht geschrieben standen, und bei anderer Gelegenheit war es schwer zu sagen, was er gerade empfand. Sie wollte ihn nicht kränken. Er war ein guter Freund, er brachte sie zum Lachen, und wenn sie mit ihm zusammen war, vergaß sie all die Dinge, über die nachzudenken ihr unerträglich war. Wie John und das Undenkbare, das hätte geschehen können. Sie hatte immer noch Alpträume über die fast hämische Grausamkeit in Lady Fitton Leghs Gesicht, als sie sie vor der schweren Sünde gewarnt hatte, die sie womöglich begangen hätten.

Seit Ostern war Rose nicht mehr in Denham gewesen – sie konnte es nicht mehr als ihr Zuhause betrachten –, sie hatte Angst vor dem, was sie sagen oder tun könnte, wenn sie zu Besuch fuhr. Nicht zu John – John war nicht derjenige, der sie verletzt und hintergangen hatte. Nein, Amber war es, der sie aus dem Weg ging, damit der Schmerz und das Entsetzen, die in ihr gefangen waren, nicht herausplatzten. Es war besser, wenn kein Wort darüber fiel. Was sollte es auch nützen? Nichts. Doch der schreckliche Schmerz und der Zorn waren auf ewig in ihr Herz eingebrannt. Hatte ihre Tante nicht überlegt, was passieren könnte? Hatte sie nicht gespürt, nicht geahnt, dass Rose sich zu John hingezogen fühlen könnte und, in

Unkenntnis ihrer möglichen Blutsverwandtschaft, etwas Verbotenes tun könnte? Oder war es, wie Lady Fitton Legh angedeutet hatte: Lag ihrer Tante so wenig an Rose, dass es ihr egal war, ob sie eine solche Sünde beging? Die Tatsachen sprachen für sich. Amber hätte es ihr sagen können, sie hätte ihr vertrauen können, sie hätte sie schützen können – selbst wenn sie sie nicht so lieben konnte, wie sie immer vorgegeben hatte.

»Hör mal, hättest du Lust, heute Abend mit mir auszugehen? Ich habe von einem neuen Jazzclub gehört.«

Joshs Frage brachte Rose zurück in die Gegenwart. Sie schenkte ihm ein Lächeln, dankbar, wieder auf sicherem Grund zu sein.

»Was ist los? Hat deine neueste Freundin keine Lust?«

Josh setzte eine Miene verletzter Unschuld auf.»Ich möchte dich mitnehmen.«

»Ich wollte mir einen gemütlichen Abend zu Hause machen.«

»An einem Samstagabend? Sei nicht dumm, das ist was für Spießer. Komm, es wird dir guttun.«

Er hatte ja recht. Es war sinnlos, zu Hause zu hocken und zu grübeln.

»In Ordnung«, sagte sie, »aber du läufst nicht davon und lässt mich allein da hocken, nur weil du ein Mädchen gesehen hast, das dir gefällt, wie das letzte Mal, als ich mich von dir beknien ließ, mit dir auszugehen.«

»Als würde ich so etwas tun«, protestierte Josh.»Ich hol dich gegen acht ab, okay?«

Zwei junge Frauen, die gerade den Frisiersalon betreten hatten, sahen Rose an, und dann flüsterte eine der anderen etwas zu. Die Fotos, die Ollie gemacht hatte, als Josh Rose die Haare geschnitten hatte, schmückten inzwischen die Wände des Treppenhauses. Sie waren auch in *Vogue* erschienen und hatten eine ganze Schar junger Frauen angelockt, die denselben Haarschnitt haben wollten. Es sprach sich immer noch herum.

Fast über Nacht und zu ihrem großen Erstaunen und, wenn sie ehrlich war, Unbehagen war Rose zu einer Art Berühmtheit geworden. Man hatte ihr sogar Arbeit als Mannequin angeboten, und zig Männer hatten sie gebeten, mit ihnen auszugehen. Janey hatte sie angefleht, die Kleider zu präsentieren, die sie zum Ende des Studienjahres für die Modenschau von St. Martins entwerfen wollte.

Sogar ihr Chef zog sie mit ihrer neu entdeckten Berühmtheit auf, und der Gemahl einer ihrer wichtigsten Kundinnen bedachte sie mit zudringlicher Aufmerksamkeit, was ihr sehr unangenehm war.

Als Mr Russell in das Wohnzimmer der eleganten Wohnung gekommen war, die er mit seiner Frau bewohnte, während Rose dort sorgfältig die Maße zweier Bergère-Sessel nahm, welche neu bezogen werden sollten, hatte sie sich nichts dabei gedacht. Doch dann war er näher gekommen und hatte sich, als er in dem engen Raum zwischen den Sesseln und dem Fenster hinter ihr durchgehen wollte, von hinten an sie gedrückt und ihr eine Hand auf die Schulter gelegt, damit sie sich nicht vom Fleck rührte. Mit der freien Hand hatte er über ihr Haar und ihren Hals gestreichelt und bemerkt, wie seidig ihr Haar und wie weich ihre Haut doch sei.

Zuerst war Rose zu schockiert gewesen, um irgendetwas zu sagen oder zu tun, ja, sie hatte Mühe zu begreifen, was da mit ihr geschah. Der Mann der Kundin war Ende vierzig – das, was er da gerade getan hatte, war doch sicher unmöglich. Zu ihrer Erleichterung hatte das Telefon geklingelt, und sie hatte der Situation entfliehen können.

Sie hatte nicht vorgehabt, irgendjemandem davon zu erzählen, doch dann hatte Janey sie und Ella überredet, etwas trinken zu gehen, und in einem Pub in der King's Road war sie zufällig Josh über den Weg gelaufen und hatte sich zu ihrer Überraschung ihm anvertraut.

Josh hatte gelacht und gemeint, was sie bräuchte, wäre eine

lange, dünne Hutnadel. Als sie sich das nächste Mal gesehen hatten, hatte er ihr eine lange, schlanke Schachtel mit einer gefährlich aussehenden Hutnadel mit einem hübschen Perlen-und-Strass-Kopf überreicht.

»Ich bin in einem Trödelladen darauf gestoßen«, hatte er ihr lachend erklärt. »Und jetzt, da du sie hast, lässt du sie auch zum Einsatz kommen, wenn der alte Russell sich dir noch einmal nähert.«

Josh konnte sie immer zum Lachen bringen, egal wie niedergeschlagen sie war.

Und sie war niedergeschlagen, gestand Rose sich ein. Die Situation mit John und Amber war nicht das Einzige, was sie bedrückte. Der Wunsch, der traditionellen Art der Innenausstattung, in der sie ausgebildet wurde – die Art von Innenausstattung, wie sie auch ihre Tante in ihrem Laden in der Walton Street anbot –, den Rücken zu kehren, wurde immer stärker. Sie wollte sich viel lieber auf die kreativen Möglichkeiten konzentrieren, die sie im kommerziellen Bereich sah. Früher wäre Amber die Erste gewesen, mit der sie so etwas besprochen hätte, denn Rose hatte geglaubt, ihre Tante verstünde sie und wüsste, was sie empfand. Egal, was sie ihr für einen Rat gegeben hätte, sie hätte Roses ureigenstes Interesse an erste Stelle gesetzt. Doch jetzt zögerte Rose, Amber von ihren Träumen zu erzählen. Sie litt unsäglich unter dem Gefühl, dass der Mensch, den sie am meisten liebte und dem sie am meisten vertraute, sie verraten hatte. Amber war für sie immer wie eine Mutter gewesen, doch jetzt fühlte Rose sich betrogen, hintergangen und sehr einsam.

21

»Natürlich bin ich entzückt, dass ihr so glücklich seid, aber ich muss doch sagen, dass ich auch enttäuscht bin, dass du es nicht für angebracht gehalten hast, dich mir anzuvertrauen, Alessandro.«

Sie hatten sich zum Nachmittagstee im *Savoy* getroffen, Emeralds strategisch gewähltem Schauplatz. Obendrein hatte sie – mittels eines kleinen Unfalls, bei dem sich leider ein Absatz ihres Schuhs gelöst hatte, sodass sie noch einmal nach Hause zurückkehren mussten – dafür gesorgt, dass sie und Alessandro ein klein wenig zu spät kamen, sodass seine Mutter zuerst da gewesen war und auf sie warten musste.

Die Prinzessin war jeden Zoll so formidabel, wie Emerald sie sich vorgestellt hatte, und mehr. Groß und elegant und mit einer Aura von Queen Mary saß sie mit steifem Rücken auf ihrem Stuhl und tat, als lächelte sie sie wohlwollend an, während ihr Blick kalt war, zumindest wenn sie ihn auf Emerald richtete.

Nicht dass Emerald der Gedanke, dass Alessandros Mutter sie nicht mochte, auch nur im Geringsten störte. Nur *eine* Frau konnte die Kontrolle über Alessandros Leben haben, und diese Frau würde von nun an Emerald sein.

»Alessandro wollte nicht so durch und durch selbstsüchtig sein und dir von unserem Glück erzählen, während du deine Cousine pflegen musstest, Schwiegermama, nicht wahr, Alessandro, Schatz?«, antwortete Emerald zuckersüß für ihren Gemahl, was seine Mutter mit einem eisigen Blick quittierte.

»Alessandro weiß, dass für mich sein Glück immer an erster Stelle steht. Und abgesehen davon, welche Mutter würde nicht gern das Glück ihres Sohnes teilen?«

In ihren Worten lag eine so gut verborgene Herausforderung, dass Alessandro sie nicht mitbekam. Die Prinzessin wandte sich von Emerald ab und ihrem Sohn zu, wobei es ihr gelang, Emerald den Blick auf Alessandro zu versperren, sodass sie sich effektiv zwischen die beiden gedrängt hatte, als sie fragte: »Du findest deine Mutter doch sicher nicht so unmenschlich, oder, Alessandro?«

Emerald wusste genau, was ihre Schwiegermutter vorhatte, doch das würde sie nicht dulden. Während Alessandro noch nach den rechten Worten suchte, schritt sie ein – wörtlich wie bildlich gesprochen: Sie stand von ihrem Stuhl auf, trat neben ihren Gemahl und legte ihm eine Hand auf die Schulter.

»Natürlich nicht«, antwortete sie für ihn. »Er findet, du bist die wunderbarste Mutter der Welt. Ich muss gestehen, ich bin schon ziemlich eifersüchtig, und ich hoffe, dass mein Sohn mich einst so lieben wird wie Alessandro dich. Ich werde sicher alles tun, dass dem so ist.«

Jetzt wurde sie mit kaltem Blick gemessen, und ein leichtes Stirnrunzeln verunstaltete die glatte Stirn der Prinzessin. Emerald lächelte und genoss ihren Triumph.

»Wir dürfen nicht zu viel von deiner Zeit beanspruchen, Schwiegermama. Ich weiß, wie schwer es für dich sein muss, deine Cousine allein zu lassen, wo es ihr so schlecht geht.«

»Du bist wirklich eine sehr aufmerksame junge Frau, Emerald. Ich sehe schon, wie die Dinge zwischen uns stehen werden.«

Jede Wette, dachte Emerald. Nun, desto besser, sie würde sich auf keinen Fall einschüchtern lassen.

»Alessandro und ich haben jetzt gewisse Staatsangelegenheiten zu besprechen, die dich nur langweilen. Du bleibst hier und trinkst deinen Tee zu Ende. Ich werde Alessandro zu dir schicken, sobald wir fertig sind.«

Zu ihrem flotten, selbstbewussten Tonfall konnte Emerald ihrer Schwiegermutter nur gratulieren. Doch sie war mehr als bereit und lächelte lieblich bei jedem giftgetränkten Wort.

»O nein, nicht doch, Schwiegermama, sag das bitte nicht.«

Sie beugte sich vor, schob ihren Arm durch Alessandros und sah bewundernd zu ihm auf. »Siehst du, wir ertragen es nicht, auch nur die kürzeste Zeit getrennt zu sein, nicht wahr, Alessandro, Schatz? Sicher, ich weiß nichts über Staatsangelegenheiten, aber ich möchte es unbedingt lernen. Ich will die beste Gemahlin sein, die Alessandro sich je wünschen könnte, damit ihr beide stolz auf mich seid. Du verstehst, was ich meine, Schwiegermama, schließlich musst du dasselbe empfunden haben, als du Alessandros Vater geheiratet hast. Alessandro, Schatz, sag deiner Mutter, wie wichtig es für mich ist, dass wir alles zusammen machen. Auch wenn ich fürchte, dass wir nicht lange bleiben können, denn wir haben für heute Abend eine Einladung zum Dinner.«

Der Fehdehandschuh war nach allen Regeln der Kunst geworfen worden, und Emerald war sehr zufrieden mit sich, als sie zehn Minuten später mit Alessandro das *Savoy* verließ.

Von wegen Mutterliebe. Wenn es um die Wahl der Waffen ging, gewann Sex doch jedes Mal, sinnierte Emerald glücklich.

22

»Natürlich bin ich entzückt, dass du ein Haus gefunden hast, das dir gefällt, Emerald, meine Liebe.« Ein schmerzliches Zucken fuhr über das Gesicht der Prinzessin. »Ich persönlich hätte das solidere Haus gewählt, das wir uns angesehen haben. Es wäre, wie ich finde, besser geeignet gewesen für eine königliche Residenz, denn darin wäre auch Platz gewesen für das Personal meines lieben Alessandro. Aber es ist vielleicht von einer jungen Frau, besonders wenn sie frisch verheiratet und so verliebt ist, auch zu viel verlangt zu erwarten, dass sie an so etwas denkt.

Sag mir, meine Liebe, geht es dir jetzt besser? Diese Kopfschmerzen, unter denen du leidest, müssen ja eine wahre Last

sein. Ich hatte stets das Glück, mit einer starken Konstituti-
on gesegnet zu sein, genau wie Alessandro. Kränkelei kann so
etwas Furchtbares sein, besonders wenn man so viele öffent-
liche Pflichten erfüllen muss, aber du weißt ja, dass ich stets
zur Stelle bin, um für dich einzuspringen, solltest du dich den
Dingen nicht gewachsen fühlen.«

Emerald lächelte während des rachsüchtigen Monologs ihrer Schwiegermutter, auch wenn ihr Gesicht sich anfühlte, als
würde es zerspringen.

»Ich wünschte, ich hätte bezüglich des Hauses deinen Rat
befolgt, Schwiegermama, aber da Mr Melrose sich um den
Kaufvertrag kümmert, fühlte ich mich verpflichtet, auf ihn
zu hören.«

So, du alte Hexe, daran kannst du gern ersticken! Emerald
war außer sich gewesen, als Alessandro ihr erklärt hatte, da er
kaum viel Zeit in London verbringen werde, glaube seine
Mutter nicht, dass das laurantonische Schatzamt die Ausgaben
für ein Haus in London für den frisch vermählten Prinzen ge-
nehmigen werde. Emerald war fest entschlossen, sogar sehr viel
Zeit in London zu verbringen, doch das hatte sie Alessandro
gegenüber noch nicht erwähnt. Stattdessen hatte sie die Situation rasch zu ihrem Vorteil gewendet und darauf bestanden, sie
wolle für Alessandros kleinen Staat keine Last sein und werde
den lieben Mr Melrose bitten, das Geld aus der Erbschaft ihres
Vaters freizugeben.

»Nun ja, meine Liebe, ich bin mir sicher, dass das Haus auf
seine Art vollkommen geeignet ist, und da wir hier in London keine Botschaft unterhalten, wirst du nicht mit der Sorge
belastet sein, offizielle Empfänge und Dinners zu organisieren.
Zu Hause ist das natürlich etwas anderes. Dort empfangen wir
die Oberhäupter anderer königlicher Familien, doch du musst
dir keine Sorgen machen: Ich werde mich natürlich weiterhin
darum kümmern, während du dir ein schönes Leben machst.«

Emeralds Lächeln wurde breiter. »O nein, Schwiegermama,

das können wir nicht von dir erwarten. Alessandro hat noch neulich gesagt, wie sehr er sich darauf freue, dich von deinen offiziellen Verpflichtungen zu entbinden, damit du mehr Zeit mit deinen Freundinnen verbringen kannst, und wie besorgt er ist, dass es in deinem Alter wirklich nicht klug ist, so viel zu arbeiten. Ich freue mich schon darauf.« Jetzt war Emeralds Lächeln echt.

Doch Alessandros Mutter gab noch nicht klein bei. Sie schenkte Emerald vielmehr ein nachsichtiges Lächeln.

»Nun, wir werden sehen. Ich fürchte, die Gemahlin eines Prinzen von königlichem Geblüt zu sein ist nicht immer so leicht, wie es aussieht …

Also, der Grund, warum ich euch beide gebeten habe, hier-herzukommen und in meiner Suite Tee mit mir zu trinken – sehr freundlich von dir, Emerald, vorzuschlagen, ich möge zu euch kommen, aber im Alter zieht man es vor, das eigene Per-sonal um sich zu haben –, ist, dass ich dich um einen Gefallen bitten muss.«

Emerald lächelte wieder, diesmal freundlich, doch ihr Blick war hart. Sie und Alessandro mochten erst gut einen Monat verheiratet sein, doch sie hatte schon gelernt, dass ihre Schwie-germutter die Kontrolle über das Leben ihres Sohnes nicht freiwillig aufgeben würde.

»Alessandro, du weißt, dass uns der Finanzminister um diese Jahreszeit sein Budget vorstellt, bevor es vor den Rat geht. Da du frisch verheiratet bist und hier in London so viel damit zu tun hast, dass Emerald das Haus bekommt, das sie will, würde ich normalerweise nach Lauranto zurückkehren, um mich in meiner offiziellen Funktion als Regentin in deiner Abwesen-heit um diese Formalität zu kümmern, doch da meine Cou-sine immer noch so krank ist, habe ich das Gefühl, ich kann sie nicht alleinlassen, also …«

Die alte Hexe wollte sie zwingen, London zu verlassen und in Alessandros erbärmliches, langweiliges kleines Land zu gehen, wo Emerald mit ihr unter einem Dach leben müsste – denn sie würde eine Ausrede finden, ihnen bald zu folgen, davon war Emerald überzeugt. Nun, das würde sie verhindern. Sie würden London nicht verlassen.

Emerald setzte eine gequälte, unglückliche Miene auf, wandte sich an Alessandro und rief: »Oh, Liebster, ich fühle mich so schrecklich, Schatz, wir können unmöglich nach Lauranto reisen.« Sie wandte sich wieder an Alessandros Mutter. »Schwiegermama, wir enttäuschen dich nur ungern, aber wir können London im Augenblick unmöglich verlassen. Ich habe hier so viel zu tun. Es gibt einige Angelegenheiten, um die ich mich kümmern muss, da der Kauf des neuen Hauses auf meinen Namen läuft und alles, und dann muss ich nach Paris zu den Anproben für meine neue Garderobe, und Mummy kommt nach London, um mich und das neue Haus zu sehen.«

»Emerald, meine Liebe, das verstehe ich ja«, erwiderte die Prinzessin in tröstlichem Tonfall. »Du musst dir keine Sorgen machen. Siehst du, es ist gar nicht nötig, dass ihr beide nach Lauranto reist, keineswegs. Alessandro kann allein reisen, nicht wahr, Schatz? Schließlich muss einer von uns dort sein. Weißt du, ich würde ja nach Hause fahren, aber der Gedanke, meine arme Cousine könnte sterben und ich wäre nicht bei ihr, ist mir unerträglich.« Die Witwe hatte ein spitzengesäumtes Taschentuch hervorgeholt, mit dem sie sich jetzt die Augen abtupfte.

Alessandro kniete sich vor seine Mutter, nahm ihre freie Hand und beschwor sie: »Mama, bitte, reg dich nicht auf. Natürlich übernehme ich das.«

Verdammt, verdammt, verdammt! Emerald war wütend, doch es gelang ihr, ihre wahren Gefühle zu verbergen, und sie flehte: »Alessandro, du weißt, dass ich den Gedanken nicht ertrage, dass wir beide getrennt sind.«

Doch diesmal waren ihre Schmeichelei und das Versprechen dahinter nicht stark genug, um den Zauber zu wirken.

Ja, Alessandro schien sie kaum zu hören, denn er konzentrierte sich ganz auf seine Mutter, die murmelte: »Der Gedanke, was dein Vater sagen würde, wenn er das Gefühl hätte, ich würde meine Pflichten vernachlässigen, ist mir unerträglich.«

»Papa hätte so etwas nie von dir gedacht, Mama, niemals«, versicherte Alessandro ihr rasch.

»Du bist so ein guter Sohn, Alessandro. Ja, ich bin gesegnet, so einen guten Sohn und eine wahrlich verständnisvolle Schwiegertochter zu haben. Du musst, fürchte ich, morgen abreisen. Ich hätte es dir früher sagen sollen, aber ich hatte gehofft, es wäre nicht nötig.«

Lügnerin, Lügnerin, Lügnerin, hätte Emerald am liebsten geschrien. Sie war nach allen Regeln der Kunst ausgetrickst worden und war wie eine Närrin in die von ihrer Schwiegermutter sorgfältig ausgelegte Falle getappt. Emerald war außer sich vor Zorn, doch jetzt konnte sie nichts mehr tun.

Immerhin musste ihre Schwiegermutter in London bleiben, statt mit Alessandro nach Lauranto zu fahren, was sie, davon war Emerald überzeugt, am liebsten getan hätte, die alte Hexe. Emerald musste jetzt eben dafür sorgen, dass Alessandro sie so sehr vermisste, dass sie, wenn er zurückkam, vor den Augen seiner Mutter mit seiner Hingabe zu ihr prahlen konnte – und Emerald wusste genau, wie das zu bewerkstelligen war.

»Rose, stimmt etwas nicht? Du warst lange nicht zu Hause, um uns zu besuchen.«

»Es ist alles in Ordnung, Tante Amber. Ich hatte nur schrecklich viel zu tun.«

Sie saßen im Wohnzimmer des Hauses in Chelsea und tranken den Tee, den Amber unbedingt hatte machen wollen, obwohl Rose lieber in ihr Schlafzimmer geflohen wäre, als sich mit ihrer Tante zu unterhalten.

Amber war nicht beruhigt. Sie hatte das Gefühl, es war egoistisch, sich nach der einstigen Nähe zwischen ihr und Rose zu sehnen. Sie sehnte sich danach, ihre Nichte in den Armen zu halten und ihren vertrauten Duft einzuatmen, die besondere Bindung zwischen ihnen zu spüren, die ihr immer sehr viel bedeutet hatte. In Rose, hatte sie immer gedacht, hatte sie die Tochter im Geiste gefunden, die Emerald nie gewesen war.

Doch Amber spürte, dass sich etwas verändert hatte. Sie wünschte sich sehr, Rose würde sich ihr anvertrauen, doch sie war auch fest entschlossen, sich nicht allzu neugierig zu zeigen. Doch das war schwer, denn Rose war blass und abgemagert. Andererseits war ihre geliebte Nichte jetzt eine junge Frau mit ihren für junge Frauen typischen heimlichen Hoffnungen und Träumen. So etwas besprach man nicht gern mit jemandem aus der älteren Generation, selbst wenn man ihn sehr liebte, wie Amber sehr wohl aus ihrer eigenen Jugend wusste.

Warum, überlegte Amber, hat die Natur es so eingerichtet, dass die Jugend es so schwer akzeptiert, dass die Generation ihrer Eltern und Großeltern einst dieselben Erfahrungen gemacht hat? In einer besseren Welt wäre es möglich, das, was man aus dem Schmerz, den man durchgemacht hatte, gelernt hatte, an die Jugend weiterzugeben, um ihr zu ersparen, dasselbe durchzumachen, statt dass jede Generation ihre eigenen Erfahrungen machen musste.

»Sieht aus, als würden wir nicht mehr die Zeit finden, uns zu treffen.«

Amber wünschte, sie hätte nichts gesagt, denn sie sah, dass Rose sich fast unmerklich von ihr zurückzog. »Im Laden ist viel los, und du hast auch viel zu tun, wo Emerald frisch verheiratet ist und ein Haus kauft. Da braucht sie sicher deine Hilfe.«

Das Letzte, was Emerald wollte, war ihre Hilfe, da war Amber sich gewiss, und sie hatte gedacht, Rose wüsste das auch.

Rose brachte es nicht über sich, ihre Tante direkt anzusehen. Wäre sie doch bloß nicht gekommen. Sie fühlte sich so unbehaglich in ihrer Gesellschaft – unbehaglich und wütend –, als liefe sie Gefahr, von all den Vorwürfen, die in ihr brannten, zu explodieren. Doch was hatte es für einen Sinn, etwas zu sagen? Ihre Tante würde so tun, als wäre es ein großes Missverständnis, und Rose wusste, dass sie sich am Ende noch miserabler fühlen würde. Ein Teil von ihr sehnte sich nach den Tagen der Kindheit zurück, als sie zu ihrer Tante laufen konnte und wusste, dass Amber mit ihrer Umarmung und einem Kuss auf den Scheitel alles wiedergutmachen konnte. Sie sehnte sich nach jenen Tagen zurück, bevor sie die schreckliche Wahrheit erfahren hatte, die sie jetzt quälte.

»Was ist? Was ist los, Dan?«, fragte Janey ängstlich, als sie sich zum dritten Mal an ihn schmiegte und er sie wieder mit hochgezogenen Schultern abwies.

»Ich bin einfach nicht in der Stimmung.« Seine Stimme war gedämpft und leer. »Es ist nicht deine Schuld«, versicherte er ihr, »es ist meine Schuld, weil ich so ein verdammter Idiot bin. O Gott, Janey, ich könnte mich in den Hintern treten, wirklich. Nicht dass es was nützen würde, und abgesehen davon, kriege ich wahrscheinlich eh einen ordentlichen Tritt in den Hintern, wenn ...« Er unterbrach sich und wandte sich wieder von ihr ab, um verdrießlich aus dem schmutzigen Fenster seiner heruntergekommenen Wohnung zu starren.

»Jemand bedroht dich.« Janey war augenblicklich aufgeschreckt.

»Oh, verdammt, ich wollte es dir nicht sagen. Ich will dich nun wirklich nicht mit meinen Problemen belasten.«

»Red keinen Blödsinn. Deine Probleme sind auch meine Probleme«, erklärte Janey ihm liebevoll.

Sie war stolz auf ihn und auf sein schauspielerisches Talent. Alle in ihrer Clique sagten, er würde es weit bringen, doch Dan selbst war sich da nicht so sicher. Er klagte oft darüber, dass er nicht das Glück hatte, den Durchbruch zu erzielen, der anderen gelang.

Aus kleinen Brocken, die er hier und da fallen ließ, wusste Janey, dass er nicht die leichteste Kindheit gehabt hatte. Seine Mutter war gestorben, als er noch sehr klein gewesen war, und sein Vater hatte wieder geheiratet. Er hatte versucht, gut mit seiner Stiefmutter klarzukommen, doch sie hatte nicht viel Zeit für ihn gehabt, besonders als sie eigene Kinder bekommen hatte.

»Es wäre nicht so schlimm, wenn ich Dad nicht die zwanzig Pfund gegeben hätte, die ich beiseitegelegt hatte. Aber ich konnte ihm unmöglich nicht aushelfen, als er entlassen wurde. Er ist immerhin mein Dad.«

Janey kämpfte gegen die Tränen. Dan hasste es, wenn sie weinte, aber er war einfach so gut und edel, dass sie nicht dagegen ankam.

»Ich hatte keine Ahnung, dass der Typ, der vorher hier gewohnt hat, sich aus dem Staub gemacht hat, ohne die Miete zu bezahlen, aber der Vermieter glaubt mir nicht und droht jetzt, seine Schläger vorbeizuschicken, wenn ich nicht bezahle.«

»Ich kann dir das Geld leihen.«

»Nein! Ich leih mir doch kein Geld von meinem Mädchen. Das wäre nicht richtig.«

»Oh, Dan. Das ist so typisch für dich, aber du musst mir erlauben, dir auszuhelfen, Schatz, bitte. Ich ertrage es nicht, dich so zu sehen. Wann hast du das letzte Mal etwas gegessen?«

»Essen? Das ist das Letzte, wonach mir der Sinn steht. Nicht dass ich es mir leisten könnte, etwas zu essen zu kaufen, selbst wenn ich wollte. Aus den Werbeaufnahmen, die der verdammte Agent mir versprochen hat, ist auch nichts geworden.«

»Du bekommst bestimmt bald was Besseres. Du bist so gut.«

»Gut, aber ohne Arbeit und pleite, und demnächst werde ich noch wegen der Schulden eines anderen von einer Rotte Schläger vermöbelt. O Gott, Janey, ich weiß gar nicht, wieso du dich mit mir abgibst. Du wärst doch besser dran ohne mich. Die ganze verfluchte Welt wäre besser dran ohne mich.«

Als sie die Angst in seiner Stimme hörte, wurde Janeys zärtliches Herz von Panik ergriffen. Sie wollte die Sache unbedingt für ihn in Ordnung bringen.

»Nein, Dan, so etwas darfst du nicht sagen. Ich leihe dir das Geld.«

Dan stieß ein kurzes, raues Lachen aus. »Das ist sinnlos, denn ich kann es dir nicht zurückzahlen.«

»Dann schenke ich es dir«, erklärte sie entschlossen, »und ich warne dich, Dan, dass ich kein Nein hören will.« Sie öffnete ihre Handtasche und holte fünfundzwanzig Pfund aus ihrer Geldbörse – wahrlich ein Vermögen, das sie nur zufällig bei sich trug, weil Amber es ihr gegeben hatte, damit sie es auf ihr Konto einzahlte.

»Hier«, sagte sie, »ich will kein Wort mehr darüber hören ... niemals. Ja, ich finde, wir sollten die ganze Angelegenheit damit vergessen.«

»Deine Freundlichkeit vergessen?« Dans Stimme war belegt und rau vor Gefühlen. »O Gott, aber du bist so etwas Besonderes, Janey, so gut und freundlich und wunderbar. Komm her und lass dir zeigen, wie sehr ich dich liebe.«

Als er die Hand nach ihr ausstreckte, sank Janey willig an seine Brust und schlang ihm die Arme um den Hals. Und als er sie an der Stelle direkt hinter dem Ohr küsste, zitterte sie wie immer vor Wonne. Sie rückte näher an ihn heran, das Herz voller Glück.

»Du bist so gut zu mir«, erklärte Dan, und seine Stimme klang nur gedämpft an ihr Ohr, weil er ihre Brüste liebkoste, nachdem er ihr Oberteil hochgeschoben und sie aus dem engen BH befreit hatte.

Die feuchtkalte Luft in der Kellerwohnung zauberte ihr eine Gänsehaut, und ihre Brustwarzen richteten sich auf.

»Tolle Titten«, sagte Dan und beäugte sie anerkennend. »Die gehören unbedingt aufs Titelblatt von *Tit-Bits*.«

Janey tat, als wäre sie schockiert über die Erwähnung der

Zeitschrift, die bekannt war für ihre anzüglichen Witze und Bilder von spärlich bekleideten Mädchen, doch Dan achtete nicht darauf. Er war zu sehr mit ihren Brüsten beschäftigt, und Janey vergaß ganz, so zu tun, als missbilligte sie es, als er an einer Brustwarze saugte, denn in ihr stiegen höchste Wonnen auf.

Dan war ein ungeduldiger Liebhaber, Sex mit ihm war aufregend, heiß und sehr schnell – und meistens vorbei, bevor sie sich ganz ausgezogen hatten.

Wenn Dan hinterher feststellte, wie gut es gewesen war, brachte Janey es einfach nicht über sich, ihm zu sagen, dass es ihr eigentlich immer zu schnell ging. Sie wollte schließlich nicht für eine dumme, frigide Zicke gehalten werden, die nichts von Sex verstand. Die jungen Männer in der Clique, in der Janey sich bewegte, sagten immer, die Schlimmsten wären die, die Sex wie Jungfrauen hätten und offensichtlich frigid wären.

Als Dan jetzt ihren Rock hochschob und die Hand in ihren Schlüpfer gleiten ließ, hätte Janey ihm gern vorgeschlagen, sich auszuziehen und ins Bett zu gehen, statt dass Dan sie gegen die Wand schob.

»Oh, Baby …«, gurrte Dan, was hieß, dass er sie gleich hochheben und ein paarmal in sie hineinstoßen würde, bevor er kam, denn »Oh, Baby« hatte er bisher immer gesagt, bevor er das tat.

»Warum machen wir's nicht mal im Bett?«, schlug Janey leicht atemlos vor.

»Im Stehen ist es besser«, erklärte Dan und fügte leise hinzu: »Da ist ja meine gute kleine Muschi, ganz feucht und bereit. Soll ich's dir vorher als Belohnung mit den Fingern machen, weil du so nett zu mir bist?«

Janey nickte, schloss die Augen und konzentrierte sich ganz auf die Erregung, die sie überkam, wenn Dan die Finger in sie hineinsteckte. Wenn sie sich nur genug konzentrierte, konnte sie sicher das flüchtige Gefühl festhalten, das dort auf sie wartete, wenn Dan nur ein wenig geduldiger wäre und nicht so …

Sie keuchte empört auf, als Dan aufhörte und sagte: »So, ich wette, das hat dir gefallen, was?«, bevor er in sie hineinstieß.

Janey war so enttäuscht, dass sie am liebsten geweint hätte. Sie hörte Dan keuchen und stöhnen, als er tiefer und fester in sie stieß, doch das, was er vorher gemacht hatte, hatte ihr besser gefallen, und es würde ihr noch besser gefallen, wenn sie nur den Mut aufbrächte, ihm zu sagen, wo genau er sie berühren sollte.

Voller Schuldgefühle, weil sie nicht dankbarer war, stöhnte Janey lustvoll auf, als Dan kam.

Sie wusch sich in dem kalten, schmuddeligen Badezimmer, das Dan sich mit den anderen Mietern der Wohnung teilte. Ihr Taschentuch musste sie jetzt wegwerfen, denn sie brachte es nicht über sich, das graue Handtuch zu benutzen, das Dan ihr geben wollte. Trotz ihrer Bemühungen fühlte sie sich immer noch klebrig und unwohl.

»Sollen wir heute Abend ausgehen?«, fragte sie ihn. »Ich kenne ein neues Café, das eben eröffnet hat.«

»Ich würde ja gern, aber ich kann nicht. Ich habe einer Freundin meiner Schwester versprochen, ihr beim Textlernen zu helfen. Ich wäre natürlich viel lieber mit dir zusammen, aber ich habe es versprochen und will sie nicht enttäuschen.«

»Nein, natürlich nicht. Das würde ich nicht wollen.«

Das anerkennende Lächeln, das Dan ihr schenkte, war ihr Belohnung genug.

»Es ist ein sehr hübscher kleiner Artikel, Ella, jetzt, da Sie ihn ordentlich aufpoliert haben«, bemerkte die Reiseredakteurin in herablassendem Tonfall, doch der scherte Ella nicht. Also, ganz egal war es ihr eigentlich nicht, aber sie würde sich nicht anmerken lassen, wie enttäuscht sie war, dass sie ihren sorgfältig komponierten Artikel über Venedig hatte verwässern müssen, um den Anforderungen der Reiseredakteurin – »Er muss glamouröser sein, Schätzchen – *Vogue*-Leserinnen brauchen Glamour wie die Luft zum Atmen« – gerecht zu werden.

»Er kommt in die Ausgabe für nächsten Monat, zusammen mit einigen Fotos von Oliver Charters vom Maskenball des Comte de Livron.«

Aus dem Büro der Reiseredakteurin entlassen ging Ella zurück zu dem Kabuff von einem Büro, das sie sich mit einigen anderen Redaktionsassistentinnen teilte. Dass ihr Artikel tatsächlich gedruckt wurde, und zwar mit ihrem Namen darunter, war ein Riesenschritt nach vorn. Sie durfte nicht länger darüber nachdenken, dass es ihr lieber gewesen wäre, die Reiseredakteurin hätte nicht die zwei Abschnitte gestrichen, in denen sie in liebevollen Einzelheiten beschrieben hatte, wie die venezianischen Gondeln hergestellt wurden, wie einfach das Leben der Bootsbauer war, die ihre Künste von Generation zu Generation weitergaben, und wie groß der Kontrast zu ihren glamourösen Passagieren war, die darin von einem prunkvollen Empfang zum nächsten gebracht wurden.

Ellas Herz pochte wie wild, doch daran hatte sie sich inzwischen gewöhnt. Es war eine Nebenwirkung der Diätpillen, die der Arzt ihr verordnet hatte, genau wie der plötzliche Zwang zu plaudern, das Gefühl rastloser Energie, das sie hierhin und dorthin hasten ließ, und natürlich der mangelnde Appetit.

Apropos. Ella setzte sich an ihren Schreibtisch, holte das Pillenfläschchen aus ihrer Handtasche und stellte es auf den Tisch. Dann ging sie den Wasserkessel füllen, um sich eine Tasse Tee zu kochen.

Oliver blieb zögernd vor dem Büro der Redaktionsassistenten stehen. Er war gerade bei der Leiterin der Moderedaktion gewesen, die ihn für die Fotos aus Venedig gelobt hatte, und das ließ ihn widerwillig über den Part nachdenken, den Ella bei der Entstehung dieser Fotos gespielt hatte.

Er hatte Bedenken ihretwegen gehabt und sich auf un-
erklärliche Weise fast verantwortlich gefühlt für sie. Sie war
in Bezug auf Männer so verflixt naiv, und er hatte nicht das
Recht gehabt, sie so zu küssen.

Er schob die Bürotür auf. Das Erste, worauf sein Blick fiel,
war das verräterische Pillenfläschchen auf dem Schreibtisch –
auf Ellas Tisch –, daneben eine Pille. Oliver wusste sofort, was
es war. Alle Mannequins nahmen sie und wurden abhängig
davon.

Er trat an den Tisch, nahm die Flasche und drehte sich zu
Ella um, die vor Empörung erstarrte, gefangen in der Ecke
beim Wasserkessel, während er die Flasche schüttelte und sie
in ungläubigem Zorn anfuhr: »Sagen Sie nicht, Sie sind so
dumm, die Dinger hier zu nehmen?«

»Es geht Sie nichts an, was ich tue«, erklärte Ella. Er hielt
immer noch ihr kostbares Pillenfläschchen in der Hand, und
sie wollte unbedingt, dass er es abstellte, damit sie es wieder
an sich nehmen konnte.

»Wissen Sie, was das ist und wozu es führt – abgesehen davon, dass es idiotischen jungen Frauen hilft, sich halb zu Tode
zu hungern?«, fragte Oliver herausfordernd. »Das sind Amphe-
tamine«, fuhr er fort, ohne ihr Zeit zum Antworten zu lassen.
»Auch Speed genannt, und genau das tut es: Es bringt Sie auf
Zack. Sie essen nicht, Sie schlafen nicht, Sie reden wie ein
Wasserfall, das Zeug beschleunigt Ihren Herzschlag und Ihr
Leben, und wenn Sie Pech haben – und viele haben Pech –,
beschleunigt es Ihr Leben so sehr, dass es vorbei ist, bevor es
richtig angefangen hat. Dann sterben Sie jung an einem Herzinfarkt.«

»Das sagen Sie nur so«, verteidigte Ella sich, denn sie wollte nicht zugeben, wie sehr sein Ausbruch sie schockiert hatte, umso mehr, da ihr die beschriebenen Symptome nur allzu
vertraut waren.

»Keineswegs. Und wenn Sie an einem Herzinfarkt sterben,

haben Sie noch Glück. Manche Leute drehen von dem Zeug durch, werden paranoid. Und ich habe gedacht, Sie wären intelligent«, sagte er empört und warf die Flasche in den Papierkorb.

Ella stürzte sich sofort darauf, um ihre kostbaren Pillen zu retten, doch als Oliver merkte, was sie vorhatte, kam er ihr zuvor, beugte sich darüber und packte ihre Hand. In seiner Miene war plötzlich keine Ungeduld mehr, sondern nur noch zornige Empörung.

Bevor Ella eingreifen konnte, hatte Oliver ihr das Oberteil hochgezogen, um ihren Brustkorb zu entblößen, an dem sämtliche Rippen deutlich abzuzählen waren. Es war bedauerlich, dass ihre Brüste immer noch so groß waren, aber sie war überzeugt, wenn sie nur weiter Diät hielt, würden sie auch noch kleiner werden.

Wütend versuchte sie, sich aus Olivers Griff zu befreien, doch er schob sie zu dem Spiegel an der Wand und stellte sie so davor, dass sie ihren nackten Oberkörper betrachten musste.

»Sehen Sie nicht, was Sie sich damit antun?«, fuhr er wütend auf.

Natürlich sah sie es, und sie war stolz auf das, was sie erreicht hatte.

»Sie sehen aus wie ein Skelett, wie jemand, der gerade aus Bergen-Belsen kommt.«

Es war schrecklich, so etwas zu sagen – sie mit den armen Menschen zu vergleichen, denen in den deutschen Konzentrationslagern Schreckliches widerfahren war –, das konnte Ella ihm unmöglich durchgehen lassen.

»Na, wenigstens bin ich nicht fett wie ein Elefant«, warf sie ihm an den Kopf, »wenn Sie und Laura also jemanden brauchen, über den sie hinter seinem Rücken witzeln und sich lustig machen können, dann müssen Sie sich künftig jemand anderen suchen.« Sie zitterte förmlich vor Zorn, ihr Gesicht war gerötet, und ihre Augen blitzten.

Oliver ließ sie los und starrte sie ungläubig an. »Sie haben sich das angetan, weil irgendein bescheuertes Mannequin eine gehässige Bemerkung über Sie gemacht hat?«

»Sie haben ihr beigepflichtet.« Inzwischen war es Ella egal, wie viel sie ihm verriet.

»Was?«

»Sie haben ihr beigepflichtet, als sie meinte, ich könnte nie im Leben Diät halten. Sie haben mit ihr zusammen über mich gelacht.«

Oliver schüttelte den Kopf. »Das glaube ich nicht. Mir ist egal, was Sie glauben, mit angehört zu haben, ich kann Ihnen nur versichern, dass ich nie im Leben der Meinung war, Sie müssten abnehmen. Wollen Sie wissen, warum ich das so genau weiß?« Als Ella schwieg, fuhr er beißend fort: »Das weiß ich so genau, weil ich zufällig finde, dass Sie den schönsten, erotischsten, verdammt begehrenswertesten Körper in der ganzen *Vogue*-Redaktion haben ... hatten. Den Körper einer richtigen Frau, mit weichen Kurven und tollen Titten, einen Körper, der in einem erwachsenen Mann den Wunsch weckt, auf die Knie zu sinken und Gott dafür zu danken, dass er ihn erschaffen hat. Und jetzt sehen Sie nur, was Sie damit angerichtet haben.«

Zu wütend, um auf Ellas Antwort zu warten, verließ Oliver den Raum und schlug die Tür hinter sich zu. Hin- und hergerissen zwischen Erleichterung und Schock, blieb Ella zitternd zurück.

Es war eine halbe Stunde her, seit Oliver das Büro verlassen hatte, und Ella starrte immer noch ungläubig in die Luft. Ihr Tee war inzwischen kalt, und ihre Diätpillen steckten, wie sie annehmen musste, in Olivers Tasche.

Also, das war egal. Sie konnte sich neue besorgen. Und sie würde sich neue besorgen, denn sie glaubte kein Wort von dem, was er gesagt hatte, kein einziges Wort.

Oliver stierte trübsinnig in sein Bier. Er konnte es immer noch nicht fassen, dass Ella so dumm gewesen war, ihren perfekten Körper zu zerstören, und das nur wegen der zickigen Bemerkung eines Mannequins. Okay, vielleicht hätte sie ein Kilo entbehren können, höchstens zwei, aber so viel abzunehmen … Unter seinen Zorn mischte sich erneut ein Gefühl der Verantwortung für sie.

Dämliche Frauen, besonders die, die noch grün waren hinter den Ohren, wie Ella. Je eher sie einen vornehmen Fatzke findet, der sie heiratet und ihr ein paar Kinder schenkt, damit sie beschäftigt ist, desto besser, dachte Oliver grimmig.

23

»Emerald, meine Liebe, du wirkst erhitzt und erschöpft, komm her und setz dich, damit ich dir eine Tasse Tee bestellen kann.«

Mit einem ärgerlichen Kopfschütteln trat Emerald auf ihre Schwiegermutter zu und warf ihr den Brief, den sie aus ihrer Handtasche geholt hatte, in den Schoß. »Ich habe heute Morgen diesen Brief von Alessandro erhalten«, erklärte sie zornig. »Und er schreibt, dass er noch mindestens einen weiteren Monat in Lauranto bleiben muss. Was ist los?«

Die Prinzessin fegte den Brief mit einer Geste beiseite, die Emerald verriet, dass sein Inhalt ihr durchaus bekannt war. Denn sie war zweifellos verantwortlich dafür. Emerald kochte.

»Nun, meine Liebe, ich hätte gedacht, das wäre einer intelligenten jungen Frau wie dir vollkommen klar. Alessandro hat seine Pflichten …«

»Alessandros wichtigste Pflicht ist die mir gegenüber, seiner Frischangetrauten«, unterbrach Emerald sie scharf.

»Das mag für einen gewöhnlichen Mann zutreffen, doch Alessandro ist ein Prinz, und als solcher gilt seine oberste Pflicht stets seiner Position und seinem Volk.«

»Na gut, wenn Alessandro nicht zu mir nach London kommen kann, fahre ich eben zu ihm.«

Alessandros Mutter bedachte sie mit einem kalten, abschätzenden Blick. »Ah, ja, deine Ehe mit meinem Sohn. In so großer Eile und im Geheimen geschlossen. Nicht das, was ich von meinem Sohn erwartet hätte. Aber Alessandro war ja auch nicht derjenige, der die Ehe eingefädelt hat, nicht wahr?«

Bevor Emerald etwas erwidern konnte, fuhr sie fort: »In deiner Familie gibt es eine Tradition überstürzter Heiraten, wie ich kürzlich herausgefunden habe, als ich Erkundigungen über deinen familiären Hintergrund eingeholt habe. Deine eigene Mutter zum Beispiel …«

»Was heißt das, du hast Erkundigungen über meinen familiären Hintergrund eingeholt?«, unterbrach Emerald sie.

»Nun, wenn der eigene Sohn – Erbe eines Fürstentums und dessen Regent – mit einer jungen Frau daherkommt, die seiner Familie unbekannt ist, und angesichts der dubiosen Art und Weise, wie deine Ehe mit meinem Sohn geschlossen wurde, möchte man sich natürlich umfassend über so einen Menschen – und seine Familie – informieren.«

»Die Geschichte meiner Familie ist sehr gut dokumentiert. Mein eigener Titel bezeugt die Position meines Vaters«, fuhr Emerald wütend auf.

»Ich nehme an, du beziehst dich auf den Titel Lady Emerald Devenish?«

»Ja, natürlich«, sagte Emerald ungeduldig. Ihre Schwiegermutter zog die Situation absichtlich in die Länge, wo sie doch nichts sehnlicher wollte, als wieder mit Alessandro vereint zu sein.

»Du bist sehr stolz auf deine Beziehung zu dem verstorbenen Herzog, hat man mir gesagt, Emerald.«

»Zu Daddy … natürlich. Er war schließlich mein Vater.«

»Ah, ja, tut mir leid, meine Liebe. Wenn das nur wahr wäre. Traurigerweise ist es das, fürchte ist, nicht. Siehst du, dein Vater war nicht der Herzog, sondern ein Franzose, ein Künstler, ein Maler, der im Spanischen Bürgerkrieg gefallen ist.«

Zum ersten Mal im Leben fehlten Emerald die Worte. Was ihre Schwiegermutter da sagte, war lächerlich.

»Nein«, leugnete sie vehement, »das ist unmöglich.«

»Oh, aber meine Liebe, ich fürchte, es ist nicht nur durchaus möglich, sondern sogar eine Tatsache. Du wirst schon sehen. Ich habe sämtliche Informationen hier, alles schriftlich dokumentiert.«

Sie holte einen großen Briefumschlag hervor, und Emerald stand so unter Schock, dass sie darauf stierte, als wäre er lebendig.

»Ich muss sagen, als ich Erkundigungen über deinen Hintergrund in Auftrag gegeben habe, hatte ich nicht zu hoffen gewagt, solch eine reiche Ernte einzufahren. Offen gestanden habe ich nach Beweisen für dein unmoralisches Verhalten gesucht, nicht das deiner Mutter. Wie schrecklich, über so viele Jahre so ein Geheimnis hüten zu müssen, findest du nicht, Emerald? Nicht nur ein, nein zwei Kinder von einem Niemand, einem mittellosen Künstler, der sich damit über Wasser hielt, dass er dumme reiche alte Schachteln um den Finger wickelte, während er sich damit amüsierte, noch dümmere junge Dinger zu verführen. Deine Mutter war nämlich nicht die Einzige. Kein Wunder, dass sie den verstorbenen Herzog in solcher Eile geheiratet hat. Wenn nicht, wäre sie ruiniert gewesen. Die dumme, gewöhnliche kleine Enkelin eines Seidenfabrikanten, die die Regeln der Gesellschaft, in die sie aufzurücken hoffte, nicht begriff. Ohne den Schutz und die Respektabilität durch den Namen des verstorbenen Herzogs hätte sie bestenfalls darauf hoffen können, die Geliebte eines reichen Mannes zu sein.«

»Du lügst! Nichts von dem ist wahr.«

Warum klopfte ihr Herz so schnell? Sie wusste, dass das, was Alessandros Mutter sagte, unmöglich wahr sein konnte. Es

war lächerlich – ausgeschlossen, dass sie die Tochter eines gewöhnlichen Malers war. Doch Emerald gefiel nicht, wie ihre
Schwiegermutter sie ansah: Die scharfen Knopfaugen schim-
merten höhnisch, wie die einer Katze vor einem Mauseloch.

»Mein Vater ...«

»Ich nehme an, du meinst den verstorbenen Herzog?«

»Er hätte meine Mutter niemals geheiratet, wenn ... wenn
sie getan hätte, was du andeutest.«

»Da irrst du dich, meine Liebe, denn er hat sie genau deswegen geheiratet. Er hoffte nämlich, sie würde ein Kind bekommen – einen Sohn. Verstehst du, der Mann, den du als
deinen Vater bezeichnest, war nämlich nicht in der Lage, mit
einer Frau ein Kind zu zeugen.« Sie zuckte leicht die Achseln.
»Es gibt eben Männer, die ziehen ihr eigenes Geschlecht vor,
und die diesbezüglichen Neigungen des verstorbenen Herzogs waren, wie mir zu Ohren gekommen ist, in gewissen
Kreisen wohlbekannt. Ja, seine Beziehung zu einem bestimmten jungen Deutschen wurde von Winston Churchill sogar so
ernst genommen, dass er den verstorbenen Herzog praktisch
unter Hausarrest stellen ließ. Das war, nachdem er und deine
Mutter Urlaub an der Côte d'Azur gemacht hatten, wo du
gezeugt wurdest.

Da dir jetzt die Tatsachen bekannt sind, siehst du gewiss ein,
dass es ausgeschlossen ist, dass du die Gemahlin meines Sohnes bleibst. Zum Glück ist unser Fürstentum katholisch, und
du bist keine Katholikin, so wird es ein Leichtes sein, die Ehe
annullieren zu lassen.«

Emerald schaffte es, ihre Aufmerksamkeit lange genug von
dem Strudel schockierter und zorniger Gedanken loszureißen,
der in ihrem Kopf tobte, um zu erkennen, wie gefährlich die
Worte der Prinzessin waren.

»Es steht außer Frage, die Ehe annullieren zu lassen.«

»Außer Frage, in der Tat. Da sind wir uns einig. Mein Sohn
kann unmöglich mit dir verheiratet bleiben.«

»Alessandro liebt mich.«

Alessandros Mutter lachte. Es war das erste Mal, dass Emerald sie lachen hörte, und ob der silbrigen Eiseskälte dieses Lachens fröstelte sie inmitten ihres heißen, turbulenten Gefühlschaos.

»Ja, natürlich liebt er dich, aber Alessandro hat im Leben schon viele Dinge leidenschaftlich geliebt, um sie zu vergessen, sobald er darüber hinausgewachsen war: seine Spielzeugsoldaten, sein erstes Pony … Er wird dir eine Weile nachtrauern, aber ich werde natürlich dafür sorgen, dass er viele hübsche junge Frauen um sich hat, die ihn ablenken. Und am Ende wird er die Tochter eines anderen Regenten heiraten, eine junge Frau, die versteht, was ihre Pflicht ihm und unserem Land gegenüber ist.

Und jetzt zu den Einzelheiten …«

»Ich lasse das nicht zu. Wir sind verheiratet.«

»Meinst du? Du hast faktisch unter falschem Namen geheiratet – einem Namen, der dir von Rechts wegen nicht zusteht, weil du nicht die leibliche Tochter des verstorbenen Herzogs bist. Du bist eine Hure, keine königliche Braut, du gehörst nicht unserer Religion an, und du hast keinen Besitzanspruch gegenüber meinem Sohn. Ich dagegen bin im Besitz von Beweisen, die dich und deine Mutter für immer zugrunde richten, wenn ich sie öffentlich mache. Du würdest deinen Titel verlieren und damit zweifellos auch dein Erbe. Es würde keine Heiratsanträge geben. Zwielichtige Angebote wären alles, worauf du hoffen könntest.

Ich bin großzügig, Emerald. Ich bin bereit, das Geheimnis deiner Mutter zu wahren. Du kannst den Titel, auf den du kein Recht hast, und dein geerbtes Vermögen behalten. Dafür erklärst du dich bereit, deine Ehe mit meinem Sohn annullieren zu lassen. Doch wenn du dich weigerst, der Annullierung zuzustimmen, kannst du dich auf das freuen, was ich gerade angedeutet habe.«

»Du musst mich doch für eine Idiotin halten. Ich glaube kein Wort von diesem Lügengewebe, das du mir hier auf- tischst. Jeder kann Dokumente fälschen, manipulierte Aus- sagen produzieren … Jeder kann Lügen erzählen.«

Die Witwe lächelte sie an. »Warum erzählst du nicht dei- ner Mutter, was du gerade von mir gehört hast, Emerald, und bittest sie, dir die Wahrheit zu sagen? Ich will dir gegenüber großzügig sein«, sagte sie, stand auf und ging zur Tür. »Ich gebe dir das Wochenende, aber wenn ich am Montag zur Mittags- zeit nichts von dir gehört habe, wird das Geheimnis deiner Mutter am Dienstagmorgen in sämtlichen Zeitungen stehen. Faszinierende Lektüre, würde ich sagen. Dann wird deine Ehe mit meinem Sohn sowieso annulliert. Der Prinz von Lauranto nimmt nicht die uneheliche Tochter einer Seidenfabrikantin und eines französischen Künstlers zur Gemahlin.«

Bei ihrer Rückkehr an den Eaton Square stellte Emerald fest, dass sie das Haus, bis auf das Personal, für sich hatte. Ihre Paten- tante war mit Lydia und Gwendolyn auf einen kurzen Besuch zu Gwendolyns Eltern gefahren, und wo der Schafscherer war, wusste Emerald nicht und wollte es auch gar nicht wissen.

Es war undenkbar, dass die anderen von den lächerlichen Anschuldigungen von Alessandros Mutter erfahren sollten. Undenkbar und unerträglich, genau wie die Anschuldigun- gen selbst. Sie konnten, sie durften nicht wahr sein. Und doch machte sich tief in ihrem Innern ein Zweifel, eine Angst, ein Zorn breit, sie könnten vielleicht doch wahr sein.

Emerald schaute zum Telefon. Sie musste mit ihrer Mutter sprechen, aber nicht am Telefon, da konnte weiß der Himmel wer ihr Gespräch belauschen.

Sie hatte keine Wahl. Sie musste nach Denham fahren.

24

Es war spät am Abend, als Emeralds Zug schließlich in den Bahnhof von Macclesfield einfuhr. Zum Glück wartete vor dem Bahnhof ein einsames Taxi.

»Denham, schnell«, sagte sie dem Fahrer, sobald sie im Wagen Platz genommen hatte. Sie wollte nicht so spät ankommen, dass das Haus schon verschlossen war und alle zu Bett gegangen waren.

»Oh, Eure Ladyschaft, ich meine, Eure Hoheit«, begrüßte die Haushälterin sie, als sie auf Emeralds ungeduldiges Klopfen hin die Tür öffnete.

»Ich will zu meiner Mutter … Wo ist sie?«, fragte Emerald, und ihre Miene verhärtete sich, als die Tür zum Salon aufging und ihre Mutter in die Halle trat.

»Emerald!«, rief Amber aus. »Was um alles in der Welt …? Ist alles in Ordnung?«

»Ich muss dich etwas fragen. Unter vier Augen«, fügte Emerald demonstrativ hinzu.

»Wie wär's mit Kakao? Soll ich eine zusätzliche Tasse für Ihre Hoheit machen?«, fragte die Haushälterin Amber, ohne auf Emerald zu achten.

»Nein, vielen Dank, Mrs Clements.« Amber lächelte. »Ich kümmere mich darum. Sie gehen jetzt ins Bett.«

Sobald die Haushälterin nach oben gegangen war, sagte Amber leise: »Nun, Emerald, komm mit mir in die Küche und erzähl mir, während ich Kakao mache, warum du hier bist.«

»Ich will keinen Kakao«, erwiderte Emerald. »Ich …«

»Du vielleicht nicht, aber Jay und ich schon.«

Was auch immer ihre älteste Tochter zu dieser Nachtzeit nach Denham geführt hatte, es war offensichtlich wichtig – zumindest für Emerald.

Jay, der mit dem Hund draußen gewesen war, war so erstaunt wie Amber, als er in die Küche kam und dort auf Emerald traf. Ihre elegante Londoner Garderobe wirkte in der heimischen Wärme der Küche fehl am Platz, genau wie Emerald selbst, doch Emerald hatte Denham nie als Zuhause betrachtet, obwohl sie so lange dort gelebt hatte. Nein, Denham war nicht gut genug für die Tochter eines Herzogs, so hatte Emerald jedenfalls immer behauptet. War ihre Tochter jetzt glücklich, da sie ihren Prinzen und seinen Titel hatte? Um Emeralds willen hoffte Amber es. Sie vermutete, dass Glück für Emerald immer eine andere Bedeutung haben würde als für sie.

»Ich will unter vier Augen mit meiner Mutter reden«, erklärte Emerald Jay von oben herab. Sie wollte nicht, dass ihr Stiefvater dabei war, um ihre Mutter zu verteidigen und zu beschützen, wie er es immer tat. Wenn Jay nicht dabei war, standen ihre Chancen viel besser, tatsächlich die Wahrheit zu erfahren.

Sie sah den Blick, den ihr Stiefvater ihrer Mutter zuwarf, und Ambers leichtes Nicken. Sie sah auch, dass er sie nur ungern alleinließ. Emerald hatte noch nie einsehen und begreifen können, warum die Leute so mit ihrer Mutter umgingen, immer irgendein Theater um sie machten und sich besonders um sie bemühten.

»Emerald, was ist los? Was um alles in der Welt führt dich zu dieser späten Stunde hierher?«, fragte Amber leise, sobald sie allein waren.

»Ich will, dass du mir jetzt die Wahrheit sagst: Wer war mein Vater?«

25

»Sie nehmen doch nicht immer noch diese verflixten Pillen, oder?«

Ella warf Oliver einen bitteren Blick zu. »Und wenn?«

»Dann sind Sie eine Närrin«, sagte er offen, »und für eine Närrin habe ich Sie eigentlich nie gehalten.«

Schuldgefühle und Verärgerung feuerten Ellas Empörung an. Sie hatte sich bei Dr. Williamson ein neues Rezept geholt, doch sie hatte von zwei Pillen am Tag auf eine reduziert. Also, wenigstens an manchen Tagen nahm sie nur eine.

Ihr Gespräch wurde von der Sekretärin der Moderedakteurin unterbrochen, die in das kleine, vollgestopfte Büro kam, auf einem Schreibtisch in einigen Unterlagen wühlte, den Fund des Gesuchten mit einem triumphierenden Schnaufen quittierte und das Büro wieder verließ. Ella saß an ihrem Schreibtisch fest, während Oliver am Türrahmen lehnte.

Er holte eine Schachtel Zigaretten aus der Tasche seiner Jeans, öffnete sie und bot ihr eine an. »Zigarette?«

Ella schüttelte den Kopf. Warum geht er nicht weg und tut das, was er am besten kann – den Mannequins schöne Augen machen –, dachte sie gehässig, statt hier herumzulungern, als hätte er alle Zeit der Welt? Sie gab sich große Mühe, ihn nicht anzusehen, doch irgendwie hatte ihr Blick einen eigenen Willen, und als er an seiner Zigarette zog und dann mit einem langsamen, genüsslichen Stöhnen den Rauch ausstieß, wurde ihr Blick wie magnetisch von seinem Gesicht angezogen.

»Es geht nichts über den ersten Zug«, sagte er und fügte in übertrieben spöttischem Tonfall hinzu: »Na ja, fast nichts. Lassen Sie die Finger von den Dingern, Prinzessin«, sagte er dann in viel schrofferem Ton. »Hören Sie auf meinen Rat, und gehen Sie hin, und tun Sie, wofür Sie geboren wurden.«

»Und was soll das sein?«, wollte Ella wissen.

»Das soll heißen, verlassen Sie diesen Laden hier, heiraten Sie, ziehen Sie aufs Land, und bekommen Sie zwei Kinder.«

»Das ist das Letzte, was ich will«, fuhr Ella trotzig auf.

»Ach, machen Sie doch, was Sie wollen.« Oliver rauchte seine Zigarette zu Ende und verzog sich dann, ohne zu sagen, warum er überhaupt hereingekommen war.

Ella kochte und ließ ihre Wut an der Schreibmaschine aus, hieb so fest in die Tasten, als wären sie Oliver Charters' Brustkorb.

Im Flur vor Ellas Büro verfluchte Oliver sich leise. Was zum Teufel war los mit ihm? Was scherte es ihn, womit sie ihr Leben verpfuschte? Nur weil er sie geküsst hatte, hieß das doch nicht, dass er sich verflixt noch mal für sie verantwortlich fühlen musste, als wäre sie ein hilfloses Kind oder so, und er wäre der Einzige weit und breit, der auf sie aufpassen könnte.

Emerald und Amber sahen einander an.

Während sie darauf wartete, dass ihre Mutter ihr antwortete, musste Emerald sich eingestehen, dass sie nicht so damit hatte herausplatzen wollen. Doch nicht, um die Gefühle ihrer Mutter zu schonen, weit gefehlt. Sie hatte vielmehr vorgehabt, behutsam darauf hinzulenken, bevor sie die Falle zuschnappen ließ, damit ihre Mutter nicht vorgewarnt war und sich um eine Antwort drücken oder sie anlügen konnte.

Amber musste sich setzen. Irgendwie hatte sie immer gewusst, dass dieser Tag kommen würde.

Sie atmete tief durch und sagte nur: »Wie hast du es herausgefunden?«

Emerald hatte das Gefühl, die Erde bebte unter ihren Füßen. So hatte sie das nicht geplant. Ihre Mutter sollte protestieren, Emerald wisse genau, wer ihr Vater war, sie sollte ein ums andere Mal beteuern, an den Anschuldigungen von Alessandros Mutter sei kein Funke Wahrheit.

Von blinder Wut und Panik erfüllt trat sie vor ihre Mutter, hob die Hand und schlug ihr so fest ins Gesicht, dass der schockierten Amber Tränen in die Augen traten.

»Das kann nicht wahr sein. Es darf nicht wahr sein. Ich will keinen Maler, keinen dreckigen Proleten zum Vater. Mein Vater war der Herzog von Lenchester. Sag es«, verlangte sie aufgebracht. »Sag, dass mein Vater der Herzog von Lenchester war.«

231

Amber wandte den Blick ab. Sie hatte immer gewusst, dass man Emerald vor der Wahrheit schützen musste, und sie hatte es Robert versprochen. Robert, der das kleine Mädchen, das er als seine Tochter anerkannt hatte, genauso innig und von Herzen geliebt hatte wie den Sohn, den sie und Jean-Philippe ihm zuvor geschenkt hatten.

Amber war erst siebzehn gewesen, als sie Jean-Philippe zum ersten Mal begegnet war und sich in dem Glauben, er liebte sie, von ihm hatte verführen lassen.

Robert hatte ihr geholfen, sich der schrecklichen Wahrheit zu stellen, dass Jean-Philippe nicht die Absicht hatte, sie zu heiraten, wovon sie fest ausgegangen war. Der liebe, nette Robert, der sie vor den Konsequenzen ihrer Dummheiten in diesem magischen, heißen Sommer in Südfrankreich bewahrt hatte, in dem sie Jean-Philippe und ihrer Liebe zu ihm nachgegeben hatte. Robert, der sie gerettet hatte, indem er sie bat, seine Frau zu werden, und so ihren Ruf gewahrt hatte. Robert, der keine Frauen begehrte, sondern sein eigenes Geschlecht vorzog.

Amber war nicht davon ausgegangen, dass sie und Jean-Philippe sich je wieder begegnen, ganz zu schweigen davon, dass sie noch einmal ein Verhältnis anfangen würden, doch genau das war geschehen, und Emerald war das Ergebnis. Bei dieser Gelegenheit hatte Jean-Philippe ihr alle Schulden zurückgezahlt, indem er ihr geholfen hatte, Robert vor seiner eigenen Torheit zu beschützen.

»Robert hat dich als seine Tochter geliebt, Emerald, von ganzem Herzen geliebt. Er war stolz auf dich und stolz darauf, dich seine Tochter zu nennen, aber ...«

»Fahr fort«, verlangte Emerald, als ihre Mutter schwieg.

»Das ist alles so lange her, fast wie ein anderes Leben. Robert war in jeder Hinsicht, die zählt, dein Vater. Es war seine Wahl, dich in jeder Hinsicht als seine Tochter zu behandeln. Bitte leg das als Messlatte seiner Vaterschaft an.«

»Stimmt es, dass er schwul war und dass er dir erlaubt hat, mit einem französischen Maler zu bumsen?«

Bei den hässlichen Worten brannte Ambers Gesicht so schmerzlich, als hätte Emerald sie noch einmal geschlagen.

»Das reicht! So sprichst du nicht zu deiner Mutter.« Sie hatten nicht gehört, dass Jay wieder in die Küche gekommen war.

»Was ist das mit dir?«, schrie Emerald ihre Mutter an. »Warum sind alle so wild darauf, dich zu beschützen? Siehst du nicht, was du getan hast? Du hast mein Leben zerstört. Deinetwegen wird Alessandros Mutter unsere Ehe annullieren lassen, und wenn ich nicht einverstanden bin, wird sie der ganzen Welt erzählen, dass ich ein Bastard bin und dass mein Vater …«

»Oh, Emerald.« Amber schlug schockiert die Hand vor den Mund. »Aber wenn Alessandro dich liebt, dann spielt es für ihn doch keine Rolle, Schatz.« Sie wollte nach der Hand ihrer Tochter greifen, doch Emerald entzog sich ihr.

»Sei nicht so eine Idiotin. Natürlich spielt es für ihn eine Rolle, genauso wie für mich! Glaubst du, ich will, dass die Leute wissen … dass sie hinter meinem Rücken über mich lachen …?« Emerald schauderte. »Mein Vater, ein gewöhnlicher Maler.«

»Emerald, Jean-Philippe war als Maler sehr anerkannt. Er war sehr talentiert, und ich habe einige seiner Arbeiten in meinem Besitz.« Amber sah Jay an, bat ihn stumm um Hilfe.

»Sie sind auf dem Speicher. Ich zeige sie dir«, bot Jay an.

»Nein!«

»Er war sehr mutig, Emerald. Er hat Robert einmal das Leben gerettet, und dadurch auch deins«, fuhr Amber fort.

»Hat … hat er … sind mein Vater und Luc wirklich bei einem Unfall ums Leben gekommen, oder war es, weil er dir auf die Schliche gekommen war und den Gedanken nicht ertrug, dass der Bastard eines anderen ihn beerbt?«

»Nein!« Ambers Stimme war rau vor Schmerz. »Nein. Robert hat Luc angebetet, alle haben gesagt, wie ähnlich sie sich wären, wie sehr Vater und Sohn. Luc hat Robert geliebt. Sie haben sich sehr nahegestanden.«

Nah, im Leben wie im Tod. Vor ihrem geistigen Auge sah Amber die beiden noch vor sich wie an jenem schrecklichen Morgen, als sie in dem kleinen ländlichen Krankenhaus angekommen war, wohin man sie gebracht hatte. Die wunderbare Oberschwester hatte dafür gesorgt, dass sie so natürlich wie möglich aussahen. Lucs ungezeichnetes Gesicht seinem Vater, Robert, zugewandt … Amber erinnerte sich daran, wie sie aufgekeucht hatte, als sie Robert eine Haarsträhne aus dem Gesicht streichen wollte und dabei entdeckte, wovor man sie zu schützen versucht hatte – dass Robert förmlich skalpiert worden war, als er sich schützend über den geliebten Sohn geworfen hatte. Seine letzte Handlung, sein letzter Gedanke, seine letzte Liebe hatten Luc gegolten. Kein Kind hätte einen besseren Vater haben können, und eine Frau hätte sich für ihre Kinder keinen besseren Vater wünschen können.

»Vielleicht hat der Herzog gehofft, er könnte ihn in sein Bett holen. So etwas mögen Männer wie er doch, oder?«, verhöhnte Emerald ihre Mutter.

Ambers Gesicht war kreidebleich geworden, die Haut spannte über den Knochen. Jay trat vor und streckte schützend die Hand aus, doch Amber wies ihn mit einer Geste ab.

»Wie abscheulich, so etwas anzudeuten, aber ich verzeihe dir. Du bist verletzt und zornig und verängstigt, also werde ich es noch einmal wiederholen: Robert hat euch beide als seine Kinder geliebt – Luc als seinen Sohn und Erben und dich als seine Tochter. Er hat euch vor dem Schlafengehen Geschichten vorgelesen, hat euren ersten Worten gelauscht, hat euch gehalten und geliebt. Robert war euer Vater.«

»Aber er war nicht der, der mich gezeugt hat. Nicht der, der seinen Schwanz in dich reingesteckt hat und …«

»Das reicht!«, fuhr Jay auf und machte einen Schritt auf Emerald zu.

»Das soll reichen? Warum, weil ich sie aufrege? Himmel noch mal! Findest du nicht, dass ich Grund habe, mich aufzuregen? Findest du nicht, dass ich betroffen bin von dem Dreck, den ich gerade erfahren habe, nämlich dass mein Vater ein gewöhnlicher Verführer war – schlimmer als ein Gigolo, wenn ich Alessandros Mutter glauben darf? Ich hasse dich. Ich hasse dich für das, was du bist und was du getan hast. Du hast mein Leben zerstört. Wegen dir und deiner Hurerei kann die Prinzessin jetzt ihre Ränke schmieden. Ich hätte ihr niemals erlauben sollen, Alessandro ohne mich wegzuschicken.«

Amber sah zu, wie ihre Tochter in der Küche auf und ab ging, dann richtete sie den Blick auf Jay, ihren geliebten Ehemann, ihren besten Freund, der alles über sie wusste – und stets gewusst hatte, was es über sie zu wissen gab. Für Amber war die Beziehung, die Liebe, die sie mit Jay verband, perfekt, sie war genau das, was sie sich auch für ihre Kinder wünschte. Doch Emerald wollte etwas anderes, und als sie ihre Tochter jetzt beobachtete, musste Amber sich traurig eingestehen, dass der Zorn ihrer Tochter nicht aus Liebe zu ihrem Gemahl geboren wurde. Was ihre Schuldgefühle nicht minderte. Amber verstand sehr gut, was eine Frau antrieb, die Ehe ihres Sohnes zu zerschlagen, wenn ihr diese nicht in den Kram passte. Schließlich war ihre Großmutter aus demselben Holz geschnitzt gewesen: Sie hatte versucht, Ambers Eltern auseinanderzutreiben, weil sie Ambers Vater nicht gemocht hatte. »Wenn Jay und Mr Melrose mit Alessandros Mutter reden würden, würde sie vielleicht …«

»Mach dich nicht lächerlich«, versetzte Emerald. »Sie will unsere Ehe annullieren lassen. Ich habe von Anfang an gewusst, dass es ihr nicht recht wäre, wenn Alessandro mich heiratet.« Ihre Miene verhärtete sich. »Aber wenn du nicht wärst, könnte sie nicht das Geringste dagegen unternehmen.«

Emerald kramte in ihrer Handtasche, zündete sich eine Zigarette an und zog gierig daran.

Selbst im Zorn war ihre Tochter schön. Schön, aber kalt und hart, und das verstärkte Ambers Schuldgefühle noch, denn hatte Emerald nicht recht mit ihren Anschuldigungen? War nicht sie verantwortlich für die Persönlichkeit ihrer Tochter, entweder durch die Gene, die sie ihr vererbt hatte, oder durch die traumatischen Monate, in denen sie sie unter ihrem Herzen getragen hatte, und ihre schwierige Geburt?

Waren diese ersten Wochen und Monate in ihrem Bauch dafür verantwortlich, dass Emerald sie vom ersten Atemzug an zu hassen schien? War der Gedanke wirklich zu abstrus, dass ihre Tochter irgendwie gespürt hatte, wie ängstlich Amber gewesen war, wie verzweifelt sie sich gewünscht hatte, sie hätte sie nicht empfangen? Amber wusste es nicht, doch die Bürde ihrer Schuldgefühle lastete schwer auf ihr.

26

»Emerald.«

Obwohl sie wach war, tat Emerald, als hörte sie nicht, dass ihre Mutter mit einem Tablett mit Tee ins Schlafzimmer gekommen war.

»Dein Vater, Jean-Philippe …«, setzte sie an und setzte sich aufs Bett.

Emerald schoss hoch.

»Nenn ihn nicht so. Niemals werde ich ihn als meinen Vater anerkennen.«

»Ich bin im Besitz einiger seiner Bilder, falls du sie sehen möchtest. Er hat sie in meine Obhut gegeben. Sie sollten irgendwo hängen, wo man sie sehen kann, und nicht auf dem Speicher weggesperrt sein. Sie sind sehr gut. Als du klein warst, dachte Robert, du könntest sein Talent geerbt haben; du hast so gern gezeichnet, weißt du noch?«

»Ich habe nichts von diesem … diesem Proleten in mir, hast

du gehört? Nichts. Nein, fass mich nicht an«, fuhr sie auf, als Amber nach ihrer Hand greifen wollte. »Das verzeihe ich dir nie. Niemand darf je davon erfahren. Hast du … bist du …? Gott sei Dank bist du nicht katholisch, denn wenn du schniefend gebeichtet hättest, was du getan hast, wüsste wohl die ganze Welt davon. So eine bist du doch.«

Amber wusste, sie sollte Emerald zurechtweisen und sie daran erinnern, dass sie ihre Mutter war und Emerald noch keine einundzwanzig, doch sie konnte nicht. Emerald hatte sie ihr ganzes Leben lang mit Hochmut behandelt, ihre Willensstärke hatte alles aufgebauscht, was sie sagte oder tat.

»Wenn Alessandro dich liebt …«, setzte sie zögernd an, denn sie wollte unbedingt helfen.

»Red keinen Blödsinn. Hier geht es nicht um Alessandro, sondern um seine Mutter. Wie kann sie es wagen, Nachforschungen über mich anzustellen, herumzuschnüffeln und ihre Nase in mein Leben zu stecken? Wie konntest du nur so dumm sein, Mutter, nicht dafür zu sorgen, dass niemand je hinter die Geschichte kommt. Ich muss jetzt den Preis für deine Dummheit zahlen.«

Amber war zu erschöpft, um sich zu verteidigen, und da sie wusste, dass es sinnlos war, mit Emerald reden zu wollen, stand sie auf und verließ den Raum.

Emerald saß mit versteinerter Miene in dem Erste-Klasse-Abteil des Zuges nach London. Irgendwann, irgendwie würde sie es Alessandros Mutter heimzahlen – mit Zins und Zinseszins. Sie senkte den Blick, und dieser fiel auf ein Stäubchen auf ihrem Mantel. Ein winziger bunter Farbfussel, so strahlend wie der Sommerhimmel von St. Tropez auf dem kühlen Beige ihres Mantels … Sie fixierte ihn und fegte ihn mit einem kalten, harten Lächeln fort.

In Denham hockte Amber auf den Fersen auf dem staubigen Dachboden, die Hände vors Gesicht geschlagen, und weinte.

»O nein, Jay. O nein!«

Sie hatte die mürrische Emerald zum Zug nach London gebracht, und kurz nachdem sie nach Denham zurückgekehrt war, hatte sie plötzlich der Impuls überkommen, auf den Dachboden zu gehen und sich Jean-Philippes Bilder anzusehen.

»Vielleicht, um mich zu vergewissern, dass weder er noch ich so schrecklich waren, wie Emerald meint«, hatte sie zu Jay gesagt, als sie ihm erklärte, was sie vorhabe.

Natürlich war Jay mit hinaufgegangen. Er sorgte sich um seine Frau. Die Beziehung zwischen ihr und Emerald war immer schwierig gewesen, doch er bezweifelte, dass Amber sich von diesem Schlag je wieder erholen würde.

Sie hatte sich die Bilder sehr lange nicht mehr angesehen; das war nicht notwendig. Für Amber waren sie immer etwas gewesen, was ihrer Obhut anvertraut war, die greifbare Erinnerung an den Mann, der sie mit so viel Leidenschaft und Talent gemalt hatte.

Der aufgewühlte Staub hatte seine eigene Geschichte erzählt, genau wie die Packkiste, die gedankenlos offen gelassen worden war.

Die Messerspuren, die tief in die Farbschichten und die Leinwand eingedrungen waren, sprachen von grausamer Zerstörungswut.

»Emerald …«, flüsterte Jay, als er auf die zerfetzten Leinwände starrte. »Woher hat sie gewusst, dass sie hier sind?«

»Ich habe es ihr gesagt. Es ist meine Schuld. Ich dachte … ich dachte, sie fände es tröstlich, zu sehen, wie gut er war … Oh, Jay …«

»Es sind nur die obersten beiden«, versuchte er sie zu trösten, als er den Inhalt der Kiste überprüfte. »Die anderen hat sie, wie es aussieht, nicht angerührt.«

Als Jay jetzt die zerkratzte Haut der jungen Frau auf dem Gemälde betrachtete und dann das Gesicht seiner Frau, die dem Mädchen von damals immer noch bemerkenswert ähnlich sah, stieg ein Zorn auf Emerald in ihm auf, wie er ihn selten in seinem Leben empfunden hatte.

»Armer Jean-Philippe. Ich habe ihn schrecklich enttäuscht. Das ist alles, was von ihm übrig ist. Was sollen wir wegen Emerald machen, Jay?«

Voller Verständnis für all das, was sie nicht über die Lippen brachte, nahm Jay Amber in die Arme und hielt sie, während sie weinte.

27

»Dann sind wir uns einig?«, wollte Alessandros Mutter von Emerald wissen. Sie saßen in dem Salon ihrer Suite im *Savoy*. »Deine Heirat mit meinem Sohn ist mit sofortiger Wirkung beendet und wird annulliert werden. Der arme Alessandro, ich fürchte, ich musste ihn schonend auf deinen Treuebruch vorbereiten.«

Sie trug wie immer Schwarz, was nur recht war für die abscheuliche alte Krähe, fand Emerald bitter.

»Alessandro war natürlich schockiert, als er erfuhr, dass du mir gestanden hast, deine Ehe mit ihm sei ein Fehler gewesen, und du hättest ihn nur als Reaktion auf eine andere gescheiterte Liebe geheiratet«, fuhr sie fort.

Zorn funkelte in Emeralds Augen. »Das würde Alessandro niemals glauben. Er weiß genau, dass es vor ihm keinen anderen Mann gab.«

»Ja? Ich werde ihn warnen müssen, dass junge Frauen sehr schlau sein können, wenn es darum geht, etwas vorzugaukeln, was sie nicht sind, nicht wahr?« Ihre Schwiegermutter hatte ein boshaftes Lächeln aufgesetzt. »Ich halte es für das Beste, wenn wir uns nach dem heutigen Tag niemals wiedersehen, Emerald.«

Hierher zurückkehren, in diese triste Suite mit ihrem schweren viktorianischen Mobiliar, ihrer stickigen Atmosphäre und Alessandros Mutter, die darin lauerte wie eine Spinne im Zentrum eines Netzes, bereit, sich jederzeit auf ihre Beute zu stürzen? Emerald sah sich in dem bedrückenden Raum um, dessen schwere, dunkle Vorhänge das Licht aussperrten und sie gefangen hielten, wo sie nicht sein wollte, genau wie die viktorianischen Wertvorstellungen der Prinzessin sie aus Alessandros Leben ausschlossen und die Prinzessin in ihrer rigiden Respektabilität gefangen hielten.

»Oh, ein warnendes Wort noch. Sollte deine Beziehung mit meinem Sohn nicht folgenlos geblieben sein, dann muss ich dich darauf hinweisen, dass ein solches Kind natürlich als illegitim gelten wird – genau wie du, Emerald. Vielleicht solltest du dem Beispiel deiner Mutter folgen und dir einen Mann suchen, der bereit ist, dich unter den Schutz seines Namens zu stellen?«

Emerald sagte nichts. Zorn brannte in ihr, wütend und zerstörerisch, doch sie durfte ihn nicht herauslassen. Nicht, ohne weitere Demütigungen zu riskieren. Formlos und schmachvoll war sie ihres Familienstands und des damit einhergehenden Titels beraubt worden, und ihre Demütigung würde öffentlich werden. Ein brennender Hass auf Alessandros Mutter verzehrte sie, und sie erneuerte ihren Schwur, den Spieß irgendwann umzudrehen und sie dafür büßen zu lassen.

»So schlimm ist es nicht, Emerald«, verspottete die Prinzessin sie. »Wie ich dir schon erklärt habe, werden wir öffentlich bekanntgeben, dass die Ehe ein Fehler war, eingegangen von zwei jungen Menschen, denen nicht klar war, welche Bedeutung Alessandros Position und die Gesetze unseres Landes sowie unserer Religion haben. Denk nur, wie viel schlimmer es für dich wäre, wenn ich damit an die Öffentlichkeit gehen müsste, unter welchen Umständen du gezeugt wurdest und wer dein leiblicher Vater war. Natürlich hast du mein Wort, dass nichts von alldem bekannt werden wird, solange du dich an unsere Vereinbarung hältst. So, ich glaube, es ist alles gesagt, was gesagt werden muss, nicht wahr?«

Das Lächeln ihrer Schwiegermutter war ruhig und triumphierend, als sie von dem hochlehnigen Sessel aufstand, den sie sich absichtlich als Sitzmöbel gewählt hatte, während Emerald gezwungen war, einen viel niedrigeren Sessel zu nehmen, wollte sie in ihrer Gegenwart nicht stehen bleiben wie eine Dienstbotin.

Als Emerald der Prinzessin nachschaute, wie sie zur Tür ging, empfand sie eine ungekannte Feindseligkeit. Ihre Schwiegermutter hatte sie ausgetrickst, sie war zu geschickt gewesen für Emerald, zu skrupellos. Als Alessandros Mutter auf die Tür wies, um anzudeuten, dass ihre Unterredung beendet war und dass sie gesellschaftlich viel zu weit über Emerald stand, um dieser die Tür zu öffnen, schwor Emerald, sich nie wieder von jemandem so demütigen zu lassen.

Emerald kochte immer noch, als sie in dem Taxi saß, das sie zurück nach Lenchester House brachte.

Chivers, der Butler, öffnete ihr die Tür und informierte sie darüber, dass »Mrs de la Salles angerufen hat, Euer Hoheit. Sie wollte Sie daran erinnern, dass Sie zugesagt haben, heute Abend im *Paraqueet Club* an ihrer Dinnerparty teilzunehmen.«

Emerald verließ der Mut, und sie schüttelte ein unvertrautes Gefühl der Panik ab. Sie hatte vollkommen vergessen, dass sie Jeannie de la Salles' Einladung angenommen hatte. Die de la Salles waren ein sehr reiches junges Paar, über dessen leicht halbseidenen gesellschaftlichen Umgang manche die Nase rümpften. Auch die Klatschspalten ließen sich gelegentlich en détail über ihre Vorliebe für Nachtclubs und Tanzbars aus.

Emerald fand sie lustig, besonders Peter. Sie bewegten sich am Rand von Prinzessin Margarets Kreis, dem einige besonders halbseidene Gestalten angehörten.

Als Emerald ihr erklärt hatte, Alessandro könne sie nicht begleiten, hatte Jeannie ihr versprochen, einen Partner für sie zu finden. Emerald konnte sich leicht ausmalen, mit welcher Wonne sich die de la Salles auf den Klatsch um das Ende von Emeralds Ehe stürzen würden. Sie war versucht, Chivers zu bitten, Jeannie anzurufen und ihr zu sagen, sie sei verhindert, doch eine Stimme in ihrem Kopf, eine starke und kalte Stimme, warnte sie, da die Sache sowieso öffentlich werden würde, sei sie besser dran, wenn sie so schnell wie möglich ihre eigene Geschichte in Umlauf brachte und sich ein wenig öffentliches Mitgefühl und Glaubwürdigkeit sicherte. Der gesellschaftliche Ruf war das kostbarste Gut einer Frau. Wenn sie den verlor, verlor sie alles, was ihr lieb und teuer war. Viktorianisch oder nicht, einschränkend oder nicht, die Werte ihrer Schwiegermutter bestimmten, wie Emerald wohl wusste, zu einem großen Teil immer noch die Gesetze der Gesellschaft – zumindest was das weibliche Geschlecht anging.

Wenn Emerald nicht in Lenchester House leben und ihn unablässig daran erinnern würde, wie unfähig er war, in die Fußstapfen ihres verstorbenen Vaters zu treten, hätte Dougie sich womöglich langsam an die neue Welt gewöhnt.

Er hatte an Sommerbällen und Landhausgesellschaften teilgenommen, hatte eine Einladung des Clubs von Emeralds verstorbenem Vater erhalten und war dort aufgenommen worden, hatte angenehme und informative Wochenenden mit Jay verbracht, sowohl in Denham als in letzter Zeit auch auf seinem eigenen Gut, und er hatte das Vertrauen, das Jay in ihn gesetzt hatte, genutzt, um ein Treffen mit dem Gutsverwalter zu arrangieren, den Mr Melrose nach Roberts Tod eingestellt hatte, um das Gut zu führen, und der jetzt ihm unterstand.

Er hatte vieles gelernt, und er hatte das Gefühl, gewachsen zu sein. Er merkte, dass er sich inzwischen um einiges wohler fühlte mit der Verantwortung, welche die Herzogswürde mit sich brachte. Er und der Titel wuchsen zusammen, lernten einander besser kennen, und wenn er jetzt an die letzten Wochen dachte, dann wurde ihm klar, dass er sich nicht mehr vorkam wie ein Hochstapler.

Doch mein neues Leben hat auch einige Nachteile, dachte Dougie, als er in der zum Glück relativ ruhigen und schattigen Ecke des *Paraqueet Club* über den Tisch zu seinem Gegenüber blickte, das gerade mit ihm zu Abend aß.

Anfangs hatte es ihm zugesagt, dass Emerald, ihre Patentante und die anderen beiden jungen Frauen in dem Haus am Eaton Square wohnen blieben, doch dadurch war er auch verpflichtet gewesen, die Freundschaft von Gwendolyns Vater zu akzeptieren, Henry Lord Levington, der regelmäßig zu Besuch kam, vorgeblich, um seine Lieblingstochter zu sehen. Doch irgendwie gelang es ihm immer, sich an Dougie zu hängen, etwa indem er sich erbot, ihm zu zeigen, »wie die Dinge in der Oberschicht liefen«, und ihn Leuten vorzustellen, die er »unbedingt kennenlernen« musste.

Dougie hatte sich gutmütig darauf eingelassen, doch als Henry ihn unbedingt in einen privaten Spielclub mitnehmen wollte, wo die Einsätze so hoch waren, dass es einem die Tränen in die Augen trieb, war Dougie misstrauisch geworden und hatte Jay um Rat gefragt.

Jays Antwort hatte seine eigene Einschätzung bestätigt – dass Henry ein durch und durch unerfreulicher und wahrscheinlich auch nicht besonders vertrauenswürdiger Zeitgenosse war, dem Dougie besser aus dem Weg ging. Doch Henry war hartnäckig und nicht leicht abzuschütteln, und am Ende hatte Dougie sich genötigt gesehen, an diesem Abend mit ihm auszugehen.

Der Abend erwies sich in seinem Verlauf als in jeder Hinsicht so schlimm, wie Dougie befürchtet hatte. Zuerst waren sie in John Aspinalls privatem Spielclub gewesen, wo Gwendolyns

Vater mehrere Tausend Pfund verloren hatte, die er, wie Dougie vermutete, gar nicht besaß. Im Schein der abgedunkelten Lampe, die über dem Spieltisch hing, war sein schweißglänzendes Gesicht ganz grün geworden.

Obwohl Dougie vorgeschlagen hatte, es für diesen Abend gut sein zu lassen, waren sie jetzt hier in diesem exklusiven Nachtclub, wo teurer Zigarrenqualm dick und blau in der Luft hing.

Als Teenager auf der Schaffarm der Familie hätte Dougie sich niemals vorstellen können, dass sein Leben ihn einst an einen solchen Ort führen würde. Die Geschwindigkeit, mit der die Schafscherer ein Schaf scherten, hatte Dougie fasziniert. Die Besitzer der Londoner Privatclubs rupfen ihre Stammkunden mit ähnlicher Geschwindigkeit und Geschicklichkeit, dachte Dougie jetzt wehmütig, während er den geschliffenen Stimmen lauschte, die von den anderen Tischen zu ihm herüberdrangen.

Beim Lachen einer Frau, das von einem Tisch aufstieg, drehte Dougie sich diskret um, und als er Emerald inmitten einer Gruppe an einem Tisch direkt an der Tanzfläche sitzen sah, runzelte er leicht die Stirn.

Sie war offensichtlich das Zentrum der Aufmerksamkeit, besonders der Männer, wie Dougie sah, und sein Stirnrunzeln vertiefte sich, als er sich daran erinnerte, dass Alessandro wegen Regierungsgeschäften in sein Land zurückgekehrt war.

Emeralds Lachen und die Art und Weise, in der sie sich so offensichtlich amüsierte, deuteten nicht darauf hin, dass sie ihren Gemahl so vermisste, wie man es von einer frisch verheirateten jungen Frau erwarten würde. Dougie hoffte, dass der geschniegelte ältere Mann, der rechts neben Emerald saß, ihre Aufmerksamkeit so beanspruchte, dass sie ihn nicht bemerkte. Er war nicht versessen darauf, dass sie ihm an diesem Abend auch noch das Leben schwer machte.

Inzwischen schenkte Emerald ihrem Tischgenossen Tod

Newton – der als Frauenheld ebenso berühmt war wie als ehemaliger Kampfflieger im Zweiten Weltkrieg und als Spieler, der schon Vermögen gewonnen und verloren hatte – ein strahlendes Lächeln.

Tod war ein geübter Charmeur und hatte ihr den ganzen Abend seine Aufmerksamkeit geschenkt. Er hatte darauf bestanden, ihr noch eine White Lady zu bestellen, und als er ihr jetzt eine Zigarette anzündete, erklärte er provozierend: »Ich muss sagen, dein Mann ist mutiger als ich, denn ich würde so eine schöne und, wenn ich das sagen darf, begehrenswerte junge Frau nicht allein lassen.«

»Oh, Alessandro ist weder mutig noch sonst ein richtiger Mann«, sagte Emerald, beseelt durch den Wein und die Cocktails, die sie an diesem Abend schon intus hatte. »Im Grunde ist er ein Muttersöhnchen, denn er tut lieber, was seine Mutter sagt, als sich um die Bedürfnisse seiner Frau zu kümmern.«

An diesem Abend ertrank Emerald zu sehr in Alkohol und Selbstmitleid, um das zufriedene Funkeln in dem abschätzenden Blick ihres Tischgenossen zu bemerken, mit dem er sie von Kopf bis Fuß musterte.

Ihr dunkles Haar hatte eine Außenrolle, frisch vom Friseur, ihr schulterfreies, tief ausgeschnittenes Kleid brachte ihre Figur und ihre blasse Haut perfekt zur Geltung, während die Diamanten, die sie an Hals und Handgelenken trug, von ihrem Wohlstand und ihrem gesellschaftlichen Status zeugten.

»Arme Prinzessin«, murmelte Tod mitfühlend.

»Nenn mich nicht Prinzessin«, fuhr Emerald auf, riss sich dann jedoch am Riemen, um nicht damit herauszuplatzen, dass sie diesen Titel bald nicht mehr tragen durfte.

»Nicht? Aber wie soll ich dich denn sonst nennen? Zauberin, die mich mit ihrer Schönheit geblendet und bestrickt hat?«

»Nur … nur Emerald«, sagte sie zögernd.

Er hatte schon ein Auge auf Emerald geworfen, als sie und Alessandro zum ersten Mal im Kreis der de la Salles aufgetaucht waren. Tod hatte im Laufe der Jahre viele schöne Frauen gehabt, doch Emerald verkörperte alles, was er am meisten liebte: Schönheit, Esprit und vor allem eine gewisse Arroganz, die sie ihm gegenüber besonders verletzlich machen würde. Im Geiste rechnete Tod schon, um wie viel er sie wohl erleichtern konnte, damit er Stillschweigen über ihre kleinen törichten Augenblicke bewahrte – Zehntausende sicher, vielleicht sogar hunderttausend, schließlich war sie mit einem Prinzen verheiratet.

Er winkte einen Kellner herbei, und wie von Zauberhand stand wenige Sekunden später ein frischer Cocktail vor Emerald.

Emerald schwebte inzwischen auf Wolken, doch wenn man in so kultivierter Gesellschaft war, konnte man sich nicht benehmen wie eine unschuldige kleine Gans. Hatte Alessandros Mutter ihm schon gesagt, dass ihre Ehe zu Ende war? Am liebsten hätte Emerald sich in Luft aufgelöst. Es verletzte ihren Stolz – und auch noch etwas anderes –, dass ihre Macht über Alessandro nicht stark genug gewesen war, dass er sich seiner Mutter widersetzt hätte, dass jemand anders ihm mehr bedeutete als sie. So wie auch ihrer Mutter jemand anders mehr bedeutet hatte als sie. Emerald zuckte vom Rand des Abgrunds zurück, der sich in ihrem Innern auftat, denn sie wollte nicht hinunterschauen, aus Angst, sie könnte sehen, was dort auf sie lauerte, um sie zu zerstören.

Alessandro war ein rückgratloser Idiot, redete sie sich zu. Es gab genug Männer, die sie sich willens machen konnte, andere Männer – wie Tod Newton –, mit denen sie prahlen konnte, und als einst verheiratete Frau war sie nicht mehr an die ehernen Regeln gebunden, die von unverheirateten Mädchen unbedingt Jungfräulichkeit verlangten. Sie konnte und würde die Verführerin sein, die Frau von Welt, der keiner zu widerstehen vermochte.

Diese und andere alkoholisierte Gedanken wirbelten durch

Emeralds Kopf. Obwohl sie es nicht zugeben wollte, vermisste sie die Aufmerksamkeit, mit der Alessandro sie bedacht hatte, und die Befriedigung, zu wissen, dass sie ihn nur auf eine bestimmte Art anlächeln musste, damit er alles tat, was sie verlangte. Emerald hatte das Gefühl der Macht genossen, das dies ihr verliehen hatte. Sie hatte sich an dem Wissen ergötzt, dass sie, im Gegenzug dafür, dass sie Alessandro ihren Körper überließ, vollkommene Kontrolle über ihn hatte. Und das wäre auch immer noch so, wenn seine Mutter nicht wäre. Diese Macht wollte sie wieder spüren. Sie würde anderen Frauen beweisen – äußerlich frommen, guten Frauen wie ihrer Mutter und offen kontrollsüchtigen Frauen wie Alessandros Mutter –, dass ihre sexuelle Macht stärker war als alles, worauf sie zurückgreifen konnten. Sie würde die Frau sein, der kein Mann widerstehen konnte und die deswegen von allen Frauen gefürchtet wurde.

»Siehst du, die Sache ist die, alter Bursche«, sagte Henry vertraulich zu Dougie, indem er sich über den Tisch beugte, »ich hatte gehofft, du könntest mir aus der Patsche helfen. Schließlich sind wir fast eine Familie, wo meine Schwester und meine Lieblingstochter unter deinem Dach leben. Ich kann dir sagen, die ganze Familie ist sehr froh, dass du der Erbe bist. An der Ehe des armen alten Robert mit Amber Pickford war immer irgendwas faul – das hab ich damals schon gesagt, und da war ich nicht der Einzige. Hübsches kleines Ding, natürlich, aber nicht gerade aus vornehmer Familie. Es taugt nichts, blaues Blut zu vermischen. Ich bin schon froh, dass ihr Junge gestorben ist und nicht erben kann, und was das Mädchen angeht … Sieh sie dir doch nur an da drüben. Newton hat sie im Bett, bevor sie weiß, wie ihr geschieht, und dann muss ihr Gemahl ihm ein Vermögen berappen, damit ihr Name nicht in die Klatschspalten kommt. Entweder das, oder er lässt sich von ihr scheiden … Also, Dougie, alter Bursche, wie gesagt, die Sache ist die, dass ich finanziell ein bisschen klamm bin und ein kleines Darlehen gebrauchen könnte, ein paar Tausend, sagen wir fünf.«

Dougie war in dem Augenblick erstarrt, da Gwendolyns Vater verbal gegen Amber ausgeholt hatte, denn er mochte und bewunderte Amber, und jetzt verschloss er sein Herz vollständig vor seinem Gegenüber. Er lehnte sich auf seinem Stuhl zurück, schüttelte den Kopf und sagte entschlossen: »Es tut mir leid, aber solche Summen stehen mir nicht zur Verfügung.«

Das war eine Lüge, doch Dougie wollte verdammt sein, wenn er für Henrys Schulden aufkommen würde. Seine Familie tat ihm leid, sehr leid sogar, doch instinktiv wusste er, wenn er Henry jetzt aus der Klemme half, würde der ihn immer wieder um Hilfe bitten.

Bei Dougies Worten rutschte Henry das herzliche Lächeln aus dem Gesicht, übrig blieb nur die Geringschätzung, mit der er eben über Amber gesprochen hatte.

»Scheißkerl«, fluchte er bitter, stand vom Tisch auf, stürmte aus dem Club und ließ Dougie allein am Tisch zurück.

Dougie erhob sich ebenfalls, bat um die Rechnung und ging dann zu dem kleinen Empfangstisch. Während er noch darauf wartete, dass die junge Frau an der Garderobe zurückkehrte, kam Emerald auf den Tisch zugewankt. Sie wollte wohl zur Damentoilette, die eine Etage höher lag. Sie war eindeutig betrunken und bewegte sich sehr unsicher auf den Beinen, obwohl – schließlich war sie Emerald – das Strahlen, das der Alkohol in ihre Augen gezaubert hatte, und die Röte, die ihre Wangen überzog, ihre Schönheit noch betonten.

Dougie stellte grimmig fest, dass sie den Ehering abgelegt hatte. Ihre armen Eltern wären entsetzt über ihr Verhalten. Auch er war entsetzt.

»Oh, Sie sind das«, grüßte sie ihn formlos und mit sichtlicher Abneigung, auch wenn ein leichter Schluckauf, den sie nicht unterdrücken konnte, die Wirkung etwas verdarb.

»Alessandro ist nicht bei Ihnen?«

»Nein. Ischbin mit ein paar Freunden hier … einem ganz … besonderen Freund, um genauzusein. Er will mit mir noch irgendwohin, wo es, wie er sagt, viel … lustiger ist als hier. 'tschuldigung. Ich … mussmir die Nase pudern gehen.«

Emeralds Worte und die Art und Weise, wie sie sie gesagt hatte, mit deutlichem Abstand dazwischen, weil sie zu betrunken war, um flüssig zu sprechen, hatten Dougies Besorgnis noch gesteigert.

Er sah zu, wie Emerald vorsichtig die Treppe hinaufging, eine Hand sorgsam am Geländer, während Henrys Worte noch in seinem Kopf nachhallten. Emerald war alt genug, um sich um sich selbst zu kümmern, und sie wäre ihm sicher nicht dankbar für seine Einmischung. Andererseits war sie ein Mitglied der alten und stolzen Familie, deren Oberhaupt er jetzt war, die Tochter von jemandem, der ihm große Freundlichkeit erwiesen hatte, und vor allem die junge Frau, die er liebte. Das wurde ihm jetzt klar. Abneigung hatte sich irgendwie in Liebe verwandelt, so unmöglich das eigentlich hätte sein müssen. Bis Emerald die Treppe wieder herunterkam, wusste Dougie, was er zu tun hatte.

Er wartete auf sie, außer Sichtweite ihrer Freunde, ihren Mantel über dem Arm.

»Was soll das?«, fragte Emerald mit schwerer Zunge. »Was machen Sie mit meinem Mantel?«

»Ich bringe Sie nach Hause, und Sie ziehen das hier jetzt an, denn draußen ist es kalt.«

»Nachhause?« Emerald starrte ihn an, doch Dougie hatte sie schon am Arm gepackt und schob sie zum Ausgang. Das Letzte, was er wollte, war, dass ihr aufmerksamer Tischgenosse herbeieilte und es zu einem Streit kam.

»Will nichnachhause. Will mit Tod tanzengehen. Tod magmich. Er findetmich außerge… er sagt, ich wär … schön.«

Inzwischen waren sie draußen auf der Straße, und Dougies Bentley parkte keine fünf Meter weg.

Als Dougie sie darauf zuführte, blieb Emerald stehen und wollte wissen: »FindenSiemichschön … Dougie?«

Dougie schluckte. »Ich finde Sie sehr schön, Emerald.«

Wie viel hat sie eigentlich getrunken?, überlegte Dougie, als er die Beifahrertür seines Wagens aufschloss und Emerald fast auf dem Sitz zusammenbrach. Er hatte nie erlebt, dass sie zum Abendessen mehr als ein Glas Wein trank, und irgendwie hatte er den Verdacht, dass Emerald, so stolz darauf, immer alles unter Kontrolle zu haben, es verabscheuen würde, wenn sie sich jetzt sehen könnte.

Als er sich auf den Fahrersitz setzte und sich davon überzeugte, dass die Türen fest verschlossen waren, setzte sich Emerald auf dem Beifahrersitz auf und erklärte: »Und begehrenswert. Tod sagt, ich bin sehr … begehrenswert. Er wollte mich küssen, das hab ich gemerkt.« Sie unterbrach sich und fragte dann: »Würden Siemich gern … küssen, Dougie?«

Die Frage schockierte ihn, und er kämpfte mühsam gegen das lodernde Verlangen, dass er, ja, sie sehr gern küssen würde.

Dougie wusste nicht genau, wann er das erste Mal gemerkt hatte, dass unter der Gereiztheit, die Emerald immer in ihm provozierte, noch etwas ganz anderes lag, was ihm sehr unwillkommen war. Doch jetzt, da er diese Gefühle als das anerkannt hatte, was sie waren, wusste er instinktiv, dass es kein Zurück gab.

Emerald hatte sich an ihn gelehnt, und während er sich mühsam darauf besann, dass es seine Pflicht war, sich wie ein Gentleman zu benehmen und die Situation nicht auszunutzen, sank sie in sich zusammen, und ihr Kopf landete auf seiner Schulter. Dougie atmete tief durch und wünschte sich dann, er hätte ihren Duft nicht eingeatmet. Sein Verlangen nach ihr tobte in seinem Innern wie ein zorniger Stier auf Todesmission. Ihr Haar strich über seine Haut, und sie spielte mit den Knöpfen seines Jacketts, während sie die Melodie summte, die das Orchester gespielt hatte, kurz bevor sie gegangen waren.

Dougie setzte sie aufrecht hin und konzentrierte sich ganz darauf, das Auto vom Bordstein zu steuern, während er sie streng ermahnte: »Sie sind eine verheiratete Frau, Emerald, mit einem Gemahl und …«

»Nein … binichnicht.«

Hatte sie völlig den Verstand verloren? War sie noch betrunkener, als er gedacht hatte?

»Emerald, ich bin's, Dougie«, erklärte er ihr geduldig.

»Weissich. Dougie der verlorene Erbe. Herzog Dougie …«

»Es ist mir egal, was Sie dem schmierigen Typ erzählt haben, mit dem Sie zu Abend gegessen haben, aber Sie sind mit Alessandro verheiratet.«

»Tod isskein … schmieriger Typ. Er ist ein Gentleman. Und ichbinnicht mit Alessandro verheiratet. Seine Mutter lässt unsere Ehe annullieren.«

Dougie verschaltete sich und würgte den Motor ab. Er wandte sich ihr zu, um sie schockiert und verdutzt anzusehen, und da bemerkte er, dass ihr eine einzelne Träne über die Wange lief.

»Das kann sie nicht«, protestierte er.

»Oh, sie kann … denn sie weiß, dass meine dumme Mutter hingegangen ist und eine Affäre mit einem Maler hatte, was bedeutet, dass ich illegitim bin.«

Emerald fing unkontrollierbar an zu schluchzen, und Dougie stierte sie ungläubig an. Alles, was er herausbrachte, war: »Ich bin mir sicher, das stimmt so nicht.«

»Doch«, beharrte Emerald. »Ich hab siegefragt … meine Mutter … Es stimmt, und wenn jemand dahinterkommt, bringichmichum. Sie müssen … mir also versprechen, es niemandem zu sagen.«

»Versprochen«, versicherte Dougie ihr.

»Also, ich hoffe, Sie meinen das ernst.«

»Selbstverständlich«, beharrte Dougie.

Sie waren fast am Eaton Square, und bevor Dougie auf den

Platz abbog, sah er noch einmal zu Emerald hinüber, die sehr still geworden war. Sie war eingeschlafen. Ein leises Schnarchen drang aus ihrer Kehle, als er auf den Platz fuhr.

Emerald illegitim. Wenn sie wieder nüchtern war und sich daran erinnerte, was sie ihm erzählt hatte, würde sie ihn noch mehr hassen. Und wenn er Alessandro wäre, hätte er niemals zugelassen, dass Emerald erpresst und ihre Ehe annulliert wurde.

Sie hielten vor Lenchester House. Emerald war immer noch völlig hinüber. Dougie stieg aus, ging zur Beifahrertür und schaffte sie irgendwie aus dem Auto. Er trug sie auf den Armen die Stufen zum Haus hinauf.

Als der Butler die Tür öffnete, erklärte Dougie resolut: »Ihre Hoheit hat sich den Knöchel verstaucht, Chivers, und ich fürchte, sie ist vor Schmerz ohnmächtig geworden. Ich bringe sie direkt hinauf in ihr Zimmer.«

»Soll ich einen Arzt rufen, Euer Gnaden?«

»Im Augenblick nicht, Chivers, vielen Dank. Ich glaube, es ist eher der Schock durch die Schmerzen als die Verletzung selbst.«

Obwohl Emerald so zierlich war, schnaufte Dougie, als er ihr Zimmer erreichte.

Er legte Emerald aufs Bett und wandte sich um, um zu gehen, doch an der Tür zögerte er, ging zurück, zog die Decken unter ihrem Körper heraus und deckte sie damit zu, während er den Blick bewusst von ihrem lang hingestreckten Körper abwandte.

Sie sollte schließlich nicht frieren.

Es war später Vormittag, als Emerald mit rasenden Kopfschmerzen und vom Magen aufsteigender Übelkeit aufwachte. Langsam drängten die Erinnerungen an den vorangegangenen Abend in ihr hoch, zuerst wie zarte Nebelfetzen, die sie leicht ignorieren konnte, doch dann immer dichter und stärker.

Tod Newton, der so charmant mit ihr geflirtet hatte, ihr Beschluss, allen zu beweisen, dass sie so sinnlich war, dass sie in jedem Mann den Wunsch wecken konnte, sie zu besitzen … Tod hatte vorgeschlagen, noch woandershin zu gehen, wo es intimer war, um den Rest der Nacht zu tanzen. Sie wusste noch, dass sie einverstanden gewesen war, doch dann …

Ein Bild, ein vertrautes Gesicht und eine gleichermaßen vertraute Stimme schlichen sich in ihre Gedanken. Dougie?

Plötzlich war alles wieder da, stürzte über ihr zusammen wie eine Flutwelle: was sie gesagt hatte, was sie ihm erzählt hatte, was sie ihn gefragt hatte.

O Gott, nein! Nein! Nicht das, und auch noch zu Dougie, dem Viehtreiber, den sie verachtete. Zornig knirschte Emerald mit den Zähnen, doch ein scharfer Schmerz schoss durch ihren Schädel, und sie ließ es gleich wieder.

Sie musste zu ihm, sie musste unbedingt dafür sorgen, dass er niemals, nie im Leben, auch nur ein Wort über den vergangenen Abend verlor …

28

»Ist der Herzog da, Chivers?«

Emerald hatte tapfer den Versuch unternommen, sich zurechtzumachen, doch obwohl sie ihre Zofe gebeten hatte, ihr bei der Haushälterin ein Aspirin zu holen, hatte sie immer noch Kopfschmerzen, die sich wie ein enges Band um die Stirn festgesetzt hatten.

»Er hat mich gebeten, Ihnen, falls Sie nach ihm fragen, zu sagen, dass er in der Bibliothek ist, Lady Emerald.«

Erst als sie sich von ihm abgewandt hatte, ging Emerald auf, dass Chivers wieder ihren vorehelichen Titel benutzt hatte. Ihr Herz klopfte im Rhythmus ihrer Kopfschmerzen. Dougie musste ihm etwas gesagt haben. Es war doch sicher unmöglich, dass die Dienstboten es anderweitig erfahren hatten. Gott, der Viehtreiber hatte sicher einen Heidenspaß an dem Ganzen. Wie hatte sie nur so dumm sein können, ihm alles zu erzählen?

Sie öffnete die Doppeltür zur Bibliothek. Die Zeiten änderten sich, und selbst in den vornehmsten Häusern waren Diener, die herbeieilten, um hochrangigen Mitgliedern der Familie und Besuchern die Türen zu öffnen, Mangelware. Es sei denn, natürlich, man gehörte der königlichen Familie an. Alessandro hatte ihr einmal anvertraut, wie sehr ihm der entspannte Lebensstil in London gefiel im Vergleich zu der strengen Etikette, auf der seine Mutter an ihrem eigenen Hof bestand.

Alessandro ... Ungewollte, zornige Tränen brannten in ihren Augen. Sie blinzelte sie weg und betrat den Raum.

Dougie wartete auf sie, das sah sie sofort. Er mochte so tun, als würde er Zeitung lesen, doch Emerald ließ sich nicht täuschen. Sie spürte seine Anspannung förmlich. Das reichte, um ihr etwas von ihrem Feuer zurückzugeben.

Ohne auf ihre Kopfschmerzen zu achten, erklärte sie ihm kalt: »Tod Newton wird heute zweifellos Erkundigungen anstellen, wie und warum ich gestern Abend praktisch entführt wurde, und wenn er anruft ...«

»Nun, er hat heute Morgen angerufen, und er wurde daran erinnert, dass Sie eine verheiratete Frau sind und ein Mitglied der Familie, deren Oberhaupt ich bin. Und deren Namen ich nicht in den Dreck ziehen lasse.«

Wenn ihr der Kopf nicht so gebrummt hätte, hätte sie laut über die Vorstellung gelacht, dass der Viehtreiber sich als Familienoberhaupt bezeichnete. Oberhaupt einer Familie, der sie eigentlich gar nicht angehörte. Ihr wahrer Familienname war nicht von stolzer Langlebigkeit, verziert mit Erdbeerblättern und einem herzoglichen Wappen.

»Sie hatten nicht das Recht ...«

»Um Himmels willen, Emerald, hören wir auf damit. Angesichts Ihrer Erzählungen von gestern Abend würde ich doch annehmen, Sie hätten Wichtigeres zu tun, als um die Aufmerksamkeit eines berüchtigten Schürzenjägers zu buhlen.«

»Tod ist kein Schürzenjäger.«

»Sie haben recht, er ist noch etwas viel Schlimmeres. Da das jetzt erledigt ist, lassen Sie uns darüber reden, was wirklich wichtig ist, einverstanden?« Ohne auf eine Antwort von Emerald zu warten, fuhr Dougie fort: »Ich habe heute Morgen mit Mr Melrose und mit Ihrer Mutter über Ihre Ehe gesprochen. Mr Melrose wird einen befreundeten Anwalt zu Rate ziehen, der, wie er mir versicherte, weiß, wie dafür zu sorgen ist, dass Alessandros Mutter sich bezüglich Ihres leiblichen Vaters an ihr Wort hält.

Man ist übereingekommen, dass die Annullierung Ihrer Ehe aus religiösen Gründen geschieht. Alessandro ist Katholik. Sie nicht. Sie hatten ursprünglich das Gefühl, Sie könnten konvertieren, doch bei genauerer Betrachtung haben Sie gemerkt, dass Sie das nicht können, und aus diesem Grund sind Sie und Alessandro – unter großem Bedauern – zu dem Schluss gekommen, dass Ihre Ehe keinen Bestand haben kann.«

Ein Gefühl – konnte es tatsächlich das widerwillige Eingeständnis ungewollter Erleichterung darüber sein, dass jemand sich auf diese autoritäre Art um die Sache kümmerte? – erlöste sie kurz von ihren pochenden Kopfschmerzen.

»Alessandros Mutter wurde klargemacht, dass sie, sollte sie – oder jemand anders – je versuchen, eine andere Version der Geschichte in Umlauf zu bringen, das ganze Gewicht der britischen Rechtsordnung zu spüren bekäme. Es gibt schließlich keinen konkreten Beweis für ihre Behauptungen. Der vorige Herzog hat Sie als sein Kind angenommen, allein sein Testament bezeugt das. In den Augen des Gesetzes sind Sie daher sein Kind.«

»Sie meinen, obwohl jeder weiß, dass der verstorbene Herzog nicht mein leiblicher Vater war, werden alle so tun, als wäre er es? Wie bei des Kaisers neuen Kleidern?«

»Niemand wird es je erfahren, es sei denn, Sie selbst vertrauen es jemandem an.«

»Warum machen Sie das? Sie sind mir nichts schuldig.«

»*Noblesse oblige*, vielleicht – sagt man nicht so? Erwartet man das nicht von einem Adligen?« Dougie schüttelte amüsiert den Kopf. »Ich tue es für uns alle, Emerald, für mich, für Ihre Mutter, für den Namen der Familie, doch vor allem für Sie.«

Für sie? Das war natürlich gelogen. Warum sollte er irgendetwas für sie tun?

Ein seltsames Gefühl hatte sich ihrer bemächtigt. Eine Mischung aus Panik, Verwirrung und dem überwältigenden Bedürfnis davonzulaufen. Sie konnte sich erinnern, dass sie als kleines Mädchen schon einmal etwas Ähnliches erlebt hatte. Vor ihrem geistigen Auge stieg eine Erinnerung auf. Sie war mit Rose im Kinderzimmer gewesen, und Rose hatte sie geärgert, und sie hatte sie umgeschubst, und genau in dem Augenblick war ihre Mutter hereingekommen und hatte es gesehen. Amber war zu Rose gegangen, die auf dem Boden lag, ohne einen Pieps von sich zu geben, hatte sie aufgehoben und geherzt, ihr einen Kuss auf die Wange gedrückt und ihr über das dunkle Haar gestrichen. Emerald spürte, wie Zorn in ihr aufstieg und dieses andere Gefühl, dem einen Namen zu geben sie sich weigerte.

Dann hatte ihre Mutter sich zu ihr umgedreht, hatte, Rose immer noch im Arm, die Hand nach Emerald ausgestreckt, sie angelächelt und freundlich gesagt: »Komm her und seid wieder Freundinnen, Emmie.«

Sie wäre so gern zu ihrer Mutter gegangen, so, so gern, doch etwas in ihrem Innern, etwas Hartes und Schmerzendes und Zorniges, hatte sich widersetzt, und sie hatte mit dem Fuß aufgestampft und gebrüllt: »Nein. Erst wenn du sie runterlässt. Ich hasse sie.«

Ihre Mutter hatte aufgehört zu lächeln, und Rose hatte an-

gefangen zu weinen. Während ihre Mutter Rose beschwichtigte, war Emerald trostsuchend zu ihrer Urgroßmutter gegangen, denn sie wusste, dass diese Rose auch hasste.

Jetzt war es wieder da, das Gefühl, am liebsten nach dem
zu greifen, was ihr dargeboten wurde, die Reserve aufzugeben
und sich trösten zu lassen, doch wieder erlaubte ihre innere
Halsstarrigkeit es ihr nicht.

Emerald warf den Kopf zurück und fragte, ohne auf das einzugehen, was Dougie gesagt hatte: »Hat Tod Newton eine Telefonnummer hinterlassen, damit ich ihn zurückrufen kann?«

Als Dougie schweigend den Kopf senkte, wurde sie von
einem Gefühl ergriffen – nicht direkt Schmerz, aber etwas
Unvertrautes und Weiches, das innerlich ein wenig wehtat, als
ob … als ob sie kurz davor gewesen wäre, etwas Besonderes
zu berühren, das ihr jetzt entglitten war.

Das war natürlich alles Unsinn.

29

»Reicht es nicht, dass ich Alessandro verloren habe, weil seine
Mutter alles über deine Vergangenheit herausgefunden hat?
Und jetzt auch noch das?«, fuhr Emerald ihre Mutter an, die
ihr mit blassem Gesicht in dem frisch renovierten Wohnzimmer des eleganten Stadthauses, das ihr und Alessandros Zuhause hätte werden sollen, gegenüberstand.

»Emerald, es tut mir schrecklich leid.« Ambers Stimme zitterte vor Gefühl.

»Dir tut es leid? Du hast gut reden, du bist schließlich nicht
schwanger, oder?« Wütend ging Emerald auf und ab. Die Taille ihres wunderschönen neuen Kostüms von Dior war schon
schmerzlich eng, und die restliche Garderobe, die sie für die
Wintersaison bestellt hatte, würde ihr jetzt auch nicht mehr
passen.

»Jay wird für dich Alessandro und seiner Mutter schreiben und sie informieren.«

»Nein! Sie sollen es nicht erfahren«, fuhr Emerald sofort scharf auf. Sie hatte ihrer Mutter nicht erzählt, dass die Prinzessin sie gewarnt hatte für den Fall, dass sie ein Kind empfangen hatte, und sie würde es ihr auch nicht erzählen. »Ich will nicht, dass es irgendjemand erfährt. Noch nicht. Nicht, bevor ich entschieden habe, was ich tun werde.«

Eine Schande, dass sie ohnmächtig geworden war, während ihre Mutter zu Besuch war. Amber hatte sofort darauf bestanden, dass sie einen Arzt aufsuchte.

»Was meinst du damit, bevor du entschieden hast, was du tun wirst?«

Emerald sah im Gesicht ihrer Mutter, was diese befürchtete. Gut. Sie hatte jede Strafe verdient.

»Was glaubst du wohl? Jeder weiß doch, dass es Ärzte gibt, die sich um so etwas kümmern.«

»O nein, Emerald, bitte. Versprich mir, es nicht einmal in Erwägung zu ziehen.«

»Warum?«, fragte sie trotzig. »Weil du es bei mir in Erwägung gezogen hast?«

Amber brachte vor lauter Schuldgefühlen keinen Ton heraus.

»Das hast du doch, oder?«, stocherte Emerald. »Du wolltest mich loswerden. Vielleicht hättest du's besser getan.«

»Emerald, nein. So etwas darfst du nicht sagen. Und nein, ich wollte nicht … Es war nie eine Frage, ob ich dich kriege oder nicht, nie.«

Da war es wieder, das unheimliche Gefühl von Panik und Schmerz und Sehnsucht nach etwas, das fast in Reichweite war, nach dem sie aber nicht die Hand ausstrecken konnte.

Alessandros Mutter würde natürlich wollen, dass sie die Schwangerschaft abbrach. Ja, Emerald war sich ziemlich sicher, dass sie es verlangen würde. Das reichte aus, um Emerald mit einer sturen Entschlossenheit zu erfüllen, das Kind auf jeden Fall zu bekommen. Wenn Alessandros Mutter wollte, dass sie es abtrieb, dann würde sie es allein aus dem Grund zur Welt bringen, um ihr eins auszuwischen.

»Wenn ich es kriege, musst du dich darum kümmern, denn ich habe das gewiss nicht vor.«

Rose schaute auf ihre Uhr, beschleunigte dann ihre Schritte und hob die Hand, um die Augen vor dem strahlenden Sonnenschein an diesem Herbstnachmittag zu schützen. Das Laub von den Bäumen am Cadogan Place war gegen das Geländer geweht worden, das die Privatgärten vom Gehweg trennte, und einen Augenblick lang überkam Rose das kindische Verlangen, mit den Füßen hindurchzuschlurfen und sich an dem Rascheln zu erfreuen. Vor ihrem geistigen Auge sah sie sich als kleines Mädchen im Herbst die Einfahrt von Denham hinuntergehen, die Hand vertrauensvoll in der Hand ihrer Tante Amber, während die beiden mit den Füßen durch das raschelnde goldene Laub der Buchen fuhren, die die Einfahrt säumten. Sie glaubte fast, es zu riechen, und der trockene Geruch des Laubs vermischte sich mit dem Rosen-und-Mandelblüten-Parfüm ihrer Tante, während die Sonne vom strahlend blauen Oktoberhimmel durch die kahlen Äste auf sie herabschien. Sie war nicht zur Schule gegangen, weil sie krank war – Mandelentzündung, vermutete Rose, denn das hatte sie eine Zeit lang oft gehabt –, und so hatte sie den Luxus genossen, ihre Tante ein paar kostbare Stunden lang ganz für sich zu haben. Sie erinnerte sich noch gut daran, wie glücklich sie gewesen war, ja, die Erinnerung stand ihr so deutlich vor Augen, dass sie fast glaubte, sie könnte die Hand ausstrecken und diese unschuldige Freude der Kindheit berühren. Sie hatte sich damals so sicher gefühlt, die Hand in der ihrer Tante, ihrer Liebe so gewiss. Damals! Jetzt würde sie Amber bald sehen. Seit sie vor einer Woche den Beschluss gefasst hatte, sich ihrer Tante zu öffnen und sie um ihre Hilfe und ihr Verständnis zu bitten, saß sie wie auf heißen Kohlen.

Sie wusste schon länger, dass sie etwas tun musste. Sie vermisste die Verbundenheit mit Amber sehr, und da ihre Tante im Augenblick ohnehin in London war, konnte es für Rose keinen besseren Zeitpunkt geben, um ihren Stolz zu überwinden und ihr zu gestehen, wie verzweifelt und durcheinander und unglücklich sie war und dass sie unbedingt wissen musste, warum ihre Tante ihr nichts davon erzählt hatte, dass John und sie womöglich Bruder und Schwester waren. Sie war auf die Liebe ihrer Tante angewiesen, und sie wusste jetzt, dass das weitaus wichtiger war als das Bedürfnis, sich von ihr zu distanzieren.

Sie eilte zum Sloane Square, wo sie automatisch vor den Schaufenstern von Peter Jones stehen blieb, um sich die Auslagen anzusehen, bevor sie die King's Road überquerte und den Heimweg einschlug. Sie hatte absichtlich den langen Weg genommen, denn sie war nervös, was sie erwartete, und wollte es hinauszögern, während sie gleichzeitig schneller ging, um endlich da zu sein.

Als sie schließlich in den Cheyne Walk einbog, schickte sie leise ein Stoßgebet gen Himmel, dass alles gut gehen möge, dass ihre Tante sie verstand und dass sie sich wieder nah sein konnten.

Es war untypisch, doch die Vertrautheit des Hauses in Chelsea mit seinem staubigen, leicht muffigen Geruch nach altem Gebäude und Themsewasser, überlagert vom Duft der Mädchen, konnte Amber an diesem Tag nicht trösten, als sie im Wohnzimmer auf ein Sofa sank und versuchte, nicht an Emerald zu denken. Sie musste sich unbedingt etwas einfallen lassen, um dafür zu sorgen, dass ihre Tochter ihr Kind bekam, nicht um ihretwillen – das nicht –, sondern weil Amber mit der tiefen Überzeugung einer Mutter wusste, dass Emerald schrecklich leiden würde, wenn sie es abtrieb.

Amber hatte gesehen, was es für eine Frau – seelisch wie körperlich – bedeutete, eine Abtreibung vornehmen zu lassen. Sie hatte es bei einer lieben Freundin, die sich nie ganz davon erholt hatte, aus erster Hand miterlebt.

Sie hörte, dass die Haustür geöffnet wurde, und seufzte. Sie liebte ihre Stieftöchter und ihre Nichte, doch im Augenblick war alles, woran sie denken konnte, Emerald. Wenn Jay nur da wäre ...

»Tante Amber.«

»Rose.« Amber schenkte ihrer Nichte ein abwesendes Lächeln, und sie umarmten einander zur Begrüßung.

Der vertraute Duft ihrer Tante und die tröstliche Wärme ihrer Umarmung weckten in Rose den Wunsch, da zu bleiben, wo sie war, sicher und geschützt in ihren Armen. Amber überlegte inzwischen voller Sorge, ob es ihre Schuld war, dass Emerald so war, wie sie war. Hatte sie Rose zu viel Liebe geschenkt und sich nicht genug darum bemüht, die Tochter, die diese Liebe stets abgewiesen hatte, genauso zu lieben? Die Last ihrer Schuldgefühle war schier unerträglich.

»Tante Amber, ich bin froh, dich unter vier Augen zu sehen. Also, ich würde dich gern etwas fragen, etwas, was mit meiner Zukunft zusammenhängt. Und ... und meiner Vergangenheit.«

Doch bevor sie noch etwas sagen konnte, stand ihre Tante auf und schüttelte den Kopf.

»Nicht jetzt, Rose, bitte. Ich war gerade bei Emerald, und sie ist ... also, ich mache mir einfach schreckliche Sorgen um sie. Ja, ich glaube sogar, ich sollte Jay anrufen. Entschuldige mich bitte.«

Rose starrte ihrer Tante hinterher, die in die Halle ging und zum Telefonhörer griff. Sie hatte das Gefühl, ihr Herz hätte sich in Stein verwandelt. Nein, nicht in Stein; Stein fühlte nichts, und ihr Herz fühlte sich an, als würde es auseinandergerissen.

Nun, wenigstens kannte sie jetzt einen Teil der Wahrheit. Sie konnte ihrer Tante keinen Vorwurf machen, dass sie Emerald mehr liebte als sie, oder? Schließlich war Emerald ihre Tochter, und sie war … sie war ein Niemand.

30

Emerald ließ noch einen ganzen Monat vergehen, bevor sie ihre Mutter schließlich von ihren Qualen erlöste und ihr erklärte, sie werde das Kind bekommen.

An einem verregneten Nachmittag Anfang November überbrachte Amber Ella, Janey und Rose die Neuigkeit. Rose musste ihre bitteren Gefühle hinunterschlucken. Kein Wunder, dass ihre Tante keine Zeit mehr für sie hatte.

»Aber, Mama, wird es für Emerald nicht richtig unangenehm, ein Baby zu haben und keinen Mann?«, fragte Ella ängstlich.

»Ihre Ehe mag aus religiösen Gründen annulliert worden sein, doch das ändert nichts daran, dass Emerald und Alessandro verheiratet waren«, antwortete Amber, indem sie sich an das hielt, worauf Jay und sie sich geeinigt hatten. »Emerald hat ihre Familie, die sie unterstützt, und ihre Situation wird nicht anders sein als die vieler junger Kriegerwitwen mit kleinen Kindern. Also, ihr kommt natürlich alle zu Weihnachten nach Denham, und dieses Jahr wird es ein besonderes Fest, wo wir doch im Februar ein neues Familienmitglied in unserem Kreis willkommen heißen können.«

Rose senkte den Kopf. Das Letzte, worauf sie jetzt Lust hatte, war Weihnachten in Denham.

Oben, allein in ihrem Schlafzimmer, saß Janey dankbar und erleichtert mit zusammengedrückten Knien auf der Bettkante. Sie hatte ihre Periode bekommen – fast eine Woche zu spät.

Eine Woche, in der sie aus Angst, sie könnte schwanger sein, kaum etwas gegessen und so gut wie nicht geschlafen hatte. Jeden Abend hatte sie gebetet, ihre Periode möge anfangen, und vor drei Tagen hatte sie tatsächlich überlegt, sich vom oberen Ende der Treppe zu stürzen und zu hoffen, dass der Sturz dazu führte, dass sich die Dinge regelten. Sie hatte gehört, es könnte funktionieren.

Wenn das nicht geholfen hätte, hätte sie als Nächstes versucht, sich so lange wie möglich in eine ganz heiße Badewanne zu setzen und eine Flasche Gin zu trinken. Zum Glück war ihr das erspart geblieben. Und als sie sich jetzt in dem wunderbar vertrauten Schmerz vornüberbeugte, der ihren Bauch krampfte, hätte sie vor Freude und Dankbarkeit weinen können.

Nie wieder würde sie so ein Risiko eingehen. Nie wieder.

In der ersten Nacht, als sie Dans hartnäckigem Drängen nachgegeben und ihre Jungfräulichkeit an ihn verloren hatte, war ihr das alles schrecklich aufregend und erwachsen vorgekommen. Sie hatte geglaubt, es sei eine ganz wunderbare Erfahrung, in jeder Hinsicht perfekt und ein Symbol ihrer wechselseitigen Liebe. Doch jetzt hatte Dan sie wegen einer anderen verlassen, einer Schauspielerin, die er bei einem Vorsprechen kennengelernt hatte. Janey war todunglücklich, doch sie hatte sich niemandem anvertraut, besonders nicht ihrer älteren Schwester, denn Ella würde mit Sicherheit wissen wollen, ob Dan ihr die fünfundzwanzig Pfund zurückgezahlt hatte. Es war ihr versehentlich herausgeschlüpft, dass sie ihm die ein paar Tage vor der Trennung geliehen hatte. An dem Tag hatten sie auch das letzte Mal miteinander geschlafen. Obwohl Janey sich eingestehen musste, dass es in gewisser Hinsicht eine Erleichterung war, keinen Sex mehr haben zu müssen. Die Aufregung des ersten Mals war bald abgelöst worden von Frust und Enttäuschung, und am Ende hatte sie sich immer durch und durch elend und irgendwie als Versagerin gefühlt, besonders wenn Dan damit prahlte, dass seine früheren Freundinnen immer gesagt hätten, was für ein wunderbarer Liebhaber er sei. Ihr Stolz hatte sie dazu genötigt, in den Lobgesang einzufallen. Aber vielleicht hatte er ja gespürt, dass sie sich nicht so zugänglich und sexy fühlte, wie sie behauptet hatte? Vielleicht hatte er sich auch deswegen eine andere gesucht? Janey wusste es nicht.

Das Geld, das sie ihm geliehen hatte, hatte sie nicht zurückbekommen und würde sie vermutlich auch nie zurückbekommen.

Jetzt konnte sie Ella oder Rose natürlich unmöglich erzählen, was sie und Dan gemacht hatten. Ella wäre schockiert, würde es nicht verstehen und würde ein großes Theater machen und sie kritisieren, und während Janey das Gefühl hatte, Rose würde sich verständnisvoller zeigen, konnte sie es doch kaum Rose erzählen und ihrer Schwester nicht. Das wäre nicht fair.

Wenigstens war sie nicht schwanger. Wenn sie in Emeralds Haut stecken würde, wäre das natürlich etwas anderes. Wenn man mal verheiratet war, machte es nichts, ein Kind zu bekommen. Ja, es wurde erwartet. Janey wusste, dass sie niemals heiraten würde. Wie konnte sie, wo man ihr das Herz gebrochen hatte? Ihr Skizzenbuch war voller kleiner Zeichnungen von Mädchen mit großen traurigen Augen, die zierliche schwarze Kleider trugen, gesäumt mit purpurrotem Zickzackband und Blumen mit Blättern aus Filz. Die Farben der Trauer. Vielleicht würde sie sich so ein Kleid entwerfen. Dann konnte sie eine Reihe purpurroter Filzherzen ausschneiden und auf die Ärmel applizieren, vielleicht sogar ein gebrochenes Herz. Janey griff nach ihrem Skizzenbuch und ließ ihrer Phantasie freien Lauf.

Sie hatte so viele Pläne – Pläne, über die sie endlos mit Dan gesprochen hatte. Sie wollte so vieles tun, zum Beispiel eine eigene Boutique eröffnen. Sie hatte mit zwei anderen jungen

Frauen darüber gesprochen, aber sie waren sich einig gewesen, dass sie damit warten mussten, bis sie ihren Abschluss gemacht hatten. Inzwischen hatte Janey gehofft, bei *Bazaar* einen Samstagsjob zu ergattern. Gerüchteweise hatte sie gehört, Mary Quant würde vielleicht fürs Weihnachtsgeschäft zusätzliche Verkäuferinnen suchen, doch jetzt, da Amber ihnen das Versprechen abgerungen hatte, über Weihnachten nach Hause zu kommen, ging das wohl nicht. Abgesehen davon, was wäre, wenn Dan mit seiner neuen Freundin am Arm in den Laden spazierte? Tränen tropften auf Janeys Skizzenblock und verschmierten ihre Zeichnungen.

»Also, meine Liebe, ich muss sagen, ich finde dich sehr mutig«, erklärte Jeannie de la Salles Emerald, als sie in ihren Winterpelzen, die sie vor dem kalten Wind schützten, der durch die Straßen der Stadt fegte, im *Claridge's* Tee tranken. »Ich möchte nicht in deiner Haut stecken.«

Emerald seufzte besonders tief. »Meine Mutter sagt, es ist fast so, als wäre ich verwitwet, aber natürlich ist es etwas anderes, denn ich weiß ja, dass Alessandro lebt, und trotzdem werden das Kind und ich ihn nie wiedersehen. Ich war so dumm, ich dachte, Liebe würde genügen.«

Emerald unterbrach sich, um die Wirkung ihres sorgfältig einstudierten Kummers auf ihre Freundin abzuschätzen. Jeannie war so eine sentimentale Närrin, dass es eigentlich ganz leicht sein müsste, sie davon zu überzeugen, dass Emerald das Recht hatte, sich für sich und Alessandros Kind moralisch aufs hohe Ross zu setzen. Emerald würde nicht zulassen, dass sie, nur weil sie ein Kind bekam, in der Gesellschaft nicht mehr willkommen war.

»Ich hätte mich vielleicht zur Konversion bereit erklären sollen, aber mein lieber Vater war strenger Anhänger der Kirche von England, und es wäre mir vorgekommen, als würde ich alles verraten, wofür er stand.«

»O nein, du hast das Richtige getan. Ich bewundere dich sehr, Emerald. Ich glaube, bei der Gräfin von Bexton ist es ungefähr um dieselbe Zeit so weit wie bei dir. Ihr Mann war mit Peter in Eton. Ich muss euch miteinander bekannt machen. Sie ist unglaublich nett und hat phantastische Verbindungen. Oh, und Newton hat neulich nach dir gefragt.«

Emerald seufzte theatralisch. »Ich fürchte, dass ich im Augenblick nur daran denken kann, wie sehr ich Alessandro vermisse und wie sehr ich mir wünsche …« Sie legte eine Hand auf ihren Leib und seufzte noch einmal, während sie sich innerlich darüber amüsierte, wie wütend Alessandros Mutter sein würde, wenn sie in den Klatschspalten von Emeralds madonnenhafter Tapferkeit las, mit der sie stolz Alessandros Kind unter dem Herzen trug, obwohl er sie so verletzt hatte.

Sobald das Balg auf der Welt war, würde sie natürlich das amüsante Leben wieder aufnehmen, das sie genossen hatte, bevor sie wusste, dass sie schwanger war. Ihre Mutter, die sie so angefleht hatte, das Kind nicht abzutreiben, konnte es ihr vergelten, indem sie es in Denham aufzog, wo Emerald es aus den Füßen hatte.

Also, jetzt musste sie wenigstens an Weihnachten nicht nach Hause nach Denham, denn sie hatte die perfekte Ausrede, fand Rose. Sie hatte keine Lust gehabt zu fahren, denn sie fürchtete sich davor, dass Weihnachten dieses Jahr zwangsläufig anders sein würde als all die anderen wunderbaren Weihnachtsfeste davor. Doch es war ihr einfach kein guter Grund eingefallen, Denham fernzubleiben, bis heute. Doch heute hatte man ihr gesagt, da sie so viel zu tun hatten und Mrs Russell darauf bestand, die umfassende Neugestaltung ihrer Wohnung müsse bis zu ihrer Silvesterparty abgeschlossen sein, müsse sie am Heiligabend lange arbeiten und schon am Tag nach dem zweiten Weihnachtstag wieder auf der Arbeit erscheinen.

Rose sah auf ihre Uhr und ging ein wenig schneller. Sie

wollte sich mit Josh nach der Arbeit auf ein Glas im *Golden Pheasant* treffen, und wenn sie sich nicht beeilte, kam sie noch zu spät.

»Musstest du die Haarnadel in letzter Zeit oft zum Einsatz bringen?«, fragte Josh, nachdem er etwas zu trinken bestellt hatte.

Rose wollte schon leugnen, doch dann hielt sie inne und meinte: »Er will einfach nicht akzeptieren, dass ich nicht interessiert bin. Ich habe ihm sogar gedroht, es seiner Frau zu sagen, aber da hat er nur gelacht und gemeint, sie würde mir nicht glauben.«

»Mistkerl«, schimpfte Josh hitzig. »Hast du überlegt, es deinem Chef zu sagen?«

»Ich glaube, das hat nicht viel Sinn. Die Russells sind mit seine besten Kunden und haben ihn obendrein noch ihren Freunden empfohlen. Außerdem glaube ich, dass sie bisher noch nichts für die Neugestaltung ihrer Wohnung bezahlt haben, also möchte Ivor sie sicher nicht vor den Kopf stoßen. Und abgesehen davon …«

Als sie zögerte, hakte Josh nach: »Und abgesehen wovon?«

»Also, weißt du, Josh, die Leute scheinen zu denken … will sagen, einige von den anderen jungen Frauen lassen auch schon mal eine Bemerkung fallen, und ich bin mir nicht sicher, ob Ivor mir glauben würde, dass ich Mr Russell nicht ermutigt habe. Er hat so was in der Art angedeutet.«

Es fiel ihr schwer, sich Josh anzuvertrauen. Aber er ging mit den allerpersönlichsten Dingen so offen um, dass sie mit der Zeit von ihm gelernt hatte, sich zu öffnen.

»Ich kenne keine junge Frau, die weniger geneigt wäre, einem Mann Hoffnungen zu machen, als du«, erwiderte Josh. »Der Typ ist ein übler Zeitgenosse, Rose. Wer so reich ist wie er, hat sich hie oder da schon mal die Hände schmutzig gemacht. Mag sein, dass er sich bisher offiziell nichts hat zuschulden kommen lassen, aber ich habe gehört, dass er mit verdammt vielen Männern Geschäfte macht, bei denen das nicht so ist.«

»Ella hat gesagt, sie hat von einigen Mädchen bei *Vogue* gerüchteweise gehört, Mrs Russell sei vor ihrer Heirat Mannequin gewesen. Ihr Vater war ein südamerikanischer Geschäftsmann, der sein ganzes Geld verlor und dann verschwand.«

Ella hatte Rose erzählt, Mrs Russell habe versucht, *Vogue* zu überreden, einen Artikel über sie zu bringen, doch Ellas Chefin habe gesagt, *Vogue* bringe keine Artikel über Leute, die sich in dem Versuch, etwas vorzutäuschen, was sie nicht waren, an die gute Gesellschaft heranmachten.

Bei einem Glas Wein erzählten sie sich das Neueste, und Rose erklärte Josh, dass sie an Heiligabend arbeiten musste.

»Bei den Russells?«, wollte er wissen.

Rose nickte.

»Also, pass bloß auf, dass der Alte nicht versucht, dir ein Weihnachtsgeschenk aufzudrängen, das du nicht willst. Deine Tante wird sicher nicht erfreut sein, wenn du an Weihnachten nicht nach Hause kommst, was?«

»Ach, ich gehe davon aus, dass sie so viel mit Emerald zu tun hat, dass sie mich kaum vermisst, und überhaupt ...«

»Überhaupt was?«, hakte Josh nach. Er wusste immer, wenn sie sich mit etwas herumquälte oder mit etwas hinter dem Berg hielt. Rose war so verdammt ehrlich, dass sie einfach nichts verbergen konnte. Anders als er. Er war ein Meister des Verbergens.

»Also, in gewisser Weise bin ich froh, dass ich nicht nachhause fahren kann.«

Warum um alles in der Welt hatte sie ihm das erzählt? Es war das Letzte, was sie ihm erzählen wollte, doch irgendwie war es ihr über die Lippen gekommen, und nun konnte sie es nicht zurücknehmen.

»Wegen dem Typ, an den du immer denkst und dann mir

gegenüber so tust, als würdest du kein Gesicht machen wie drei Tage Regenwetter?«

Rose sprang fast von ihrem Stuhl, prustete in ihr Glas und sah ihr Gegenüber entsetzt an, bevor sie widersprach. »Du kannst nichts von John wissen. Ich habe niemals …«

»Ah, er heißt also John, was? Was ist er? Ein feiner Pinkel vom Land, in den du verliebst bist, seit ihr beide das erste Mal mit euren Ponys ausgeritten seid?« Rose wusste, dass Josh sie nur auf den Arm nahm, doch die Worte schnitten ihr mitten ins Herz.

»So was in der Art«, meinte sie. »Aber ich bin nicht in ihn verliebt. Nicht mehr.«

Das stimmte, wie sie merkte. Sie war nicht mehr in John verliebt, aber sie liebte ihn immer noch, und es tat, wenn überhaupt, noch mehr weh, denn diese Liebe, die Liebe einer Schwester, musste für immer ihr Geheimnis bleiben.

»Komm schon, Rose, mich kannst du nicht täuschen. Deine Stimme verrät mir, dass du ihn liebst. Vielleicht solltest du ihm das sagen. Man weiß nie … insgeheim …«

»Nein!«, fuhr Rose auf. »Er liebt mich nicht. Das kann er nicht. Das darf er nicht.«

»Du fängst doch jetzt nicht wieder mit dem Blödsinn an, du wärst nicht gut genug, oder? Du bist mindestens so gut wie jeder andere, Rose. Sprich mir nach: Ich bin …«

»Nein, Josh, das verstehst du nicht. So ist es nicht. Bitte, dring nicht weiter in mich. Ich kann es dir nicht sagen. Ich habe versprochen, es niemandem zu sagen. Es würde Johns Leben zerstören, wenn er es wüsste. Ich wünschte, ich hätte es nie erfahren.«

New York. Sie würde im neuen Jahr nach New York gehen, vorläufig für sechs Monate, um für die Feature-Redaktion der amerikanischen *Vogue* zu arbeiten. Ella drückte die Nachricht an sich. Sie hatte gewusst, dass die Chance bestand, doch sie hatte nicht zu hoffen gewagt. Doch heute hatte ihre Chefin es bestätigt. Sie würde London und Janey und Rose natürlich vermissen, aber New York! Wie aufgeregt sie war! Man hatte ihr gesagt, sie könnte bei einer Kollegin aus der Redaktion wohnen, die zufällig ein Zimmer frei hatte, und *Vogue* würde die Reisekosten tragen.

Sie war aufgeregt, aber sie war auch besorgt. Wer würde ein Auge auf Janey haben, wenn sie nicht da war? Ella traute ihrer jüngeren Schwester nicht. Zum einen schleppte sie dauernd die schrecklichsten jungen Männer an, Versager, die ihr leidtaten.

Und was war mit ihren Diätpillen? Sie musste sich noch Nachschub besorgen, bevor sie abreiste, oder sich in New York einen neuen Diätarzt suchen.

Wenigstens war sie fort, wenn Emerald ihr Kind bekam. Wie immer spürte Ella deutlich eine innere Anspannung, wenn sie an Babys dachte und daran, was ihrer Mutter widerfahren war, denn es konnte auch ihr passieren, sollte sie je ein Kind bekommen, und davor hatte sie schreckliche Angst. Doch sie würde nicht schwanger werden. Niemals. Sie war nicht wie Emerald. Sie würde niemals heiraten, und außerhalb der Ehe würde sie auf keinen Fall Sex mit einem Mann haben. Emeralds heimliche Heirat und die Annullierung der Ehe waren wochenlang in aller Munde gewesen; die Klatschspalten hatten Fotos von Emerald gebracht, Artikel voller verschleierter Anspielungen auf ihren derzeitigen Zustand und reichlich unverdientem Lob für Emeralds Tapferkeit, weil sie der Kirche von England standhaft die Treue hielt.

Die ganze Angelegenheit war in Ellas Augen schockierend und schimpflich, doch irgendwie auch ganz typisch für Emerald, die immer schon gern im Zentrum der Aufmerksamkeit gestanden hatte und die mit Sachen durchkam, die man niemand anderem zugestehen würde.

Sie richtete den Blick auf ihren Schreibtisch. Sie war mitten

bei der Arbeit an einem Artikel gewesen, als man nach ihr geschickt hatte. Als sie nach ihren Notizen griff, hoben sich die
zarten Knochen ihres schmalen Handgelenks deutlich unter
der Haut ab. Sie arbeitete im Augenblick so hart, dass sie wohl
kaum die Zeit gefunden hätte, zu Mittag zu essen, selbst wenn
sie gewollt hätte.

Ihre Familie dachte, die viele Arbeit hätte ihre schulmädchenhafte Pummeligkeit verschwinden lassen, um die Eleganz ihres Knochenbaus zum Vorschein zu bringen, doch Ella
wusste es natürlich besser. Oliver Charters hatte sie schockiert
und ihr, ja, auch Angst eingejagt mit dem, was er über die
Diätpillen und ihre Gefahren gesagt hatte, doch Ella hatte sich
schließlich davon überzeugt, dass er die Gefahren übertrieben
hatte. Abgesehen davon nahm sie jetzt immer nur eine Pille
am Tag – außer wenn sie so müde war und einen Energieschub brauchte, dass sie wirklich das Gefühl hatte, sie bräuchte eine zweite. Erstaunlich, wie gut sie funktionierten – und
obendrein noch ihren Appetit zügelten. Ella wollte nie mehr
ohne sie sein – niemals.

Das Gesicht, das sie jetzt morgens aus dem Badezimmer
anblickte, hatte Wangenknochen und eine neue, ovale Form,
die ihre Augen größer erscheinen ließ und ihre Lippen voller.
Doch sie wollte nicht länger über diese Veränderungen nachdenken, sie hatte viel zu viel zu tun, was weitaus interessanter
war. Außerdem war es ihr darum beim Abnehmen nicht gegangen. Es war ihr darum gegangen, sich zu beweisen, dass sie
es konnte. Irgendwo in ihrem Innern wies eine leise Stimme
sie darauf hin, dass sie jetzt, da sie ihr Ziel erreicht hatte, doch
aufhören könnte, doch Ella hörte einfach nicht darauf. Sie
hatte Angst, wenn sie ihre kostbaren Pillen nicht mehr nahm,
würde sie wieder dick werden, und das hieße, dass sie versagt
hatte. Ihr Ziel zu verwirklichen hatte sie so glücklich gemacht,
so froh über sich selbst. Sie war selbstbewusst und hatte Kontrolle über ihr Leben.

Mit dem neu gewonnenen Selbstvertrauen hatte sie angefangen, in der Abendschule das Handwerk des Journalismus zu erlernen. Dort mischte sie sich unter Studierende, die sich wie sie leidenschaftlich für die wirklich wichtigen Dinge im Leben interessierten, wie Armut, Krieg, Ungerechtigkeit und Bigotterie.

Ella wusste, dass *Vogue* ihr nicht die Möglichkeit bot, über diese Themen zu schreiben – New York vielleicht schon. Amerika war doch sicherlich viel offener gegenüber modernen Gedanken und würde Menschen wie ihr eine Stimme geben. Es konnte der Beginn von etwas sehr Aufregendem sein.

31

Es war Heiligabend, sechs Uhr, und Rose hatte den ganzen Tag bei den Russells gearbeitet, wo sie geholfen hatte, die neuen Vorhänge aufzuhängen und richtig zu drapieren. Als sie jetzt den Laden betrat, war sie völlig erschöpft. Ella und Janey waren inzwischen sicher in Denham angekommen. Ihr Vater hatte sie am Bahnhof abgeholt und nach Hause gefahren, wo Tante Amber im Wohnzimmer ein großes Kaminfeuer brennen hatte und wo sich um den Baum in der Halle, den die Zwillinge gerade noch fertig schmückten, die Geschenke stapelten. Das Haus würde nach Glühwein, Mince-Pies und dem Holzrauch aus dem Kamin duften, doch es war der Gedanke an Ambers warme Umarmung zur Begrüßung, bei dem Rose sich räuspern musste, und ihre Augen brannten. So war es nicht mehr, erinnerte sie sich grimmig. So war es nie gewesen, im Grunde nicht, und es war an der Zeit, dass sie aufhörte, so … so sentimental zu sein, und sich der Wahrheit stellte.

Sie griff nach ihrem Mantel. Alle anderen waren schon nach Hause gegangen, und sie war nur noch hier, weil die Sekretärin ihr, als sie mit dem Mantel in der Hand vorbeigehuscht war, zugerufen hatte, Ivor Hammond wolle sie noch sehen, bevor sie ging.

Er kam mit gerunzelter Stirn aus seinem Büro.

»Ich hatte gerade die Russells am Telefon«, erklärte er barsch. »Es gibt ein Problem mit den Vorhängen. Sie müssen noch mal hin und sich entschuldigen. Mrs Russell hat darauf bestanden.«

»Aber sie hat doch gesagt, sie fände sie ganz wunderbar«, widersprach Rose.

»Es ist mir egal, was sie gesagt hat. Jetzt sagt sie, sie wären nicht richtig, also gehen Sie hin und bringen die Sache in Ordnung. Russell droht, die Rechnung zu kürzen, wenn er keinen anständigen Service erhält, und wenn er das tut, werde ich es Ihnen vom Lohn abziehen.«

Obwohl die Auftragsbücher des Ladens immer voll waren, schien sich Ivor ständig Sorgen ums Geld zu machen. Rose hatte das Gerücht gehört, es gebe oft Ärger mit den Zulieferern wegen ausstehender Rechnungen, und jemand hatte ihr erzählt, er sei ein leidenschaftlicher Spieler, der um hohe Einsätze spielte.

Das Letzte, wonach Rose der Sinn stand, war, noch einmal zu den Russells zu gehen. Sie war mit Josh verabredet, denn sie wollten am Abend ausgehen, doch sie konnte Ivor unmöglich widersprechen. Nicht, wenn er in so einer Stimmung war. Er erinnerte sie sehr an den Geizhals Scrooge aus Charles Dickens' Weihnachtsgeschichte.

Da Heiligabend war, konnte sie nirgends ein Taxi auftreiben. Die Straßen waren voller Menschen, die nach Hause eilten, und Rose brauchte fast zwanzig Minuten zu der Wohnung der Russells. Sie zog sich den Mantel eng um den Körper, um die frostige Kälte des Abends zu vertreiben.

Die Wohnung der Russells nahm das Erdgeschoss und den ersten Stock des Hauses ein. Der Portier erkannte Rose, als sie die prächtige Halle betrat.

Sie läutete und war erleichtert, als die Tür gleich geöffnet wurde. Sie wollte das hier nur rasch hinter sich bringen und sich dann auf den Weg machen. Doch sie verstand nicht, wofür sie sich bei Mrs Russell entschuldigen sollte, hatte diese doch noch vor kaum einer Stunde gesagt, wie entzückt sie sei.

Rose betrat die Wohnung, und da sie nicht abwarten wollte, bis Mrs Russell ihre Beschwerde vorbrachte, setzte sie schnell an: »Mrs Russell …«

»Meine Frau ist leider nicht hier.«

Die Tür schlug zu, und das Schloss klickte, als Mr Russell den Schlüssel drehte und Rose mit einem spöttischen Blick bedachte.

»Was bist du doch für eine brave Angestellte, oder musste der liebe Ivor darauf pochen, dass du noch einmal herkommst? Ich gestehe, ich habe ihm ganz schön zugesetzt, aber du, meine liebe Rose, hast mir ja auch ganz schön zugesetzt, und das war sehr ungezogen von dir. Ich mag es nicht, wenn man mich an der Nase herumführt. Das gefällt keinem Mann, und du hast mich eindeutig an der Nase herumgeführt.«

Rose war wie erstarrt vor Angst. Sie wollte sich rühren, doch irgendwie konnte sie nicht. Sie hatte zu viel Angst. Arthur Russell hatte ihr eine Falle gestellt, und sie war hineingetappt.

»Ivor hat gesagt, es gebe ein Problem mit den neuen Vorhängen«, krächzte sie mutig. »Wenn Sie mir kurz zeigen könnten, wo das Problem liegt …«

»Oh, das zeige ich dir gleich, mein kleines Häschen, und noch viel mehr, und bald wird es kein Problem mehr geben, denn du wirst dich darum kümmern. Wie viele Männer hattest du schon? Hab keine Angst, es mir zu sagen, es stört mich nicht, das verspreche ich dir.«

Er streckte die Hände nach ihr aus, und sein heißer, nach Alkohol stinkender Atem strömte zwischen seinen geschwätzigen, feuchten Lippen hervor.

Rose bekam Panik, zuckte vor ihm zurück und wollte ihm ausweichen, doch er lachte sie nur aus, packte ihre Handgelenke und verdrehte sie ihr hinter dem Rücken.

»O ja, machen wir es ein bisschen aufregender, mein Liebchen.« Er packte ihre Handgelenke fester, doch in ihrer Angst drehte und wand Rose sich panisch, um freizukommen.

»Bietest mir wohl die Stirn, was? Na, dafür musst du bestraft werden.«

Mit der flachen Hand schlug er Rose mit solcher Wucht ins Gesicht, dass ihr Kopf zur Seite gerissen wurde, was ihren Schock und ihren Schmerz noch verschlimmerte. Dann drückte Arthur Russell sie gegen die Wand.

Rose hatte noch nie in ihrem ganzen Leben körperliche Gewalt erlebt; sogar Nanny, die sie nicht gemocht hatte, hatte Emerald streng verboten, sie an den Haaren zu ziehen. Amber und Jay hielten nichts davon, ihre Kinder mit Schlägen zu züchtigen, und der Schock darüber, was gerade geschah, tat seelisch fast genauso weh wie körperlich. Sie war benommen, und ihr war übel, und Unglaube und Angst trieben ihr die Tränen in die Augen. Sie hatte schon vermutet, dass Arthur Russell zu denen gehörte, die nicht lange fackelten, sondern sich eine Frau einfach nahmen, wenn sie glaubten, sie kämen damit durch. Doch so viel Gewalt in Einheit mit sexuellem Verlangen war ihr völlig fremd. Sie hatte nichts, womit sie sich gegen ihn zur Wehr setzen konnte. Arthur Russell lachte, er amüsierte sich köstlich darüber, dass sie schauderte, als er mit den Fingern zärtlich über ihr verletztes Gesicht fuhr und ihr Anzüglichkeiten ins Ohr flüsterte.

»Ah, du armes kleines Mädchen, soll ich mal pusten oder ein Küsschen draufdrücken und dir beibringen, wie man die Leidenschaft eines echten Mannes genießt?«

Seine Hand wanderte zu ihrer Kehle und packte sie. Während Rose nach Luft rang, beugte er sich vor, lehnte sich mit dem ganzen Körper an sie, zerdrückte sie schier mit seinem

schweren Leib. Dann biss er ihr in die Lippe, und sie schmeckte Blut.

Roses Arme wurden allmählich taub. Währenddessen ließ
er die Hand von ihrer Kehle zu ihren Brüsten wandern. Rose
erstarrte vor Ekel und schluchzte vor Entsetzen auf, als er ihr
die Bluse zerriss und an ihren Brüsten herumfingerte, die zum
Glück noch bedeckt waren von dem Büstenhalter und dem
Leibchen, das Rose – obwohl sie dem Kinderzimmer längst
entwachsen war, immer noch Nannys strengen Regeln ge-
horchend – gegen die winterliche Kälte trug.

Das hier war schlimmer als ihre schlimmsten Alpträume,
schlimmer als alles, was sie sich je hätte vorstellen können.
Rose dachte an ihre Mutter und überlegte, wie oft ihr wohl
widerfahren war, was sie jetzt erlebte. Scham und Verzweiflung
überkamen sie. Vielleicht war es das, wozu sie auf der Welt war,
vielleicht war sie mehr einfach nicht wert, ein Stück Fleisch,
das jeder Mann zu seinem Vergnügen benutzen konnte, benutzen und verletzen, wenn es ihm gefiel. Bilder der Mutter, die
sie nie kennengelernt hatte, blitzten vor ihrem geistigen Auge
auf, schreckliche Bilder, auf denen sich ihr eigenes Gesicht in
das einer schreckgelähmten jungen Frau verwandelte, die vergewaltigt wurde. Panik ergriff sie und drängte sie, sich nicht zu
wehren, sondern nachzugeben, denn dann wäre es sicher viel
schneller vorbei, und sie wäre frei, ihm zu entfliehen – ihm,
aber niemals dem, was er ihr angetan hatte.

Und als ihre Panik gerade auf dem Höhepunkt war und
sie kurz davor war, ihn anzuflehen, es einfach hinter sich zu
bringen, verwandelte sich das Bild in ihrem Kopf, und sie sah
ihre Tante Amber, die sie zärtlich anlächelte und ihr schützend
die Hand hinstreckte.

Arthur Russell grunzte frustriert über die vielen Hürden
zwischen ihm und seinem Ziel. »Was zum Teufel hast du denn
da an?«, wollte er wissen, bevor er sich daranmachte, an ihrem
Leibchen zu ziehen.

Leibchen waren, wie Rose wusste, sehr robust und nicht leicht auszuziehen. Er würde beide Hände brauchen, und selbst dann würde er Mühe haben. Und das hieß, dass er sie loslassen musste …

Josh hatte über eine halbe Stunde auf Rose gewartet. Sie kam nie zu spät. Der Pub war voll, es war Heiligabend, die Gäste drängten sich, alle hatten ihre Sorgen vergessen, um zu feiern. Draußen war es frostig kalt, und Josh war geschafft. Einer seiner Friseure hatte gegenüber einem Azubi, für den er gewaltig schwärmte, einen ausgewachsenen, dramatischen Wutanfall hingelegt, und am Ende war er aus dem Salon gestürmt. Also hatte Josh neben seinen eigenen Kundinnen auch noch seine übernehmen müssen. Die Luft im Pub hüllte ihn in einen entspannenden Mief aus Wärme und Zigarettenqualm, und er zögerte noch, den Tisch aufzugeben, den er nur mit Mühe ergattert hatte.

Inzwischen war Rose wirklich sehr spät. Er wusste, dass sie bei den Russells gearbeitet hatte, und das reichte, um seine Nerven in Alarmbereitschaft zu versetzen. Er griff nach seinem Mantel, der neu war, maßgeschneidert von Harry Cohen, einem Freund seines Vaters, in seinem Laden in der Savile Row. Er war schwarz und aus reinem Kaschmir, und Josh hatte den armen alten Harry fast zum Weinen gebracht, als er verlangt hatte, er möge ihn ihm so eng auf den Leib schneidern, doch mit dem Ergebnis war Josh mehr als zufrieden. Er trug auch handgenähte Schuhe – beides, Mantel und Schuhe, war ein Weihnachtsgeschenk an sich selbst. Der Salon warf allmählich richtig Geld ab, und es würde noch mehr werden. Josh grinste die kecke Blondine an, die ihn beäugte, als er sich an ihr vorbeischob. Er wechselte seine Mädchen so regelmäßig wie seine Hemden – so kam keine auf die Idee, ihn festzunageln. Josh hatte Ambitionen, große Ambitionen, und darin war nicht vorgesehen, zu heiraten und sich mit einer Frau und einem halben Dutzend Kinder zu belasten, die er durchfüttern musste. Eine oder zwei junge Frauen waren schon im Salon gewesen, die mit den neuen Sängern und Gruppen herumhingen, deren Platten auf den Hitlisten standen, und sobald das neue Jahr angefangen hatte, wollte er Ollie überreden, einem der vielen Mannequins aus seinem Freundeskreis die Haare schneiden zu dürfen – einem, das gute Aussichten hatte, für *Vogue* fotografiert zu werden.

Die Luft draußen vor dem Pub war schneidend kalt, der Himmel klar und mit Sternen übersät. Josh kannte die Adresse der Russells. Zu Fuß war es eine gute halbe Stunde, und es war weit und breit kein Taxi in Sicht. Nicht dass das Josh störte. Er liebte Herausforderungen. Das *Dorchester* war das nächstgelegene elegante Hotel, also eilte er dorthin, nahm den Hintereingang, bahnte sich von dort den Weg ins Foyer und schlenderte durch den Haupteingang nach draußen, wo der livrierte Portier ihn höflich fragte: »Taxi, Sir?«

Josh konnte sich ein triumphierendes Grinsen gerade noch verkneifen, als der Portier eines der Taxis herbeiwinkte, die auf die zahlungskräftigen Gäste des *Dorchester* warteten. Das Trinkgeld, das er dem Portier gegeben hatte, um in dem warmen Taxi sitzen zu können, statt zu Fuß durch die eiskalten Straßen laufen zu müssen, war es wert gewesen.

Das Taxi brauchte nicht mehr als ein paar Minuten zu der Adresse der Russells. Josh bat den Fahrer zu warten und ging zur Haustür.

Als Josh den Portier fragte, ob er Rose gesehen habe, wollte der ihm zuerst nicht öffnen, doch als Josh ihm erklärte, er werde dies der Polizei melden müssen, falls sie, wie er vermutete, gegen ihren Willen in Russells Wohnung festgehalten wurde, ließ er ihn ein.

»Ist vor ungefähr einer halben Stunde gekommen«, sagte er zu Josh. »Aber niemand hat sie gezwungen reinzugehen. Hat an die Tür geklopft, die junge Frau, und ist dann reingegangen.«

»Ich nehme an, Sie haben für Notfälle einen Ersatzschlüssel«, sagte Josh freundlich.

»Na, ich kann Ihnen doch keinen Ersatzschlüssel nich geben. Da würd ich doch meine Stellung verlieren, wenn ich das täte.« Der Portier wirkte verängstigt.

»Dann muss ich mir wohl selbst helfen, oder?«, entgegnete Josh fröhlich und fügte hinzu: »Keine Sorge, ich hab früher ein bisschen geboxt. Wenn Sie mögen, kann ich dafür sorgen, dass Sie zwei ordentliche Veilchen und eine gebrochene Nase haben. Das sollte jeden davon überzeugen, dass Sie den Schlüssel nicht freiwillig rausgerückt haben.«

Die Hand des Portiers zitterte, als er den Schlüssel von dem schweren Schlüsselbund löste, den er aus der Hosentasche geholt hatte, und ihn Josh reichte.

»Danke, Kumpel. Wenn ich Sie wäre, würde ich jetzt für ein paar Minuten die Fliege machen.«

Der Portier brauchte keine zweite Aufforderung, er verschwand schon in Richtung Treppe.

Sie war ihm entkommen, aber für wie lange?, überlegte Rose, die vor Angst zitternd hinter einem Sofa in einer engen Ecke nah am Fenster Zuflucht gesucht hatte. Arthur Russell hatte ein Lineal von einem Couchtisch genommen und stand jetzt vor ihr und schlug sich damit in die offene Hand, während er sie mit einem Blick bedachte, der ihr eine Gänsehaut über den Rücken jagte.

»Jetzt muss ich dich wirklich bestrafen«, warnte er sie. »Du musst ein paar wichtige Lektionen lernen. Ich hätte gedacht, ein Mädchen wie du wäre klug genug, mich nicht wütend zu machen.«

Verzweifelt blickte Rose zur Tür.

»Sie können mich nicht hier festhalten«, warnte sie ihn mit gespielter Tapferkeit. »Wenn Mrs Russell nach Hause kommt ...«

Er lachte laut über ihre Worte.

»Mach dir keine Hoffnungen. Sie kommt nicht vor Mitternacht nach Hause, und bis dahin, meine kleine Schöne, hatte ich, worauf ich aus bin, und zwar mehr als einmal. Ich muss dich warnen, dass mein Geschmack sehr unkonventionell ist, und dein köstlich geformtes Hinterteil quält mich schon, seit ich das erste Mal einen Blick darauf geworfen habe. Hat's dir schon mal einer hinten rein gemacht? Manche Mädchen mögen es nicht, aber du bist aus anderem Holz geschnitzt. Dir liegt es im Blut. Jeder weiß, dass die Mädchen in Hongkong die besten im ganzen Gewerbe sind.«

Entsetzen kroch durch Roses Adern. Wenn Josh nicht manchmal Witze über die sexuellen Praktiken der Homosexuellen gemacht hätte, die im Salon arbeiteten, hätte sie vermutlich nicht einmal gewusst, wovon Arthur Russell eigentlich sprach. Dass Männer so etwas mit Frauen machten, hatte sie nicht gewusst, und der Gedanke erfüllte sie mit Angst und Schrecken. Sie versuchte verzweifelt, an ihrem Angreifer vorbeizukommen, musste sich jedoch wieder hinter das Sofa zurückziehen, als Arthur Russell mit dem Lineal nach ihr schlug und ein stechender Hieb sie an der Hand traf.

Wenn der Mistkerl eine Sicherheitskette vorgelegt hat, bin ich aufgeschmissen, dachte Josh, als er den Schlüssel im Schloss drehte. Doch zu seiner Erleichterung ließ sich die Tür mühelos öffnen, und er trat in die Halle mit ihrem überladenen Dekor. Von dort öffneten sich mehrere Türen, und Josh trat der Reihe nach näher, lauschte und brummte zufrieden, als er hinter einer Doppeltür eine männliche Stimme hörte.

Rose wusste nicht, wer mehr überrascht war, als Josh plötzlich die Türen zum Wohnzimmer öffnete.

»Josh« war alles, was sie erleichtert stammeln konnte, als sie schließlich an ihrem Kerkermeister vorbeilaufen konnte, während der sich zu Josh umgedreht hatte.

»Du bist nicht zu unserer Verabredung gekommen, und da dachte ich, ich hol dich besser ab«, tadelte er sie mit leiser Ironie.

»Was zum Teufel ist hier los?«, wollte Russell wissen. »Wie zum Henker sind Sie hier reingekommen? Niemand geht irgendwohin. Ich rufe die Polizei.«

»Gute Idee«, stimmte Josh ihm freundlich zu, während Rose erstarrte, denn sie hatte irgendwie Angst, Arthur Russell könnte die Polizei davon überzeugen, dass sie hier die Missetäter waren und nicht er.

»Ich habe einem Kumpel, der für den *Express* arbeitet, schon einen Tipp gegeben, dass ich vielleicht eine saftige Geschichte über einen gewissen Geschäftsmann für ihn hätte«, fuhr Josh fort. »Ihre Frau weiß doch über Ihr kleines Hobby Bescheid, oder? Denn wenn nicht, wird sie es bald erfahren.«

»Das wird Ihnen noch leidtun«, drohte Russell Josh. »Dafür werde ich sorgen.«

Er kam mit geballten Fäusten so schnell auf sie zu, dass Rose sicher war, am Ende würden sie beide in der Falle hocken, doch irgendwie gelang es Josh, Rose aus dem Weg zu schieben und Russell dann seitlich auszuweichen, sich umzudrehen, die Fäuste zu heben und einen Schlag zu landen, der Russell, vor Schmerz keuchend und sich den Bauch haltend, zu Boden schickte.

Josh sah auf ihn hinunter. Er war stark in Versuchung, dem Mann einen Schlag zu versetzen, der dafür sorgen würde, dass er sich sehr lange keiner Frau mehr nähern würde, doch Rose war zugegen, und er musste sie in Sicherheit bringen. Also wandte er sich widerstrebend von seinem Gegner ab; ging zu Rose und sagte ruhig: »Komm. Unten steht ein Taxi mit laufendem Taxameter, das mich ein Vermögen kostet.«

Der Klang von Joshs Stimme nahm dem Entsetzen, das Rose gepackt hatte, die Spitze. Sie waren draußen und im Taxi, bevor Rose Luft holen konnte. Doch sobald sie durchgeatmet hatte, fing sie so heftig an zu zittern, dass Josh den Arm um sie legte.

»Was du da für mich getan hast, kann ich dir nie vergelten, Josh, niemals.«

»Klar kannst du das. Wart's nur ab, eines Tages ergibt sich eine Gelegenheit, und dann kannst du jemand anderem helfen. So funktioniert das, weißt du, man gibt es weiter.« Sie wusste, dass er nur versuchte, ihr zurück in die Normalität zu helfen, doch für Rose schwang in seinen Worten etwas mit, was tief in ihr brannte.

»Und das werde ich, Josh«, erklärte sie leidenschaftlich. »Großes Ehrenwort.«

Sein Arm um ihre Schultern war warm und tröstlich, und er zog sie noch näher an sich. »Ich weiß, Rosie.«

Instinktiv lehnte sie sich an ihn. Der liebe, wunderbare Josh, der ihr ein solch starkes Gefühl der Sicherheit gab.

Dann stieg mit Macht eine neue Angst in ihr auf. »Ich bin wirklich froh, dass du gekommen bist, Josh, und unglaublich dankbar, aber ich habe auch Angst um dich … Mr Russell hat schließlich gesagt, er würde es dir heimzahlen.«

»Das brauchst du nicht. Das war nur so dahergesagt.«

Josh klang so sicher, dass Rose das Thema nicht weiter verfolgen wollte, doch sie konnte nicht umhin, sich zu sorgen. Hoffentlich hatte Josh recht.

Das Taxi hielt am Sloane Square, und sie stiegen aus. Da, wo Arthur Russell sie geschlagen hatte, brannte ihre Wange in dem kalten Wind. Von der alten Kirche in der Sloane Street drangen Bruchstücke von Weihnachtsliedern zu ihnen, ein paar vertraute Worte hier und da. Zu Hause waren sie immer in die Mitternachtsmette in die nahe gelegene kleine Kirche gegangen. Tränen brannten in Roses Augen.

»Alles in Ordnung?« Josh hatte nach ihrer Hand gegriffen und drückte sie beruhigend.

»Ja, dank dir.«

Die Weihnachtsbeleuchtung funkelte und tanzte, und auf dem Platz und in der King's Road herrschte emsiges Treiben.

»Ich bezweifle, dass wir jetzt im Pub noch einen Tisch kriegen. Da könnten wir höchstens stehen.«

»Ja.«

»Soll ich dich lieber in deine Wohnung bringen?«

Rose schauderte augenblicklich, und das war ihm Antwort genug. »Es ist niemand da.« Sie ertrug den Gedanken nicht, allein zu sein. Sie wusste, dass es dumm war, Angst davor zu haben, jemand wie Arthur Russell könnte sie aufspüren, doch das Erlebte war immer noch zu frisch, um logisch denken zu können. »Wenn wir zum Bahnhof Euston fahren, bekomme ich vielleicht noch einen Zug, mit dem ich nach Macclesfield fahren kann.«

Josh sah sie an. Das arme Mädchen. Zum Glück war er ein Mann.

»Okay«, sagte er, denn er war zu einem Entschluss gekommen. »Komm.«

»Wohin?« Rose setzte sich in Richtung King's Road in Bewegung, die Hand fest in seiner.

»Zu mir«, sagte er. »Da bist du sicher.«

32

»Der erste Weihnachtstag ist angebrochen.«

Josh schaute auf seine Uhr. Es war zehn Minuten nach Mitternacht. »Ja«, stimmte er ihr zu.

Sie waren in seiner Wohnung, wo sie sich am Gasofen wärmten. Rose hatte sich auf dem ramponierten Ledersofa zusammengerollt, das er auf dem Sperrmüll gefunden hatte. Sie hatte gebadet, denn sie hatte gesagt, sie müsse dafür sorgen, dass sie sich wieder sauber fühlte, und sich dann in die Daunendecke von seinem Bett eingewickelt. Jetzt trank sie den heilsamen Becher Kakao, den er für sie gemacht und mit einem ordentlichen Schuss Brandy versetzt hatte.

Das Badezimmer, das Josh sich mit den anderen Mietern teilte, hatte kein Schloss, und er hatte galant davor Posten bezogen, während Rose gebadet hatte.

»Aber wie machst du das? Ich meine, wie sorgst du dafür, dass niemand reinkommt?«, hatte Rose gefragt.

»Pfeifen«, hatte er ihr erklärt. »Wenn man jemanden pfeifen hört, weiß man, dass das Bad besetzt ist. Funktioniert ganz gut, außer man putzt sich gerade die Zähne.«

»Ich nehme an, deine Familie wartet auf dich«, sagte Rose jetzt schläfrig, »schließlich ist Weihnachten.«

Josh saß mit übergeschlagenen Beinen auf dem ausgefransten türkischen Teppich auf dem Boden. Er stand auf und lächelte. »Ich bin Jude … schon vergessen? Wir feiern Weihnachten nicht.«

»Oh!« Rose wurde rot und lachte dann. Sie fühlte sich seltsam ausgelassen und entspannt, ganz und gar nicht so, wie sie sich angesichts dessen, was passiert war, fühlen müsste. Hier bei Josh zu sein gab ihr ein sicheres, warmes, behagliches Gefühl, und sie wollte nie wieder irgendwo anders sein.

»Müde?«, fragte Josh.

Rose nickte.

»Dann komm. Ich benehme mich anständig und schlafe auf dem Fußboden. Du kannst das Bett haben.«

Joshs Schlafzimmer war klein und wurde fast ganz von dem Doppelbett eingenommen, das vertraut nach Josh duftete, wie Rose müde feststellte, als sie sich unter den Decken zusammenrollte und die Augen schloss.

Der Fußboden und der Schlafsack, den Josh für Überraschungsgäste bereithielt, waren dem Schlaf nicht gerade förderlich, und so war er wach, als Rose einige Stunden später in Panik und Angst aufschrie.

Normalerweise schlief er nackt, doch aus Rücksicht auf Rose hatte er die Unterhose angelassen. Das Linoleum war eisig kalt unter den nackten Füßen, als er zum Schlafzimmer ging. Als er das Licht einschaltete, weckte er Rose aus ihrem Alptraum.

»Ich habe von Mr Russell geträumt«, sagte sie zitternd. »Ich will nicht wieder einschlafen, damit ich nicht wieder von ihm träume.«

Josh sah sie an. »Okay«, meinte er, »rutsch rüber.«

Rose tat, wie ihr geheißen, zu erleichtert über seine Gesellschaft, um sich Sorgen über irgendwelche Unschicklichkeiten zu machen.

Josh hatte das Licht ausgeschaltet und war eifrig damit beschäftigt, es sich behaglich zu machen, er schüttelte das dünne Kissen auf und schnaubte und ächzte, während er es sich bequem machte. Sein Schnauben war so tröstlich wie seine Wärme.

Eine Welle der Trübsal schlug über Rose zusammen. »Wird es immer so sein für mich, Josh?«, fragte sie ihn hilflos. »Werden Männer immer über mich denken wie Russell, weil ich so aussehe?« Eine einzelne Träne rollte über ihr Gesicht, schimmerte im Mondlicht, das durch den Spalt zwischen den Vorhängen drang.

Josh stützte den Kopf auf, streckte die Hand aus und wischte sie behutsam weg.

»Nein«, antwortete er, »eines Tages wird es anders sein.«

Rose ließ sich davon nicht trösten. »Anders? Was heißt das?«

»Es heißt dies hier«, sagte Josh leise, beugte sich vor, nahm ihr Gesicht in die freie Hand und fuhr mit den Lippen leicht über ihren Mund.

Dies war ganz und gar nicht das, was er vorgehabt hatte. Rose zu verführen war ihm noch nie in den Sinn gekommen. Nun, vielleicht hatte es Situationen gegeben, da hatte er sie angesehen und darüber nachgedacht – er war schließlich ein

Mann –, aber gewiss nicht heute Nacht. Es war sicher die ungewöhnliche Situation, mit einer Frau im Bett zu liegen, in die er nicht verliebt war, die solche Auswirkungen hatte. Und es war nur ein Kuss.

Emerald sah demonstrativ auf ihre Uhr. Es war wirklich lästig, dass Dougie unangekündigt bei ihr aufgekreuzt war, als sie gerade das Haus verlassen wollte, um sich mit ihren Freunden im *Ritz* zum Weihnachts-Lunch zu treffen. Ihre Mutter hatte sie über Weihnachten nach Denham eingeladen, doch sie hatte es ausgeschlagen. Sie hatte nicht die Absicht, so etwas Langweiliges und Ödes zu tun, denn sie hatte so eine amüsante Zeit hier in London, wo man sie ob ihrer Tapferkeit, die Sache nach Alessandros grausamem Spiel allein durchzuziehen, verhätschelte und bewunderte. Sie hatte Jeannie sogar Bescheid gesagt, sie möge keinen Tischpartner für sie einladen, es sei denn, er war um einiges älter und sehr respektabel. Emerald genoss ihren gegenwärtigen Madonnen-Status, und das wollte sie sich nicht dadurch verderben lassen, dass sie in der Öffentlichkeit in Begleitung eines stadtbekannten Charmeurs gesehen wurde.

»Also, was wollen Sie, Dougie?«, fragte Emerald ungeduldig.

»Ich möchte Sie etwas fragen.«

»Kann das nicht warten? Ich wollte gerade gehen«, erklärte sie spitz.

»Ich würde es lieber gleich besprechen.«

Etwas in Dougies Stimme – eine ruhige Entschlossenheit – durchdrang ihre Ungeduld, verlangte ihre Aufmerksamkeit und einen gewissen widerwillig gewährten Respekt, denn Dougie würde nicht klein beigeben und sich von ihr so einschüchtern lassen, dass er ging.

»Na gut«, gab sie nach.

»Könnten wir irgendwohin gehen, wo es behaglicher ist … vielleicht in die Bibliothek?«

Emerald seufzte gereizt. »In Ordnung«, meinte sie und ging voraus in den mit Bücherregalen gesäumten Raum, warf ihren Mantel auf den Schreibtisch und ließ sich in einen der Ledersessel am Kamin sinken. Emerald bestand stets darauf, dass alle Kaminfeuer brannten, ob sie zu Hause war oder nicht.

»Bringen wir es hinter uns. Was gibt es, Dougie? Was wollen Sie?«

Dougie sah sie an. Der Zeitpunkt war, wie ihm aufging, auffallend schlecht gewählt, aber er war hier und würde tun, wozu er gekommen war.

»Ich möchte Sie bitten, meine Frau zu werden«, sagte er schlicht. »Bitte gewähren Sie mir die Ehre, meine Herzogin zu sein.«

Emerald wusste nicht, was sie sagen sollte, in ihr war nichts als Schock, der allmählich Platz machte für Unglauben, Verwirrung und – gegen alle Logik – Hoffnung.

»Sie wollen mich heiraten?«, fragte sie, sobald sie wieder einen Ton herausbrachte. »Warum?«

»Ich dachte, das wäre eine gute Sache, wo doch was Kleines unterwegs ist und … überhaupt«, sagte Dougie entschieden. Er mochte, was Frauen anging, nicht so viel Erfahrung haben wie Tod Newton und seinesgleichen, doch Dougie kannte Emerald so gut, dass er ihr tunlichst nicht verriet, dass er sie liebte.

Emerald rutschte unsicher auf ihrem Sessel herum, während sie versuchte, ihre Gedanken zu ordnen.

Dougie bat sie, seine Frau zu werden, weil er fand, dass das eine gute Sache wäre. Sie wäre die neue Herzogin von Lenchester, Lenchester House und Osterby würden ihr gehören, sie hätte Sicherheit, eine gesellschaftliche Position, Wohlstand und einen Gemahl, auf den ihre Mutter unaufhörlich Loblieder sang. Etwas Ungesuchtes und verzweifelt Zerbrechliches, so zerbrechlich, dass sie die Luft anhielt, entrollte sich in ihr, etwas Schönes und Warmes, das in ihr den Wunsch weckte,

die Emerald zu sein, die sie nie hatte sein wollen. Angst und
Zorn entflammten in ihr, vereinten sich gegen ihren gemeinsamen Feind. Emerald atmete aus und war froh, in einen normalen Zustand zurückzukehren.

»Ich, Sie heiraten?« Sie hob eine perfekt geschwungene Augenbraue.

Dougie fuhr ob der Verachtung in ihrer Stimme zusammen.
»Sicher nicht.«

Heiraten war das Letzte, wonach ihr im Augenblick der
Sinn stand. Und dann auch noch den Viehtreiber – das war
natürlich ebenso undenkbar wie unmöglich.

Vom Bibliotheksfenster aus sah Emerald, wie Dougie den
Platz überquerte, wo er die Aufmerksamkeit einer elegant gekleideten jungen Frau erregte, als er an ihr vorbeiging. Emerald runzelte die Stirn. Dougie sah gut aus, so viel gestand sie
sich widerwillig ein – er sah gut aus, war groß, hatte breite
Schultern, er hatte einen Titel, war reich … Ein Mann, auf den
eine Frau sich in jeder Lebenslage verlassen konnte.

Ihr Stirnrunzeln wurde tiefer. Sie bedauerte doch nicht
etwa, dass sie ihn abgewiesen hatte?

Er hatte gewusst, dass Emerald nein sagen würde, versuchte
Dougie sich auf dem Heimweg nach Lenchester House zu
trösten. Er wurde am nächsten Morgen zur traditionellen Jagd
am zweiten Weihnachtstag in Osterby erwartet, und er hätte
sich längst auf den Weg machen sollen. Es war dumm gewesen, Emerald aufzusuchen, nur weil Amber, als er sie anrief, um
ihnen allen frohe Weihnachten zu wünschen, zufällig erwähnt
hatte, dass Emerald beschlossen hatte, in London zu bleiben.
Aber Träumen war doch wohl noch erlaubt, oder?

Jay und die Mädchen machten einen Spaziergang, doch Amber hatte keine Lust gehabt, sie zu begleiten. Sie machte sich

Sorgen um Rose, denn die war nicht ans Telefon gegangen, als sie sie am Morgen angerufen hatte, um ihr frohe Weihnachten zu wünschen. Ohne Rose war es kein richtiges Weihnachten. Ella hatte ihr gesagt, sie solle sich keine Sorgen machen, Rose habe so viel arbeiten müssen, dass sie entweder lange schliefe oder in die Kirche gegangen wäre.

Sie machte sich auch Sorgen, dass Emerald nicht da war, aber aus anderen Gründen. Amber blickte über die vom Frost weiß überhauchten Gärten von Denham und die Parklandschaft dahinter. Sie konnte nicht umhin, an ein anderes Weihnachten zu denken, das wie dieses durch die ungeplante Empfängnis eines Kindes überschattet gewesen war. Schmerz und Schuldgefühle schnürten ihr das Herz zusammen.

Bald würde der Familie ein neues Leben geboren werden, das erste Kind einer neuen Generation, ihr erstes Enkelkind, und dieses Kind würde – ungeachtet der Umstände seiner Zeugung und Geburt – willkommen sein und geliebt werden. Ein Enkelkind. Hoffnung stieg in ihr auf, schob sich durch die Finsternis ihrer Schuldgefühle und ihrer Verzweiflung, so wie sich unter dem frostharten Boden schon jetzt die Triebe der Frühjahrs-Blumenzwiebeln entwickelten, bereit, durch die Dunkelheit ans Licht zu drängen.

Hoffnung – sicher eines der stärksten und beständigsten menschlichen Gefühle.

33

Januar 1958

Das neue Jahr war gerade eine Woche alt, da rief Ivor Rose eines Morgens in sein Büro. Er kündigte ihr und begründete es damit, er habe nicht das Gefühl, sie engagiere sich genug für ihre Arbeit. Zögernd versuchte Rose, ihm von Mr Russell, dem Schock und der Angst zu erzählen, die sie empfunden hatte, obwohl sie ihm natürlich verschwieg, dass Josh sie gerettet hatte und was dann passiert war.

Als sie am ersten Weihnachtstag endlich aufgestanden waren, hatte Josh sie mit Bagels mit Räucherlachs und Rahmkäse und heißem, starkem Kaffee verwöhnt, bevor er sie am späten Abend zu ihrer Wohnung in Chelsea begleitete.

Zuerst war sie befangen gewesen, befangen und angespannt im Licht der Intimität, die sie geteilt hatten, doch Josh hatte bald dafür gesorgt, dass Rose sich entspannte, indem er sie daran erinnert hatte, dass er ihr bester und engster Freund war und dass alles, was zwischen ihnen geschah, natürlich und verständlich war und man nicht weiter darüber nachdenken musste, außer voller Dankbarkeit dafür, dass er für sie da gewesen war. Und jetzt, sagte sie sich ironisch, hatte sie wenigstens einen Maßstab, an dem sie die Küsse anderer Männer messen konnte, denn was das Küssen anging, wusste sie instinktiv und ohne auf irgendwelche Erfahrungen zurückgreifen zu können, dass Josh sehr gut war.

Ihr Chef war jedoch nicht in der Stimmung, sich ihren Bericht über den Vergewaltigungsversuch in der Wohnung der Russells anzuhören. Er war vielmehr so wütend auf sie, dass er ihr alles, was sie zu ihrer Verteidigung vorzubringen versuchte, im Mund verdrehte. Da wusste Rose, dass Mr Russell seine Version der Geschichte schon vorgetragen hatte.

»Hier ist kein Platz für jemanden, der Anweisungen missachtet und Kunden verärgert«, erklärte Ivor ihr.

»Sie meinen, Sie wollen, dass ich gehe?« Rose hoffte verzweifelt, dass sie ihn falsch verstanden hatte.

»Ja, ich will, dass Sie gehen«, meinte er, »und zwar je eher, desto besser, bevor Sie noch mehr Ärger machen.«

Es war noch nicht einmal Mittag, also hatte es keinen Zweck, nach Hause zu gehen. Ella und Janey waren noch nicht da. Und abgesehen davon war der Erste, dem sie es erzählen wollte, Josh. Josh würde sie verstehen.

In dem Augenblick, da Rose die Traube aus Kundinnen mit Frisuren in verschiedenen Stadien der Vollendung und Friseuren und Auszubildenden vor dem Friseursalon stehen sah, wusste sie, dass etwas nicht stimmte.

»Was ist los? Was ist passiert?«, fragte sie Irene, die Empfangsdame, und fasste sie am Ärmel. Die junge Frau stand auf dem Gehweg und blickte zu den Fenstern des Salons hinauf.

»Ich weiß nicht.« Irene wirkte verängstigt und durcheinander. »Da sind so Männer gekommen – groß und schwer und ziemlich widerlich, wenn Sie wissen, was ich meine – und haben uns gesagt, wir müssten alle gehen. Francis hat gesagt, er würde nirgendwohin gehen, weil er nämlich verantwortlich war, denn Josh war nicht da, er war zur Bank gegangen. Und da hat einer sich einen Stuhl geschnappt und ihn auf ein Waschbecken krachen lassen und zu Francis gesagt, als Nächstes wäre sein Kopf dran.«

Irene weinte jetzt, und Rose verstand, warum. Wenigstens war Josh in Sicherheit.

»Hat schon jemand die Polizei gerufen?«, fragte sie Irene.

»Ja, Francis. Oh, ich hoffe bloß, dass es Josh gut geht.« Irene schaute, während sie sprach, zum Salon hinauf.

»Sie haben doch gesagt, Josh wäre zur Bank gegangen.«

»Ja, das war er auch, aber er ist vorhin zurückgekommen, und als Francis ihm erzählt hat, was passiert ist, ist er die Treppe raufgelaufen.«

Die Menschentraube auf der Straße wurde immer größer, denn Passanten blieben neugierig stehen. Ein Polizeiwagen kam mit jaulender Sirene rutschend vor dem Salon zum Stehen, und zwei Polizisten stiegen aus. Francis erzählte ihnen, was passiert war. Rose fragte sich, warum sie kostbare Zeit vergeudeten, während Josh womöglich in Gefahr war. Es kam ihr vor wie eine Ewigkeit, bis sie schließlich hinaufgingen.

Rose wusste, dass das alles ihre Schuld war. Mr Russell hatte sich an Josh gerächt, weil der ihr geholfen hatte.

Innerhalb von Sekunden kam einer der Polizisten die Treppe heruntergepoltert und auf die Straße herausgelaufen.

»Was ist passiert?«, wollte Rose wissen. »Wo ist Josh?«

»Nicht jetzt, Mädchen«, sagte der Polizist, dann rief er dem Fahrer des Polizeiwagens zu: »Sieht aus, als bräuchten wir einen Krankenwagen. Der Bursche da oben ist ziemlich übel zugerichtet.«

Josh. Das konnte nur Josh sein. Rose lief ins Haus, stürzte ohne auf die Anweisung des Polizisten zu achten die Treppe hinauf und trat in den Salon.

Beziehungsweise in das, was von dem Friseursalon noch übrig war. Der Fußboden war mit Scherben von zerschlagenen Waschbecken übersät, die Sesselbezüge waren aufgeschlitzt, Shampooflaschen waren auf dem Boden ausgeleert und gegen die Wände geschleudert worden. Nichts war heil geblieben, und Josh saß mit blutigem Gesicht mittendrin. Seine Nase schien gebrochen, die Lippe war geschwollen und aufgeplatzt, die Ärmel seines Jacketts aufgeschlitzt.

Von den Männern, die das Gemetzel angerichtet hatten, war keine Spur mehr zu sehen. Vermutlich waren sie über die Feuerleiter auf der Rückseite des Gebäudes geflohen.

Der Polizist befragte Josh.

»Also, Bursche, das sieht nach Profiarbeit aus. Haben Sie Feinde? Jemand, der so etwas hier tun würde?«

Josh schüttelte den Kopf und warf Rose einen warnenden Blick zu.

Der Polizist seufzte resigniert, denn er merkte offensichtlich, dass Josh nicht die Wahrheit sagte.

»Also, wenn Ihnen plötzlich wieder einfallen sollte, dass es da jemanden gibt, können Sie auf dem Polizeirevier vorbeikommen und es uns sagen. Inzwischen hoffe ich, dass Sie gut versichert sind.« Der Polizist steckte Notizblock und Bleistift wieder in seine Tasche, ging hinaus und stieg polternd die Treppe hinunter, um seinem Kollegen Bescheid zu sagen.

Rose kniete sich neben Josh und nahm seine Hand. Die Knöchel waren rau und blutig.

»Wenigstens konnte ich einem der Scheißkerle eine ordentliche Tracht Prügel verpassen«, murmelte er.

»Oh, Josh, das ist allein meine Schuld. Mr Russell ...«

»Nein, auf die Weise will mir jemand klarmachen, dass ich Schutzgeld zahlen muss«, erklärte er ihr. »So was passiert dauernd.«

Doch Rose glaubte ihm nicht – keinen Augenblick.

»Der Polizist hatte recht mit der Versicherung. Eine Schande, dass ich die Prämie nicht gezahlt habe, als sie fällig war, und mir stattdessen ein paar schicke Schuhe geleistet habe.«

Draußen näherte sich eine weitere Sirene und erstarb. Der Krankenwagen war gekommen.

Rose sah Josh an. Zuerst dachte sie, er machte Witze, doch dann ging ihr auf, dass dem nicht so war.

»Also, das wär's dann. Ich schätze, wenn ich all das hier bezahlt habe, bin ich blank. Was meinst du? Ob Vidal mir Arbeit gibt?«

»Natürlich wird er das, aber das wird nicht nötig sein«, versicherte Rose ihm.

Es gab keine Zeit zu verlieren. Sie hörten, wie die Sanitäter die Treppe heraufkamen. Bald war Josh auf dem Weg ins Krankenhaus, und was sie sagen wollte, musste jetzt gesagt werden. Da sie wusste, dass dies hier ihretwegen passiert war, hatte Rose rasch einen Entschluss gefasst.

»Ivor hat mich heute Morgen rausgeworfen«, sagte sie. »Nicht dass es mir etwas ausmacht. Du hast ja immer schon gesagt, ich solle meine eigene Firma gründen, weißt du noch?«

Josh nickte.

»Also, genau das werde ich jetzt tun. Ich habe ein bisschen Geld – einen Treuhandfonds –, und von einem Teil davon werde ich neue Lokalitäten für uns suchen, Josh.« Sie sprach jetzt schneller, wollte unbedingt alles gesagt bekommen, solange sie allein waren. »Ein Haus, wo ich im Erdgeschoss meinen

Ausstellungsraum haben kann und du im ersten Stock deinen Friseursalon.«

Es war das Mindeste, was sie tun konnte, nach dem, was er für sie getan hatte. Sie wusste, wie viel es ihm bedeutete, sein eigener Herr zu sein.

»Jetzt mal ganz langsam«, sagte Josh grimmig. »Kommt gar nicht in Frage, dass ich dir verpflichtet bin und mich von dir aushalten lasse.«

Sie hatte gewusst, dass er so reagieren würde, und sie war darauf vorbereitet.

»Nichts dergleichen wirst du sein. Ich brauche dich, Josh. Du gibst mir so viel Mut, dass ich Dinge tue, die ich ohne dich nie könnte. Wir werden Partner sein, Geschäftspartner, das wird alles vertraglich geregelt. Du entwirfst neue Frisuren, und ich entwerfe neue Salons.« Als sie es aussprach, wusste Rose, dass es genau das war, was sie mehr als alles andere in der Welt tun wollte, viel mehr, als in stickigen Wohnungen Vorhänge zu drapieren. Sie wollte sie selbst sein, wollte ihre eigene Chefin sein und der Welt, und vor allem Amber, beweisen, dass sie mehr war als das Ergebnis – die Summe – der Schande ihres Vaters und der Armut ihrer Mutter.

Josh sah sie an. »Partner? Du und ich?«

»Ja«, sagte Rose resolut.

Die Sanitäter kamen herein. Rose stand auf, um ihnen Platz zu machen.

Als sie anfingen, ihn zu untersuchen, zwinkerte Josh ihr zu und sagte: »Okay, Partner.«

Sein Gesicht war blutbeschmiert und zerschunden, doch Rose wusste, wenn die Sanitäter nicht da gewesen wären, hätte sie ihm die Arme um den Hals geschlungen und ihn aus purer Erleichterung an Ort und Stelle umarmt. Josh brachte sie zum Lachen. Josh gab ihr das Gefühl, Dinge tun zu können, von denen sie allein nie gedacht hätte, dass sie sie zuwege brächte. Vor allem aber gab Josh ihr ein Gefühl der Sicherheit.

Er war ihr Freund und ihre Sicherheit, und jetzt war er auch ihre Zukunft.

34

Emeralds Kind kam Anfang Februar um drei Uhr am Nachmittag in einer teuren Privatklinik in einer Seitenstraße der Harley Street zur Welt.

Emerald warf einen Blick auf den rotgesichtigen, greinenden Neugeborenen und winkte die Krankenschwester dann weg. Sie war natürlich froh, dass es ein Junge war, und sie würde selbstverständlich dafür sorgen, dass ihre ehemalige Schwiegermutter erfuhr, dass sie einen Sohn zur Welt gebracht hatte, der von Rechts wegen Alessandros Erbe war. Doch im Augenblick verlangte sie nur nach Ruhe und Frieden in einem mit Parfümduft erfüllten Zimmer, nicht in einem, das nach Blut und Schweiß roch, und gewiss nicht einem, das mit dem Geplärr des rotgesichtigen Dings erfüllt war, das die Schwester ihr immer noch hinhielt.

Gereizt runzelte Emerald die Stirn. Sie wollte die Schwester noch einmal wegwinken, doch irgendwie fing das Baby ihren Blick ein und hielt ihn fest. Da schloss sich etwas ganz Ungewohntes um Emeralds Herz, als habe das Baby es mit seinen kleinen Fingerchen gepackt. Ein Gefühl, so elementar, dass sie nicht einmal mit ihrem starken Willen dagegen ankam, nahm von ihr Besitz. Zu ihrem eigenen Erstaunen streckte sie die Hände nach ihrem Sohn aus.

Schweigend reichte die Krankenschwester ihn ihr.

Er war schwerer, als sie erwartet hatte: 3940 Gramm, hatte die Hebamme anerkennend bemerkt. Emerald forschte in seinem Gesicht nach einer Ähnlichkeit mit ihr oder Alessandro, konnte jedoch keine finden. Stattdessen sah er … sah er aus wie …

»Nehmen Sie ihn weg«, befahl sie der Krankenschwester aufgebracht.

Wie konnte es sein, dass ihr Sohn sie irgendwie an Dougie erinnerte? Das war einfach unmöglich, und doch hätte Emerald schwören können, dass das Baby und Dougie ganz eindeutig denselben festen Blick besaßen.

Emerald schloss die Augen und überließ sich dem hektischen Herumhantieren des Klinikpersonals.

Es war später Abend, als Amber in die Entbindungsklinik kam. Emeralds Wehen hatten eine Woche zu früh eingesetzt, daher war Amber nicht, wie geplant, bei ihrer Tochter in London gewesen. Eine Schwester hieß sie willkommen und fragte sie, ob sie ihren Enkelsohn sehen wolle, denn ihre Tochter schlafe noch.

»Er hat schönes, volles Haar«, sagte die Schwester, die ihr den Weg ins Säuglingszimmer gezeigt hatte.

Amber pflichtete ihr bei, doch ihre Aufmerksamkeit galt allein ihrem Enkelsohn. Sein Anblick verschlug ihr den Atem, und ihr Herz fühlte sich an, als würde es von einer gigantischen Hand zusammengedrückt, so sehr fühlte sie sich daran erinnert, wie sie ihren eigenen Sohn, Luc, nach seiner Geburt das erste Mal gesehen hatte. Amber konnte nicht anders, sie streckte die Arme aus und hob das Baby aus seinem Bettchen. Erstaunlich, dass einem bestimmte Handgriffe und Instinkte nie abhandenkamen. Sie war erfüllt von einer Mischung aus Staunen und Schmerz. Sie hätte auch eine junge Mutter sein können, die zum ersten Mal ihr Kind im Arm hielt, die die erste Woge mütterlicher Liebe empfand und das Gefühl freudigen Wiedererkennens, wenn Mutter und Kind einander das erste Mal sehen und um das Band wissen, das sie verbindet. Das Baby schlug die Augen auf und sah sie an. Ambers Herz lief über.

Janey schlug besorgt die Augen auf und sah sich in dem fremden Schlafzimmer um. Dem Himmel sei Dank, sie war allein im Bett. Unerwünschte Bilder des vergangenen Abends stiegen vor ihrem inneren Auge auf. Sie erinnerte sich nicht mehr, wer von den jungen Frauen und Männern, die jeden Samstagabend miteinander ausgingen, vorgeschlagen hatte, nach Eel Pie Island zu fahren, aber sie wusste noch, dass sie es für eine tolle Idee gehalten hatte.

Der Nachtclub auf Eel Pie Island genoss einen gefährlich verruchten und daher sehr attraktiven Ruf. Hier trafen Rock 'n' Roll und Jazz aufeinander und kollidierten zuweilen. Die Schlägereien am Samstagabend hatten ihren Anteil an seiner Berühmtheit, zusammen mit der besten Musik, den besten Musikern und den hübschesten und wildesten Mädchen.

Janey hatte ihre neueste Schöpfung getragen, ihre eigene Variation eines entzückenden kleinen Kleids, das sie in der Woche zuvor in Mary Quants *Bazaar* gesehen hatte − es lag jetzt zusammengeknüllt auf dem staubigen Boden des kleinen, beengten möblierten Zimmers eines Mannes, an dessen Gesicht sie sich kaum erinnern konnte, dessen Körpergeruch aber in seiner Bettwäsche und an ihrer Haut klebte. Statt an ihn zu denken und an das, was passiert war, betrachtete sie ihr Kleid, dessen Baumwollstoff von einem dunklen, trüben, mit strahlend rosafarbenen Blumen durchsetzten Pflaumenblau war, das ihr blondes Haar, das sie jetzt länger und mit Außenrolle trug, betonte, genau wie bei den Mannequins in den Zeitschriften. Und genau wie diese hatte sie auch schwarzen Eyeliner und blassrosa Lippenstift aufgelegt.

Janey konnte sich noch erinnern, wie aufgeregt sie gewesen war, als ihre Freundinnen sie darauf aufmerksam gemacht hatten, dass der Leadgitarrist einer der Bands immer wieder zu ihr herüberschaute. Sie hatte sich alle Mühe gegeben, nicht beeindruckt zu sein, als er ihr von der Bühne aus ein Lied gewidmet hatte: »Dem Mädchen mit dem blonden Haar hier vor mir, mit dem ich ins Bett gehe, sobald ich die Gelegenheit kriege.«

Doch natürlich war sie beeindruckt gewesen, und natürlich hatte sie mit ihm getanzt, als seine Band von einer anderen abgelöst worden war. Er war gefährlich sexy, sein dunkles Haar war lang und schweißverklebt, sein Körper dünn und drahtig, sein Griff, mit dem er sie beim Tanzen hielt, fest und selbstsicher. Sein Name war, wie er ihr gesagt hatte, Jerry, und sein Traum war, seinem Idol nachzueifern: dem amerikanischen Sänger Jerry Lee Lewis.

Irgendwann hatten sie sich von ihrer Clique abgesondert, um sich zu einem anderen Mitglied von Jerrys Band und einer jungen Frau zu gesellen, einer auffallend hübschen Brünetten namens Nancy, die älter war als Janey und eine leichte Weltverdrossenheit kultivierte.

Zuerst war Janey nur ein wenig überrascht gewesen, als Jerry sich eine Zigarette gedreht hatte, doch dann hatte Nancy ihr erklärt, es sei ein Cannabis-Joint. Janey kannte Leute, die Leute kannten, die Cannabis rauchten, doch soweit sie wusste, tat niemand in ihrem unmittelbaren Freundeskreis es, obwohl einige der wagemutigeren Mitglieder der Clique ziemlich viel darüber redeten – als etwas, das sie gern mal ausprobieren würden. Und jetzt saß sie hier bei jemandem, der es tatsächlich tat.

Janey war beeindruckt gewesen, aber auch ein wenig besorgt. Nancy hatte offensichtlich mitbekommen, wie es ihr ging, denn sie hatte ihr angeboten, daran zu ziehen. Janey wollte es ausschlagen, doch Nancy lachte über sie, und Jerry legte ihr den Arm um die Schultern und drückte sie an sich, während er ihr seinen Joint an die Lippen hielt, und da war es irgendwie leichter gewesen mitzumachen.

Zuerst dachte sie, von der Selbstgedrehten würde ihr übel werden, doch als die Übelkeit sich legte, fühlte sie sich angenehm übermütig und noch angenehmer schwindlig. Nicht lange, und sie lachte schallend mit den anderen drei und fühlte sich als Teil einer wunderbaren, besonderen, privilegierten Welt, zu der nur sie Zugang hatten.

Sie und Jerry hatten wieder getanzt, Jerry hatte ihr die Hand unter die Bluse geschoben und ihr zugeflüstert, er würde ihr gern das Höschen ausziehen. Doch dann hatte sein Freund ihm auf die Schulter getippt und gemeint, sie sollten die Partnerinnen tauschen, und Janey hatte mit Rick getanzt, dem Schlagzeuger, der ihr die Zunge beim Küssen so weit in den Hals geschoben hatte, dass sie kaum noch Luft bekam.

Janey konnte sich nicht erinnern, wann sie Eel Pie Island verlassen hatten, doch sie erinnerte sich, dass sie zu viert in Ricks Morris Minor geklettert waren und dass Rick sie nach London in Jerrys möbliertes Zimmer gefahren hatte. Und da war sie jetzt – glücklicherweise allein.

Janey schob die Bettdecke zurück und hielt wachsam ein Auge auf die Tür, während sie sich anzog. Sie war erleichtert, als sie Mantel und Handtasche auf dem Boden unter einem Stuhl fand.

Draußen stach das helle Licht der blassen Wintersonne ihr in die Augen. Ihr Kopf pochte, ihre Knie waren wacklig, und ob des Gefühls zwischen ihren Beinen betrachtete sie verstohlen ihr Spiegelbild in einem nahen Schaufenster, um zu sehen, ob sie sich tatsächlich bewegte wie ein Jockey, der zu lange im Sattel gesessen hatte. Der Vergleich trieb ihr die Schamesröte ins Gesicht. Sie wollte wirklich nicht darüber nachdenken, was passiert war, nachdem sie das möblierte Zimmer betreten hatten. Sie hatten noch einen Joint geraucht, und Nancy hatte sich ausgezogen und Rick und Jerry aufgefordert, ihr zu helfen, während Janey ihnen zugesehen hatte. Der Joint hatte dafür gesorgt, dass sie voller ungenierter Neugier beobachtet hatte, wie Rick Nancy zwischen den Beinen streichelte, während Jerry mit ihren Brüsten spielte. Janey beschleunigte ihre Schritte. Ihr wäre es nur recht, wenn sie bezüglich der Ereignisse der vergangenen Nacht einen völligen Blackout hätte.

Sie wollte sich nicht daran erinnern, was passiert war, sie wollte nicht darüber nachdenken, und sie wollte auf keinen Fall den Kopf voller anstößiger erotischer Bilder haben, die jetzt höhnisch vor ihrem inneren Auge herumtanzten, genau wie sie in der Nacht in dem Zimmer herumgetanzt war, völlig nackt, in Jerrys Armen, während Rick sich von hinten an sie drückte und an ihrem Tanz teilnahm.

»Ein köstliches Stück supersexy Frauen-Belag im Männer-Sandwich«, hatte Nancy gemeint, bevor sie Rick von Janey weggezerrt und Jerry weggeschoben hatte, um selbst mit ihr zu tanzen.

Janey wäre vor Scham und Schuldgefühlen am liebsten im Erdboden versunken, als sie sich jetzt daran erinnerte, wie Nancy ihre Brüste berührt hatte, und sie, statt sie aufzuhalten, einfach nur gelacht hatte. Genau wie sie weitergelacht hatte, als Jerry sich dazugesellt hatte und ihr die Hand zwischen die Beine geschoben und ihre Brustwarze in den Mund genommen hatte, die Nancy ihm darbot. Rick hatte sich von hinten an Nancy gerieben, ihre Brüste umfasst und Janey aufgefordert, daran zu lecken und sie zu küssen.

Janey schauderte.

Sie hatte es nicht getan, aber nur, weil Jerry sie hochgehoben und zum Bett getragen hatte, um das Gesicht zwischen ihren weit geöffneten Schenkeln zu vergraben. Alles in Janey krampfte sich zusammen, als ihr Körper sich mit einer Wonne, die ihr jetzt peinlich war, daran erinnerte. Es trieb ihr eine frische Welle heißer Schamesröte ins Gesicht.

Kurz danach hatten Rick und Nancy sich zu ihnen aufs Bett gesellt, und bald waren sie eine einzige wimmelnde Masse, streichelten, berührten, leckten, saugten, fickten – wie Rick an einem Punkt freudig gesagt hatte –, Gliedmaßen, Hände, Lippen und Leiber.

Nancy hatte den Männern fachmännisch Kondome übergezogen – darauf hatte sie bestanden –, während Janey sich eingestehen musste, dass sie viel zu weggetreten gewesen war, um sich darum zu scheren.

Was sie getan hatte, war schrecklich und erfüllte sie mit abgrundtiefer Scham. So etwas durfte nie wieder passieren. Ich darf nie wieder überhaupt daran denken, sagte Janey sich entschlossen.

Jemand klopfte ungeduldig an die Wohnungstür. Oliver stöhnte und schlug die Augen auf, um auf seine Armbanduhr zu schauen. Es war noch nicht einmal sieben Uhr. Er war auf einer Party gewesen und erst nach drei ins Bett gekommen. Wer auch immer es war, er würde wiederkommen müssen. Er zog sich das Kissen über den Kopf, doch das Klopfen ging weiter und wurde, wenn überhaupt, noch lauter.

Unter leisen Flüchen stand Oliver auf und stieg in seine Jeans.

»Schon gut, ich hör dich«, rief er, als er barfuß zur Tür tappte. »Himmel, die ganze verdammte Straße kann dich hören«, fügte er hinzu, als er aufschloss und die Tür öffnete. Erstaunt trat er einen Schritt zurück, als er seine Mutter vor der Tür stehen sah.

»Endlich«, meinte sie, bevor er irgendetwas sagen konnte. »Komm, dein Vater fragt nach dir, und es ist nicht viel Zeit.«

»Was?« Oliver kratzte sich am Kopf und gähnte.

»Ich hab dir doch gerade gesagt, es geht um deinen Vater. Er liegt im Sterben, und er will dich sehen.« Während sie sprach, hob sie den Rollkragenpullover vom Boden auf und reichte ihn ihm, bevor sie auch noch seine Schuhe zusammensuchte.

Automatisch zog Oliver sich den Pullover über den Kopf und setzte sich dann aufs Bett, um in Socken und Schuhe zu steigen. Seine Mutter musterte ihn mit grimmiger Miene.

Mit exakt dieser Entschlossenheit beobachtete seine Mutter ihn schon, solange Oliver denken konnte, jeder Zentimeter ihrer ein Meter achtundfünfzig darauf konzentriert, ihn und

seinen Vater herumzukommandieren und an ihnen herum-
zunörgeln, bis sie taten, was sie als recht und billig betrachtete.
Hohe Maßstäbe hatte seine Mutter – viel zu hohe, fand Oliver oft –, besonders was Sauberkeit anging. Ein Dämon mit
Mopp und Besen war seine Mutter. Sie putzte sich nie heraus, sah aber immer tadellos aus, kein Gramm Fett zu viel und
das dunkelbraune Haar, das er von ihr geerbt hatte, immer zu
einem strengen Knoten frisiert.

Oliver war noch nicht ganz bei sich und stellte keine Fragen, sondern folgte ihr nur hinaus auf die Straße, wo zu seiner
Überraschung ein Taxi mit laufendem Motor auf sie wartete.
Unfassbar, dass seine Mutter, die nie einen Penny vergeudete
und die einen Shilling leicht auf zehn strecken konnte, überhaupt ein Taxi genommen hatte, ganz zu schweigen davon, es
auch noch mit laufendem Taxameter warten zu lassen.

»Was ist passiert?«, wollte Oliver wissen, sobald das Taxi sich
in Bewegung gesetzt hatte, doch seine Mutter schüttelte nur
den Kopf und warf einen warnenden Blick auf den Taxifahrer, womit sie andeutete, dass sie in seiner Gegenwart nichts
sagen würde.

Das Taxi raste die praktisch leere Straße Richtung East End
und Bow hinunter, doch plötzlich bog der Fahrer ab und fuhr
nicht in die Straße, wo Oliver aufgewachsen war und wo seine
Eltern lebten, sondern nach Plaistow, dem eleganteren Teil des
Viertels, wo er vor einem großen, vierstöckigen spätgeorgia-
nischen Haus hielt.

»Komm.« Seine Mutter zog ihn am Ärmel.

»Wozu hast du mich hergebracht?«, wollte Oliver wissen, als
er zu ihr auf den Gehweg trat.

»Bist du taub oder was? Ich hab doch gesagt, dass dein Vater bald sein letztes Gebet sagt und dich sehen will, bevor er
stirbt.«

Sein Vater? Oliver wandte den Blick von dem Haus auf seine Mutter. Dies war nicht das Haus, in dem er aufgewachsen

war, es gehörte dem Mann, bei dem seine Mutter arbeitete, solange er sich erinnern konnte.

»Sieh mich nicht so an«, sagte seine Mutter scharf. »Du besitzt genug Verstand, um zu wissen, dass Tom Charters dich nicht gezeugt haben kann. Dümmer, als die Polizei erlaubt, und das nicht erst seit gestern. Jetzt setz dich schon in Bewegung. Ich werd mir nie verzeihen, wenn wir zu spät kommen. Er hat die ganze Nacht nach dir gefragt, das hat er.«

War sein Vater …? Oliver schluckte den Kloß herunter, der sich in seiner Kehle gebildet hatte. »Weiß er es? Dad? Ich meine, Tom?«

»Das weiß ich nicht, und es ist mir auch egal. Jetzt mach schon.«

Sie hatten inzwischen das Haus betreten, und eine Pflegerin in Schwesterntracht kam ihnen die Treppe herunter entgegen. Das Gesicht seiner Mutter war von Anspannung überschattet.

»Noch nicht gegangen, oder?« Seine Mutter hatte noch nie um den heißen Brei herumgeredet.

»Nein«, antwortete die Schwester und trat zur Seite, um sie vorbeizulassen. Oliver folgte seiner Mutter, die kaum nickte, als die Krankenschwester ihr hinterherrief: »Ich warte hier unten, bis Sie mich brauchen.«

Die Treppe war steil, und sie mussten zwei Etagen hinaufsteigen. Seine Mutter kam oben an, ohne zu schnaufen, doch Oliver war, wie er sich eingestehen musste, ziemlich außer Atem. Er hätte unglaublich gern eine geraucht. Falls er sich je ausgemalt hatte, mit seiner Mutter darüber zu sprechen, wer genau sein leiblicher Vater war, dann hatte er sich nie vorgestellt, sie würde es so sachlich, ja fast ungeduldig abhandeln, ohne jede Spur einer Entschuldigung. Als er noch ein Kind gewesen war, hatte es Klatsch gegeben, mehr oder weniger deutliche Hinweise von verschiedenen Familienmitgliedern, doch irgendwie war er davon ausgegangen, dass seine Mutter beschämt und peinlich berührt wäre, wenn sie von dem Klatsch wüsste.

Als seine Mutter die Schlafzimmertür öffnete, konnte Oliver die mühsamen, rasselnden Atemzüge des Mannes hören, der auf Kissen gestützt im Bett lag.

»Ich bin's, Phil«, erklärte sie tonlos.

Eine lange dünne Hand mit vortretenden Adern und eingefallener Haut wurde über die Bettdecke gestreckt. Seine Mutter nahm sie und hielt sie fest.

»Hast du … ihn … hergebracht, Eileen?«, fragte er rasselnd und von gequälten Atemzügen unterbrochen.

Zögernd und gleichzeitig doch von etwas getrieben, dem er sich nicht widersetzen konnte, trat Oliver ans Bett.

»Du musst seine Hand halten«, erklärte seine Mutter ihm leise, »es geht rasch zu Ende, und er kann dich wahrscheinlich nicht sehen.«

Instinktiv wollte er sich weigern. Der Mann, den er sein Leben lang für seinen Vater gehalten hatte, hatte ihm nie körperliche Zuneigung gezeigt, er hatte ihm eher mal einen Klaps versetzt, als ihn zu umarmen, und trotzdem kam es ihm falsch vor, die Hand eines anderen »Vaters« zu halten. Doch wieder wurde er angetrieben von etwas, das stärker war als Instinkt.

Ein Teil von ihm nahm wahr, wie ähnlich die Hand des anderen Mannes der seinen war, und ähnlich auch die Form der eingesunkenen Augen und der ausgeprägten Nase.

»Oliver.« Die Stimme des Mannes im Bett war, wie der Griff seiner Hand, stärker, als Oliver erwartet hatte.

»Dein Vater hat deine Fotos in all den eleganten Zeitschriften gesehen, *Vogue* und so weiter«, erklärte seine Mutter ihm.

»Er ist ein guter Junge, Eileen. Ein guter Sohn.« Die eingesunkenen Augen füllten sich mit Tränen. »Ein Sohn, auf den ein Mann stolz sein kann, und ich bin stolz auf dich, Oliver. War immer stolz auf dich, immer, gleich vom ersten Augenblick an, als deine Mutter mir von dir erzählt hat. Du hättest hier bei mir sein sollen, und das wärst du auch gewesen, wenn die Dinge anders gelegen hätten.« Seine Stimme wurde immer schwächer, die Worte wurden langsamer und mit immer größerem Abstand gesprochen, erstarben mit jedem Ringen um Luft. Sein Griff um Olivers Hand wurde schlaff.

Oliver sah seine Mutter an, und dann tat sein Vater einen tiefen, zitternden Atemzug und rief: »Eileen …«

»Ich bin hier, Phil … Ich bin hier.«

Während sie sprach, rasselte der Atem in der Kehle seines Vaters. Dann hob er den Kopf vom Kissen und sank mit einem letzten Atemzug wieder darauf nieder. Seine Mutter hielt noch seine Hand, Tränen liefen ihr übers Gesicht.

»Er hat dir alles hinterlassen«, erklärte Olivers Mutter ihm drei Stunden später. Sie saßen in der Küche des Hauses, in der sie so viele Jahre gearbeitet hatte. Der Arzt war gekommen und wieder gegangen, ebenso der Leichenbestatter, und jetzt waren sie allein.

»Hat große Stücke auf dich gehalten, das hat er, gleich vom ersten Augenblick an.«

»Ja? Na, aber er hatte 'ne komische Art, es zu zeigen, was? Der Frau eines anderen ein Kind andrehen und …«

»Das reicht. Ich erlaube nicht, dass du schlecht über deinen Vater sprichst, besonders nicht jetzt, da er tot ist. Er wollte mich heiraten, jawohl, aber ich war doch verheiratet, und schon in der Bibel steht, was Gott zusammengefügt hat, soll der Mensch nicht scheiden. Aber er war immer gut zu mir, und er hat dafür gesorgt, dass es dir an nichts fehlte. Erinnerst du dich an das Fahrrad, das du mit zehn bekommen hast?«

Daran erinnerte sich Oliver gut. Er war der einzige Junge in der Straße gewesen, der ein nagelneues Raleigh-Fahrrad gehabt hatte, und er war so stolz gewesen wie ein Pfau.

»Das hat er dir gekauft, dein Vater. Ich war dagegen, weil ich Angst hatte, es könnte Klatsch geben, aber er ließ es sich nicht ausreden. Wollte, dass ich ein paar Fotos von dir darauf mache – wollte immer, dass ich Fotos von dir für ihn mache, ja. Er wollte dich auch auf so eine vornehme Schule schicken, aber das habe ich nicht erlaubt.

Erinnerst du dich an die ausgefallene Kamera, die du wolltest, als du angefangen hast? Die hat er für dich besorgt.«

»Die habe ich aus zweiter Hand gekauft.«

»Brandneu war sie, und dein Vater hat sie gekauft, und ich hab dir gesagt, ich hätte von dem alten Mann gehört, der Kameras verkaufte.« Die Stimme seiner Mutter war verächtlich und zugleich voller Stolz. »Er hat dir alles hinterlassen. Das hat er mir gesagt. Hat gemeint, es wäre nur recht. Er hat dich geliebt, das hat er, worauf du dich verlassen kannst.« Ihre Stimme brach. »Hat dich geliebt wie verrückt. Dauernd von dir gesprochen hat er. Hat mich manchmal ganz verrückt gemacht, so viele Fragen hat er über dich gestellt.«

Oliver starrte an die Küchenwand. Sie war mit Temperafarbe in einem kränklichen Grün gestrichen, stellenweise blätterte die Farbe bereits ab. Hier hatte ein Mann gelebt, den er nicht gekannt hatte, der aber sein Vater gewesen war, der an ihn gedacht, ihn geliebt, ihn gewollt hatte. Er dachte an die Distanz, die zwischen ihm und dem Mann, den er sein Leben lang für seinen Vater gehalten hatte, geherrscht hatte, und an die Verwirrung und den Schmerz, die er als Kind oft empfunden hatte, weil er wusste, dass sein Vater sich über ihn ärgerte und ihm grollte. Eine gewaltige Welle des Verlustes überrollte ihn. Er sah seine Mutter an. Sie hatte getan, was sie für richtig gehalten hatte.

Als das Flugzeug Ende Februar in den stahlgrauen Himmel aufstieg, atmete Ella schließlich die angehaltene Luft aus. Jetzt gab es kein Zurück mehr. Sie war auf dem Weg nach New York, auf dem Weg in ihr neues Leben.

Zweiter Teil

35

England, Juni 1965

»Na, wenn das nicht *Vogues* allseits bewunderte Vorzeigemutti der Sechziger ist.«

Emerald, die sich große Mühe gegeben hatte, ein interessiertes Gesicht zu machen, als sie ihrem siebenjährigen Sohn am Schuljahresende beim Eierlaufen zusah, drehte sich nicht einmal um, als sie antwortete: »Werd nicht lästig, Drogo.«

An seinem dreißigsten Geburtstag drei Jahre zuvor hatte Dougie beschlossen, fortan seinen richtigen Namen zu tragen – aus keinem besonderen Grund als dem, sich einen Teil seiner selbst zurückzuholen, den er, wie er fand, irgendwie aufgegeben hatte. Es hatte ihn ebenso amüsiert wie erstaunt, wie viele Menschen, an deren Meinung ihm etwas lag, feststellten, wie angenehm ihnen die Umstellung war.

Amber hatte es vielleicht am besten zum Ausdruck gebracht, als sie ihm liebevoll erklärt hatte: »Drogo – das passt so gut zu dir, wie eine Lieblingsjacke, die ewig an der Garderobe gehangen hat, weil sie einem ein wenig zu groß war, und plötzlich entdeckt man sie wieder, und sie passt einem perfekt.«

Langweilig war in Emeralds Augen eindeutig die richtige Bezeichnung für Drogo, wie die Familie Dougie jetzt nannte. Zwar hatte sie irgendwann widerwillig akzeptiert, dass er zur Familie gehörte, und sein Du angenommen, doch das hieß nicht, dass sie begeistert von ihm war. Langweilig passte gleichermaßen auf das, was sie im Augenblick tun musste, weil *Vogue* einen Artikel über junge, moderne Mütter plante, in dem man sie als Beispiel dafür porträtieren würde, was moderne Mutterschaft in den sechziger Jahren bedeutete.

Natürlich waren Robbie und sie außergewöhnlich fotogen. Die Frauen, die hässliche Kinder zur Welt brachten, taten ihr wirklich leid. Jetzt sah sie Drogo tatsächlich an. Seine Kinder würden unglaublich hässlich werden, wenn er tatsächlich tat, wovon alle – einschließlich ihrer Mutter – ausgingen, und Gwendolyn einen Antrag machte.

Wer hätte das gedacht, besonders nach den absolut umwerfenden Mannequins, mit denen Drogo im Laufe der Jahre ausgegangen war?

Nachdem sie seinen Heiratsantrag ausgeschlagen hatte, war sie davon ausgegangen, dass er sie weiterhin bitten würde, seine Frau zu werden. Doch dem war nicht so gewesen. Er hatte sich vielmehr förmlich in seiner Verantwortung als Herzog und Gutsbesitzer vergraben, sowohl in London als auch in Osterby, und zwar in einem solchen Ausmaß, dass Emerald froh war, dass sie seinen Antrag nicht angenommen hatte. Wer wollte schon ein langweiliges, achtbares Leben führen? Sie gewiss nicht.

Natürlich hatte es sie geärgert, dass Drogo, als er irgendwann zu dem Schluss gekommen war, er bräuchte so etwas wie ein gesellschaftliches Leben, augenblicklich von praktisch allen Damen der feinen Gesellschaft gefeiert und umworben wurde, einschließlich Emeralds Freundinnen. Das hatte genauso natürlich dazu geführt, dass sie an denselben Einladungen teilnahmen und einander oft sahen, doch während Emerald erwartet hatte, Drogo werde ihr hinterherlaufen und sie anflehen, sie möge ihm erlauben, ihr den Hof zu machen, ließ er sehr deutlich durchblicken, dass er dankbar war, dass sie ihn abgewiesen hatte, und es nicht bedauerte. Nicht dass sie es bedauerte, natürlich nicht. Jetzt gehörte Drogo wie selbstverständlich zum Familienkreis ihrer Mutter, war ein häufiger, stets willkommener Gast in Denham und wurde, sehr zu Emeralds Verdruss, von ihrem Sohn heiß und innig geliebt. Robbie betete Drogo förmlich an.

Emerald hatte nicht die Absicht, sich wieder zu verheiraten – niemals. Sie liebte ihre Freiheit und das Recht, über ihr eigenes Leben zu bestimmen. Ein feuriger Liebhaber war viel, viel besser als ein Gemahl, und es hatte im Laufe der Jahre etliche Männer gegeben, die sich mit Feuer und Verve um sie bemüht hatten.

Janey hatte die Vermutung geäußert, wenn Drogo tatsächlich um Gwens Hand anhielte, dann nur aus Mitleid, weil sie sonst keiner wollte. »Sie ist wahrscheinlich immer noch Jungfrau«, hatte sie hinzugefügt. »Stell dir mal vor!«

Nein, vorstellen wollte Emerald sich das nicht, doch sie konnte sich durchaus vorstellen, wie beschämend es war, im Alter von fünfundzwanzig Jahren noch Jungfrau zu sein, wo ganz Swinging London sich auf vorehelichen, nachehelichen und außerehelichen Sex stürzte wie ein Hungernder auf ein Bankett. Emerald hatte nichts zu Janey gesagt, doch sie vermutete, dass Gwendolyn nicht allein war in ihrer beschämenden Jungfräulichkeit, sondern dass Rose ihr Schicksal teilte.

Emerald fand, dass ihr, weil sie verheiratet gewesen war, ein ganz anderer Lebensstil zustand als jemandem wie ihrer Cousine Rose, die – das war für Emerald ganz offensichtlich – keine Ahnung hatte von Männern, weil sie nichts besaß, was sie für Männer attraktiv machte.

Emerald verachtete Rose immer noch von Herzen, und bei den seltenen Gelegenheiten, da sie sich begegneten, vergnügte sie sich weiterhin damit, Rose zu verhöhnen, indem sie mit ihrer gesellschaftlichen Überlegenheit prahlte.

»O nein, Robbie, lass dich nicht von ihm überholen.« Emerald stellte sich auf die Zehenspitzen, um ihren Sohn anzufeuern, doch es war zu spät, Robbie hatte einem entschlossenen, rotgesichtigen kleinen Schläger schon erlaubt, sich an ihm vorbei zum Zielpfosten zu drängeln. Emerald seufzte. Er war nicht nur von Natur aus ein lieber Kerl, er war auch von Amber aufgezogen worden, was ihm doppelt zum Nachteil gereichte.

Normalerweise tat Emerald alles, um solchen Gelegenheiten aus dem Weg zu gehen – schmuddelige kleine Jungen und ihre langweiligen Eltern waren nicht Emeralds Vorstellung von Spaß –, aber an diesem Tag hatte sie sich, den Artikel in *Vogue* im Hinterkopf, verpflichtet gefühlt, sich blicken zu lassen.

»Schatz, hier drüben«, rief sie, als Robbie sich suchend in der Menge umsah. Doch entweder hatte er sie nicht gehört, oder er achtete nicht auf sie, denn plötzlich machte sich auf seinem Gesicht ein riesiges Lächeln breit und er lief los, nicht zu ihr, wie Emerald aufging, sondern zu seiner Großmutter.

»Kluger Junge«, murmelte Drogo, der immer noch neben ihr stand.

»Also, wenn du so weitermachst und die langweilige Gwen heiratest, dann müssen deine Gene Überstunden machen, um so etwas zu produzieren«, witzelte Emerald. »Stell dir mal vor, deine Kinder würden die eklig kalten, glitschigen Finger von Gwennies Vater erben.« Sie schauderte. »Und du musst aufpassen, wohin sie sie stecken. Du willst doch keine Schar kleiner adliger Diebe, Drogo, die ihrem Großvater nachschlagen. Jeder weiß, dass Henry sich bei Leuten Geld geliehen und es nie zurückgezahlt hat. Du hättest dieses Mannequin heiraten sollen, mit dem du zuletzt zusammen warst, die, die mit dem Popsänger durchgebrannt ist.«

»Emerald, wie sie leibt und lebt«, meinte Drogo nur. »Immer eine gehässige Bemerkung auf den Lippen. Aber das kann wohl nicht anders sein bei einer Frau, die vom Leben und von der Liebe enttäuscht wurde: Sie wird sauer und bitter.«

Sauer und bitter. Das klang ja, als wäre sie eine vertrocknete alte Jungfer, und das war sie ganz gewiss nicht!

Sie war erst Mitte – nun, okay, also, Ende – zwanzig, um Himmels willen, in der Blüte ihres Lebens. Doch wie Max sie in der vergangenen Nacht recht unfreundlich erinnert hatte, sie war nicht mehr achtzehn, und achtzehnjährige Mädchen waren heutzutage viel frühreifer und williger, als Emerald es in dem Alter gewesen war.

Max. Das hitzige Verlangen der vergangenen Nacht war nur gedämpft, nicht erloschen, und sie brauchte seinen Namen nur zu denken, schon erwachte es zu neuem Leben. Emerald hatte noch nie einen Mann so sehr begehrt wie Max. Er erregte sie und machte sie wütend. Jedes Mal, wenn sie dachte, sie hätte ihn bezwungen und unter ihre Kontrolle gebracht, bewies er ihr, dass sie ihre Macht über ihn überschätzt hatte. Er ärgerte und erregte sie gleichermaßen, und Emerald wusste, dass sie erst zufrieden sein würde, wenn er vor ihr auf den Knien lag und zugab, dass sie ihm mehr bedeutete, als irgendeine andere Frau ihm je bedeutet hatte oder bedeuten konnte. Erst dann wäre sie glücklich. Erst dann wäre sie bereit, ihn fallen zu lassen.

Sie war später bei *Annabel's* mit ihm verabredet. Sie hatte ihn zu überreden versucht, sie von ihrer Wohnung abzuholen, sodass sie zusammen dort ankamen und man sie als Paar wahrnahm – das gehörte zu ihrem ewigen Kampf, ihn zu versklaven –, doch er hatte sich geweigert. Emerald war es nicht gewohnt, dass Männer sich ihr widersetzten. Normalerweise war sie diejenige, die sich ihnen widersetzte. Bei jedem anderen Mann hätte sie so lange geschmollt, bis er eingewilligt hätte, doch bei Max war mit Wutanfällen nichts zu erreichen, er würde nicht klein beigeben. Das allein stachelte ihr Interesse an ihm an.

Max war anders als die anderen Männer, mit denen sie ins Bett gegangen war. Das hatte sie vom ersten Augenblick ihrer Begegnung an gewusst. Das war auch im *Annabel's* gewesen. Jeder, der etwas auf sich hielt, ging dorthin. Er war mit anderen da gewesen, darunter Mitglieder der Gruppe um Tony Armstrong-Jones und Prinzessin Margaret. Er überragte die anderen Männer und stand in seinem Mohair-Anzug und seinen

313

gewienerten Brogues von Church's ein wenig abseits. Sein Anzug war so geschliffen wie sein Lächeln und von kundiger Hand so geschnitten, dass er seine Männlichkeit betonte.

Schon da hatte sie ihn gewollt, war unvorbereitet getroffen worden von der heftigen Woge ihres Begehrens. Er war mit einer Puppe zusammen gewesen, einer aus dem endlosen Strom junger Frauen mit gleichermaßen endlos langen Beinen, die sich im *Annabel's* und in den Betten der dort verkehrenden Männer tummelten.

Ein Blick hatte Emerald verraten, dass die Kleine keine Konkurrenz für sie war. Sie sah bei weitem nicht so gut aus wie sie und wirkte gewiss nicht so, als besäße sie ihre Sinnlichkeit – oder ihr Verlangen –, hatte Emerald erkannt, als sie beobachtet hatte, wie die junge Frau, schlank und mit einem Haarschnitt von Sassoon, einen Flunsch zog und sich dann schmollend zierte, als Max die Hand nach ihr ausstreckte.

Emerald hatte die beiden weiter beobachtet, und zwar vorsätzlich, und sie hatte ihn spöttisch angelächelt, als er schließlich ihren brennenden Blick gespürt und ihn erwidert hatte. Mehr musste sie gar nicht tun. Männer, oder zumindest die Männer, die ihr gefielen, hatten immer eine Antenne für ihre Sinnlichkeit.

Ärgerlicherweise hatte er sich nicht – wie erwartet – an ihre Seite locken lassen, um ihr Feuer zu geben. Vielmehr – und das war etwas, das sie eindeutig noch nie erlebt hatte – hatte er ihr spöttisches Lächeln erwidert und dann zwei Zigaretten hervorgeholt, sie angezündet und dann die junge Frau langsam geküsst, bevor er ihr eine der beiden Zigaretten reichte.

Als Emerald jetzt ihre Zigaretten aus ihrer Handtasche holte, fiel ihr der Vorfall wieder ein. Ihre Hände zitterten heute fast genauso sehr wie damals, so hatte es sie sexuell erregt, ihn zu beobachten. Max war darauf spezialisiert, in allem, was er in der Öffentlichkeit mit einer Frau tat, eine sexuelle Intimität mitschwingen zu lassen.

Als sie nach Hause gekommen war, hatte sie sich in der Privatheit ihres Schlafzimmers ganz ihren Phantasien hingegeben, und diesmal war sie von ihm geküsst worden, nicht die dumme Puppe, die in seiner Begleitung gewesen war. Sie konnte sich noch gut erinnern, wie sie sich gefühlt hatte, nackt auf ihrem Bett, das Licht der Nachttischlampen gedämpft, ihr Körper auf dem schweren irischen Leinen ausgestreckt, das mit ihrem Monogramm bestickt war – das E für Emerald mit dem L für Lenchester verschlungen, das Ganze umgeben von Lorbeer und überragt von einer kleinen herzoglichen Krone, auf die sie streng genommen natürlich kein Anrecht hatte, da sie nur die Tochter eines Herzogs war, doch sie war immer schon bereit gewesen, die Regeln zu brechen, um zu bekommen, was sie wollte.

Und sie hatte Max gewollt, so sehr, dass sie, als sie dort lag, allein bei dem Gedanken an ihn vor schmerzlicher Erregung gezittert hatte, ihr nackter Körper auf dem Bett undeutlich reflektiert in dem Spiegel über der Frisierkommode und dem hohen Pfeilerspiegel daneben, während die matte Beleuchtung dem Bild eine dunstige, nebelhafte, fast präraffaelitische Sinnlichkeit verlieh.

Sie hatte ihren Körper gemächlich gestreichelt, während sie sich vorgestellt hatte, dass Max ihn liebkoste, hatte darin geschwelgt, wie weich er war, und sich ausgemalt, welches Vergnügen Max an ihr hätte. Ihr Blick unter schweren Lidern hatte derweil mit triumphierendem Entzücken ihre dunklen, aufgerichteten Brustwarzen beobachtet. Emerald liebte ihre Brüste. Sie hatten genau die Form, nach der die Mode verlangte, nicht zu groß und nicht zu klein und fest, doch es waren die Brustwarzen, die sie so verführerisch machten. Groß und dunkel, sahen sie beinahe aus, als müssten sie eigentlich einer anderen gehören, einer Frau mit einer volleren, schwereren Figur; sie waren besonders sexy, weil ihre Brüste so graziös und feminin waren. Männer beteten sie an. Emerald konnte sich leicht vorstellen, wie ein Mann wie Max darauf reagieren würde, wie es ihn erregte, sie zu lecken und gierig daran zu saugen, während Emerald sich revanchierte, indem sie gleichermaßen eifrig nach seinem Schwanz griff, seinem Besen, dem dicken, festen Werkzeug seiner Lust. Sie liebte es, sich diese Worte auf der Zunge zergehen zu lassen, sie mit den Lippen zu schmecken, ihre erotische Grobheit auszukosten. Solche Worte durften einer wohlerzogenen Dame eigentlich nicht über die Lippen kommen, waren sie doch genauso unschicklich wie die Phantasien, die in ihr aufstiegen, das männliche Lustorgan auf dieselbe Weise zu behandeln, mit der Zunge darum herumzufahren, daran zu lecken, an dem schweren Fleischsack darunter zu saugen, bevor sie es in den Mund nahm – etwas, worüber keine wahrhaft respektable Dame Bescheid wissen, geschweige denn es tatsächlich tun sollte.

Wie es sie erregte, sich so eine Szene vorzustellen, zuerst mit warmer Trägheit und dann mit wachsender Dringlichkeit die Bilder zu betrachten, die zu ihrem Vergnügen in ihrem Kopf abliefen.

Natürlich dauerte es nicht lange, bis ihre Hand an ihrem Körper hinunterwanderte und ihre Finger an dem weichen Haar auf ihrem Venushügel vorbeistreiften, um in ihre Feuchte einzutauchen, sich zuerst langsam und aufreizend zu streicheln, dann den Rhythmus rasch zu steigern, zusammen mit ihrem Herzschlag und ihrer Atmung, bis ihr Körper unter ihrer kundigen Berührung zuckte und sie die Augen schloss und ihrer Phantasie befahl, den Mann heraufzubeschwören, den sie wirklich wollte, sodass er sie berührte, sie antrieb, sie mit der Macht, die er über sie hatte, für sich einnahm, der Macht, ihr endgültige Erleichterung von dem ungezähmten Brennen ihrer Lust zu verschaffen oder ihr diese zu versagen.

Als Emerald sich jetzt an diesen Abend erinnerte, stieß sie zufrieden einen triumphierenden Seufzer aus.

Natürlich konnte die Vorstellung, Max nehme sie in Besitz, sie nicht besonders lange befriedigen. In Emeralds Augen hatten gute Verbindungen nur dann einen Sinn, wenn man sie auch nutzte. Und so wusste sie am nächsten Tag zur Mittagszeit praktisch alles über Max Preston, was es zu wissen gab. Dem zufolge, was öffentlich über ihn im Umlauf war, war er ein Ganove, ein ehemaliger Unterweltschläger, der sich zum Unternehmer gemausert hatte und heute bei einigen sehr lukrativen Geschäften die Hand im Spiel hatte. Irgendwann war er von der Gesellschaft akzeptiert worden. Wie es schien, war er ein Mann von unglaublicher sexueller Könnerschaft und gewaltigem Stehvermögen, den sein Charisma und sein Charme in die Betten einer langen Reihe von gesellschaftlich hochrangigen Frauen geführt hatten. Er hatte ein Faible für verheiratete Frauen, die auch verheiratet bleiben wollten, und für intensive sexuelle Verhältnisse, die in Windeseile ausbrannten und immer von ihm beendet wurden. Emerald war das Gerücht zu Ohren gekommen, die fotografische Sammlung seiner Eroberungen würde jedem Sittenrichter die Schamesröte ins Gesicht treiben, und er habe keine Skrupel, sich zu nehmen, was er wollte – im Bett wie auch außerhalb.

Alles, was sie über ihn in Erfahrung gebracht hatte, hatte ihren Appetit auf ihn noch gesteigert. Es war schick, die alten Regeln und Tabus zu brechen und die alten sozialen Schranken zu missachten. In Londons führenden Nachtclubs drängten sich großspurige junge Männer mit Cockney-Akzent und sexuellem Machismo, die ungeniert an Damen der Gesellschaft vorbeistolzierten, deren Ehegatten glaubten, Sex in der Ehe diene allein dem Zweck, einen Erben hervorzubringen.

London war absolut angesagt und die King's Road wie ein privater, exklusiver Club für Eingeweihte. In der Luft hing reif und schwer der Geruch nach Sex und Jugend. Mädchen und Rockmusiker, die sich mit Amphetaminen aufputschten – die einen, um dünn zu bleiben, die anderen, um sich wach zu halten –, stürzten sich in den durch die Drogen gesteigerten sexuellen Appetit wie Enten ins Wasser. Und Männer wie Max sahen zu und lächelten ihr Krokodilslächeln und warteten auf die Chance zuzuschnappen.

Er benutzte Frauen, und manche sagten, er missbrauche sie auch, und so hatte Emerald ihn, obwohl er ihr Interesse erregt hatte, anfangs als potenziellen Liebhaber ausgeschlossen und sich ihn, unter Mühe zwar, aber doch aus dem Kopf geschlagen. Schließlich gab es genug andere, weitaus würdigere Bewerber um ihre Gunst.

Am Morgen hatte sie einen Termin bei dem Quacksalber in der Harley Street gehabt, der ihr – und vermutlich halb London – die Amphetamin-»Diät«-Pillen verordnete, die dafür sorgten, dass sie schlank blieb wie eine Achtzehnjährige, und dann war sie auf ein spätes flüssiges Mittagessen in einen beliebten, exklusiven Pub in der Sloane Street gegangen, und dort hatte sie Max wiedergesehen. Er stand an der Bar.

Sie tat, als hätte sie ihn nicht bemerkt, setzte sich in eine Ecke und kehrte ihm den Rücken zu, was ungewöhnlich war für sie, denn normalerweise suchte sie nicht die Anonymität. Sie zündete sich eine Zigarette an, und wieder zitterte ihre Hand, was sie auf die Diätpillen zurückführte. Sie trank ein Glas Wein und schob das Steak, das sie zwar bestellt, auf das sie eigentlich aber keinen rechten Appetit hatte, auf dem Teller hin und her. Auf keinen Fall wollte sie der Versuchung nachgeben und sich umdrehen, um zu schauen, ob er noch an der Bar war.

Sie hatte gerade den praktisch unberührten Teller von sich geschoben, da trat er an ihren Tisch, zog einen Stuhl heraus und setzte sich ihr gegenüber.

»Ich sehe nicht gern, wenn gutes Essen weggeworfen wird«, sagte er und verzehrte ohne ein weiteres Wort das von ihr verschmähte Mittagessen.

Sie hätte aufstehen und gehen können. Schließlich hatte niemand sie gezwungen zu bleiben. Doch sie war geblieben,

Hitze durchflutete ihren Körper, während sie ihm beim Essen zusah, unfähig, den Blick von seinen Händen und seinem Mund zu lösen. Irgendwo, irgendwann hatte er gelernt, anständig zu essen, selbst wenn sie seine völlige Konzentration auf das Essen weder verstand noch mochte. Doch Mögen hatte nichts mit den Gefühlen zu tun, die Max in ihr auslöste. Als er das Steak aufgegessen hatte, war der teure französische Slip mit Lochstickerei, den sie trug, durchweicht von der Erregung, die in ihr pulsierte und ihre Klitoris ungeduldig und mit wachsendem Verdruss pochen ließ.

Wie sie entdeckt hatte, als sie sich nach Robbies Geburt zum ersten Mal einen Liebhaber genommen hatte – den frischgebackenen Gemahl einer selbstgefälligen jungen Frau, die mit ihr debütiert hatte und die so dumm gewesen war, sie zu schneiden und nicht zu ihrer Hochzeit einzuladen –, bekam sie leicht einen Orgasmus. Aber sie gelangte doch wohl kaum zum Höhepunkt, wenn sie in einem Pub saß und einem Mann beim Essen zusah? So verführerisch und aufregend die Aussicht auf Sex mit ihm auch war, das passte doch nicht zu ihrem Selbstbild. Kein bisschen. Sie hatte immer alles unter Kontrolle.

In diesem Augenblick war sie zu dem Schluss gekommen, es sei Zeit für sie zu gehen.

Sie war bis in den stickigen, schmalen Flur gekommen, der zur Damentoilette führte, als er sie einholte, sie packte und herumwirbelte, sie gegen die Wand drückte und küsste, ihr die Zunge aggressiv in den Mund schob und die Hand gekonnt in ihren feuchten Schlüpfer.

Sie kam innerhalb weniger Sekunden, und sein Mund dämpfte ihre ekstatischen Schreie. Sie zitterte immer noch, als er ihre Hand nahm, sie in die Damentoilette zerrte und gegen die Tür lehnte, damit niemand hereinkam.

Der Raum war eng und muffig, mit einem Waschbecken in der Ecke und einer Toilette, zwei Schritte von der Tür zum

Flur entfernt. Er trat die Toilettentür auf und drehte Emerald dann um, sodass sie ihm den Rücken zukehrte, schob ihr den kurzen Rock hoch und zog ihren Schlüpfer herunter, um sie von hinten zu nehmen.

Sie hatte gedacht, sie wäre erfahren, doch von Max gefickt zu werden war eine Offenbarung, denn Max fickte sie tatsächlich. Zum einen war er groß … sehr groß. Das war ihr schon zu Ohren gekommen, aber sie hatte es als Übertreibung abgetan, doch da hatte sie sich getäuscht. Zum anderen war er egoistisch und aggressiv, doch irgendwie machte das die ganze Sache noch aufregender und ihre Erfahrung noch intensiver. Nachdem er gekommen war, hatte er sich im Waschbecken gewaschen und war gegangen. Erst als sie später in ihrem Haus am Cadogan Place in der Badewanne lag, ging ihr auf, dass er von dem Augenblick, da er sich über ihr verschmähtes Essen hergemacht hatte, bis zu dem Moment, da er sie in der Damentoilette verlassen hatte, kein einziges Wort gesprochen hatte.

Danach hatte sie ihn fast fünf Wochen lang nicht gesehen, obwohl sie in der Hoffnung, ihm dort zu begegnen, häufig den Pub und *Annabel's* aufsuchte. Als sie im *Express* ein Foto von ihm entdeckte, auf dem er mit einer Gruppe feierte, zu der mehrere bekannte Mannequins gehörten, bekam sie einen wilden Wutausbruch, bei dem sie ein sehr teures Stück Sèvres-Porzellan – einen hübschen Teller, den ihr ein früherer Bewunderer geschenkt hatte – gegen den marmornen Kamin ihres Salons warf.

Sie hatte London verlassen wollen, um mit Robbie nach Denham zu fahren, als *Vogue* Kontakt mit ihr aufgenommen hatte, weil sie einen Artikel über sie bringen wollten. Natürlich hatte sie zugestimmt, und als die Feature-Redakteurin vorbeigekommen war, um sie zu interviewen, war ihr Blick auf ein Foto von Robbie gefallen, und sie hatte augenblicklich etwas über sie beide schreiben wollen.

Bailey hatte sie fotografiert, zuerst mit Robbie und dann allein. Dort, in seinem Fotostudio, war sie gewesen, als die Tür aufging und Max hereinkam. Da hatte sie gewusst, dass der *Vogue*-Artikel seine Idee gewesen war – ein klarer Hinweis darauf, dass er an ihr interessiert war. Die ganze feine Gesellschaft, so schien es, stand im Bann von Londons Unterwelt. Bestimmte Mitglieder krimineller Banden waren jetzt Berühmtheiten: Männer wie die Kray-Brüder zum Beispiel und natürlich Max, von dem die Gerüchte gingen, er habe mit seiner Beteiligung an einem Boxstudio und, wie manche sagten, an einigen Stripteaselokalen ein Vermögen gemacht.

Sie hatten groben Sex auf dem Boden des Fotostudios, während Bailey weggegangen war, um Zigaretten zu kaufen. Am Abend war Max mit ihr in den Club der Kray-Zwillinge gegangen. Er hatte nur gelacht, als sie gesagt hatte, sie wolle dort nicht hin. Sie hatte gesehen, dass er in diese Welt – seine Welt – genauso gut passte wie in ihre, und das hatte sie beeindruckt.

Sie hatte gelernt, ihm keine Fragen zu stellen oder ihn zu drängen, denn wenn sie das tat, verschwand er einfach. Er weigerte sich, die ganze Nacht mit ihr zu verbringen oder sie mit in seine Wohnung zu nehmen. Er mochte den Sex grob und roh, schnell und gefährlich und an Orten, die riskant waren, was ihn umso aufregender machte. Er mochte Sex an öffentlichen Orten, wo man sie leicht erwischen konnte. Eines Morgens zog er sie im Hyde Park vom Weg und lehnte sie an einen Baum, schob ihr den Rock hoch und brachte ihren Protest mit einem groben Kuss zum Verstummen, während er in sie hineinstieß und sie sich schwach vor Erregung und Verlangen an ihn klammerte, ihn tiefer in sich spüren wollte, obwohl sie hörte, dass eine ganze Schulklasse näher kam. Er zog sich aus ihr zurück, einen Sekundenbruchteil, bevor die Kinder auftauchten, und kehrte ihnen den Rücken zu und überließ es ihr, sich, so gut es ging, zu bedecken. Und alles, woran

sie denken konnte, war, dass sie ihn wieder in sich spüren wollte, wo er das zu Ende bringen sollte, was er angefangen hatte.

Es hatte ähnliche Situationen gegeben, in düsteren Gassen
und einmal in einem Taxi, wo er die Hand unter ihren Rock
geschoben hatte und in ihren Schlüpfer vorgedrungen war
und sie so kurz vor den Orgasmus gebracht hatte, als sie gerade ihr Ziel erreichten, dass sie alles gegeben hätte, wenn er
sie ganz zum Höhepunkt gebracht hätte, ungeachtet des wartenden Taxifahrers.

Bei dieser Gelegenheit hatte er sie nach einem Abend in
einem privaten Spielclub, wo er ziemlich viel Geld gewonnen
hatte – indem er betrog, vermutete Emerald –, nach Hause
begleitet. Sie wollte die Treppe hochgehen, doch sie kam nur
die ersten Stufen hinauf, da hatte Max sie schon eingeholt und
vornübergebeugt, sodass sie sich mit den Händen auf einer
höheren Stufe abstützte, während er von hinten in sie eindrang – seine Lieblingsstellung.

Er hatte sie zu analem Sex überreden wollen, doch dagegen
hatte sich Emerald – bislang noch – verwahrt. Ein solcher Akt
erinnerte sie zu sehr an Lord Robert, den Mann, den sie stets
für ihren Vater gehalten hatte, um auch nur die geringste Anziehungskraft auf sie auszuüben. Ihre Weigerung hatte Max
erzürnt. Er hatte die Beherrschung verloren und ihr einen
heftigen Schlag in den Magen versetzt, von dem ihr übel wurde. Sie war unter solchen Schmerzen über den Boden ihres
Schlafzimmers gekrochen, dass sie weder mitbekam, dass er
ging, noch sich darum scherte. Bis später. Bis ihr Körper sich
wieder nach ihm verzehrte. Sie würde seiner natürlich überdrüssig werden – das verstand sich von selbst –, und eigentlich
überraschte es sie, dass es noch nicht so weit war.

Sie zupfte am Saum ihres Minirocks herum. Es war drei
Tage her, seit sie ihn das letzte Mal gesehen hatte. Sie blickte
über den Sportplatz zu ihrer Mutter und Robbie hinüber. Sie
ging wohl besser zu ihnen.

Drogo sah ihr hinterher, wie sie sich in einem Rock, der so kurz war, dass sämtliche Augenpaare im Umkreis ihr folgten, von ihm entfernte. Sie hatte schöne Beine, und er war nicht überrascht, dass *Vogue* sie so in den Mittelpunkt stellte und schrieb, mit ihrer Schönheit sei sie einigen der aktuellen Top-Mannequins weit überlegen.

Drogo hatte mitbekommen, dass Bailey die Fotos gemacht hatte, und er überlegte zynisch, ob der Fotograf es so gemacht hatte wie bei seinen Modeaufnahmen – da schloss er die Studiotür ab und fickte die Mannequins erst einmal durch.

Selbst er war hin- und hergerissen zwischen Bewunderung für eine der aufregendsten sexy Frauen, denen er je begegnet war, und dem Wissen darum, was für eine Hexe Emerald sein konnte.

Wie er ihr gesagt hatte, war er dankbar, dass sie seinen Heiratsantrag abgelehnt hatte – sehr dankbar sogar. Sie sahen einander regelmäßig, sowohl gesellschaftlich in London, wo sie sich in denselben Kreisen bewegten, als auch privat in Denham, denn Amber hatte ihn nicht nur als Lord Roberts rechtmäßigen Nachfolger willkommen geheißen, sondern auch in ihrer Familie, und das wusste Drogo sehr zu schätzen.

Emerald lag nur an einem Menschen etwas, und dieser Mensch war sie selbst. Robbie hatte Glück, dass er seine Großeltern hatte, die ihm ein liebevolles, sicheres Zuhause gaben.

Als Herzog war Drogo verpflichtet, einen Erben hervorzubringen, und sollte er je eine Frau finden, die ihm eine so liebevolle Gemahlin und seinen Kindern eine so gute Mutter wäre wie Amber ihrem Mann und ihren Kindern, würde er sie ohne Zögern heiraten. Das Problem war nur, dass er dank seiner eigenen Dummheit die Zeichen der Gefahr nicht erkannt hatte und sich in eine Situation hatte hineinmanövrieren lassen, wo es immer deutlicher wurde, dass man von ihm erwartete, dass er Gwendolyn einen Antrag machte, wollte er nicht dastehen wie ein absoluter Schuft. Selbst jetzt wusste er noch nicht recht, wie das, was von seiner Seite nur als Freundlichkeit gegenüber Gwen gedacht war – denn sie tat ihm leid –, von praktisch allen, einschließlich Gwen, als Anzeichen dafür gedeutet werden konnte, dass er ihr einen Antrag machen würde.

36

Robbies private Jungenschule in London bereitete die meisten ihrer Schüler auf Eton vor, und es amüsierte Emerald, die Empörung in den Gesichtern der anderen Mütter zu sehen, als sie in ihrem neuen modischen Minirock an ihnen vorbeistolzierte, nichts als lange Beine und langes, glattes Haar.

Seit sie Max kannte, hatte Emerald immer öfter das Gefühl, zwei ganz verschiedene Menschen zu sein: die äußere Emerald und die innere Emerald. Für die äußere Emerald war es absolut wichtig, dass andere Menschen zu ihr aufblickten und sie beneideten; dass sie von allem nur das Beste bekam, und andere Frauen sie bewunderten und beneideten und wussten, dass sie nie an sie heranreichten – in keiner Beziehung.

Die innere Emerald war anders. Sie war wild und leichtsinnig, hedonistisch und sinnlich und würde alles tun, um ihr Verlangen zu befriedigen.

Die äußere Emerald durfte in der Öffentlichkeit nur mit der richtigen Sorte Mann an den richtigen Orten gesehen werden, denn sie hatte eine Position und ein Image zu wahren. Die einzige Position, die die innere Emerald wahren wollte, war die, bei der Max tief in ihr drinsteckte und sie fickte, bis sie stöhnend zum Höhepunkt kam.

Die innere Emerald war ihr Geheimnis, das sie gut hütete. Sie war eine vorübergehende Verirrung, die so schnell wieder verschwinden würde, wie sie gekommen war. Sie musste. Emerald mochte den Schauer der Erregung genießen, gefährlich nah am Abgrund zu leben, doch danach war in ihrem Kopf immer eine Stimme, die Rechenschaft verlangte. Eine Stimme, die sie schrill beschuldigte, wie ihr leiblicher Vater zu sein, der proletenhafte Maler, der ihre Mutter verführt hatte, ein gewöhnlicher Niemand, getrieben allein von sexuellen Begierden. Emerald hätte diese Stimme am liebsten zum Verstummen gebracht. Sie war nicht so. Sie war das, wozu sie erzogen worden war, die Tochter eines Herzogs, eine Aristokratin, die über den Regeln stand, die das Leben gewöhnlicher Menschen bestimmten, und nicht ein Niemand, der diesen Regeln unterstand.

Emerald verachtete Menschen, die sich der Angst beugten, schwache und verletzliche Menschen. Sie würde niemals zulassen, dass die grausame Wahrheit, die Alessandros Mutter ihr enthüllt hatte, ihr Angst einjagte. Mit jeder Faser ihres Seins und mit aller Entschlossenheit würde sie dafür kämpfen, weiterhin Lady Emerald Devenish zu sein und als solche anerkannt zu werden. Niemand durfte ihr das jemals streitig machen. Nichts bedeutete ihr mehr. Nicht einmal ihr Begehren für Max.

Emerald lächelte in sich hinein. Sie hatte ein leicht verächtliches Achselzucken und ein wehmütig abschätziges Lachen perfektioniert, mit dem sie denen, die es womöglich nicht wussten, erklärte, dass sie nicht nur die Tochter eines Herzogs war, sondern durch Heirat auch eine Prinzessin – »obwohl ich den Titel nicht benutze. Europäische Titel kommen einem doch lächerlich vulgär und ein wenig übertrieben vor.«

Manchmal war sie trotzdem versucht, den Titel zu benutzen, wenn auch nur, um Alessandros Mutter zu erzürnen und sie und die junge Frau, die Alessandro inzwischen geheiratet hatte, daran zu erinnern, dass seine zweite Ehe kinderlos geblieben war, während sie Alessandros Sohn großzog. Was sie daran erinnerte, dass sie Bailey bitten musste, ihr einige Abzüge von den Fotos zu geben, die er von ihr und Robbie für

Vogue gemacht hatte, damit sie sie mit einer aufmerksamen kleinen Nachricht, sie wolle ihr doch die Gelegenheit geben, zu sehen, wie prächtig ihr Enkelsohn heranwuchs, an Alessandros Mutter schicken konnte.

Gott sei Dank fingen die Schulferien bald an, und sie konnte Robbie den größten Teil des Sommers zu ihrer Mutter abschieben. Dachte ihre Mutter je darüber nach, dass Emerald – obwohl Amber andere mit so viel Liebe verwöhnt hatte – die Einzige war, die ihr ein Enkelkind geschenkt hatte? Sie sah auf ihre Uhr. Sie wollte nach Hause, es konnte ja sein, dass Max angerufen hatte. Sie war am Abend zu einer Dinnerparty eingeladen, doch wenn er nicht angerufen hatte, würde sie vielleicht absagen. Sie hatte mehr Lust, in den *Ad Lib Club* zu gehen, der gerade unglaublich in war. Sie ging zu ihrer Mutter hinüber, nur um festzustellen, dass Drogo sich bereits zu ihr gesellt hatte und Robbie ihn mit Beschlag belegt hatte. Es war wirklich lächerlich, wie sehr ihr Sohn den schrecklichen Viehtreiber liebte. Und das war ganz allein Ambers Schuld, denn sie ermutigte die beiden auch noch.

»Robert hätte das Rennen gewinnen müssen. Ich wünschte, du würdest ihn nicht zu so einem Weichling erziehen, Mummy«, beschwerte sich Emerald bei Amber. »Wohlgemerkt, Eton sollte dem ein Ende bereiten.«

»Eton? Emerald, er ist erst sieben, er ist noch ein kleiner Junge. Er wird erst in einigen Jahren nach Eton gehen.«

»Leider.« Emerald schaute wieder auf ihre Uhr. »Mummy, ich muss mich beeilen. Ich gehe heute Abend aus.«

»Mit Max Preston?«

»Wer hat dir von Max erzählt? Oh, vermutlich der Viehtreiber.«

»Nein, Beth hat ihn neulich erwähnt. Sie dachte, ich sollte es wissen. Gwendolyn hat es ihr erzählt. Ich will mich ja nicht einmischen, Emerald, aber er genießt einen sehr zwielichtigen Ruf.«

Bei dem Unbehagen in der Stimme ihrer Mutter gefror Emeralds Miene zu Stein.

»Du machst dir doch nicht etwa Sorgen, ich würde deinem Beispiel folgen, Mummy? Dass ich das nicht tue, habe ich doch wohl schon unter Beweis gestellt. Schließlich war der Mann, der meinen Sohn gezeugt hat, ein Prinz, und ich war mit ihm verheiratet. Was auch immer ich mit Max tue, hat einzig und allein etwas damit zu tun, dass ich ihn im Augenblick zufällig recht amüsant finde. Er ist in Mode, Mummy.«

»Er ist ein Gangster, Emerald, und er hat den Ruf, grausam und gewalttätig zu sein, besonders sexuell gewalttätig gegenüber Frauen.«

Der Schock, dass ihre Mutter so unerwartet gut informiert und so offen war, ließ Emerald für einige Sekunden verstummen, bevor sie sich wieder fing.

»Ehrlich, Mummy, du solltest nicht alles glauben, was die Klatschpresse schreibt. Das tut nur eine bestimmte Klasse Menschen, weißt du. Heutzutage ist es vollkommen akzeptabel, im East End aufgewachsen zu sein. Max weiß, dass ich Maßstäbe habe und dass er mich anständig behandeln muss. Dafür sorge ich schon.«

»Ich bitte dich nur, vorsichtig zu sein, Emerald. Schließlich …«

»Schließlich was? Du willst nicht, dass ich vergesse, dass du dich von einem heruntergekommenen Künstler hast schwängern lassen? Keine Sorge, Mummy, das werde ich nie vergessen.« Zorn brannte in Emeralds Blick. »Mit Max amüsiere ich mich ein bisschen, ein kleines Abenteuer …«

Ungeduldig rief Emerald ihren Sohn zu sich, um sich von ihm zu verabschieden, fuhr jedoch zurück, als er sich in ihre Arme stürzen wollte. »Nein, Robbie, fass mich nicht an, du hast schmutzige Hände. Abgesehen davon bist du inzwischen zu alt dafür.«

Ohne auf Drogos grimmigen Blick zu achten, drehte sie

sich auf dem Absatz um. Wirklich, ihre Mutter war so dumm. Glaubte sie wirklich, Emerald würde jemandem – Mann oder Frau – erlauben, sie zu kontrollieren oder ihr in irgendeiner Weise zu schaden? Dazu liebte sie ihre Freiheit und ihren gesellschaftlichen Status viel zu sehr. Hatte sie sich nicht geschworen, nichts sei wichtiger, als die zu sein, die sie der Welt – ihrer Welt – vorspielte?

Sie würde niemals jemandem erlauben, ihrem Status zu schaden, und ganz bestimmt keinem Mann. Niemals würde sie das Risiko eingehen, dass ihr Ruf durch ein sexuelles Verhältnis in Gefahr geriet, wie ihre Mutter es getan hatte. Aber schließlich war sie auch viel, viel klüger als ihre Mutter.

»Rück mal«, meinte Janey fröhlich, als sie sich neben Rose auf das Sofa im Wohnzimmer des Hauses am Cheyne Walk setzte, wo Amber, die bald nach Cheshire zurückkehren würde, eine Familienversammlung einberufen hatte.

»Emerald ist nicht da, wie ich sehe«, bemerkte Janey und nahm sich einen Schokoladenkeks, »obwohl Mama Robbie morgen früh wieder mit nach Cheshire nimmt. Aber auf den Fotos in *Vogue* hat sie wirklich umwerfend ausgesehen.«

Rose stimmte ihr zu.

»Aber Cindy meint, sie hätte einen meiner Entwürfe tragen sollen«, beschwerte sich Janey.

Nachdem sie vier Jahre für andere Modedesigner gearbeitet hatte, hatte Janey sich endlich ihren Traum erfüllt und im Herbst des Vorjahres ihren eigenen Laden eröffnet, Janey F. Sie entwarf hübsche kleine Minikleider und andere Sachen in Denby-Seide in neuen, modernen Mustern, die von Anfang an ein voller Erfolg gewesen waren.

Cindy Freeman, eine junge Frau, die Janey über ihre Theaterverbindungen kennengelernt hatte, war seit kurzem offiziell Janeys Geschäftspartnerin. Sie kümmerte sich um die Finanzen, was Janey erlaubte, sich ganz den Entwürfen zu widmen.

Janey mit ihrem gefälligen Naturell hatte ihren klammen Freundinnen erlaubt, Kleider aus dem Laden auszuleihen, denn ihre Freundinnen gingen, wie sie Rose in den Wochen nach der Eröffnung erzählt hatte, »überallhin, und sie haben gesagt, die Leute fragen sie zwangsläufig, wo sie ihre Klamotten herhaben, und dann kommen sie in den Laden, um sie zu kaufen. Cathy McGowan von *Ready, Steady, Go!* hat schon eines der Mädchen gefragt, wo es den Rock gekauft hat, den es anhatte, als sie es in der Show tanzen gesehen hat«, hatte Janey aufgeregt erzählt.

Leider hatten Janeys Freundinnen nicht immer daran gedacht, die geborgten Kleider auch zurückzugeben, und Rose war erleichtert gewesen, als sie hörte, dass Janey eine Geschäftspartnerin bekommen würde, die den Laden mit festerer Hand führen sollte, sodass Janey sich ganz um ihre Entwürfe kümmern konnte.

»Ehrlich, Rose, Cindy kriegt es einfach wunderbar hin, dass die Dinge erledigt werden, und ein Nein als Antwort akzeptiert sie einfach nicht. Oh, und habe ich dir schon erzählt, dass neulich, als Charlie und ich in der Trattoria zu Abend gegessen haben, Ossie Clark da war und rüberkam, um mir zu gratulieren und mir zu sagen, dass er meine Arbeit mag?«

Janeys Gesicht war gerötet vor Freude. Rose war nicht überrascht. Ossie Clark und Celia Birtwell waren eines der führenden Designerpaare der Londoner Szene.

»Cindy hat das Geschäft wirklich auf die Füße gestellt. Sie ist die beste Partnerin, die ich mir wünschen konnte. Ich bin Charlie unglaublich dankbar, dass er uns miteinander bekannt gemacht hat«, schwärmte Janey.

Charlie war Janeys neuester Versager, ein arbeitsloser Dressman/Schauspieler/Möchtegern-Rocksänger, der nie Arbeit zu finden schien. Er sah umwerfend gut aus und war vier Jahre jünger als Janey.

»Armer Charlie«, fuhr Janey fort. »Er ist im Augenblick

wirklich sehr niedergeschlagen, weil er einen Werbeauftrag, für den er vorgesprochen hat, nicht bekommen hat. Er meint, es ist meistens so, dass die, die die richtigen Leute kennen, die beste Arbeit bekommen, nicht die mit dem größten Talent. Er war so sicher, dass er den Job kriegen würde, dass er sich schon neue Klamotten gekauft hat, und jetzt ist er pleite.«

Und erwartet, dass du ihn durchfütterst, dachte Rose, doch sie war klug genug, nichts zu sagen.

»Er bräuchte wirklich einen kleinen Urlaub, um ihn aufzumuntern, aber wir haben im Laden so viel zu tun, dass ich im Augenblick einfach nicht freimachen kann.«

Rose wusste, wie es war, wenn man zu viel zu tun hatte, um ein paar Tage freizumachen. Ihr eigenes Geschäft war mit Beginn der wilden Sechziger richtig aufgeblüht. Zudem hatte sie die Gelegenheit gehabt, eine mächtige und einflussreiche Persönlichkeit kennenzulernen, Drew Longton, der für einige der neuen Bands verantwortlich war, die neuerdings die Musikszene belebten. Er hatte sich das Betragen und den Stil eines ehemaligen Privatschülers angeeignet, doch seine Herkunft und seine Bildung waren Mittelklasse. Er hatte ein ausgezeichnetes Näschen für die Entdeckung – und Förderung – von Talenten und war darauf spezialisiert, Geschäftsneugründungen zu finanzieren: Friseursalons, Boutiquen, Clubs und so weiter. Rose hatte schon mehrere Aufträge über ihn bekommen. Zuerst hatte sie sein Büro ausgestattet, dann die Läden und Salons mehrerer seiner Kunden und dann ihre Wohnungen. Er machte ihr unablässig sexuelle Avancen.

Drew sah gut aus und war ein geschliffener Gesprächspartner, doch Rose war nicht interessiert. Sie war zu vielen Männern begegnet, die wegen ihres Seltenheitswerts mit ihr ins Bett gewollt hatten. Abgesehen davon war Drew offiziell mit einem hübschen blonden Mannequin verlobt, das aussah wie Patti Boyd.

»Cindy findet, ich sollte einige meiner Sachen zu Ella nach

New York schicken und sie fragen, ob die *Vogue* nicht etwas darüber bringen kann, aber du weißt ja, wie sie ist. Sie würde das nur unverfroren und aufdringlich von mir finden.«

»Sie arbeitet in der Feature-Redaktion und nicht in der Moderedaktion«, fühlte Rose sich verpflichtet, Ella zu verteidigen. »Und ich finde, es ist ihr hoch anzurechnen, dass sie keine Vetternwirtschaft betreibt. Aber man weiß nie, Janey, London ist im Augenblick so angesagt, dass die amerikanische *Vogue* vielleicht in Versuchung kommt, einen Artikel über eine tolle neue Londoner Modedesignerin zu bringen.«

»Wenn sie einen Artikel über eine Designerin aus dem Swinging London bringen, dann wohl eher über dich«, meinte Janey. »Cindy hält sich dran, ich soll dich bitten, den Laden für uns neu auszustatten, aber wir setzen noch nicht genug um, und du hast mir schon so viel geholfen, indem du meine Kleider vorgeführt hast.«

Widerstrebend hatte Rose Janeys Bitte nachgegeben, einige ihrer Kleider auf der Modenschau anlässlich der Ladeneröffnung vorzuführen. Doch Rose hatte keinen großen Gefallen daran gehabt – anders als die Zwillinge, die immer noch von dem Erlebnis schwärmten. Sie waren beide jetzt im Ausland, in Venedig, um bei Angelli – dem Vernehmen nach die renommierteste Seidenfabrik der Welt mit Geschäftsstellen an der Ost- und Westküste Nordamerikas – die Kunst des Textildesigns zu erlernen.

Amber kam ins Wohnzimmer, sah, wie ihre Nichte und ihre Stieftochter sich unterhielten, und fragte sich wehmütig, wohin nur die Jahre gegangen waren.

Am nächsten Morgen würden sie und Robbie nach Denham reisen. Er war so ein liebevoller und liebenswerter kleiner Junge. Sie tat ihr Möglichstes, um einen Ausgleich dafür zu schaffen, dass seine Mutter ihm – abgesehen von den seltenen Gelegenheiten, da es ihr in den Kram passte, die liebevolle Mutter zu spielen – emotional so wenig geben konnte.

Emeralds Haltung und ihre Lebensweise waren Amber fremd. Sie hatte angenommen, nach der demütigenden Erfahrung, dass ihre Ehe annulliert worden war, würde Emerald sich rasch einen neuen adligen Gemahl suchen – wenn auch nur, um zu beweisen, dass sie es konnte. Doch Emerald hatte sich in ein flottes Leben und in eine Reihe flüchtiger Beziehungen zu Männern gestürzt, die, wenn auch aus guter Familie und wohlhabend, doch einen notorischen Ruf als Schürzenjäger genossen.

Amber erinnerte sich, wie verächtlich Emerald reagiert hatte, als sie einmal versucht hatte, mit ihr über ihr Leben und die Schickeria zu reden, der sie jetzt angehörte. Kalt hatte ihre Tochter ihr vorgehalten, angesichts ihrer eigenen Vergangenheit habe sie nicht das Recht, ihr mit moralischen Vorhaltungen zu kommen.

Amber wünschte sich für ihre Familie nichts sehnlicher, als dass sie glücklich war. Sie wollte sie auf keinen Fall mit ihren Sorgen wegen der wachsenden Probleme von Denby Mill, der Seidenfabrik der Familie in Macclesfield, belasten.

Obwohl sie über ein beträchtliches eigenes Vermögen verfügte, war es Amber fast eine heilige Pflicht, Denby Mill am Laufen zu halten und für die Vollbeschäftigung der Arbeiter zu sorgen. Sie hatte die Familie aktiv ermutigt, sich mit ihr für die Fabrik und ihre Zukunft zu engagieren, doch das Geschäft war im Augenblick nicht so gesund, wie sie gehofft hatte. Angelli Seta, wo die Zwillinge die Kunst des Textildesigns erlernten, hatte kürzlich den Umfang seiner Bestellungen bei Denby Mill reduziert, denn die Italiener hatten die eigene Produktion ausgeweitet und mussten die Stoffe nicht mehr woanders einkaufen.

Amber und Jay wollten gegen Ende des Sommers nach Venedig reisen, um sich mit Ruigi Angelli zu treffen, dem Oberhaupt des Familienunternehmens. Wenn sie Ruigi für den Fortbestand von Denby Silk anflehen musste, seine Bestellungen nicht noch weiter zurückzufahren, dann war Amber dazu bereit.

Amber schaute Rose an, und ein vertrauter Schmerz machte sich in ihr breit. Es kam ihr jetzt fast unmöglich vor, dass es eine Zeit gegeben hatte, da sie und Rose sich so nahegestanden hatten, dass Amber sie als ihr eigenes Kind betrachtet hatte. Es war nur natürlich, dass die Jugend unabhängig sein und der Welt ihren eigenen Stempel aufdrücken wollte, und sie und Rose hatten sich auch nicht gestritten oder so. Trotzdem hatte sie das Gefühl, als habe Rose sich irgendwie von ihr entfernt und eine Barriere zwischen ihnen errichtet, wie eine Glaswand, zwar unsichtbar, aber doch spürbar, die sie niemals mehr durchdringen konnte. Die Nähe, von der sie einst geglaubt hatte, sie würde sie immer mit ihrer Nichte verbinden, und die ihr erlaubt hätte, ihre Sorgen um die Zukunft der Fabrik mit ihr zu besprechen, war ihnen abhandengekommen.

»Geht es dir gut, Großmama?«

Die ängstliche Frage ihres geliebten Enkels versetzte Amber einen neuerlichen schmerzlichen Stich. Wie sehr sie sich doch wünschte, Robbie könnte von der Liebe eines Vaters und einer Mutter umgeben aufwachsen. Lag über ihrer Familie ein Fluch, der bedeutete, dass die Kinder der Familie keine elterliche Liebe erfahren konnten? Ihre eigenen Eltern waren jung gestorben, Emerald war kaum dem Babyalter entwachsen gewesen, als sie den liebevollen Vater, den sie in Robert gehabt hatte, verlor, und jetzt wuchs auch Emeralds Sohn ohne Vater und ohne die Liebe seiner Mutter auf. So etwas darf ich nicht denken, ermahnte Amber sich, als sie Robbie anlächelte und ihm versicherte: »Ja, ich denke nur gerade, wie sehr Großvater sich freuen wird, wenn er dich sieht.«

»Onkel Drogo hat gesagt, er kommt mich auch besuchen.«

Drogo – auch er ein Grund zur Sorge. Robbie liebte Drogo, und Drogo war sehr gut zu ihm, doch wenn Beth recht hatte, würde Drogo Gwendolyn bald einen Antrag machen. Und wenn sie erst einmal verheiratet waren, würde Gwendolyn zu verhindern suchen, dass Robbie so viel Platz in Drogos Leben einnahm, schließlich war er Emeralds Sohn. Amber hatte das starke Gefühl, Robbie würde der Einfluss eines Mannes in seinem Leben guttun, eines jüngeren Mannes als Jay. Die Beziehung zwischen Drogo und Robbie erinnerte sie auf gewisse Weise an die Liebe, die ihren ersten Mann Robert und ihren Sohn Luc verbunden hatte, obwohl ihre Bindung als Vater und Sohn natürlich enger gewesen war.

Amber machte sich Sorgen um Robbie, umso mehr, da er Emeralds Sohn war und Emerald Amber nicht erlaubte, sich Sorgen um sie, Emerald, zu machen. Indem sie sich so sehr um Robbies emotionales Glück kümmerte, kümmerte Amber sich, wie sie sehr wohl wusste, indirekt auch um das emotionale Glück ihrer Tochter. Was würde aus Emerald werden, wenn die Natur sie eines Tages zwang einzusehen, dass sie keine unendliche Parade von Liebhabern mehr anziehen konnte? Wie würde sie damit zurechtkommen? Was, wenn überhaupt etwas, hatte sie in sich, um sie zu stützen, sobald sie die Befriedigung, die sie aus der äußerlichen Zurschaustellung ihrer weiblichen Macht zog, nicht mehr erfuhr? Es schmerzte Amber sehr, an ihre Tochter als an einen Menschen zu denken, der nichts hatte, was ihm Halt gab, umso mehr, da sie wusste, dass sie selbst Schuld daran trug.

37

Rose hatte es eilig. Sie wollte mit Josh dinieren – sie hatten eine feste Verabredung einmal im Monat –, und wenn sie nicht aufpasste, würde sie noch zu spät kommen.

In den vergangenen Jahren hatte es manche Veränderung in seinem Leben gegeben, doch seine Freundschaft mit Rose und ihre Partnerschaft waren davon unberührt geblieben.

1960 war Rose Trauzeugin bei seiner Hochzeit in Caxton Hall mit einem Mannequin gewesen, und sie hatte Mitgefühl mit ihm gehabt, als die Ehe zwei Jahre später vor dem Scheidungsrichter geendet hatte. Sie hatte mit ihm die Eröffnung seines zweiten und dann seines dritten Friseursalons gefeiert, und sie hatte wieder mit ihm gefeiert, als man ihn zu Londons Top-Friseur ernannt hatte. Sie hatte sogar so freundlich wie möglich gelächelt, als er sie vor drei Monaten seiner neuen festen Freundin vorgestellt hatte, einer Amerikanerin namens Patsy Kleinwort, die vorerst Letzte in einer Reihe hübscher Dummchen, die seit der Scheidung das Bett mit ihm geteilt hatten.

Und die ganze Zeit hatte sie ihre Freundschaft, ihre Geschäftspartnerschaft und ihre monatliche Verabredung zum Dinner in Ehren gehalten.

Josh war inzwischen so erfolgreich, dass er keine Geschäftspartnerin mehr brauchte, doch keiner brachte die Sprache darauf, und Rose hatte sein Schweigen zu dem Thema als Zeichen dafür genommen, dass er ihre Freundschaft ebenso schätzte wie sie. Erleichtert war sie zu dem Schluss gekommen, dass ihm wohl wirklich etwas an ihr lag.

Ihr lag gewiss etwas an ihm. Denn Rose hatte den leisen Verdacht, dass sie sich an jenem Heiligabend vor fast zehn Jahren, als er sie ins Bett gebracht und jeden Gedanken an Arthur Russells widerlichen Vergewaltigungsversuch verscheucht hatte, in ihn verliebt hatte, auch wenn sie es damals nicht gewusst hatte. Erst viele Jahre später hatte sie es gemerkt. Es war ihr erst bewusst geworden, als es schon zu spät war. Doch sie hatte es gewusst, als sie auf den Stufen von Caxton Hall gestanden und ihn und seine Frischangetraute beobachtet hatte, und jetzt wusste sie es auch.

Sie hatte versucht, darüber hinwegzukommen, hatte sich mit Arbeit abgelenkt, war sogar mit anderen Männern ausgegangen − und auch ins Bett, wenn sie das Gefühl hatte, es bestünde auch nur die geringste Chance, dass sie ihr helfen könnten, Josh zu vergessen –, wenigstens in den ersten Jahren. Doch inzwischen hatte sie die Hoffnung aufgegeben, sich ihn jemals aus dem Kopf zu schlagen. Abgesehen davon, selbst wenn er sie auch geliebt hätte … Rose runzelte die Stirn. Sie fand es schrecklich, wenn sie anfing, sich selbst zu bemitleiden, und es zuließ, dass sie innerlich von diesem Gefühl dunklen Elends, sie wäre nicht gut genug, überwältigt wurde. Die Dinge waren jetzt anders. Junge Frauen aus allen Winkeln der Erde und jeder Nationalität bevölkerten London – hübsche, selbstbewusste, glückliche junge Frauen, die stolz waren auf sich und ihre kulturelle Identität. Junge Frauen, die ihren eigenen Weg gingen. Die alten Stigmata hatten sich in den Sechzigern unter den tanzenden Füßen und zwischen den Laken einer neuen Generation aufgelöst. Sie wusste es, also warum konnte sie ihren Komplex wegen ihrer Eltern nicht ablegen? Es war jämmerlich. *Sie* war jämmerlich.

Sie hatte es versucht. Nach seiner Hochzeit hatte sie Josh praktisch sechs Wochen nicht gesehen. Zu sehr mit Bumsen beschäftigt, hatte er ihr glücklich und berauscht anvertraut, als er schließlich aus der Verzückung des jungen Eheglücks aufgetaucht war. Sie hatte gelächelt und genickt; sein Glück hatte sie nur darin bestärkt, mit grimmiger Entschlossenheit an der einzigen Sache in ihrem Leben festzuhalten, der sie vertrauen konnte: Sie würde der Welt beweisen, dass sie, obwohl sie die Tochter eines Taugenichts und einer chinesischen Hure war, das Talent und das kaufmännische Know-how besaß, um ihren eigenen Weg zu gehen.

Sie hätte die Freundschaft zu ihm damals aufgeben sollen, und beinahe hätte sie es getan, doch Josh hatte es sich zur Gewohnheit gemacht, ab und zu in ihrem kleinen Atelier ein Stück die King's Road hinunter vorbeizuschauen und Kaffee und Zigaretten zu schnorren und ihr, später, das Herz auszuschütten über die wachsenden Probleme in seiner Ehe.

Sie hatte sich bemüht, ein überraschtes und unvoreinge-
nommenes Gesicht zu machen, als er es ihr erzählte, offensichtlich erstaunt und gekränkt über die Entdeckung, dass
Judy eine Partymaus war, die am liebsten bis in die frühen
Morgenstunden unterwegs war und dann den ganzen Tag
schlief und sauer war, dass er so viel arbeitete.

Rose hätte ihm gleich sagen können, was Judy für eine war.

Dann war Judy nächtelang nicht nach Hause gekommen,
und sie hatten sich endlos gestritten, wenn sie auftauchte und
am Ende schließlich zugab, dass sie einen anderen hatte.

Törichterweise hatte Rose gehofft, Josh würde sich trostsuchend ihr zuwenden.

Drei weitere Jahre und zehnmal so viele junge Frauen
lang hatte sie gehofft, während sie zusammen Geburtstag und
Weihnachten feierten und sogar zusammen in Urlaub fuhren, aber nie miteinander ins Bett gingen. Hoffnung war, wie
Rose herausfand, ein stures, eigensinniges Pflänzchen mit tiefen Wurzeln. Und wenn es einmal Wurzeln geschlagen hatte,
war es schwer wieder auszurotten. Sie hatte auch entdeckt,
dass die Bibel recht hatte: »Die Hoffnung, die sich verzieht,
ängstet das Herz.« Und jetzt im Augenblick war ihr Herz in
der Tat sehr verängstigt, denn Josh hatte Patsy kennengelernt,
und die hatte Rose nur angesehen und ihr mit einem einzigen
Blick bedeutet: »Finger weg.«

Doch Patsy war heute Abend nicht hier. Heute hatte Rose
Josh ganz für sich.

Trotzdem war Rose schwer ums Herz. War es ihre Schuld?
War sie dazu bestimmt, immer die zu lieben, die sie nicht lieben wollten oder konnten? Greg, den Vater, der sie nicht gewollt hatte, Amber, die Tante, von der sie geglaubt hatte, sie
liebte sie, von der sie aber nie wirklich geliebt worden war,
John, der womöglich ihr Halbbruder war, vor allem aber Josh?

Sie wollten im *Savoy* zu Abend essen – ein richtiges Dinner
in einem traditionellen Hotel, von richtigen Kellnern serviert,

keine moderne Sixties-Mahlzeit in einem überfüllten Restaurant in der King's Road, wo die Luft geschwängert war von Cannabis-Rauch statt vom Duft nach ausgezeichnetem Essen und wo die Gäste zu high waren, um sich darum zu scheren, ob sie etwas aßen oder nicht, wo jeder jeden kannte und einem großen privaten Club mit seiner eigenen Sprache angehörte, in dem Privatheit genauso ein Witz war wie Treue, wo hübsche junge Frauen von einem Mann zum anderen gingen, von einem Schoß auf den anderen, und »Peace« und »Love« alles waren, was zählte.

Zuerst war alles gut. Josh war früh gekommen und wartete auf sie, umarmte sie voller Zuneigung und hielt sie dann auf Armeslänge von sich, um ihr neues Outfit zu bewundern, ein schlichtes, anilingelbes Futteralkleid, verziert mit einer einzigen großen, wunderbar detailliert ausgeführten bunten Seidenblume.

»Ein Entwurf von Janey?«, fragte er.

»Nein, von Ossie Clark«, gestand Rose ein wenig schuldbewusst. »Ich war neulich in seinem Atelier, und da habe ich dieses Kleid gesehen und konnte nicht widerstehen.«

»Wunderbar.« Josh lachte. »Ich bin immer dafür, Versuchungen nicht zu widerstehen. Apropos …«

Er musste sich mitten im Satz unterbrechen, denn sie wurden an ihren Tisch geführt und konnten ihr Gespräch erst wieder aufnehmen, als sie sich aus der Speisekarte etwas ausgesucht und einen Wein bestellt hatten.

Josh mochte die Haare etwas länger tragen, doch im Wesentlichen sah er immer noch so aus wie damals, als Rose ihn kennengelernt hatte. Er bevorzugte immer noch maßgeschneiderte Anzüge, statt sich wie ein Pfau zu kleiden, wie es jetzt bei Rockmusikern und ihren Fans üblich war, auch wenn seine Hemden taillierter geschnitten und aus Blumenstoffen genäht waren.

Als er ihr eine Zigarette anbot, nahm sie sie, allein um des Vergnügens willen, dass er sich vorbeugte, um sie ihr anzuzünden.

»Keine Sorge, es ist eine einfache Benson & Hedges«, erklärte er mit einem neckischen Grinsen, doch Rose lachte nicht.

Ihre Urgroßmutter, Blanche, hatte ihr in schonungslosen Einzelheiten beschrieben, wie tief Roses Vater gesunken war, bevor er starb – er war sowohl alkohol- als auch drogenabhängig gewesen. Rose zog nicht einmal an einer Marihuana-Zigarette, die herumgereicht wurde, auch wenn ihr das so manchen verächtlichen Spott eintrug.

Ihre Kunden waren hauptsächlich die Idole der Mode- und Popwelt der Sechziger und deren Anhänger, und die meisten von ihnen rauchten zumindest Dope, und ein großer Teil prahlte jetzt damit, LSD-süchtig zu sein. Josh war der Einzige, den Rose aus der King's-Road-Meute kannte, der keine Drogen anrührte.

»Ich glaube, in einigen Gegenden von Chelsea kann man heutzutage keine Türklinke anfassen, ohne Angst haben zu müssen, jemand hat sie mit LSD versetzt«, meinte sie kläglich.

»Das ist mir auch zu Ohren gekommen«, sagte Josh. »Neulich war ein junges Mannequin bei mir, die mir erzählte, sie hätte einen Drei-Tage-Trip gehabt und hätte sich gefühlt, als würde sie zum Mond fliegen und auf die Erde herabschauen.« Er schüttelte den Kopf. »Wenn man im East End aufgewachsen ist und an seiner Gesundheit hängt, lässt man die Finger von Zeug, das im Kopf Kapriolen schlägt. Ich habe die kaputten Typen gesehen, die in der Gosse enden.«

Ihr erster Gang war serviert worden – Avocado, die sie beide liebten –, doch Rose fiel auf, dass Josh sie kaum anrührte. Ja, wenn sie es recht bedachte, wirkte er ziemlich nervös, und sie fragte sich, warum.

»Ich habe eine tolle Neuigkeit.«

»Du eröffnest noch einen Salon?«, rief Rose, doch er schüttelte den Kopf.

»Nein, viel besser. Ich habe Patsy gebeten, meine Frau zu werden, und sie hat ja gesagt.«

In Rose tat sich eine entsetzliche Leere auf, als hätte der Schock sämtliche Empfindungsfähigkeit aus ihr herausgesaugt. Sie hätte ahnen müssen, dass es so weit kommen würde, und wenn nicht, dann war es ihre eigene Schuld, weil sie vor dem, was unvermeidlich war, seit Josh ihr zum ersten Mal von seiner neuen Freundin vorgeschwärmt hatte, wie ein Vogel Strauß den Kopf in den Sand gesteckt hatte.

Die Leere füllte sich rasch mit intensivem, schier unerträglichem Schmerz.

»Na, gratuliere.« Die Worte wollten nur schwer über ihre starren Lippen. Klang ihre Stimme so gezwungen, wie sich ihr Lächeln anfühlte? Was spielte es für eine Rolle? In seiner freudigen Erregung würde Josh es wohl kaum bemerken. Er strahlte von einem Ohr zum anderen und war so glücklich, dass Rose sich am liebsten in eine Ecke verkrochen und ihrem Elend hingegeben hätte. Da war er wieder, ihr alter Feind – Selbstmitleid.

Natürlich hatte er sich in die große, blonde Patsy verliebt, sie war einfach sein Typ, und Rose war eine Närrin, dass sie sich eingebildet hatte, eines Tages würde er vielleicht sie mit dieser vernarrten Anbetung in den Augen ansehen, die jetzt darin funkelte.

»Ich hätte es dir schon früher erzählt, aber es ging alles so schnell. Erst als sie sagte, sie würde vielleicht zurück nach New York ziehen, ist mir aufgegangen, dass ich sie nicht verlieren will. Und weißt du was? Ich bin mit ihr hierher gegangen, um ihr einen Antrag zu machen.«

Neuer Schmerz brannte in Rose. Das hier war ihr Ort, ihr besonderer Ort, war es immer gewesen.

»Wenn ich ehrlich bin, ist mir das Herz in die Hose gerutscht, sie könnte nein sagen. Ich meine, warum sollte eine phantastische junge Frau wie sie einen wie mich wollen?«

Weil du gut aussiehst, sexy bist, nett, lustig und erfolgreich, ein Geschenk des Himmels für jede Frau, dachte Rose, doch das konnte sie natürlich nicht sagen. Sie kannte ihn gut genug, um zu wissen, dass er sich in Windeseile selbst auf die kleinste Andeutung stürzen würde, Patsy – die, wie Rose fand, ein gutes Auge für sich bietende Gelegenheiten hatte und dabei emotional kalt war wie ein Fisch, es sei denn, sie legte es darauf an, einen anderen Eindruck zu erwecken – sei nicht gut genug für ihn. Es konnte natürlich sein, dass sie Patsy völlig falsch einschätzte, weil sie schrecklich eifersüchtig war.

Josh wartete offensichtlich darauf, dass sie etwas sagte. Rose atmete tief durch.

»Toll … äh, wisst ihr schon, wann ihr heiraten wollt?«

Wie schwer es ihr über die Lippen kam, schmerzhaft wie ein Messer, das ihr mitten ins Herz stieß.

»So bald wie möglich. Ich will dich natürlich dabeihaben, obwohl Patsy sich ein wenig Sorgen macht, du könntest als Trauzeugin ein schlechtes Omen für unsere Ehe sein. Sie meint das natürlich nur im Spaß.«

»Natürlich«, pflichtete Rose ihm bei und behielt für sich, dass Patsy das ganz bestimmt nicht nur im Spaß gesagt hatte.

»Patsy hat jede Menge Pläne. Sie weiß ganz genau, warum es mit mir und Judy nicht geklappt hat, und sie hat vor, sich richtig für meine Arbeit zu engagieren, damit uns das nicht passiert. Deswegen bin ich froh, dass wir uns heute Abend sehen. Also, Patsy möchte, dass ich etwas mit dir bespreche.«

Rose sah, dass er sich nicht wohl fühlte in seiner Haut. Was auch immer er auf Patsys Wunsch mit ihr besprechen sollte, es würde ihr offensichtlich nicht gefallen.

»Wenn sie nicht einverstanden ist, dass wir uns einmal im Monat zum Essen treffen …«, setzte Rose an, während sie im Geiste nach etwas suchte, was Patsy womöglich missfiel.

»Nein, darum geht es nicht. Also, nicht direkt jedenfalls ...
obwohl ... Also, die Sache ist die, Rose, dass Patsy das Gefühl
hat, es gibt keinen Grund, warum wir beide immer noch Geschäftspartner sind. Und logisch betrachtet hat sie vollkommen recht. Wie sie sagt, eigentlich brauche ich ...«

»Mich nicht mehr?«, beendete Rose den Satz für ihn. Ihre
Stimme klang spröde, und genauso fühlte sie sich: spröde und
verletzlich und gefährlich zerbrechlich. Sie war kurz davor, in
Tränen auszubrechen. Damit hatte sie nicht gerechnet. Ganz
egal, was passiert war, ganz egal, wie viele junge Frauen oder
Ehefrauen in sein Leben gekommen und wieder gegangen
waren, ihre Freundschaft und ihre Partnerschaft mit Josh hatten ihr stets ein Gefühl der Sicherheit gegeben. Doch dank der
Gerissenheit dieser Frau, die in seinem Leben die Rolle eingenommen hatte, nach der Rose sich verzehrte, sollte ihr auch
noch dieser Trost geraubt werden. Galt Patsys Sorge wirklich
der Partnerschaft, oder ahnte sie womöglich, wie es um Roses
wahre Gefühle für Josh bestellt war?

»Nicht.« Josh klang ehrlich empört. »Wir beide werden immer Freunde sein. Daran kann nichts etwas ändern.« Er griff
nach ihrer Hand, bevor sie ihn daran hindern konnte, und bei
der vertrauten Berührung bildete sich ihr ein Kloß im Hals.
In ihrem Kopf hörte sie die Worte des Rolling-Stones-Hits
»The Last Time«, und sie fing am ganzen Körper an zu zittern.
Hektisch zog sie ihre Hand zurück, damit er sie nicht fragte,
was los war.

»Es gibt so vieles, wofür ich dir dankbar bin«, sagte er.

Das wollte Rose nicht. »Du schuldest mir nichts. Wir haben
uns gegenseitig geholfen«, erinnerte sie ihn.

Sie sah, wie erleichtert er war, dass sie nicht emotional werden würde. Ihre Rolle in seinem Leben war die einer Freundin, nicht die der Frau, die er liebte.

»Patsy hat recht, ich hätte längst etwas unternehmen und
dir dein Geld zurückzahlen sollen«, sagte er. »Die Salons lau-

fen wirklich gut, und ich kann es mir leicht leisten, dir deinen Anteil auszubezahlen. Es ist nicht fair, dich an mich zu binden, wo du gut anderswo investieren könntest.«

Natürlich ist es fair, wollte sie ihm sagen; die Worte kreischten in ihrem Kopf auf wie ein Kleinkind, das einen Wutanfall hat. Ich will dein sein, auf jede denkbare Weise. Unfair ist, dass du Patsy heiratest und das tust, wozu sie dich überredet hat.

»Patsy will, dass wir ganz neu anfangen und dass ich einen Salon in New York eröffne.«

Das war es also. Das Ende.

»Du meinst wohl, Vidals Beispiel folgen.«

Und wenn sie gemein war und ihn kränkte, na und? Doch statt beleidigt zu sein, nickte er nur eifrig.

»Er hat großen Erfolg drüben, und Patsy meint, es gebe keinen Grund, warum ich nicht auch Erfolg haben sollte. Sie hat einige Kontakte in New York und natürlich ihre Familie. Du musst rüberkommen und uns besuchen, sobald wir uns eingerichtet haben. Und keine Ausreden – schließlich ist Ella auch drüben.«

Gehorsam griff Rose auf, was er damit vermutlich andeuten wollte. »Soll ich ihr schreiben, was du vorhast? Sie ist, wie du weißt, in der Feature-Redaktion bei *Vogue*, aber ich bin mir sicher, es würde ihr nichts ausmachen, dich in der Moderedaktion zu erwähnen.«

Dies war einer der schlimmsten Abende ihres Lebens, in gewisser Weise sogar noch schlimmer als der Abend, als Arthur Russell sie beinahe vergewaltigt hatte, denn in der Nacht hatte sie schließlich in Joshs Armen gelegen.

Es war vorbei, der Abend genauso wie ihr armer, dummer, vergeblicher Traum. Josh bat um die Rechnung. Er will bestimmt ganz schnell nach Hause zu Patsy, dachte Rose niedergeschlagen.

343

38

Ella saß im Fenster ihrer Wohnung in einem der für New York typischen braunen Sandsteinhäuser ohne Fahrstuhl und versuchte, in der stickigen Hitze, die im Juni in Manhattan herrschte, ein wenig frische Luft zu schnappen. Eigentlich sollte sie an einem Artikel für die Weihnachtsausgabe der *Vogue* mit dem Titel »Kunst schenken« arbeiten. Es ging um Kunstmäzene. Doch wie um alles in der Welt sollte sie an Weihnachten und Schnee denken, wenn ihr wegen der Hitze der Schweiß in Strömen zwischen den Brüsten hinunterrann?

Sie hatte sich vom ersten Augenblick, da sie im Winter '58 in Manhattan an Land gegangen war, in New York verliebt. In den ersten Monaten hatte sie die Stadt von einem Ende zum anderen erkundet, hauptsächlich zu Fuß – zumindest da, wo es sicher war –, hatte alles über ihre Vergangenheit und Gegenwart gelernt und sich auf den Schwung und die Leidenschaft ihrer Bewohner eingelassen. Temperamentvoll, offen, nassforsch, aber niemals langweilig, vom Broadway bis zur Bronx, vom Central Park bis nach Staten Island, Ella liebte die Stadt mit allem, was sie war, doch vor allem dafür, wie sie sie aufgenommen und ihr Veränderungen aufgezwungen hatte, die sie von einem einst linkischen, sich in seiner Haut nicht recht wohl fühlenden reizlosen Mädchen in die New Yorkerin verwandelt hatten, die sie jetzt war, eine Frau, die für das eintrat, was sie haben wollte, die ein New Yorker Taxi herbeiwinken konnte und sich selbstbewusst kleidete. Sie ging auf Partys ins Studio 8 und in Wohnungen an der Upper East Side, sie aß in der Innenstadt Pastrami auf Roggenbrot, sie nahm im Sommer im Park ein Sonnenbad und lief im Winter auf den zugefrorenen Seen Schlittschuh. Sie fuhr mit der U-Bahn und lief die Straßen der Stadt ab. New York hatte ihr Selbstbewusstsein geschenkt, und dafür hatte sie New York ihr Herz geschenkt.

Sie hatte sich so in die Stadt verliebt, dass sie irgendwann sogar ganz vergessen hatte, ihre Diätpillen zu nehmen, um dann festzustellen, dass sie sie nicht mehr brauchte. New York hielt sie schlank, eine gesunde, natürliche Schlankheit, die sie von den traumatischen Erinnerungen an ihr Gewicht erlöste. Ja, sie liebte New York, doch im Augenblick war die Stadt öd und langweilig. Weil Brad nicht da war?

Sie legte ihr Notizbuch zur Seite. Es hatte keinen Sinn, noch arbeiten zu wollen, nicht jetzt, da Brad sich in ihre Gedanken geschlichen hatte.

Sie hätte seine Einladung annehmen und übers Wochenende zu ihm in die Hamptons fahren können. Doch dann hätte er erwartet, dass sie mit ihm ins Bett ging, und das konnte sie nicht.

Sie schloss die Augen. Sie hatte immer schreckliche Angst vor einer möglichen Schwangerschaft und der geistigen Verwirrung gehabt, die ihrer Meinung nach unweigerlich darauf folgte, und hatte deshalb keinen Sex gewollt. Was für eine Ironie des Schicksals, dass die Lösung für all ihre Probleme – die Pille – für sie zu spät gekommen war. Wenn sie früher zur Verfügung gestanden hätte, als sie noch jünger gewesen war, dann wäre jetzt alles gut, und sie könnte mit Brad ins Bett gehen. Sie hatte sich vom ersten Augenblick an, da sie einander vorgestellt worden waren, zu ihm hingezogen gefühlt. Er sah gut aus, war gefällig, intelligent, reich und geschieden und besaß Sinn für Humor, und er war ein renommierter Enthüllungsjournalist, der sich jetzt als Romanautor versuchte – war es ein Wunder, dass sie sich in ihn verliebt hatte? Er bestätigte alles, was sie heimlich immer gedacht hatte, nämlich dass die Männer, mit denen sie in London zu tun gehabt hatte, seicht und langweilig gewesen waren. Keiner hatte ihr je ein Gefühl gegeben wie Brad. Wenn sie an so etwas glauben würde, dann würde sie jetzt denken, sie hätte insgeheim darauf gewartet, dass er in ihr Leben trat.

Erst hatte sie ungläubig und dann aufgeregt reagiert, als er angefangen hatte, diskret um sie zu werben. Doch bald war ihr bewusst geworden, wie diffizil ihre Situation war. Brad war ein liberaler Denker, ein Mann mit gewissen unbeirrbaren Ansichten, und dazu gehörte das sexuelle Selbstbestimmungsrecht der Frau. Er hatte einige profilierte und gefeierte Artikel darüber geschrieben, in denen er Frauen, die sich weigerten, sich der sexuellen Revolution anzuschließen, und sich an die alten Werte klammerten, um ihre Jungfräulichkeit gegen einen Ehering einzutauschen, öffentlich angeprangert hatte. Verräterinnen an ihrem eigenen Geschlecht hatte er sie genannt, nichtswürdig und perfide in den Augen eines wahren befreiten Mannes.

Und Ella war noch Jungfrau. Nicht, weil sie je die Absicht gehabt hatte, mit ihrer Jungfräulichkeit einen Mann in die Ehe zu ködern – weit gefehlt. Sie hatte nie heiraten wollen. Und sie war noch Jungfrau, weil sie viel zu viel Angst davor hatte, Kinder zu kriegen und dann genauso verrückt zu werden wie ihre Mutter.

Doch jetzt hatte ihr New Yorker Gynäkologe ihr die Pille verschrieben, weil sie Probleme mit ihrer Periode hatte, und das hieß, dass sie eine ungewollte Schwangerschaft nicht mehr fürchten musste.

Sie könnte Brad natürlich erklären, warum sie noch Jungfrau war, doch als ältestes Kind war sie getrieben von dem Bedürfnis, sich in allem, was sie tat, hervorzutun, und der Angst vor Demütigung, wenn sie sich in irgendeiner Hinsicht als nicht perfekt erwies. Brad war ein weltgewandter New Yorker Mitte dreißig, der, davon war sie überzeugt, ein phantastischer Liebhaber war und von einer Frau, mit der er ins Bett ging, gewiss erwartete, dass sie genauso erfahren war wie er.

Wie konnte sie sich ihm als linkische, völlig unerfahrene Jungfrau präsentieren? Ausgeschlossen! Schließlich war ihr sorgfältig kultiviertes Image das einer modernen, weltgewandten Journalistin.

Jetzt war es zu spät, den Gelegenheiten, sexuelle Erfahrungen zu sammeln, hinterherzutrauern, etwa den endlosen Partys, zu denen Janey sie und Rose in London mitgeschleppt hatte. Sie fand die Vorstellung unerträglich, mit Brad im Bett zu sein und dann zu sehen, wie sich seine Miene von Verlangen zu kalter Verachtung wandelte oder, noch schlimmer, Belustigung, wenn er die Wahrheit erfuhr. Sie hatte die Szene unzählige Male im Geiste durchgespielt. Die Demütigung würde sie umbringen. Sie wollte Brad auf Augenhöhe begegnen, ihn entzücken und überraschen, er sollte völlig hin und weg sein, welche Macht sie besaß, ihn weit über die Grenzen aller Selbstkontrolle hinaus zu erregen. Sie wollte ihn unbedingt erfreuen und beeindrucken, wollte besser sein als alle anderen, wollte die Beste sein. Wollte ihn sagen hören, dass keine andere Frau mit ihr mithalten konnte. Das wollte sie. Nichts Geringeres. Und da sie das nicht haben konnte, musste sie ihn sich eben aus dem Kopf schlagen. Hätte sie einen Zauberstab schwenken und sich in die Frau verwandeln können, die sie sein wollte, hätte sie es getan. Doch Ella wusste von Kindheitstagen an, dass es so etwas wie Zauberei nicht gab. Nach dem Tod ihrer Mutter hatte sie sich beim Zubettgehen eine ganze Zeit lang gewünscht, während der Nacht möge alles Beängstigende, was sie über ihre Mutter wusste, fortgezaubert werden, und wenn sie am Morgen aufwachte, wäre ihre Mutter Lydia wieder da, und sie wäre normal und nicht verrückt. Doch das war nie geschehen. Es gab keine Zauberei.

Brad würde es bald überdrüssig sein, um sie zu werben, ohne auf die gewünschte Reaktion zu stoßen. Er würde sich bald eine andere suchen.

»Weißt du, was ich an dir mag?«, hatte er zu ihr gesagt, kurz nachdem sie sich kennengelernt hatten. »Ich mag es, dass du so organisiert bist, so klug und clever. Ich mag es, dass du eine Frau bist und kein dummes Mädchen. Ich sehe in deinen Augen, dass du weißt, was es heißt, eine Frau zu sein.«

Sie hatte den Blick auf den tadellosen Kragen seines Hemds von Brooks Brothers gerichtet und versucht, all das zu sein, was er in ihr sah, während sie doch wusste, dass sie es in Wirklichkeit nicht war.

Sie lebte inzwischen lange genug in New York – fast ein Jahrzehnt –, um zu wissen, dass niemand den Sommer über in der Stadt blieb, wenn er nicht unbedingt musste, und selbst die, die blieben, machten sich davon, sobald Freitagnachmittag war.

Es kam ihr so vor, als würden alle, die bei *Vogue* arbeiteten, entweder ein Haus in den Hamptons besitzen oder jemanden kennen, der eines besaß, und an den Wochenenden fuhren die Redaktionsmitglieder, die nicht eh schon außerhalb der Stadt zu tun hatten, dorthin in die Sommerfrische.

Auch wenn sie Brads Einladung, sie in dem Strandhaus zu besuchen, das er den Sommer über gemietet hatte, um an seinem neuen Buch zu arbeiten, ausgeschlagen hatte, hätte sie in die Hamptons fahren können. Verschiedene Kolleginnen aus der Redaktion hatten sie eingeladen, doch da sie Brad angelogen und behauptet hatte, sie müsse Recherchen machen, die sie nur in der Stadt machen konnte, musste sie bleiben, wo sie war.

Sie liebte New York, aber hin und wieder vermisste sie doch ihre Familie. Manchmal lagen beide Seiten miteinander im Streit: ihre sentimentale, verletzliche Seite sehnte sich nach zu Hause und dem emotionalen Trost dort, ihre ehrgeizige Seite wusste, dass nur New York ihr die Chance bot, sich zu beweisen.

Beruflich kam sie sehr gut voran. Sie schrieb zwar nicht für das *Time Magazine* und reichte keine kämpferischen, mutigen Enthüllungsgeschichten über die harte Lebenswirklichkeit der Menschen ein, die an ihren Instinkt appellierte, die Schwachen und Verletzlichen zu schützen. Doch Brad hatte ihr Komplimente über den Stil ihrer Artikel für *Vogue* gemacht, und sie unterhielten sich oft darüber, dass sie an die Macht von Fernsehdokumentationen glaubten, und wie gern sie dafür als Enthüllungsjournalisten arbeiten würden.

Der Artikel, an dem sie gerade arbeitete – über die Verbindung zwischen Kunst und reichen Kunstmäzenen –, hätte sie mehr in Beschlag nehmen sollen. Am Montagmorgen würde sie eine prominente Angehörige der feinen Gesellschaft interviewen, die bekannt war für ihr Kunstmäzenatentum – eines von mehreren Interviews, die Ella arrangiert hatte. Ein Fotograf sollte sie begleiten, doch das Herz war ihr in die Hose gerutscht, als sie gehört hatte, wer – Oliver Charters.

Sie hatte gewusst, dass er in New York war und sich für zwölf Monate bei *Vogue* verpflichtet hatte. Der Artdirector schwärmte schon von den Schwingungen und der Originalität der ersten Modestrecke, die er für die Zeitschrift fotografiert hatte, und Ella hatte zugeben müssen, dass die Fotos wirklich gut waren.

Er verstand es, den Mannequins etwas Sinnliches zu geben – und Ella konnte, sehr zu ihrem Verdruss, die Fotos nicht ansehen, ohne sich vorzustellen, dass er vor den Aufnahmen mit den Mannequins ins Bett gegangen war. Irgendwie strahlten sie etwas aus, als wären sie befriedigt worden. Ganz im Gegensatz zu ihr.

Stöhnend warf sie ihr Notizbuch zu Boden. Sie war in Gedanken schon wieder bei Brad. Sie verzehrte sich innerlich nach ihm und konnte die ganze Nacht nicht schlafen, so sehr begehrte sie ihn. Wenn sie es ihm vielleicht doch erzählte … Aber wie konnte sie? Keine Frau war in ihrem Alter noch Jungfrau. Sie konnte sich leicht sein Entsetzen vorstellen und wie er vor ihr zurückwich. Es war schlimm genug, Jungfrau zu sein, ohne dass irgendjemand es wusste.

Vermutlich lag Brad gerade irgendwo am Pool in der Sonne, einen kühlen Drink neben sich, und unter der gebräunten Haut zeichneten sich seine männlichen Muskeln ab. Sie stellte sich vor, wie sie Sonnenmilch auf seinen Schultern verteilte, auf seiner Brust, auf seinen Oberschenkeln, stark und fest, während seine Badehose deutlich … Ella schnappte nach Luft. Nicht nur in ihrem Kopf rührte sich etwas bei diesen Bildern. Doch dies war weder die rechte Zeit noch der rechte Ort, sich erotischen Phantasien hinzugeben. Sie lenkte ihre Gedanken in sachlichere Kanäle. Sie und Brad hatten so vieles gemein, besonders ihr Interesse am Enthüllungsjournalismus. Sie war nicht dumm. Sie wusste ganz genau, dass es Lust war, die Brad antrieb, um sie zu werben. Sie hatte diese Reaktion schließlich oft genug miterlebt, und das hatte sie nur darin bestätigt, dass die meisten Männer eine Frau erst begehrten und sich dann später in sie verliebten, nicht umgekehrt.

Damit könnte sie leben, wenn sie Brad mit ihren sexuellen Fertigkeiten entzücken und bezaubern könnte. Er konnte sich später in sie verlieben, sobald er erkannt hatte, was sie längst wusste, nämlich dass sie wahre Seelengefährten waren. So wollte er zum Beispiel keine Kinder. Das hatte sie in einem Artikel über ihn gelesen, auch wenn sie voller Schuldgefühle und Scham war wegen des fast besessenen Wunsches, jedes noch so kleine bisschen Information über ihn zusammenzukratzen, dessen sie habhaft werden konnte.

Sie wusste, wie leidenschaftlich er sich seinem Schreiben widmete und seiner Mission, Korruption im Rathaus auszurotten und die Verbrechen der »großen Tiere« zum Wohle der »kleinen Leute« aufzudecken – eine gemeinsame Mission. Wie sie interessierte er sich mehr für Theater und Kunst als für Nachtclubs. Er war in der Welt herumgekommen und wollte noch viele Reisen unternehmen – auch sie wollte den Globus bereisen. Er war gegen den Vietnamkrieg und hatte öffentlich dagegen Stellung bezogen.

O ja, er war perfekt. Das Problem war nur, dass es noch andere Frauen gab, die weitaus erfahrener und wissender waren als sie, die das auch fanden.

Zum ersten Mal im Leben erfuhr Ella, wie es war, sich zu verlieben, und zwar so leidenschaftlich, dass sie bereit war, das zu brechen, was sie bislang als eiserne Regeln betrachtet hatte. Nur dass die Regeln, die sie einzwängten, selbstauferlegte Regeln waren und nicht die Regeln der Gesellschaft. Und dass sie, wenn sie sie brach, das Risiko einging, Brads Begehren abzutöten.

Er hatte sie damit gepiesackt, dass das Meer nicht weit weg war von seinem Haus und der Strand abgelegen genug, um nackt schwimmen zu gehen. Als sie das gehört hatte, wäre sie beinahe schwach geworden. Sie teilte sich das Büro mit drei anderen Redakteurinnen, die sie für verrückt erklärten, dass sie Brad so auf Distanz hielt.

»Das ist die britische Reserviertheit«, hatte eine von ihnen gesagt, während die anderen gekichert und bemerkt hatten, von britischer Reserviertheit hätten sie an dem Abend, als sie mit einer in New York gastierenden Londoner Rockgruppe zum Abendessen ausgegangen waren, nicht viel bemerkt.

»Die waren alle total high und fescher als ein Umkleideraum voller Sportler. Sie waren unglaublich süß und sexy.«

Die Hitze machte ihr wirklich zu schaffen, und voller Neid dachte sie an Denham mit seinen kühlen grünen Gärten und hohen, luftigen Räumen.

Der Gedanke an Denham war auf jeden Fall viel sicherer als der an Brad.

39

»Hast du am Wochenende schon was vor?«, fragte Janey Rose am Freitag, dem Morgen nach Roses Abendessen mit Josh, als sie zusammen in der Küche saßen und eine Kanne Tee tranken, die Rose aufgegossen hatte. Die Küchentür stand offen, um frische Morgenluft hereinzulassen. Wie in den meisten

Häusern aus dieser Zeit ging die Küche nach Norden und lag im Keller – da hielten sich Lebensmittel leichter kühl und frisch. Doch ohne den Aga-Herd, den Amber hatte aufstellen lassen, wäre es im Winter hier unten frostig kalt gewesen.

Roses Firma war inzwischen so erfolgreich, dass sie sich leicht eine eigene kleine Wohnung leisten könnte. Doch obwohl sie ihre Privatsphäre schätzte und gern allein war, würde sie die Vertrautheit des Hauses am Cheyne Walk vermissen, wenn sie ausziehen würde. Janey dagegen wäre vermutlich sehr gern ausgezogen, um sich mit ihrem derzeitigen Freund eine Wohnung zu teilen, wenn so etwas akzeptabel gewesen wäre.

Die Sechziger mochten eine neue Ära gebracht haben, mit, wie das Establishment fand, schändlich laxen Moralvorstellungen, doch nicht einmal eine junge Frau wie Patti Boyd war vor der Heirat mit ihrem Freund George zusammengezogen. Eine junge Frau mochte mit so vielen verschiedenen jungen Männern ins Bett gehen, wie sie wollte, sie mochte sogar tagelang bei ihnen bleiben, doch es war absolut inakzeptabel, dass sie auf Dauer bei einem einzog.

»Ich muss nach Sussex, um mir ein Haus anzusehen, das ich vielleicht neu ausstatte. David Mlinaric hat mir den Auftrag vermittelt«, antwortete Rose.

Der Kopf pochte ihr von den Tränen, die sie in der Nacht leise in ihr Kissen geweint hatte, und ihr war wegen Joshs Neuigkeit immer noch übel. Sie wusste, was er gesagt hatte, doch zu akzeptieren, dass es tatsächlich geschehen würde, dass sie ihn tatsächlich ganz verlieren würde, war ihr schier unerträglich. Sie hatte sich lange Zeit von den kleinen Krumen seiner Zuneigung und seiner Freundschaft ernährt, doch jetzt würde sie bald allein zurechtkommen müssen. In der Nacht hatte sie nichts anderes gewollt, als sich die Bettdecke über den Kopf zu ziehen und einfach aufzuhören zu existieren, doch das war natürlich unmöglich. Sie hatte schließlich eine Verantwortung gegenüber ihren Kunden. Im Laufe der Jahre hatte sie gelernt, emotional auf eigenen Füßen zu stehen, doch im Augenblick hätte sie, wie sie sich kleinlaut eingestand, alles gegeben, um jemanden zu haben, an den sie sich wenden konnte, jemanden, der älter und klüger war, und vor allem jemanden, der sie liebte und dem etwas an ihr lag.

Jemanden? Meinte sie in Wirklichkeit nicht ihre Tante Amber? Das war alles Vergangenheit, ermahnte Rose sich. Als ihr bewusst geworden war, wie sehr ihre Tante sie enttäuscht hatte, hatte sie das Gefühl der Bitterkeit und des Verraten-worden-Seins unterdrückt. Am Ende war es leichter, einfach so zu tun, als wäre alles wie immer, selbst wenn Amber und sie wussten, dass sich zwischen ihnen etwas verändert hatte, und obwohl es bedeutete, allein mit Traurigkeit und Verlust fertig zu werden. Doch jetzt musste sie auch noch den Verlust von Josh verkraften, und Rose wusste nicht, ob sie dazu stark genug war.

»Das Haus in Sussex gehört einem Rocksänger, aber David hat nicht gesagt, wem. Er hat nur gesagt, er habe zu viel zu tun, um sich darum zu kümmern, und dachte, der Auftrag könne mir liegen«, erklärte sie Janey.

Rose hatte stundenlang wach gelegen, nachdem sie von der Verabredung mit Josh nach Hause gekommen war, und es fiel ihr an diesem Morgen schwer, normal zu erscheinen.

»Und hast du etwas Besonderes vor, Janey?«

»Nein, ich habe für die Modenschau der neuen Saison im September noch einiges fertig zu machen. Ich warne dich jetzt schon, dass ich dich wieder als Mannequin brauche. Cindy findet, ich sollte eine preiswertere Kollektion für den amerikanischen Markt entwerfen, so was wie Mary Quants ›Ginger Group‹-Kollektion, und ich habe ihr versprochen, ich würde versuchen, mir etwas einfallen zu lassen. Heute Abend gehe ich mit Charlie zu *Annabel's*. Wenn du rechtzeitig wieder da bist, könntest du doch mitkommen?«

Rose nickte, obwohl ihr in Wirklichkeit überhaupt nicht

der Sinn danach stand, sich unter die Leute zu mischen. Josh würde jetzt in dem Frisiersalon in der King's Road sein, den er immer noch als sein Flaggschiff betrachtete. Rose schloss die Augen und gab sich ganz ihrer schmerzlichen Sehnsucht nach ihm hin.

In dem Salon würde es ungestüm und hektisch zugehen, schließlich war Freitag, Modepüppchen aus der King's Road würden kichernd den neuesten Klatsch austauschen und mit den Friseuren flirten und die neuesten Frisuren verlangen, um bereit zu sein für das gesellschaftliche Treiben am Wochenende.

Auf einen Außenseiter würde das Ganze unglaublich chaotisch wirken – laute Musik, Friseure, die auf Hochtouren arbeiteten, während verschreckte Auszubildende Haare wuschen und den Boden kehrten –, doch für Josh waren sie alle Teil eines Orchesters, das er dirigierte. Nichts blieb ihm verborgen, während er beschwichtigte, Komplimente verteilte, schmeichelte und arbeitete.

Automatisch fuhr Rose an ihren perfekt geschnittenen Bubikopf. Wenn er nach New York ging, musste sie sich einen neuen Friseur suchen. Tränen brannten in ihren Augen, und sie blinzelte sie hektisch weg.

Roses Termin war um drei Uhr am Nachmittag. Das war ihr eigentlich zu spät, denn sie musste danach ja noch zurück nach London fahren. Doch daran lässt sich nichts ändern, dachte sie, als sie sich in ihrem roten Mini auf den Weg nach Sussex machte.

Es war ein sonniger Tag, und sie trug ein Outfit, das sie liebte und das sie angezogen hatte, um ihre Stimmung zu heben, ein Kleid aus Janeys Sommerkollektion in einem wunderschönen Antikgelb mit einer breiten bedruckten Borte in weichem Schwarz, fast wie ein griechischer Fries. Janey hatte das Kleid so geschnitten, dass es kurz war und wie ein schmal geschnittenes Etuikleid über den Kopf glitt, aber lange, fast mittelalterlich anmutende Ärmel hatte. Der Stoff war so dünn und zart, dass es praktisch transparent war, und darunter trug Rose einen von Mary Quants neuen Bodys – einen weißen mit ihrem Markenzeichen, der Blume, darauf. An den Füßen trug sie ein paar gelbe Plastikschuhe in exakt derselben Farbe wie das Kleid.

Ihre Musterbücher hatte sie zusammen mit einer Mappe mit Fotos von einigen Projekten im Kofferraum verstaut. David hatte zu viel zu tun gehabt, um ihr viel über den Kunden oder seine Wünsche zu erzählen. Er hatte nur gemeint, er wüsste, dass sie ihn nicht enttäuschen würde.

Die Landschaft in Sussex war schön, doch ihre Schönheit konnte Roses Stimmung auch nicht mehr heben als ihr Lieblingskleid, wie sie sich später eingestand. Sie war durch das Dorf gefahren, nach dem sie Ausschau halten sollte, und fuhr jetzt langsamer, um ihr Ziel nicht zu verfehlen. Sie konnte an nichts anderes denken als daran, dass sie Josh verlieren würde.

Rose fand es unglaublich, dass Josh so blind war für ihre Gefühle, aber natürlich war sie auch froh, dass er nichts davon wusste. Mitleid war nun wahrlich das Letzte, was er für sie empfinden sollte.

Sie war so in ihr Elend versunken, dass sie beinahe das offene, von zwei hübschen Torhäusern flankierte Tor verpasste, hinter dem eine zugewucherte, von Eichen gesäumte Auffahrt lag.

Denham hatte eine ähnliche Auffahrt, obwohl die dortige Auffahrt viel gepflegter war und das Land dahinter äußerst ertragreich. Hier war das Land vernachlässigt, struppiges, mit Unkraut durchwachsenes Weideland, das schließlich in einer Art Umfassungsgraben endete, bevor eine Rasenfläche zum Haus führte. Das Haus war georgianisch und adrett und nicht besonders eindrucksvoll, doch es lag auf einer kleinen Anhöhe und erweckte so den Eindruck, als schaute es auf das umgebende Land hinab.

355

Als Rose aus dem Mini stieg, durchbrach allein fernes Vogelgezwitscher die schläfrige Hitze des Tages. Das Haus wirkte verlassen und herrenlos, die Fenster schmutzig und ohne Vorhänge, die Farbe an der Haustür abgeplatzt und blasig. Sie fragte sich schon, ob sie am richtigen Ort war, da ging die Haustür auf, und ein Mann kam heraus.

Er war groß, hatte hellbraune Locken mit von der Sonne gebleichten Strähnen und trug Jeans und ein Hemd mit offenem Kragen. Er lächelte Rose an und bedachte sie von oben bis unten mit einem anerkennenden Blick.

»Klasse.« Er reichte ihr die Hand und fügte hinzu: »Ich bin übrigens Pete.«

Sie hatte ihn natürlich erkannt. Unmöglich, ihn nicht zu erkennen, schließlich war er der Leadsänger einer der erfolgreichsten Rockbands des Landes. Rose schenkte ihm ein professionelles Lächeln und erwiderte seinen Händedruck.

»Sie kommen besser rein und sehen sich um«, meinte er.

Rose folgte ihm in eine elegant geschnittene Halle, deren Schnitt leider das einzig Elegante war. Die Wände waren schmutzig, Stücke des Stucks von den Friesen und der Decke lagen auf dem Boden, und an der Treppe fehlte das Geländer.

»Ich habe es billig bekommen, weil es in einem miserablen Zustand ist«, erklärte Pete.

Rose versuchte, sich ihre Bestürzung nicht anmerken zu lassen. »Ich glaube, was Sie wirklich brauchen, ist ein Architekt, keine Innenausstatterin«, erwiderte sie.

»Okay. Sie können mir sicher einen besorgen, oder? Wir gehen nämlich in einer Woche auf Tour, und ich habe dem Rest der Band versprochen, er könne herkommen und bleiben, wenn wir kurz vor Weihnachten mit der Tour fertig sind. Oh, das erinnert mich daran, dass ich ein Aufnahmestudio brauche. Ich räume meinen Kram weg, bevor wir aufbrechen, dann ist er Ihnen nicht im Weg.«

»Sie leben hier?«, fragte Rose ungläubig.

»Ja.«

Sie hätte sich am liebsten umgedreht und wäre weggelaufen. Das, was hier zu tun war, ging weit über ihre Kompetenz hinaus.

Nachdem er ihr das ganze Haus gezeigt hatte, sagte Rose fast zwei Stunden später entschlossen zu Pete: »Sie brauchen wirklich einen Architekten.« Sie stand auf dem Treppenabsatz direkt vor dem Schlafzimmer, in dem Pete sich eingerichtet hatte. Die Wände hatte er, wie er ihr erklärt hatte, eigenhändig purpurrot gestrichen, doch das recht neue Bett war unerwarteterweise mit schlichten weißen Laken bezogen und sah sauber und ordentlich aus. Er ragte ein gutes Stück über Rose auf, breitschultrig und mit muskulösen Armen, als er sich jetzt mit einer Hand an den Türrahmen stützte und die hochgekrempelten Ärmel und der offene Hemdkragen seine gebräunte Haut zeigten.

»Gehen wir in den Pub, um uns darüber zu unterhalten«, erwiderte er.

Und so kam es, dass Rose eine halbe Stunde später ihm gegenüber im Restaurantbereich des Dorfpubs mit seinem Reetdach und seiner anheimelnd altmodischen Atmosphäre saß, Filet Wellington aß und seinen sicher ein wenig übertriebenen Geschichten über Vorfälle zuhörte, die während ihrer diversen Band-Tourneen passiert waren.

Er hatte eine Flasche Wein bestellt, doch Rose hatte nur ein Glas getrunken. Seine Katastrophengeschichten brachten sie zum Lachen, wie es offensichtlich seine Absicht war.

»Einmal, in Amsterdam«, erzählte er mit einem breiten Grinsen, »auf unserer ersten Solotour, bei der wir die Hauptgruppe waren, da haben wir bis zwei Uhr gespielt, nachdem wir erst am Nachmittag nach Holland gekommen waren. Die letzten zwei Stunden des Auftritts haben uns nur noch die Joints wach gehalten, die Mickey, unser Roadie, uns zwischen den Stücken reichte. Als wir von der Bühne kamen, hingen da natürlich die üblichen Groupies herum – das ist der Vorteil bei dem Job«, meinte er und fuhr fort: »Natürlich erwarten die Mädchen, dass man sie mit in ein schickes Hotel nimmt, aber dank unserem Manager, der ein geiziger Hund ist, sollten wir im Wohnwagen schlafen. Nicht dass wir da drin nicht häufig bumsten. Aber wir waren immer noch high von den Joints und dem Auftritt, und so spazierten wir am Ende durchs Rotlichtviertel. Mickey hatte nämlich gesagt, da könnten wir für ein paar Pfund bumsen und bekämen dazu noch ein Bett für die Nacht. Zeigt nur, wie ahnungslos Mickey war, und wir natürlich auch, denn die Frauen da geben sich für ein paar Pfund ein paar Minuten her, aber nicht die ganze Nacht.«

Normalerweise hätte Rose sich unbehaglich gefühlt, wenn ein Mann, mit dem sie allein war, so offen über so etwas sprach, doch Pete hatte etwas an sich, was ihr irgendwie ihre Befangenheit und ihre Ängstlichkeit nahm. Er brachte sie sogar da zum Lachen, wo sie eigentlich das Gefühl hatte, Missbilligung zeigen zu müssen. Sie genoss den Abend mit ihm, wie sie sich mit einiger Überraschung eingestand.

Es war noch hell, als sie den Pub verließen und Pete sich auf den Beifahrersitz ihres Minis setzte.

Emerald schaute auf den Saum ihres Courrèges-Kleids, der so kurz war, dass er die ganze Länge ihrer schlanken, gebräunten Beine zeigte.

Max war gerade gekommen, um sie zu ihrer Dinnerverabredung im *Annabel's* abzuholen, doch vorher wollte sie noch etwas mit ihm besprechen.

»Ich habe aufregende Neuigkeiten«, sagte sie. Sie war guter Stimmung und frohlockte bei dem Gedanken daran, was sie geplant hatte, denn es würde ihr ermöglichen, Max den ganzen Sommer für sich zu haben. »Eine Freundin hat mir angeboten, den Sommer über ihre Villa in St. Tropez zu nutzen. Wir könnten nächste Woche fahren …«

»Nein.«

»Was? Red keinen Unsinn, Max, natürlich fahren wir.«

Als Antwort packte er schmerzvoll ihr Handgelenk und sagte kurz angebunden: »Hör gut zu, Mädchen, niemand sagt mir, was ich zu tun habe, besonders keine Puppe wie du. Und was soll das ganze ›wir‹-Getue? Es gibt dich und mich, aber kein ›wir‹. So ist es, und so wird es auch bleiben.«

Emerald war es nicht gewohnt, so von oben herab behandelt zu werden. Sie löste sich aus seinem Griff und sagte: »Und wenn ich nicht will, dass es so bleibt?«

»Dein Pech«, meinte Max barsch, »denn ich will es so. Ich habe Geschäfte hier in London, also werde ich hierbleiben, und du kannst tun und lassen, was du willst und wo du willst. Ich geb keinen Dreck darauf. Wenn ich's mir recht überlege …«, setzte er an.

Emerald unterbrach ihn. »Was?«

»Na, denk mal nach.«

Wollte er wirklich andeuten, er würde sie verlassen? Eine Minute lang war sie zu schockiert, um zu reagieren. Das war ganz und gar nicht das, was sie erwartet hatte, und es war auch nicht das, was sie wollte. Ein Gefühl – nicht Panik, aber auch nicht weit davon entfernt – ergriff sie. Sie war noch nicht bereit, die Sache zwischen ihnen zu beenden. Sie fand es immer noch aufregend. Doch dann bekam ihr Selbstbewusstsein die Oberhand. Natürlich meinte er das nicht. Er rasselte nur ein bisschen mit dem Säbel. Max wusste, wenn es ihm gut ging. Er hatte wohl das Gefühl, er müsste seinen Machismo und seine Unabhängigkeit unter Beweis stellen, doch in Wirklichkeit begehrte er sie sexuell genauso wie sie ihn.

Mit wiedererwachtem Selbstbewusstsein schlang Emerald ihm die Arme um den Hals, schmiegte sich mit dem ganzen Körper an ihn, schob die Hüfte vor und neckte ihn: »Komm schon, du weißt, dass du mich willst.«

»Dich? Nein, was ich will, ist das hier«, erwiderte er.

Sie musste das Courrèges-Kleid selbst auszuziehen, Max hatte es ihr einfach nur hochgeschoben. Er hätte sich wahrscheinlich auch nicht die Mühe gemacht, ihr den Slip auszuziehen, so ungeduldig war er, triumphierte Emerald, als sie in einem der beiden hübschen, vergoldeten Rokoko-Spiegel, die in den Nischen links und rechts vom Kamin hingen, zusah, wie Max in sie eindrang.

Am Morgen würde sie da, wo er sie gepackt hatte, blaue Flecken haben. Er war ein äußerst anspruchsvoller Liebhaber, doch Emerald empfand es als ungeheuer prickelnd, ihn an den Punkt zu bringen, wo er sie unbedingt haben wollte. Es bewies, dass sie in dieser Konstellation die Macht hatte.

Er stieß tiefer und schneller in sie hinein, ohne auf ihre Bedürfnisse einzugehen. War es so auch zwischen ihrer Mutter und dem Maler gewesen? Hatte sie diese Macht und diesen Triumph empfunden bei dem Wissen, dass es ihr Part war, sich ihm schwitzend und keuchend hinzugeben, während er in dem Bedürfnis, sie zu besitzen, in einem rohen, wilden Akt immer tiefer und fester in sie hineinstieß? Nein, natürlich nicht – sie konnte schmutzigen, heißen Sex viel besser als ihre Mutter, und sie war auch nicht so dumm, dabei schwanger zu werden.

Max kam, und heißes Sperma schoss pulsierend in sie hinein.

Emerald verzog das Gesicht, als er sich aus ihr zurückzog, und drehte sich zu ihm um.

»Ich muss mich umziehen«, sagte sie.

»Nein.«

Emerald frohlockte.

»Ah, ich soll also, wenn du mit mir ausgehst, nach dir und Sex riechen, was?«

»Was ich will, ist mein Abendessen«, widersprach Max, doch Emerald war viel zu zufrieden mit sich, um mit ihm zu streiten, und griff nur nach einer Schachtel Papiertaschentücher.

»Schau, lass gut sein, ja? Ich kann nichts dafür.«

»Nein, natürlich nicht«, pflichtete Janey ihm liebevoll bei, als sie nackt um das Bett herumtappte, glücklich, mit Charlie zusammen zu sein, auch wenn er sich nicht gut fühlte und »es« nicht gebracht hatte.

Sie summte vor sich hin, während sie an dem Transistorradio herumdrehte, bis sie schließlich Radio Luxembourg fand. Sie hatten eigentlich zu *Annabel's* gehen wollen, doch als Janey zu Charlie kam, hatte er erklärt, ihm sei nicht nach Ausgehen zumute, und ihr großzügig angeboten, doch allein zu gehen. Das hatte sie natürlich nicht getan.

Sie drehte sich um und lächelte ihn an. Nichts wollte sie mehr, als ihn glücklich zu machen. Wenn die Menschen um sie herum glücklich waren, war sie es auch.

Sie hatte wirklich Glück, fand Janey, dass sie Charlie kennengelernt hatte, besonders nach all den Jahren, in denen sie bei Männern einen katastrophalen Fehlgriff nach dem anderen getan hatte. Männer, die sie zuerst glücklich gemacht hatten, um ihr später das Herz zu brechen. Männer, die ihr geschworen hatten, dass sie sie liebten, auch wenn es nur Janeys Liebe zu ihnen und die Art, wie sie sie zeigte, war, was sie wirklich liebten – bis ihnen etwas oder jemand Besseres über den Weg lief.

Da war Alan gewesen, der wunderbare Dichter, mit seinen finsteren, fast drohenden in verrauchten Cafés abgehaltenen Monologen gegen Wohlstand und Status. Janey hatte ihm geschworen, seine seltsam arhythmischen Verse seien wunderbar, auch wenn sie sie eigentlich unverständlich fand, und sie hatte ihm diskret mit Geld und Essen geholfen, bis zu dem Tag, da er das Dichten an den Nagel hängte, um eine stämmige, leidenschaftslose Lehrerin zu heiraten, die darauf bestand, dass er sich eine anständige Arbeit suchte.

Sie hatte ein ganzes Jahr gebraucht, um über Alan hinwegzukommen, doch dann hatte sie Keith kennengelernt, Kommunist und starker Trinker, mit dem sie an Protestmärschen teilgenommen hatte und für den sie das Risiko eingegangen war, das Missfallen von Polizei und Justiz auf sich zu ziehen.

Keith war, wie sich herausgestellt hatte, mit einer kommunistischen Kameradin verheiratet, die ihm erlaubte, eine Freundin zu haben, solange er sie zu ihrer guten Sache bekehrte und sie ihren Verdienst dafür hergab. Über Keith war sie zum Glück relativ schnell hinweggekommen.

Nach Keith war da Ray gewesen, ein mäßig erfolgreicher Bühnenschriftsteller, der unsäglich unter Mittelklasse-Schuldgefühlen litt. Ray hatte seine Schuldgefühle schließlich mit der jungen Frau aus der Arbeiterklasse vertrieben, die er sich zur Muse erkoren hatte. Die beiden waren jetzt die Lieblinge des West End und äußerst zugkräftig.

Wie Janey Cindy irgendwann einmal gestanden hatte, hatte sie nach Ray beschlossen, den Männern und der Liebe endgültig zu entsagen. Doch dann hatte sie Charlie kennengelernt, und als Cindy ihr versichert hatte, Charlie liebe sie wirklich, hatte Janey zum ersten Mal seit langer Zeit wieder ihre alte Liebe zum Leben gespürt.

Doch das Beste überhaupt war, wie sie Cindy immer wieder erklärte, dass sie nicht nur jemanden gefunden hatte, der sie liebte, sondern dazu noch zum ersten Mal im Leben eine beste Freundin – und Geschäftspartnerin –, eine, zu der sie aufschauen und die sie bewundern konnte, eine, an die sie sich wenden konnte, wenn sie Hilfe brauchte, eine, die nicht, wie es Ellas Art gewesen war, jeder ihrer Entscheidungen mit ängstlichem Misstrauen begegnete, sondern obendrein auch noch die Leere in ihrem Leben füllte, die durch die Abwesenheit ihrer großen Schwester entstanden war.

O ja, sie hatte Glück, sinnierte Janey glücklich, und von jetzt an würde sie glücklich – und froh – bleiben.

Rose hatte Pete absetzen und dann zurück nach London fahren wollen, ohne noch einmal aus dem Auto zu steigen, doch irgendwie hatte sie sich von ihm überreden lassen, noch eine Tasse Kaffee mit ihm zu trinken, bevor sie fuhr.

Die Küche war bei all ihrer Schlichtheit genau wie das Schlafzimmer sauber und aufgeräumt und der Kaffee, den Pete gemacht hatte, überraschend gut.

Er würde ihr helfen, auf der Heimfahrt wach zu bleiben, doch das war der letzte zusammenhängende Gedanke, den sie fassen konnte, denn plötzlich merkte sie, dass die Figuren in den chinesischen Mustern auf den Tellern auf dem Schrank an der Wand anfingen, sich zu bewegen. Sie starrte darauf, und dann wollte sie aufstehen, sank jedoch auf den Stuhl zurück, als Pete sie am Arm fasste und herunterzog.

»Speed«, erklärte er ihr und wirkte sehr zufrieden mit sich. »In deinem Kaffee … Komm …«

Er zog sie auf die Füße und schleifte sie hinter sich her durch leere Räume, in denen Fenster und offene Kamine in beängstigend anzüglicher Feindseligkeit grotesk hässliche Fratzen schnitten, während der Rasen und die Bäume draußen vor den Fenstern von umwerfender Schönheit waren.

Ein heftiger Drang überkam sie. Sie machte sich von Pete los, fand irgendwie den Weg nach draußen und warf die Schuhe ab, um barfuß über den Rasen zu laufen.

Sie lachte.

»Schau, wie schön das Gras ist«, sagte sie. Dann wandte sie sich zu Pete um, der ihr gefolgt war. »Aber ich töte es.« Jetzt weinte sie; dicke Tränen rollten ihr übers Gesicht. »Ich liebe das Gras«, erklärte sie Pete traurig. »Es ist so schön. Zu schön.«

»Zu schön, um zu leben«, pflichtete er ihr bei.

Eine leichte Brise strich kühl über ihre Haut, und sie zitterte. Sie war high, ging Rose auf, total high. Sie war noch nie auf einem Trip gewesen. Panik überkam sie.

»Ich muss los.« Sie sah sich suchend nach ihrem Mini um,

doch dann fiel ihr auf, dass sie, obwohl es noch hell war, den Mond am Himmel sehen konnte. Fasziniert starrte sie hinauf.

Pete trat neben sie und betrachtete ebenfalls den Mond. »Das ist der Mond«, erklärte er ihr ernst.

»Ja«, meinte Rose. »Ich will da hin.«

»Wohin?«

»Den Mann im Mond besuchen.«

»Dann komm.«

Sie waren wieder im Haus, wo Schatten nach ihnen haschten und sie quälten, sodass sie liefen, bis sie vor Erleichterung keuchend in der Sicherheit von Petes Schlafzimmer waren, die Tür sicher vor ihren Verfolgern geschlossen.

»Es ist der Mann im Mond«, erklärte Pete. »Wir müssen einen Kreis ums Bett ziehen, um ihn fernzuhalten. Wir müssen aufs Bett steigen und darauf bleiben.«

Mit einem wirren Lachen gehorchte Rose. Sie war erfüllt von dem absolut wunderbarsten Gefühl, durch ihre Adern würde Champagner fließen statt Blut. Sie hatte das Gefühl, wenn sie nur hoch genug springen würde, könnte sie fliegen.

»Ich kann fliegen«, erklärte sie Pete, und frische Tränen traten ihr in die Augen, als sie spürte, wie ein außergewöhnliches Gefühl der Freude ihr Herz überkam und sie emporhob an einen Ort, wo sie plötzlich das Gefühl hatte, ihr sei das wahre Geheimnis des Glücks enthüllt worden.

»Das ist der schönste Ort der Welt«, flüsterte sie glücklich.

»Es ist nicht wichtig, sich zu verlieben«, erklärte sie Pete ernst, »sondern zu fliegen und die Sterne zu berühren.«

»Zu fliegen und zu ficken«, stimmte er ihr gleichermaßen ernst zu und streckte die Hand nach ihr aus.

»Oh, ich kann es kaum erwarten, bis wir nach St. Tropez reisen, Max. Warst du schon mal dort?«

»Wie oft muss ich es dir noch sagen? Will es nicht in dein dämliches Hirn, dass ich nicht mitkomme?«

Emerald öffnete den Mund, um darauf zu bestehen, dass er mitkommen müsse, schloss ihn jedoch wieder, als sie sah, dass er nicht sie anblickte, sondern eine junge Frau, die einige Schritte weiter in dem Nachtclub an einem anderen Tisch saß – eine Brünette, die deutlich mehr Interesse an Max an den Tag legte als an ihrem Begleiter.

»Max«, beharrte Emerald verärgert, »ich will mit dir über St. Tropez reden.«

Er griff über den Tisch und packte ihren Arm. »Ach ja?«

»Max, du tust mir weh«, protestierte Emerald.

»Gut. Denn wenn du nicht bald das Maul hältst, dann gibt's davon noch mehr.«

Emerald starrte ihn wütend an. »Lass mich los. So redest du nicht mit mir, Max. Ich bin keine nuttige kleine Revuetänzerin, die du in irgendeiner Spelunke aufgegabelt hast.«

»Oh? Bist du nicht? Na, dann lass dir mal was gesagt sein, Schatz: Was mich angeht, bist du auch nur ein Paar Titten und eine Möse, und es wäre gut, wenn du das in Zukunft nicht mehr vergessen würdest.«

Er ließ sie so energisch los, dass sie auf ihren Stuhl plumpste und ihn schockiert und ungläubig anstarrte, als er aufstand.

»Max …« Emerald zögerte, als sie merkte, dass er tatsächlich ging. Es war zu spät, er schob sich schon an den Tanzenden vorbei, und wenn sie ihm hinterherlief, würde sie nur Aufmerksamkeit erregen. Abgesehen davon wollte sie ihm diesen Triumph nicht gönnen. Sie griff nach ihrem Gin Tonic, musste ihn jedoch wieder abstellen, als sie merkte, dass ihre Hand zitterte. Noch nie hatte jemand es gewagt, so mit ihr zu reden und sie so grob anzufassen. Sie schob ihren Stuhl zurück und stand auf. Sie würde gewiss nicht hier sitzen bleiben und darauf warten, dass er zurückkam. So eine war Emerald nicht.

40

In dem Augenblick, da Rose wach wurde, wusste sie, dass etwas nicht stimmte. Sie erstarrte, voller Angst, mit wild pochendem Herzen, denn in ihrem Kopf blitzten Bilder und Erinnerungen an den vergangenen Abend auf.

Behutsam sah sie sich um, und ihr Herz schlug noch wilder, als ihr Blick auf den Hinterkopf eines Mannes fiel. Er schnarchte leise, also schlief er wohl noch. Auf dem Boden vor dem Bett entdeckte sie auf einem zerknitterten Haufen ihr geliebtes gelbes Kleid. Unter der Bettdecke war sie nackt, und als sie sich bewegen wollte, reagierte ihr Körper mit einem Gefühl, das sie von der mit Josh verbrachten Nacht kannte.

Sie hatte Sex mit dem Mann gehabt, der schlafend neben ihr lag, und wenn sie ihrem Körper glauben konnte, auch mehr als einmal.

Verwirrende Bilder drängelten sich in ihrem Kopf: der Mond, ein Rasen, ganz aus der Nähe betrachtet, als hätte sie darauf gelegen, fiebrige, aufgeregte Hände, die nackte Haut berührten – ihre eigenen Hände auf einem männlichen Körper, überall um das Bett herum Kerzen, die ein sanftes gelbes Licht warfen und nach Weihrauch dufteten und nach etwas Dunklerem, Sinnlicherem, sie selbst, nackt, auf dem Bett, Arme und Beine begierig von sich gestreckt, Männerhände, die ihren Körper erkundeten, ihn vermaßen …

Andere Bilder, diesmal, wie er ihre Haut anmalte, den Pinsel mit der Zunge anfeuchtete und in die Farbe drückte, bevor er sie auf ihren Körper übertrug, langsam und sorgfältig eine Schlange malte, die sich zwischen ihren Brüsten hindurch über ihren Bauch schlängelte und deren Kopf ihr Geschlecht war.

Sie konnte sich erinnern, dass er ihr das Kunstwerk gezeigt hatte. Er hatte einen Spiegel hochgehalten, damit sie es sehen konnte. Sie hatte gedacht, sie hätte noch nie im Leben so etwas Schönes gesehen, und als er gesagt hatte, sie solle die Schlange streicheln, hatte sie es getan, zu Tränen gerührt über die Intensität der Erfahrung und die Schönheit des Augenblicks.

Sie hatten lange mit der Schlange gesprochen, ein tiefes, ernstes Gespräch geführt, das, wie sie sich erinnerte, ihr das Gefühl gegeben hatte, ihr würden die wahren Geheimnisse des Universums enthüllt. Die Bilder in ihrem Kopf zeigten alles in Zeitlupe.

Hatten sie nicht darüber diskutiert, ob die Schlange gefüttert werden musste? Rose schauderte, doch die Bilderflut war nicht aufzuhalten: Petes Gesicht, zum Nachthimmel erhoben, Pete, wie er auf dem Rasen lag, den Kopf nach hinten gebogen, wie um den Hals zum Opfer darzubieten, und sie, über ihm hockend, während seine Zunge feucht zwischen die weit geöffneten Kiefer der Schlange fuhr.

Sie hatten gesagt, sie hätten den Schlüssel zum Paradies gefunden, und sie hatten freudig über die Klarheit und Überhöhung sämtlicher Sinne gestaunt, in der die Berührung eines Fingers plötzlich ausreichte, um sie in einen emotionalen Rausch zu versetzen, während ihre Körper sich in eine Ekstase steigerten, die über jedes menschliche Maß hinausging. Sie waren, da waren sie sich einig gewesen, übermenschlich geworden, Gott und Göttin, befähigt, dem Rest der menschlichen Rasse Liebe und Schönheit zu bringen, versunken in das Wunder ihrer gemeinsamen Bilderwelt und die Reinheit ihres erweiterten Bewusstseins.

Wie schrecklich, dachte Rose jetzt. Wie konnte ich nur bei so etwas mitmachen? Sie zitterte vor Schock.

Irgendwie gelang es ihr, aus dem Bett zu steigen und ihre verstreuten Kleider und ihre Handtasche zusammenzuraffen, ohne dass Pete wach wurde.

Im Bad rieb sie sich aus einer halbleeren Tube Zahnpasta auf die Zähne und wusch die verschmierte Farbe auf ihrem Körper mit kaltem Wasser ab, bevor sie rasch in ihr zerknittertes Seiden-kleid und den Slip stieg, den sie am Tag zuvor getragen hatte.

Ihr Haar stank nach den patschuliparfümierten Kerzen, und sie wollte nur noch nach Hause und vergessen, was geschehen war. Es war fast Mittag. Das leere Haus roch nach Staub und Verfall, und sie ging die Treppe hinunter, trat hinaus in die Sonne und stieg in ihren wartenden Mini.

Beim Anblick der hübschen jungen Frauen, die sich um die Kleiderstangen mit der frischen Lieferung neuer Kleider drängten, lächelte Janey glücklich in sich hinein. Sie war am Montag gekommen, doch sie hatte sie bis jetzt zurückgehal-ten, denn sie wusste, dass an einem Samstag viel mehr poten-zielle Kundinnen hereinkamen. Und die jungen Frauen der King's-Road-Meute waren ganz scharf darauf, immer wieder etwas Neues zu tragen.

Die Verkäuferinnen, die sich in ihren hübschen, kurzen Janey-F.-Kleidern kaum von den Kundinnen unterschieden, eilten zwischen den Auslagen und den Umkleidekabinen hin und her, stets um die Wünsche der Kundinnen bemüht. Das Innere des Ladens war ein wenig düster – an den pflaumen-blauen Wänden prangten große gelbe Butterblumen. Die But-terblume war Janeys Markenzeichen, auf jedem Kleid war ir-gendwo eine. Aus den Lautsprechern dröhnten die neues-ten Hits, wetteiferten mit dem aufgeregten Geschnatter ihrer Kundinnen; Sonnenstrahlen, die durch die offene Tür und das Fenster fielen, legten einen goldenen Hauch über den düste-ren Laden. Weihrauchduft aus einem an der Decke hängenden Räuchergefäß, das sie einem Freund abgekauft hatte, der es aus Marrakesch mitgebracht hatte, vermischte sich mit dem schärferen Duft jugendlicher Parfüms, warmer Stoffe und auf-geregter Vorfreude.

Eine umwerfend hübsche junge Frau, flachbrüstig und groß, die dunklen Augen mit Kajal und falschen Wimpern betont, kam in den Laden. Sie trug ein Kleid von Ossie Clark aus cremefarbenem Chiffon mit purpurrotem Blumendruck, und sie steuerte sofort auf Janeys frische Lieferung zu und nahm ein Kleid in einem gebrochenen, mit verstreuten Wiesenblumen bedruckten Weiß von der Stange. Sie war ein bekanntes Mannequin, und Janey hielt voller Hoffnung die Luft an und stieß sie glücklich wieder aus, als sie sah, dass sie mit dem Kleid zur Kasse ging. Im Geiste machte sie sich eine Notiz, genügend davon nachzubestellen, denn die Nachfrage danach würde deutlich steigen. Janey liebte ihre Kleider leidenschaftlich, sie waren ihre Schöpfung, ein Teil von ihr. Sie befasste sich so lange damit, wenn sie sie entwarf, dass das Ende ihres kurzen Lebens am Ende der Saison sie mit einer Melancholie erfüllte, die sich nur mit der Arbeit an etwas Neuem vertreiben ließ.

Sie schaute auf ihre Uhr und sah schuldbewusst, dass es schon ein Uhr war. Dabei hatte sie Charlie doch versprochen, sich um halb eins mit ihm zum Mittagessen zu treffen. Sie wollte gerade einer Verkäuferin sagen, dass sie gehen würde, da wurde die Ladentür mit so viel Verve aufgestoßen, dass sie gegen den altmodischen Hutständer schlug, den Janey als Vogelscheuche dekoriert hatte und an dem sowohl Schnäppchen als auch neue Sachen hingen.

Janey war nicht so weit gegangen wie Läden wie *Hung on You* oder *Granny Takes a Trip*, die den Besuch dort zu einer weit über das bloße Kaufen von Kleidern hinausgehenden Erfahrung machten, aber sie war stolz auf Dylan, die Vogelscheuche, und sie drehte sich sofort um, um denjenigen, der ihn mit einem dermaßen Mangel an Respekt behandelte, mit einem stirnrunzelnden Blick anzusehen.

Solche Männer kamen normalerweise nicht in ihren Laden: mittleren Alters, wohlbeleibt und in einem Anzug schwitzend, der mit seinem kahlen Schädel um die Wette glänzte, doch bevor Janey etwas zu ihm sagen konnte, erklärte er scharf: »Ich will die Chefin sprechen. Wo ist sie?«

Seine Stimme verriet das East End, und er schwitzte so heftig, dass er ein Taschentuch aus seiner Tasche holen und sich das Gesicht abwischen musste.

»Die Chefin bin ich«, erwiderte Janey und richtete sich zu ihrer vollen Körpergröße auf, bevor sie in geschliffenem Akzent scharf fortfuhr: »Und ich glaube nicht, dass ich Sie kenne.«

Er ließ ein höhnisches Schnauben hören, trat näher und stieß mit einem dicklichen Zeigefinger so dicht vor sie, dass er fast ihr Schlüsselbein berührte.

»Na, das sollten Sie aber, wenn Sie die Chefin sind, auch wenn Sie nicht die sind, die ich das letzte Mal gesprochen hab, als ich hier war. Sie war Amerikanerin.«

»Sie müssen meine Partnerin meinen, Cindy«, sagte Janey.

»Partnerin, papperlapapp«, konterte er auf eine Art, die Janey zu einem anderen Zeitpunkt zu einem Lächeln gereizt hätte, doch jeder Gedanke an ein Lächeln verflüchtigte sich, als er wütend fortfuhr: »Das ist meine Ware, die Sie da an den Stangen hängen haben, meine Ware, und die ist noch nicht bezahlt.«

»Sie sind einer unserer Lieferanten?«, rief Janey.

Das würde erklären, warum sie ihn nicht erkannt hatte. Cindy hatte darauf bestanden, sich um die Bestellungen und die Produzenten und Lieferanten zu kümmern, dann hätte sie, Janey, freie Hand, um sich auf ihre kreativen Entwürfe zu konzentrieren. Janey war ihr dankbar gewesen.

»Einer der vielen Narren, denen Sie Geld schulden«, stimmte er ihr grimmig zu.

»Das muss ein Missverständnis sein«, versicherte Janey ihm selbstbewusst. Jetzt, da sie wusste, warum er hier war, war sie viel entspannter. Offensichtlich war eine Zahlung an ihn übersehen worden. Das war schnell erledigt. Bis Cindy die Finanzen übernommen hatte, hatte sie immer Angst gehabt, so etwas würde ihr einmal passieren.

»Das ist kein Missverständnis«, versicherte er ihr. »Nicht, wenn ich meiner Bank glauben darf. Sehen Sie selbst.« Er holte einen Brief aus der Tasche und hielt ihn ihr unter die Nase.

Seine Bank behauptete, ihr Scheck sei »an den Aussteller zurückgegangen«, und Janey verstand nicht, warum.

Die Firma war klein, und Janey hatte immer peinlich darauf geachtet, sich finanziell nicht zu übernehmen. Hinzu kam, dass ihre Kleider immer beliebter wurden und sich gut verkauften, und in den letzten Monaten hatten sie sogar einen hübschen Gewinn eingefahren.

»Vier Mal hab ich hier angerufen, und jedes Mal bin ich mit einer anderen Ausrede abgespeist worden. Also, jetzt reicht's mir.«

Er öffnete die Tür und rief auf die Straße hinaus: »So, Männer, kommt rein und holt das Zeug und schafft es in den Lieferwagen.«

Zu Janeys Entsetzen kamen zwei stämmige junge Männer in den Laden marschiert.

»Die Sachen da drüben auf der Stange«, erklärte er ihnen und wies auf die Stange mit der neuen Lieferung.

»O nein, bitte, die können Sie nicht mitnehmen …«, protestierte Janey. Sie schämte sich, denn sie sah, dass die Männer die Aufmerksamkeit ihrer Kundinnen erregten.

»Und wie ich das kann.«

»Das kann nur ein Missverständnis sein«, flehte Janey ihn verzweifelt an.

Warum kam er auch ausgerechnet heute, wo Cindy ihren freien Samstag hatte und nicht da war, um sich um die Situation zu kümmern? Sie hatte Janey erzählt, sie müsse am Wochenende zu einer älteren Cousine ihrer Mutter, die irgendwo in einer der an London angrenzenden Grafschaften lebte.

»Das glaub ich gern, und Sie sind diejenige, die dem Missverständnis unterliegt, wenn Sie glauben, ich würd tatenlos zusehen, wenn Sie mir meine Ware nicht bezahlen.«

»Ich stelle Ihnen einen neuen Scheck aus«, versprach Janey und fügte, als sie sein Gesicht sah, schnell hinzu: »Auf mein Privatkonto.« Sie hatte keine Ahnung, warum der Scheck nicht eingelöst worden war, und sie wünschte sich verzweifelt, Cindy wäre da, um die Sache zu klären.

»Und woher soll ich wissen, ob er gedeckt ist? Nein, danke. Jed, die da hinten in der Ecke sind auch von uns.«

Janey keuchte auf, als einer der jungen Männer an ihr vorbeitrampelte. Sie musste unbedingt verhindern, dass sie die Kleider mitnahmen, denn dann hatte sie nichts mehr im Laden.

»Ich bezahl Sie in bar, in Ordnung? Ich gehe sofort zur Bank und hebe das Geld ab, wenn Sie nur die Kleider da lassen, wo sie sind. Bitte.« Sie stand kurz vor den Tränen und kämpfte gegen Panik und Schock.

Einige Sekunden lang sah es so aus, als würde er sich weigern, doch dann erklärte er sich widerstrebend einverstanden. »In Ordnung, aber ich komme mit Ihnen, und die beiden hier bleiben, wo sie sind, und die Kleider auch.«

Das Geflüster, das sich rundum erhoben hatte, im Ohr, gelangte Janey irgendwie hinaus auf die Straße, obwohl ihre Beine wie Pudding waren.

Ihre Bank war nicht weit weg, doch es ging hektisch zu, denn viele junge Leute wollten Geld abheben, fröhlich darüber plaudernd, womit sie sich am Wochenende amüsieren würden.

Als sie endlich an der Reihe war, waren Janeys Hände feucht.

»Ich zahle Ihnen den Betrag des ungedeckten Schecks«, erklärte sie dem Lieferanten in möglichst geschäftsmäßigem Ton, »aber wenn es noch andere Außenstände gibt, müssen Sie mir die Rechnung zeigen. Irgendwo hat es da wohl eine Verwechslung gegeben.«

Sie wandte sich dem wartenden Bankangestellten hinter

dem Schalter zu und bat ihn um die Auszüge des Firmenkontos und ihres Privatkontos. Auf ihrem Privatkonto war, wie sie wusste, ein ordentlicher Betrag, denn sie hatte kürzlich eine Zahlung aus ihrem Treuhandfonds erhalten, doch als sie den Kontoauszug der Firma sah, riss sie entsetzt die Augen auf. Das Konto war um fast fünfhundert Pfund überzogen! Wie um alles in der Welt war das denn passiert? Ihre Knie zitterten, sie wagte es nicht, eine Frage zu stellen oder eine Erklärung zu verlangen. Stattdessen ging sie zu einem Kassierer und hob von ihrem Privatkonto so viel Geld ab, dass sie den Lieferanten bezahlen konnte.

Es hatte keinen Sinn, Cindy anzurufen – sie musste bis zum Montag warten, um zu erfahren, was da los war. Es war eigentlich unmöglich, dass das Firmenkonto überzogen war, aber Cindy hatte bestimmt eine Erklärung, tröstete Janey sich, als sie sich auf den Weg zum Pub machte, wo sie sich mit Charlie treffen wollte.

Rose klammerte sich mit schweißnassen Händen an das Lenkrad des Minis, als wären sämtliche Furien hinter ihr her. In dem verzweifelten Bedürfnis, zu entkommen – nicht so sehr Pete wie dem Entsetzlichen, das sie getan hatte –, nahm sie ganz gegen ihre Gewohnheit Kurven mit hoher Geschwindigkeit.

Ihr Herz machte Sprünge – vor Panik und Gewissensbissen oder von den Drogen, die sie genommen hatte? Rose wusste es nicht, und eigentlich war es ihr auch egal. Die Wirkung war dieselbe: ein unbarmherziges, beängstigend heftig pochendes Herz, dazu ein verschwitztes klebriges Gefühl am ganzen Körper und dröhnende Kopfschmerzen.

Wie konnte sie sich nur so benehmen? Mochte ja sein, dass die Droge ihre Widerstandskraft geschwächt und ihr die Hemmungen genommen hatte. Aber sie hätte doch sicher nicht eine solche Wirkung entfalten können, wenn nicht ein

Teil von ihr sich so hätte benehmen wollen, oder? War irgendwo tief in ihrem Innern etwas, das sie zur … zur Hure machte? Wie ihre Mutter?

Rose keuchte auf, als sie eine Kurve zu schnell nahm und auf die Bremse treten musste, woraufhin der Mini über die zum Glück leere Straße rutschte und kurz vor einem Graben zum Stehen kam.

Sie würgte den Motor ab und zitterte so sehr, dass sie einige Minuten lang gar nichts machen konnte. Als sie den Wagen wieder startete, war ihr so übel vor Nervosität und Verzweiflung, dass sie nur noch langsam zu einer kleinen Parkbucht fahren konnte, um sich dort allmählich zu beruhigen.

Sie war nicht ihre Mutter, sie war sie selbst. Aber wer war sie? Was, wenn die Droge ihr wahres Ich zum Vorschein gebracht hatte? Was, wenn dieses wahre Ich in der Vergangenheit nur unter Kontrolle gewesen war? Was, wenn sich dieses wahre Ich jetzt nicht mehr unter Kontrolle bringen ließ, wie ein aus seiner Flasche freigelassener Dschinn?

Rose sehnte sich nach Joshs tröstlicher, beruhigender Gegenwart. Er würde sie verstehen. Er würde bestimmt lachen und sie necken und ihr das Gefühl geben, das, was passiert war, sei doch gar nicht so schlimm. Doch Josh war nicht da, und wenn er da gewesen wäre, wäre letzte Nacht auch gar nicht passiert, denn dann wäre sie bei ihm in Sicherheit gewesen.

Sie zitterte, ihr war übel vor Angst und Panik. Sie fuhr sich mit den Händen über die Wangen, um die Tränen zu trocknen. Sie konnte nicht hier sitzen bleiben. Sie musste vergessen, was passiert war. Sie musste es vergessen und sich immer wieder sagen, dass sie nicht ihre Mutter war.

Rose drehte den Zündschlüssel. Erst beim dritten Versuch startete der Motor des Minis, und sie steuerte ihn langsam und vorsichtig wieder auf die Straße. Sie musste nach vorn schauen, nicht zurück. Der Blick in den Rückspiegel erinnerte sie an das, was hinter ihr lag, und aus Angst, das Schreckgespenst

ihrer Herkunft könnte ihr spöttisch daraus ins Gesicht starren,
wagte Rose kaum hineinzusehen.

Janey sah noch einmal auf ihre Uhr. Sie saß schon über eine
halbe Stunde im Pub und wartete auf Charlie. Sie sah sich
noch einmal in dem überfüllten Raum um, doch keine Spur
von ihm.

Es war dumm, sich im Stich gelassen zu fühlen und enttäuscht zu sein, weil Charlie nicht hier war, damit sie ihm ihre
Probleme anvertrauen konnte. *Sie* stellte ihm *ihre* Schulter zur
Verfügung, damit er sich anlehnen konnte, nicht umgekehrt.
Doch im Augenblick hatte sie das Gefühl, dass es sehr tröstlich
wäre, wenn sich jemand um sie kümmern würde. Kurz stieg
Sehnsucht nach Denham in ihr auf, wo sie sich an ihren Vater
mit seiner ruhigen Zuverlässigkeit und ihre Stiefmutter mit
ihrer liebevollen Fürsorglichkeit wenden könnte.

Janey holte sich eine Zigarette heraus und zündete sie an,
und das Nikotin half ihr, sich zu beruhigen. Es war schrecklich
dumm, sich so aufzuregen wegen eines Missverständnisses, das
Cindy, sobald sie wieder da war, sicher schnell geklärt hatte.

Der Gedanke an ihre Freundin und Partnerin half ihr, sich
zu entspannen. Cindy hatte ihr gesagt, sie solle die finanzielle Seite des Ladens ganz ihr überlassen, ermahnte Janey sich.
Cindy würde alles in Ordnung bringen. Es war dumm, so in
Panik zu geraten. Cindy würde über sie lachen, wenn sie ihr
erzählte, wie besorgt sie gewesen war, und sie zweifellos daran erinnern, dass sie einfach kein Händchen für Geld hatte.

Endlich war sie zu Hause. In Sicherheit. Mit leicht zitternden
Händen schenkte Rose sich eine Tasse Tee ein, setzte sich an
den Küchentisch und hielt sie zwischen den Händen.

Es war schön gewesen, nach Hause zu kommen und festzustellen, dass sie das Haus ausnahmsweise einmal für sich hatte. Als Erstes hatte sie sich ein Bad eingelassen und ihre Haut

sauber geschrubbt und dabei sorgfältig darauf geachtet, auch ja alle Farbe zu entfernen.

Sie hatte genug Geschichten über Leute gehört, die auf einem Trip gewesen waren, um zu wissen, dass das, was sie erlebt hatte, so ungewöhnlich nicht war, doch das änderte nichts daran, dass sie sich schrecklich fühlte. Sie wollte die ganze Episode so schnell wie möglich vergessen.

Die Haustür ging auf, und Janey rief ihren Namen.

»Ich bin hier«, antwortete sie. Sie musste einfach so tun, als wäre nichts passiert. Sie musste sich nur immer wieder sagen, dass nichts passiert war …

41

Obwohl Rose danach war, sich, sobald sie an den Samstagabend dachte, zu einer kleinen Kugel zusammenzurollen, hatte sie sich bis zum Montagmorgen davon überzeugt, dass es keinen Sinn hatte, sich deswegen völlig fertigzumachen. Wenn sie es niemandem erzählte – und das würde sie gewiss nicht tun –, war es sehr unwahrscheinlich, dass jemals jemand davon erfuhr.

Sie ging davon aus, dass die Episode für Pete nichts Besonderes gewesen war und er niemandem davon erzählen würde, selbst wenn er sich an den Abend – oder an sie – erinnern konnte. Durch sein Leben war zweifellos eine Prozession williger Bettgenossinnen marschiert, unter denen sie wohl kaum eine vage Erinnerung wert war.

So gerüstet gegen ihr schuldbeladenes Gewissen konnte sie David Mlinaric sehr entschieden und entschlossen berichten, sie sei dankbar, aber das Projekt erfordere einen Architekten und nicht sie.

Als das erledigt war, setzte sie sich, um an den Entwürfen für die Ausstattung des Wohnzimmers eines frisch verheirateten

Paars zu arbeiten, das eine Wohnung ein Stück den Cheyne Walk hinunter bezogen hatte.

Sie saß noch keine halbe Stunde an der Arbeit, als die Blumen gebracht wurden: ein riesiger, sehr geschmackvoller Strauß aus weißen Blüten und Grün von Pulbrook & Gould, der ebenso göttlich duftete, wie er aussah, und der sicher ein kleines Vermögen gekostet hatte. Auf der beigefügten Karte stand: »Hi, klasse Frau – du warst die Beste überhaupt. Wir sehen uns, wenn ich wieder da bin, Pete XX«.

Rose starrte immer noch entsetzt auf den Strauß, als Josh in ihr Atelier kam und betont zweimal blinzelte, als sein Blick auf den Strauß fiel.

»Ich hab doch wohl nicht deinen Geburtstag vergessen?«

Rose reagierte abwesend. Sie wollte unbedingt die Karte verstecken, ohne dass er es mitbekam, doch das war unmöglich, also versuchte sie ihn abzulenken.

»Hast du mit deinem Anwalt schon über die Auflösung der Partnerschaft gesprochen?«

»Ja, deswegen bin ich hier. Also, von wem sind die Blumen?«

»Oh, niemand. Nur ein Kunde.«

Er trat näher und schnappte sich die Karte, bevor sie es verhindern konnte.

»›Hi, klasse Frau – du warst die Beste überhaupt.‹ Ein Kunde, sagst du?«

Rot bis an die Haarwurzeln entgegnete Rose: »Es gehört sich nicht, die persönliche Korrespondenz anderer Menschen zu lesen.«

»Du bist nicht andere Menschen, du bist mein bester Kumpel«, meinte Josh. »Also los. Wer ist er?«

Später musste Rose sich eingestehen, dass sie sich wirklich sehr kindisch benommen hatte. Dass Josh ihre Gefühle verletzt hatte, indem er sie als »Kumpel« bezeichnet hatte, war noch lange kein Grund, damit zu prahlen, dass sie mit einem anderen im Bett gewesen war.

»Er ist ein Kunde«, beharrte sie. »Wenigstens haben wir uns so kennengelernt. Er heißt Pete Sargent, und …«

Weiter kam sie nicht.

»Pete Sargent? *Der* Pete Sargent? Der Leadsänger von *Feelgood*?«

»Ja.«

Sie hätte nichts sagen sollen, und sie wusste auch gar nicht recht, warum sie überhaupt etwas gesagt hatte. Doch, das weißt du genau, verbesserte sie sich. Du hast etwas gesagt, weil du eifersüchtig bist, dass Josh sich in eine andere verliebt hat, und deswegen wolltest du, dass er weiß, dass du mit Pete im Bett warst. Das zeigt nur, wie dumm du bist, denn warum sollte Josh sich dafür interessieren?

Ob dieser Enthüllung schlich Josh mit gerunzelter Stirn durch ihr Atelier. »Schau, Rose, ich will mich ja nicht einmischen …«

»Gut.«

»Aber es ist fast so, als wärst du meine kleine Schwester, und kein Typ will, dass seine kleine Schwester was mit einem wie Pete Sargent anfängt.«

»Warum nicht?« Was machte sie da? Sie wusste genau, warum nicht. Pete war gefährlich, mit ihm konnte es nur Ärger geben, und er hatte etwas in ihr hervorgelockt, was sie schockiert und in Angst und Schrecken versetzt hatte, bis sie sich mühsam davon überzeugt hatte, dass es ein Ausrutscher gewesen war. So etwas durfte und würde auch nie wieder passieren.

»Weil ich nicht will, dass man dir wehtut, deswegen. Der Typ ist Rocksänger, der hatte doch zehn an jedem Finger. Er ist …«

Hörte sie da etwa Neid in Joshs Stimme?

»Sexy?«, fragte sie ihn barsch.

Josh sah sie an, als traute er seinen Ohren nicht.

»Ja, und, weißt du …«

»Was weiß ich? Dass ich keinen sexy Freund haben kann?«

»Rose, was ist in dich gefahren? Red keinen Blödsinn. Das habe ich keineswegs gemeint, und das weißt du auch. Ich mache mir Sorgen um dich, das ist alles.«

Beinahe hätte sie sich erweichen lassen, beinahe hätte sie ihm gesagt, es gebe nichts, worüber er sich Sorgen machen müsse, doch dann fiel ihr wieder ein, dass seine Fürsorge nicht so weit reichte, sich nicht von seiner Freundin einreden zu lassen, er müsse ihre Partnerschaft beenden.

»Ob Patsy damit einverstanden ist? Ich meine, dass du dir Sorgen um mich machst? Schließlich ist sie ja auch nicht mit unserer Partnerschaft einverstanden, oder?«, hörte sie sich mit unerwarteter Häme fragen. Was zum Teufel war in sie gefahren? Sie hätte nie gedacht, dass sie sich je so benehmen würde, ganz zu schweigen davon, auch noch Spaß daran zu haben.

Verdutzt sah Josh sie an. In Rose stiegen Schuldgefühle auf, die stärker waren als das Vergnügen an dem Schlagabtausch.

»Schau, du musst dir keine Sorgen machen«, versuchte sie ihn zu beschwichtigen.

Doch er verstand sie falsch und erwiderte: »Du meinst, es geht mich nichts mehr an?«

Sie hätte ihn so gern beruhigt, hätte ihn am liebsten umarmt und festgehalten, doch das ging natürlich nicht.

»Irgendwann muss ich schließlich lernen, auf eigenen Füßen zu stehen, oder?«, sagte sie in dem Versuch, die Spannung zu lösen. »Schließlich gehst du nach Amerika …«

»Ja, du hast recht. Es ist nur … also, ich habe mich jetzt so lange um dich gekümmert, dass es mir anscheinend zur Gewohnheit geworden ist. Eine Gewohnheit, die ich wohl ablegen muss«, sagte er schlicht, ging hinaus und schloss hinter sich die Tür.

Cindy war am Telefonieren, als Janey am Montagmorgen in den Laden kam. Sie hatte auf dem Weg zur Arbeit bei Charlie reingeschaut, um ihm für das Vorsprechen am Nachmittag viel

Glück zu wünschen, deswegen war sie ein bisschen zu spät dran. Einige andere junge Schauspieler und Mannequins aus seinem Bekanntenkreis waren da gewesen, und am Ende hatte Janey versprochen, am Samstagnachmittag mit ihnen zu einer Anti-Vietnamkrieg-Demonstration vor der amerikanischen Botschaft zu gehen.

»Ich bin froh, dass du wieder da bist. Am Samstag ist was Schreckliches passiert«, sagte sie zu Cindy, sobald ihre Partnerin ihr Telefongespräch beendet hatte. Weil montags und dienstags im Laden meist nicht viel los war, waren an diesen Tagen keine Verkäuferinnen da. Cindy und sie waren allein.

»Was denn? Hast du wieder die Portokasse verschusselt?«, fragte Cindy lachend.

Janey fand ihre Partnerin schrecklich tüchtig, und sie war stolz auf ihren Geschäftssinn, doch obwohl sie so gute Freundinnen waren, hatte Janey manchmal, wenn sie besonders dünnhäutig war, das Gefühl, Cindy verhielte sich ihr gegenüber ein wenig verletzend und herablassend, als wäre Janey ein Kind, das Cindy mit amüsierter Geringschätzung tolerierte, aber nicht respektierte. Mochte ja sein, dass sie in praktischen Dingen nicht besonders gut war, aber sie war eine gute Modedesignerin. Ihre Talente lagen zwar in verschiedenen Bereichen, doch sie standen einander in nichts nach.

»Nein, mit der Portokasse ist alles in Ordnung, aber es scheint, als fehlte irgendwo Geld«, sagte sie und erzählte ihr, was am Samstag passiert war. »Ich bin davon ausgegangen, das Konto wäre gut gefüllt«, schloss sie besorgt. »Wir haben doch in der letzten Zeit recht anständig was verkauft.«

Die kurze Pause, bevor Cindy antwortete, trug noch zu Janeys Besorgnis bei, genau wie der leicht aufgebrachte Blick, mit dem ihre Partnerin sie bedachte, bevor sie ruhig sagte: »Also, ja, das haben wir, aber es geht auch viel raus, weißt du, Löhne und so weiter, und die Ausgaben für die Ware der neuen Saison. Die Miete ist gestiegen – das habe ich dir nicht erzählt, weil du zu dem Zeitpunkt in einer schöpferischen Krise gesteckt und mir gar nicht richtig zugehört hast. All das zusammen kann sich zu mehr summieren, als man denkt. Ich kann dir die Zahlen zeigen und noch einmal mit dir durchgehen, wenn du willst?« Cindy lächelte freundlich, und Janey kam sich irgendwie ziemlich dumm vor.

»Nein, das ist nicht nötig.« Sie sah, dass Cindy diese Reaktion erwartet hatte. »Ich mag es nur nicht, wenn wir unsere Lieferanten nicht pünktlich bezahlen und unsere Schecks zurückkommen.«

Cindy lachte. »Red keinen Unsinn. Das ist heutzutage gang und gäbe.«

»Aber wenn wir nicht pünktlich zahlen, sind wir am Ende nicht mehr kreditwürdig, und dann beliefert uns niemand mehr.«

»Blödsinn. Du bekommst immer Stoffe von deiner Mutter.«

Aus irgendeinem Grund empfand Janey Cindys Bemerkung als kränkend. Ja, sicher, Janey kaufte Seidenstoffe von Denby Mill, doch sie legte großen Wert darauf, den regulären Marktpreis dafür zu bezahlen und ihre Stiefmutter nicht um einen Gefallen zu bitten oder einen solchen anzunehmen.

»Ich hatte am Freitag nicht mehr die Gelegenheit, es dir zu erzählen«, sagte Cindy jetzt, »aber es sieht so aus, als wäre es mir gelungen, einen Termin mit einer Einkäuferin von *Saks* zu arrangieren. Sie kommt im September rüber und würde sich gern die neue Kollektion ansehen.«

»Aber das ist noch vor der Modenschau der neuen Saison«, protestierte Janey.

»Das macht doch nichts, oder? Ich dachte, wir wären uns einig, aus dem Laden einen Erfolg zu machen?« Cindy hatte Mühe, geduldig zu bleiben, das sah Janey.

»Ja, natürlich«, pflichtete sie ihr gehorsam bei.

»Ich meine, ich habe einen Haufen Arbeit hier reingesteckt, seit wir Partnerinnen sind, und möchte nicht mit ansehen, wie uns eine phantastische Gelegenheit, für die ich hart gearbeitet habe, durch die Lappen geht, nur weil du irgendwelchen abergläubischen Ängsten anhängst, es dürfe niemand deine Entwürfe sehen, bevor sie der Öffentlichkeit präsentiert wurden.«

Janey war schuldbewusst und unbehaglich zumute. Sie war tatsächlich abergläubisch und wollte niemandem ihre Entwürfe zeigen, bis sie wirklich bereit war, sie zu präsentieren, auch wenn sie wusste, dass Cindy sich darüber ärgerte. Cindy verstand sie manchmal einfach nicht. Janey seufzte. Sie musste wirklich noch viel über die Geschäftswelt lernen. Zum Glück hatte sie Cindy.

42

Emeralds Absätze klapperten aufgebracht über das Pflaster. Es war inzwischen eine Woche her, seit Max sie einfach sitzen gelassen hatte, und er hatte sich noch nicht gemeldet, um sich bei ihr zu entschuldigen.

Sie hoffte nur, dass er angerufen hatte, während sie unterwegs gewesen war. Inzwischen musste er einfach über seine schlechte Laune hinweggekommen sein, und natürlich wollte er sich wieder mit ihr versöhnen. Der Gedanke, auf welche Weise er dies wohl versuchen würde, erregte sie, und sie beschleunigte ihre Schritte.

Die Zugehfrau, die Emerald bestochen hatte, damit sie dablieb, während Emerald ausging, erwartete sie schon im Mantel. Sie beschwerte sich, ihr Mann wolle seinen Tee, und Emerald habe gesagt, sie wäre um drei wieder da, und jetzt wäre es schon halb vier durch.

»Hat jemand angerufen?«, fragte Emerald, ohne auf ihre Beschwerden einzugehen.

»O ja.«

Emerald entspannte sich, und auf die nachlassende Spannung folgte eine Welle des Triumphes. Sie hatte die ganze Zeit gewusst, dass Max anrufen würde. Wie konnte er ihr widerstehen?

»Ihre Mutter. Ihre Ladyschaft wollte wissen, ob der kleine Robbie schon alle seine Impfungen bekommen hat.«

»Sind Sie sicher, dass das der einzige Anruf war?«, wollte Emerald wissen. »Sie haben doch nicht das Haus verlassen, obwohl ich Sie gebeten habe hierzubleiben?«

Mrs Wright richtete sich zu ihrer ganzen Körpergröße auf und erklärte Emerald beleidigt: »Nein, das habe ich nicht, und sonst hat niemand angerufen«, bevor sie mit hocherhobenem Haupt an Emerald vorbeimarschierte.

Meine Mutter weiß ja nicht, wie glücklich sie sich schätzen kann, loyales, hart arbeitendes Personal zu haben, dachte Emerald zornig, nachdem sie die Tür hinter ihrer Zugehfrau geschlossen hatte. Mrs Wright war ihre dritte Zugehfrau in drei Jahren, während der Laden in der Walton Street und das Haus am Cheyne Walk von derselben Putzfrau für ihre Mutter sauber gehalten wurden, solange Emerald denken konnte.

Max hatte also nicht angerufen. Nun, das hieß nichts anderes, als dass er seine Launen hatte. Am Abend würde er auf jeden Fall bei *Annabel's* sein. Schließlich war es Jeannie de la Salles' Geburtstag, und sie hatten die Einladung angenommen, in einem kleinen Kreis guter Freunde mit ihr und ihrem Gemahl zu dinieren. Emerald wollte dafür sorgen, dass Max sie, wenn er sie sah, so begehrte, dass er sein Benehmen bedauerte. Also, was sollte sie anziehen? Es musste etwas ganz Besonderes sein …

Janey versuchte, sich auf das Schnittmuster für einen neuen Entwurf zu konzentrieren, doch das wollte ihr einfach nicht gelingen. Sie hatte Charlie seit Tagen nicht gesehen, und sie vermisste ihn. Sie hatte versucht, ihn auf dem Apparat, den er sich mit den anderen Mietern des Hauses, in dem er sein möbliertes Zimmer hatte, teilte, anzurufen und ihm wenigstens eine Nachricht zu hinterlassen, doch es war niemand rangegangen.

Cindy gegenüber hatte sie erwähnt, dass sie ihn gern gesehen hätte, doch diesmal war Cindy nicht so mitfühlend gewesen, wie Janey erwartet hatte, sondern hatte ihr in recht scharfem Tonfall erklärt, sie könne von Charlie doch nicht erwarten, dass er in seinem möblierten Zimmer herumhockte und auf Janeys Anruf wartete, schließlich müsse er sich um seine Karriere kümmern.

Als ihr dieses Gespräch wieder einfiel, legte Janey die Kreide weg, mit der sie das Schnittmuster auf den Stoff übertragen hatte. Sie hockte inmitten einer bunten Auswahl an Stoffen auf dem Boden ihres Schlafzimmers. Die ersten groben Ideen für ihre Entwürfe entwickelte sie gern so, schnitt die Schnittmuster aus wie früher für die Kleider ihrer Puppen und nähte sie dann auf der kleinen Singer-Nähmaschine mit Handkurbel zusammen, die sie zum dreizehnten Geburtstag geschenkt bekommen hatte. Normalerweise war dieses erste Stadium neuer Entwürfe dasjenige, das sie am meisten genoss – zu sehen, wie der Stoff unter ihren Händen Gestalt annahm, bis er ein Eigenleben bekam und sie mit seinen vielfältigen Möglichkeiten stimulierte und entzückte. Doch im Augenblick war sie mit dem Herzen nicht recht dabei, sie sehnte sich zu sehr nach Charlie.

Emerald hatte ihre Ankunft im *Annabel's* absichtlich so geplant, dass Max reichlich Zeit hatte, sich Sorgen zu machen, ob sie überhaupt kam. Sie trug ein neues Kleid, eines, das sie Anfang des Jahres in New York gekauft hatte, ein goldenes Abendkleid aus gestepptem Zellophan, ärmellos, mit einem breiten, vergoldeten Kragen. Der Schnitt des kurzen Kleids war von futuristischen Science-Fiction-Filmen inspiriert. Lee Radziwill, die Schwester von Jackie Kennedy, hatte sich anscheinend dasselbe Kleid gekauft. Das Geburtstagsgeschenk für Jeannie – ihr Lieblingsparfüm, Shalimar von Guerlain – hatte sie passend zu ihrem Kleid in Goldpapier eingewickelt.

Emeralds Ankunft im *Annabel's* rief exakt die erhoffte Reaktion hervor: Als sie zum Tisch geleitet wurde, musterten andere Frauen sie mit stummem Neid, während ihre männlichen Begleiter sie schlicht nur anstierten wie kleine Jungen, die eine verbotene Leckerei mit den Augen verschlingen. Mit einem schnellen Blick hatte sie sich davon überzeugt, dass Max da war. In seinem Abendanzug sah er umwerfend gut und gefährlich aus. Ohne ihn weiter zu beachten, ging Emerald zu Jeannie, küsste ihre Freundin auf die Wange und überreichte ihr ihr Geschenk.

»Oh, wie nett!«, bedankte Jeannie sich und fügte schelmisch hinzu: »Du siehst eindeutig auch wie ein verpacktes Geschenk aus. Also, für wen, frage ich mich, ist so ein knackiges Geschenk wohl gedacht?«

Alle lachten, auch Emerald, doch sie zahlte es Jeannie heim, indem sie ihrem Mann ein übertrieben provokantes Lächeln schenkte und sagte: »Na, wollen mal sehen. Pete hat doch auch bald Geburtstag, nicht wahr?«

Jeannie lachte und schlug ihr aufs Handgelenk. »Du freches Ding. Als würde ich dich auch nur in die Nähe meines Göttergatten lassen, erst recht nicht, wenn du so aussiehst. Das Kleid ist einfach phantastisch, Emerald«, fügte sie hinzu, als Emerald sich neben Max setzte, ohne ihn weiter zu beachten.

»Gefällt dir denn mein Kleid, Max?«, fragte sie ihn, als alle ihre Gespräche wiederaufgenommen hatten und niemand auf sie achtete. Provokant fügte sie hinzu: »Man sollte meinen, bei dem Preis, den ich dafür bezahlt habe, hätten sie einen passenden Slip dazugetan. Da dem nicht so war, musste ich ohne kommen.«

»So bist du, nicht wahr, Emerald? Teuere Verpackung, und darunter durch und durch billig. Wo ich herkomme, tragen nur die keinen Slip, die auf den Strich gehen. Sie verdienen mehr, weißt du, wenn sie keine Zeit damit vergeuden müssen, ihn auszuziehen.«

Emerald starrte ihn an. Das war durchaus nicht die Reaktion, die sie erwartet hatte. Sie wusste, dass sie umwerfend aussah, die Aufmerksamkeit, die ihr zuteilgeworden war, bewies das. Von Rechts wegen müsste Max vor ihr zu Kreuze kriechen und ihr sagen, dass es ihm leidtat und dass das letzte Wochenende ohne sie leer und öde gewesen war.

Sie musste warten, bis die Kellner den ersten Gang serviert hatten – Spargel mit Sauce hollandaise –, bevor sie sich zu ihm hinüberbeugen und ihn warnen konnte: »Mir gefällt nicht, was du da andeutest, Max.«

Der Blick, mit dem er sie maß, war kalt und ungerührt. »Nicht? Na, mir gefällt es ganz gut«, äffte er sie nach.

Das Essen war fast vorbei, Kaffee und Brandy waren serviert worden, die Männer rauchten ihre Zigarren, und Max, der seit dem Schlagabtausch beim ersten Gang kein Wort mehr mit Emerald gewechselt hatte, lehnte sich auf seinem Stuhl zurück und beobachtete interessiert eine hübsche Brünette an einem anderen Tisch.

Emerald sah die Neugier und das Amüsement in den Augen einiger anderer Gäste am Tisch, besonders der Frauen, die Max' unverhohlenes Interesse an der Brünetten bemerkten. Emerald wusste, dass sie bei ihren Geschlechtsgenossinnen nicht gerade beliebt war und dass etliche schauen würden, was jetzt geschah, und sich insgeheim darauf freuten, Emerald in einer demütigenden Situation zu erleben. Selbstgerechter Zorn, vermischt mit einem Gefühl erlittener Ungerechtigkeit, stieg in ihr auf.

Sie war heute Abend mit einem einzigen Ziel hierhergekommen, und das war, sich mit Max zu versöhnen, sagte sie sich und vergaß darüber ganz, dass sie sich geschworen hatte, zuerst müsse er sich entschuldigen und vor ihr zu Kreuze kriechen. Für ihn hatte sie das Kleid ausgewählt und viel Zeit und Aufmerksamkeit auf ihr Äußeres verwandt, sie hatte der Welt, ihrer Welt, denen, die regelmäßig hier zu Gast waren − den Reichen und Schönen −, durch ihr Verhalten gezeigt, dass sie Max besondere Privilegien zugestand. Und das war der Dank dafür?

Wütend über sein Betragen, fragte Emerald spitz: »Jemand, den du kennst?«

Als Max sich ihr zuwandte, setzte ihr Herz einen Schlag aus. In seinen Augen war etwas, das sie noch nie gesehen hatte, kalt und unerbittlich hart … und … ja, auch bedrohlich.

»Niemand fragt mich aus«, sagte er bissig, »und schon gar keine Frau.«

»So wie du sie angesehen hast«, protestierte sie und legte ihm die Hand auf den Arm. Als er sie grob von sich stieß, riss sie schockiert die Augen auf. Sie würde bestimmt blaue Flecken bekommen.

Hatte jemand bemerkt, was passiert war? Ihr Stolz ließ nicht zu, dass sie sich vor anderen Menschen auf der Nase herumtanzen ließ.

»Du bist doch mit mir hier«, ermahnte sie ihn zischend, doch er hatte den Blick immer noch auf die Brünette gerichtet. »Max?«, verwahrte sie sich unsicher, doch er schob, ohne sie weiter zu beachten, seinen Stuhl nach hinten, stand auf und verließ den Tisch − schon wieder.

Emerald ignorierte Jeannies neugierigen Blick, schüttelte den Kopf und hielt nur inne, um ihre Handtasche zu nehmen. Dann eilte sie hinter ihm her und folgte ihm in wachsendem Zorn hinaus auf die Straße.

Nach dem verrauchten Halbdunkel des Clubs musste sie draußen im milchigen Licht des langen Sommerabends blinzeln. Max hielt auf seinen Jaguar E-Type zu, der einige Meter die Straße hinunter parkte. Emerald eilte ihm hinterher, packte ihn am Arm, zog wütend am Ärmel seines Jacketts und fragte: »Was erlaubst du dir eigentlich, mich so sitzen zu lassen? Wie kannst du es wagen, dich mir gegenüber so zu benehmen? Wie kannst du es wagen?«

»Geh mir aus dem Weg.«

»Nein. Erst, wenn du dich bei mir entschuldigt hast, weil du …«

»Weil ich was?«, unterbrach Max sie. »Weil ich dir gegeben habe, worum du gebeten, ja, worum du mich förmlich angefleht hast?«, fuhr er grausam fort. »Du weißt, was du bist, nicht wahr?«, sagte er, bevor Emerald Luft geholt hatte, um etwas zu erwidern. »Du bist ein Flittchen, ein dummes, dämliches Flittchen, das bereitwillig für jeden die Beine breit macht.«

Etwas – nicht nur Schock oder Zorn, sondern etwas Tieferes und sehr viel Schmerzlicheres – durchdrang den Panzer von Emeralds Selbstvertrauen. Wie eine Falltür, die sich über einem verborgenen inneren Geheimnis öffnet, war es da direkt vor ihr, der Oger, der Ghul, die Angst, die sie fest in sich verschlossen hatte. Er hatte recht. Sie war ein Flittchen, mehr nicht, und wenn sie sich noch so elegant kleidete. Sie war genau wie ihr leiblicher Vater, ein Mann, der um ihres Geldes willen mit alten Schrapnellen ins Bett gegangen war.

»Das ist nicht wahr.« Ihre Stimme war schrill vor Panik, und aus ihrem protestierenden Aufkeuchen wurde ungewollt ein schmerzliches Stöhnen, als Max sie an sich riss, sich mit ihr umdrehte und sie so fest gegen das Auto warf, dass ihr Rücken schier zerbarst. Zum ersten Mal war der Gedanke an seine wilde sexuelle Inbesitznahme überhaupt kein bisschen aufregend. Nein, er war vielmehr abscheulich – abscheulich und beängstigend.

Emerald wehrte sich. Max' Schlag traf sie mit Wucht im Gesicht, und ihr Kopf flog nach hinten. Vor Schmerz brannten ihr Tränen in den Augen.

Er packte sie mit einer Hand an der Schulter, griff mit der anderen in ihr Haar und zog ihr den Kopf nach hinten, sodass sie seinem geringschätzigen Blick nicht ausweichen konnte. »Du glaubst, du bist was Besseres als andere, aber das bist du nicht. Der einzige Unterschied zwischen dir und den Nutten auf der Straße ist der, dass sie so clever sind, sich dafür bezahlen zu lassen. Deine schicken Freunde kannst du vielleicht an der Nase herumführen, mich nicht. Lass dir was sagen. Ohne deinen vornehmen Akzent und den vornehmen Titel, der damit einhergeht, wärst du in der Gosse, wo du eigentlich hingehörst, denn du bist nichts. Nichts. Und das weißt du so gut wie ich.«

»Nein, das ist nicht wahr!«

»Jetzt lügst du auch noch. Na warte.«

Sie hatte weder Zeit, sich zu verteidigen, noch aufzuschreien, denn seine Faust traf immer wieder ihren Körper und drückte ihr die Luft aus der Lunge, bis sie nur noch keuchte.

Panisch flehte sie ihn an aufzuhören. »Nicht, Max, bitte nicht, hör auf, bitte …«

Sie hörte sein höhnisches Lachen.

»Warum? Das gefällt dir doch, oder? Frauen wie dir gefällt so was. Sie haben es verdient.« Jedes Wort wurde von einem weiteren Fausthieb begleitet.

Sosehr es ihr auch zuwider war, dass das, was ihr hier widerfuhr, von jemandem mit angesehen wurde, so verzweifelt blickte Emerald doch zu dem Club hinüber in der Hoffnung, jemand würde ihr zur Rettung eilen. Doch die Straße blieb leer.

»Damit kommst du nicht durch, Max«, drohte sie ihm. »Ich zeige dich bei der Polizei an.«

Zu spät erkannte Emerald ihren Fehler.

»Oh, tatsächlich?« Seine Stimme war sanft und doch so durch und durch kalt, dass sich ihr die Nackenhaare aufstellten.

»Nein … Ich sage nichts, Max. Lass mich nur gehen, und wir vergessen das Ganze.«

»Dich gehen lassen? Aber mit Vergnügen.«

Erleichterung durchflutete Emerald. Doch statt sie loszulassen, wie sie erwartet hatte, schlug er wieder zu, und diesmal so fest, dass ihr Kopf von der Wucht des Schlags nach hinten fuhr. Max packte ihr Haar und schlug sie mit dem Kopf gegen einen Laternenpfosten. Emerald konnte den Kopf gerade noch so weit drehen, dass der Schlag sie an der Schläfe traf. Dabei biss sie sich auf die Zunge und schmeckte Blut. Auch aus ihrer Nase tropfte Blut aufs Pflaster. Ihr ganzer Körper schrie vor Höllenqual und Schmerz.

»Max«, flehte sie.

»Und jetzt machen wir zwei einen kleinen Ausflug«, erklärte er, ohne auf ihr Flehen zu achten.

Er öffnete die Beifahrertür und warf sie auf den Sitz. Emerald wollte ihn wegschieben, doch er schüttelte sie gewaltsam und schlug sie dann so fest, dass sie glaubte, er müsste ihr ein paar Rippen gebrochen haben. Mit schmerzverzerrtem Gesicht schnappte sie nach Luft. Sie musste ihm entkommen, doch sie konnte kaum atmen, geschweige denn sich bewegen. Dennoch versuchte sie, sich zu befreien, doch Max ließ sie nicht los. Er packte sie an der Kehle und drückte zu. Würgend und keuchend klammerte Emerald sich an seinen Arm und brach zusammen, als er ihr mit der flachen Hand zweimal so fest ins Gesicht schlug, dass sie ohnmächtig wurde.

Als sie ein paar Sekunden später wieder zu sich kam, saß Max schon hinter dem Steuer und fuhr. Sie schmeckte frisches Blut im Mund, ihr Gesicht zuckte unter den Schmerzen.

Jetzt hatte sie richtig Angst. Es war allgemein bekannt, dass die Unterwelt des East End sich derer, für die sie keine Verwendung mehr hatte, gründlich entledigte.

Max fuhr die Sloane Street hinunter. Sie musste ihm entkommen. Wo war die Polizei, wenn man sie brauchte? Ihr Kopf schmerzte, pochte entsetzlich, und Übelkeit stieg in ihr auf. Was hatte er mit ihr vor?

Rose stand von ihrem Tisch auf. Sie hatte länger gearbeitet, als sie gewollt hatte, doch jetzt wurde es allmählich dunkel, und sie hatte Hunger. Sie hatte die Ausstattung ihres Ateliers schlicht und einfach gehalten und es mit Stücken aus Terence Conrans neu eröffnetem Laden *habitat* in der Fulham Road möbliert.

Sie hatte gerade alle Fenster geschlossen, da sah sie einen Jaguar E-Type vom Sloane Square die King's Road hinunter-rasen. Sie achtete nicht weiter auf das Auto, runzelte jedoch die Stirn, als sie sah, dass Emerald auf dem Beifahrersitz saß. Doch als jemand vor dem Auto auf die Straße trat, um sie zu überqueren, und den Fahrer zwang, mit quietschenden Rei-fen zu halten, schlug ihr Desinteresse rasch in Besorgnis um.

Sobald sie sich davon überzeugt hatte, dass der Fußgänger es sicher auf die andere Seite geschafft hatte, wollte Rose sich abwenden, doch da sah sie, dass in dem Moment, da das Auto wieder losfuhr, die Beifahrertür aufgestoßen wurde und Eme-rald aus dem Wagen auf die Straße stürzte. Der Jaguar fuhr an den Straßenrand und hielt dann im Rückwärtsgang auf Eme-rald zu, die bäuchlings reglos auf der Straße lag. In ungläubiger Erstarrung sah Rose zu, unfähig, etwas zu tun. Wenn das Auto sie überfuhr, würde Emerald das nicht überleben. Doch dann sah Rose zu ihrer Erleichterung, dass das Auto wieder vor-wärts fuhr und rasch Geschwindigkeit aufnahm. Der Fahrer hatte offensichtlich nicht die Absicht, noch einmal anzuhalten.

Rose rieb sich die Augen. Sie konnte kaum glauben, was sie da gerade gesehen hatte. War es wirklich passiert?

Es gab nur eine Möglichkeit, es herauszufinden. Sie schnapp-te sich ihre Schlüssel, eilte zur Tür, schloss hinter sich ab und lief dann die Treppe hinunter zum Haupteingang des Hauses.

Die Abenddämmerung senkte sich rasch herab, und es herrschte ein seltsames Zwielicht; der Himmel war noch hell, doch die Luft unten am Boden war irgendwie schwerer und dunkler. Die Straße war leer – es war so spät, dass niemand mehr ausging, aber doch so früh, dass die Ersten noch nicht nach Hause kamen. In der Ferne hörte Rose das Dröhnen des Jaguars.

Im Rinnstein bewegte sich etwas, ein Fetzen Goldstoff, der im Wind flatterte.

Sie lief zu Emerald, ging in die Hocke und beugte sich mit klopfendem Herzen über die reglose Gestalt. Als ihre Augen sich an die Dämmerung gewöhnt hatten, sah Rose, dass Emeralds goldenes Kleid zerrissen war und ihre cremefarbene Haut entblößte. Schnell zog sie ihre Jacke aus und deckte sie damit zu.

43

Ihr Kopf bewegte sich, und Emerald stöhnte leise.

Sie lebte. Rose atmete zitternd aus, erst jetzt konnte sie sich eingestehen, dass sie schon das Schlimmste befürchtet hatte.

Emerald schlug die Augen auf und blinzelte, bevor sie tonlos sagte: »Oh, du bist es.«

»Beweg dich nicht«, meinte Rose. »Bleib, wo du bist, ich hole Hilfe.«

»Nein.«

Rose hörte Angst und Überheblichkeit in Emeralds Stimme. Emerald sah die Straße hinunter. Hatte sie Angst, der Fahrer des Jaguars könnte zurückkommen? Rose kniff die Lippen zusammen. Sie konnte sich denken, wer der Fahrer war. Emeralds Affäre mit dem angeblich bekehrten East-End-Gangster war allgemein bekannt.

»Mir geht's gut«, versicherte Emerald Rose und versuchte, auf die Füße zu kommen. Doch es gelang ihr nicht, und sie sank wieder auf die Knie, als Übelkeit sie überkam.

»Emerald«, protestierte Rose, die ihr automatisch einen Arm um die Schulter legte, um sie zu stützen.

»Ruf mir nur ein Taxi, ja, damit ich nach Hause fahren kann. Sobald ich daheim bin, ist alles gut.«

»Du musst zu einem Arzt. Du hast dir womöglich was gebrochen …«

Emerald schüttelte den Kopf. »Mir geht's gut. Das war nichts. Nur ein … kleines Missverständnis. Hilf mir auf«, befahl sie und klammerte sich an Roses Arm. Rose gab nach und half ihr auf die Füße.

In gewisser Hinsicht war Rose erleichtert, dass Emerald so fordernd und, nun, so ganz Emerald war. Als sie im Rinnstein gelegen hatte, hatte Rose einen Augenblick lang richtig Angst um sie gehabt. Doch jetzt, da Emerald wieder auf den Füßen war und Roses Jacke enger um ihr zerrissenes Kleid zog, sah Rose mit Entsetzen die aufgeplatzte Lippe und den Schnitt auf Emeralds Wange. Sie mochte ja behaupten, es ginge ihr gut, und sie war auch aufgestanden, aber sie krümmte sich immer noch vornüber, und die einzige Farbe in ihrem Gesicht kam von den Blutflecken auf ihrer Haut.

Rasch fasste Rose einen Entschluss. »Ich bringe dich«, sagte sie. »Der Mini steht gleich um die Ecke.«

Sie stützte Emerald, und als ihre Cousine sich erleichtert an sie lehnte, verriet das Rose mehr als alle Worte.

Sobald sie im Auto saßen, lehnte Emerald sich mit geschlossenen Augen auf dem Beifahrersitz zurück. Sie atmete flach und war offensichtlich nicht in der Lage, ein Gespräch zu führen, Fragen zu stellen oder Befehle zu erteilen.

Rose war es egal, was Emerald sagte, ihre Cousine musste unbedingt medizinisch versorgt werden, und dafür würde sie sorgen. Sie fuhr so schnell, wie sie es wagte, Richtung Westen.

Erst als sie die kreischende Sirene eines Krankenwagens hörte, schlug Emerald die Augen auf, doch da war es bereits zu spät. Rose parkte den Mini schon vor dem Eingang zur Notaufnahme.

Ein Pförtner in Uniform hielt auf sie zu.

»Sie können hier nicht parken«, setzte er an, als Rose das Fenster herunterkurbelte.

»Es geht um meine Cousine. Sie … sie hatte einen Unfall, sie … sie ist gestürzt … Ich mache mir schreckliche Sorgen.«

Der Pförtner warf einen Blick auf Emerald und brummte. »Bleiben Sie da, ich hole Ihnen einen Rollstuhl.«

»Ich hab doch gesagt, du sollst mich nach Hause bringen«, zischte Emerald wütend, sobald er außer Hörweite war.

»Und ich hab dir gesagt, dass du einen Arzt brauchst«, schoss Rose zurück, erstaunt, wie leicht es ihr plötzlich fiel, sich gegen Emerald zu behaupten.

Der Pförtner war mit einem Rollstuhl und einem Sanitäter zurückgekommen, und die beiden hoben Emerald fachmännisch aus dem Auto, ohne auf ihren Protest zu achten.

Sobald Rose gesehen hatte, dass sie Emerald sicher Richtung Eingang schoben, warf sie den Motor wieder an. Sie hatte keinen Grund, hierzubleiben, oder? Emerald war vollkommen in der Lage, sich um sich zu kümmern, und es wäre ihr sicher nicht recht, wenn Rose noch bliebe. Abgesehen davon, warum sollte sie sich um Emerald kümmern, die sie ihr Leben lang mit Herablassung behandelt hatte?

Der Sanitäter schob Emerald in die Notaufnahme. Er zündete sich eine Zigarette an und erklärte ihr: »Sie werden ganz schön lange warten müssen, schließlich ist Samstag. Die Bude ist voll von Mods und Rockern, die heute Abend in der Edgware Road in einen Krawall verwickelt waren. Ihr Alter hat Sie wohl dazwischengenommen, was? Hat Sie, wie's aussieht, hübsch vermöbelt.«

Emerald kniff die Lippen zusammen. Typisch Rose, sie an so einen Ort zu bringen. Sie amüsierte sich sicher köstlich darüber, dass sie sie hier alleingelassen hatte. Plötzlich verschwamm Emerald alles vor den Augen.

»Hier, das haben Sie fallen lassen«, sagte der Sanitäter und reichte ihr Roses Jacke.

Der Jeansstoff fühlte sich fremd an. Emerald wäre nicht im Traum auf die Idee gekommen, so etwas anzuziehen. Sie wollte die Jacke loslassen – sie von sich weisen –, doch dann griff sie aus irgendeinem Grund doch danach und hob die Jacke an ihr Gesicht. Sie roch nach Rose und dem leichten Blumenduft, den sie immer auflegte. Emeralds Kehle schnürte sich schmerzvoll zusammen, und Tränen stiegen ihr in die Augen.

Weinen? Sie? Um Rose, die sie verachtete und nicht ausstehen konnte?

Rose war fast bis zum Cheyne Walk gekommen, als sie anhielt und wendete und sich im Geiste für jeden Meter, den sie zum Krankenhaus zurückfuhr, schalt und sämtliche Gründe aufzählte, warum das, was sie da tat, weder notwendig war noch sinnvoll.

Das Erste, was Rose sah, als sie die Notaufnahme betrat, war Emerald, die im Rollstuhl saß, Tränen in den Augen, und Roses Jeansjacke an sich drückte wie ein Kind eine Kuscheldecke.

Emerald hatte sie nicht gesehen, und Rose trat instinktiv einen Schritt zurück. Ihr Herz pochte wild und ungleichmäßig. Sie wollte sich umdrehen und gehen – weglaufen vor dem, was sie gesehen hatte, und dem Appell, den es an sie richtete. Sie hatte jeden Grund, Emerald immer noch nicht zu mögen. Doch ungewollte Gefühle schnürten ihr die Kehle zu.

Verdammt, verdammt, verdammt, fluchte sie innerlich, trat aber trotzdem vor und schob die Tür mit so viel Lärm auf, dass Emerald sie sah und sich sammeln konnte.

Rose war zurückgekommen? Emeralds Finger schlossen sich fester um den Jeansstoff, während der Sanitäter bei Roses Anblick strahlte und verkündete: »Dann überlass ich sie jetzt Ihnen. Wird Zeit, dass ich Feierabend mach.«

Er war fort, bevor sie Einwände erheben konnte.

»Ich nehme an, du bist deswegen zurückgekommen«, sagte Emerald und hielt ihr mit hochmütiger Miene die Jacke hin.

»Nein«, sagte Rose sachlich und nahm die Jacke, »nicht deswegen. Hat schon jemand nach dir gesehen?«, fragte sie, bevor Emerald eine weitere Salve abschießen konnte.

»Nein. Und es braucht auch niemand nach mir zu sehen. Mir geht es gut.«

Rose zog eine Augenbraue hoch und öffnete die schlichte schwarze Kelly-Bag von Hermès, die sie sich vom Honorar für ihren ersten Auftrag gegönnt hatte, weil sie sie liebte und weil sie groß genug war, um ihre Schreibunterlage aufzunehmen sowie Stifte, Bleistifte und ein Maßband. Sie kramte darin herum, holte eine Puderdose heraus und reichte sie wortlos Emerald.

Emerald klappte sie auf und betrachtete entsetzt ihr Spiegelbild. Ihre Lippe war geschwollen und blutverkrustet. Ihre Wangenknochen waren aufgedunsen und glänzten, und ihr Haar war von dem Schnitt in ihrer Wange mit Blut verfilzt.

»Na, ich fühle mich aber gut«, erklärte sie, wenn auch zittrig.

Zu Roses Erleichterung kam eine Krankenschwester zu ihnen. Sie maß sie von oben bis unten mit geschultem Blick, wandte den Blick von Emerald zu Rose und fragte Rose dann: »Name?«

Als Emerald scharf nach Luft schnappte, wusste Rose genau, warum. Emerald war eine bekannte Angehörige der feinen Gesellschaft, ihren Namen würde man erkennen, selbst wenn ihr Gesicht im Augenblick nicht wiederzuerkennen war.

Rose trat vor und sagte entschlossen: »Em… Emma. Emma Pickford.«

Der Blick der Krankenschwester maß Rose noch einmal. Wegen meines Aussehens? Wegen der Art, wie ich spreche? Wahrscheinlich wegen beidem, dachte Rose.

»Adresse?«

Leise nannte Rose der Krankenschwester die Adresse des Hauses am Cheyne Walk.

»Freundinnen?«, fragte die Krankenschwester.

»Wir sind Cousinen«, erklärte Rose ihr, was ihr einen weiteren abschätzenden Blick eintrug. Rose wusste genau, was die Schwester dachte – wie konnten die beiden verwandt sein?

»Dann trage ich Sie als nächste Angehörige ein, ja?«

Diesmal antwortete Emerald, indem sie rasch sagte: »Ja, bitte.«

»Und Ihr Name lautet?«, fragte die Krankenschwester Rose.

»Rose. Rose Pickford.«

»Und was ist passiert?«

Sie sahen einander an, und dann plapperte Rose, bevor sie es sich anders überlegen konnte, schnell los: »Wir waren auf einer Party. Mit Freunden … ich weiß wirklich nicht mehr genau, wer alles da war. Es waren eine Menge Leute da, und als wir gehen wollten, ist Em… bin ich die Treppe runtergefallen.«

»Und sind auf ihr gelandet?« Die Schwester wandte sich an Emerald. »Ich nehme an, Sie bleiben bei der Geschichte?«

Emerald nickte.

»Mmm. Gut. Also, Sie können hierbleiben«, erklärte die Krankenschwester Rose und trat hinter den Rollstuhl.

»Nein, sie soll mitkommen«, sagte Emerald.

Einen Augenblick lang dachte Rose, die Schwester würde es ihr verbieten, doch es kamen neue Patienten herein, und sie wurden von einem Aufruhr an der Tür abgelenkt, und als sie sich den Neuankömmlingen zuwandte, rief sie nur noch über die Schulter: »Dritte Kabine auf der linken Seite.«

Der junge Arzt untersuchte Emerald gründlich und erklärte ihr schließlich geduldig, sie habe sehr großes Glück gehabt, dass sie so glimpflich davongekommen sei. Sie hatte schwere Prellungen an den Rippen und würde wahrscheinlich ein blaues Auge bekommen.

»Wir reinigen die Wunden und verbinden sie, dann können Sie nach Hause. Sie werden sicher einige Tage starke Schmerzen haben, deswegen gebe ich Ihnen ein Rezept für Schlaftabletten und ein Schmerzmittel mit. Wenn es Ihnen innerhalb einer Woche nicht besser geht, sollten Sie zu Ihrem Hausarzt gehen. Heute Nacht muss jemand bei Ihnen sein. Ich glaube nicht, dass die Gefahr einer Gehirnerschütterung besteht, aber falls doch, kann ich Sie nur entlassen, wenn Sie mir versichern, dass Sie heute Nacht nicht allein sind.«

»Vielleicht solltest du im Krankenhaus bleiben …«, setzte Rose erschrocken an. Doch Emerald erklärte dem Arzt: »Sie bleibt bei mir. Sie ist meine Cousine.«

Kurz nach zwei Uhr am Morgen stiegen sie schließlich wieder in den Mini. Rose warf den Motor an. Sie war völlig erschöpft und übermüdet und zitterte – eine Folge des Schocks.

Als sie die Handbremse lösen wollte, sagte Emerald, die kein Wort mit ihr gesprochen hatte, seit sie die Notaufnahme verlassen hatten, den Blick stur geradeaus durch die Windschutzscheibe gerichtet, leise: »Danke.«

Rose war sich nicht sicher, wer von ihnen verdutzter war, sie oder Emerald selbst, die jetzt den Blick aus dem Seitenfenster richtete und sie gereizt anfuhr: »Um Himmels willen, fährst du jetzt mal langsam los, oder sollen wir die ganze Nacht hier hocken?«

44

New York. Sonne. Hübsche Mädchen. Ein Leben ganz nach Ollies Geschmack – das wäre es zumindest gewesen, wenn er heute nicht mit der Eisprinzessin hätte arbeiten müssen.

Als er in der Woche zuvor in der *Vogue*-Redaktion gewesen war, wo er darauf wartete, mit der leitenden Moderedakteurin zu reden, hatte er mit angehört, wie einige Kolleginnen über Ella sprachen und sich darüber wunderten, dass sie irgendeinen Typ am ausgestreckten Arm verhungern ließ. Nach dem zu schließen, was Ollie mit angehört hatte, war er ein echter Volltreffer, und die Kolleginnen verstanden Ellas Verhalten ihm gegenüber nicht. Na, er schon. Schließlich hatte er in London miterlebt, wie sie die Eisprinzessin gab. Er hatte Mitleid mit den armen Kerlen, die scharf auf sie waren. Sie bräuchten einen Lötbrenner, um das Eis zu tauen. Er persönlich hatte seine Frauen gern heiß und willig. Zum Glück bestand weder in London noch hier in New York Mangel an solchen Frauen.

Er hatte das Glück, dass *Vogue* ihm die Wohnung eines Kollegen vermittelt hatte – eines Fotojournalisten, der ein Jahr im Ausland arbeitete. Die Wohnung hatte alles, was Ollie brauchte, und bot zudem noch einen herrlichen Blick über den Central Park. Der Fotojournalist hatte gute Beziehungen und stammte aus einer wohlhabenden Familie. Auch Oliver besaß, dank seines leiblichen Vaters, jetzt Geld. Seltsam, dass er nicht aufhören konnte, sich mit dem Mann, der ihn gezeugt hatte, zu befassen: zu überlegen, wie er gewesen war, und sich zu wünschen, er hätte mehr Zeit mit ihm verbracht. So etwas geschah, wenn das Leben zu viele unbeantwortete Fragen bereithielt und ein Kind erst erfuhr, wer sein Vater war, wenn es zu spät war.

Das war sicher das längste Interview, an dem ich je teilgenommen habe, dachte Ella müde.

In der Nacht war ihr übel gewesen – sie hatte wohl etwas Falsches gegessen –, und auch wenn es ihr jetzt gut ging, hatte doch die Kombination aus Schlafmangel, einer anspruchsvollen Interviewpartnerin, einem noch anspruchsvolleren Fotografen und der Tatsache, dass in der Post ein äußerst berauschender Brief von Brad gewesen war, in dem er schrieb, er wünsche, der Sommer wäre zu Ende, und er könne mit ihr zusammen sein, dazu geführt, dass sie gleichzeitig völlig erledigt und doch seltsam in Hochstimmung war.

Das Interview war gut gelaufen, und sie hatte einige wunderbare Zitate erhalten, nicht so sehr dank ihrer Interviewtechnik, sondern dank Olivers Fähigkeit, mit seiner gut belegten sexuellen Chemie jede, aber wirklich auch jede Frau zu bezirzen – außer natürlich sie, Ella.

Maisie Fischerbaum, die achtzigjährige Philanthropin, die ihre umfassende Kunstsammlung als Leihgabe an das Guggenheim gegeben und sie dem Museum nach ihrem Tod als Schenkung versprochen hatte, hatte eine Fülle von Anekdoten zu bieten gehabt – einige gar so skandalös, dass sie sie unmöglich drucken konnten. Sie und ihr verstorbener Gemahl hatten, wie es schien, jeden gekannt, so auch Präsident Kennedy, dessen Tod selbst jetzt noch so schmerzlich und unglaublich war. Während Oliver mit ihr geflirtet und sie fotografiert hatte, hatte Ella ihr eine Frage nach der anderen gestellt und die Antworten in Kurzschrift festgehalten.

Den ganzen Nachmittag über war immer wieder Maisies Dienstmädchen hereingekommen, um Martinis zu bringen, Maisies Lieblingscocktail, und Ella war verblüfft gewesen, wie viel die alte Dame vertrug, ohne dass man es ihr anmerkte, außer dass sie immer heftiger mit Oliver geflirtet hatte und immer geschwätziger geworden war.

Peinlicherweise hatte sie Ella irgendwann gefragt, ob sie mit Oliver schlafe. Nachdem Ella den Kopf geschüttelt und kurz angebunden geantwortet hatte, ihre Beziehung sei rein beruflicher Natur, hatte Maisie die Lippen geschürzt und Oliver von der Seite angesehen.

»So, so, rein beruflich, ja?«, meinte sie. »Zu meiner Zeit gab es nur eines, was eine junge Frau mit so einem gut aussehenden Burschen wollte.«

Zu Ellas Überraschung eilte Oliver ihr zur Rettung. »Sie hat schon einen gut aussehenden New Yorker, der hinter ihr her ist«, erwiderte er.

Natürlich wollte Maisie wissen, wer der gut aussehende

New Yorker war, und Ella verfluchte Oliver innerlich, weil er irgendwie von Brad wusste.

»Er ist auch Journalist« war alles, was sie verriet.

Jetzt standen Ella und Oliver wieder draußen in der brütenden Hitze des späten Nachmittags. Es war fünf Uhr, und sogar die Bäume im Central Park wirkten müde, sie ließen die Blätter hängen, genau wie Ella, die nicht merkte, dass Oliver sie beobachtete.

Sie hatte einen ganz anderen Körper als die Mannequins, die er fotografierte, ging Oliver auf, viel kurviger, mit vollen Brüsten und einer schmalen Taille, nicht so androgyn, wie es derzeit Mode war. Sie war jetzt eine Frau – nicht mehr das rundliche junge Mädchen, das sie gewesen war, als er ihr zum ersten Mal begegnet war, und auch nicht die viel zu dünne, überdrehte Person, die sie gewesen war, als sie die verdammten Pillen genommen hatte. Sie sah viel besser aus als bei ihrer letzten Begegnung – viel, viel besser, wie er zugeben musste. Sie trug das Haar aus dem Gesicht gekämmt und zu einem glänzenden Chignon geschlungen, und Bluse und Rock waren immer noch so frisch wie zu dem Zeitpunkt, als sie die *Vogue*-Redaktion verlassen hatte – bis auf den kleinen Schweißtropfen, der in der kleinen Kuhle an ihrem Hals lag und sich zitternd daranmachte, zwischen ihren Brüsten hinunterzulaufen. Was würde sie tun, wenn er die Hand ausstreckte und ihn auffing und von seinen Fingerspitzen leckte wie ein Junge, der Eiscreme schleckt? Er war arg in Versuchung, es auszuprobieren.

Ellas Reaktion auf Maisies Bemerkung hatte bestätigt, dass es diesen New Yorker Freund tatsächlich gab, und das hatte seinen Jagdinstinkt geweckt. Oliver hatte noch nie der Versuchung widerstehen können, eine Frau zu verführen, die mit einem anderen zusammen war – so wie sein Vater seine Mutter von ihrem Ehemann weggelockt hatte? Im Geiste zuckte er die Achseln. Und wenn schon? Sie war offensichtlich bereit gewesen, und er schlug offensichtlich ganz nach seinem leiblichen Vater.

Die Brise vermochte die heiße Luft nicht abzukühlen. Olivers Blick wanderte ein Stück die Straße rauf zum Hotel Pierre.

»Lust, was zu trinken?« Seine Einladung überraschte ihn genauso wie Ella, die ihn mit der gewohnten Überheblichkeit musterte.

Ella wollte es schon ausschlagen – schließlich übte ein weiterer Drink genauso wenig Anziehungskraft auf sie aus wie Oliver –, doch als sie den Mund öffnete, um nein zu sagen, ging in ihrem Kopf ein Licht an. Stand hier direkt vor ihr nicht der Schlüssel zu ihrem selbstgeschaffenen Gefängnis und dazu, Brads Geliebte zu werden? Ihr wurde ganz schwindlig und zittrig, als wäre sie plötzlich von trockenem Land auf etwas sehr viel Instabileres getreten – instabil, aber auch unerwartet belebend.

Oliver hatte nicht erwartet, dass sie ja sagen würde. Er nickte. Warum hatte er sie überhaupt gefragt, wenn er angenommen hatte, sie würde seine Einladung ausschlagen? Weil es ihm die Gelegenheit gegeben hätte, den Köder nach ihr auszuwerfen und zu sehen, wie sie reagierte?

Als sie wenige Minuten später in der Bar des Hotel Pierre saßen, wo Ella ihren zweiten Martini trank, überlegte sie, warum sie nicht längst auf diese Lösung gekommen war. Den ersten Martini hatte sie heruntergekippt wie jemand, der Medizin nimmt; und das war in gewissem Sinne ja auch genau das, was sie tat, denn sie brauchte den Alkohol, um zwischen sich und dem, was sie vorhatte, eine wohlige Barriere zu errichten.

Oliver hatte, wie jeder wusste, mit Dutzenden von Frauen geschlafen. Sie musste ihn nur tun lassen, was er normalerweise auch tat, um sich bei ihren Geschlechtsgenossinnen so beliebt zu machen. Damit wurde sie nicht nur ihre Jungfräulichkeit los, sondern konnte, und das war mindestens genauso wichtig, auch Erfahrung sammeln. Irgendwie war es ihr völlig egal, wenn Oliver von ihrer Unerfahrenheit erfuhr, aber bei ihm war sie ja schließlich auch nicht darauf aus, Eindruck zu machen, oder?

Doch die Sache lief nicht ganz so, wie sie erwartet hatte, musste sie sich eingestehen, als sie auf der mit Velours gepolsterten Bank saß, während Oliver ihr gegenüber Platz genommen hatte, zwischen ihnen der Tisch. Sie hatte inzwischen den dritten Martini vor sich und war schon ein wenig verzweifelt. Jeder wusste, dass Oliver sich auf sämtliche Mannequins stürzte. Gut, sie war kein Mannequin, aber ohne besonders eitel zu sein, wusste sie doch, dass sie einigermaßen attraktiv war, selbst wenn sie damals in London – und in Venedig, als Oliver sie geküsst hatte – nicht besonders gut ausgesehen hatte. Doch bis jetzt hatte Oliver noch gar nichts unternommen. Machte sie etwas falsch? Aber was? Sie sah sich auf der Suche nach einer Eingebung in der Bar um.

Ein Paar kam herein, der Mann führte die Frau zu der Bank. Sobald sie saß, klopfte sie mit der flachen Hand einladend auf den Platz neben sich, damit ihr Begleiter sich zu ihr setzte.

Natürlich!

Ella wandte sich Oliver zu, plötzlich befangen.

Sie musste. Jetzt oder nie. Konzentrier dich ganz darauf, was auf dem Spiel steht, redete sie sich gut zu. Du willst doch mit Brad zusammen sein, oder? Du bist in ihn verliebt, und er will dich – also, er will die Frau, die er in dir sieht, die Frau, die du nie sein wirst, wenn du jetzt die Nerven verlierst.

Sie versuchte zu lächeln und fragte sich, ob das Ergebnis so gezwungen und unnatürlich aussah, wie es sich anfühlte. Sie musste sich räuspern, bevor sie ein Wort herausbrachte, und ihre Stimme kam ihr schrecklich steif vor, als sie zu Oliver sagte: »Warum setzt du dich nicht neben mich?«

Oliver verschluckte sich fast an seinem Drink. Ella, die Eisprinzessin, machte ihm Avancen? Unmöglich. Das bildete er sich bestimmt nur ein.

Er sah sie an. Nein, das war keine Einbildung. So dringend hatte er es aber auch nicht nötig. Wohlgemerkt, so wie es aussah, hatte sie tolle Titten. Und abgesehen davon, was würde er denn sonst am Abend unternehmen?

»Ich habe eine bessere Idee«, sagte er und schob seinen Stuhl ein Stück näher, jetzt, da er auf vertrautem Terrain war. »Warum trinkst du nicht aus, und wir gehen zu mir?«

Erleichterung und Panik durchfuhren sie. Sie fühlte sich ausgesprochen zittrig, zugleich aber seltsam frohlockend.

Olivers Wohnung lag in der Upper East Side, auf der eleganten Seite des Parks, und das Taxi setzte sie in, wie es Ella vorkam, atemberaubender Geschwindigkeit vor dem Haus ab. Während der Fahrt saß sie stocksteif da und stierte nach vorn, während Oliver es sich neben ihr bequem gemacht hatte, mit ihren Fingern spielte und leise vor sich hin summte. Sie hatte ihn – einmal – angesehen und den Blick schnell wieder abgewandt, als ihr aufgegangen war, dass sich unter seiner Jeans, die sich eng über seine Lenden spannte, ziemlich deutlich zeigte, worum es bei ihrer Fahrt ging.

Ihr Herz pochte wie wild, und ihr Mund wurde ganz trocken.

Ein Pförtner in Livree öffnete ihnen die Tür zu dem Wohnhaus. Sie hätte sich eher vorstellen können, dass Brad in so einem Haus lebte, aber doch nicht Oliver mit seiner betont ungepflegten Erscheinung und seinen zu langen Haaren. Es ist auf jeden Fall gepflegter und teurer als meine Wohnung in dem Haus aus braunem Sandstein, dachte sie, als Oliver sie in den Aufzug schob und auf den Knopf drückte.

»Endlich allein«, sagte er mit einem spöttischen Grinsen.

Was um alles in der Welt sollte sie jetzt machen? Wie verhielt sich eine Frau gegenüber einem Mann wie Oliver in so einer Situation? Vermutlich müsste sie äußerst entzückt sein, während sie doch in Wirklichkeit äußerst besorgt war. Der Lift setzte sich in Bewegung, und sie verlor das Gleichgewicht und taumelte gegen Oliver, der sie in seinen Armen auffing. Das hatte sie schon einmal erlebt, und es war seltsam, aber ihr Körper schien sich daran zu erinnern. Wie beunruhigend, dass ihr Körper über all die Jahre die Erinnerung an die wenigen kurzen Sekunden in seinen Armen bewahrt hatte.

»Das gefällt mir«, neckte Oliver sie, »wenn sich die Frauen mir in die Arme werfen.«

Arroganter Schnösel. Gerade noch rechtzeitig verkniff sie sich eine entsprechende Retourkutsche.

Er legte ihr den Arm um die Schultern und führte sie den Flur hinunter zu seiner Wohnung, und während er die Tür aufschloss, massierte er ihr mit der anderen Hand den Nacken.

»Willst du was zu trinken?«, fragte er.

Ella wollte schon den Kopf schütteln, doch dann nickte sie. Wollte sie sich Mut antrinken? Warum nicht? Sie konnte es brauchen.

»Gin Tonic?«

Ella nickte wieder.

Das riesige Wohnzimmer war mit einem hochflorigen Teppich in gebrochenem Weiß und einem gigantischen schwarzen Ledersofa ausgestattet. An der Wand gegenüber dem Kamin stand ein langes Sideboard aus Rosenholz, während der offene Kamin selbst in einem tiefen Purpurrot gestrichen war. An den Wänden hingen mehrere Gemälde, die allesamt nackte Frauen darstellten, und auch die Bronze auf dem Couchtisch war eine nackte Frau.

Es war ein sehr männlicher, sexuell aufgeladener Raum, ein Eindruck, den die Musik der Rolling Stones, die Oliver aufgelegt hatte, noch unterstützte. Da es sonst keine Sitzgelegenheit gab, hatte Ella sich auf das Sofa gesetzt. Sie spürte, wie das kühle, glatte Leder sich unter ihren nackten Beinen erwärmte und daran klebte. Ihre Hand zitterte leicht, als sie den Gin Tonic nahm, den Oliver ihr brachte. Sie trank einen Schluck und keuchte auf. Er war stark, viel stärker, als sie es gewohnt war.

»Gut?«, fragte er anzüglich, als sie noch einen Schluck nahm.

Er setzte sich neben sie und stützte sich mit dem Arm hinter ihr ab. Sie zitterte noch mehr. Hastig stellte sie ihr Glas auf den Couchtisch, bevor sie es verschüttete. Als sie sich aufrichtete, zog Oliver sie in seine Arme.

Es war sehr beunruhigend, nicht weil sie sich unbehaglich fühlte, sondern weil sie es viel zu angenehm fand. Ella entspannte sich ein wenig.

»So«, fragte Oliver mit einem Grinsen, »seit wann stehst du auf mich?«

Ella war empört, doch ihre Empörung wurde rasch zu Besorgnis, als Oliver mit den Fingerspitzen über die nackte Haut in dem offenen, aber sittsamen V-Ausschnitt ihrer Bluse strich und sich dann vorbeugte, um sie zu küssen.

Seine Lippen waren warm und fest und wissend. Er küsste gut, musste Ella zugeben, als er ihre Lippen mit kleinen Küssen bedeckte und sie mit leichtem Druck der Zungenspitze dazu verführte, sie zu öffnen, ohne ihr gleich danach die Zunge ganz in den Hals zu schieben, wie Ella befürchtet hatte. Doch es gab genug, worum sie sich Sorgen machen musste. Mit der einen Hand zog er ihr die Spängchen aus dem Haar, und die andere war sicher und geschickt damit beschäftigt, die winzigen Knöpfe ihrer Bluse zu öffnen. Ich habe es gewollt, erinnerte Ella sich, und aus einem sehr guten Grund: Brad.

»Tolle Titten«, flüsterte Oliver. »Aber eine Schande, sie in Gefangenschaft zu halten.«

Irgendwie hatte er ihr schon die Bluse halb ausgezogen und hakte jetzt ihren BH auf.

Ella schnappte nach Luft. Winzige Brüste waren gerade groß in Mode, und viele Frauen gingen ohne BH, doch Ellas Brüste waren fest und rund.

Oliver war völlig versunken in die Entdeckung, wie sexy zwei Handvoll weicher Brüste mit dunklen Brustwarzen waren, und hatte viel zu viel Spaß dabei, um Ellas Anspannung zu bemerken.

»Was für Titten«, flüsterte er verzückt, »die Dinger machen … sie machen mich unglaublich scharf.« Er senkte den Kopf und spielte mit den Lippen und den Zähnen an ihren Brustwarzen.

Feuer schoss durch Ellas Körper. Brad hatte ihre Brüste diskret und durch die Kleider liebkost, wenn er sie auf der Rückbank des Taxis geküsst hatte. Seine Berührung hatte sie so erregt, dass sie mehr wollte, doch nichts hatte sie auf das Aufbegehren vorbereitet, das sie jetzt den Rücken durchbiegen und in einem lauten erregten Stöhnen ausatmen ließ.

Habe ich sie wirklich Eisprinzessin genannt? Mann, habe ich mich getäuscht, dachte Oliver, als er nach dem Reißverschluss von Ellas Rock tastete.

Jetzt, dachte sie. Gleich ist es so weit.

»Komm.« Oliver stand auf und nahm ihre Hand.

Unsicher sah Ella ihn an.

»Wir können nicht hier drin bumsen«, meinte Oliver. »Am Ende klebt noch einer von uns an dem verdammten Leder, und abgesehen davon ist das Bett viel bequemer.«

Das Schlafzimmer war so maskulin wie das Wohnzimmer, das große Bett mit schwarzen Seidenlaken bezogen, bei deren Anblick Ella am liebsten hysterisch gelacht hätte.

»Mein Geschmack ist es auch nicht«, meinte Oliver, »aber was will man machen.«

Er zog, während er sprach, sein Hemd aus und löste dann die Gürtelschnalle seiner Jeans. Sein weißes T-Shirt spannte eng über die Brust und gab, als er es auszog, den Blick auf seinen gebräunten Körper frei. Ellas Bauchmuskeln zogen sich zusammen, als er Jeans und Unterhose fallen ließ und dann hinaustrat.

Ella schnappte nach Luft. Seine Erektion ragte fest und gierig aus einem Bett aus dunklem Haar. Sie würde in sie eindringen, und dann …

Aber was musste sie jetzt machen? Sicher nicht hier herumstehen und ihn anstarren, unbeholfen und unsicher, die Bluse vorn zusammenhaltend, während der Rock halb an ihr herunterhing? Irgendwie glaubte sie nicht, dass das Brad beeindrucken würde.

Rasch zog sie ihre Bluse aus, den BH gleich mit, und dann ihren Rock.

Oliver riss die Augen ein bisschen weiter auf.

Himmel, sie war echt scharf. Normalerweise warteten die Mädchen, dass er sie auszog. Doch ihr Eifer gefiel ihm. Er streckte die Hand nach ihr aus, zog sie an sich, und sein Phallus rieb über ihre nackte Haut, während er sie küsste.

Unter zahlreichen Küssen landeten sie bald auf dem Bett, und Oliver schob ihr die Hand zwischen die Beine, wo er anerkennend feststellte, dass sie sehr nass war.

Ella war überrascht, wie enttäuscht sie war, als Oliver aufhörte, mit ihren Brustwarzen zu spielen, und wie intensiv das drängende Sehnen und Pulsieren in ihr wurde, als Oliver sie dort berührte.

Versuchsweise fuhr sie mit den Händen über seine Schultern und Oberarme, küsste sogar seinen Hals und fasste den steifen Phallus an, auf den er so stolz war. Das war nervenaufreibend, besonders als Oliver den Kopf in den Nacken warf und stöhnte. Doch jetzt bezog er Stellung zwischen ihren Beinen. Sobald sie erst einmal keine Jungfrau mehr war, konnte sie sich daranmachen, eine erfahrene und gute Liebhaberin zu werden, tröstete Ella sich.

»Gott, ich liebe die Dinger«, erklärte Oliver und spielte mit Ellas Brüsten, bevor er sie küsste und dann in sie hineinstieß, um sofort innezuhalten, als sie sich verkrampfte. »Was zum Teufel …?«

Oliver wurde ganz still und sah sie ungläubig an.

»Du bist Jungfrau.«

»Nein. Ja. Hör jetzt nicht auf«, wimmerte Ella fast. »Ich will es. Ich muss.«

Sie geriet in Panik, schier außer sich vor Angst und Entsetzen. Er konnte es jetzt nicht nicht tun. Nicht nach alldem.

Oliver sah sie an. Sie zitterte heftig, wie jemand, der allen Mut zusammengenommen hat. Er löste sich von ihr und stieg vom Bett, ging ans Fenster und starrte, ihr den Rücken zugewandt, hinaus.

Was zum Teufel war hier los? Verdammt, sie war noch Jungfrau. Was auch immer sie antrieb, es war gewiss nicht, wie er sich anfangs gratuliert hatte, Begehren für ihn. Eigentlich müsste er stinksauer sein, doch er stellte überrascht fest, dass er eher fasziniert und neugierig war.

Er drehte sich um. Ella lag noch auf dem Bett, doch jetzt hatte sie sich das Laken übergezogen.

»Okay«, sagte er, »fangen wir ganz vorn an. Was machst du hier? Und sag nicht, du bist hier, weil du scharf auf mich bist, seit wir uns das erste Mal begegnet sind, denn das glaube ich dir nicht. Worum geht's hier? Willst du den New Yorker Freund eifersüchtig machen?«

Ella war so entsetzt, dass sie sich aufsetzte und wütend auffuhr: »Nein. Er darf das hier nie erfahren.«

»Okay, wollen mal sehen … Du vermisst ihn und hast gedacht, eine schnelle Nummer mit mir würde dir darüber hinweghelfen, bis du ihn wiedersiehst? Oh, ich vergaß, du hast ja noch nie, oder?« Olivers Stimme triefte vor Sarkasmus.

Ella kniff die Lippen zusammen. Das lief ganz und gar nicht nach Plan.

»Ich hätte, wenn du nicht aufgehört hättest«, sagte sie.

Oliver ging im Zimmer auf und ab und blieb dann vor ihr stehen.

»Warum ich?« Sein ganzes Betragen machte deutlich, dass

er ganz und gar nicht geschmeichelt war, dass die Wahl auf ihn gefallen war.

»Weil ich dachte, du könntest es gut.«

Oliver ließ sich ihre Worte schweigend durch den Kopf gehen.

»Warum jetzt? Wenn du dich so lange aufgespart hast, muss das einen Grund haben.«

»Ja.« Es hatte keinen Sinn, es zu leugnen.

»Und der wäre?«

»Ich will wirklich nicht darüber reden. Ich will es nur hinter mich bringen, in Ordnung?«

»Nein. Keine Erklärung, keine Entjungferung«, erwiderte Oliver prompt.

Er erwartete halb, dass sie sich weigern würde, es ihm zu sagen, doch dann erkannte er, dass er unterschätzt hatte, wie dringend es ihr war, ihre Jungfräulichkeit zu verlieren. Sie atmete aus und sagte: »Ich brauche jetzt erst einmal eine Zigarette.«

Er holte zwei heraus, zündete sie an und wollte ihr eine reichen. Erst da sah er, wie sehr ihre Hände zitterten. Er zog kräftig an der Zigarette, bevor er sie von seinen Lippen löste und ihr an die Lippen hielt, und dann nahm er die, die er für sich selbst angezündet hatte.

Sie war das Rauchen offensichtlich nicht gewohnt, ihre Bewegungen waren unbeholfen und die Zigarette – wie der Sex – nur Mittel zum Zweck, etwas, das ertragen werden musste, und nichts, was ihr Spaß machte.

Sobald sie sich gesammelt hatte, drückte Ella ihre Zigarette aus und erklärte Oliver: »Also, es ist so …«

Er brauchte fast eine Stunde und mehrere Zigaretten, bis er die ganze Geschichte aus ihr herausgeholt hatte: die promiskuitive Mutter, ihre Angst, wenn sie schwanger würde und ein Kind bekäme, könnte sie auch so enden, wie unfair es war, dass es die Pille noch nicht gegeben hatte, als sie jünger

war, und dann, ganz zum Schluss, ihr Wunsch, Brad zu beeindrucken. Brad, auf den Oliver plötzlich sehr eifersüchtig war,
auch wenn ihm dafür kein logischer Grund einfallen wollte.

Er drückte seine letzte Zigarette aus. »Im Grunde willst du
also lernen, gut im Bett zu sein?«

»Ja.«

»Verdammt.«

Was bedeutet das?, überlegte Ella besorgt. Sie hatte sich
vollständig zum Narren gemacht, daran waren allein die vielen Martinis schuld. Inzwischen war sie stocknüchtern, dafür
stieg Übelkeit in ihr auf.

Oliver beschloss, auf keinen Fall zu tun, was sie wollte.
Zum Teufel, die Frauen, mit denen er ins Bett ging, wollten
ihn, nicht einen anderen. Plötzlich überkam ihn der heftige
Wunsch, sie dazu zu bringen, dass sie ihn wollte. Was für eine
Genugtuung.

»Ganz sicher?«, fragte er.

Ella nickte. Würde er es tun? Dieses Gefühl, das sich in ihrem Bauch breitmachte, musste Erleichterung sein und nicht
der plötzliche Wunsch, es sich anders zu überlegen.

»Gut, okay, fangen wir an.«

45

Vorsichtig schlug Rose die Augen auf. Sie wollte nicht wach
werden, aber sie wusste nicht, warum, bis sie sich an die Ereignisse des vergangenen Abends erinnerte. Sie war in dem Gästezimmer in Emeralds Haus am Cadogan Square.

Emerald hatte offensichtlich erwartet, dass sie verschwinden
würde, nachdem sie sie nach Hause gefahren hatte, doch ein-
gedenk dessen, was der Arzt gesagt hatte, hatte Rose Emerald
darauf hingewiesen, dass sie dem Arzt ihr Wort gegeben hatte,
bei ihr zu bleiben.

»Ich habe keine Gehirnerschütterung«, hatte Emerald ihr erklärt.

»Das weißt du nicht«, hatte Rose entgegnet und sich geweigert, sich zu verabschieden. Sie schaute auf die Nachttischuhr und stöhnte, als sie sah, dass es schon kurz vor zehn war. Wie gut, dass ich heute keine Termine mit Kunden habe, dachte sie, als sie die Bettdecke zurückschlug und den Satin-Morgenrock anzog, den Emerald ihr gegeben hatte, zusammen mit einer nagelneuen Garnitur teurer Unterwäsche – einem seidenen Halbschalen-BH mit Spitze und passenden French Knickers –, die überhaupt nicht ihr Stil war.

Ihr Mienenspiel hatte sie wohl verraten, denn Emerald hatte höhnisch bemerkt: »Keine Angst, die verdirbt dich nicht und verwandelt dich auch nicht in eine Sexbesessene. Mein Gott, das wäre der Tag, an dem irgendetwas oder irgendjemand so etwas mit Ambers kleinem Schatz anstellen würde.«

Emerald von ihrer besten – und ihrer schlechtesten – Seite.

Rose setzte sich aufs Bett. Die vergangene Nacht war in gewisser Weise fast genauso verrückt gewesen wie die Nacht, in der Pete ihren Kaffee mit Speed versetzt hatte. Wenn jemand ihr gesagt hätte, sie würde je in eine Situation kommen, in der sie das Bedürfnis hätte, Emerald zu beschützen, hätte sie ihn für verrückt erklärt. Und doch war in der vergangenen Nacht ... Vor ihrem geistigen Auge stand immer noch das Bild, wie Emerald mit Tränen in den Augen ihre Jacke umklammert hatte. Ohne zu schauspielern oder jemanden manipulieren zu wollen, sondern tatsächlich am Weinen, weil sie Angst hatte und sich einsam fühlte.

Eine halbe Stunde später war Rose geduscht und angezogen und klopfte an Emeralds Tür. Als sie keine Antwort bekam, drehte sie den Knauf und öffnete sie.

Sie war davon ausgegangen, dass Emerald schlafen würde, doch die war wach und saß aufrecht im Bett. Sie hatte schlechte Laune.

»Ich gehe runter, um mir eine Tasse Tee zu machen«, sagte Rose. »Willst du auch eine?«

»Nein ... ja ... Rose, geh noch nicht. Ich würde dir gern noch etwas sagen.«

Will sie sich noch einmal bei mir bedanken?, überlegte Rose. Dann müsste ich den heutigen Tag im Kalender rot anstreichen.

»Du musst mir versprechen, niemals jemandem von letzter Nacht zu erzählen, niemandem, ganz besonders nicht Mummy. Ich weiß, dass du ihr Liebling bist, Rose, und dass du mir deswegen letzte Nacht beigestanden hast.«

Rose runzelte die Stirn. Sie würde nicht mit Emerald darüber streiten, wer Ambers Liebling war – das hatte keinen Sinn –, aber eines musste sie doch klarstellen.

»Ich habe das nicht für Tante Amber getan.«

»Für wen denn sonst? Für mich gewiss nicht.«

»Für mich«, erklärte Rose ihr, und plötzlich wusste sie, dass es die Wahrheit war. Ein wunderbares Gefühl der Stärke und Kraft durchflutete sie. Sie hatte getan, was sie für richtig hielt, nicht aus Angst oder damit jemand ihr dankbar war, sondern weil es richtig gewesen war.

Sie wandte sich wieder der Tür zu.

»Rose«, hielt Emerald sie auf, »du hast es mir noch nicht versprochen.«

Rose sah sie an und wollte schon sagen, sie habe nicht vor, es jemandem zu erzählen, doch dann überlegte sie rasch.

»Das verspreche ich dir nur, Emerald, wenn du mir versprichst, von jetzt an einen weiten Bogen um Max Preston zu machen.«

Emerald schauderte. »Bist du verrückt? Glaubst du wirklich, nach gestern Abend wollte ich mit dem noch was zu tun haben?«

»Das ist nicht die Antwort, die ich hören wollte«, erklärte Rose ihr entschlossen.

Emerald hätte am liebsten gelacht, doch ihre Rippen und ihr Gesicht taten ihr zu weh. Glaubte Rose wirklich, nach diesem Erlebnis wollte sie noch etwas mit Max zu tun haben? Emerald wollte ihn nie wiedersehen. Die Worte, die er ihr um die Ohren gehauen hatte, sowie die Schläge, die er ihr verpasst hatte, hatten etwas Rohes und Schmerzliches in ihr berührt: die Verletzlichkeit, die daher stammte, dass sie wusste, wer ihr leiblicher Vater war und was aus ihr hätte werden können, wenn Lord Robert sie nicht als seine Tochter angenommen hätte.

Nein, sie wollte Max nie wiedersehen, denn der Schmerz ihrer eigenen Verletzlichkeit war ihr unerträglich.

»Ich verspreche es«, sagte sie zu Rose.

»Dann verspreche ich es dir auch.« Rose lächelte.

Janey hatte in dem aufgewühlten Tumult Mühe, sich auf den Beinen zu halten. War es wirklich so eine gute Idee gewesen, zu einer Anti-Vietnamkrieg-Demonstration zu gehen? Sie unterstützte die Demonstrationen natürlich, doch Charlie, dessen Idee es ursprünglich gewesen war, war nicht an ihrem verabredeten Treffpunkt aufgetaucht. Sie hätte gern einen Rückzieher gemacht, um zu ihm zu gehen und ihn aus dem Bett zu holen, wo er sehr wahrscheinlich war, doch seine Freunde meinten, es wäre Zeit, zu der Demonstration zu gehen. Und jetzt war sie in Gefahr, mitten in eine hässliche Auseinandersetzung zwischen Demonstranten und Polizei zu geraten.

Die Reibereien waren dadurch ausgelöst worden, dass hitzköpfige Demonstranten Flaschen auf die Polizeiabsperrung vor der amerikanischen Botschaft geworfen hatten. Die Polizei hatte versucht, sie daran zu hindern, und hier und da waren Schlägereien ausgebrochen. Jetzt musste Janey, die von der Menschenmenge weitergeschoben worden war, feststellen, dass sie viel dichter an der Prügelei dran war, als ihr lieb war. Irgendetwas wurde von hinten geworfen, schoss dicht an ihrem Kopf vorbei in Richtung des Polizisten, der nur wenige Meter vor ihr stand. Einige Protestierende waren bereits zu Boden gegangen und wurden weggeschleift. Janey hatte Charlies Freunde aus den Augen verloren. Als die Polizei die Menschenmenge über Megaphone aufforderte, sich zu zerstreuen, war der Lärm ohrenbetäubend.

Vor ihr brach ein Streit zwischen zwei Demonstranten aus, der rasch eskalierte. Janey geriet nicht leicht in Panik, doch angesichts der Gewalt, die sich jetzt um sie herum breitmachte, wäre sie am liebsten weggelaufen. Ein paar Meter weiter war eine Straßenabzweigung, und sie bewegte sich, gegen den Druck der Menschenmenge, darauf zu.

Irgendwie gelangte sie an den Rand der Demonstration, wo sie die Gesichter der Zuschauer sehen konnte, ihre missbilligenden Mienen.

Plötzlich marschierte die Polizei entschlossen vor und zwang die Demonstranten zum Rückzug, wodurch einige sich umdrehen und gegen ihre eigenen Linien werfen mussten. Janey spürte, dass sie zurückgeschwemmt wurde, weiter von der Seitenstraße weg. Noch wenige Sekunden, und sie würde in den Strudel der um sich schlagenden Menschen gesogen, der zu einer gefährlichen Massenpanik führen konnte. Wenn sie jetzt das Gleichgewicht verlor, würde man über sie hinwegtrampeln. Sie hatte eine Heidenangst.

Jemand packte sie am Arm. Sie versuchte, sich freizumachen.

»Janey … hier lang …«

Die Stimme in ihrem Ohr kam ihr bekannt vor. Schon wurde sie auf den sicheren Bürgersteig gezogen, wo sie schwer gegen ihren Retter stieß, als sie aus der Masse der in Panik geratenen Demonstranten befreit wurde und in einem relativ friedlichen Türeingang landete.

»John, was um alles in der Welt machst du denn hier?«, wollte sie wissen, sobald sie wieder zu Atem gekommen war.

»Ich hatte in Gutsangelegenheiten geschäftlich in London zu tun«, erklärte er ihr, »und da dachte ich, ich könnte übers Wochenende in der Stadt bleiben. Ich wollte am Cheyne Walk vorbeischauen, Amber hat mir eure Telefonnummer gegeben.«

»O ja, das musst du unbedingt«, sagte Janey freundlich. Sie lehnte sich immer noch an ihn. In seinen Armen fühlte sie sich irgendwie so gut und stark und sicher, dass sie zögerte, sich von ihm zu lösen.

Der Lärm der Auseinandersetzung erstarb allmählich, als Demonstranten und Polizei sich die Straße hinunterbewegten und die beiden praktisch allein zurückblieben.

»Du bist mein Ritter in schimmernder Rüstung, John«, sagte sie liebevoll. »Ich habe richtig Angst bekommen. Wenn ich gewusst hätte, dass es zu Gewalttätigkeiten kommen würde, hätte ich mich nicht an der Demonstration beteiligt. Eigentlich hätte Charlie, mein Freund, bei mir sein sollen, aber er hat offensichtlich verschlafen. Ich gehe jetzt besser zu ihm und wecke ihn. Er hat heute Nachmittag ein Vorsprechen. Er ist Schauspieler.«

»Ich begleite dich«, sagte John, und als sie Einwände erheben wollte, brachte er die rasch zum Schweigen. »Ich bestehe darauf. Dein Vater hätte es von mir erwartet.«

Charlie würde sich kaputtlachen, wenn sie ihm von Johns altmodischer beschützerischer Galanterie erzählte. Janey hatte den Verdacht, dass sie selbst gelacht hätte, wenn sie nicht so zittrig und irgendwie erleichtert gewesen wäre über seine Unterstützung und seine vertraute, tröstliche Gegenwart.

»Das erzählst du den Eltern aber bitte nicht«, bat Janey ihn. »Sie würden sich nur unnötig Sorgen machen, und das möchte ich nicht.«

»Nur, wenn du mir versprichst, dass du dich nie wieder in so eine Gefahr begibst.«

Janey sah ihn erstaunt an. »Das ist nicht fair.«

»Dein Leben zu riskieren ist auch nicht fair. Ich habe mir

Sorgen gemacht, du könntest das Gleichgewicht verlieren, bevor ich bei dir bin«, meinte John.

Janeys Herz schmolz. Er hatte sich Sorgen um sie gemacht. Wie süß. Charlie machte sich nie Sorgen um sie. Sie musste sich immer um ihn sorgen. Das hier war eine willkommene Abwechslung.

Charlies möbliertes Zimmer – zu dem Janey einen Schlüssel hatte, da sie die Miete bezahlte und Charlie sich öfter mal aussperrte – lag in einem hohen viktorianischen Reihenhaus in der Nähe der Edgware Road. Die meisten anderen Zimmer in dem Haus waren ebenfalls an Studenten vermietet.

Charlie wohnte im Erdgeschoss, und die Vorhänge waren, wie Janey erwartet hatte, noch vorgezogen.

»Es sieht so aus, als wäre Charlie noch im Bett«, sagte sie zu John und hatte ihres Freundes wegen ein schlechtes Gewissen, als sie die Missbilligung in Johns haselnussbraunen Augen sah. Rasch verteidigte sie Charlie. »Charlie ist eine Nachteule. Er kann einfach nicht schlafen, wenn er zu früh ins Bett geht.«

Das stimmte. Selbst wenn sie nicht ausgingen, um mit ihren Freunden irgendwo zu feiern, blieb er lange auf und hörte bis in die frühen Morgenstunden Schallplatten. Dann schlief er weit in den Tag hinein und versäumte manchmal wichtige Vorsprechtermine, weil er nicht rechtzeitig aus den Federn kam. Wenn andere, in seinen Augen weit weniger talentierte Schauspieler dann Arbeit bekamen, während er keine hatte, beschwerte er sich.

»Er ist sehr begabt«, fühlte Janey sich genötigt hinzuzufügen, obwohl John nichts weiter dazu gesagt hatte. »Er arbeitet oft als Dressman, aber sein Herz hängt an der Bühne, besonders moderne Stücke. Charlie will sich auf zeitgenössisches Drama konzentrieren. Er findet es unmoralisch, immer wieder Stücke von jemandem zu spielen, der seit vierhundert Jahren tot ist, und ist der Meinung, die Theater sollten Stücke von jungen Dramatikern auf die Bühne bringen.«

John nickte. Insgeheim fand er, dass es nichts Spannenderes gab als ein Stück von Shakespeare. Da verstand er wenigstens, worum es ging, und wenn er die vertrauten Zeilen hörte, ging ihm das Herz auf. Nicht wie bei dem modernen Zeug. Wie nannte man das noch? Spülbecken-Realismus? Er war Janeys Freund nie begegnet, aber er hatte Jay von ihm reden hören, und obwohl Jay es nicht offen gesagt hatte, hatte John doch den Eindruck gewonnen, dass er nicht besonders angetan war von ihm. Zwischen den Zeilen hatte John zudem herausgehört, dass Janey ihren Freund finanzierte, auch wenn darüber ebenfalls nie offen gesprochen worden war. John konnte sich keine Situation vorstellen, in der es für einen Mann akzeptabel war, sich von einer jungen Frau aushalten zu lassen, besonders nicht von einer anständigen jungen Frau wie Janey. Einer sehr netten jungen Frau. Er hatte sie immer schon gemocht. Er mochte sie sogar sehr.

Janey bemerkte, dass der junge Musiker aus der Wohnung über Charlie John mit einem höhnischen Blick bedachte, als sie ihm in dem schmalen Hausflur begegneten. Mit seinen langen Haaren, Jeans und Blumendruckhemd war der Musiker die Verkörperung der King's-Road-Szene, während John, der eine graue Hose, einen marineblauen Blazer und ein weißes Hemd mit einer dezent gepunkteten Krawatte trug, eher aussah wie ein Vertreter der Generation von Janeys Vater.

Sie holte ihren Schlüssel zu Charlies Zimmer aus ihrer Handtasche und schloss die Tür auf.

Charlies möbliertes Zimmer hatte einen kleinen Küchenbereich, der mit einem Vorhang abgetrennt war. Der Rest wurde von einer Schlafcouch eingenommen, die die meiste Zeit ausgeklappt war, einem Campingtisch, zwei Thonet-Kaffeehausstühlen und einem großen alten Kleiderschrank auf drei Füßen mit einer kaputten Tür, die man mit einem Stück Pappe festklemmen musste. Ein Fernseher hockte gefährlich auf einem zu kleinen Tisch, während die Bücherregale links und rechts neben dem alten Gasofen unter dem Gewicht von Büchern, einem alten Dansette-Plattenspieler, einer Gitarre, die Charlie unbedingt hatte haben wollen, auf der er aber nie spielte, und dem gesammelten Staub von mindestens zwölf Monaten ächzte.

Die schweren Samtvorhänge vor den Fenstern kamen aus dem Laden in der Walton Street. Ein Kunde, für den neue Vorhänge genäht wurden, hatte sie wegwerfen wollen.

Janey kannte die Wohnung so gut – bis hin zu der abgetretenen Stelle in dem alten türkischen Teppich, der auf dem Linoleum lag, auf die man, wenn man hohe Absätze trug, tunlichst nicht trat, sodass sie im Düstern nicht zögern musste wie John.

Das Zimmer roch nach Marihuana, und Charlies Kleider lagen wie immer auf einem Haufen auf einem der Thonet-Stühle. Doch nicht nur Charlies Kleider. Janey sah, dass unter dem Bein von Charlies Jeans der bunte Stoff eines Sommerkleids hervorlugte. Eines Kleids aus ihrer eigenen Kollektion, registrierte sie abwesend, während ihr Hirn und ihr Herz rasten, um dahinterzukommen, was das Kleid dort zu bedeuten hatte. Sie blickte zum Bett hinüber, wo sie jetzt im Halbdunkel sehen konnte, dass unter der Decke zwei Köpfe steckten. Ihr Herz siegte, pochte in einer Mischung aus Schock, Verrat und Schmerz heftig gegen ihre Rippen. John, der hinter Janey ins Zimmer gekommen war, schaute von Janeys weißem Gesicht zum Bett und erkannte sofort, was los war. Instinktiv trat er zwischen Janey und das Bett, doch es war zu spät. Aufgeschreckt von ihrem Eintreten setzte die junge Frau sich jetzt auf und zog die Tagesdecke um sich.

»Cindy!« Janeys Lippen formten den Namen ihrer Partnerin, und sie hörte, wie er in ihrem Kopf explodierte.

Charlie war jetzt ebenfalls wach, die beiden drängten sich in dem unordentlichen Bett aneinander. Charlie blickte finster und trotzig drein, wie es seine Art war, wenn er etwas falsch gemacht hatte und es nicht zugeben wollte. Cindy dagegen wirkte fast belustigt. Keiner von ihnen zeigte die geringste Spur von Reue.

»Komm, Janey, ich bringe dich nach Hause.«

Sie hatte fast vergessen, dass John da war, doch jetzt war sie unglaublich erleichtert, dass er die Sache in die Hand nahm. Er schob sie nach draußen in den Sonnenschein des frühen Nachmittags und tätschelte ihr dabei zärtlich den Rücken.

Vage war ihr bewusst, dass er ein Taxi herbeigewunken hatte und ihr hineinhalf, doch es war, als wäre sie davon abgetrennt, als wäre ein Teil von ihr gar nicht anwesend, sondern wäre in dem möblierten Zimmer in der Edgware Road zurückgeblieben. Bilder blitzten durch ihren Kopf. Charlie hatte im Schlaf den Arm um Cindy gelegt und sich ihr zugewandt gehabt, das hatte er bei ihr noch nie gemacht. Sie hatte noch nie die ganze Nacht mit ihm verbracht. Cindy hatte so schön ausgesehen, und das gedämpfte Licht hatte ihrer Haut ein weiches, schimmerndes Glühen verliehen. Sie hatte die schweren Lider einer Frau, die guten Sex gehabt hatte. Schmerz durchzuckte Janey wie ein Messer, als sie überlegte, wie lange sie und Charlie nicht mehr miteinander geschlafen hatten.

In ihrer Wohnung am Cheyne Walk kümmerte John sich, zu Janeys Erleichterung, um alles. Er setzte den Kessel auf und goss ihnen eine Tasse Tee auf.

»Soll ich deine Eltern anrufen?«

»Nein, nein«, sagte Janey rasch. »Ich will sie nicht unnötig beunruhigen.«

»Du solltest jetzt nicht allein sein.«

Janey brachte ein Lächeln zustande. John war wirklich angenehm altmodisch und ritterlich.

»Ich bin nicht allein«, entgegnete sie. »Du bist hier bei mir … also, nicht dass ich dich aufhalten will. Du hast schon so viel für mich getan. Außerdem kommt Rose nachher, glaube ich jedenfalls.«

»Ich lasse dich nicht allein«, erklärte John resolut.

»Oh, John …« Irgendwie rührte sie diese Freundlichkeit eher zu Tränen als Charlies Betrug. »Das kann ich nicht erlauben. Du hast doch sicher noch einiges zu tun.«

»Nichts, was nicht warten kann. Und jetzt trink deinen Tee, solange er noch heiß ist.«

»Du hörst dich an wie mein Vater«, meinte Janey mit einem zittrigen Lächeln.

»Er ist ein guter Mann.«

»Ja.« Eine Träne rollte ihr über die Wange.

»Nicht, Janey. Das ist er nicht wert.«

John nahm ihr die Teetasse ab und nahm sie in die Arme und tätschelte ihr tröstend den Rücken, als wäre sie noch das kleine Mädchen, das sie gewesen war, als sie alle zusammen gespielt hatten. Es kam ihr vor wie der sicherste Ort der Welt.

46

Ella lag in Olivers Bett und sah zu, wie die Morgensonne Schattenmuster auf die Decke malte. Ihr Körper war weich und entspannt, irgendwie anders. Ein wissender Schauer durchfuhr sie. In der Nacht hatte sie ihren ersten richtigen Orgasmus gehabt. Allein der Gedanke daran ließ sie von neuem erbeben, und ihre Klitoris schmerzte in wollüstiger Erinnerung.

Es war fast eine Woche her, seit sie zum ersten Mal mit Oliver ins Bett gegangen war, doch heute war sie das erste Mal die ganze Nacht dageblieben.

Sie rollte sich auf ihre Seite, um ihn anzusehen. Er schlief noch, die über Nacht gewachsenen Stoppeln lagen wie ein Schatten über seinem Kiefer. Wer hätte gedacht, dass Sex auf so viele verschiedene Arten Spaß machen und so viele verschiedene Empfindungen hervorrufen konnte? Auf die Ella, die sie noch vor einer Woche gewesen war, konnte sie jetzt nur noch mit Überlegenheit und Belustigung zurückblicken. Wie naiv und dumm sie gewesen war – und gleichzeitig doch so klug. Sie wusste jetzt mit absoluter Sicherheit, dass es niemals gut gegangen wäre, wenn sie als Jungfrau zu Brad gegangen wäre. In ihrer Naivität hatte sie eindeutig die richtige Wahl getroffen.

Es lief alles bemerkenswert gut. Oliver würde New York am nächsten Tag für fünf Wochen den Rücken kehren, denn die Moderedaktion hatte ein wichtiges Fotoshooting in der Wüste vor. Seine Abreise würde ihre Lehrzeit auf ganz natürliche Art beenden. Sie war ihm dankbar für alles, was er ihr beigebracht hatte, aber es wäre natürlich nicht richtig, wenn sie jetzt weiter mit ihm Sex hätte.

Ende des Sommers kehrte Brad nach New York zurück, und bis dahin war Oliver wieder auf dem Weg nach London. Kein Wunder, dass sie so erleichtert und glücklich war.

Die vergangene Nacht war unglaublich gewesen. Ihre Haarspitzen zuckten jetzt noch vor Entzücken, wenn sie im Geiste durchging, was Oliver alles gemacht hatte. Es war nicht notwendig, dass sie weitere Intimitäten teilten, von Rechts wegen sollte sie aufstehen und gehen, solange Oliver noch schlief. Sie hatte schließlich erreicht, was sie gewollt hatte, und es war nicht nötig, dass sie jetzt noch hier in seinem Bett war und in seinem Duft schwelgte, während ihr Körper sich der Erinnerung an seine Berührungen überließ.

Sie hätte schwören können, dass sie keinen Pieps von sich gegeben hatte, doch Oliver wachte jetzt trotzdem auf, drehte den Kopf, um sie anzusehen, und bedachte sie mit dem typisch triumphierenden, arroganten Blick, den sie inzwischen gut kannte.

»Komm her.«

Sein Lächeln, als er den Arm hob, damit sie sich näher an ihn kuscheln konnte, verriet ihr genau, was er im Schilde führte.

Sie konnte seine Aufforderung ignorieren. Sie konnte sich abwenden. Sie sollte eigentlich beides tun, doch sie tat es nicht, und jetzt fing alles wieder von vorn an, die köstliche Vorfreude, die sich aufbaute und bald zu einem unersättlichen, fordernden Brennen wurde, das dann ... Ah, es war zu spät, weiter nachzudenken. Zu spät, um irgendetwas anderes zu tun, als zu spüren und zu wollen und zu brauchen – ein letztes Mal. Einmal mehr oder weniger tat niemandem weh.

Die dritte Nacht hintereinander konnte Emerald nicht schlafen. Ja, eigentlich hatte sie nicht richtig geschlafen, seit sie Max das letzte Mal gesehen hatte, und das war jetzt eine Woche her. Sie wusste auch, warum sie nicht schlafen konnte, auch wenn sie es nicht gern zugab. In ihr war eine Leere, ein Sehnen, das sich in sie hineinfraß und sie wütend machte. Sie sehnte sich nicht nach Max, allein bei dem Gedanken an ihn schauderte ihr vor Abscheu.

Nein, der Grund für ihre Schlaflosigkeit lag viel näher zu Hause. Ja, man könnte sogar sagen, war zu Hause, wie sie sich gereizt eingestand. Daran war nur Rose schuld mit ihrer lächerlichen Selbstaufopferung und ihrer ... ihrer ganzen Art. Irgendwie war Emerald dadurch plötzlich bewusst geworden, wie einsam sie im Grunde war. Zum ersten Mal im Leben hatte Emerald erkannt, was sie aufgegeben hatte, als sie sich mit aller Macht dagegen gestemmt hatte, Teil einer liebevollen Familie zu sein. Das hatte sie nicht sein wollen, weil sie die Liebe ihrer Mutter mit anderen hätte teilen müssen. Warum sollte sie auch? Der Duft von Roses Jeansjacke hatte so schmerzlich einen Nerv berührt, dass ihr allein bei dem Gedanken daran, wie sie sich im Krankenhaus gefühlt hatte, war, als berührte sie eine offene Wunde.

Wenn Rose sich wirklich Sorgen um sie machte, wie sie behauptet hatte, dann wäre sie jetzt hier und würde sie nicht alleinlassen.

Doch sosehr Emerald sich auch bemühte, die alte, vertraute Verachtung und Feindseligkeit heraufzubeschwören, die sie einst gegenüber Rose und dem Rest ihrer Familie empfunden hatte, wollte es ihr dank des neuen Sehnens nicht gelingen. Das Haus kam ihr schrecklich leer vor, selbst Robbies Zimmer war makellos aufgeräumt, wenn er nicht da war.

Robbie. Ihr Sohn. *Ihr* Sohn. Emerald sah auf den Wecker. Halb vier Uhr morgens, zu früh, um ihre Mutter anzurufen, aber sobald der Morgen dämmerte … Sie lehnte sich wieder in die Kissen und schloss die Augen.

Janey konnte nicht schlafen. Sie musste unbedingt über die Probleme reden, die sie mit einem der neuen Entwürfe hatte, und brauchte jemanden, der ihr zuhörte. Sie wagte nicht, an etwas anderes zu denken als an die Arbeit. Der leiseste Gedanke an Charlie trieb ihr die Tränen in die Augen. Dabei war sie so aufgeregt gewesen, als sie sich das fertige Kleid in Gedanken vorgestellt hatte. Von vorn sollte es ein einfaches kleines Etuikleid sein, aber hinten sollte es einen gewagt tiefen Ausschnitt in Form einer Acht haben. Der in einem frischen Grün und Weiß gemusterte Baumwollstoff, den sie dafür benutzen wollte, sollte mit einfachen weißen Litzen besetzt sein. Über das Kleid gehörte ein Sommermantel in dem Grün des blütengemusterten Stoffes, mit dem der Mantel auch gefüttert werden sollte. Er sollte Dreiviertelärmel haben mit Aufschlägen aus dem gemusterten Baumwollstoff, große, damit bezogene Knöpfe und hinten eine Kellerfalte aus demselben Stoff. Das ganze Konzept war ungeheuer aufregend. Sie hatte sogar schon überlegt, es für die Weihnachtszeit zu variieren, in schwerem Samt in dunklen Farben, die Knopflöcher mit Baumwollspitze in derselben Farbe umfasst.

Das Problem war nur, dass niemand Grün trug. Manche glaubten sogar, die Farbe brächte Unglück. Charlie hatte ein tolles grünes Hemd mit Blumendruck … Nein, ich darf nicht an Charlie denken. Ich muss arbeiten. Die Arbeit enttäuscht mich wenigstens nie.

Janey musste mit jemandem reden, der sie verstand. Sie war verzweifelt. Es war vier Uhr am Morgen, das hieß, dass es in New York gegen zehn Uhr war. So schnell sie auf die Idee gekommen war, ihr Problem dadurch zu lösen, dass sie mit ihrer Schwester sprach, so schnell verwarf sie die Idee auch wieder: Wenn sie überhaupt durchkam, würde es so lange dauern, Ella alles zu erklären – denn Ella würde sich genau nach für Janey unwichtigen Details erkundigen –, dass sie sich so ein Gespräch einfach nicht leisten konnte.

Rose hätte natürlich Verständnis, aber Rose war so praktisch orientiert, so zielbewusst, so organisiert und so gut in allem, was sie anpackte, dass Janey zögerte, ihr ihre Unsicherheit zu zeigen.

Sie hatte niemanden. Es gibt niemanden, an den ich mich wenden kann, dachte Janey traurig. Ihre Augen brannten wieder, und sie griff nach einem ziemlich feuchten Taschentuch. Und dann erinnerte sie sich daran, dass John mit seiner ernsten, verlässlichen John-Stimme gesagt hatte, sie könne sich immer an ihn wenden. Bei dem Gedanken, dass sie dem lieben, aber völlig altmodischen John die Feinheiten des Entwurfs erklären würde, durchbrach ein leises Kichern ihre Verzweiflung. Aber ein Schatz war er. So freundlich und verlässlich. Allein bei dem Gedanken an ihn wurde sie viel ruhiger. Janey fing an zu gähnen. Vielleicht konnte sie doch noch schlafen. Lieber, lieber John …

»Ja, Mummy, das ist richtig«, bestätigte Emerald, während sie die weiße Telefonschnur um ihren Finger wickelte.

»Deswegen rufe ich an. Ich finde, es ist besser für Robbie, wenn er einen Teil des Sommers in London verbringt, also komme ich heute nach Macclesfield, um ihn zu holen. Ja, ich bleibe über Nacht, morgen fahren wir dann zurück. Natürlich bin ich mir sicher. Ich bin schließlich seine Mutter.«

47

»Ich dachte, ich sollte Sie warnen. Ich weiß, dass Sie in Josh verliebt sind, es hat also keinen Zweck, es zu leugnen.« Patsy beugte sich über Roses Schreibtisch, um ihre Zigarette in Roses Aschenbecher auszudrücken. Sie war einfach unangekündigt hereinspaziert und machte mit dieser Geste wie mit ihrem übrigen Betragen deutlich, dass sie diejenige war, die hier die Situation unter Kontrolle hatte. »Und es hat auch keinen Zweck, dass Sie die Auflösung der Partnerschaft absichtlich in die Länge ziehen.«

»Ich ziehe gar nichts in die Länge.« Irgendwie gelang es Rose, mit ruhiger Stimme zu sprechen, obwohl sie sich innerlich fühlte, als müsste sie vor Scham und Demütigung sterben. Dass Patsy wusste, dass sie Josh liebte, war, als würde man ihr die Kruste von einer nicht verheilten Wunde reißen. Rose fühlte sich bloßgestellt und gekränkt. Doch das hieß nicht, dass sie sich von Patsy Vorhaltungen machen ließ, die jeder Grundlage entbehrten.

Patsy schenkte ihr einen verachtungsvollen Blick. »Josh liebt mich, nicht Sie, und er kann es kaum erwarten, mit mir nach New York zu gehen. Aber dank Ihnen hängt er hier fest, bis diese Geschäftspartnerschaft, die Sie ihm aufgeschwatzt haben, aufgelöst ist.«

Roses Wangen brannten.

»Oh, ich mache Ihnen keinen Vorwurf, dass Sie ihn behalten wollen. Ganz schön clever, ihn mit dieser Partnerschaft an Sie zu binden, aber Sie müssen einsehen, dass er beides nicht mehr will.«

»Josh weiß, dass ich bereit bin, die Partnerschaft aufzulösen«, erklärte Rose ihr. »Die Verzögerungen haben nichts mit mir zu tun. Josh besteht darauf zu warten, bis der Pachtvertrag ausläuft, bevor wir die Sache formell beenden.«

»Weil Sie ihm leidtun«, versetzte Patsy. »Sie tun uns beiden leid.«

»Meinetwegen kann Josh jederzeit nach Amerika gehen«, verteidigte Rose sich mit Nachdruck.

»Warum sagen Sie Ihrem Anwalt dann nicht, er soll endlich die Papiere aufsetzen? Josh hängt nur noch hier rum, weil er das Gefühl hat, Ihnen etwas schuldig zu sein.«

Als Patsy aufstand, schwang ihr makelloses Haar um ihre Schultern, und ihr Minirock zeigte ihre langen, schlanken Beine. Ihre ganze Haltung, mit der sie aus dem Zimmer stolzierte, drückte Triumph aus, und Rose war viel zu aufgebracht, um sich wieder auf ihre Arbeit zu konzentrieren.

Sie hatte eigentlich vorgehabt, später bei Emerald vorbeizuschauen. Lächerlicherweise hatte sie sich Sorgen um ihre Cousine gemacht – nicht dass sie davon ausging, dass Emerald sich über einen Besuch von ihr freuen würde –, doch jetzt fühlte sie sich zu schutzlos, um irgendjemanden zu sehen, erst recht nicht Emerald.

Als sie sich eine Stunde später immer noch nicht auf ihre Arbeit konzentrieren konnte, kam Rose zu dem Schluss, dass es keinen Sinn hatte, an ihrem Schreibtisch sitzen zu bleiben und doch nichts anderes zu tun, als über Josh und ihre Misere nachzudenken. Sie hatte immer gefunden, dass Spazierengehen eine gute Methode war, um gelegentliche kreative Blockaden aufzubrechen, und im Augenblick musste sie einfach mal raus aus ihrem Atelier, wo die Luft immer noch nach Patsys Parfüm roch, obwohl Rose die Fenster weit geöffnet hatte.

Sie trug ein seidenes Etuikleid mit einem Pop-Art-Muster in Mandarine und Schwarz vor einem weißen Hintergrund. Diese verblüffende Farbkombination passte perfekt zu ihrem Teint. Um ihre Handgelenke klimperten mehrere dünne goldene Armreifen. Als sie einen Blick auf ihr Spiegelbild erhaschte, fiel ihr auf, dass ihre Haare unbedingt geschnitten werden mussten. Sie trug seit Jahren denselben schimmernden

Bubikopf, von dem Josh behauptete, es sei die perfekte Frisur für sie. Doch bald würde kein Josh mehr da sein, um ihr die Haare zu schneiden, kein Josh, an den sie spät in der Nacht, wenn sie nicht schlafen konnte, denken konnte, kein Josh, mit dem sie über ihre Arbeit reden konnte. Kein Josh. Punkt.

Sie hatte gerade die Hand nach dem Türknauf ausgestreckt, da ging die Tür nach innen auf, und vor ihr stand Pete Sargent.

Sein »Hallo« wurde begleitet von einem breiten Lächeln, das in Roses Bauch ein unerwartetes Kribbeln auslöste.

»Pete … du bist wieder da.« Was für eine geistlose Bemerkung. Klar war er wieder da, er stand doch vor ihr.

»Seit gestern.«

Er war mager und sonnengebräunt, die Jeans klebte an seinen Oberschenkeln, die obersten Knöpfe seines Hemds standen offen, und sein Haar lockte sich über dem Kragen. Er sah rau und ungepflegt aus und sehr sexy.

»Also dachte ich, ich schau mal rein und sehe, ob du Zeit zum Mittagessen hast.«

Ich sollte nein sagen, schließlich haben wir nichts gemein, versicherte sie sich hastig, denn sie wollte sich nicht im Detail daran erinnern, was sie gemein hatten. Sie öffnete sogar den Mund, um ihn wegzuschicken, doch dann blitzte vor ihrem geistigen Auge plötzlich Patsys selbstgefällige Miene auf, als sie sich mit ihr unterhalten hatte.

»Ich wollte gerade spazieren gehen«, sagte Rose.

»Toll. Dann komme ich mit. Wir können in den Park gehen und ein Picknick machen.«

»Das geht nicht«, protestierte sie, obwohl sie die Aussicht in Wahrheit sehr verlockend fand.

»Warum nicht?«

»Weil du Pete Sargent bist. Fans werden lärmend über dich herfallen, ganze Horden kreischender Mädchen.«

»Ich verkleide mich, und wenn das nicht funktioniert, dann musst du mich vor ihnen beschützen.«

Es hatte keinen Sinn, er würde nicht klein beigeben, und abgesehen davon hatte er sie gerade zum Lachen gebracht – zum allerersten Mal seit langer Zeit.

Er nahm ihre Hand und fügte hinzu: »Wenn du mich wirklich beschützen willst, kannst du mich natürlich auch heiraten.«

Rose lachte wieder.

»Lach nicht«, wandte er ein. »Ich meine es ernst.«

»Aber Mummy, ich will nicht mit nach London.«

Emerald war vor über einer Stunde nach Denham gekommen, wo sie hatte feststellen müssen, dass ihre Mutter Robbie schon erzählt hatte, dass sie ihn mit nach London nehmen wolle. Jetzt sah ihr Sohn sie vorwurfsvoll an. Sein dunkles Haar hing ihm in die Stirn, und Emerald hob die Hand, um es ihm aus den Augen zu streichen. Sie wollte gerade sagen, dass er einen Haarschnitt brauche. Doch dann hielt sie inne.

»Abgesehen von allem anderen brauchst du einen Haarschnitt.« Eine dunstige Erinnerung, die für viele Jahre gut weggepackt worden war, tauchte plötzlich vor ihr auf, die Erinnerung an einen anderen Jungen mit demselben dunklen Haar und derselben Haltung – Luc. Erstaunlich, wie die Erinnerung so etwas verwahren konnte. Eigentlich hätte ihr Gehirn zu unreif gewesen sein müssen, um es zu registrieren, denn sie konnte damals höchstens zwei Jahre alt gewesen sein. Luc war wohl älter gewesen als Robbie jetzt, aber nicht viel.

Robbie, der sie beinahe mit einem finsteren Blick bedacht hatte, setzte plötzlich ein breites Lächeln auf und erklärte begeistert: »Onkel Drogo ist hier«, bevor er über den Rasen auf die beiden Männer zulief, die aus dem Haus kamen.

Ohne ihre Mutter anzusehen, sagte Emerald: »Er sieht aus wie Luc.«

»Ja«, pflichtete Amber ihr bei.

Das Gesicht immer noch von ihrer Mutter abgewandt fuhr Emerald bissig fort: »Dann ähneln sie etwa ihm, oder? Dem Maler?«

Amber atmete langsam aus, zuckte vor der Bitterkeit in Emeralds Worten zurück. »Eigentlich nicht. Luc hat Robert sehr ähnlich gesehen, wahrscheinlich, weil er sich einige Eigenarten von ihm abgeguckt hat. Jean-Philippes Haar war dunkel, aber seine Augen auch. Luc hatte, wie Robbie, blaue Augen. Luc hat Robert angebetet und ihn in allem nachgeahmt.«

Emerald, die Robbie auf sich zukommen sah, auf der einen Seite von Jay, auf der anderen von Drogo flankiert, erstarrte jäh, als ihr aufging, dass Robbie dieselben langen Schritte machte wie Drogo.

Widerstreitende Gefühle kämpften in ihr.

»Mummy, muss ich wirklich mit nach London?«, wollte Robbie wissen, als die drei bei Amber und Emerald waren. »Onkel Drogo hat nämlich lauter aufregende Sachen vor, zum Beispiel wandern gehen und Fossilien suchen und so.«

»Das können wir auch in London, Junge«, versicherte Drogo Robbie. »Wenn du willst, gehen wir ins Naturkundliche Museum …«

»Ja. Und zu Madame Tussaud?«

Emerald wollte Drogo gerade darauf hinweisen, dass er nicht das Recht hatte, Verabredungen mit ihrem Sohn zu treffen, ohne sie vorher um Erlaubnis zu fragen, doch bevor sie dies tun konnte, wandte Drogo sich ihr zu und fragte: »Bist du mit dem Auto gekommen oder mit dem Zug?«

»Mit dem Zug«, antwortete sie scharf.

»Wie wäre es, wenn ihr mit mir im Auto zurückfahrt? Ich wollte sowieso morgen zurück.«

»Im neuen Bentley?«, fragte Robbie aufgeregt, und Emerald wusste, dass es hoffnungslos wäre, die Einladung ausschlagen zu wollen. Abgesehen davon war es lächerlich, dass sie das

Gefühl hatte, sie müsste auf jeden Fall verhindern, dass sie in Drogos behaglichem Bentley nach London zurückchauffiert wurde.

48

»Ach, komm schon, Janey, das war doch nichts.«

Es war zehn Uhr am Montagmorgen, und sie waren in Janeys Büro. Janey hatte weder viel geschlafen noch viel gegessen, seit sie Cindy und Charlie miteinander im Bett erwischt hatte, obwohl John sie freundlich zu überreden versucht hatte. Sie hatte immer noch Kopfschmerzen vom vielen Weinen. Cindy dagegen wirkte, was die ganze Sache anging, nicht nur völlig entspannt, sondern fast ein wenig amüsiert.

»Nichts?«, fuhr Janey empört auf. »Wie kannst du sagen, es wäre nichts, wenn ich dich mit meinem Freund im Bett erwische?«

»Weil nichts war. Okay, Charlie und ich sind uns am Freitagabend zufällig über den Weg gelaufen, und am Ende bin ich mit zu ihm gegangen, und eins hat zum anderen geführt, und wir sind zusammen im Bett gelandet. Na und? Ich weiß ehrlich nicht, warum du dich darüber so aufregst. Der gut aussehende Mann, den du am Samstag mitgebracht hast, ist ein Freund von dir, richtig, und ich wette, ihr zwei habt auch schon die Koje geteilt.«

»Haben wir nicht«, fuhr Janey auf. John sah gut aus und war nett, aber irgendwie hatte sie ihn noch nie als potenziellen Liebhaber betrachtet. Er war für sie immer nur John gewesen.

»Ganz schön dämlich«, versetzte Cindy und zuckte die Achseln. »Warum vergessen wir den Samstag nicht einfach, Janey? Du machst da wirklich aus einer Mücke einen Elefanten. Und irgendwie machst du dich auch ganz schön lächerlich, wenn ich das so sagen darf.«

»Da kann ich dir nur zustimmen«, fuhr Janey sie an. »Mit Charlie habe ich mich wirklich lächerlich gemacht.«

»Um Charlie und mich brauchst du dir keine Sorgen zu machen. Charlie gehört dir. Was passiert ist, bedeutet weder ihm noch mir etwas. Wenn du dich nur beruhigen und aufhören würdest, dich zu benehmen wie eine Provinzkuh, und dich daran erinnern würdest, dass wir hier in London sind und …«

»Charlie gehört nicht mir, und ich will auch nicht, dass er mir gehört. Ich will ihn nie wiedersehen.«

Cindy zündete sich eine Zigarette an und zog langsam daran, bevor sie den Rauch ausstieß und verächtlich sagte: »Du reagierst völlig übertrieben.«

»Ich erwische meine Geschäftspartnerin im Bett mit meinem Freund, und du sagst, ich würde übertrieben reagieren? Ihr hattet doch eindeutig … Sex.«

»Ja, na und? Es hat nichts bedeutet.«

»Vielleicht hat es dir nichts bedeutet, aber mir hat es eindeutig etwas bedeutet«, fuhr Janey auf.

Cindy stieß ein kleines geringschätziges Lachen aus. »Ich wusste gar nicht, dass du so verzopft bist, Janey. Niemand schert sich um ein bisschen Sex unter Freunden. Alle tun's. Der arme Charlie, du hast ihn richtig erschreckt.«

Janey hatte den Verdacht, dass Cindy sich über sie lustig machte. Die Partnerin, die sie bewundert hatte, zeigte plötzlich eine Seite, die Janey gar nicht sympathisch war.

»Ich will nicht mehr darüber reden«, entgegnete Janey.

»Ist mir recht«, erwiderte Cindy. »Vergessen wir die Sache einfach.«

»Das kann ich nicht«, meinte Janey. »Es tut mir leid, Cindy, aber ich möchte unsere Partnerschaft beenden.«

»Weil Charlie mich gefickt hat? Hast du wirklich geglaubt, einer wie Charlie würde nicht mit anderen ins Bett steigen, nur weil er mit dir ausgeht?«

Janeys Herz pochte wie schwere Hammerschläge. »Es ist eine Sache des Vertrauens, Cindy. Wenn ich dir nicht vertrauen kann, kann ich nicht mit dir zusammenarbeiten, und ich glaube, wir wissen beide, dass wir jetzt keine Geschäftspartnerinnen mehr sein können.« Es stimmte, und Janey war froh, dass sie gesagt hatte, was sie dachte.

»Ich weiß, dass wir in unseren Vertrag einen Paragraphen eingefügt haben, der besagt, dass wir einander zwei Monate vorher Bescheid sagen müssen, wenn wir die Partnerschaft beenden wollen. Ich rede mit meinem Anwalt, damit er dir einen offiziellen Brief schickt. Für die verbleibenden zwei Monate wäre ich dankbar, wenn wir uns nur noch über Geschäftliches unterhalten würden und nicht mehr über persönliche Dinge.« Janey hielt die Luft an. Sie hasste Streit.

Doch zu ihrer Erleichterung zuckte Cindy nur die Achseln und sagte lakonisch: »Mach doch, was du willst.«

49

»Ich finde den Weg zu meinem eigenen Laden schon«, neckte Janey John.

Er war geschäftlich in London – wie häufig in letzter Zeit – und hatte sie zum Mittagessen eingeladen, was er auch recht häufig tat, und nicht nur zum Mittagessen, sondern auch zum Abendessen. Er kam mindestens zweimal die Woche nach London und blieb meistens über das Wochenende in der Stadt. Janey hatte sich inzwischen so an seine Gesellschaft gewöhnt, dass sie ihn schrecklich vermisste, wenn er zurück nach Macclesfield fuhr.

Er war ihr ein wunderbarer Freund und in den schwierigen Wochen, während Cindy und sie noch zusammenarbeiten mussten, eine echte Schulter zum Anlehnen.

»Ich weiß, aber ein Gentleman ist dafür verantwortlich, dass eine Dame sicher nach Hause oder in deinem Fall zu ihrem Laden zurückkehrt.«

Johns Worte mochten ernst klingen, doch er lächelte, und Janey konnte nicht anders, als sein Lächeln zu erwidern.

Sie war angesichts dessen, was passiert war, erstaunlich glücklich und vermisste Charlie kein bisschen. Das hatte sie allein John zu verdanken. Es war entspannend, mit ihm zusammen zu sein, er war unglaublich nett, verwöhnte sie und behandelte sie mit einer altmodischen Höflichkeit, die unglaublich süß war.

Heute hatte sie eine ziemlich ausschweifende Mittagspause gehabt, denn sie hatten darüber gesprochen, am Sonntag eine Bootstour nach Richmond zu machen, wenn das Wetter warm blieb. John war um kurz nach zwölf zum Laden gekommen, um sie abzuholen, und jetzt war es schon nach halb zwei. Sie verabschiedete sich von ihm und betrat lächelnd den Laden.

Fiona, ihre erste Verkäuferin, wartete auf sie.

»Ich muss mit dir über etwas reden«, erklärte sie.

Janey nickte gedankenverloren. John würde erst am Sonntag spät nach Cheshire zurückfahren, und er hatte darauf bestanden, sie zum Ladenschluss abzuholen, um noch etwas trinken zu gehen. Vermutlich würden sie danach auch zusammen zu Abend essen.

»Cindy hat uns gestern nicht unseren Lohn ausgezahlt, und heute war sie den ganzen Tag noch nicht da«, klagte Fiona.

Janey verließ der Mut. Sie fand es im Augenblick natürlich schwierig, mit Cindy zusammenzuarbeiten, und wünschte sich, sie hätten einen Monat Kündigungsfrist verabredet gehabt und nicht zwei. Die letzte Woche hatte Cindy von zu Hause aus gearbeitet, und Janey war froh gewesen über ihre Abwesenheit. Nur noch drei Wochen, dann war sie sie endgültig los.

»Es tut mir leid«, sagte Janey zu Fiona. Es hatte offensichtlich ein Missverständnis gegeben, schließlich würde Cindy niemals absichtlich den Verkäuferinnen ihren Lohn vorenthalten. »Ich gehe zur Bank und hebe Geld ab.« Sie sah auf ihre Uhr. »Am besten gehe ich jetzt gleich, bevor sie schließt. Du musst herausfinden, wie viel jede bekommt.«

Eine Viertelstunde später saß Janey auf einem Stuhl im Büro des Zweigstellenleiters ihrer Bank und versuchte verzweifelt, nicht wie ein Baby in Tränen auszubrechen. Er hatte ihr erklärt, sie könne kein Geld vom Geschäftskonto abheben, weil keines drauf sei.

Das musste ein Fehler sein. Aber den Fehler hatte nicht Cindy gemacht, sondern sie.

»Aber da muss Geld sein«, protestierte sie. Und nicht nur ein bisschen, sondern ziemlich viel, denn vor zehn Tagen erst hatte sie auf Cindys Drängen einen großen Betrag von ihrem persönlichen Konto auf das Geschäftskonto überwiesen, um die Produktion der Kleider für die neue Saison vorzufinanzieren. Cindy hatte ihr erklärt, sie habe mit den Lieferanten einen zusätzlichen Rabatt ausgehandelt, wenn sie früh zahlten.

Als sie Mr Beard das erzählte, wurde seine Miene noch ernster. Es wurde nach einem Buchhalter geschickt, eine Anweisung erteilt. Mr Beards Sekretärin brachte eine Tasse Tee, von der Janey die Hälfte in die zarte Porzellanuntertasse schlabberte, weil sie so nervös war, während sie darauf wartete, dass Mr Beard die Unterlagen und die Schecks durchsah, die er sich hatte bringen lassen.

»Nun«, sagte er, stützte die Ellbogen auf dem Tisch ab – was, wie Janey geistesabwesend registrierte, der Grund war, dass sein Anzug so glänzende Stellen hatte – und legte die Fingerspitzen aneinander. »Ich glaube, wir haben die Erklärung. Es scheint, als habe Ihre Partnerin Schecks eingereicht, die auf ihr persönliches Konto gutgeschrieben wurden.«

»Aber … aber doch sicher nicht über den ganzen Betrag?«, protestierte Janey, die immer noch nicht recht begriff, was eigentlich los war.

»Ich fürchte doch«, sagte der Filialleiter.

»Aber ... aber das kann sie nicht.«

»Ich fürchte, rechtlich steht dem nichts im Wege«, erklärte Mr Beard ihr, »denn die Bankvollmacht sieht nichts vor, was sie daran hindern könnte oder was die Höhe der Beträge limitiert.«

»Dann kann ich mein Geld nicht zurückbekommen?«

»Nur wenn sie bereit ist, es wieder herzugeben«, antwortete Mr Beard.

So wie er sie ansah, war Mr Beard wohl mit ihr einer Meinung, dass Janey ihr Geld wahrscheinlich nicht zurückbekommen würde. Niemand plünderte ein Konto so gründlich wie Cindy, um das Geld dann freiwillig wieder zurückzugeben.

Trotzdem versuchte Janey sich auf dem Weg zurück zum Laden davon zu überzeugen, dass es doch ein Fehler gewesen sein konnte; dass Cindy trotz ihres Streits wegen Charlie unmöglich das ganze Geld genommen haben konnte und dass es für sein Verschwinden eine ganz vernünftige Erklärung gab.

Doch wie Janey rasch entdeckte, war das Geld nicht das Einzige, was fort war. Auch Cindy war verschwunden. Die junge Frau, die schließlich ans Telefon ging, als Janey besorgt in Cindys Wohnung anrief, erklärte ihr, Cindy sei ausgezogen, weil sie zurück nach Amerika ginge.

»Beide«, fügte sie noch hinzu, »ihr Freund, der Dressman, auch.«

Freund?

»Du meinst Charlie?«, fragte Janey. Ihr Magen verkrampfte sich vor Panik und dem dringenden Wunsch, das könne unmöglich sein.

»Ja, der.«

Und mir wollte Cindy weismachen, sie und Charlie wären bloß Kumpel, dachte Janey benommen und taumelte unter dem Schlag, den sie gerade eingesteckt hatte. Hatten sie die ganze Zeit vorgehabt, sie auszurauben, oder hatte Cindy spontan und aus reiner Bosheit gehandelt?

Was spielte es schon für eine Rolle? Sie hatte sich von den beiden an der Nase herumführen lassen, und sie wollte sie nie wiedersehen.

Janey bedankte sich bei der jungen Frau für ihre Hilfe, legte den Hörer auf und lehnte sich an die Wand. Das konnte nicht wahr sein. Doch es war wahr. Wie hatte sie so dumm sein können, den beiden zu glauben und nie auch nur den geringsten Verdacht zu hegen? Die beiden hatten ihr alles gestohlen: ihr Vertrauen, ihren Glauben an sie, ihre Liebe und ihr Geld.

O Gott … Gott … Was sollte sie nur machen? Sie brauchte unbedingt Hilfe, und zwar ganz schnell. Es gab nur einen Menschen, auf den sie sich verlassen konnte, nur einen Menschen, an den sie sich wenden wollte.

Sie wusste, dass John in seinen Club gegangen war, und rief ihn dort an. Ihre Finger schlossen sich fest um den Telefonhörer, während sie darauf wartete, dass man ihn darüber in Kenntnis setzte, dass sie mit ihm sprechen wollte.

»Janey?«

Schon der Klang seiner Stimme vermochte sie ein wenig zu trösten.

»John, es ist etwas Schreckliches passiert. Könntest du zum Laden kommen?«

»Sicher.«

Er würde sie – völlig zu Recht – für eine komplette Närrin halten.

Zu ihrer Erleichterung betrat John keine halbe Stunde später den Laden und hörte schweigend zu, als sie ihm erzählte, was passiert war.

»Ich muss den Verkäuferinnen ihren Lohn zahlen, John, und ich habe auf der Bank einfach nicht gewagt, nach einem Kredit zu fragen.«

»Willst du damit sagen, du möchtest, dass ich dir das Geld leihe?«

Janey verließ der Mut. Er war nicht annähernd so mitfühlend, wie sie gehofft hatte. Hatte sie noch einen Fehler gemacht, noch jemanden falsch eingeschätzt? War er am Ende doch nicht der wahre Retter in der Not, als den sie ihn heimlich betrachtete?

»Es kam mir nur ganz natürlich vor, dich … dich um Hilfe zu bitten.« Ihr war jetzt sehr unbehaglich zumute, und sie wünschte, sie hätte ihn nicht angerufen und sich ihre dumme, romantische Phantasie zerstört, dass er etwas – jemand – ganz Besonderes war. »Es tut mir leid, wenn ich dich in eine unangenehme Situation gebracht habe. Das wollte ich nicht. Meine Eltern helfen mir bestimmt, und ich habe ja auch immer noch meinen Treuhandfonds.«

Wenn überhaupt, dann hatte John jetzt eine noch ernstere – und leicht missbilligende – Miene aufgesetzt.

»Es tut mir leid.« Er schüttelte den Kopf. »Aber ich muss dich warnen, dass ich dir nicht helfen kann.« Janey hatte das Gefühl, der Boden täte sich unter ihr auf … nicht weil er sich weigerte, ihr zu helfen, sondern weil sie sich so in ihm getäuscht hatte. Sie hatte geglaubt, er sei der Ritter in schimmernder Rüstung, heldenhaft und verlässlich und wunderbar – doch wann hatte sie je einen Menschen richtig eingeschätzt? Sie musste doch nur an Charlie und Cindy denken, um einzusehen, dass sie keine gute Menschenkennerin war.

»Es sei denn …«

Janey, die den Blick zu Boden gesenkt und auf ihrer Lippe herumgekaut hatte, sah zu ihm auf. Sein Gesicht war ein wenig gerötet.

»Es sei denn was?«

»Es sei denn, du erlaubst mir, dir einen Antrag zu machen.«

Ihr einen Antrag zu machen?

Benommen und aufgeregt, als hätten sich ihre Angst und ihr Elend wie durch Zauberei in Luft aufgelöst, sagte Janey atemlos: »Du willst mich fragen, ob ich deine Frau werden will?«

438

»Ja.«

»Oh, John!«

Schwindlig vor Erleichterung warf Janey ihm die Arme um den Hals und hob ihr Gesicht.

Nach allem, was sie gerade durchgemacht hatte, war das einfach himmlisch. Von dem lieben John so fest und beschützend und liebevoll gehalten zu werden ist einfach wunderbar, dachte Janey, als sie sich küssten.

Mit einem Mann wie John verheiratet zu sein, der sich um sie kümmerte, wäre einfach himmlisch. In seinen Armen zu liegen fühlte sich richtig an, als wären sie dazu gemacht, sie zu halten.

Während John sie in den Armen hielt, ging Janey auf, dass sie sich bei John niemals Sorgen machen musste, alles richtig zu machen, um ihn glücklich zu machen und seine Anerkennung zu gewinnen, denn er liebte sie. Er liebte sie wirklich.

Tränen traten ihr in die Augen.

»Er ist deine Tränen nicht wert«, erklärte John ihr.

»Ich weine nicht um ihn«, entgegnete Janey wahrheitsgemäß. »Ich weine, weil es mich unglaublich glücklich macht, dass du mich liebst.«

»Ich wollte mit meinem Antrag eigentlich bis Weihnachten warten«, sagte John später, als sie den Champagner tranken, den er bestellt hatte, »aber ich habe mir Sorgen gemacht, ein anderer könnte des Weges kommen und dich mir wegschnappen, bevor ich dazu komme, also …«

»Also hast du, als ich dich um Hilfe gebeten habe, gedacht, das sei der richtige Zeitpunkt, mich zu fragen«, beendete Janey glücklich den Satz für ihn. »Oh, John, es ist fast, als hätte das Schicksal uns dazu bestimmt, zusammen zu sein, oder? Als du mich bei der Demonstration gerettet hast und ich dann das mit Charlie herausgefunden habe und jetzt das. Als hätte das Schicksal mir die ganze Zeit zeigen wollen, wie perfekt du bist. Nicht dass man mir das zeigen muss, nicht, seit du so nett warst wegen Charlie. Da dachte ich schon, wie wundervoll du bist und wie glücklich sich die junge Frau schätzen könnte, die dich mal zum Mann kriegt.«

John bedachte sie mit einem leidenschaftlichen Blick und drückte ihre Hand.

»Ich weiß natürlich, dass wir Kompromisse eingehen müssen«, sagte er. »Mein Platz ist in Cheshire, wo ich das Gut leite, und du hast deinen Laden hier in London. Aber ich schätze, das kriegen wir hin. Deine Eltern haben das schließlich auch hingekriegt. Jay leitet das Gut, und Amber hat ihre Firma hier in London.«

Janeys Herz floss über vor Dankbarkeit. Der liebe, liebe John, der so traditionsbewusst und altmodisch war, liebte sie so sehr, dass er wollte, dass sie glücklich war. Und er war – anders als ihre früheren Freunde – bereit, ihretwegen Kompromisse einzugehen.

»Mein Beruf ist mir sehr wichtig«, stimmte sie ihm zu, »aber meine Entwürfe kann ich genauso gut in Fitton Hall machen wie hier in London. Ich will bei dir sein«, erklärte sie leidenschaftlich, »nicht von dir getrennt. Oh, John, ich habe ja nicht geahnt, dass die Liebe so sein kann. Ich glaube, es war es wert, das ganze Geld zu verlieren, denn jetzt bin ich so glücklich. Du machst mich glücklich.«

»Gut. Denn dich glücklich zu machen ist mir wichtiger als alles andere«, erklärte John ihr wahrheitsgemäß.

Er hatte sich schon am Abend der Party zu ihrem einundzwanzigsten Geburtstag in sie verliebt, doch er hatte geglaubt, keine Chance zu haben – er, ein langweiliges Landei –, nicht wo sie hier in London war, umgeben von viel eleganteren und attraktiveren Männern. Doch das Schicksal hatte eingegriffen, und jetzt war sie sein.

50

»Geht's dir jetzt ein bisschen besser, Junge?«

Emerald bedachte sowohl ihren Sohn als auch Drogo mit einem zornigen Blick.

»Ach, mach nicht so ein Theater, ja, Drogo? Es geht ihm gut. Er ist nur ein bisschen schwierig, weil er keine Lust hat, im *Savoy* zu Mittag zu essen.«

Sie waren im Hyde Park, wohin Drogo Robbie am Morgen mit zum Reiten genommen hatte, was er praktisch jeden Morgen tat, seit er nach London zurückgekehrt war. Doch jetzt jammerte Robbie zu Emeralds Verdruss, er habe Kopfschmerzen und fühle sich nicht gut.

Sie wusste genau, was mit ihm nicht stimmte. Wenn man es ihm erlaubt hätte, hätte Robbie jede Stunde des Tages in Drogos Gesellschaft verbracht – er betete ihn förmlich an –, und jetzt schmollte er, weil sie ihn von seinem Idol trennte, um nach Hause zu gehen und sich für ihre Verabredung zum Mittagessen mit Jeannie de la Salles im *Savoy* umzuziehen.

Als Jeannie angerufen hatte, hatte sie gesagt, sie habe wichtige Neuigkeiten für Emerald, doch am Telefon hatte sie nicht mehr preisgeben wollen. Emerald musste natürlich unbedingt herausfinden, um was es ging.

Und jetzt versuchte Drogo – typisch! –, ihre Autorität zu untergraben, indem er Robbie auch noch ermutigte, sich querzustellen. Emerald warf den beiden noch einen wütenden Blick zu. Sie standen nebeneinander, und während sie gesprochen hatte, war Robbie näher an Drogo herangerückt und lehnte sich jetzt fast an ihn. Drogos Hand ruhte beschützerisch auf der Schulter des Jungen. Beschützerisch? Wovor glaubte er Robbie denn beschützen zu müssen? Sie war seine Mutter.

»Er ist ein wenig blass«, sagte Drogo.

»Es ist alles in Ordnung mit ihm«, fuhr Emerald auf. »Wenn

wir nachgeben und ihm erlauben, bei dir zu bleiben, lösen sich seine Kopfschmerzen vermutlich innerhalb von Sekunden in Wohlgefallen auf.«

Zu spät merkte Emerald, dass sie sich womöglich verraten hatte. Wenn sie Robbie mit Drogo sah und gezwungen war anzuerkennen, wie nah sie sich standen und dass sie aus dieser Beziehung ausgeschlossen war, fühlte sie sich beinahe so wie damals als Kind, und das konnte sie nicht einfach ignorieren.

Unwillkommene Tränen blieben ihr im Hals stecken, und sie wandte sich von Drogo und Robbie ab. Manchmal kannte sie sich selbst nicht. Die Intensität ihrer Gefühle machte sie verletzlich: die Angst, die Max in sie hineingeprügelt hatte – nicht davor, dass er zurückkommen könnte, sondern davor, was die Tatsache, dass sie ihn überhaupt gewollt hatte, über sie aussagte. Die Panik, die in ihr aufstieg, wenn sie sich einreden wollte, dass sie auch ohne Lord Robert nie eine jener Frauen geworden wäre, mit denen Max sie verglichen hatte. Der Groll und die Eifersucht, die sie überkamen, wenn Robbie sich Drogo anschloss und sie abwies. Die Angst und die Ablehnung, die sie empfand, sooft sie sich daran erinnerte, wie sie sich im Krankenhaus gefühlt hatte, Roses Jeansjacke in Händen. Sie erstarrte, als sie Drogos Hand auf ihrem Arm fühlte.

»Ich könnte Robbie doch mit nach Lenchester House nehmen. Dann kannst du zum Mittagessen gehen, ohne dich um ihn sorgen zu müssen.«

»Nein. Glaubst du etwa, ich wüsste nicht, dass er genau darauf hofft, wenn er behauptet, er hätte Kopfschmerzen? Nein, er kommt mit mir.«

Der Blick in Drogos Augen, eine Mischung aus Empörung und Mitleid, heizte ihre schlechte Laune noch mehr an. Emerald packte ihren Sohn am Arm und sagte kurz angebunden: »Du kannst jetzt damit aufhören, Robbie, denn es funktioniert nicht. Komm, es ist Zeit, nach Hause zu gehen und uns zum Mittagessen umzuziehen.«

»Oh, dann hast du Robbie doch nicht mitgebracht?«, fragte Jeannie Emerald, als sie sich umarmten.

»Nein.«

Emerald schäumte immer noch vor Wut über Robbie. Als sie ihm gesagt hatte, er solle runtergehen und auf sie warten, bis sie sich fertig gemacht hatte, hatte er gesagt, ihm sei übel, und sich prompt übergeben. Absichtlich herbeigeführte Übelkeit natürlich. Sie konnte sich gut erinnern, dass sie das als Kind auch so gemacht hatte. Bei Nanny hatte es immer funktioniert, doch sie war aus anderem Holz geschnitzt. Sie hatte Robbie hochgeschickt und ihm gesagt, er solle sich ausziehen und baden, so könne sie ihn unmöglich mitnehmen, er müsse allein zu Hause bleiben – im Bett. Er hatte zweifellos gehofft, sie würde klein beigeben und ihn nach Lenchester House zu Drogo schicken. Ja, sie traute es Drogo sogar zu, dass er dem Jungen zugeredet hatte, sich so anzustellen, nur um sie zu ärgern. Nun, die beiden würden lernen müssen, dass Robbie zu tun hatte, was sie sagte.

»Das ist wahrscheinlich auch ganz gut so. Schau nur, wie voll es hier ist. Ich dachte, da alle über den Sommer die Stadt verlassen haben, wäre es praktisch leer. Aber da hatte ich nicht mit den amerikanischen Touristen gerechnet.«

Emerald musste warten, bis sie an ihrem Tisch saßen und der leichte Salat, den sie bestellt hatten, vor ihnen stand, bis sie fragte: »Also, erzähl, was gibt es Wichtiges?«

»Es geht um Max.« Jeannie beugte sich über den Tisch und fuhr in einem gedämpften Flüstern fort: »Er ist seit Wochen nirgendwo mehr aufgetaucht. Ich dachte, das läge daran, dass ihr euch getrennt habt, aber anscheinend steckt er in großen Schwierigkeiten. Er wurde verhaftet, dem Vernehmen nach im Zusammenhang mit diesem schrecklichen Mord im East End. Du weißt schon, wo das Opfer zu Tode geprügelt wurde. Die Zeitungen waren voll davon.«

»Du meinst diese Unterweltgeschichte …«

»Schscht …«, warnte Jeannie sie. »Peter sagt, wir sollten nicht über ihn reden, falls die Polizei auf die Idee kommt, uns Fragen zu stellen, aber ich habe gehört, dass Max einem hohen Tier aus dem East End einen Haufen Geld schuldet. Er hat immer gern um große Summen gespielt.« Jeannie schauderte leicht, doch Emerald sah, dass sie eher aufgeregt war als besorgt.

»Ich nehme an, du triffst dich nicht mehr mit ihm?«

Emerald kniff die Lippen zusammen. Jeannie wollte also nicht nur kundtun, was sie wusste, sie hoffte auch, ein paar saftige Häppchen von Emerald aufzuschnappen.

»Nein«, antwortete sie wahrheitsgemäß. »Es war von Anfang an eine sehr lockere Angelegenheit«, fügte sie hinzu und zuckte, um es zu unterstreichen, herablassend die Achseln. »Und wenn du mich nicht mit ihm bekannt gemacht hättest, hätte ich ihn keines zweiten Blickes gewürdigt.«

»Also, wir hatten ja keine Ahnung, dass er sich immer noch … mit der Unterwelt abgibt. Er hat immer den Eindruck erweckt, er hätte das alles hinter sich gelassen.«

»So, wie wir ihn hinter uns lassen sollten«, sagte Emerald spitz.

Weil in dem Restaurant so viel los war, wurde es ziemlich spät, bis sie und Jeannie sich voneinander verabschiedeten. Auf dem Heimweg sagte sich Emerald, dass es Robbie sicher gutgetan hatte einzusehen, dass er sich nicht so benehmen konnte. Er wurde schnell groß. Bald fing das neue Schuljahr an, und das hieß, dass sie mit ihm zu *Harrods* gehen musste, um die Teile seiner Schuluniform zu ersetzen, aus denen er herausgewachsen war.

Robbie war ein guter Schüler, sein Schulleiter hatte ihn gelobt. Vielleicht sollte sie zu einem Fotografen gehen und ein Studioporträt aufnehmen lassen, um es Alessandro und seiner Mutter zu schicken. Alessandro und seine königliche Braut hatten immer noch keine Kinder produziert. Der Gedanke, wie Alessandros Mutter sich beim Anblick von Robbies Foto ärgern würde, hob Emeralds Stimmung sehr.

Drogo stand in der Bibliothek von Lenchester House vor dem Porträt seines Vorgängers und fragte wehmütig: »Nun, Herzog Robert, was meinst du? Suche ich mir eine Frau und zeuge einen Erben, oder warte ich noch ein bisschen und hoffe weiter, dass Emerald sich eines Tages in mich verliebt? Nein, du hast recht, es sieht nicht danach aus, als könnte das passieren, aber immerhin scheint der Lump, mit dem sie sich herumgetrieben hat, aus dem Rennen zu sein. Der arme Junge tut mir am meisten leid. Ein Junge braucht einen Vater, richtig? Und wenn ich ehrlich bin, liebe ich ihn jetzt schon, als wäre er mein eigenes Kind.«

Er wandte den Blick ab und richtete ihn dann wieder auf das Porträt.

»Also, was meinst du, geben wir der Sache noch ein paar Monate … sagen wir, bis Weihnachten? Einverstanden? Gut, denn ich schätze deinen Rat, von Mann zu Mann, von Herzog zu Herzog, schließlich hast du das sozusagen auch alles durchgemacht.«

Emerald war krank und schwach vor Panik. Sie war in Robbies Schlafzimmer, und ihr Sohn war keineswegs bereit, sich bei ihr für seinen Eigensinn zu entschuldigen und zuzugeben, dass er nur so getan hatte, als wäre ihm nicht gut. Ganz offenkundig ging es ihm inzwischen sehr schlecht.

Sie setzte sich auf die Bettkante. Robbie war kaum bei Bewusstsein, sein Gesicht gerötet, seine Haut brennend heiß. Emerald rief ihn beim Namen, nahm seine Hand, wollte, dass er vernünftig reagierte, doch er zitterte und stöhnte nur, und es sah so aus, als bekäme er gar nicht mit, dass sie da war.

Er war wirklich krank und brauchte rasch einen Arzt.

Mit klopfendem Herzen eilte Emerald in ihr Schlafzimmer, nahm den Hörer des weißen Telefons ab, das neben dem Bett stand, und wählte die Nummer ihres Arztes in der Harley Street. Es läutete mehrere Minuten, bis am anderen Ende jemand abhob.

»Dr. Ruthers muss sofort vorbeikommen. Meinem Sohn geht es sehr schlecht«, erklärte Emerald der Empfangsdame.

»Das ist, fürchte ich, nicht möglich«, erwiderte die Empfangsdame forsch. »Dr. Ruthers ist im Augenblick in Schottland auf der Jagd.«

»Aber es muss doch jemand da sein«, wandte Emerald ein.

»Dr. Ruthers' Vertretung ist auf einer Beerdigung im Familienkreis. Er ist morgen wieder da. Wenn Sie sich wirklich Sorgen machen, können Sie Ihren Sohn ins Kinderkrankenhaus in der Great Ormond Street bringen.«

Emerald legte den Hörer auf und eilte zurück in Robbies Zimmer. Wahrscheinlich machte sie sich unnötig Sorgen. Kinder wirkten oft recht matt, wenn sie krank waren. Inzwischen saß er wahrscheinlich im Bett und wollte Orangensaft und Kekse.

Doch dem war nicht so. Wenn überhaupt, dann sah er inzwischen noch schlechter aus. Bildete sie sich das ein, oder war er in den wenigen Minuten, die sie weg gewesen war, irgendwie geschrumpft und kleiner geworden, schwächer? Eine neue Panikwelle überkam sie, doch diesmal anders. Sie hätte ihn am liebsten hochgehoben und gehalten, damit es ihm nicht noch schlechter ging, damit er bei ihr blieb, damit …

Das Kinderkrankenhaus, hatte die Empfangsdame gesagt. Emerald zögerte. Sie brauchte Hilfe …

Sie ging noch einmal in ihr Schlafzimmer, betrachtete das Telefon, atmete tief durch und griff zum Hörer.

Drogo war mit dem Kreuzworträtsel der *Times* beschäftigt, als das Telefon läutete, und er war froh über den Vorwand, damit aufhören zu können. Der Butler war anfangs nicht besonders erfreut gewesen, als Drogo ihm erklärt hatte, er wolle seine Anrufe selbst entgegennehmen, doch Drogo hatte darauf bestanden.

»Drogo, ich bin's, Emerald. Drogo … es geht um Robbie. Er ist krank, und unser Arzt ist nicht da. Die Empfangsdame hat gesagt, ich soll ihn in die Great Ormond Street bringen, aber …«

Er hörte die Angst und die Panik in ihrer Stimme, und sein Magen krampfte sich zusammen bei dem, was sie ihm erzählte. »Ich komme«, sagte er nur. »Ich bin in zehn Minuten da.«

»Es ist alles gut, Schatz. Mummy ist bei dir«, flüsterte Emerald ihrem Sohn ins Ohr und hielt seine kleine heiße Hand fest in der ihren. Als er nicht reagierte, fügte sie fast flehend hinzu: »Onkel Drogo kommt.« Doch auch darauf reagierte Robbie nicht. Er hatte sich mit geschlossenen Augen auf der Seite zusammengerollt, das Gesicht vom Fenster abgewandt, und atmete mühsam und ungleichmäßig.

Wo blieb Drogo nur? Er müsste doch längst da sein. Emerald stand auf, trat ans Schlafzimmerfenster und blickte besorgt hinunter auf den Platz.

Er hatte zehn Minuten gesagt, und das war jetzt über eine Viertelstunde her.

Ein Rolls-Royce, imposant und schimmernd, bog in den Cadogan Place ein und versperrte ihr kurzzeitig den Blick auf den Gehweg. Während Emerald ungeduldig darauf wartete, dass er weiterfuhr, sah sie, dass er langsamer fuhr, als er sich ihrer Adresse näherte, und dann entdeckte sie Drogo, der mit raschen Schritten die Straße herunter auf das Haus zukam. Erleichtert flog sie fast die Treppe hinunter, um ihn einzulassen.

Doch als sie die Tür öffnete, stand er ins Gespräch vertieft mit einem sehr viel älteren Mann, der aus dem Rolls-Royce gestiegen war, auf dem Gehweg.

Außer sich vor Angst wollte Emerald ihn gerade auf sich

aufmerksam machen, da wandte er sich ihr zu und sagte: »Ich habe mir erlaubt, Dr. Salthouse anzurufen und ihn zu bitten, direkt hierherzukommen, Emerald.«

Ein Arzt! Emerald hätte weinen können vor Dankbarkeit.

»Er ist oben«, sagte sie zu den beiden Männern.

Es schien ewig zu dauern, bis der Arzt Robbie vollständig untersucht hatte. Emerald beantwortete seine Fragen, so gut sie konnte.

»Als er sagte, er hätte Kopfschmerzen, und ihm wäre übel, habe ich gedacht, er würde nur so tun. Das habe ich als Kind auch gemacht, wenn ich mich vor etwas drücken wollte.«

Es war ihre Schuld, dass Robbie so krank war. Ganz allein ihre Schuld. Ihr Herz fühlte sich an, als würde es von riesigen Kneifzangen gepackt und auseinandergerissen. Wieso hatte sie bis jetzt nicht gewusst, wie teuer ihr Sohn ihr war, wie unendlich viel wichtiger als alles andere im Leben?

»Es ist meine Schuld, dass es ihm so schlecht geht. Ich hätte ihn niemals allein lassen dürfen.«

Hilflos blickte sie auf ihren kranken Sohn.

»Du darfst dir nicht die Schuld geben.« Drogos Stimme war ruhig und fest, die Berührung seiner Hand unerwartet tröstlich. Am liebsten hätte sie sich daran geklammert.

Der Arzt hatte die Bettdecke zurückgeschlagen und Robbies Schlafanzugjacke aufgeknöpft. Auf seinem Bauch war ein Ausschlag.

»Was ist das?«, fragte Emerald den Arzt besorgt. »Die Windpocken hatte er schon, und die Masern auch und …«

»Ich denke, es ist im Augenblick das Beste für Ihren Sohn, Lady Emerald, wenn wir ihn ins Krankenhaus bringen«, sagte Dr. Salthouse, ohne ihre Frage zu beantworten.

»Krankenhaus?« Ihr besorgter Blick richtete sich auf Drogos Gesicht, nicht auf das des Arztes. »Dann ist es … ernst?«

Dr. Salthouse sah sie an und sagte dann langsam: »Ich kann

es noch nicht mit Sicherheit sagen, aber es könnte sein, dass Robbie Meningitis hat. Wir hatten über den Sommer einige Fälle in der Stadt, und es ist natürlich ansteckend.«

Emerald starrte ihn an.

»Meningitis? Aber das ist … das ist sehr gefährlich, nicht wahr? Kinder sterben daran. Ich …« Ein Blick in Drogos Gesicht verriet ihr, dass sie recht hatte und dass er ihre Besorgnis teilte.

»Wir dürfen nicht schwarzsehen, Lady Emerald. Wir wissen noch nicht, ob Robbie tatsächlich Meningitis hat, und wenn, dann haben wir Penizillin.«

»Aber ich habe erst letzte Woche in der Zeitung gelesen, dass kürzlich drei Kinder daran gestorben sind.«

»Wenn ich Ihr Telefon benutzen dürfte, Lady Emerald, dann kümmere ich mich darum, dass Robbie in der Ormond Street aufgenommen wird. Sie schicken einen Krankenwagen.«

»Ich möchte mit ihm fahren.«

Der Arzt runzelte die Stirn.

»Lady Emerald und ich folgen dem Krankenwagen in meinem Wagen, Doktor«, schlug Drogo vor, indem er die Sache in die Hand nahm.

Das Undenkbare und Unfassbare war wahr: Robbie hatte tatsächlich Meningitis, er war ein sehr kranker kleiner Junge.

Man hatte ihm Aspirin gegeben, um das Fieber zu senken, und Penizillin gegen die Entzündung.

»Und wenn es nicht wirkt?«, hatte Emerald den Kinderarzt im Krankenhaus gefragt.

Sein Blick bestätigte ihr nur, was sie schon wusste.

»Dann wird er sterben, nicht wahr?«, fragte sie hysterisch. »Mein Baby wird sterben, und es ist meine Schuld.«

»Das wissen wir nicht«, hatte der Kinderarzt gesagt. »Meningitis ist eine sehr ernste Erkrankung, aber bei manchen Kindern verschwindet sie über Nacht, und es bleibt nichts zurück. Andere überleben die Entzündung, haben aber später im Leben Probleme. Ja, es gibt auch Kinder, die traurigerweise daran sterben, aber es ist zu früh, um zu sagen, was mit Robbie wird. Ich kann Ihnen aber versichern, dass er hier an dem Ort ist, wo ihm am besten geholfen werden kann, und mit dem Penizillin haben wir eine gute Chance, die Entzündung zu bekämpfen.«

Als der Arzt sich verabschiedete, stand Emerald kurz vor dem Zusammenbruch. Doch die Tatsache, dass Drogo da war und mitbekam, was passiert war, weil sie Robbie vernachlässigt hatte, und wie sehr es ihr zusetzte, als ihr aufging, was sie getan hatte, sorgte dafür, dass sie sich zusammenriss. Das hier war tausendmal schlimmer als die Angst, die sie gehabt hatte, als sie selbst im Krankenhaus gewesen war.

Das Rascheln gestärkter Baumwolle kündigte eine Krankenschwester an, die in Robbies Privatzimmer gehastet kam. Ihre Schuhe quietschten auf dem glänzend sauberen Linoleum, und sie brachte eine frische Ladung desinfektionsmittelgeschwängerter Luft ins Zimmer.

»Lady Emerald, warum gehen Sie nicht nach Hause und versuchen, ein wenig Ruhe zu finden? Wir rufen Sie morgen früh an. Die Besuchszeit ist …«

»Nein. Ich gehe nirgendwohin. Ich will hier bei Robbie bleiben«, unterbrach Emerald sie sofort.

Die Schwester setzte ein resolutes Gesicht auf. »Ich fürchte, das ist nicht möglich.«

»Ich kann ihn nicht alleinlassen. Wenn er …?« Hilflos blinzelte Emerald Tränen fort und sah immer wieder verzweifelt zu Drogo hinüber.

»Sie können das natürlich nicht wissen, Schwester, aber vor einigen Wochen ist Lady Emerald an mich herangetreten, um mich zu fragen, ob ich mit ihr zusammen einem Komitee vorstehen möchte, das sie gründen will, um im Namen ihres verstorbenen Vaters, meines Vorgängers, Geld für dieses Krankenhaus zu sammeln. Lady Emerald hat ein besonderes Interesse für kranke Kinder. Traurigerweise verlor ihr Bruder sein Leben in sehr jungen Jahren. Da sie eine besondere Freundin des Krankenhauses ist, bin ich mir sicher, dass es unter diesen Umständen möglich ist, Lady Emerald zu erlauben, hier in Robbies Zimmer bei ihm zu bleiben?«

Emerald musste zugeben, dass Drogos Einspruch ein Meisterwerk war. Während sie in verzweifelter Hoffnung die Luft anhielt, bedachte die Krankenschwester Drogo mit einem kühlen, ironischen Blick, bevor sie sagte: »Ich glaube, die Frühchenstation braucht dringend Inkubatoren, die kosten rund hunderttausend Pfund. Glauben Sie, dass Lady Emeralds Komitee so einen Betrag aufbringen kann, Euer Gnaden?«

»Dafür lege ich meine Hand ins Feuer«, antwortete Drogo prompt.

Die Schwester warf einen Blick auf Emerald und wandte sich dann wieder Drogo zu.

»Nun denn, aber ich muss darauf bestehen, dass Lady Emerald nur bleiben kann, wenn sie die Schwestern nicht bei ihrer Arbeit stört und ihnen auch keine zusätzliche Arbeit macht.«

»Oh, das werde ich nicht«, versicherte Emerald ihr inbrünstig.

Die Krankenschwester verließ das Zimmer, und jetzt klang das Rascheln der Wäschestärke irgendwie sehr missbilligend. Emerald und Drogo blieben allein bei Robbie zurück.

Sie musste sich bei ihm bedanken, es nicht zu tun war undenkbar. Doch genau wie die vielen anderen Male, wenn sie verzweifelt versucht hatte, die Emerald, die mit großem Vergnügen unfreundlich und schwierig war, zu leugnen und zu bekämpfen, bekam sie aus irgendeinem Grund Angst davor.

»Ich muss jetzt gehen«, sagte Drogo. »Möchtest du, dass ich deiner Mutter Bescheid sage …«

»Nein. Nein, ich will sie nicht unnötig beunruhigen. Sie kann ohnehin nichts tun.«

»Sie könnte dir beistehen.«

Emerald schüttelte den Kopf. »Nein, ich will sie nicht hier haben.«

Das war gelogen. Sie wünschte sich verzweifelt, nicht allein zu sein mit ihrer Angst, Robbie könnte sterben. Doch sie wollte nicht ihre Mutter bei sich haben, wie sie überrascht erkannte, sondern Drogo.

51

Unfähig, einen Blick darauf zu werfen, stopfte Ella die Karte mit dem Arzttermin mit steifen, unbeholfenen Fingern in ihre Handtasche. Der verräterische Geruch nach Betäubungsmitteln und anderen unheimlichen Substanzen steckte ihr immer noch in der Nase. Klebte er an ihr, an ihrer Haut, ihrem Haar und ihren Kleidern?

Sie hatte das Gefühl, wenn sie nicht aufpasste, würde sie in Tränen ausbrechen, und das durfte sie auf keinen Fall. Ella atmete tief durch und näherte sich dem Eingang der *Vogue*-Redaktion.

Sie kannte sich selbst nicht mehr in den letzten sieben Wochen. Normalerweise war sie so ruhig, und wenn sie einmal nicht ruhig war, konnte sie es gut verbergen, doch in letzter Zeit war es, als seien ihre Gefühle völlig außer Kontrolle geraten, und zwar gewaltig. Sie schlief nicht richtig, sie hatte zum ersten Mal Pickel im Gesicht, und – was am aufschlussreichsten war – ihr war morgens übel und sie hatte zweimal ihre Periode nicht bekommen.

Wie sie im Arztzimmer des Gynäkologen – dessen Namen sie nur unter dem Versprechen unbedingter Geheimhaltung von einer Kollegin bekommen hatte – weinend bemerkt hatte, hätte sie unmöglich schwanger werden dürfen. Sie nahm schließlich die Pille, und die Pille verhinderte, dass man schwanger wurde, doch die ausbleibende Regel und die verräterische morgendliche Übelkeit konnten nicht länger ignoriert werden.

Dass sie schwanger war, erfüllte sie mit Angst und Entsetzen. Auch jetzt noch, obwohl sie am Morgen beim Frauenarzt gewesen war, um sich das Ergebnis des Schwangerschaftstests abzuholen, den er vor einer Woche gemacht hatte und der bestätigt hatte, dass sie tatsächlich Olivers Kind unter dem Herzen trug.

Sie war natürlich erleichtert, dass der Arzt sich einverstanden erklärt hatte, die Schwangerschaft abzubrechen, doch ihr war immer noch übel vor Schock und Angst, denn sie verstand einfach nicht, warum die Pille versagt hatte. Sie würde sich erst entspannen können, wenn alles vorbei war.

Einen Schwangerschaftsabbruch vornehmen zu lassen war verboten, doch es gab Ärzte, die so etwas durchführten – wenn man verzweifelt oder reich genug war. Ella hatte das Gefühl, sie hatte Glück gehabt. Eine ihrer Kolleginnen bei *Vogue* hatte ihren Zustand erraten und Ella unter Druck den Namen eines Arztes genannt, von dem sie gehört hatte, dass er sichere Abtreibungen unter sterilen Bedingungen durchführte – zu einem nicht geringen Preis und nur auf mündliche Empfehlung von jemandem, der eingeweiht war.

»Sie sind gesund«, hatte er ihr am Morgen erklärt, nachdem er ihr gesagt hatte, dass der Test die Schwangerschaft bestätigt hatte. »Es gibt keinen Grund, warum Sie nicht irgendwann ein gesundes Kind zur Welt bringen sollten.«

»Aber ich kann kein Kind bekommen«, hatte Ella geweint. Mit kreidebleichem Gesicht hatte sie ihm von ihrer Mutter erzählt, und er hatte ihr zugehört, genickt und ihr dann gesagt, sie solle zu seiner Sprechstundenhelferin gehen und bei ihr in einer Woche einen Termin für eine Ausschabung machen.

Es war Herbst, und das Laub im Central Park prangte in den phantastischsten Schattierungen von Karmesinrot und Gold, doch die Sonne war noch warm, zu warm für den Herbstmantel über dem neuen karierten Herbstminirock und dem farblich passenden Pullover mit Zopfmuster in einem tiefen Pflaumenblau. Dazu trug sie ein Paar Wildlederstiefel von Biba, die Janey ihr geschickt hatte und um die die ganze Redaktion sie seufzend beneidete.

Herbst. In weniger als einem Monat würde Brad wieder in New York sein. Er hatte ihr in der Woche zuvor geschrieben, er sei dabei, dem Buch den letzten Schliff zu geben, treffe Vorkehrungen für seine Rückkehr in die Stadt und freue sich sehr darauf, sie wiederzusehen und »da weiterzumachen, wo wir aufgehört haben«.

Einst hätten diese Worte sie erregt und ihr Herz mit Aufregung und Freude erfüllt. Einst. In der sehr kurzen Zeit zwischen dem Tag, als sie zum ersten Mal mit Oliver ins Bett gegangen war, und dem Tag, da sie erfahren hatte, welche unerwünschten Konsequenzen das gehabt hatte.

Oliver bereitete seine Rückkehr nach London vor. Sie hatte ihn am vorangegangenen Tag kurz gesehen, als er in die Redaktion gekommen war, um mit der Moderedakteurin die Fotos zu besprechen, die er bei dem Shooting in der Wüste gemacht hatte. Ella war zu Ohren gekommen, dass die legendäre Chefredakteurin von *Vogue*, Diana Vreeland, sie als absolute Meisterwerke bezeichnet hatte.

Oliver hatte ihr einen Blick zugeworfen, doch zu Ellas Erleichterung hatte er nicht den Versuch unternommen, mit ihr zu reden. Genau so wollte sie es haben. Schließlich hatten sie einander nichts zu sagen. Sie würde erleichtert sein, wenn er wieder in London war. Einst hätte die Tatsache, dass er in der Redaktion war, ausgereicht, um sie in Aufruhr und Angst zu versetzen, doch jetzt überlagerte die tiefere und belastende Angst wegen ihrer Schwangerschaft alle anderen Gefühle. Dr. Goldberg hatte ihr gesagt, sie solle sich ein Schmerzmittel besorgen. Er hatte ihr aufgeschrieben, was sie kaufen sollte. Sie hatte den Zettel doch sicher verwahrt, oder? Ängstlich öffnete Ella ihre Handtasche, um nachzusehen.

Oliver verließ gerade das *Vogue*-Gebäude, als er Ella die Straße herunter darauf zukommen sah, eine schlanke, attraktive Gestalt in ihrem pflaumenblau-schwarzen Mantel und ihren Wildlederstiefeln, während die Sonne auf ihrem Haar schimmerte. Etwas Ungewohntes und Ungewolltes regte sich in ihm. Ein Verlangen, das Bedürfnis, zu ihr zu gehen und … was? Anspruch auf sie zu erheben? Schön, er hatte ein paar Tage mit ihr bumsen dürfen, doch das war jetzt vorbei. Allerdings fiel ihm auf, dass sie nicht besonders glücklich wirkte. Ja, sie wirkte sogar durch und durch unglücklich, ihr Gesicht war blasser und schmaler als in seiner Erinnerung. Was war der Grund dafür? Hatte sie sich mit ihrem Freund gestritten?

Statt in die entgegengesetzte Richtung zu gehen, wie er es eigentlich vorgehabt hatte, wandte er sich um und ging mit federnden Schritten auf sie zu.

Sie kramte immer noch in ihrer Handtasche herum. Typisch Frau, dachte Oliver, als er näher kam und sie ansprach und ihr dabei die Hand auf den Arm legte.

Oliver! Die offene Handtasche rutschte Ella aus den plötzlich tauben Fingern und ergoss ihren Inhalt auf den Gehweg. Sie bückte sich, ohne auf die Benommenheit zu achten, die sie bei der plötzlichen Bewegung überkam, und versuchte panisch, ihre Sachen einzusammeln, doch Oliver hatte sich schon hingehockt, und seine Hände waren schneller und größer als ihre, sodass er ihr zuvorkam.

Sie ist jetzt wirklich unglaublich sexy, dachte Oliver selbstgefällig, und das ist mein Werk. Schon reagierte sein Körper auf ihre Nähe. Im Geiste wog er die Chance ab, sie dazu zu überreden, ein letztes Mal zum Abschied mit ihm zu ficken, und seine Lippen bogen sich schon zu dem Lächeln, mit dem er sie beschwatzen wollte. Er hatte ihre Handtasche in der Hand, ihren Lippenstift und einige Zettel, und an einen war eine Visitenkarte getackert. Müßig drehte er sie um und schaute, was darauf stand. Seine Mutter hatte immer schon gesagt, er wäre zu neugierig.

Sobald er die Worte gelesen und verstanden hatte, wurden sie zu einer Kraft, die die Welt aus den Angeln hob, bevor sie knirschend wieder … Er blickte von dem Ergebnis des Schwangerschaftstests, das er in Händen hielt, zu Ellas kreidebleichem Gesicht.

»Du bist schwanger.«

Sinnlos, es zu leugnen. Schließlich hielt er den Beweis in Händen.

»Ja«, antwortete Ella, als sie beide aufstanden. »Es war ein Unfall. Ich weiß nicht, wie es passiert ist.«

Als Oliver sie ungläubig ansah, beharrte sie: »Ich nehme die Pille. Es hätte nicht passieren dürfen. Und du musst dir auch keine Sorgen machen. Ich lasse … ich lasse einen Eingriff machen. Ich habe schon einen Termin.«

»Du lässt es abtreiben?«

Bei seinen unverblümten Worten fuhr sie zusammen und wollte instinktiv schützend die Hand auf ihren flachen Bauch legen, doch das verbot sie sich und sagte nur: »Ja.«

»Und das ist der Arzt, der es macht?«, wollte Oliver wissen.

»Ja. Nicht dass es dich etwas anginge.«

Sie war zittrig, den Tränen nahe. Sie wollte nicht, dass er sie weinen sah, als ob … als ob das, was zwischen ihnen passiert war, etwas bedeutete, wo es doch überhaupt nichts bedeutet hatte.

Ella wagte nicht, noch etwas zu sagen, trat um Oliver herum und lief dann fast den restlichen Weg zum *Vogue*-Gebäude, wagte es nicht, zurückzublicken, und entspannte sich erst, als sie in ihrem Büro war, wo sie sich relativ sicher fühlte. Erst da ging ihr auf, dass Oliver noch das Ergebnis des Schwangerschaftstests und den Zettel mit dem Termin für die Ausschabung hatte. Nicht dass es eine Rolle spielte. Das Datum und die Uhrzeit würde sie wohl kaum vergessen, oder?

Wie konnte sie so leichtsinnig und so tollkühn sein? Roses Hand zitterte, als sie in ihr frisch geschnittenes Haar fuhr. Nachdem sie so lange Joshs Bubikopf getragen hatte, kam es ihr immer noch seltsam kurz vor. Doch jetzt war es zu spät, zu bedauern, was sie getan hatte. Was geschehen war, konnte nicht ungeschehen gemacht werden. Es würde natürlich Kommentare – und Kritik – geben, Fragen und verletzte Gefühle, weil sie es für sich behalten hatte, doch bis zur letzten Minute war sie sich nicht sicher gewesen, ob sie es tatsächlich tun würde. Doch dann hatte Josh angerufen und gesagt, er müsse sie dringend sehen wegen etwas, das Patsy ihm erzählt hatte, und das hatte den Ausschlag gegeben. Vielleicht würde sie es bedauern, aber wenigstens würde es sie vor der Demütigung bewahren, von Josh gesagt zu bekommen, es tue ihm wirklich leid, dass sie ihn liebte, aber er liebe Patsy.

Ihre Hände waren feucht. Er würde jede Minute hier sein. Würde er allein kommen, oder würde Patsy bei ihm sein? Würde er – würden sie – sie wieder beschuldigen, sich aus bemitleidenswert unerwiderter Liebe an ihn zu klammern? Na, wenn dem so war, dann hatte sie ihre Antwort parat.

Josh kam fünf Minuten später, und zum Glück war er allein. Er nahm auf der Treppe zu ihrem Atelier zwei Stufen auf einmal. Das wusste sie, weil sie seine Schritte auf der Treppe hörte und weil er immer so heraufkam. Wie ein Frühwarnsystem gab es ihr Zeit, sich zu wappnen, ein Lächeln aufzusetzen, das freundlich war, aber nicht liebevoll, warm, aber nicht zärtlich, einladend, aber nicht bedürftig.

Sie stand auf, als er hereinkam. Er blieb einige Schritte vor ihr stehen.

»Ich muss dir etwas Wichtiges sagen.«

Ihr neuer Haarschnitt war ihm gar nicht aufgefallen.

»Wenn es um die Geschäftspartnerschaft geht …«

»Zum Teufel damit«, unterbrach er sie.

Ihr Herz raste, was nicht gut war, genauso wenig wie das vertraute süße Sehnen und die Verletzlichkeit, die in all ihrer hilflosen, heimtückischen Treulosigkeit in ihr aufblühten.

»Ich gehe nicht nach Amerika.«

Der Schock traf sie wie ein Schlag, und sie taumelte vor dem zurück, was das bedeuten konnte. Sie versuchte, möglichst normal zu klingen.

»Da wird Patsy aber nicht begeistert sein.«

»Zum Teufel mit Patsy«, sagte Josh. »Willst du wissen, warum ich es mir anders überlegt habe?«

»Wenn du es mir sagen willst.«

»Ich gehe deinetwegen nicht.«

Ihre Brust wurde eng, das Atmen fiel ihr schwer.

»Ich kann dich nicht zurücklassen.«

Er schüttelte den Kopf, als fände er dieses Eingeständnis amüsant.

»Wenn ich ehrlich bin, *will* ich dich nicht zurücklassen.« Seine Stimme war jetzt weicher und wärmer. Er trat auf sie zu, nahm ihre Hand und sah sie lächelnd an. »Ich war ein Idiot, Rose. Was ich wirklich will, war die ganze Zeit direkt vor meiner Nase, aber erst als ich dir den Rücken kehren wollte, ging mir auf, was ich verlieren würde.«

Sie fing an zu zittern.

»Ich bleibe hier, und wir heiraten und …«

Rose schüttelte den Kopf. »Ich kann dich nicht heiraten.«

»Warum nicht?«

»Ich bin schon verheiratet. Pete und ich haben uns vor einer Woche trauen lassen.«

52

»Was? Warum? Warum hast du ihn geheiratet, wenn du mich liebst? Und versuch nicht, es zu leugnen, denn ich weiß es, auch wenn ich Patsy gebraucht habe, um zu begreifen, was ich schon vor Jahren ganz allein hätte begreifen müssen.«

»Er hat mich gefragt. Und … und ich dachte, es wäre das Richtige.«

Sie sahen einander an, und dann drehte Josh sich um, verließ das Zimmer und ließ sie allein in der schmerzenden Stille zurück.

Zu ihrer neuen Frisur hatte er immer noch nichts gesagt.

Ella war rechtzeitig zu ihrem Termin gekommen. Die Empfangsdame hatte sie angelächelt und auf einer Liste auf ihrem Tisch hinter ihren Namen ein Häkchen gemacht, und dann war eine muntere, routinierte Krankenschwester gekommen und hatte sie in ihr Zimmer begleitet.

Jetzt trug sie ein Krankenhaushemd und wartete … wartete darauf, dass der Arzt kam und das herausholte, was in ihr wuchs, damit sie mit ihrem Leben weitermachen konnte, wartete darauf, dass es entfernt wurde, damit sie keine Angst mehr vor der Verrücktheit haben musste, die seine Geburt bei ihr auslösen könnte.

Jetzt dauerte es nicht mehr lange. Die Krankenschwester hatte gesagt, sie wäre die Erste auf der Liste, und bald würde jemand mit der Prämedikation kommen. Dann würde man ihr ein Narkosemittel verabreichen und dann …

Im Park zog Ollie schlurfend die Füße durch das Laub. Es raschelte trocken, und sein erdiger Geruch stieg ihm in die Nase. In seiner Kindheit war Herbst nichts anderes gewesen als East-End-Nebel und der raue, rasselnde Husten der alten

Leute. Wie Herbstlaub zu Boden sank, hatte er, soweit er sich erinnern konnte, zum ersten Mal gesehen, als er wegen einer Erkältung nicht in die Schule gehen konnte. Seine Mutter hatte ihn mit zur Arbeit genommen und ihm gesagt, er solle sich nicht blicken lassen und leise sein, als sie in der Küche des Hauses, wo sie putzte, Hut und Mantel abgelegt und ihre Kittelschürze angezogen hatte. Das Haus seines Vaters, wie er jetzt wusste.

Er war, sobald sie ihm den Rücken zugewandt hatte, in den Garten geschlichen und war so wie jetzt mit den Füßen durchs Laub geschlurft. Dabei hatte er großen Spaß gehabt, bis direkt vor ihm ein Paar blankpolierter schwarzer Schuhe aufgetaucht war. Er hatte an der makellosen Hose mit der messerscharfen Bügelfalte und dann am Mantel hinaufgeschaut, bis sein Blick schließlich das strenge, schroffe Gesicht des Mannes erreichte, der auf ihn herabblickte. Er war erschrocken, denn er erinnerte sich an die mahnenden Worte seiner Mutter, und er hatte sich umgedreht, um zu fliehen, doch er war mit dem Fuß irgendwo hängen geblieben und hingefallen.

Als der Mann ihn hochgehoben hatte, hatte er zuerst panische Angst gehabt und sich vor allen möglichen unerwünschten Konsequenzen gefürchtet, wie etwa Schlägen von seiner Mutter auf die nackten Beine oder, noch schlimmer, dem Gürtel seines Vaters, doch der Mann hatte nichts gesagt, hatte ihn nur festgehalten, sodass ihre Augen auf gleicher Höhe waren, und ihn schweigend angesehen. Bevor der Mann ihn runterließ, hatte er Olivers Arme plötzlich fester mit seinen Händen umfasst.

Diese Erinnerung war alles, was er von seinem Vater hatte – alles und nichts. Er hatte den Mann, der ihm das Leben geschenkt hatte, nie um etwas bitten können, doch dieses Leben war ihm geschenkt worden. Im Gegensatz zu seinem eigenen Kind, dessen Leben heute ausgelöscht werden würde, bevor es richtig angefangen hatte.

Er war am Ausgang des Parks, bevor ihm überhaupt bewusst wurde, dass er sich auf den Weg gemacht hatte, winkte ein Taxi herbei und nannte dem Fahrer die Adresse, die ihm jetzt wieder einfiel. Er hatte gar nicht gewusst, dass er sie sich gemerkt hatte.

Die Empfangsdame hörte ihm mit geschürzten Lippen und eisigem Blick zu.

»Es tut mir leid …«, sagte sie.

»Nein, das tut es nicht«, unterbrach Oliver sie, »aber es wird Ihnen noch verdammt leidtun, wenn Sie mir nicht sagen, wo sie ist, und zwar schnell.«

Als er den Flur hinunterlief, versuchte eine Krankenschwester, die ihn mit offenem Mund anstarrte, sich ihm in den Weg zu stellen. »Sie können da nicht rein.«

Durch den betäubenden Nebel der sedierenden Medikamente hörte Ella die heftige Auseinandersetzung im Flur. Dann flog die Tür auf, und Oliver platzte herein.

»Sie kann jetzt nicht gehen. Sie hat schon ihre Prämedikation bekommen.« Das war die Krankenschwester, die sich zwischen sie und Oliver geschoben hatte.

»Schön«, erklärte Oliver ihr. »Dann bleibe ich bei ihr, bis sie wieder gehen kann, aber ich lasse nicht zu, dass mein Kind abgetrieben wird. Verstanden?«

Die Worte drangen wie ein Schock durch den Nebel, der Ella einhüllte, und trieben ihren langsamen Herzschlag plötzlich zu einem wilden, ängstlichen Pochen an.

»Ich gehe einen Arzt holen. Er wird sich das nicht gefallen lassen«, drohte die Krankenschwester.

»Gehen Sie ihn suchen, und sagen Sie ihm, dass ich ihn anzeigen werde, weil er mein Kind abtreiben wollte.«

Die Krankenschwester war gegangen, doch Oliver war noch da, beugte sich über das Bett, legte Ella die Hand auf den Arm und sagte eindringlich: »Komm, wir verschwinden hier.«

Die Medikamente schienen sie aller Willenskraft beraubt zu haben. Und so machte sie einfach bei den fast traumähnlichen Dingen mit, die ihr widerfuhren.

In der einen Minute lag sie im Bett, und in der nächsten, so kam es ihr wenigstens vor, war sie in Olivers Armen und dann in einem Taxi, dann in einem Aufzug und dann in einem anderen Bett, wo man ihr endlich erlaubte zu schlafen.

Hin- und hergerissen zwischen Hochstimmung und Unglauben, blickte Oliver auf die schlafende Ella. Was zum Teufel hatte er getan? Ein Kind war das Letzte, was er wollte. So wie sein Vater ihn nicht gewollt haben konnte. Doch er hatte ihm erlaubt zu leben, er hatte sich, so gut es ging, um ihn gekümmert, hatte für ihn und für seine Mutter gesorgt. Daran erkannte man einen wahren Mann. Und Oliver konnte und wollte kein geringerer Mann sein als sein Vater.

Langsam und zögernd wurde Ella wach. Ihre Hand lag auf der Bettdecke über ihrem flachen Bauch. Tränen quollen unter ihren geschlossenen Augenlidern hervor. Sie hatte tun müssen, was sie getan hatte, doch sie würde Kummer und Schuldgefühle ertragen müssen. Jetzt würde ihr Kind nie geboren werden, doch besser so, als eine Mutter zu haben, die später in ihrem Wahnsinn versuchen würde, es umzubringen.

Jemand stand an ihrem Bett.

»Weiß der Himmel, was in der verdammten Prämedikation war. Du warst fast zwei Stunden bewusstlos.«

Oliver. Was machte er hier?

Ellas Körper zuckte unter der Bettdecke, als sie versuchte, sich aufzusetzen. Dabei ging ihr auf, dass sie nicht in einem Krankenhausbett lag, sondern in dem Schlafzimmer von Olivers Mietwohnung.

Vage Erinnerungen stiegen auf, geisterhaft und verschwommen.

»Das Kind ist noch da«, sagte Oliver abrupt.

Noch da? Sie sah ihn verständnislos an.

»Ich konnte es nicht zulassen.«

Er konnte es nicht zulassen?

Endlich fand Ella ihre Stimme wieder. »Das war nicht deine Entscheidung.«

Oliver tat ihren Einwand mit einem Achselzucken ab. »Das Kind ist von mir. Und noch etwas: Kein Kind von mir wird aufwachsen, ohne zu wissen, wer sein Vater ist, und ohne meinen Namen zu tragen.« Wie er aufgewachsen war. »Das bedeutet, dass wir heiraten müssen.«

Heiraten? Sie und Oliver?

»Nein«, versetzte Ella augenblicklich.

»Doch«, beharrte Oliver und fügte fast streng hinzu: »Du hast jetzt keine andere Wahl. Ich kann mir nicht vorstellen, dass deine vornehme Familie eine Anzeige in die *Times* setzen würde, um der Welt zu verkünden, dass du einen kleinen Bastard zur Welt gebracht hast.«

Ella zuckte zusammen.

»Das kann ja wohl nicht dein Ernst sein. Ich habe dir doch erzählt, was meiner Mutter passiert ist«, erinnerte sie ihn verzweifelt.

Oliver ließ sich nicht beirren. »Ich meine es ernst. Wir haben dieses Kind zusammen gezeugt, und es wird auf keinen Fall so aufwachsen wie ich, ohne zu wissen, wer sein leiblicher Vater ist. Sobald es auf der Welt ist, kannst du machen, was du willst – mich sitzen lassen, dich von mir scheiden lassen … du kannst tun und lassen, was du willst, aber das Kind ist mein Kind, und es bleibt bei mir.«

53

Drei Tage, vier Tage, fast fünf, fast eine Woche, und Robbie wurde mit jeder Stunde schwächer. Er wirkte beängstigend klein und zerbrechlich unter der Decke des Krankenhausbetts, die Augen riesig in ihren Augenhöhlen über den eingesunkenen, wächsernen Wangen.

»Onkel Drogo?« Das Sprechen kostete ihn offensichtlich große Mühe, und sein dünnes, zartes Stimmchen riss an Emeralds Herz. Sie liebte ihn so sehr. Warum hatte sie so lange gebraucht, um zu erkennen, was für ein kostbares Geschenk er war?

»Er kommt bald«, antwortete sie.

Sie durfte nicht gekränkt sein, dass Robbie viel munterer war, wenn Drogo da war.

Als Drogo einige Minuten später kam, spiegelten sich in seinem Gesicht dieselben Gefühle – Erschöpfung, Anspannung, Angst und der Wunsch, sich an jeden noch so schwachen Hoffnungsschimmer zu klammern – wie in ihrem eigenen. Da die Krankenschwester angeordnet hatte, dass immer nur einer von ihnen bei Robbie sein durfte, beugte Emerald sich über ihren Sohn, gab ihm einen Kuss auf die Stirn und wandte sich der Tür zu.

Sie konnte sich nicht erinnern, wann sie das letzte Mal etwas gegessen hatte, doch allein bei dem Gedanken an Essen wurde ihr übel. Aus dem Krankenhaus in die Septembersonne zu treten war genauso verwirrend, wie Menschen zu sehen, die ihren normalen Alltagsbeschäftigungen nachgingen, blind gegen ihren Schmerz, gegen Robbie und die Zwillingsmächte Leben und Tod, die um ihn rangen.

Sie hatte das Krankenhaus kaum verlassen, seit Robbie eingeliefert worden war, und war darauf angewiesen gewesen, dass Drogo ihr saubere Kleider und andere notwendige Dinge brachte. Vor sich sah sie eine kleine Kirche. Ohne besonderes Ziel ging sie darauf zu. Das Portal stand offen, in der Luft hing schwerer, süßer Weihrauchduft. Aus dem dunklen Inneren kam eine Frau mit einem Kopftuch.

Aus einem Impuls heraus betrat Emerald die Kirche und blieb stehen. Sie war ein Eindringling, jemand, der hier nichts verloren hatte. Sie ging nur in die Kirche, wenn sie an einer Hochzeit teilnahm – oder einer Beerdigung. Ein Schauder durchfuhr sie.

Inzwischen hatten ihre Augen sich an die Düsternis des Innenraums gewöhnt. Sie beobachtete eine Frau, die an ihr vorbeiging, sich bekreuzigte, eine Kerze anzündete und die zarte Flamme vor dem kalten Luftzug in der Kirche abschirmte.

Robbie war wie diese Kerze, seiner Krankheit genauso hilflos ausgeliefert wie die Flamme dem Luftzug. Wie die Kerze brauchte auch er jemanden, der ihn beschützte. Emerald ging unsicher auf den Ständer mit den Kerzen zu und nahm mit zitternden Händen eine.

»Es tut mir leid, Gott«, flüsterte sie, als sie versuchte, sie anzuzünden, »aber ich habe kein Kopftuch.« Würde er es ihr – und Robbie – ankreiden, dass sie ohne Kopfbedeckung in Gottes Haus war? Würde er sie für ihren mangelnden Respekt bestrafen?

»Sind Sie hergekommen, um für jemand Bestimmten zu beten?«

Emerald brauchte einige Sekunden, um zu verstehen, was die Frau, die jetzt neben ihr stand, gesagt hatte, denn sie sprach mit starkem irischem Akzent. Sie war klein und ältlich, doch ihre scharfen Augen blickten sie neugierig an.

Ein Wachstropfen tropfte von der zitternden Kerze auf den Tisch, obwohl Emerald versuchte, sie gerade zu halten. Eine Träne tropfte daneben.

»Für meinen Sohn. Er ist sehr krank. Und es ist meine Schuld.«

»Sicher. Jede Mutter im Land glaubt das, wenn ihre Kleinen krank sind. Selbst die Jungfrau Maria, wage ich zu behaupten.« Während sie sprach, wies die alte Frau mit einem Nicken auf die Madonnenstatue in einigen Metern Entfernung. »An sie sollten Sie Ihre Gebete richten, denn sie versteht die Tränen einer Mutter.«

»Ich habe kein Kopftuch«, flüsterte Emerald. »Ich …«

»Auch wenn Sie immer versucht haben, es zu verbergen, ist es doch in Ihrem Herzen. Das Herz einer Mutter steht einem Kind immer offen, auch wenn das Kind von seiner eigenen Dummheit geblendet ist. Sie müssen nur Ihren Stolz überwinden und vertrauen.« Die Hand der alten Frau legte sich um die zitternde Kerzenflamme, sodass diese sich beruhigen und wachsen konnte. »Gehen Sie zu ihr, und öffnen Sie ihr Ihr Herz. Sie wird Sie anhören.«

Emerald drehte sich um, um die Madonna anzusehen, und dann wandte sie sich wieder zu der alten Frau um, doch die war fort.

Zu einer Statue beten? Herrjemine, ihre Clique hätte was zu lachen.

Emerald atmete tief durch und nahm die Kerze. Als sie vor der Marienstatue niederkniete, schien die Luft um sie herum sich mit einem leisen Seufzer zu legen. Wie betete man zu Maria? Die einzigen Gebete, die Emerald kannte, waren die aus dem anglikanischen Gebetbuch.

Öffnen Sie Ihr Herz, hatte die alte Frau gesagt.

»Es tut mir leid, dass ich kein Kopftuch habe. Ganz schön dumm, denn zu Hause habe ich sehr hübsche und elegante Kopftücher, aber Drogo ist natürlich nicht auf die Idee gekommen, mir eins mitzubringen. Es geht um meinen Sohn, Robbie. Robert. Er ist schrecklich krank, und das ist allein meine Schuld. Ich habe es nicht verdient, dass er um meinetwillen verschont wird, aber bitte rette ihn um seinetwillen. Ich werde alles tun, alles sein, alles geben, wenn Robbie nur nicht stirbt. Ich werde die beste Mutter der Welt sein, wenn du ihn nur am Leben lässt. Ich tue alles, was ich kann – alles –, um ihn in Zukunft glücklich zu machen. Bitte, bitte, lass Robbie nicht sterben.«

Kerzenwachs zischte in den Tränen, die von ihrem Gesicht tropften, als sie sich im Knien zu Maria vorbeugte und um das Leben ihres Sohnes flehte. Es verging einige Zeit, bis sie schließlich aufstand und die Kirche verließ, um wieder hinaus in den Sonnenschein zu treten.

»Emerald.«

»Mummy.« Vor dem Eingang zum Krankenhaus stand sie plötzlich ihrer Mutter gegenüber.

»Drogo hat uns gestern angerufen und uns alles erzählt. Ich bin so schnell gekommen, wie ich konnte. Er hat gesagt, du wärst wahrscheinlich ein bisschen frische Luft schnappen.«

»Ich hatte Drogo doch gebeten, euch nichts zu sagen. Es hat keinen Sinn, dass du hier bist. Robbie verlangt nur nach Drogo, und der Arzt sagt, er brauche Ruhe und dürfe nicht zu viel Besuch bekommen.«

Ihre Mutter hatte ihr ihre Hand auf den Arm gelegt, und irgendwie besaß Emerald nicht genug Energie, um sie abzuschütteln.

»Ich bin nicht wegen Robbie hier, Emerald, sosehr ich ihn auch liebe. Ich bin deinetwegen gekommen … und meinetwegen.«

»Was?«

»Du willst bei Robbie sein, nicht wahr, weil es ihm nicht gut geht? Weil er dein Kind ist. Also, du bist mein Kind, und Mutter zu sein hört nicht auf, wenn das Kind erwachsen ist.«

»Es ist meine Schuld, dass Robbie so krank ist.«

»Mütter geben sich immer die Schuld, wenn ihre Kinder krank sind. Ich habe mir schreckliche Vorwürfe gemacht, als ich dachte, ich könnte dich verlieren, bevor du geboren wurdest, und dann, als du sicher zur Welt gekommen warst und mich abgewiesen hast, dachte ich, es sei meine Schuld, weil ich so schreckliche Angst gehabt hatte, als ich erfuhr, dass ich dich unter dem Herzen trug.«

»Du wolltest mich vermutlich loswerden, oder?«, meinte Emerald müde.

»Nein, das nicht, keine Minute lang, aber ich hatte Angst davor, was deine Geburt für uns alle bedeuten würde, für dich – illegitim geboren und ohne Vater –, für Luc, der Robert anbetete, den er für seinen leiblichen Vater hielt, für mich und für Robert, der schon mit so vielem fertig werden musste und von dem ich glaubte, er wollte unsere Ehe beenden. Ich bin nach Hause nach Denham …«

»Vermutlich, um Rose zu sehen. Du hast sie immer mehr geliebt als mich.«

»Nicht mehr, Emerald, nur anders, denn ich habe geglaubt, Rose und mich würde etwas Besonderes verbinden. Wir waren beide von denen, die uns hätten lieben sollen, abgewiesen und verletzt worden. Wir waren beide Außenseiterinnen, ungewollt und ungeliebt. In ihr habe ich so vieles gesehen, was ich in mir fühlte. Rose wollte, dass ich sie liebe, wogegen du, wie es schien, nicht von mir geliebt werden wolltest.

Ich hatte das Gefühl, du brauchtest meine Liebe kaum, denn du bekamst so viel Liebe von Robert, der dich vom ersten Augenblick an angebetet hat, und von deiner Urgroßmutter, die in dir sehr viel von sich gesehen hat.«

»Es hat mich wütend gemacht, weil du um Rose immer viel mehr Theater gemacht hast als um mich. Ich wollte, dass du mich an erste Stelle setzt.«

»Ihr kommt alle an erster Stelle, Emerald, jede und jeder Einzelne von euch. Wenn du mehr eigene Kinder hast, wirst du verstehen, was ich meine.«

»Mehr Kinder? Ich will keine Kinder mehr. Ich will nur, dass Robbie lebt …«

Emerald unterbrach sich, denn Drogo kam aus dem Krankenhaus gelaufen und rief, als er sie sah, aufgeregt ihren Namen und drängte: »Kommt schnell, beide.«

Emerald rannte so schnell zu Robbies Zimmer, dass sie sich auf den Fluren zahlreiche missbilligende Blicke einhandelte, doch das war ihr egal.

Sie hatte keine Zeit damit vergeudet, Drogo zu fragen, was passiert war. In jeder Sekunde, die sie länger brauchte, um an Robbies Seite zu eilen, rückte er dem Tod einen Atemzug näher. Wenn er starb, wollte sie bei ihm sein, ihn halten, ihn wärmen und ihn in den Armen wiegen, bis er ganz von ihr gegangen war.

Das Erste, was sie hörte, als sie die Tür zu Robbies Zimmer öffnete, war eine junge Krankenschwester, die fröhlich rief: »Und du hast wirklich das ganze Eis verputzt? Bestimmt?«

Und dann Robbies Stimme – nur ein Flüstern, aber dennoch Robbies Stimme: »Ja, ganz allein.«

Emerald schlug sich die Hand vor den Mund, hatte Angst, ihn beim Namen zu nennen, hatte Angst, irgendetwas anderes zu tun, als ihren Sohn ungläubig anzustarren, der von Kissen gestützt im Bett saß, vor sich ein Tablett, einen Löffel und einen leeren Eisbecher.

54

Es war etwas über einen Monat her, seit Robbie aus dem Krankenhaus entlassen worden war, doch Emerald ging immer noch jede Nacht mehrmals in sein Schlafzimmer, um erleichtert festzustellen, dass es ihm gut ging.

Er würde jeden Moment mit Drogo vom Spaziergang durch die Nachbarschaft zurückkehren, auf dem sie sich anschauen wollten, wie die Freudenfeuer der anderen Leute im Vergleich zu ihrem im Garten hinter Lenchester House waren. Die Bindung zwischen den beiden war, wenn überhaupt, noch stärker geworden. Robbie betete Drogo an und wäre ihm am liebsten den ganzen Tag lang nicht von der Seite gewichen.

Vom Wohnzimmerfenster aus sah Emerald, wie die beiden zusammen aufs Haus zukamen. Robbie klang auch fast schon wie Drogo. Als Robbie schwerkrank im Krankenhaus gelegen hatte und sie Angst gehabt hatte, sie würde ihn verlieren, hatte Emerald ein Gelübde abgelegt. Und jetzt war es an der Zeit, es einzulösen.

Sie musste warten, bis Robbie sicher aus dem Weg war, was hieß, dass sie ihn mit Drogos Unterstützung nach oben schickte, wo er eine Liste der Feuerwerkskörper machen sollte, die er unbedingt haben wollte. Sobald er fort war, schloss Emerald die Tür und lehnte sich dagegen, sodass Drogo den Raum nicht verlassen und Robbie nicht plötzlich hereinplatzen konnte.

»Ich würde gern etwas mit dir besprechen«, sagte sie zu Drogo.

»Wegen Robbie?«

»Wegen Robbie«, sagte sie. »Robbie betet dich förmlich an, Drogo.« Es fiel ihr schwer, dies einzugestehen, doch es musste sein. »Ja, ich glaube sogar, er würde lieber bei dir leben als bei mir.«

Sie entfernte sich von der Tür, denn es fiel ihr schwer, Drogos steten, intensiven Blick auszuhalten.

Eigentlich hatte sie langsam und behutsam zu den Dingen hinlenken wollen, hoffend, dass Drogo erriet, was kam, und das Fragen übernahm. Doch jetzt war sie plötzlich zu ungeduldig und um Robbies willen zu ängstlich, um es noch länger aufzuschieben.

»Du hast mich einmal gebeten, deine Frau zu werden«, setzte sie so leichthin wie möglich an.

Drogo neigte den Kopf. »Und du hast geantwortet, ich wäre

der Letzte, den du zum Gemahl nehmen würdest. Ich war eindeutig nicht deine Wahl für die Rolle des Märchenprinzen.«

In Emeralds tiefes Ausatmen mischten sich Ungeduld und leichte Verärgerung. »Damals war ich ein junges Mädchen, Drogo. Jetzt bin ich Mutter, Robbies Mutter. Und es ist so … also, wenn du noch willst, wäre ich jetzt bereit, dich zu heiraten.«

»Um Robbies willen?«

»Er betet dich an. Er spricht Tag und Nacht von dir. Er ist ein Junge, Drogo, und er braucht einen Mann in seinem Leben, einen Vater, und der Vater, den er sich wünschen würde, bist du. Das weiß ich.

Du musst heiraten«, fuhr sie fort, als er schwieg. »Als Herzog brauchst du einen Erben, und ich habe schon unter Beweis gestellt, dass ich einen Sohn gebären kann. Und ich weiß, was es mit sich bringen würde, deine Herzogin zu sein.«

Sie sah ihn an. Was ging ihm durch den Kopf? Seine Miene verriet nichts. Während sie ihn jetzt so anschaute, ging ihr auf, wie sehr er aus dem unbeholfenen jungen Australier, auf dem sie so grausam herumgehackt hatte, herausgewachsen war. Er war jetzt ein selbstbewusster Mann, der sich wohl fühlte in seiner Haut. Tief unten in ihrer Magengrube rührte sich etwas, ein schmerzliches Wehklagen, das sie unvermutet erwischte und ihr Farbe ins Gesicht trieb.

»Also, wenn ich ja sage, dann bekomme ich Robbie, einen Erben und dich. Aber was bekommst du, Emerald?«

»Ich?« Sie verstand seine Frage nicht. »Robbies Glück. Er liebt dich, Drogo. Er braucht dich, und ich brauche dich auch, um seinetwillen.«

Er sagte immer noch nichts.

»Ich kann mir gut vorstellen, dass es dir schwerfällt, zu glauben, dass ich ihn wirklich an erste Stelle setze, aber für mich hat sich etwas verändert. Ich habe mich verändert. Als ich dachte, ich würde ihn verlieren, habe ich ein Gelübde abge-

471

legt, das Versprechen, wenn er nur leben würde, würde ich alles in meiner Macht Stehende tun, damit er glücklich und sicher ist. Begreifst du das nicht, Drogo? Wenn du mich nicht heiratest, nimmst du eines Tages eine andere, vielleicht schon bald, und dann wird Robbie dich verlieren. Ich weiß, dass ich nicht Lord Roberts leibliche Tochter bin, aber …«

»Das spielt keine Rolle«, unterbrach Drogo sie mit echten Gefühlen in der Stimme. »Ich wollte dich heiraten, Emerald, nicht deinen Stammbaum.«

»Aber jetzt willst du mich nicht mehr?«

»Was würdest du in dem Fall tun?«

Emerald runzelte leicht die Stirn. »Du bist Robbies Pate. Es wäre nicht ideal, aber ich würde dich um dein Wort bitten, dass in deinem Leben immer Platz für ihn ist und dass du dir Zeit nimmst für ihn.« Ihre Stimme stockte, sie senkte die Augenlider, um zu verbergen, was in ihrem Innern vorging. »Dass du ihn liebst.«

Es schien eine Ewigkeit zu dauern, bis Drogo das Wort ergriff.

»Wenn wir heiraten, dann nur unter einer Bedingung.«

»Was du willst«, sagte Emerald tollkühn.

»Kein Max Preston mehr. Und auch keine anderen Männergeschichten.«

»Ist das alles? Der Gedanke an Max ist mir zuwider, und was andere Männer angeht … Ich bin einen Handel eingegangen – Robbies Leben gegen mein Versprechen, seine Interessen fortan an erste Stelle zu setzen. Begreifst du nicht, Drogo, die alte Emerald, die nur an sich und an ihr Vergnügen dachte, gibt es nicht mehr. In unserer Ehe ginge es für mich nicht darum, eine lustige Zeit zu haben oder … oder guten Sex. Drogo, warum lachst du?«, wollte sie beleidigt wissen, als er gluckste.

»Du hast eine seltsame Vorstellung davon, einen Mann davon zu überzeugen, dich zu heiraten«, meinte er, nahm ihre

Hand und zog sie behutsam an sich. »Natürlich will ich dich immer noch heiraten. Ich habe nie aufgehört, es zu wollen, und ich habe auch nie aufgehört zu hoffen, dass du eines Tages ja sagen würdest. Sosehr ich Robbie auch liebe, ich kampiere nicht nur um seinetwillen quasi vor deiner Tür, weißt du.«

Sein Tonfall war leicht amüsiert, zärtlich, und das Timbre seiner Stimme dicht an ihrem Ohr rührte sie auf ganz unerwartete und seltsame Art.

»Ich schließe einen Handel mit dir, Emerald. Ja, ich heirate dich, vorausgesetzt, von jetzt an bin ich der einzige Mann in deinem Bett, und vorausgesetzt, du bist einverstanden, dass wir wenigstens versuchen, guten Sex zu haben. Ich meine, wir müssen schließlich einen Erben produzieren. Vielleicht einen Erben und einen kleinen Bruder und dazu noch zwei Mädchen. Vielleicht könnten wir auch gleich eine Dynastie begründen, reich genug sind wir schließlich.«

»Drogo«, wollte Emerald auffahren, doch er erstickte ihren Protest unter seinen Küssen, und plötzlich schien es das Natürlichste von der Welt zu sein, ihm die Arme um den Hals zu schlingen, um seinen Kuss zu erwidern.

Seine Hand war gerade unter ihren Pullover gewandert, wo sie erfreulich selbstsicher und geschickt ihre nackten Brüste liebkoste, da flog die Tür auf, und Robbie stand vor ihnen.

»Iiiih! Ihr küsst euch doch wohl nicht, oder? Das ist doch was für Weicheier«, sagte er voller Abscheu.

»Und zukünftige Muttis und Vatis«, flüsterte Drogo Emerald ins Ohr, als er diskret ihren Pullover zurechtzupfte, und sagte dann: »Ich denke, wir sollten diese Bekräftigung unserer Übereinkunft, um Robbie mit einem Vater, meinen zukünftigen Erben mit einer Mutter, Osterby mit einer Hausherrin und mein Bett mit der einzigen Frau zu versorgen, die ich je dort in den Armen halten wollte, etwas später fortsetzen, was meinst du?«

Ihr Körper pulsierte in dem Verlangen, das seine Berührung

und seine Küsse geweckt hatten. Doch sie hatte das Gelübde abgelegt, Robbie an erste Stelle zu setzen, ermahnte sie sich, und sie löste sich von Drogo und sagte zu ihrem Sohn: »Robbie, Schatz, rate mal. Onkel Drogo und ich werden heiraten.«

»Du meinst, dann wohnen wir alle zusammen?«

»Ja.«

»Gut.«

Emerald sah Drogo an.

»Sehr gut«, pflichtete er bei. »Ja, allerdings. Sehr, sehr gut.«

Dritter Teil

55

Februar 1977

Amber war allein im Wartezimmer des Krankenhauses. Draußen war es noch dunkel. Den ganzen Tag hatte starkes Schneetreiben geherrscht, und die Straßen waren zugeweht gewesen. Sie hatte schon Angst gehabt, der Krankenwagen käme nicht durch.

Hatte Jay, der doch so gut in Form war, wirklich einen Herzinfarkt gehabt? Amber zitterte und kniff im Gebet die Augen fest zusammen.

»Bitte, nimm ihn mir nicht weg«, flehte sie stumm. »Bitte, lass ihn leben.«

Sie wollten, dass sie nach Hause fuhr. Sie hatten gesagt, sie könne nichts tun, doch sie wollte hier sein, bei Jay.

Sie musste natürlich der Familie Bescheid sagen. Amber versuchte, sich auf die praktischen Dinge zu konzentrieren. Janey und John und ihre zwei Kinder, beides Jungen, waren nahebei in Fitton Hall. Robbie, der seinen Großvater so sehr liebte, war mit Freunden beim Skifahren, er hatte sich ein Jahr Auszeit genommen, bevor er nach Oxford ging, während Emerald und Drogo und ihre beiden Mädchen in Osterby waren. Emerald, die Drogo unbedingt einen Sohn schenken wollte und sehr wütend war, dass ihr das bisher nicht gelungen war.

Ella und Oliver waren mit ihrer Tochter in New York, und Rose und Pete lebten in West Sussex. Wie immer, wenn sie an Rose dachte, schmerzte Ambers Herz wegen der Distanz, die ihre Nichte zwischen sie gebracht hatte, als sie sich aus ihrer einst so engen Beziehung zurückgezogen hatte.

In den ersten Jahren ihrer Ehe hatten Rose und Pete Weihnachten immer mit dem Rest der Familie in Denham verbracht, doch in letzter Zeit hatte Pete wegen seines Alkoholismus gesundheitliche Probleme, und im Augenblick ging es ihm so schlecht, dass er nicht reisen konnte. Da Rose sich praktisch weigerte, von seiner Seite zu weichen, reiste auch sie nirgendwohin. Rose hatte zwischen sich und dem Rest der Familie eine Mauer errichtet und wehrte alle Versuche Ambers, hinter die Gründe dafür zu kommen, ab. Amber konnte nur traurig vermuten, dass es etwas mit ihrer Ehe zu tun hatte oder aus einer Art von Loyalität mit Pete heraus geschah – vielleicht dachte sie, ihre Familie würde ihn mit allzu kritischen Augen betrachten. Rose war ein sehr stolzer und sehr verschlossener Mensch, doch Amber fürchtete, dass sie auch sehr einsam war, und ihr mütterliches Herz sehnte sich nach der Nichte, die sie so sehr liebte und immer noch eher als Tochter betrachtete. Und schließlich natürlich die Zwillinge. Polly musste aus Venedig kommen, wo sie mit ihrem Mann Rocco Angelli und ihren Zwillingen lebte, während Cathy mit ihrem Partner, der Künstler war, und ihren beiden Töchtern aus anderen Beziehungen in St. Ives lebte.

Jay liebte ihre gemeinsame Nachkommenschaft so sehr, wie diese ihn liebte.

Sie konnten ihn unmöglich verlieren. Sie durften ihn nicht verlieren. Wie konnte so ein gesunder Mann einen Herzinfarkt bekommen? Amber zitterte am ganzen Leib.

Es war ein ganz normaler Februartag gewesen. Am Morgen war Jay zu einem Pächter gefahren, und Amber hatte ein Treffen ihres Wohltätigkeitskomitees besucht. Am Nachmittag waren sie zu ihrem regelmäßigen monatlichen Treffen mit dem Geschäftsführer zur Seidenfabrik gefahren.

Dort angekommen, hatte Jay über Schmerzen im Arm geklagt. Er hatte gedacht, es sei vom Holzhacken für den Kamin. Sie hatten über die Wehwehchen und Malaisen des Älterwerdens gelacht – Jay war inzwischen Anfang siebzig, sie war vierundsechzig, eigentlich noch gar nicht richtig alt.

Beim Abendessen hatten sie sich wie immer über die Familie unterhalten, besonders die Enkelkinder, und waren vor Mitternacht zu Bett gegangen. Als Amber um kurz nach zwei aufgewacht war und die Nachttischlampe eingeschaltet hatte, hatte Jay aufrecht im Bett gesessen, sich an die Brust gefasst, sein Gesicht im Lampenschein blassgrau und mit Schweißperlen bedeckt.

Sie hatte natürlich sofort gewusst, was los war, und ihr Herz hatte schwer und viel zu schnell geklopft vor Panik, als sie den Notruf gewählt hatte, während Jay protestierte, mit ihm sei alles in Ordnung, sie solle nicht so einen Aufstand machen. Als der Krankenwagen kam, protestierte er immer noch.

Die Tür zum Wartezimmer ging auf, und beim Anblick des Arztes, der aus dem Bett geholt worden war, durchfuhren Amber Hoffnung und Angst. Sie wurde an einen Besuch in Disneyland vor langer Zeit erinnert, wo sie mit ihren Enkelkindern Achterbahn gefahren war. Damals war das Entsetzen mit dem Ende der Fahrt vorüber gewesen, und sie hatte gewusst, dass es bald vorbei sein würde.

»Wie geht es ihm?«

Amber war von ihrem Stuhl aufgestanden und klammerte sich jetzt haltsuchend an die Stuhllehne. Wie oft hatte der Arzt diese ängstlichen und besorgten Worte gehört und Bange und Furcht in den Gesichtern von Angehörigen gesehen?

»Sein Zustand ist stabil.«

Der ruhige Ton und das tröstliche Lächeln bedeuteten eigentlich gar nichts.

»Wird er … wird er es überleben?« Solche schlichten Worte, doch schwer beladen mit Liebe und Angst.

Das Lächeln des Arztes war professionell, es sollte sie trösten, doch Amber sah dahinter das Mitleid und das, was es zu verschleiern suchte.

»Er hatte einen schweren Herzinfarkt, den er überlebt hat. Im Augenblick ist sein Zustand, wie gesagt, stabil. Die nächsten achtundvierzig Stunden sind kritisch. In dieser Zeit sind Patienten am anfälligsten für weitere Infarkte.«

Amber wusste, dass der Arzt damit weitere und tödliche Infarkte meinte. Ihre Finger schlossen sich so fest um die Stuhllehne, dass ihre Knöchel weiß durch die Haut schienen.

»Ich will bei ihm sein.« Irgendwie gelang es ihr, mit sicherer, ruhiger Stimme zu sprechen.

Der Arzt runzelte die Stirn. »Ihr Mann ist auf der Intensivstation.«

Amber wusste alles über die Intensivstation des Krankenhauses. Schließlich hatten Jay und sie sehr viel dazu beigetragen, dass das Krankenhaus überhaupt so etwas besaß.

»Ich störe niemanden. Jay würde wollen, dass ich bei ihm bin. Er würde es erwarten.«

Jetzt war ihre Stimme klar und überzeugt. Jay würde wollen, dass sie an seiner Seite war, und wenn sie Pech hatten und er starb, dann wollte sie bei ihm sein, um ihn in den letzten Augenblicken zwischen Leben und Tod in ihre Liebe einzuhüllen.

»Einverstanden«, sagte der Arzt. »Die Schwester wird sich darum kümmern, dass Sie einen sterilen Kittel bekommen. Aber vermutlich wollen Sie vorher noch Ihrer Familie Bescheid sagen.«

Natürlich sollte sie das, aber Amber wollte unbedingt so schnell wie möglich zu Jay. Wenn dies Jays letzte Stunden auf Erden waren, dann wollte sie sie ganz für sich, wollte den Luxus, sich ganz auf ihn konzentrieren zu können, um in der Stille der Nachtstunden mit ihm zu kommunizieren. Sie wollte ganz für Jay da sein, und nicht Mutter und Großmutter sein müssen, sie wollte sich nicht um die komplizierten Bedürfnisse ihrer Familie kümmern müssen, sondern diese kostbaren letzten Stunden mit dem Mann, den sie liebte, ganz für sich haben. Doch wie immer siegte ihr Pflichtgefühl. Ihre ausgedehnte Familie liebte Jay, sie würden ihr nie verzeihen, wenn sie sie nicht rechtzeitig informierte und sie dadurch die Gelegenheit versäumten, in seinen letzten Stunden bei ihm zu sein.

Sie nickte. Ihr »Meinetwegen« erinnerte sie an die jugendliche Amber von einst, die der gefürchteten Großmutter gehorchte. Jay hätte den Tonfall erkannt und den Kopf geneigt, denn Jay hatte diese Jahre mit ihr geteilt. Jetzt hatte ihre Angst sämtliche Gefühle und Gedanken fest im Würgegriff, eine fast kindliche Angst, ihre emotionale Sicherheit zu verlieren. Jay war ihr Leben, ihr Daseinsgrund, sie konnte und durfte ihn nicht verlieren. Zitternd folgte sie der Krankenschwester in das kleine Zimmer, wo sie telefonieren konnte.

56

Janey konnte nicht schlafen, und sie wusste, dass John auch nicht schlief, obwohl er in dem großen, bequemen Ehebett lag, ohne sich zu rühren. Wie hätten sie nach dem, was passiert war, auch schlafen können? Ihr Herz raste in einer vertrauten Mischung aus Angst, Panik und Unglauben.

In den zehn Jahren, die sie verheiratet waren, hatte Janey nie einen Gedanken an ihre finanzielle Sicherheit vergeudet. John war ein vorsichtiger und besonnener Mann, er würde niemals ein finanzielles Risiko eingehen, besonders nicht, da das ererbte Gut schon seit vielen Generationen Eigentum seiner Familie war und er es an ihren Sohn weitervererben würde.

Er hatte, wie er ihr unter Tränen gestanden hatte, geglaubt, seine Investition sei sicher. Er hätte sie nie getätigt, wenn er von etwas anderem ausgegangen wäre. Zusammen mit mehreren ortsansässigen Grundbesitzern – Leuten, die er schon sein ganzes Leben lang kannte – unter der Federführung von einem von ihnen eine größere Summe zu investieren war scheinbar eine exzellente Idee gewesen. Und als das hatte sie sich – zuerst – auch erwiesen, denn er hatte so viel Profit gemacht, dass er einen Teil des Grundbesitzes, der zur Zeit seines Vaters verkauft worden war, zurückkaufen konnte, doch dann war etwas schrecklich schiefgelaufen, und jetzt war alles verloren. Sie waren praktisch mittellos.

John hatte es Janey zuerst nicht gesagt, denn er wollte sie nicht beunruhigen, doch dann war er mit bleichem Gesicht zu ihr gekommen und hatte ihr mit leiser Stimme voller Scham und Verzweiflung gestanden, was passiert war.

Sie hatten ihr Bestes getan. Es war jetzt zu spät, um zu bereuen, dass sie Land hinzugekauft hatten, dass sie, inspiriert von dem Erfolg, den der Herzog von Westminster mit seiner preisgekrönten Herde hatte, das teure Viehzuchtprogramm angefangen hatten, dass sie das Dach von Fitton Hall neu hatten decken lassen – was sehr teuer gewesen war, weil das Gebäude unter Denkmalschutz stand – und das Haus einer allgemeinen Modernisierung unterzogen hatten. Doch wie viele Grundbesitzer waren sie jetzt reich an Land und arm an Mitteln. Das Gut trug kaum die laufenden Kosten, geschweige denn, dass es ihnen ein Einkommen sicherte, was auch der Grund gewesen war, warum John überhaupt auf die Idee gekommen war, Geld zu investieren. Im Laufe der Jahre hatten sie immer wieder auf Janeys Erbschaft zurückgreifen müssen, und jetzt war davon so gut wie nichts mehr übrig, kaum genug für das Schulgeld der Kinder. Um das Gut zu modernisieren, das von Johns Vater und seiner zweiten Frau sträflich heruntergewirtschaftet worden war, hatten sie Fitton Hall mit einer Hypothek belastet.

Janey lag voller Angst und Panik im Dunkeln wach und dachte voller Neid an Emerald, deren persönliches Vermögen sich auf Millionen belief, ganz zu schweigen von Drogos immensem Wohlstand. Emerald musste nie nachts mit pochendem Herzen wach im Bett liegen, krank vor Angst, weil sie kein Geld hatte.

Es war schrecklich ungerecht, dass John so etwas passiert war, denn er hatte doch nur das Beste für sie alle und für Fitton gewollt. Ihr Vater würde das verstehen und würde ihnen sicher helfen wollen, tröstete Janey sich. Er und John hatten sich immer gut verstanden. Sie konnte nach Denham gehen und mit ihm reden. Sie musste natürlich diskret vorgehen, um den armen John nicht zu beschämen. Ihre Panik ließ ein wenig nach.

Ja, ihr Vater würde wissen, was zu tun war …

Sie überließ sich langsam dem Schlaf, als plötzlich das Telefon läutete.

Emerald lag vollkommen reglos unter ihren weichen Laken aus teurer ägyptischer Baumwolle und blickte durch die Dunkelheit nach oben. Das Schlafzimmer in dem Londoner Haus war gerade erst neu ausgestattet worden, wobei man mit einem wunderschönen Stoff von *Designers Guild* – »Geranium« – eine üppige Himmelbettwirkung erzielt hatte. Emerald hatte ihre Mutter eingeladen, es sich anzusehen, und sie hatte beobachtet, wie ein leichter Schatten Ambers Augen verdunkelte, als sie den Stoff musterte, der gerade groß in Mode war.

Langjährige Kunden hielten dem Laden ihrer Mutter in der Walton Street die Treue, doch die jüngeren, moderneren Käufer sahen sich neuerdings woanders um. Der Laden und die Stoffe von Denby Mill blieben inzwischen um Längen hinter ihren aufregenderen, »aktuelleren« Konkurrenten zurück. Ihre Mutter bräuchte dringend jemand Jüngeren, der die Verantwortung für die Entwürfe der Stoffe übernahm, doch da war niemand. Rose weigerte sich, aus Sussex wegzuziehen, Polly klebte an ihrem italienischen Mann und seiner Familie, und Cathy betrachtete das bloße Entwerfen von Stoffmustern als ihrer kreativen Muse unwürdig.

Februar. Wie sie den englischen Winter hasste. Eigentlich sollte sie in Courchevel beim Skifahren sein – Robbie war dort –, doch Dr. Steptoe hatte sie gewarnt, kein Risiko einzugehen. Abgesehen davon musste sie in Reichweite des Krankenhauses in Lancashire sein, wo er praktizierte und wo sie sich einer neuen, revolutionären Behandlung unterziehen würde.

Ihr Herz flatterte ein paarmal ängstlich, und leichte Übelkeit stieg aus ihrem Magen auf und schnürte ihr die Kehle zu. Unter dem Schutz der Bettdecke legte sie eine Hand auf ihren flachen Bauch. Sie hatte schon einen Sohn und zwei Töchter geboren, warum konnte sie nicht den für Drogo und den Herzogstitel so wichtigen Sohn produzieren? Der Gedanke, dass sie in diesem Punkt versagt hatte, trieb ihr Tränen in die Augen. Sie hatte es wirklich versucht. In den ersten Jahren hatte sie jeden Monat erwartet, dass sie schwanger werden würde, und Zorn und Enttäuschung waren mit jedem Monat größer geworden. Emerald kam nicht gut damit zurecht, wenn sie ihre selbstgesteckten Ziele nicht erreichte. Als sie zwei Jahre nach ihrer Heirat endlich schwanger geworden war, war sie denn auch gar nicht auf die Idee gekommen, es könnte *kein* Junge werden. Allein der Gedanke an Töchter widerte sie an. Doch Töchter waren genau das, was sie bekam, zwei entzückende, kluge Mädchen. Doch wozu waren sie nütze, wo sie doch den Herzogstitel nicht fortführen konnten?

Nach der Geburt ihrer Töchter im Abstand von zwei Jahren hatte sie ihre Bemühungen, einen Sohn zu produzieren, noch verdoppelt. Drogo hatte sich schon beschwert, Sex sei inzwischen mehr eine Aufgabe denn Ausdruck ihrer wechselseitigen Liebe. Emerald widersprach ihm und versicherte ihm leidenschaftlich, nur weil sie ihn so liebe, wolle sie ihm unbedingt einen Sohn schenken. Doch sie war nicht mehr schwanger geworden. Im nächsten Jahr wurde sie vierzig. Die Zeit lief ihr davon. Ihr, Drogo nicht. Jetzt war der wahre Grund für ihre Angst zutage gefördert. Irgendwann im Laufe ihrer Ehe

484

hatte sie der Verletzbarkeit nachgegeben, der sie niemals hatte nachgeben wollen, und hatte sich verliebt – in ihren Mann. Drogo mochte behaupten, sie sei ihm weit wichtiger als ein Erbe, aber eines Tages würde es ihm etwas ausmachen, davon war sie überzeugt, und wenn dieser Tag kam, würde er den Blick an ihr vorbei auf eine andere, jüngere Frau richten, die ihm leicht den Sohn schenken konnte, der ihr versagt blieb.

Sie war ganz am Boden gewesen, erfüllt von nackter Verzweiflung und bitterem Groll, als sie von dem Arzt in Lancashire gehört hatte, der an der Entwicklung sogenannter »Retortenbabys« arbeitete.

Sie war, ohne Drogo etwas davon zu sagen, in das Krankenhaus gefahren, wo er praktizierte, und hatte ihn zu sehen verlangt, zu ungeduldig, um erst lange einen Brief zu schreiben, und nicht gewillt, sich am Telefon abwimmeln zu lassen. Er hatte ihr erklärt, seine Forschungen steckten noch in den Kinderschuhen. Es sei ihm zwar gelungen, Embryos, die außerhalb des Mutterleibs gezeugt worden waren, in die Gebärmutter der Frauen einzupflanzen, doch keines dieser so gezeugten Kinder sei ausgetragen worden und lebend zur Welt gekommen. Auf Emeralds Drängen hatte er jedoch zugegeben, dass er seine Forschungen fortführte und ein Programm entwickelte, das, wie er hoffte, zu der Geburt eines solchen Kindes führen würde. Emerald hatte darauf bestanden, als potenzielle Mutter an dem Programm teilzunehmen. Doch als sie es Drogo erzählt hatte, hatte er sich vehement dagegen ausgesprochen.

»Ich möchte dir einen Sohn schenken«, hatte Emerald ihm leidenschaftlich erklärt. »Mehr als alles andere, Drogo.«

»Wir haben schon Robbie und unsere Mädchen«, hatte er erwidert.

»Sie können den Herzogstitel nicht erben«, hatte Emerald gesagt, auch wenn sie wusste, wie Drogo darauf reagieren würde. Sie hatten schließlich schon oft darüber diskutiert, und Drogo hatte erwartungsgemäß entgegnet: »Du bist mir viel wichtiger als ein Erbe, Emerald, das weißt du doch. Dieser Steptoe sagt doch selbst, dass er bis heute keinen einzigen Erfolg hatte und das ganze Verfahren mit großen Risiken verbunden ist.«

Doch sie hatte nicht klein beigegeben, und schließlich war er zögernd weich geworden. In der Nacht hatte sie ihn – im Bett – dafür belohnt, und sie war überrascht gewesen, wie befreiend es auch für sie war, ohne Erwartungsdruck mit ihrem Mann zu schlafen. Es war lange her, seit sie Sex als etwas anderes betrachtet hatte denn als Mittel zum Zweck, einen Sohn zu empfangen.

In dieser Nacht war zwischen ihnen eine neue sexuelle Intimität entstanden, doch sie würde nur von kurzer Dauer sein. Sobald ihre Behandlung anfing, würde sie all ihre Kraft darauf richten. Sie hatte nicht vor, das Ergebnis durch irgendetwas in Gefahr zu bringen.

Am Vormittag würde sie zu dem Krankenhaus fahren, um mit den Tests zu beginnen, die am Ende dazu führen würden, dass man ihr Eizellen entnehmen würde, die in der Retorte befruchtet und dann in ihren Bauch transplantiert werden sollten, um endlich den ersehnten Erben zu produzieren. Es gab natürlich keine Garantie dafür, dass sie einen Jungen bekommen würde, doch wenn sie auf diese Weise schwanger werden sollte, war sie fest entschlossen, das Verfahren so oft zu wiederholen, bis sie endlich einen Sohn bekam.

Dr. Steptoe hatte zuerst gezögert, sie zu dem Programm zuzulassen, denn er wollte es ihretwegen nicht unterbrechen, doch dann war eine andere Frau abgesprungen, und er hatte sie angerufen, um sie darüber zu informieren, dass sich eine Gelegenheit ergeben habe, wenn sie also Zeit habe, könne sie doch noch einsteigen. Wenn sie Zeit hatte … Nichts hätte sie daran hindern können, sich die Zeit dafür zu nehmen.

Das schrille Läuten des Telefons riss sie aus ihren Gedanken. Das Telefon hatte auch Drogo geweckt. Er schaltete die

Nachttischlampe ein und griff nach dem Hörer. Er schlief nackt – genau wie sie –, und als er sich bewegte, rutschte ihm die Decke von den Schultern, sodass sie seinen gebräunten, muskulösen Rücken sehen konnte. Sein Körper war straff und männlich auf eine Art, die sie immer noch erregte, und sie rückte näher zu ihm, während er den Anruf entgegennahm.

57

»John! Jay hatte einen Herzinfarkt?« Drogos Stimme klang gepresst vor Schock und Unglauben.

Emerald erstarrte. Ihr Stiefvater war ein vitaler, gesunder Mann – wie konnte er einen Herzinfarkt gehabt haben? Sie beugte sich näher zum Telefon und stützte sich mit einer Hand auf Drogos nackter Schulter ab, um das Gespräch zu belauschen.

»Er ist also im Krankenhaus in Macclesfield, und Amber ist bei ihm. Hast du mit Amber persönlich gesprochen? Nein. Seid du und Janey jetzt auf dem Weg ins Krankenhaus? Haben sie angedeutet, wie schwer der Infarkt war? Verstehe, sie warten also noch die Untersuchungsergebnisse ab. Ja, die ersten vierundzwanzig Stunden sind heikel. Wir sagen Robbie und den anderen Bescheid, dann könnt ihr ohne weitere Verzögerung ins Krankenhaus fahren. Sag Amber liebe Grüße und sag ihr, dass wir an sie denken.«

»Jay hatte einen Herzinfarkt?«, fragte Emerald nach, als Drogo den Hörer aufgelegt hatte.

»Ja. Nach dem, was das Krankenhaus John gesagt hat, ist es in den frühen Morgenstunden passiert, und das Krankenhaus kann oder will noch nicht sagen, wie ernst es war. Ich habe gesagt, dass wir den anderen Bescheid geben.«

»Ja, das habe ich mitbekommen. Janey fährt ins Krankenhaus?«

»Ja. John hat gesagt, sie rufen uns von dort an, sobald es etwas Neues gibt.« Er schwang die Beine aus dem Bett. »Die Telefonnummern der anderen …«

»… sind in dem Buch in meinem Schreibtisch in der obersten Schublade rechts. Drogo, du weißt, dass ich heute einen Termin bei Dr. Steptoe habe?«, fragte Emerald.

»Ja.«

Er zog seinen Morgenmantel über. Der Himmel war noch schwarz, zögerte noch, die Dunkelheit an den Morgen abzutreten, wie die Bewohner der schlafenden Stadt zögerten, die tröstliche Wärme ihrer Betten zu verlassen und sich hinaus in den rauen Februar zu begeben. Die Zentralheizung war schon angesprungen, Emerald hörte das vertraute Gurgeln, mit dem das System hochfuhr, um das Haus zu wärmen.

»Vermutlich denkst du, ich sollte alles stehen und liegen lassen und nach Macclesfield eilen?«, fuhr sie ihn scharf an.

»Es geht nicht darum, was ich denke, sondern darum, was du fühlst«, antwortete Drogo freundlich, bevor er ins Bad ging.

Sie konnte nicht nach Macclesfield fahren. Sie musste den Termin bei Dr. Steptoe wahrnehmen. Wenn sie das nicht tat, war die Gelegenheit, ihr die reifen Eizellen zu entnehmen, vorbei, und sie musste warten, bis er ein neues Programm startete, und das würde erst in einigen Monaten sein. Drogo wusste das. Jay war nicht ihr Vater, und sie war nicht das Kind, dessen Unterstützung ihre Mutter am dringendsten brauchte. Die alte Bitterkeit, die sich in den vergangenen Jahren etwas abgeschwächt hatte, war plötzlich mit aller Kraft wieder da. Warum sollte sie die Gelegenheit opfern, Drogo mit einem Erben zu versorgen, nur um bei ihrer Mutter zu sein? Was hatte Amber je getan, um ein solches Opfer zu verdienen? Die alten emotionalen Wunden, die viele Jahre lang geheilt gewesen zu sein schienen, hatten unter dem Narbengewebe wieder angefangen wehzutun, angefacht durch Angst und Beklemmung.

Drogo kam aus dem Bad zurück und brachte den Duft nach

sauberer Haut mit sich. Er rubbelte sich mit einem Handtuch die Haare trocken. Sie liebte ihn so sehr, und sie wusste, was er von ihr erwarten würde.

Vor ihrem geistigen Auge tauchte das Bild des Mannes auf, den sie immer noch als ihren Vater betrachtete – Lord Robert. Er lächelte sie liebevoll an. Er hatte ihr so viel Liebe gegeben, so viel mehr als nur seinen Namen und den Schutz, der damit einherging. Seine Moralbegriffe mochten an modernen Maßstäben gemessen altmodisch wirken, doch Emerald wusste genau, was er von ihr erwarten würde, und irgendwie war es plötzlich wichtig, ihn nicht zu enttäuschen, auch wenn ein Teil von ihr aufbegehrte, dass sie diese Gelegenheit, ihre Behandlung zu beginnen, nicht verstreichen lassen durfte. Jay bedeutete ihr eigentlich gar nichts, während das Baby, das womöglich einmal der zukünftige Herzog sein würde, ihr alles bedeutete. Das verstanden Robert und Drogo doch sicher?

Doch als sie den Mund öffnete, um Drogo zu sagen, sie werde ihren Arzttermin wahrnehmen, wusste sie, dass sie das nicht konnte.

»Ich schätze, ich fahre wohl besser nach Macclesfield.« Ihre Stimme war angespannt, denn es kostete sie Mühe, das, was sie wirklich empfand, unter Kontrolle zu halten. »Ich will es eigentlich nicht, aber ich weiß, dass ich muss.«

Drogo legte das Handtuch beiseite.

»Ja«, pflichtete er ihr bei, und obwohl er es nicht sagte, wusste Emerald, dass er gehofft hatte, dass sie zu diesem Entschluss kommen würde. Sie sah seine Liebe zu ihr in seinen Augen, und ihre eigenen Augen füllten sich mit Tränen.

»Warum ausgerechnet heute, Drogo?«

»Ich weiß nicht, aber ich weiß, dass es deiner Mutter sehr viel bedeuten wird, dich dazuhaben.«

»Jay ist nicht einmal mein Vater.«

»Nein, und genau deswegen braucht sie dich, Emerald. Und nicht nur Amber, auch die anderen werden dich brauchen, deine Kraft und deine Unterstützung. Und was diese Sache mit dem Sohn angeht, wie oft muss ich es dir noch sagen, bevor du mir glaubst, dass ich in dir und unseren Kindern – Robbie und den Mädchen – alles habe, was ich mir wünsche? Du allein wärst mehr als genug …«

»Nein, Drogo. Das sagst du immer, aber es ist nicht wahr. Du bist der Herzog von Lenchester. Du brauchst einen leiblichen Sohn, an den du den Titel weitergeben kannst.«

»Ich weiß, wie wichtig das für dich ist, Emerald, aber das ist und war es für mich nie. Vielleicht liegt das ja daran, wie ich aufgewachsen bin – als Aussie, der nichts von der Herzogswürde wusste –, ich weiß es nicht.«

»Das sagst du jetzt, aber was ist, wenn du es dir anders überlegst? Was ist, wenn du aufhörst, mich zu lieben, weil ich dir keinen Sohn geschenkt habe?«

»Das wird nicht passieren. Ich werde nie aufhören, dich zu lieben.« Er zog sie an sich und umarmte sie.

Für die Außenwelt war Emerald eine formidable Persönlichkeit, doch Drogo wusste, dass hinter ihrer äußerlichen Verteidigungsmauer eine Frau steckte, die in dem Glauben aufgewachsen war, ein ungewolltes und ungeliebtes Kind zu sein, und die darauf damit reagiert hatte, dass sie schwierig und anspruchsvoll war, sogar arrogant und manchmal auch sehr unfreundlich, statt anderen zu zeigen, wie einsam und verängstigt sie in Wirklichkeit war. Er wusste auch, wie viel es ihr bedeutete, einen Erben für den Herzogstitel zu produzieren. Manchmal fürchtete er sogar, es sei ihr wichtiger als alles andere, einschließlich ihres eigenen Glücks.

»Ich gehe besser und rufe die anderen an«, sagte er und ließ sie los.

58

Rose war nicht im Bett, als das Telefon klingelte. Sie schlief selten länger als bis sechs Uhr und nie besonders tief. Sie war zu sehr darauf eingestimmt zu horchen, eine Gewohnheit, die sie in den ersten Jahren ihrer Ehe entwickelt hatte, wenn sie ängstlich darauf gewartet hatte, dass Pete vom Pub nach Hause kam, um dann gespannt darauf zu lauschen, in welchem Zustand er war.

Zuerst der Motorenlärm des Autos, das die Auffahrt hochkam – da hielt sie die Luft an, bis das Auto stand und sie sicher sein konnte, dass er keinen Unfall gebaut hatte. Dann darauf warten, dass er ins Haus kam – die Zeitspanne, die er brauchte, um den Schlüssel ins Schloss zu stecken, verriet ihr annähernd, wie viel er getrunken hatte. In der ersten Zeit war sie aufgeblieben und hatte auf ihn gewartet. Oft war sie dann unten in einem Sessel eingeschlafen. Den Kampf, ihn zu überreden, nicht auszugehen, nicht zu trinken, und wenn er schon trank, dann nicht zu fahren, hatte sie vorher schon verloren. Allmählich – so allmählich, dass sie gar nicht gemerkt hatte, dass es zur Gewohnheit geworden war – war sie dazu übergegangen, ins Bett zu gehen, wenn er um Mitternacht immer noch nicht zu Hause war. Es war nicht ungewöhnlich, dass Pete gegen ein, zwei Uhr nach Hause kam und dann unten blieb und weitertrank.

Sobald er sicher zu Hause war, begannen die Ängste: dass er noch mehr trank, dass er umkippte und sich verletzte, dass er unten einschlief und ihm im Schlaf übel wurde und er an seinem Erbrochenen erstickte. Um ihn vor so einem Schicksal zu bewahren, musste sie ständig auf der Hut sein, parat stehen, um ihn zu beschwatzen und ihm gut zuzureden, nach oben ins Bett zu gehen, ihn halb zu stützen, halb die Treppe hinaufzuschleifen. Manchmal brach sie unter seinem Gewicht zusammen, das Herz erfüllt von einer Mischung aus glühendem Zorn, Scham und Verzweiflung, durchsetzt von Mitleid, Schuldgefühlen und dem instinktiven Bedürfnis, ihn trotz allem zu lieben.

Wenn sie ein Kind – Kinder – hätten, wäre es vielleicht anders, doch Rose hatte zu viel Angst gehabt, das Risiko einzugehen. Für ein Kind wäre es schwierig genug gewesen, mit Roses Hintergrund und allem, was damit einherging, zurechtzukommen, ohne dazu auch noch einen Alkoholiker zum Vater zu haben. Das war der emotionale Grund gewesen, warum sie so entschlossen die Pille genommen hatte. Doch als Petes Alkoholkonsum und die folgende Alkoholabhängigkeit immer stärker wurden, hatte es auch praktische Gründe gegeben. Wie konnte sie sich um ein Kind kümmern, wenn sie sich schon um ihren Mann kümmern musste wie um einen Säugling?

Das war in den ersten Jahren seines Alkoholismus gewesen. In den letzten sechs Jahren hatte sie sich keine Gedanken um Empfängnisverhütung mehr machen müssen, und sie hatte auch nicht die Gelegenheit gehabt, ihren Entschluss, keine Kinder zu bekommen, noch einmal zu überdenken, denn Pete hatte jegliches Interesse an Sex verloren und war körperlich auch nicht mehr dazu in der Lage. Der Alkohol war seine Liebe, seine Geliebte, sein Freund und sein Peiniger – Alkohol war seine Welt, sein Ein und Alles –, und, wie Rose gelernt hatte, als sie auf Anraten ihres Arztes zum örtlichen Treffen der Anonymen Alkoholiker gegangen war, es gab nichts, was sie tun konnte, um Petes Verhalten zu ändern. Das konnte nur Pete allein. Der einzige Mensch, über dessen Verhalten sie die Kontrolle hatte, war sie selbst. Das zu akzeptieren war ihr schrecklich schwergefallen. In der ersten Zeit hatte sie geglaubt, sie besäße die Kraft, ihn dazu zu bringen, mit dem Trinken aufzuhören, ihn »gesund« zu machen.

In ihre Verzweiflung über Petes Alkoholismus mischten sich dazu noch Schuldgefühle: Trank er, weil er es bereute, dass er sie geheiratet hatte? Wünschte er sich, er hätte eine andere Frau geheiratet? War sie der Grund für seinen Alkoholismus? Sie hatte sogar überlegt, ob ihre Heirat mit Pete auf komplizierte Art ein Versuch ihrerseits war, die Geschichte ihrer eigenen Vergangenheit und der Alkoholprobleme ihres Vaters neu zu schreiben. Hatte sie auf einer tief verwurzelten Ebene geglaubt, wenn sie Pete heilte, könnte sie irgendwie ihre Sünde wiedergutmachen, geboren und von ihrem Vater so sehr gehasst worden zu sein, dass er in seiner Verbitterung Zuflucht zum Alkohol genommen hatte? Wer ahnte schon, was einen Menschen im Innersten antrieb?

In Wirklichkeit wusste sie, dass ihre Schuldgefühle berechtigt waren. Sie war schuldig, denn sie hatte Pete aus dumpfer Verzweiflung geheiratet, weil sie gedacht hatte, sie hätte Josh verloren. Sie war schuldig, denn als Josh ihr erklärt hatte, er liebe sie, hatte sie sich gewünscht, sie wäre die Ehe mit Pete nicht eingegangen. Unter der Last dieser Schuld war sie sich vorgekommen wie eine Diebin, die jemandem etwas gestohlen hat. Sie hatte Pete geheiratet, weil sie Angst gehabt hatte, mit dem, was sie war und was sie verloren hatte, allein dazustehen. Sie hatte ihn benutzt, damit er ihr eine neue Identität gab, von der sie gedacht hatte, sie würde sie beschützen – natürlich nicht bewusst, aber genau das hatte sie getan. Niemals hatte sie Pete wissen lassen, dass sie Josh noch liebte, nicht ein Mal hatte er angedeutet, dass er es ahnte, doch im Hinterkopf war sie sich immer der Schuld bewusst, dass sie ihm nicht geben konnte, worauf er durch die Ehe einen Anspruch hatte, denn das hatte sie schon Josh gegeben. Sie hatte versucht, es wiedergutzumachen, indem sie sich ihm ganz gewidmet, ihn zum Zentrum ihres Daseins gemacht hatte, doch es war ein leeres Leben. Aus diesem Grund konnte sie Pete keinen Vorwurf daraus machen, dass er trank. In den ersten Jahren ihrer Ehe hatte er versucht, es aufzugeben. Zweimal war er freiwillig in eine Privatklinik gegangen, um eine Entziehungskur zu machen.

Beim zweiten Mal hatte er solche starken Anfälle bekommen, dass das Personal gedacht hatte, er würde sterben.

Doch er war nicht gestorben.

Allerdings brachte er sich seinem Arzt zufolge langsam um. Zerstörte sich langsam, traf es, wie Rose fand, besser. Zerstörte langsam, schmerzhaft, unbarmherzig seinen Körper und seinen Geist. Und sie musste es hilflos und verängstigt mit ansehen.

Nach seinem ersten Entzug waren sie nach Hongkong gefahren, um Urlaub zu machen. Es sollte ein Neuanfang sein. Pete hatte es vorgeschlagen. Er hatte ihr die Gelegenheit geben wollen, ihre chinesische Seite zu finden, doch in Hongkong hatte sie sich noch mehr als Außenseiterin gefühlt als in England. Hier hatte sie herausgefunden, dass die ungeschriebenen Gesetze, die nicht nur die Weißen von den Asiaten trennten, sondern auch die vielen Klassen innerhalb der jeweiligen Gruppen, sehr komplex waren und dass man mit aller Gewalt an ihnen festhielt. Für jemanden wie sie – mit ihrem wohlhabenden westlichen Hintergrund und ihrer Bildung und dem Blut ihrer Mutter, die der letzte Dreck gewesen war, in ihren Adern gab es keinen fest definierten Platz. Man hatte sie mit einer Mischung aus Argwohn und Verachtung behandelt, und sie hatte nichts von der Mutter wiedergefunden, die sie als Baby verloren hatte.

Anders als ihr Vater war Pete nicht gewalttätig, wenn er betrunken war. Er zog sich nur in sich selbst zurück, an einen Ort, wo er sich, wie er in seltenen nüchternen Augenblicken eingestand, wohl fühlte, auch wenn es ihn mit der Zeit zerstören würde.

Die Nervenenden in seinen Händen und Füßen waren inzwischen so geschädigt, dass er kaum noch gehen oder etwas festhalten konnte, seine Leber war nahezu zerstört. Er lag oben in dem Zimmer, wo Rose es ihm so behaglich wie möglich gemacht hatte. Es konnte Wochen oder Monate dauern, niemand wusste es.

Sie konnte ihn nicht unbeaufsichtigt lassen, nicht einmal für einige Stunden, denn wenn sie ihn alleinließ, versuchte er trotz seines gebrechlichen Zustands auszugehen – um zu trinken und den Trost und die Gesellschaft zu suchen, nach denen es ihn verlangte. Manchmal überlegte Rose, ob es nicht netter wäre, ihn einfach gehen zu lassen, doch die Angst, er könnte allein und ohne eine Menschenseele sterben, die sich um ihn kümmerte, verbot es ihr.

Als das Telefon läutete, fuhr sie zusammen.

Das war natürlich nicht Josh. So früh am Morgen würde er nicht anrufen. Er würde überhaupt nicht mehr anrufen, erinnerte sie sich, denn sie hatte es ihm untersagt.

Es war ein Schock gewesen, als Josh im Jahr zuvor wieder in ihr Leben gekommen war, als er einfach vor der Tür gestanden und verkündet hatte, er habe beschlossen, seine Friseursalons in New York aufzugeben und nach Hause zurückzukehren.

Sie hatte nicht vorgehabt, sich auf ihn einzulassen. Doch irgendwie war sie nicht auf der Hut gewesen, und es hatte nicht lange gedauert, da hatte sie ihm anvertraut, was sie noch nie jemandem gestanden hatte: dass sie Pete niemals hätte heiraten dürfen. Von dort war es ein leichter, wenn auch treuloser Schritt gewesen, zuzugeben, dass sie Josh liebte, ihn immer geliebt hatte und immer lieben würde.

»Verlass Pete«, hatte Josh gedrängt.

»Ich kann nicht. Er braucht mich«, hatte sie erwidert. »Er hat sonst niemanden.«

»Und was ist mit deinen Bedürfnissen, Rose? Und mit meinen?«, hatte Josh dagegengehalten. »Zählen wir nicht? Es ist nicht zu spät für uns …«

Sobald der Aufzug die Türen hinter ihr geschlossen hatte und sie in seinem schimmernd polierten Schoß barg, befreite Ella verstohlen ihre Zehen aus den Schuhen.

Sie hatte eine Buchvorstellung besucht, die länger gedauert hatte als erwartet, und ihre Füße schmerzten, weil sie den ganzen Abend herumgestanden und Smalltalk gehalten hatte. In ihrer Rolle als Chefredakteurin des *New York Magazine* musste sie viele solcher Veranstaltungen besuchen. Das *New York Magazine* galt bei Eingeweihten als die renommierteste und erfolgreichste Zeitschrift der Stadt, und Ella war begeistert gewesen, als man sie vor vier Jahren gefragt hatte, ob sie es als Chefredakteurin leiten wolle.

Seine einzigartige Mischung aus einer kritischen Haltung zu aktuellen politischen Themen und dem, was als die beste Klatschspalte der ganzen Stadt gelobt wurde, hatte ihm eine Leserschaft zugeführt, die die Politik ernst nahm, die aber trotzdem so modern war, dass sie auf ihre Portion Insider-Klatsch nicht verzichten wollte.

Dazu noch richtig gute Modeseiten, ein den Künsten gewidmeter Teil und ein Terminkalender, der genau vermerkte, wer wo und mit wem gesehen worden war, was getragen hatte und wie viel er oder sie dieser oder jener Wohltätigkeitseinrichtung gespendet hatte, und man begriff leicht, warum die Zeitschrift so schnell zur Kultlektüre avanciert war.

Lange bevor der Aufzug in der unteren Etage ihrer sich über zwei Etagen erstreckenden Wohnung in der Park Avenue hielt, hatte Ella ihre Schuhe wieder angezogen und sich aufgerichtet. Nicht dass irgendjemand sie sehen würde: Maria, ihre Haushälterin, war schon zu Bett gegangen, und auch Olivia würde fest schlafen. Ihr Schlafzimmer war erst kürzlich frisch renoviert worden, doch die Wände waren zu Ellas Verärgerung sofort wieder mit den Vergrößerungen der Fotos vollgehängt worden, die ihre Tochter und ihr Mann zusammen aufgenommen hatten: Straßenszenen aus New York, Strandszenen vom Sommer in den Hamptons, Porträts der außergewöhnlichen Menschen der Stadt.

Obwohl sie ein Mädchen war und nicht der Junge, auf den Oliver so zuversichtlich gehofft hatte, hatte er seine Tochter vom Augenblick ihrer Geburt an angebetet. Wo Ella gedacht hatte, Olivias blaue Augen und dunkles Haar gingen auf ihren Vater zurück, verkündete Oliver, sie habe sie von ihm. Wo Ella das Gefühl hatte, ihre gesunde Natur käme von ihrem Urgroßvater, behauptete Oliver, sie habe sie von seiner willensstarken Mutter. So wie sie über alles andere stritten, hatten sie auch darüber gestritten, was Olivia von welcher Familie mitbekommen hatte.

Nicht gestritten hatten sie jedoch darüber, wie sehr sie ihre Tochter liebten. Weit davon entfernt, an postnatalen Depressionen zu leiden, hatte Ella ihre Tochter vom ersten Augenblick an leidenschaftlich geliebt.

Sie schloss die Tür zu der Wohnung auf und öffnete sie. Sie wusste, dass Oliver nicht da war – auch wenn sie nicht genau wusste, wo er gerade war.

Sie hatte jedoch eine Vermutung, wie sie sich zynisch gestand. Oliver war ein gefeierter und sehr gefragter Modefotograf, und Ella hatte nicht vergessen, dass er als solcher vor ihrer Heirat regelmäßig mit seinen Mannequins geschlafen hatte. Ihre Ehe war keine Liebesheirat gewesen, sie erhob keinen emotionalen Anspruch auf ihn und er nicht auf sie. Sie hatten nie darüber gesprochen, doch sie wusste, dass Oliver nicht blind gewesen war dafür, wie beharrlich Brad nach Olivias Geburt um sie geworben hatte. Es stimmte, dass sie in Versuchung gewesen war – schließlich war Brad weit mehr nach ihrem Geschmack als Oliver –, doch sie hatte nicht vergessen können, dass sie wegen – und dank – Oliver jetzt das Kostbarste besaß, was sie im Leben je besitzen würde: Olivia. Oliver hatte sie mit ihr zusammen gezeugt, und Oliver hatte verhindert, dass sie sie abgetrieben hatte. Und Oliver hatte sie um Olivias willen geheiratet.

Und weil sie fest davon überzeugt war, dass ein Kind die Liebe beider Eltern brauchte und die Sicherheit, die damit einherging, dass beide Eltern zusammen waren, hatte sie die

Gelegenheit, mit Brad eine Affäre zu haben – die womöglich am Ende dazu geführt hätte, dass ihre Ehe auseinandergegangen wäre –, verstreichen lassen.

Oliver hatte sie nie nach Brad gefragt, aber warum hätte er das auch tun sollen? Er liebte sie schließlich nicht. Irgendwie hatte das bisher keine Rolle gespielt. Sie waren nicht das einzige erfolgreiche Paar in Manhattan, dessen Ehe eher auf praktischen Erwägungen beruhte als auf Liebe. Doch bisher hatte Oliver auch keine andere geliebt.

Ella konnte sich noch ganz genau an den Augenblick erinnern, als ihr aufgegangen war, dass Oliver das unglaublich attraktive Mannequin, das er für *Vogue* fotografiert hatte, nicht nur bumste, sondern dass er sich tatsächlich in die junge Frau verliebt hatte. Es war am Weihnachtsmorgen gewesen, als sie ihn unabsichtlich bei seinem heimlichen Telefonat mit ihr gestört hatte. Wenn er sie am Weihnachtstag anrief, einem Tag, der ihnen seit Olivias Geburt heilig war, dann musste er sie lieben. Nicht dass Ella ihn danach gefragt hätte. Es hätte keinen Sinn. Ihre Ehe war ein zivilisiertes Arrangement, in dem Beschuldigungen wegen Untreue fehl am Platze waren. Jetzt wartete sie einfach darauf, dass er ihr sagte, dass er die Scheidung wolle. Sie konnte ihm natürlich zuvorkommen und ihrerseits die Scheidung verlangen, doch sie wusste, dass Olivia ihr das nie verzeihen würde und sie für die Zerstörung ihrer Familie verantwortlich machen würde, und das wollte sie nicht.

Sie ging in die Küche, um sich eine Tasse Tee zu machen, wie sie es immer tat, wenn sie spät nach Hause kam. Am Teekessel lehnte eine Nachricht in Marias Handschrift. Als Ella sie das erste Mal las, weigerte ihr Gehirn sich, ihren Inhalt zu begreifen.

Mit zitternder Hand griff sie nach dem Zettel und las ihn noch einmal. Ihr Vater hatte einen Herzinfarkt gehabt und lag im Krankenhaus. Nein, das war unmöglich. Sie war im Januar zu einem Treffen nach England geflogen, um über die Möglichkeit zu diskutieren, in Großbritannien einen Ableger des *New York Magazine* auf den Markt zu bringen, und da hatte sie ihn gesehen. Sie hatte Olivia mitgenommen, und ihr Vater war gesund und munter gewesen.

Drogo hatte angerufen, doch als Ella zurückrief, ging niemand dran, also versuchte sie es in Fitton Hall. Ihr Herz schlug wild gegen ihre Rippen, als John ihr bestätigte, dass ihr Vater schwer krank war und auf der Intensivstation lag.

Sie leitete eine erfolgreiche Zeitschrift, es gab also keinen Grund, in Panik zu verfallen, nur weil sie sich einen Transatlantikflug buchen musste, doch ihre Hände zitterten genau wie ihre Stimme, als sie telefonisch die Vorkehrungen traf, die sie nach Hause an das Krankenbett ihres Vaters bringen würden.

Es hatte keinen Sinn, Olivia zu wecken, obwohl sie natürlich Maria in ihre Pläne einweihen und ihr eine Nachricht für Oliver geben musste, der irgendwo auf einem Shooting für eine Zeitschrift war und wohl erst in einigen Tagen zurückkehren würde.

Ihr Vater war krank, lag vielleicht sogar im Sterben. Es kam ihr unmöglich und auch ein wenig lächerlich vor, dass sie, die zwanzig Jahre lang in New York ihr eigenes Leben gelebt hatte, sich plötzlich so verletzlich und beraubt fühlte, so sehr wie ein Kind, das Angst hat, verlassen zu werden. So schrecklich allein.

59

Janey schoss von ihrem Stuhl im Wartezimmer hoch, als die Tür aufging, und ihre Wangen röteten sich vor Erleichterung, als sie Emerald sah. Sie hatten sich nie besonders nahegestanden, doch sie war, seit John gegangen war, um nach Fitton

Hall zurückzukehren, seit Stunden allein hier. Er hatte ihr versprochen, so schnell wie möglich zurückzukommen, und die Angst um ihren Vater und um ihre und Johns Zukunft lastete mit jeder Minute schwerer auf ihr. Sie zögerte, doch dann ließ sie sich von ihren Gefühlen überwältigen. Sie und Emerald waren zusammen aufgewachsen, sie hatten eine gemeinsame Familiengeschichte, und das bedeutete Janey jetzt im Augenblick sehr viel mehr als alle Differenzen.

»Emerald.« Sie eilte zu ihrer Stiefschwester und brach in Tränen aus.

Emerald wusste nicht, wer von beiden überraschter war, als sie auf Janey zutrat und sie fast beschützend in die Arme nahm, bevor sie sie fragte: »Was ist los?«

»Nichts«, schniefte Janey unter Tränen. Wer hätte gedacht, dass es so eine beruhigende Wirkung auf sie haben würde, wenn Emerald da wäre – ausgerechnet Emerald? »Es ist nichts passiert. Ich bin nur so erleichtert, dich zu sehen«, meinte sie. »Ich hab mich so allein gefühlt.«

»Hast du deinen Vater gesehen?«, fragte Emerald und überspielte ihre unerwartet emotionale Reaktion auf Janeys Weinen mit einer praktischen Frage.

»Nein. Mama, also, deine Mutter, ist bei ihm, und der Krankenschwester zufolge will sie einfach nicht von seiner Seite weichen. Man hat ihr gesagt, dass ich hier bin und dass ihr alle Bescheid wisst, aber sie will ihn nicht alleinlassen. Du weißt, wie sehr sie aneinander hängen.«

»Haben die Ärzte schon etwas gesagt?«, fragte Emerald.

»Sie können uns noch nichts Neues sagen. Die nächsten Stunden sind wohl kritisch. Es muss schrecklich sein, nicht wahr? Ich habe versucht, mir vorzustellen, wie ich mich fühlen würde, wenn es John wäre. Aber ich ertrage den Gedanken nicht, er ist zu furchtbar.« Die Worte haspelten nur so aus ihr heraus, so erleichtert war sie, nicht mehr allein zu sein, doch während sie für jemand anderen wie konfuses Gerede klingen mochten, wusste Emerald genau, was Janey meinte. Zum ersten Mal im Leben tauschte Emerald einen Blick gemeinsamen Verständnisses mit ihrer Stiefschwester.

Die Übelkeit, die Emerald vorher schon einmal überkommen hatte, kehrte wieder zurück, doch Emerald kämpfte dagegen an. Jetzt war nicht der rechte Zeitpunkt, um sich einzugestehen, wie viel Angst es ihr machte, diese Situation für den Augenblick ohne Drogo durchstehen zu müssen.

»Ich hätte mir nie vorgestellt, dass so etwas passieren könnte. So was stellt man sich einfach nicht vor, oder?«, fragte Janey sie fast kläglich. »Dad kam mir immer so … er war immer da, und man denkt nicht darüber nach, dass er eines Tages nicht mehr da sein könnte. Ich habe solche Angst um ihn, Emerald. Ich will nicht, dass er stirbt.« Sie fing wieder an zu weinen.

»Dann darfst du so etwas gar nicht denken«, erklärte Emerald entschieden. »Du musst dir sagen, dass er wieder gesund wird.«

Ihre Worte machten mehr Eindruck auf Janey, als sie erwartet hatte. Sie lächelte unter Tränen und sagte: »Ich wünschte, ich wäre mehr wie du, Emerald. Du bist immer so … so beherrscht. Bei dir scheint nie etwas schiefzulaufen. Du und Drogo seid so glücklich.«

Glücklich? Sie? Wenn Janey wüsste!

»Janey, du hast einen Mann, der dich liebt, und zwei gesunde Söhne«, entgegnete Emerald fest. Zwei Söhne, nicht nur einen, und erst recht nicht gar keinen, dachte sie. War Janey wirklich so blind, dass sie nicht sah, dass Emerald sie beneidete, weil sie etwas hatte, was Emerald sich verzweifelt wünschte? In ihren finstersten Augenblicken hatte sie sich oft vorgestellt, wie ihre Schwestern, besonders Janey und Polly mit ihren Söhnen, verschwörerische Blicke tauschten, wenn sie darüber sprachen, dass Emerald Drogo einfach keinen Erben schenken konnte. Doch Janey schien nicht zu wissen, in welche Richtung Emeralds Gedanken gingen. Sie schüttelte den Kopf und stieß ein kleines bitteres Lachen aus.

»Zwei gesunde Söhne, die jeden Tag nach Hause geschickt werden können, weil wir nicht mehr in der Lage sind, ihr Schulgeld zu bezahlen – das heißt, falls Fitton uns dann noch gehört und sie noch ein Zuhause haben, in das sie heimkehren können. Ich wollte Daddy fragen, ob er uns helfen kann. Jetzt komme ich mir total egoistisch vor, dass ich es überhaupt in Erwägung gezogen habe.«

Janey hatte keine Ahnung, warum sie Emerald so viel anvertraute, doch jetzt war es zu spät, um es zurückzunehmen, und auf seltsame Art empfand sie es tatsächlich als Erleichterung, es ausgesprochen zu haben. Das hatte sicher etwas mit der Intimität des Wartezimmers und der Ungewissheit der Situation zu tun.

Emerald runzelte die Stirn. Sie war immer davon ausgegangen, dass John und Janey in gesicherten Verhältnissen lebten. »Was ist passiert?«, fragte sie direkt heraus. »Und sag jetzt nicht, nichts, denn irgendwas muss ja passiert sein.«

Die Rolle der schwesterlichen Vertrauten war ihr neu, und die Leichtigkeit, mit der sie sie annahm, überraschte sie. Noch mehr überraschte sie, wie wohl sie sich darin fühlte, fast als würde sie etwas übernehmen, das sie sich heimlich gewünscht und ohne das sie sich unvollständig gefühlt hatte.

»John hat unser ganzes Geld bei einem … einem Freund investiert, der dann alles in den Sand gesetzt hat«, erklärte Janey ihr gleichermaßen direkt heraus, als hätte sie Emerald schon ihr ganzes Leben lang ihre Probleme anvertraut. »Er ist krank vor Sorge. Ich weiß nicht, was ich machen soll, Emerald. Wenn Dad überlebt, kann ich ihn doch unmöglich damit belasten, dass ich es ihm erzähle und ihn um Hilfe bitte.«

»Wie viel habt ihr verloren?«, fragte Emerald.

Janey zögerte und blickte über ihre Schulter, obwohl sie allein im Wartezimmer waren, bevor sie eingestand: »Etwas über eine Million Pfund – alles, was wir besaßen. Weißt du, als die Investition nicht den erwarteten Profit abgeworfen hat, haben sie auf den Rat dieses sogenannten Freundes alle noch mehr Geld reingesteckt. Der arme John. Es ist sehr schwer für ihn. Weißt du, er konnte immer so gut mit Geld umgehen, und er war immer so … vernünftig und zuverlässig. Ich konnte mich in unserer ganzen Ehe immer an ihn lehnen, und jetzt fühle ich … also, ich fühle mich schuldig, Emerald. Ich hätte mich mehr für unsere finanziellen Angelegenheiten interessieren sollen. Ich hätte nicht einfach erwarten sollen, dass er die ganze Verantwortung übernimmt.«

Emerald überlegte rasch, während sie in sich aufnahm, was Janey ihr erzählt hatte. Drogo hatte gesagt, die ganze Familie bräuchte sie jetzt, doch selbst er hatte so etwas wie das hier nicht ahnen können.

»Ich könnte euch helfen.«

Janeys Gesicht wurde knallrot. »Du? Aber … also, warum solltest du?«

Allerdings, warum sollte sie?

»Wir sind eine Familie« war alles, was Emerald einfiel, »und meine Mutter wird merken, dass etwas nicht stimmt. Du weißt doch, wie sie ist.«

»Ja, schon«, pflichtete Janey ihr bei, »aber ich kann unmöglich Geld von dir annehmen, Emerald.« Sie klang gedemütigt. »Ich habe es dir nicht deswegen gesagt … und abgesehen davon, wäre John niemals einverstanden. Sein Stolz wäre schrecklich verletzt.«

»Dann sag's ihm einfach nicht«, entgegnete Emerald praktisch.

Ohne auf sie zu achten, sagte Janey zitternd: »Ich kann von dir keine Million Pfund annehmen.«

Sie hatte immer gewusst, dass Emerald ein großes eigenes Vermögen besaß, aber so ein Angebot … Janey war hin- und hergerissen zwischen Dankbarkeit und Ungläubigkeit und den eher praktischen Gedanken, dass John nicht wollen würde, dass sie es annahm.

»Du meinst, es ist dir lieber, wenn deine Söhne in die peinliche Lage geraten, die Schule verlassen zu müssen, und ihr Fitton verliert?«, fragte Emerald in spöttischem Tonfall. »Ich hatte eigentlich eine höhere Meinung von dir, Janey.«

»Ich kann es nicht annehmen«, wiederholte Janey, doch Emerald spürte, dass sie in ihrer Entschlossenheit wankte.

»Es ist exakt das, was Jay tun würde, wenn er könnte, und was mein Vater von mir erwarten würde. Wir sind schließlich eine Familie, Janey. Deine Jungen sind meine Neffen, und ich würde gern davon ausgehen können, dass meine Mädchen, wenn Drogo oder mir etwas zustoßen sollte, jemanden hätten, an den sie sich wenden könnten …«

»Selbstverständlich. Das weißt du doch.« Janeys mütterliche Instinkte waren geweckt, wie Emerald es erwartet hatte.

Wie seltsam, bis jetzt war Emerald nicht bewusst gewesen, dass sie es tief in ihrem Innern wohl immer als selbstverständlich erachtet hatte, dass ihre Töchter im Fall der Fälle von einer ihrer Stief- oder Halbschwestern aufgezogen werden würden, die sie doch so sehr verachtete.

»Ich tue es nicht für dich, Janey«, fuhr sie entschlossen fort, »ich tue es für uns alle. Du lebst schließlich am nächsten bei Denham und kannst meiner Mutter und deinem Vater nicht richtig helfen, wenn du dir Sorgen um eure Existenz machen musst.«

Was Emerald sagte, stimmte, musste sich Janey eingestehen.

»Wir sind eine Familie«, wiederholte Emerald, »und wir stehen vor einer schwierigen Situation. Du wirst deine Zeit opfern müssen, und es ist nur recht, dass ich auch meinen Beitrag leiste, und wenn der darin besteht, dass ich dir helfe, deinen Teil beizutragen.«

»Also, wenn du es so formulierst …«, gab Janey klein bei. Es wäre eine unglaubliche Erleichterung, nicht diese schreckliche Sorge über sich schweben zu haben. Sie könnte sich dann mit aller Kraft darauf konzentrieren, Amber zu unterstützen.

»Ja«, sagte Emerald. »Und damit Johns Stolz nicht allzu sehr leidet, können wir bestimmt dafür sorgen, dass die Treuhänder herausfinden, dass dir noch Geld aus deinem Treuhandfonds zusteht.«

Janey stieß einen Laut aus, der als Protest oder Nachgeben gedeutet werden konnte.

»Dann ist das geklärt«, sagte Emerald entschlossen, indem sie Janeys Äußerung als Zustimmung deutete. »Um die Einzelheiten kümmern wir uns später.« Bevor Janey weitere Einwände erheben konnte, wechselte sie das Thema, indem sie ihr von den praktischen Vorkehrungen berichtete, die Drogo getroffen hatte, und hinzufügte: »Drogo müsste bald zurück sein. Er hat Robbie angerufen, nachdem John uns angerufen hatte, und dann Polly. Sie haben verabredet, dass er die beiden in Manchester am Flughafen abholt und direkt hierher bringt. Wir haben einen Wagen geschickt, um Cathy abzuholen.«

»Was meinst du, ob Rose und Ella kommen?«

»Ich weiß nicht.«

Ob Rose kommt?, überlegte Emerald. Es war nie über die Kluft zwischen ihrer Mutter und der Nichte gesprochen worden, der sie immer so nahegestanden hatte, doch sie alle waren sich ihrer bewusst.

Zuerst hatte Emerald sich gefreut, ja sogar triumphiert. Amber war schließlich ihre Mutter, und es war nur recht und billig, dass sie ihr Liebling war und nicht Rose, der Eindringling. Doch der Triumph hatte bald seinen Reiz verloren. Seltsam, wie eine einzige Handlung eine ganze Beziehung für immer verändern konnte, sei es ein Akt von Großzügigkeit oder ein Akt großer Unfreundlichkeit.

Im Laufe eines Abends, innerhalb weniger Stunden, hatte Rose durch einen Akt der Freundlichkeit Emeralds ganzes Leben verändert. Bei den seltenen Gelegenheiten, da sie sich trafen, sprachen sie nie über diese Nacht, doch sie war immer da, ein Geheimnis, das sie miteinander verband und das Emerald endgültig vor scheinbar immerwährendem Neid gerettet hatte.

Würde Rose kommen? Emerald war überrascht, als sie merkte, wie sehr sie es hoffte.

60

Was war in Macclesfield los? Rose blickte auf das Telefon. Sie hatte, wie sie ein wenig verwundert feststellte, das starke Bedürfnis, nach Hause zu fahren.

Es war jetzt so viele Jahre her, seit sie sich aus der einstigen Nähe zu ihrer Tante gelöst hatte, voller Bitterkeit und Schmerz über die Erkenntnis, dass Amber sie nur benutzt und sie nie wirklich geliebt hatte.

Seit Petes Gesundheitszustand sich immer mehr verschlechterte, hatte sie immer weniger von der Familie gesehen, auch wenn es keinen offenen Bruch gegeben hatte. Sie war sogar Patin von einem von Janeys Söhnen und von Emeralds älterer Tochter, doch sie hatte nicht erwartet, so ein starkes irrationales Bedürfnis, dort zu sein, zu empfinden.

Warum sollte sie auch? Ihre Tante Amber brauchte sie nicht. Schließlich hatte sie drei Töchter und zwei Stieftöchter, die ihr alle viel mehr bedeuteten als Rose.

Doch sie musste dort sein, erkannte Rose. Sie wollte dort sein … sie musste.

Rasch ging sie durch die Küche, griff zum Telefonhörer und wählte die Nummer, die sie auswendig kannte.

In dem Augenblick, da am anderen Ende abgenommen wurde, wusste sie, allein an den Atemzügen, sofort, dass es Josh war.

»Ich bin's«, sagte sie. »Rose. Ich brauche deine Hilfe.« Sie gab wirklich nicht ihrem Begehren oder ihrer Liebe zu ihm nach, sie tat es nicht um ihretwillen, sie tat es für Amber, der sie doch so viel verdankte.

In weniger als fünf Minuten war alles veranlasst. Josh würde kommen und auf Pete aufpassen, und sie wäre frei, um nach Macclesfield zu fahren. Sie hatte so hart darum gekämpft, Josh aus ihrem Leben fernzuhalten, um ihm und sich selbst keine Möglichkeit zu geben, in ihrer Liebe zueinander zu entflammen, denn sie war mit Pete verheiratet, doch jetzt hatte das Schicksal eingegriffen, und sie hatte wirklich keine andere Wahl.

»Und was soll ich zu Mr Oliver sagen, wenn er kommt?«, wollte Maria wissen.

Ella hatte in ihrer Brieftasche nachgesehen, ob sie auch bestimmt ihren Pass dabeihatte, und schaute auf. »Sagen Sie ihm, dass ich nachhause musste, weil mein Vater einen Herzinfarkt hatte. Ich muss gehen, Maria, das Taxi wartet. Kümmern Sie sich um Olivia, und grüßen Sie sie ganz lieb von mir, ja?« Sie durfte nicht länger zögern, sonst würde sie ihren Flug verpassen, und der nächste ging erst am nächsten Morgen. Bitte, Gott, lass meinen Vater noch leben, wenn ich heimkomme. Es war jetzt sinnlos, sich zu wünschen, sie hätte bei ihrem letzten Besuch im Januar mehr Zeit mit ihm verbracht.

Josh kam pünktlich, wie versprochen. Bei seinem Anblick stiegen in Rose all die alten Gefühle auf, auf die sie, wie sie wusste, kein Recht hatte. Sie hatte Pete aus freien Stücken geheiratet, niemand hatte sie dazu gezwungen. Sie konnte ihn nicht einfach verlassen, nur weil sie Josh liebte. Sie war gefährlich nah daran, schwach zu werden und dem nachzugeben, was sie empfand. Es war himmlisch, von Joshs Armen sicher gehalten zu werden, sich in die vertraute Behaglichkeit und Wärme zu schmiegen.

»Ich hätte dich nicht anrufen sollen.«

»Selbstverständlich.« Josh wischte ihr mit dem Daumen eine Träne von der Wange und fügte leise hinzu: »Ich wäre eifersüchtig gewesen wie der Teufel, wenn du jemand anderen um Hilfe gebeten hättest. Ich will, dass du das Gefühl hast, dich immer an mich wenden zu können, Rose, was immer du brauchst.«

»Ich weiß, dass ich das kann, und … und ich wollte, dass du herkommst, aber es ist nicht richtig von mir, dich hier mit reinzuziehen.«

Josh strich ihr das Haar aus dem Gesicht und nahm dieses dann in beide Hände, damit er ihr in die Augen sehen konnte. »Nichts, was zwischen uns geschieht oder was wir für einander empfinden, kann je etwas anderes sein als perfekt und richtig. Falsch war meine Dummheit, nicht zu erkennen, wie sehr ich dich liebe, und dich gehen zu lassen. Nein, sag nichts. Ich weiß, dass du mit Pete verheiratet bist, ich weiß, dass du ihn nie verlässt, aber das muss doch nicht heißen, dass wir nicht Freunde sein können, oder?«

»Freunde?« Roses Stimme brach. »Josh, ich traue mir nicht so weit, dass ich mit dir befreundet sein könnte.«

»Dann trau mir, dass ich dich und die Zukunft, die wir eines Tages haben werden, beschütze, denn ich verspreche dir, dass du das kannst. Ich weiß, dass du glaubst, Pete etwas schuldig zu sein.«

»Er braucht rund um die Uhr jemanden, Josh. Er wird nie wieder gesund – der Alkohol hat seinen Körper zu sehr geschädigt –, aber er kann noch Jahre als Invalide leben. Sosehr ich dich auch liebe und mit dir zusammen sein möchte, ich kann ihn nicht verlassen.«

»Darum würde ich dich niemals bitten. Lass mich dir helfen, Rose. Lass mich Teil deines Lebens sein, wenn auch nur als Freund.«

»Das kann ich nicht von dir verlangen.«

»Das musst du auch nicht, denn ich biete es dir an. Ich liebe dich, und mein Leben war ohne dich unerträglich leer. Als ich auf der Fifth Avenue zufällig Ella über den Weg gelaufen bin und sie mir von Pete erzählt hat, wusste ich, dass ich zurückkommen musste, um bei dir zu sein. Schließ mich nicht aus, Rose. Ich brauche dich genauso sehr wie Pete. Eines Tages sind wir im selben Alter wie deine Tante und mein Onkel. Wenn ich eines weiß, dann dies: Wenn die Zeit kommt, will ich, dass deine Hand die letzte ist, die ich halte, und dein Gesicht das letzte, auf das ich meinen Blick richte. Du magst Petes Frau sein, aber du bist meine Liebe und wirst es immer sein. Irgendwie finden wir einen Weg, Rose, das verspreche ich dir.«

Und Josh hielt sein Versprechen immer, das wusste sie.

61

»Wir sind jetzt schon Ewigkeiten hier, Emerald. Was meinst du, was passiert? Niemand hat uns etwas gesagt.«

Emerald hörte die Angst in Janeys Stimme.

»Du bleibst hier«, sagte sie. »Ich gehe und schaue, ob ich etwas in Erfahrung bringen kann.«

In dem Krankenhaus ging es hektischer zu als zu dem Zeitpunkt, da sie gekommen war. Eine der beiden Frauen am Empfang der Intensivstation sah Emerald mitfühlend an, als diese ihr erklärte, sie hätten noch niemanden zu Gesicht bekommen, der ihnen sagen konnte, wie es Jay ging, doch die Frau wusste auch nicht genau, wann sie den Arzt sprechen konnten.

»Ich kann Ihnen Tee bringen lassen«, meinte die Empfangsdame, »und ich will mal mit der Stationsschwester reden.«

»Das wäre sehr nett«, bedankte Emerald sich. »Meine Mutter ist noch bei meinem Stiefvater, und wir machen uns natürlich auch alle Sorgen um sie.«

»Hast du was erfahren?«, fragte Janey, als Emerald ins Wartezimmer zurückkehrte.

»Nein, aber sie bringen uns Tee.« Sie schaute auf ihre Uhr. »Drogo müsste auch jeden Moment kommen.«

Es verdross sie ein wenig, sich eingestehen zu müssen, dass es Drogo wahrscheinlich eher gelingen würde, dem Krankenhauspersonal irgendetwas zu entlocken, als ihr, doch im Laufe der Jahre hatte Emerald in manchen Dingen einen gewissen Pragmatismus entwickelt: Sie wusste, dass es keinen Sinn hatte, sich über Dinge zu ärgern, an denen sie nichts ändern konnte. Nicht, solange es noch etwas gab, worum sie sich kümmern musste und was sie in die Hand nehmen konnte.

»Wenn die anderen kommen, müssen wir über die Zukunft reden«, sagte sie zu Janey. »Ich weiß, dass euer Vater und das, was gerade passiert, für dich und Ella und die Zwillinge oberste Priorität haben, aber wir müssen auch praktisch denken. Es gibt einiges zu besprechen und zu organisieren.«

Janey wusste, dass Emerald damit meinte, falls ihr Vater starb.

In dem kleinen Krankenzimmer hatte Amber die Außenwelt völlig vergessen. Sie war ganz auf Jay konzentriert. Irgendwann hatte sie angefangen, mit ihm zu reden, zuerst nur ein paar Worte. Sie sprach mehr ihre eigenen Gedanken laut aus als etwas anderes, und dann hatte sie gespürt, dass seine Finger unter ihrer Berührung zitterten, und sie hatte gewusst, dass er sie gehört hatte, und hatte weitergesprochen, jetzt nicht über ihre Angst, ihn zu verlieren, sondern über die Vergangenheit und das gemeinsame Glück und die Liebe, die sie geteilt hatten. Sie hatte gelacht und geweint, als die Erinnerungen sie überkommen hatten, und mit den Tränen hatte sich ein Gefühl des Friedens in ihr breitgemacht.

Sie hielt noch immer seine Hand. Sie war müde, ihre Augen waren trocken von der Hitze und ihre Kehle rau vom Reden. Liebe war so ein wunderbares Geschenk, wenn sie geteilt wurde, sie verwandelte die, die sie teilten, erhellte die dunkle Seite des Lebens, ging weit über den Tod hinaus.

»Drogo.«

Robbie war neunzehn und betrachtete sich als erwachsen, doch in dem Augenblick, da er Drogo sah, brannten Tränen in seinen Augen, und er wurde daran erinnert, wie er sich als Junge gefühlt hatte in dem Wissen, dass er sich immer trost- und schutzsuchend an seinen Stiefvater wenden konnte.

Aus der Tiefe von Drogos warmer Umarmung heraus fragte er unsicher: »Wie geht's Gramps?«

»Das letzte Mal, als ich mit dem Krankenhaus gesprochen habe, haben sie gesagt, er hielte sich wacker.«

»Ist er … wird er … wird er sterben?«

»Ich weiß es nicht, Robbie«, antwortete Drogo wahrheitsgemäß. »Er hatte, wie es sich anhört, einen schweren Herzinfarkt, aber dein Großvater ist ein sehr starker und resoluter Mensch – wenn jemand so etwas überleben kann, dann er. Sobald der Arzt die Ergebnisse der Untersuchungen hat, die sie gemacht haben, wissen wir mehr.«

»An Weihnachten hat er noch Witze darüber gerissen, dass ich alt aussehen würde, wenn er mit mir zum Skifahren ginge.«

»Das kann ich mir gut vorstellen. Wir haben fünfzehn Minuten, bevor das Flugzeug deiner Tante Polly aus Venedig landet. Komm, wir gehen eine Tasse Kaffee trinken, solange wir auf sie warten.«

Manchester – komisch, dass es hier immer nach Regen riecht, selbst an einem trockenen Tag wie heute, dachte Polly, als sie aus dem Flugzeug stieg.

»Polly.«

Sie war nicht davon ausgegangen, dass jemand sie am Flughafen abholen würde, doch sie war erleichtert, als Drogo ihren Namen rief, auch wenn er enttäuschenderweise keine weiteren Neuigkeiten über ihren Vater hatte.

»Können wir Gramps sehen, Drogo?«, fragte Robbie, sobald die drei im Auto saßen und Drogo Richtung Süden nach Macclesfield fuhr.

»Das hängt von dem Arzt ab. Ich habe schon mit seiner Sekretärin gesprochen, und sie hat mir versichert, dass er mit uns spricht und uns auf den aktuellen Stand der Dinge bringt, sobald er bei Jay war und sich die Untersuchungsergebnisse angesehen hat.«

»Aber er lebt noch, oder?«, hakte Robbie ängstlich nach und stellte damit die Frage, die Polly nicht über die Lippen brachte.

»Ja, er lebt.«

»Hast du ihn gesehen?«, fragte Robbie.

Drogo schüttelte den Kopf.

Eine junge Pflegehelferin kam mit einem Tablett mit zwei dicken Steingutbechern mit Tee, einigen Zuckertütchen und zwei kleinen Kekspäckchen in den Händen ins Wartezimmer, stellte es auf den melaminbeschichteten Couchtisch und verließ den Raum wieder.

»Ich hätte nie gedacht, dass ich für einen Tee mal so dankbar sein würde«, sagte Janey und nahm sich einen Becher.

Emerald richtete den Blick auf den zweiten Teebecher. Der Tee war dunkel und so stark, dass sie ihn tatsächlich riechen konnte. Zögernd streckte sie die Hand danach aus, hielt jedoch inne, als sich ihr allein von seinem Anblick und seinem Geruch der Magen hob.

»Was ist los?«, fragte Janey.

»Nichts«, flunkerte Emerald. Janey sollte nicht denken, Jays Herzinfarkt würde sie so belasten, dass ihr davon übel wurde, schließlich hatte Drogo gesagt, sie müsse stark sein.

Doch den Tee zu trinken war ihr unmöglich, und er stand immer noch unberührt da, als Drogo zehn Minuten später kam.

»Wo ist Polly?«, fragte Emerald, nachdem sie Robbie zur Begrüßung umarmt hatte.

»Sie kommt sofort. Sie wollte vorher noch Rocco anrufen, um ihm zu sagen, dass sie sicher gelandet ist.«

Emerald nickte. »Drogo, ich habe Durst, aber der Tee, den sie uns gebracht haben, ist schrecklich stark. Könntest du mir vielleicht ein bisschen Wasser besorgen?«

»Ich schaue, was ich tun kann.« Drogo sah auf seine Uhr. »Aber zuerst muss ich die Sekretärin des Arztes noch einmal anrufen, um herauszufinden, wann genau er hier ist.«

Als die Zwillinge praktisch gleichzeitig ins Wartezimmer traten, gab es eine neue Runde geschwisterlicher Begrüßungen und Umarmungen, gefolgt von einer frischen Flut ängstlicher Fragen.

»Drogo telefoniert gerade mit der Sekretärin des Arztes« war alles, was Emerald ihnen sagen konnte. »Wir wissen erst mehr, wenn er Jay noch einmal untersucht hat.«

»Können wir Daddy sehen, und wo ist Mummy?«, fragte Cathy, die Ältere der beiden.

»Nein, und sie ist bei eurem Vater«, antwortete Emerald. Als sie sah, dass die Zwillinge protestieren wollten, ermahnte sie die beiden entschlossen: »Vergesst nicht, dass euer Vater auf der Intensivstation liegt und vermutlich ruhiggestellt ist.«

»Emerald hat recht«, unterstützte Janey sie und schaute auf, als Drogo ins Wartezimmer zurückkam.

»Der Arzt wurde aufgehalten«, erklärte er ihnen, »ein Notfall, aber er müsste bald kommen. Amber ist noch bei Jay und weigert sich rundheraus, ihn alleinzulassen.«

»Arme Mummy«, sagte Cathy. »Sie und Daddy waren einander immer so zugetan.« In ihrer Stimme lag die Angst, die keiner von ihnen in Worte zu fassen wagte – Jay könnte es nicht überleben.

Dank Drogo waren frischer Tee und Kaffee gebracht worden, zusammen mit Mineralwasser für Emerald und, laut Robbie, der bisher als Einziger eines gegessen hatte, überraschend guten Sandwiches.

»Es ist doch völlig sinnlos, dass wir alle hier sind, wenn man uns doch nicht erlaubt, Daddy zu sehen«, ärgerte sich Cathy.

Emerald atmete aus und sagte ruhig: »O nein, das ist es nicht. Es ist eine ausgezeichnete Gelegenheit, uns mit bestimmten wichtigen Fragen zu befassen, obwohl ich es vorgezogen hätte, zu warten, bis Rose hier ist.«

»Glaubst du, sie kommt?«, fragte Janey.

Emerald wusste es nicht, aber sie wusste, dass das Problem, über das sie reden wollte, ohne Rose nicht besprochen und gelöst werden konnte.

»Sie wäre es Mummy auf jeden Fall schuldig, herzukommen.« Cathys Stimme war scharf und so laut, dass sie durch die leicht geöffnete Tür drang, vor der Rose im Flur draußen stand und zögerte. »Besonders, wenn man bedenkt, was Mummy alles für sie getan hat.«

»Sie hat nicht mehr für Rose getan als für uns andere auch …«, setzte Emerald an, hielt jedoch abrupt inne, als Rose die Tür aufdrückte und ins Wartezimmer trat.

»Nur dass ihr alle entweder Ambers oder Jays oder beider Töchter seid und ich nicht«, sagte sie leise.

»Oh, Rose, so hat Cathy das doch nicht gemeint«, sagte Janey rasch und stand eilig auf, um Rose stürmisch zu umarmen. »Wir sind alle bloß nervös, weil wir uns so schreckliche Sorgen machen.«

Cathy, die jetzt befangen und schuldbewusst dreinschaute, fügte hinzu: »Janey hat recht. Es tut mir leid, Rose, es war wirklich nicht so gemeint, wie es rauskam.«

»Nein? Wie war es denn gemeint? Vielleicht, dass ich, da mein Vater von unserer gemeinsamen Urgroßmutter enterbt wurde, nicht wie alle anderen einen Treuhandfonds haben sollte? Oder vielleicht, dass man mich in die Slums von Hongkong zurückschicken und dort meinem Schicksal überlassen sollte, wie dieselbe Urgroßmutter so gern sagte?«

Rose sah, dass sie die anderen schockiert hatte. Das war

nicht ihre Absicht gewesen, doch das Gespräch, das sie mit angehört hatte, hatte nicht nur einen Nerv getroffen, sondern eine Sprungfeder zusammengedrückt, die zerstörerische Selbstverteidigung wie einen Springteufel hatte hochschnellen lassen.

»Jetzt muss *ich* mich entschuldigen.« Sie zuckte müde die Achseln und fuhr sich mit der Hand durchs Haar.

»Uns zu benehmen wie kleine Kinder hilft niemandem«, sagte Emerald. »Jetzt, da Rose hier ist, sollten wir, denke ich, darüber reden, was zu tun ist. Wir haben einiges zu klären, während wir hier zusammen sind«, erinnerte Emerald die anderen.

Janey erbleichte und sah aus, als würde sie jeden Augenblick in Tränen ausbrechen, während Robbie sich bemühte, möglichst erwachsen zu wirken, als er an ihre Seite trat.

»Ich glaube nicht, dass das der passende Augenblick ist, um so etwas zu diskutieren. Findest du nicht, wir sollten abwarten und schauen, was der Arzt zu sagen hat, bevor wir anfangen, Pläne zu machen?«, fragte Cathy Emerald scharf. »Schließlich haben die Eltern für den Fall, dass etwas passieren sollte, womöglich ihre eigenen Vorkehrungen getroffen.«

»Ganz im Gegenteil«, erklärte Emerald standhaft. »Ich könnte mir keinen geeigneteren Zeitpunkt vorstellen. Worüber ich reden möchte, trifft zu, was auch immer die Zukunft bringen mag, und meiner Meinung nach diskutieren wir am besten jetzt darüber, solange wir noch die Zeit dazu haben. Wir müssen über das Geschäft reden. Wir wissen alle, wie viel es Mummy bedeutet.«

Als niemand etwas dazu sagte, fuhr Emerald fort: »Mag sein, dass ihr alle zu sehr mit eurem eigenen Leben beschäftigt wart, um mitzubekommen, was in London passiert ist, und selbstverständlich habe ich mehr davon mitbekommen, schließlich lebe ich dort.«

»Was meinst du damit?«, wollte Polly wissen. »Die Fabrik

läuft doch sehr gut. Ich weiß, dass Angelli sehr viele Aufträge für sie hat.«

»Die Fabrik mag gut laufen, aber ich spreche von dem Laden in der Walton Street«, führte Emerald näher aus. »Mummy ist die letzte Zeit nicht mehr so oft nach London gekommen wie früher, und ich gehe davon aus, dass sie in Zukunft überhaupt nicht mehr runterkommt, egal was passiert.«

»Na, den Laden könnte man doch schließen, oder?«, fragte Janey nach einer langen Pause, in der alle verdauten, was Emerald da gesagt hatte.

»Ja, das könnte man«, stimmte Emerald ihr zu.

Selbst wenn Emerald nicht der Typ Mensch gewesen wäre, dem es zuwider war, über seine Gefühle zu reden, standen sie einander nicht so nah, dass sie ihr hätte erklären können, was sie empfunden hatte, als sie das Gesicht ihrer Mutter beim Anblick ihrer *Designers-Guild*-Schlafzimmerausstattung gesehen hatte: So viel Traurigkeit und Verlust in der Miene ihrer Mutter hatten Emerald daran erinnert, wie wichtig Amber das Innenausstattungs-Geschäft war. Damals war ihr das nicht besonders wichtig erschienen, jetzt dagegen schon.

»Das Haus könnte man vermutlich leicht verkaufen«, fuhr Janey fort.

»Sehr leicht«, pflichtete Emerald ihr bei, »aber ich finde nicht, dass wir das tun sollten.«

»Was meinst du damit?« Das war Cathy, die Rebellin, die immer schon lieber das Gegenteil von dem getan hatte, was von ihr erwartet wurde.

»Wir wissen alle, wie viel Seide und alles, was damit zu tun hat, Mummy bedeuten, sowohl durch Denby Mill als auch durch den Laden in der Walton Street, wie leidenschaftlich sie seit jeher mit den Entwürfen ihres Vaters arbeitet. Mehr als alles andere wollte sie, dass dieses Familienerbe bewahrt und in eine Zukunft eingewoben wird.«

»Ja, klar, das wissen wir, Emerald. Deswegen hat sie Polly

und mich ja auch nach Italien geschickt, um bei Angelli zu lernen.«

»Das war sicher ein Grund«, stimmte Emerald ihr zu. »Ein anderer Grund war, dass sie hoffte, ihr würdet Denby Mill und dem Laden in der Walton Street etwas von dem zurückgeben, was sie euch gegeben hat.«

Es entstand ein kurzes angespanntes Schweigen, und dann widersprach Polly: »Oh, und das ausgerechnet aus deinem Mund, Emerald. Du versuchst uns Schuldgefühle wegen des Ladens einzureden, damit wir Opfer bringen, weil wir bei Angelli lernen durften, während du ungeschoren davonkommst, weil alles, was du je zustande gebracht hast, eine Saison als Debütantin und die Heirat mit Drogo war.«

»Ich hatte nicht die Absicht, euch Schuldgefühle einzureden. Ich wollte nur, dass wir darüber sprechen, was jede von uns dazu beitragen kann, um das Geschäft wieder flottzumachen. Und was Opfer angeht, also, es gibt nur eine von uns, die ein Opfer bringen müsste.«

Alle Augen waren auf Emerald gerichtet.

»Wer?«, fragte Janey.

»Rose«, erklärte Emerald. »Mummy hat sich immer gewünscht, Rose sollte den Laden von ihr übernehmen.«

»Das ist lange her, Emerald. Ich muss jetzt an Pete denken, und es ist Jahre her, dass ich als Innenausstatterin gearbeitet habe«, protestierte Rose.

»Wir wissen alle, wie viel der Laden in der Walton Street und die Innenausstattungs-Firma Mummy bedeutet haben«, fuhr Emerald fort, ohne auf Roses Einwand zu achten. »Sie wollte, dass ihr alle in seine Zukunft involviert seid, und dafür hat sie Vorkehrungen getroffen.«

Allseits unbehagliches und mit Schuldgefühlen beladenes Schweigen folgte auf Emeralds unvermutete Bemerkungen.

»Was auch immer mit Jay wird, ich glaube, das, was Mummy mehr Trost und Hoffnung geben würde als alles andere, wären das Überleben und der neuerliche Erfolg des Geschäfts in der Walton Street. Im Augenblick ist es auf dem absterbenden Ast, es muss neues Leben eingehaucht bekommen.«

Emerald unterbrach sich, doch der tiefere Sinn ihrer Wortwahl war niemandem entgangen.

»Die Entwürfe sind genauso altmodisch wie der Laden. Das ganze Geschäft muss aufpoliert werden, und dazu könnten wir alle etwas beitragen. Es müssen dringend neue Entwürfe für die Stoffe her. Darum könntet ihr beiden, Polly und Cathy, euch kümmern.«

»Nein.«

»Unmöglich.«

Die Zwillinge sprachen gleichzeitig.

»Ich lebe in Italien, Emerald, und selbst wenn ich mir die Zeit nehmen würde, es ist Jahre her, seit ich zum letzten Mal etwas entworfen habe«, erklärte Polly ihr.

»Ich bin Künstlerin, Emerald«, protestierte Cathy aufgebracht.

»Ich meine ja auch nicht, dass eine von euch die Stoffe selbst entwirft – wie ihr beide gesagt habt, seid ihr dafür nicht mehr qualifiziert –, aber du, Polly, bist mit einem Mann verheiratet, bei dem junge Stoffdesigner die beste Ausbildung bekommen, und dir, Cathy, traue ich zu, das Potenzial der jungen Abgänger von St. Martins und anderen Colleges zu erkennen. Nichts hindert dich daran, die besten neuen Stoffdesigner direkt nach dem Abschluss auszusuchen, und nichts hindert dich, Polly, und Rocco daran, ihnen die Chance zu geben, sechs Monate bei Angelli zu verbringen und das Geschäft von der Pike auf zu lernen. Mit der Aussicht, sie dann für mindestens ein Jahr in dem Laden in der Walton Street zu übernehmen, wo sie neue Stoffe entwerfen können.«

Polly war seltsam ausgelassen zumute. Wie außergewöhnlich, dass ausgerechnet Emerald auf so eine innovative und aufregende Idee kam. In dem, was ihre Schwester da vorgeschlagen hatte, lagen so viele Möglichkeiten, so viele potenzielle Herausforderungen, dass sie unerwartet schnell ihr Herz daran hängte.

»Und bevor du, Cathy, sagst, du könntest dich nicht von St. Ives aus um die Auswahl von Studenten von St. Martins kümmern, was hindert dich und Sim daran, einen Teil des Jahres in London zu verbringen und dort auch eine Galerie zu eröffnen?«

»Ich will keine Galerie in London.«

»Du vielleicht nicht, aber was ist mit Sim?«

Emerald hatte einen Nerv getroffen. Sim war ein wunderbarer, kreativer Bildhauer, der, wie Cathy wusste, unbedingt ein breiteres Publikum brauchte. Er hatte es verdient.

»Ihr könntet die beiden Mädchen aufs St. Paul's schicken – schlau genug sind sie bestimmt –, und ihr könntet sogar einige deiner Arbeiten in dem Laden in der Walton Street ausstellen, bis wir das richtige Ladenlokal für eine Galerie gefunden haben, und die ganze Familie könnte in dem Haus in Chelsea wohnen, wenn ihr in London seid.«

Sie war, wie Cathy erkannte, von einer Expertin entwaffnet und ausmanövriert worden. Doch so einfach würde sie nicht nachgeben, das war nicht ihre Art.

»Du redest ganz schön viel darüber, was wir machen sollen, Emerald, aber was genau willst du persönlich tun, um dem Geschäft auf die Sprünge zu helfen, natürlich abgesehen davon, dass du uns sagst, was wir zu tun haben?«

»Ich werde mein Adressbuch durchforsten, um neue Kunden für den Laden in der Walton Street zu gewinnen. Als Ausgangspunkt biete ich zwei oder drei von Londons bekanntesten Wohltätigkeitsorganisationen für ihren nächsten Wohltätigkeitsball als Preis eine Raumausstattung durch die Firma in der Walton Street.«

Cathy keuchte protestierend auf. »Aber das kostet Tausende.«

»Eine Investition, die mehr als hundertmal so viel einbringt«, brachte Emerald ihren Protest kurzerhand zum Verstummen.

»Emerald hat recht«, fühlte Janey sich verpflichtet zuzustimmen – und nicht wegen des Geldes, das Emerald ihr versprochen hatte. Janey erinnerte sich gut, wie sie vor vielen Jahren die Nachfrage nach ihren Kleidern dadurch gesteigert hatte, dass auserwählte Freundinnen sie bei besonderen Gelegenheiten tragen durften. Sie setzte ein kleines, trauriges Lächeln auf. »Das klingt alles wunderbar aufregend. Ich bin ganz neidisch«, gab sie zu.

»Du wirst auch deine Rolle zu spielen haben, Janey«, versicherte Emerald ihr. »Ich hoffe, Rose ist einverstanden, die Rolle der Innenausstatterin zu übernehmen, aber sie wird Hilfe brauchen, und ich glaube, ihr beide könntet richtig gut zusammenarbeiten.«

»Ich kann Pete nicht verlassen«, wiederholte Rose.

Emerald senkte den Blick zu Boden, und Rose wusste, was sie dachte: Eines Tages würde Pete sterben und sie allein zurückbleiben.

»Aber woher willst du wissen, dass Mummy will, dass wir das alles tun?«, fragte Polly. »Womöglich nehmen wir ihr etwas weg, was sie gar nicht aufgeben will?«

Diesmal meldete Drogo sich zu Wort. »Meiner bescheidenen Meinung nach wird Jay den Herzinfarkt zwar überleben, aber Amber wird ihn nicht alleinlassen wollen, um regelmäßig nach London zu fahren, da stimme ich Emerald zu. Ich glaube, wie Emerald, dass Amber dankbar wäre, wenn ihr alle zusammen den Laden übernehmt.«

»Dann liegt es an dir, Rose«, sagte Emerald herausfordernd. »Bist du dabei?«

Rose wollte sich weigern, sie wollte sie daran erinnern, was Cathy vorhin erst über sie gesagt hatte, aber vor allem wollte sie ihnen die Bitterkeit und den Schmerz der Ablehnung und Zurückweisung, die sie über viele Jahre unterdrückt hatte, vor die Füße werfen, wenn sie ihnen erklärte, warum sie sich weigerte.

Doch sie brachte es einfach nicht fertig. Irgendwie nickte sie stattdessen und gab klein bei, wie sie immer klein beigegeben hatte, war schwach, wie sie immer schwach gewesen war – und verachtete sich dafür.

Amber spürte den inzwischen vertrauten Lufthauch, der bedeutete, dass jemand sich Jays Bett näherte, doch sie hob den Blick nicht vom Gesicht ihres Mannes, um zu sehen, wer es war. Die Sekunden waren zu kostbar, um sie zu vergeuden.

Es war ein entschlossenes »Mr Stanhope möchte mit Ihnen reden« seitens der Krankenschwester nötig, damit Amber ihre Aufmerksamkeit von Jay auf den Arzt lenkte.

»Ich lasse Jay nicht allein«, erklärte sie ihm sofort.

Ein stämmiger Mann Mitte fünfzig mit kahlem Schädel und ruhigem Blick in knitterfreiem weißem Hemd, Fliege und Nadelstreifenanzug lächelte sie an.

»Ihre Familienangehörigen sind im Wartezimmer. Ich habe ihnen versprochen, mit ihnen zu reden.«

»Haben Sie schon die Untersuchungsergebnisse?«, fragte Amber, ohne auf seine Andeutung einzugehen, es wäre leichter, wenn er mit allen zusammen reden könnte.

»Ja.«

»Und?«, fragte Amber und fügte entschlossen hinzu: »Sie müssen es mir hier sagen, denn ich lasse Jay nicht allein.«

Der Arzt sah die Krankenschwester an, und die zog einen freien Stuhl näher, damit er sich setzen konnte.

62

»Drogo, geh und schau, ob du herausfinden kannst, was los ist«, drängte Emerald ihren Mann. »Der Arzt hätte schon vor Ewigkeiten hier sein sollen.«

»Glaubst du, Daddy wusste, dass mit seinem Herz was ist?«, fragte Janey, nachdem Drogo das Zimmer verlassen hatte.

Keiner kannte die Antwort auf diese Frage, doch ihre wachsende Anspannung spiegelte sich darin, wie sie reagierten, als einige Minuten später die Tür zum Wartezimmer aufging und Drogo zurückkam.

»Der Arzt ist bei Amber, und in ein paar Minuten kommt er zu uns.«

»Er ist bei Mutter?«

»Ist das eine gute Idee?«

»Was ist, wenn es schlechte Nachrichten gibt?«

»Sie sollte nicht allein mit ihm reden.«

Bevor Drogo antworten konnte, ging die Tür wieder auf, und diesmal war es der Arzt.

Sie stellten sich einander vor, und Tee wurde gebracht, und als dessen Duft Emerald in die Nase stieg, hatte sie wieder Mühe, eine aufsteigende Übelkeit zu unterdrücken. Jetzt saßen sie alle da und warteten, was der Arzt zu sagen hatte.

Janey hockte auf der Stuhlkante, die Hände unter den Oberschenkeln, damit sie nicht auf ihre alte Angewohnheit aus Kindertagen zurückgriff und an den Nägeln kaute, während Rose, die neben ihr saß, so bleich im Gesicht war, dass es aussah, als hätte sie Reispuder aufgelegt. Polly und Cathy hatten ihre Stühle dicht beieinandergezogen, während Robbie zwischen Emerald und Drogo saß. Emerald hielt Robbies Hand, während Drogo zur Unterstützung den Arm über die Rückenlehne seines Stuhls gelegt hatte.

»Wie Sie alle wissen, hatte Jay einen Herzinfarkt.«

»Aber wie ernst ist es?«

»Bekommt er noch einen?«

»Er wird doch wieder gesund, oder?«

»Wie geht es Mummy?«

Der Arzt nickte auf ihre Fragen.

»Um die letzte Frage zuerst zu beantworten, Amber ist unglaublich tapfer und stark; sie besteht darauf, bei Jay im Krankenhaus zu bleiben. Ich habe ihr gesagt, dass ich das nur erlaube, wenn sie sich bereit erklärt, sich ein wenig auszuruhen. Zu diesem Zweck werden wir ihr ein Zimmer zur Verfügung stellen. Es ist das Mindeste, was wir tun können, schließlich haben Ihre Eltern sehr großzügig für das Krankenhaus gespendet.«

»Und Jay?«, fragte Drogo.

Der Arzt runzelte die Stirn. »Die Untersuchungen haben ergeben, dass es ein schwerer Infarkt war. Da er bis jetzt keinen zweiten Infarkt hatte, können wir jedoch halbwegs optimistisch sein, dass sich sein Zustand inzwischen stabilisiert hat.«

»Bedeutet das, dass er es überlebt?«, fragte Janey zitternd.

»Das hoffen wir. Doch von jetzt an muss er vorsichtig sein und darf, wie ich auch seiner Frau schon erklärt habe, nichts tun, was einen zweiten Infarkt provozieren könnte.«

»Aber das kann man doch bestimmt operieren«, meinte Cathy. »Ich habe von Leuten gelesen, die ein ganz neues Herz transplantiert bekommen haben.«

»Ja, das stimmt, aber eine solche Operation ist im Fall Ihres Vaters nicht sinnvoll. In Südafrika und Amerika werden für sein Leiden gerade neue Behandlungsmethoden entwickelt, aber es ist meiner Meinung nach noch zu früh, um zu wissen, wie erfolgreich sie langfristig sind. Doch mit entsprechender Pflege, modernen Medikamenten und einer von jetzt an relativ ruhigen Lebensführung besteht kein Grund zu der Annahme, er könnte nicht noch ein sehr schönes, langes Leben haben.«

Der Arzt sah die Erleichterung in ihren Mienen, die in dem Elan und dem Entzücken, die den Raum erfüllten, sogar förmlich zu spüren war.

»Wir können noch lange nicht sagen, dass er ganz außer Gefahr ist«, warnte er sie, »doch ich habe jedes Vertrauen darin, dass Ihre Mutter dafür sorgen wird, dass alles Notwendige getan wird, um für seine Genesung und seine zukünftige Gesundheit zu sorgen.«

Der Arzt hatte sich verabschiedet, und Jays Töchter hatten geweint, gelächelt, sich umarmt und gelacht vor Erleichterung, während Rose und Emerald sich am Rand hielten.

Janey hatte allen, die wollten, ein Bett in Fitton Hall angeboten, doch Emerald hatte gesagt, sie sollten lieber nach Denham fahren, denn dort wäre einiges zu erledigen, um Ambers und Jays Heimkehr aus dem Krankenhaus vorzubereiten.

Alle hatten sich einverstanden erklärt, die Verantwortung für den Laden in der Walton Street zu übernehmen, auch Rose, und Emerald konnte sich jetzt eingestehen, dass sie sehr müde war und sich nach einem heißen Bad sehnte.

Doch eines musste sie noch tun, etwas sehr Wichtiges. Eine Schuld wollte zurückgezahlt werden, die verbunden war mit der Erinnerung an eine hektische Notaufnahme und daran, wie sie sich gefühlt hatte, als Rose für sie da gewesen war.

»Der Arzt hat Drogo gesagt, Mummy habe gefragt, ob Rose hier sei.«

Rose spürte, wie die Röte ihr in den Wangen brannte.

»Ich finde, eine von uns sollte hierbleiben, und das bist du, Rose. Du warst immer ihr Liebling.«

»Nein, das war ich nicht. Ich …«

»Doch, das warst du. Sie hat es so gut wie zugegeben, als sie mir vor Jahren mal erklärt hat, sie habe das Gefühl, zwischen euch beiden bestehe eine besondere Verbindung.«

Rose konnte nichts sagen oder tun als einfach nachgeben.

»Wissen wir schon, ob Ella kommt oder nicht?«, fragte Janey.
Drogo schüttelte den Kopf.

Als Emerald ihre Schwestern betrachtete, ging ihr auf, dass
sie sich unter ihnen nicht mehr als Außenseiterin fühlte. Ohne
dass sie es geplant oder darauf hingearbeitet hatte, hatte sie
endlich das gefunden, wonach sie sich als Kind so schrecklich gesehnt und was sie noch entschiedener abgelehnt hatte – Akzeptanz.

Auf der Intensivstation lächelte Amber zitternd, während ihr
Tränen der Erleichterung und Dankbarkeit über die Wangen
liefen.

»Danke, dass du mich nicht verlässt«, flüsterte sie, und sie
war sich sicher, dass das leichte Zucken von Jays Lippen bedeutete, dass er sie gehört hatte und ihr Lächeln erwiderte.

Nachdem die Krise jetzt überstanden war, konnte sie allmählich darüber nachdenken, wie sich das Ganze auf ihre
große Familie auswirken würde. Die Krankenschwester hatte
ihr gesagt, dass sie alle gekommen waren und sehr ängstlich
waren. War Rose da? Ihr Herz machte einen schmerzhaften
Satz. Sie hatte nie aufgehört, sich zu fragen, warum Rose sich
so von ihr zurückgezogen hatte, und um die verlorene Nähe
zu trauern.

Sie hatte noch das Bild von Rose als winzigem krankem
Baby vor Augen, als sie sie das erste Mal gesehen und das un-
missverständliche Stechen mütterlicher, beschützerischer Liebe für sie gespürt hatte. Diese Liebe war mit Rose gewachsen – der Nichte, die Amber in ihrem Herzen immer als Tochter betrachtet hatte.

Drogo wartete, bis niemand sie belauschen konnte, bevor er
Emerald auf dem Weg zum Auto fragte: »Was war das denn,
von wegen, der Arzt hätte gesagt, deine Mutter habe nach
Rose gefragt?«

»Da geht es darum, das Kriegsbeil zu begraben, Risse zu glätten und Schulden zu begleichen«, erklärte Emerald und fügte grinsend hinzu: »Ich weiß nicht, was heute mit mir los ist, Drogo, aber jedes Mal, wenn ich eine Tasse Tee auch nur angeschaut habe, ist mir schrecklich übel geworden. Und jetzt will ich nur noch schlafen, wo ich mir doch eigentlich viel zu viele Sorgen machen müsste, um überhaupt an Schlaf denken zu können. Das letzte Mal, als ich mich so gefühlt habe, war …« Emerald hörte in exakt demselben Augenblick auf zu sprechen, als Drogo stehen blieb und sich zu ihr umwandte.

»Als du mit Emma schwanger warst«, beendete er ihren Satz.

»Das kann nicht sein. Ich meine, wir haben es nicht mal versucht, und … Oh, Drogo!«

Zitternd sank sie in seine Arme.

»Ich wage es nicht einmal zu hoffen, falls es nicht stimmt«, sagte sie. »Ich meine, wenn ich jetzt schwanger wäre, nach all der Zeit, das wäre ja fast ein Wunder. Oh, Drogo …«

Ella war erschöpft und außer sich vor Angst und Sorge. Ihr Flug war wegen Triebwerksproblemen, statt in Heathrow zu landen, zum Flughafen Charles de Gaulle umgeleitet worden, wo sie auf einen Anschlussflug nach Manchester warten musste.

Das Flugzeug war in der Dunkelheit des frühen Februarabends in eisigem Wind und nassen Graupeln gelandet, die irgendwie viel kälter und patschiger waren als selbst der schlimmste Schneefall im New Yorker Winter und gewiss um einiges schlimmer als die scharfe, beißende Kälte der Skisaison in Vermont.

Dass sie so aufgebracht war wegen des Wetters, das ihrer Meinung nach absichtlich unwirtlich war, machte ihr deutlich bewusst, wie amerikanisiert sie inzwischen war und wie sehr ihrem Heimatland entfremdet.

Manchester war nicht mehr ihr Zuhause, es war nur ein kalter, feuchter Ort, und auf dem Flughafen arbeiteten nur Menschen, deren Akzent ihr auf die Nerven ging.

Sie musste noch zum Krankenhaus fahren. Was würde sie dort vorfinden? Was war, wenn ihr Vater einen zweiten Infarkt gehabt hatte? Was, wenn er nicht mehr … nein, so etwas durfte sie nicht denken.

Sie war mit leichtem Gepäck gereist, und so hinderte sie nichts daran, mit ihrem kleinen Koffer und ihrem Handgepäck direkt durch den Zoll in die Ankunftshalle zu gehen. Die große drängelnde Menschentraube an der Absperrung, die auf die eben gelandeten Passagiere wartete, überraschte sie. Sie suchte sie voller Hoffnung nach einem bekannten Gesicht ab, doch als ihr Blick dann tatsächlich auf zwei bekannten Gesichtern hängen blieb, blieb sie ungläubig wie angewurzelt stehen.

Oliver und Olivia. Wie war es möglich, dass sie hier waren?

Sie war sich sicher, dass sie die Frage gestellt hatte, doch wenn Oliver sie gehört hatte, dann antwortete er nicht darauf. Stattdessen nahm er ihr den Koffer ab, und als sein warmer Atemhauch dabei ihre Wange streifte, roch sie seinen vertrauten Lieblingskaugummi mit Menthol.

»Mummy, wir waren schneller.«

Das war Olivia, die auf und ab tanzte und sie anstrahlte.

»Mein Flug wurde umgeleitet.«

»Ja, ich weiß.«

Das war Oliver mit grimmiger Stimme und verschlossener Miene.

Ella fasste ihn am Arm. »Was tust du hier, und warum hast du Olivia hergebracht?«

»Was meinst du wohl? Ich bin dein Mann, und Jay ist ihr Großvater. Wo sollten wir denn sonst sein? Ich kann dich vielleicht nicht daran hindern, mich auszuschließen, Ella – schließlich habe ich vor Jahren schon begriffen, wie sehr du dich für mich schämst, den Fotografen aus der Arbeiterklasse, den du eigentlich gar nicht heiraten wolltest –, aber ich will verdammt sein, wenn ich zulasse, dass du Olivia ausschließt. Sie hat das Recht, hier zu sein. Sie ist genauso Teil deiner Familie wie du. In ihren Adern fließt dasselbe Blut wie in deinen – deine Schwestern sind ihre Tanten, deren Kinder ihre Cousins und Cousinen. Mag sein, dass dir das nicht gefällt, mag sein, dass du lieber so tun würdest, als würden sie und ich nicht existieren, weil du es lieber sehen würdest, wenn einer wie Brad der Vater deiner Kinder wäre, aber er ist es nicht. Ich bin der Vater deiner Tochter, und ich lasse nicht zu, dass sie aus ihrer Familie ausgeschlossen wird, nur weil ihre Mutter ein Snob ist und nicht will, dass ihre Familie den Mann kennenlernt, den sie geheiratet hat.« Er bedachte sie mit einem verbitterten Blick. »Was glaubst du eigentlich, was ich tun werde – Erbsen mit dem Messer essen oder was? Oder reicht die Tatsache, dass ich bin, wer ich bin, aus, dass du dich für mich schämst, ohne dass ich meine Unwürdigkeit auch noch unter Beweis stellen muss?«

Sie waren inzwischen fast allein in der Ankunftshalle, und zu Ellas Erleichterung spielte Olivia an ihrem Transistorradio herum, das Ella ihr einmal in London gekauft hatte. Olivia hatte es mitgebracht und versuchte jetzt, einen Popmusiksender zu finden. Ella hoffte, sie konnte Olivers wütende Tirade nicht hören.

Seine Worte prasselten auf Ella nieder wie ein Gewitterregen und schockierten sie so, dass sie sich nicht vom Fleck rühren konnte.

Sie war tatsächlich so bestürzt, so verblüfft über das, was Oliver gesagt hatte, dass das Einzige, was sie zur Antwort herausbrachte, ein zittriges »Ich habe mich nie für dich geschämt« war.

»Und warum hast du dich dann immer geweigert, deine Familie einzuladen, damit ich sie richtig kennenlernen kann?«

Ella hätte sich gern hingesetzt, doch auf der einzigen Bank saß schon Olivia.

»Deinetwegen«, erklärte sie Oliver wahrheitsgemäß. »Weil du immer so viel zu tun hast, und weil ich nicht wollte, dass du das Gefühl hast, ich würde erwarten, dass du dich wie ein richtiger Ehemann verhältst, nur weil du mich geheiratet hast. Ich hab's um deinetwillen getan, Oliver«, wiederholte sie, als er sie einfach nur ansah, »weil ich dir deine Freiheit lassen wollte. Und sag jetzt nicht, du hast sie nicht gewollt. Dieses Mannequin, das du am Weihnachtstag angerufen hast …«

»*Sie* hat *mich* angerufen – mitten in einem LSD-Trip. Sie wusste nicht mehr, in welchem Jahrhundert wir uns befinden, ganz zu schweigen davon, welcher Tag es war. Sie dachte, wir hätten ein Shooting.«

Ella sah, dass er die Wahrheit sagte. »Du meinst, du bist nicht in sie verliebt?«

»Was? Bist du verrückt?« Oliver machte frustriert eine wegwerfende Geste. »Nach dir gab es keine andere mehr für mich … Das war unmöglich.«

Die Knie drohten unter ihr nachzugeben. Sie war zittrig, erfüllt von einer Mischung aus Unglauben und – lächerlicherweise – Hoffnung.

»Du hast mich doch nur wegen Olivia geheiratet.«

»Ja«, sagte Oliver. »Und da ich ein Sohn der Arbeiterklasse bin, galt meine Treue nach unserer Heirat dir, zuerst meine Treue und dann auch meine Liebe. So ist das bei uns Burschen aus der Arbeiterklasse. Unsere Frauen und die Kinder, die sie uns schenken, kommen in unserem Herzen und in unserem Leben an erster Stelle, zumindest ist es bei dem hier so.«

»Du hast nie was gesagt.«

»Wie konnte ich, wo du doch Trübsal geblasen hast wegen deines verlorenen amerikanischen Helden?«

»Hab ich nicht!«

»Dann hast du wegen etwas oder jemand anderem Trübsal geblasen.«

»Ist es dir nie in den Sinn gekommen, dass du vielleicht

nicht der Einzige bist, der begreift, dass ein gemeinsames Kind dazu führen kann, dass man den Menschen liebt, mit dem man dieses Kind geschaffen hat? Besonders wenn man eine Frau ist, die alles, was sie über guten Sex weiß, von dem Mann weiß, der dieses Kind mit ihr gezeugt hat.«

»Willst du damit sagen, dass du mich geliebt hast?«, fragte Oliver mit heiserer Stimme, der die gewohnte Selbstsicherheit fehlte.

»Nein«, erklärte Ella forsch, die plötzlich die Kraft aufbrachte. Sie sah den Schmerz in seinen Augen, bevor er ihn vor ihr verbarg. »Ich sage nicht, dass ich dich geliebt habe, Oliver, weil ich dich nicht nur geliebt habe, sondern hier und jetzt liebe und immer lieben werde.«

Es war wirklich lächerlich, dass zwei Menschen in ihrem Alter, die miteinander verheiratet waren und deren Tochter in Sichtweite saß, sich in der Öffentlichkeit so leidenschaftlich küssten, erst recht unter den gegebenen Umständen, doch irgendwie war der Augenblick so unglaublich, dass sie ihn nicht einfach so verstreichen lassen konnten, und so dauerte es einige Minuten, bis sie sich voneinander lösten.

Immer noch in seinen Armen erinnerte Ella ihn: »Wir müssen zum Krankenhaus fahren. Mein Vater …«

»Hält sich wacker und ist stabil«, versicherte Oliver ihr. »Ich habe mit dem Krankenhaus gesprochen, sobald Olivia und ich durch den Zoll waren. Emerald hat dir eine Nachricht hinterlassen: Wir sollen direkt nach Denham fahren, denn dort ist der Rest der Familie.«

Die Familie. Wie leicht und entspannt die Worte Oliver über die Lippen kamen, und wie richtig sie aus seinem Mund klangen. Die Familie, ihre Familie, ihre gemeinsame Familie. Sie liebte sie natürlich, aber die wahre Familie ihres Herzens waren sie drei: Oliver und Olivia und sie.

Die Krankenschwester war hereingekommen und hatte, da Jay jetzt außer Gefahr war, darauf bestanden, dass Amber ins Wartezimmer ging und die Mahlzeit zu sich nahm, die die Schwester für sie dorthin hatte bringen lassen.

»Es hat keinen Sinn, dass Sie auch noch krank werden«, hatte sie erklärt, »besonders nicht, da Mr Fulshawe jetzt das Schlimmste überstanden hat.«

Über diese Worte musste Amber immer noch lächeln – »… da Mr Fulshawe das Schlimmste überstanden hat« –, als sie die Tür zum Wartezimmer öffnete und ihr zufriedenes Lächeln sich in eine Miene des Unglaubens und der Freude verwandelte, als sie sah, was oder, genauer gesagt, wer dort auf sie wartete.

»Rose. Oh, Rose. Mein liebstes, liebes Mädchen.«

Von ihren Gefühlen überwältigt hielt Amber sich nicht zurück, sondern umarmte Rose, so fest sie konnte, und ihre Tränen benetzten Roses Gesicht.

Der vertraute Mandel-und-Rosen-Duft ihrer Tante, ihre Wärme und vor allem die Gefühle, die sie verströmte, versetzten Rose augenblicklich zurück in eine Zeit, da ihre Welt keine größere Freude gekannt hatte, als von den Armen ihrer Tante gehalten zu werden. Wie naiv sie damals gewesen war.

»Der Arzt hat gesagt, dass Jay wieder auf die Beine kommt«, war alles, was sie herausbrachte, als Amber sie schließlich losließ.

»Ja. Gott sei Dank. Oh, Rose, du weißt ja nicht, wie viel es mir bedeutet, dass du hier bist.«

»Emerald meinte, eine von uns sollte hierbleiben, obwohl ich weiß, dass es dir lieber wäre, wenn Emerald hier wäre. Schließlich ist sie deine Tochter.«

Rose hatte diese Worte kühl, teilnahmslos, ruhig sagen wollen, um zwischen Vergangenheit und Gegenwart eine deutliche Demarkationslinie zu ziehen, doch sehr zu ihrem Verdruss klangen sie eher wie der eifersüchtige, vorwurfsvolle Ausbruch eines kleinen Kindes.

Amber sah ihre Nichte an, ihr Herz sehnte sich schmerzlich nach der Beziehung, die sie einst gehabt hatten, bevor Rose sich zurückgezogen hatte. Sie verabscheute emotionale Erpressung, und doch konnte Amber nicht anders, als wahrheitsgemäß zu sagen: »Ja, Emerald ist mein Kind, meine leibliche Tochter, Rose, und ich liebe sie so, wie ich euch alle liebe, aber du bist und warst immer die Tochter meines Herzens, und als solche bist du für mich etwas ganz Besonderes.«

Das war mehr, als Rose ertragen konnte.

»Wenn das stimmt, warum hast du mir dann nie gesagt, dass John mein Halbbruder sein könnte?«

Ambers Herz pochte so wild, dass es ihr vorkam, als müsste es schier zerreißen. Sie sank auf einen Stuhl und fuhr sich mit der Hand an die Brust. Das alles, diese schreckliche Zeit und ihre schrecklichen Konsequenzen, schien so lange her zu sein. Sie sprach nie darüber, nicht einmal mit Jay.

»Ellas und Janeys Tante Cassandra hat es mir erzählt, falls du dich fragst, woher ich es weiß«, fuhr Rose fort. »Sie hat mitbekommen, dass ich mich ein wenig in John verliebt hatte, und natürlich wollte sie sichergehen, dass ich mich nicht für etwas Besseres halte. Nicht dass sie sich darum hätte Sorgen machen müssen. Ich war es ganz zufrieden, aus der Ferne für John zu schwärmen. Ich wusste, dass ich mit meinem Hintergrund einem Lord Fitton niemals etwas bedeuten könnte.«

»Oh, Rose …«

Als sie den Schmerz und die Bitterkeit in Roses Stimme hörte, verflogen Ambers Ängste, ihr Herz schlug wieder regelmäßig und ruhig, und das Einzige, was sie wollte, war, die Hand nach ihrer Nichte auszustrecken. Das war natürlich Cassandras Rache für das, was vor langer Zeit geschehen war. Die Zerstörung eines sehr kostbaren Bands, ein Leben voller Schmerz für ein unschuldiges Opfer, und für Cassandra selbst die Befriedigung, die Schläge ausgeteilt zu haben.

»Cassandra hat mir erzählt, dass ihr alle gehofft habt, ich

würde nicht überleben, dass es für alle besser gewesen wäre, wenn ich gestorben wäre.«

»Rose, das ist nicht wahr.«

»Dass mein Vater mich gehasst und sich gewünscht hat, ich wäre nie geboren worden.«

Mitleid und Liebe schnürten Amber die Kehle zu. »Komm und setz dich. Bitte«, flehte sie.

Rose gab klein bei und setzte sich auf einen Stuhl.

»Die ganze Situation ist sehr kompliziert, Rose. Dein Vater, mein Cousin, war ein charmanter, eigensinniger und verwöhnter junger Mann, gut aussehend, von unserer Großmutter verzogen und von mir geliebt. Ich fand immer, er war mein bester und nettester Cousin. Doch Gregs äußerlicher Charme verbarg große innere Schwächen. Es war ihm unmöglich, die … die Verantwortung für … für seine Fehler und Missgriffe zu akzeptieren. Er hatte eine … eine Affäre mit Lord Fittons Frau.«

»Johns Mutter?«

»Ja. Aber John war längst geboren worden, als der Skandal bekannt wurde, und unsere Großmutter hat Greg daraufhin nach Hongkong geschickt. Johns Mutter hätte noch ein zweites Kind bekommen, aber sie … also, es gab einen Unfall, und sie ertrank in einem der Teiche von Fitton Hall. Cassandra hat sie gefunden.« Amber unterbrach sich und atmete tief durch. »Rose, ich muss dich bitten, dass das, was ich dir jetzt anvertraue, unter uns bleibt.«

»Und wenn ich dem nicht zustimmen kann?«

»Dann kann ich es dir nicht erzählen.«

Sie sahen einander an.

»Na gut«, meinte Rose. »Du hast mein Wort, dass ich niemals mit jemand anderem darüber reden werde.«

Amber nickte. »Greg war nicht der Einzige, mit dem Johns Mutter eine Beziehung außerhalb der Ehe unterhielt.«

Rose erstarrte. Das hatte sie nicht erwartet.

»Es ist nicht leicht, es zu sagen, Rose, aber Tatsache ist, dass Cassandra eine sehr enge Beziehung zu ihr hatte, eine fast zwanghafte Beziehung.«

Rose starrte ihre Tante an, sämtliche Farbe wich ihr aus dem Gesicht, in ihrem Kopf wirbelten die Gedanken nur so durcheinander.

»Verstehst du, Rose, manchmal ist ein Geheimnis nicht einfach nur ein Geheimnis, sondern das Ergebnis eines komplizierten Gewirrs, und das bedeutet, dass das Geheimnis nicht gelüftet werden kann, ohne dass viele unschuldige Menschen verletzt werden. Niemand von uns kann behaupten, Greg könne nicht Johns Vater gewesen sein, aber wir wissen auch nicht mit Bestimmtheit, dass er es war. Ich glaube, Cassandra hatte gehofft, mit Johns Vater einen Sohn zu bekommen, und wenn das geklappt hätte, hätte sie sicher versucht, John zu enterben. Als Johns Vater starb, ohne dass Cassandra ihm einen Sohn geschenkt hatte, war es in Cassandras ureigenem Interesse, dass John ihn beerbt. John ist in dem Glauben aufgewachsen, Lord Fitton Leghs Sohn zu sein. Das Gut ist seine ganze Welt. Vielleicht hätte jemand vor Jahren seine Stimme erheben sollen.«

»Nein«, sagte Rose zitternd. »Nein, das wäre grausam und überflüssig gewesen.«

»Ich begreife jetzt, dass man es dir hätte sagen sollen, sobald du alt genug warst, um es zu verstehen. Schließlich war Greg dein Vater.«

»Und ich war das Kind, das niemand wollte, die halbchinesische Peinlichkeit, von der ihr alle wünschtet, sie würde nicht existieren.«

»Rose, das ist nicht wahr. Ich habe dich vom ersten Augenblick an geliebt. Du hast mein Herz berührt wie kein anderes Kind. Hier in meinem Herzen bist du immer geliebt worden, warst du immer mein.«

Gegen ihren Willen spürte Rose Ambers Wärme und Liebe,

doch sie würde dem nicht nachgeben. »Wenn das stimmt und du mich wirklich so geliebt hast, warum hast du mich dann in Denham gelassen, bei einem Vater, dem ich nicht gleichgültiger hätte sein können, und einer Urgroßmutter, die mich am liebsten tot gesehen hätte? Es stimmt doch, oder, dass Blanche den Arzt angewiesen hat, mich nicht zu retten? Und ja, bevor du fragst, das hat Cassandra mir erzählt. Wenn du mich wirklich geliebt hättest, dann hättest du mich nicht dortgelassen. Du hättest mich mit zu dir genommen.«

»Rose, das konnte ich nicht. Es gab Gründe. Luc war schon in der Schule, und du wärst das einzige Kleinkind unter lauter Erwachsenen gewesen. Robert …« Ambers Stimme brach, als sie daran dachte, wie schwer diese Zeit gewesen war. »Ich hatte eine Pflicht gegenüber Robert und hätte mich nicht richtig um dich kümmern können.«

»Also hast du mich zurückgelassen und gehofft, ich würde sterben, ich würde nie erwachsen werden und schwierige Fragen stellen, die zu Geheimnissen führen könnten, die nicht ans Tageslicht sollten. Du hast mich überhaupt nicht geliebt. Cassandra hatte recht, du hast nur so getan. Hast du nicht ein einziges Mal darüber nachgedacht, was du da tust? War es nicht schlimm genug, dass du mir das Recht versagt hast, zu wissen, dass ich womöglich einen Halbbruder habe, ohne mir auch noch im Austausch für wertlose Lügen meine Liebe zu rauben?«

Rose machte Anstalten aufzustehen. Sie hatte viel mehr gesagt, als sie hatte sagen wollen – zu viel –, und jetzt war sie müde und erschöpft, doch irgendwie immer noch nicht erlöst von all den alten Kränkungen und dem Schmerz, der damit einherging. Sie hatte ihre Tante mit der vertrauensvollen Liebe eines Kindes geliebt, und der Schmerz, den der Verrat ihrer Tante ihr zugefügt hatte, würde immer ein Teil von ihr sein.

»Rose, bitte, hör mir zu.« Auch Amber war jetzt aufgestanden. »Ja, ich habe dich in Denham gelassen, aber du warst nie

535

allein und ungeschützt, so wie ich auch nie aufgehört habe, an dich zu denken. Verstehst du, Rose, ich habe dich dem einzigen Menschen anvertraut, von dem ich wusste, dass ich mich darauf verlassen konnte, dass er sich um dich kümmert und für mich dein Schutzengel ist.«

Rose runzelte die Stirn. Ihre Tante sprach mit so viel Gefühl, dass sie gezwungen war, ihr zuzuhören.

»Was meinst du damit?«

»Ich habe dich Jay anvertraut, Rose. Er hat dich jeden Tag besucht und hat mir geschrieben, wie es dir geht. Er hat für mich Fotos von dir gemacht, er war immer für dich da, wenn ich nicht konnte. Er hat meine Liebe zu dir getragen und dafür gesorgt, dass du in Sicherheit warst.«

Rose biss sich auf die Lippe und kämpfte gegen die Tränen. Ambers Worte warfen ein ganz anderes Licht auf alles, zeigten ihr eine hingebungsvolle Fürsorge, von der sie nichts geahnt hatte und die, wie sie wusste, nur aus Liebe erwachsen sein konnte.

»In dem Augenblick, da ich das erste Mal einen Blick auf dich warf, habe ich eine starke Bindung zu dir gespürt. Für mich ist diese Bindung noch da.«

»Ich war so verletzt durch das, was Cassandra mir erzählt hat. Ich fühlte mich …«

»Und das war genau das, was Cassandra beabsichtigt hat.«

Sie sahen einander mit einem unsicheren Lächeln an.

Amber tat den ersten Schritt, sie streckte die Hand aus und strich Rose über Haar und Wange, und dann umarmten sie einander, lachend und weinend. Es gab kein Zurück in die Vergangenheit und zu dem, was dort verloren war, das war unmöglich, doch vor ihnen lagen die Zukunft und die Chance, ihre Beziehung neu zu gestalten.

Epilog

Mai 1977

»Auf Emerald. Herzlichen Glückwunsch.«

Nach Drogos Geburtstagstrinkspruch hoben alle ihre Champagnerflöten, während Emerald wehmütig auf ihr Limonadenglas blickte. Sie war inzwischen im fünften Monat schwanger, die Wochen der Morgenübelkeit hatte sie hinter sich, doch bei dem Gedanken an Alkohol wurde ihr immer noch flau.

Drogo und Amber hatten eine Familienzusammenkunft in Denham organisiert, um Emeralds Geburtstag zu feiern, und die ganze Familie war da – womit Emerald wahrlich nicht gerechnet hatte.

»Was für ein wunderbarer Vorschlag von Drogo, John könnte in Fitton jedes Jahr ein Open-Air-Rockfestival abhalten, Emerald«, sagte Janey. »John ist ganz aus dem Häuschen. Oh, da ist Ella. Ich muss kurz mit ihr reden, um ihr zu gratulieren. Wie wunderbar, dass ihr dieses Jahr beide ein Kind bekommt.«

Als Janey zu ihrer Schwester eilte, ergriff Rose die Gelegenheit, Emerald ganz für sich zu haben.

»Ich würde dich gern noch etwas fragen«, meinte sie.

»Mmh?«

»Warum hast du gesagt, Mama hätte darum gebeten, dass ich bei ihr im Krankenhaus bleibe, als Jay den Herzinfarkt hatte?«

Die alte Nähe zwischen Amber und Rose war so weit wiederhergestellt, dass Rose Amber jetzt wieder »Mama« nannte.

»Oh, um Himmels willen, Rose, das ist Monate her.«

»Das reicht mir nicht. Du weißt genauso gut wie ich, dass sie nicht nach mir gefragt hat und dass wir es dir zu verdanken haben, dass wir uns endlich ausgesprochen haben.«

Emerald sah ihre Cousine an. »Na gut. Erinnerst du dich an den Abend, als du mich in die Notaufnahme gebracht hast, nachdem Max mich verprügelt hatte?«

»Ja.«

»Du hast mir deine Jacke dagelassen, und sie roch nach dir, und sie gab mir das Gefühl … gab mir das Gefühl, nicht allein zu sein. Du hast mir an diesem Abend das Gefühl gegeben, nicht allein zu sein, Rose, obwohl ich dich als Kind und Jugendliche schrecklich behandelt habe. Ich habe mich an diese Jacke geklammert wie ein Baby, aber das weißt du, nicht wahr?«

Die Frage kam so unerwartet, dass Rose große Augen machte.

»Ich habe dich gesehen«, erklärte Emerald ihr. »In der Nähe hing ein Spiegel, und als ich da reinschaute, habe ich gesehen, dass du stehen bliebst und dann einen Schritt zurücktratest, weil du wusstest, dass ich nicht wollte, dass du mich weinen siehst wie ein Baby, das sich an eine Schmusedecke klammert. Deswegen habe ich behauptet, Mummy hätte nach dir gefragt. Ich war dir etwas schuldig. Und diese Schuld wollte ich begleichen. So wie du meinen Schmerz und meinen Kummer gesehen hast, so habe ich deinen gesehen.«

»Oh, Emerald.«

»Oh, Rose.«

Sie schauten einander an, und dann fingen sie beide an zu lachen.

»Geht's euch gut?«

Rose nickte und lächelte zu Josh auf. Zum ersten Mal seit Petes Tod sechs Wochen zuvor war sie in seiner Begleitung.

Rose wusste immer noch nicht, was sie in jener Nacht geweckt hatte, was sie veranlasst, ja, sie gedrängt hatte, in Petes

Schlafzimmer zu gehen, doch sie bildete sich gern ein, es wäre Liebe gewesen. Nicht die Liebe, die sie für Josh empfand – die gehörte ihm allein –, aber trotzdem eine starke Liebe. Eine Liebe, von der Pete wusste und an die er appelliert hatte, damit sie bei ihm war in der kurzen Zeitspanne, bevor sein Leben verlosch. Sie hatte sofort gespürt, dass es ernst war, und hatte den Notarzt gerufen, der innerhalb von fünfzehn Minuten da gewesen war. Er hatte das Gefühl, Pete habe nicht mehr lange zu leben, und fragte Rose, ob er einen Krankenwagen rufen solle, der ihn ins Krankenhaus bringen würde. Rose hatte Pete angesehen, und etwas in seinen Augen hatte ihr seine Antwort verraten.

Sie hatte seine Hand genommen und festgehalten, den Blick unverwandt auf ihn gerichtet, und dem Arzt gesagt: »Nein, ich glaube, er ist lieber zu Hause.«

Petes Finger hatten sich bewegt, und Rose hatte gewusst, dass sie das Richtige getan hatte.

Der Arzt hatte genickt und gesagt, er finde allein hinaus, und wenn sie ihn brauche, solle sie ihn rufen. Sie hatten zwei Stunden gehabt, keine lange Zeit, um alles zu sagen, was Rose noch sagen wollte, aber irgendwie hatte es ausgereicht. Sie hatte ihm von ihren Schuldgefühlen erzählt und von ihrem Schmerz, sie hatte ihn um Verzeihung gebeten und ihm verziehen, und als sie einmal angefangen hatte, ihm ihr Herz zu öffnen, waren die Worte in einer reinigenden, heilenden Flut aus ihr herausgeflossen, die alles Überflüssige hinwegwusch.

Sie hatte vom ersten Mal gesprochen, als sie sich begegnet waren, von der ersten verrückten gemeinsamen Nacht, und sie hatte gesehen, dass sein Mund sich auf der Gesichtshälfte, die nicht gelähmt war, zu einem Lächeln verzog.

Er war zusehends verfallen, seine Haut war weich und wächsern geworden, und sie war vom Bett aufgestanden und zum Fenster gegangen, um es weit zu öffnen. Hieß es nicht, die Seele müsse frei sein, um fliegen zu können?

Es hatte nicht lange gedauert, doch als sie ans Bett zurückkehrte, sah sie, dass er ihr noch weiter entglitten war.

Sie hatte seine Hand gehalten, ihm gesagt, dass er etwas Besonderes war, und ihm dann einen Kuss auf die Stirn gedrückt, als er seinen letzten Atemzug tat.

Sie hatten vorher nie über seinen Tod oder seine Wünsche gesprochen, doch irgendwie war es trotzdem, als wüsste Rose über jeden Zweifel erhaben, was sie zu tun hatte.

Nach dem schlichten Gottesdienst hatte es einen Leichenschmaus gegeben, ein großartiges Fest seines Lebens mit seiner Musik und den Stimmen derer, die sich am besten an ihn erinnerten.

Das Leben war ein kostbares Geschenk. Rose lächelte Josh noch einmal an.

Sie waren übereingekommen, das Haus zu verkaufen und zusammen zu sein, ohne konkrete Pläne zu machen. Das war nicht notwendig. Sie wussten genau, was sie empfanden, und brauchten keine Pläne. Es reichte ihnen, dass sie zusammen waren.

»Ich habe immer noch das Gefühl, ich habe dich enttäuscht.«

»Nicht doch«, erklärte Janey John grimmig. »Dich zu heiraten hat mich so glücklich gemacht, John.«

»Auch wenn ich uns beinahe in den Bankrott getrieben hätte?«

»Du hast mir etwas viel Wichtigeres gegeben als Geld, nämlich Liebe, John. Du hast mich geliebt, ohne etwas anderes von mir zu verlangen, als dass ich deine Liebe erwidere. Wir haben großes Glück, wir haben einander und die Jungen und Fitton.«

Niemals, schwor Janey sich, durfte er erfahren, wie viel Angst sie gehabt hatte oder wie sehr es sie schockiert hatte, zu entdecken, dass er verletzbar und schwach sein konnte, genau wie sie selbst. Mehr denn je musste John jetzt ihr Held sein, ihr Ritter in schimmernder Rüstung – um seinetwillen, nicht um ihretwillen. Sie war jetzt die Starke, er war von ihr abhängig, nicht umgekehrt. Schaukeln und Karusselle, so ist die Ehe, dachte Janey bei sich.

»Hast du Emerald gesagt, dass sie nicht die Einzige ist, die für die nächste Generation sorgt?«, murmelte Oliver Ella ins Ohr.

»Ich glaube, alle wissen es, dabei bin ich erst im dritten Monat«, erinnerte Ella ihn.

»Mmm. Ich glaube, ich weiß noch genau, welche Nacht es war«, neckte Oliver sie.

Amber ließ den Blick über ihre Familie schweifen. So viele Jahre, so viel Liebe, dass sie sie förmlich in der Luft spüren konnte wie den weichen, warmen Wind in Südfrankreich, der Bilder und Erinnerungen an all jene mit sich trug, die nicht mehr waren, ohne die die Kinder und Enkelkinder, die jetzt hier waren, aber nicht zur Welt gekommen wären, und der auch ihre Liebe mit sich trug.

Liebe starb nicht. Sie war immer da, ein Regenbogentanz, der nur außer Sichtweite war, wie ein Lachen im Wind.

»Das hier hätte Robert sehr glücklich und sehr stolz gemacht.«

Bei den Worten ihres Mannes sah sie ihn voller Liebe und Dankbarkeit an.

»Dann spürst du es auch?«, fragte sie. »Spürst wie ich, dass Robert weiß, dass er und Luc nicht vergessen sind und immer Teil dieser Familie sein werden?«

Jay kannte sie so gut, sie musste ihm nie viel erklären. Sie wusste, dass er verstand, warum sie ihren ersten Mann und den Sohn, die sie verloren hatte, in die Freude dieses Tages einbinden wollte.

Als Emerald sah, wie ihre Mutter und ihr Stiefvater einander anlächelten, ging sie zu Drogo hinüber und flüsterte ihm etwas ins Ohr. Und so erhob dieser einige Minuten später, als alle Gläser nachgeschenkt worden waren, sein Glas und sagte voller Wärme: »Noch ein Toast, diesmal auf Amber, die für all das hier und für uns alle verantwortlich ist – auf die eine oder andere Art«, und begleitete seine Worte mit einer ausladenden Geste, die mit anerkennendem Gelächter quittiert wurde.

»Amber.«

»Mama.«

»Großmama.«

Bitte, mach, dass sie immer so glücklich sind wie heute, dachte Amber. Bitte, lass sie alle die Liebe erfahren.

Die ganze Welt des Taschenbuchs
unter
www.goldmann-verlag.de

Literatur deutschsprachiger und
internationaler Autoren,
Unterhaltung, Kriminalromane, Thriller,
Historische Romane und Fantasy-Literatur

Aktuelle Sachbücher und Ratgeber

Bücher zu Politik, Gesellschaft,
Naturwissenschaft und Umwelt

Alles aus den Bereichen Body, Mind + Spirit
und Psychologie

Überall, wo es Bücher gibt und unter www.goldmann-verlag.de

Goldmann Verlag • Neumarkter Straße 28 • 81673 München